Marie Jenn

# ENTRE LAS SÁBANAS

wattpad
by Montena

Primera edición: octubre de 2023

© 2023, Marie Jenn
© 2023, Penguin Random House Grupo Editorial, S. A. U.
Travessera de Gràcia, 47-49. 08021 Barcelona
© 2023, Imágenes de interior: Freepik

*Printed in Spain* – Impreso en España

ISBN: 978-84-19241-90-0
Depósito legal: B-14.728-2023

Compuesto en Compaginem Llibres, S. L.
Impreso en Black Print CPI Ibérica, S. L.
Sant Andreu de la Barca (Barcelona)

GT 41900

*A mis lectores: disfruten esta historia
como suya. Y diviértanse como lo hace
Madie, con libertad y sin prejuicios.*

# 1

Cuando descargan la última caja del camión, suelto un gran suspiro apoyándome en el sofá de la sala. Mi hermana menor, Megan, me observa desde el sillón mientras se lleva una copa de vino a los labios. Yo estoy sudando, con el cabello sujeto en lo alto de la cabeza y con ropa deportiva. Ella, en cambio, se ve estupenda y sin un pelo salido de su moño. Me observa con una ceja alzada. Si no fuera por el hombre que contraté para ayudarme a llevar mis cosas de la casa de mi exnovio hasta aquí, no habría sobrevivido a subir cinco pisos.

Desde que llegué, dos horas atrás, Megan se había dedicado a apilar las cajas en mi nueva habitación. Yo fui la que hizo los cinco viajes desde el camión hasta mi habitación junto al hombre de la mudanza para que fuera más rápido.

—Igual necesito una mano —digo con voz entrecortada, respirando fuerte y con una mano en el pecho. Como si eso ayudara a calmar mi agitada respiración.

—Tengo las dos ocupadas —murmura Meg de vuelta, tomando su copa de vino para evidenciarlo. No hace ademán de levantarse, para nada: extiende los pies y se cruza de piernas para mayor comodidad—. Voy a descansar un ratito más.

No ha hecho más que descansar desde que la desperté de su siesta. El señor de la mudanza se demoró en sacar las cosas del departamento donde vivía con mi exnovio, y por eso vinimos tarde aquí. Debí haberlo sabido: los viernes por la noche el tráfico es terrible. Justo ahora mismo me apetece tomar un largo baño con aromatizantes y una copa de vino mientras me relajo en el agua, pero mi hermana no tiene una tina. Es una cosa que extrañaré de mi antiguo departamento.

No es fácil mudarme cuando ya estaba acostumbrada a mi vida con Devan. Era fácil estar con él, se había convertido en una rutina. Me despertaba en su cama, a su lado cada mañana, me duchaba rápido y luego íbamos juntos al trabajo. Al terminar nuestra jornada laboral llegábamos a casa y teníamos toda la noche para nosotros. Los fines de semana salíamos a tomar unas copas con nuestros colegas del trabajo, o a veces a algún club a pasarla bien, bailando toda la noche. Esa era nuestra rutina. Y estaba bien con ella. Demasiado bien.

—Gracias por la ayuda —murmuro con sarcasmo a mi hermana, y ella me saca la lengua. Con esfuerzo me agacho a coger la última caja de mis pertenencias y camino hasta mi nueva habitación en el departamento de mi hermana, que una vez fue mío también. Las paredes de color blanco siguen igual de pulcras y mi cama está en su sitio, pero los cajones del clóset y tocador están vacíos. No sé si tendré energía suficiente para terminar la mudanza hoy.

En el suelo hay otras nueve cajas, todas llenas de ropa y accesorios. Incluso de libros, revistas y hasta obsequios que Devan me regaló. No soy una persona apegada emocionalmente, así que tener un peluche de mi ex no me hará llorar por la noche, ni tampoco me llenará de cólera por haberme dejado. No me produce ningún sentimiento, nunca nada me lo ha producido. Durante mi adolescencia mis exnovios siempre pensaron que era una persona fría, poco romántica y hasta seca. La verdad es que yo también empecé a pensarlo. Seis largos años con Devan y no derramé una sola lágrima cuando me dijo «Hemos terminado» la semana pasada, justo después de negarme a ser su esposa. Me había botado no solo de su departamento, también de su vida, y yo ni siquiera parpadeé. Hice lo que cualquier mujer con dignidad haría: asentí, cogí mis cosas y me largué de allí con la cabeza alta y el orgullo intacto. No soy del tipo de mujer que le ruega a un hombre. No. Mi madre me enseñó más que eso.

—En media hora salimos —dice Megan interrumpiendo mis pensamientos desde el umbral. Sus ojos verdes como los de nuestro padre me miran con curiosidad. Desde pequeñas hemos estado muy unidas, y le agradezco que siempre haya estado ahí para apoyarme. Con ella jamás soy fría, sino todo lo contrario. Podría decir que mi hermana menor es mi debilidad, la única que me saca ese entumecimiento y frialdad del corazón. No solo por su personalidad vivaz, sino también porque es mi única mejor amiga en el mundo.

—No sé si tengo ánimos para salir, Meg —declino, señalando las cajas. Recuerdo que me dijo que hoy tenía una noche de copas con sus colegas de la editorial donde trabaja. La reunión será en un bar conocido de la zona y yo estoy invitada. Con todas estas cajas a mi alrededor y con las energías por el suelo, ni siquiera una noche de copas podría sacarme de aquí—. Creo que paso.

Meg no desaprovecha la oportunidad de acercarse a mí para mirarme con ojo crítico. Esa mirada suya me inquieta. Es como si me analizara y pudiera leer mis pensamientos. Ciertamente podría hacerlo, porque es la única que me entiende a la perfección. Sabe si estoy mal o no con solo echarme un vistazo. Lo ha hecho desde siempre, y todavía no ha perdido el don.

—¿Es por Devan? —Hace la pregunta que menos esperaba. Ella mejor que nadie sabe que todo esto es por él. Por su culpa. Aunque no niego mi responsabilidad, tanto él como yo cometimos errores. Pero yo no fui la inmadura que se molestó por un rechazo y en un arranque de ira botó a su pareja a la calle. Sí, ese fue él. Frunzo el ceño. No sé adónde quiere llegar mi hermana—. ¿Aún no dejas de pensar en él? ¿Por eso no quieres ir de copas conmigo?

—No. —Casi escupo la palabra—. Solo estoy cansada.

En parte es verdad y en parte es mentira, porque sí, es por Devan. Una noche como esta saldríamos a bailar a algún club o beberíamos licor hasta la inconsciencia. Es difícil alejarlo de mi mente y de mi vida cuando los últimos seis años están impregnados de recuerdos suyos. No solo fue mi novio, empezó como mi mejor amigo, y hoy ni siquiera ha podido mirarme a la cara cuando he ido a sacar mis cosas de su casa. Siempre fue impulsivo. Mala suerte, porque yo también lo soy.

—Bueno, irán hombres guapos —dice ella sonriéndome—. No hay nada mejor que sacar un clavo con otro.

Pongo los ojos en blanco y me río de su sugerencia. Sé perfectamente su opinión sobre Devan: jamás le cayó bien.

—Eso lo sabrás tú mejor que nadie —me burlo.

Megan se queda en silencio ante mi broma. En vez de contestarme deja una copa llena de vino sobre mi tocador.

—Para que disfrutes tu noche. —Sale de allí y camina por el pasillo hasta que no oigo más sus pasos. Le prometí acompañarla, pero no tengo ánimos para salir. Quiero pasar la noche con tranquilidad y, si es posible, dormirme temprano y despertar mañana con todas mis cosas en su lugar.

Jamás le pediría a Megan que se quedara para ayudarme. Además, ella sabe lo mucho que aprecio mi soledad. Sobre todo después de haber terminado con Devan. Es lo que más necesito ahora: soledad y tranquilidad.

☾ ☾ ☾

Tres horas después ya no pienso igual. Megan se fue hace horas y me dijo que si cambiaba de opinión la llamara. Mientras veo la mitad de mis cajas vacías en el suelo, lo pienso muy bien antes de tomar la decisión. Cojo el teléfono y le mando un mensaje al tiempo que me desvisto para bañarme. Dejo el teléfono cerca por si suena, pero cuando salgo, no hay llamadas perdidas suyas y ni un solo mensaje. Me pongo rápidamente un vestido veraniego sexy de color negro y me calzo unos tacones del mismo color, mis favoritos: los Louboutin. Recuerdo haber ahorrado cuatro meses de mi sueldo para comprármelos. Cuando llegué a la tienda con una sonrisa feliz, salí de igual forma pero con una bolsa del diseñador colgada del brazo y la caja de mis zapatos dentro. Devan estuvo malhumorado todo el camino a casa, criticando mi compra. «Mucha plata derrochada en unos zapatos». Como era mi dinero, ganado con mi trabajo y esfuerzo, le callé la boca rápido para que no arruinara mi momento.

Gracias a mi buena memoria recuerdo perfectamente el nombre del bar al que Megan dijo que iba, un tal Nuda. No sé si son las siglas o se llama así, pero es un nombre raro. No me preocupo cuando Meg no me responde, ya la encontraré allá. Llamo a un taxi y busco la dirección del bar en el buscador de Google y gracias a las indicaciones llegamos veinte minutos después. Antes de entrar en el restobar vuelvo a revisar el teléfono en busca de señales de Meg, pero ni siquiera me ha dejado en visto.

Con esfuerzo jalo la puerta, donde hay una señal de abierto, pero tropiezo al darme cuenta de que no se jala, sino que se empuja. Quedo como una tonta, pero nadie nota mi error. Está abarrotado. Me coloco un mechón de mi cabello castaño tras la oreja y echo un vistazo para encontrar a mi hermana. No tengo esa suerte.

Como todas las mesas están ocupadas, elijo ir al bar para sentarme en las sillas altas. Desde mi puesto observo el local con detenimiento, esperando dar con ella, pero lo veo difícil. Solo hay música a un volumen moderado mientras la gente come junto a sus amigos, y el sonido de las conversaciones logra acallar por unos instantes el de la música. No hay rastro de Megan y eso empieza a preocuparme. Saco el teléfono y vuelvo a llamarla. Para mi sorpresa, esta vez no hay tono de espera, sino que salta directamente el buzón de voz como si hubiera declinado mi llamada.

Le escribo un mensaje tecleando con furia:

**Yo**

Estoy en NUDA, dónde rayos estás?

Al instante se conecta y me responde:

Creí que no irías, ya me fui de allí

Pongo los ojos en blanco. «Tanto para nada». Como no me dice de volver o si está de camino a casa, tecleo de nuevo.

**Yo**

Me quedaré un rato :)

Diviértete!!! ;)

Guardo el teléfono en el pequeño bolso que descansa sobre mi regazo y vuelvo la vista al frente para pedirle al barman una bebida. Después de unos segundos logro captar su atención; pido un ron con Coca-Cola y espero a que lo prepare. Balanceo los pies enfundados en mis tacones favoritos al ritmo de la música y le sonrío cuando pone la bebida sobre la barra. Sin muchos miramientos, tomo un par de sorbos. Noto en la lengua el frío y el licor. El alcohol me quema la garganta.

Una extraña sensación me invade cuando dejo el vaso medio lleno sobre la barra, como si alguien me observara desde hace rato.

Con el rabillo del ojo busco la fuente de la mirada, pero me quito la idea de la cabeza cuando no encuentro a nadie.

Al tercer sorbo, ya no puedo ignorar mi inquietud. Vuelvo la cabeza hacia la derecha y veo que a tres asientos de mí hay un hombre inclinado en la barra que me mira fijamente como si esperara a que yo le devolviera el saludo. Cuando nuestros ojos chocan me sorprende ver que sonríe de lado, como si nos conociéramos. Pero yo no he visto a ese hombre en mi vida. Nunca. Lo recordaría. Tiene un magnetismo que atraería a cualquier chica, porque desprende sensualidad con ese rostro tan masculino y guapo. Su atractivo principal parece ser ese, pero realmente es esa mirada suya, como la de un depredador buscando a su próxima presa. Sus ojos color miel se fijan en los míos y luego bajan para recorrerme todo el cuerpo. Me mira como si quisiera desnudarme. He visto esa mirada en muchos hombres, pero jamás vi a alguien hacerlo de forma tan descarada tras pillarlo. Como él está a lo suyo, decido mirar yo también su rostro. Su cabello rubio ceniza es lo primero que llama mi atención; luego, la mandíbula cuadrada. Al subir la mirada a sus ojos volvemos a encontrarnos y esta vez sonríe mostrando unos dientes blancos y alineados: una sonrisa digna de un hombre que parece haber ido recientemente al dentista y que cuida muy bien su salud dental. Aun así, es demasiado descarado y coqueto para mi gusto. Lo que sí me gusta de él, y no dejo de observar, son los hoyuelos que tiene en las mejillas, que hacen que parezca inofensivo, incluso tierno.

Lleva un traje negro y los primeros botones de la camisa abiertos. Sabe que es sexy y no le importa nada.

Decido despacharlo con la mirada. Ya sabes, ese gesto de ojos que hace una mujer cuando algo o alguien la fastidia. Vuelvo mi vista al frente satisfecha de tener los asientos de al lado ocupados por hombres lo suficiente mayores como para ser mis padres. Apuro mi tercera copa sintiendo los estragos del alcohol. Me mareo un poco al bajar la cabeza para sacar mi tarjeta del bolso.

—A mi cuenta, Rob —dice una voz profunda y masculina a mi lado. Levanto la cabeza con rapidez y no me sorprendo al ver al hombre de antes justo a mi lado. Con el rabillo del ojo lo había visto venir. Además, a este tipo de hombre le gusta ser el cazador. Aman cortejar a su presa, perseguirla pero sin asustarla. Si es que yo soy la suya, ya podría tener a mi *clavo* justo al lado. Saca de su billetera una tarjeta American Express y se la tiende al barman.

Me sonríe de lado y yo aprovecho para mirar sus hoyuelos.

«Maldita sea, amo los hoyuelos».

—Gracias —respondo con voz cantarina y una sonrisa inocentona. Si este hombre quiere ser mi clavo no pondría objeciones. Pero para llegar a eso necesita pasar unas cuantas pruebas, no saldría con cualquiera. Carraspeo— por pagarme las bebidas.

Cruzo las piernas, y a escondidas también los dedos de las manos rogándole al cielo y a cualquier deidad en el mundo que este hombre no sea un baboso.

—De nada —contesta sin dejar de sonreír. Hasta ahora parece un tipo normal sin mucha pretensión o incluso coquetería. Salvo por la forma en que me devoró con los ojos antes, fue como si quisiera arrancarme la ropa y follarme aquí mismo. Ahora está mirándome con normalidad, como si antes no me hubiera desnudado con esos ojos color miel que tiene—. ¿Vienes por aquí a menudo?

Mi burbuja se pincha. Demasiado bueno para ser verdad, ¿cierto?

Sacudo la cabeza.

—Tus pobres habilidades de conversación me están espantando. —Tomo el último sorbo de mi bebida y guardo la tarjeta en el bolso—. Gracias por las bebidas. Fue un placer.

—Espera, no, no te vayas —dice con rapidez pero sin parecer desesperado. Hay algo en su tono de voz que me hace detener mis movimientos para mirarlo. Cuando lo hago una sonrisa de lado se forma en sus labios—. Empecemos de nuevo.

Alzo una ceja.

—Bien —le concedo, solo por sus hoyuelos—. Empecemos de nuevo. ¿Cómo te llamas?

De nada vale «empezar de nuevo» cuando ni siquiera sé su nombre.

—Baxter. —Extiende la mano y yo la aprieto, sintiendo la firmeza en su agarre. Una corriente me atraviesa cuando sus ojos vuelven a recorrerme.

—Madie —me presento sin querer revelar mi nombre completo, solo mi apodo—. ¿A qué te dedicas?

Me suelta la mano y yo trato de ignorar el pinchazo de desilusión que me embarga al no sentir más su piel en la mía. Si ese leve contacto me produjo más de lo que debería, no imagino lo que este hombre podría causarme besándome.

—Negocios —responde con un encogimiento de hombros. Por su mirada evasiva siento que no es del todo sincero—. ¿Y tú?

—Desempleada. —Decido decir la verdad porque al parecer Baxter no quiere ser más preciso con su trabajo—. Últimamente solo tengo mala suerte.

—Pues yo creo que la buena suerte acaba de llegarte —declara con esa sonrisa suya desarmada, la que muestra esos hoyuelos en las mejillas.

Se señala.

—¿Tú eres mi buena suerte? —Trato de no poner los ojos en blanco, pero mi risa gana—. ¿Por qué?

—Puedo distraerte —murmura acercándose pero sin invadir mi espacio personal. Desde esta distancia cercana puedo sentir la fragancia masculina que su cuerpo destila.

Pienso un rato antes de responder.

—Ah, ¿sí? —Inclino la cabeza—. ¿Cómo harás eso?

Esto es un coqueteo en toda regla.

No despego mis ojos de los suyos para que capte mis señales. Parece hacerlo cuando asiente sonriendo luego de un guiño de su parte. Ha ganado y lo sabe. Yo lo supe desde que vi sus hoyuelos.

Es la primera vez que pondré en práctica la frase «un clavo saca otro clavo» y estoy emocionada por hacerlo con este hombre que claramente sabe lo que hace. Ya con sus bebidas y las mías pagadas, se levanta y yo también, caminando a una distancia prudencial hasta salir del restobar. Una vez fuera noto la calle un poco silenciosa. Es más de medianoche. Siento que su brazo se desliza detrás de mi cintura como guiándome por la acera. El valet se acerca con un auto BMW de lujo plateado y le entrega las llaves a mi… clavo de esta noche. Ni siquiera sé cómo llamarlo.

Lo haré por su nombre.

Baxter me acompaña al lado de mi puerta y me hace subir. Lo hago y luego él rodea el auto para subirse. Dentro se hace un silencio inquietante, ya que ni siquiera enciende el auto.

—¿Tu casa? —pregunta en un murmullo.

Niego.

—Mi hermana está allí, mejor a la tuya —miento. Ni siquiera sé dónde rayos está Megan, pero no quiero que estemos en todo el mambo (ya sabes, haciéndolo) y ella aparezca y nos pille. Aunque admito que me asusta irme con un desconocido a su casa—. Espera, ¿cómo sé que no eres un violador y asesino de mujeres desempleadas? Mira que tengo mala suerte... Podrías ser mi verdugo.

Se ríe. Saca su billetera del bolsillo del pantalón de su traje y busca algo en ella, luego me lo tiende. Es su licencia de conducir. En él sale su nombre completo y una fotografía suya que sí le hace justicia.

BAXTER COLE
FECHA DE NACIMIENTO: 14 DE FEBRERO DE 1993

Rápidamente quito mi vista de su licencia para mirarlo.

—¡Naciste en el día del amor! —señalo entre risas.

A él no le hace gracia. Enciende el auto.

—Qué suerte la mía, ¿verdad? —replica como si aquello fuese un suplicio.

—Qué romántico y fácil debe de ser para ti coquetear ese día.

Mientras conduce por la calle no despega los ojos del frente. No sé cuánto ha bebido Baxter Cole, pero noto que está lo suficientemente sobrio como para conducir con tranquilidad.

—Es fascinante la cantidad de mujeres que se enternecen con ese hecho —responde luego de varios minutos en silencio. No dice más, y yo tampoco. Nos mantenemos en silencio y no le devuelvo su licencia hasta que se detiene ante un edificio moderno y muy bonito. Con un control remoto abre la puerta del garaje y estaciona. Bajo del auto con las piernas temblorosas por la anticipación. Me guía de la misma forma que antes, con una mano en la parte baja de mi espalda, hacia el único ascensor que se ve.

# 2

No me dejo sorprender cuando Baxter presiona el último botón del panel en el ascensor. El ático. Los segundos se hacen largos cuando, por fin, este se detiene con un pitido cortando la música extraña que odio de los elevadores. Lo sorprendente de este edificio es que las puertas del elevador se abren hacia un vestíbulo. No hacia la puerta del departamento, sino a él. Directamente. Esta vez sí me permito abrir un poco la boca de la sorpresa que me inunda al notar que es el departamento más lujoso en el que he estado. Todo se ve pulcro, prístino y en orden. El piso de mármol y las paredes blancas hacen un contraste que envidio.

Permito que tome mi mano mientras me guía por el vestíbulo, la sala y el comedor, así cruzamos hasta llegar a las escaleras donde se ve un segundo piso. Es un dúplex. Me hace subir las escaleras modernas y de madera hasta mostrar la habitación, que no tiene paredes ni puerta. Se ve una cama gigante con mesitas de noche a cada lado. Y una habitación contigua que parece ser el baño. Ese sí tiene puerta.

—Guau —digo impresionada—. Tienes un piso de soltero que cualquiera quisiera tener.

Estoy de pie frente a él y lo que menos siento es incomodidad. Su atractivo y la magnitud de nuestra química es lo que me ha hecho tomar esta decisión: la de venir a la casa de un desconocido y pasar la noche con él. Jamás lo he hecho. No es que haya nada malo en el sexo casual, mucha gente lo practica y no debería ser un tabú, pero vengo de una familia religiosa y con demasiados estándares y prejuicios. Decidí hacer mi propio camino en cuanto me di cuenta de lo retrógradas y antiguas que eran las reglas que mi madre impuso en casa. Mi hermana también lo hizo cuando ya éramos lo suficiente mayores como para independizarnos. Irnos de casa fue una decisión que tomamos cada una por su lado, aunque después hemos estado siempre juntas. Hasta que mi ahora exnovio me pidió ir a vivir con él.

Tener una noche de sexo casual nunca había sido una de mis prioridades, no por falta de interés o de tiempo, sino por respeto a Devan, a nuestra amistad y a nuestra relación. Incluso cuando acabamos, quise mantener ese respeto, pero vi enseguida que él no lo iba a hacer, y yo no voy a ser menos. Quiero disfrutar de mi soltería y sexualidad como me plazca.

—Lo sé. —Sonríe Baxter quitándose el saco y colgándolo en el perchero de su armario. Dejo mi bolso en la mesita de noche y lo miro. Estoy lejos de estar a su altura, le llego a la barbilla a pesar de llevar tacones. Desde este segundo piso se puede ver por la ventana del techo al suelo la gran vista que tiene de la ciudad. Como estamos en la última planta, que viene a ser la trigésima del moderno edificio, se puede apreciar buena parte de la ciudad. Como es de noche las luces son el único destello impresionante. Volteo a él, justo cuando siento su mano en mi cintura, que poco a poco va subiendo—. ¿Me dejas probar tus labios? Se ven tan seductores…

No lo dejo terminar. «¿Probarlos? Puedes hacer más que eso». Es lo que pienso justo antes de chocar mi boca con la suya, sintiendo el calor de sus manos a mi alrededor. Está tocándome por todos lados y yo solo puedo abrir la boca para recibir su lengua. Me prueba, me saborea con ímpetu. Con ansia. Y yo solo puedo recibirlo gustosa. Anhelo el contacto, sus labios y sus manos en cada parte de mí.

Jamás me han besado así. Nunca. Y no es por hacer comparaciones, pero ni siquiera mi exnovio me besó así. Baxter Cole me está besando con tanto vigor, con tanta potencia… y moviendo su lengua al ritmo de la mía que siento cómo me deshago en sus brazos.

Mi centro ya es una laguna y ni siquiera estamos desnudos.

Baxter está follándome la boca. Así, sin más, solo con su lengua y los movimientos excitantes que ejecuta en esa cavidad. Por unos segundos me olvido de respirar, hasta que ya no aguanto más y me separo unos centímetros. Mi respiración agitada imita la suya, nuestros pechos suben y bajan con fuerza.

Sus manos en mis caderas bajan hasta el dobladillo de mi corto vestido negro. Sus ojos color miel me miran con excitación. No dice nada cuando levanta mi vestido poco a poco tomándose su tiempo y disfrutando de rozar mi piel. Luego me lo saca por la cabeza y lo tira en algún lugar detrás de mí. Quedo en ropa interior delante de él y no estoy ni un poco avergonzada. Sigue con su camisa blanca arrugada y desabotonada, mientras que yo estoy con poca ropa y con mis tacones altos.

Veo con una sonrisa la tienda de campaña que hay en su pantalón. Si está tan excitado como yo, entonces esto no durará mucho. Y por mucho que quiera tener sexo con este hombre, también quiero disfrutarlo. No tendré esta suerte dos veces.

Sin quitarme mis tacones matadores Louboutin me agacho y le desabrocho el pantalón y le bajo la cremallera. Oigo un silbido de su parte, pero yo continúo con mi tarea de desnudarlo como él lo hizo conmigo. Cuando el pantalón ya está suelto, lo bajo y cae al suelo deslizándose por sus piernas. Frente a mí tengo su dura erección enfundada en un bóxer que en estos momentos, a la vista está, le queda apretado.

—Sigues teniendo mucha ropa —susurro. Lo veo desabotonarse la camisa y abrírsela, pero cuando está a punto de quitársela yo aprovecho su distracción para bajarle el bóxer de un tirón—. Ahora sí.

Justo antes de que pueda decir algo, meto su pene erecto en mi boca, mirándolo desde mi altura. Estos tacones me están matando, y quiero arrodillarme, mejor que estar con todo el peso sobre los pies como estoy ahora, pero me aguanto. Solo para probarlo. Escucho un gruñido desde el fondo de su garganta cuando lo saco de mi boca y vuelvo a engullirlo. Ahora la fricción es más rápida, moviendo mi cabeza hacia delante y atrás mientras que Baxter me toma del cabello para sujetarme contra su erección.

Siento cómo se hincha en mi boca, estirándose, y yo solo puedo mirarlo a los ojos en medio del vaivén. Eso parece excitarlo porque veo cómo echa la cabeza atrás unos segundos y se le marcan las venas en el cuello. Cuando me mira de nuevo, en sus ojos veo una cortina de excitación tremenda.

—Estoy a punto… —dice entrecortadamente con la voz ronca y gutural. Me retiro. Su erección sigue potente, no ha disminuido nada. Así que me tomo mi tiempo para quitarme el sostén y las bragas justo cuando lo veo abrir el cajón superior de su mesita de noche. De allí extrae un condón y lo desliza sobre su palpitante erección. Sigue con la camisa abierta, y está despeinado. Me paro frente a él y antes de que pueda quitarme los tacones, me detiene. Y con una mirada encendida dice—: Déjatelos puestos.

Ufff.

Yo aún tengo su sabor en la boca, pero a Baxter no parece importarle porque se acerca a mí, completamente desnudo y duro, y me besa. Su erección me llega a la altura del vientre.

—¿Estás lista? —susurra contra mis labios, con voz jadeante.

Tal como me siento, no hago ningún ruido o sonido. Asiento imperceptible y lo empujo ligeramente hasta que quede sentado en el borde de la cama. Me siento a horcajadas en su regazo, y él, con una mano en el pene, se va adentrando en mí—. Mierda, Madie.

Miro embelesada desde mi posición cómo su rostro se tensa y cómo abre la boca al chocar mi trasero en sus piernas. Eso significa que está por completo dentro de mí. Me toma unos segundos acostumbrarme a esta posición debido a la intensidad, y cuando lo hago, subo empinándome en mis tacones desde el suelo y bajo. Esta vez Baxter suelta un par de maldiciones que yo gustosa recibo. Esta posición es mi favorita porque se siente más profundo.

Es un momento tan intenso que quiero cerrar los ojos para escapar de los suyos tan abrasadores, pero me mantengo firme, viéndolo perder el control.

—Baxter... —jadeo, sintiéndome llena. Llena de él.

Sus manos ahuecan mis pechos mientras yo subo y bajo. El sonido de piel hace eco en el silencioso departamento. Solo se oyen nuestros gemidos, sus jadeos y la piel chocar entre nosotros. Una de sus manos se clava en mi cadera, apretándome con fuerza, mientras que con la otra masajea mi seno. Sus manos fuertes y firmes se mueven entre mis pechos alternando entre uno y otro. Luego baja la cabeza y me chupa los pezones, deleitándome con su lengua cuando juguetea con ellos.

No estoy borracha, ni un poco, pero bien podría estarlo de él. Todo a mi alrededor es inundado por él. Sus manos en mi cuerpo, sus jadeos en mi oído, su olor en mi nariz y su sabor en mi boca.

—Te sientes tan bien, Madie... —me dice en el oído. El vello de mi piel se eriza al oírlo. Baxter me toma del cabello y hala, haciéndome estremecer de excitación.

Yo solo lo recibo, hasta que mis movimientos se vuelven rápidos, queriendo alcanzar el orgasmo. Su mano en mi cadera baja hasta donde nuestros cuerpos se unen.

—¿Qué...? —pregunto entrecortadamente casi deteniendo mis movimientos.

—Chist —me calla con un beso antes de tocarme el clítoris, y yo me desarmo. Cierro los ojos y no puedo evitar el gemido que sale de mi boca. A él le gusta, porque no deja de clavarse en mí con el mismo ímpetu. Quiere correrse, lo sé, y al parecer quiere que yo también lo haga.

No lo pienso mucho. Cierro los ojos. Las piernas me tiemblan y ahí es cuando siento que el clímax estalla y me alcanza, lanzándome en una nube llena de liberación que me hace jadear del gusto. Disfruto esos segundos cayendo en sus brazos al mismo tiempo que él inunda el condón.

El momento se vuelve incómodo cuando me tumba en la cama y se echa a mi lado. Su mano se une a la mía y nuestros dedos se entrelazan. Con disimulo me aparto y hago como si me estuviera atusando el cabello. No quiero acurrucarme con este hombre. Suena tonto luego de haber follado, pero siento que lo que tuvimos fue algo sexual, una reacción a la atracción de ambos, y acurrucarse tras haber follado es algo que solo hacía con mi novio. Así que, tumbada por completo en la cama y con las piernas débiles, en lugar de mirarlo a él, dirijo mi vista al techo. Aún llevo puestos los tacones y no pienso quitármelos.

—¿Agotada? —pregunta él rompiendo el silencio. No volteo a verlo. Mi mirada ahora está puesta en el ventanal. Veo que hasta tiene balcón, pero tristemente pienso que no podré quedarme mucho tiempo para poder hacer un recorrido por su casa.

—Ni un poco —digo con altanería y eso lo hace reír. Poco después me uno a sus suaves risas.

Siento que la cama se mueve, pero no lo miro.

—Voy a darme una ducha, ¿vienes?

Parpadeo. Giro la cabeza hacia él y veo mi oportunidad.

—Claro, en un minuto. Deja que me recomponga. —Bajo la mirada por su anatomía y sonrío de lado. Tiene una semierección y eso solo me hace pensar en el segundo *round*. Bien podría ir con él y volver a follar. Pero no, declino ese pensamiento por muy tentador que sea.

Veo que Baxter sonríe cuando me pilla comiéndomelo con la mirada. Su sonrisa extensa muestra esos hoyuelos y yo tengo que girar la cabeza para no caer en la tentación de ir tras él. Escucho que camina al baño y abre el grifo de la ducha.

Aprovecho la oportunidad y me levanto, me quito los tacones para no hacer ruido y cojo mi vestido del suelo para ponérmelo de vuelta. Con mi bolso en la mano bajo las escaleras en completo silencio. Presiono el botón del ascensor en el vestíbulo rogando que no suene. Lo hace, pero yo entro rápidamente y presiono el botón de la planta baja, el primer nivel. Como es de madrugada nadie más sube, así que soy la única hasta llegar abajo. Me pongo los tacones antes de salir y me despido del hombre tras el mostrador del portal, que me mira con curiosidad. Debe de preguntarse qué me pasó. En el espejo del ascensor traté de peinar mi cabello y limpiar mi maquillaje corrido. Parezco recién follada y eso no es bueno.

Tomo un taxi de regreso al departamento de Meg, y mío, antes de que el reloj dé las tres de la madrugada. Pienso que mi hermana estará dormida, así que me quito los tacones para no hacer ruido y caminar de puntillas, pero me sorprende verla en el sofá sentada de piernas cruzadas con el televisor encendido.

No bien escucha la puerta cerrarse voltea a verme.

—Ajá. —Alza la ceja y sonríe—. Supongo que tuviste una buena noche.

Acomodo mi cabello, retrasando decirle lo que realmente pasó. A mi hermana no le puedo ocultar nada. Por dos cosas: la primera es que ella sabe leerme, y la segunda es que es mi única mejor amiga y confidente.

—Depende de tu definición de «buena noche» —replico tratando de no reírme cuando abre los ojos con sorpresa. Dejo caer mis tacones al suelo y me echo a su lado en el sofá, inclinando mi cabeza en su regazo.

—¡Follaste! —grita en mi oído inclinándose y haciendo que levante la cabeza por su brusco movimiento. En su rostro hay una sonrisa divertida y en sus ojos verdes un brillo—. ¡Sacaste al clavo de Devan!

Hago una mueca y me tapo la cara.

—Como si eso fuera tan fácil… —murmuro en referencia a mi ex—. No puedo parar de pensar en él si me lo mencionas a cada rato.

La frente de Meg se arruga.

—Lo siento, ya no lo nombraré. —Levanta su dedo pequeño y me fuerza a levantar el mío para unirlos. Luego su expresión seria se desvanece y vuelve a ser la Megan emocionada—. ¡Ahora sí, cuéntame! ¿Cómo fue? ¿Te folló bien? ¿Es guapo? ¿Adónde fueron? Te llevó a un hotel, ¿verdad? ¿O a su casa? ¡Habla, Madie!

Su grito final me hace fruncir el ceño.

—¡No puedo hablar si lo haces tú! —Se me queda mirando—. Ya, ya, te voy a contar todo. ¿Quieres la versión larga o corta?

—Tu versión. —Su respuesta es rápida. Así que yo me ensarto en una larga conversación donde le cuento absolutamente todo, desde que llegué al restobar hasta horas después, cuando salí de la casa del extraño. Omito detalles como su nombre, su dirección, y, por supuesto, su increíble departamento. Ella escucha atentamente sin interrumpirme, excepto para los efectos dramáticos como exclamaciones o gritos, y al finalizar el relato ella me mira boquiabierta.

—En serio, ¿no me dirás nada, Meg? —pregunto ahora que estamos de nuevo con la seriedad. Amo a mi hermana y es la única a la que le pediría consejos.

Ella parece entender el motivo de mi pregunta porque pone una mano sobre la mía.

—Soy tu hermana, Madie, y no soy nadie para juzgarte. Eres libre de hacer lo que quieras con quien quieras sin miedo a que alguien diga cosas sobre ti. ¡Que se jodan los que juzgan! —exclama repitiendo lo que yo una vez le dije hace varios años. Sonrío encantada—. Solo que no debiste salir corriendo así.

Borro mi sonrisa.

—Estaba aterrada de lo que pasaría luego. ¿Abrazos, arrumacos, cucharita? ¡No, gracias!

Ella me mira apenada.

—¿Y si era el amor de tu vida y nunca más lo vuelves a ver?

—El amor de mi vida está encerrado en un jodido libro y no follándome borracho en su cama.

Megan me golpea el brazo, sin fuerza.

—¡Tonta! Dijiste que no bebió mucho.

—No. —Me río, recordando—. No estaba borracho.

Veo a Megan poner los ojos en blanco.

—Ahora yo tengo dos noticias que darte, prepárate, una buena y una mala. ¿Cuál quieres escuchar primero?

—La mala —respondo rápidamente cruzándome de piernas en el sofá. El vestido se me sube un poco.

—El lunes empiezas a trabajar.

—¿Y la buena? —pregunto confundida.

—Ah, sí. —Se encoge de hombros—. La buena noticia es que te conseguí trabajo en la editorial Coleman. Hablé con mi jefe y leyó el currículum que me diste. Por tu experiencia y buen desempeño te contrató. Y también porque eres mi hermana.

Me río.

—¡Esa es una buena noticia, Meg, ambas lo son!

—Creí que no querías empezar a trabajar la próxima semana...

—Necesito dinero para vivir. Por mí, empezaría a trabajar ahora mismo.

—Creí que esta noche ya lo hiciste.

Agarro el cojín en el que estoy apoyada y se lo tiro a la cara. Luego bostezo con fuerza, sin taparme la boca y ganándome un golpe con el cojín en la cara.

—¿Y a ti cómo te fue en tu noche de copas con tus colegas del trabajo? —Me llevo una mano a la cara frunciendo el ceño—. Aunque dentro de poco ahora serán también mis colegas.

—Si les caes bien... —Entrecierro los ojos—. Me fue bien, tomamos poco alcohol, ya sabes, no es bueno emborracharte enfrente del jefe. De los jefes —se corrige.

Sé que ella tiene dos jefes, y que trabaja en la editorial Coleman como correctora de estilo, al igual que yo. Tomamos las mismas clases cuando terminamos la secundaria. En esos años fue cuando ocurrió *la gran pelea* y nuestra familia se disolvió. No tuvimos muchas opciones al momento de estudiar, así que optamos por hacer un par de cursos de lo que más nos gustaba. Ambas amamos leer, así que la elección no fue difícil. Primero estudié yo, y luego ella. Cuando me fui a vivir con Devan no perdimos la comunicación ni la confianza, así que sé todo sobre ella como ella todo de mí.

—Ni que sepan que eres una borracha malhablada, te despedirían al segundo —digo levantándome del sofá y recogiendo mis tacones. Veo que su mirada va al televisor un momento y luego a mí. Yo no sé leer muy bien a la gente, pero sí a mi hermana. Y lo que sea que esté rondando por su mente me lo contará en su debido tiempo. Sé que está ocultando algo, lo noté por lo anterior cuando no entró en detalles con la noche de copas con sus jefes y por el movimiento nervioso de sus manos mientras hablaba. Dejaré pasar el tiempo y eventualmente me lo dirá, no la presionaré. Nunca lo hago.

Le beso la cabeza.

—Me iré a bañar, Meg, hasta mañana. —Miro el reloj en la pared del comedor, justo al lado de la entrada de la cocina, que cuenta con una gran isla. Niego con la cabeza al notar el rápido paso del tiempo—. Hasta más tarde.

Son más de las tres de la madrugada y yo no sé cómo puedo estar de pie. Megan apaga la tele y se va a su habitación, la del fondo del pasillo y yo voy a la mía. Este departamento es pequeño, perfecto para que vivan dos personas con comodidad. Y cada habitación tiene su propio baño. En cuanto entro en la mía cierro los ojos. No quiero ver las cajas que aún están allí, pero eso no las hará desaparecer. Escaneo el suelo y suelto un suspiro agotador, esto me tomará mucho tiempo. Primero decido tomar un baño y cuando estoy limpia y con el pijama puesto procedo a sacar las cosas de las cajas y ponerlas en su lugar. Lo único bueno es que la mitad de las cosas ya están en su sitio. Quiero estar totalmente instalada aquí antes de empezar el nuevo trabajo que Megan me consiguió.

Esto realmente se siente como una nueva vida, como un nuevo comienzo. Es como una nueva yo viviendo su antigua vida. La vida antes de enamorarme.

# 3

El lunes estoy tan feliz que no paro de sonreírle a Megan mientras maneja el auto para ir a la editorial. A nuestro trabajo.

Hace años, cuando ambas terminamos nuestros estudios, siempre tuvimos el sueño de trabajar juntas, pero la suerte no estuvo de nuestro lado. Yo fui contratada en la editorial Plume y Megan, en Coleman. Lo mío fue gracias a Devan, mi novio en ese entonces, y lo de mi hermana fue todo mérito suyo. Ahora que estamos a punto de cumplir ese sueño, no puedo más que agradecerle a ella por todo. No solo por ayudarme a conseguir trabajo en su editorial, sino también por aguantarme. La vez que dejé nuestro departamento años atrás para irme a vivir con Devan, fue ella quien se mostró reacia, pero, aun así, me apoyó. Jamás me juzgó o criticó y mucho menos me dijo «Te lo dije» al volver. Me aceptó sin más y con los brazos abiertos.

Me aferro a mi bolso cuando Megan se dirige al edificio de la editorial y muestra su identificación. El señor de seguridad nos deja pasar al estacionamiento subterráneo del lugar sonriéndonos cortésmente. Una vez que Megan encuentra sitio y estaciona el auto, bajamos de él y nos dirigimos al ascensor. Solo un par de personas están esperando allí.

—Al jefe le gusta que llegue temprano —me comenta en voz baja, ya que el reducido espacio hace que las voces se intensifiquen como si fueran un eco en la montaña—. Así puedo irme antes si así lo deseo.

Lo entiendo. Le doy un breve asentimiento porque sé de lo que habla. Eso de llegar temprano e irte temprano no es un tabú en este tipo de trabajos. Y más cuando puedes llevarte el trabajo a casa, en este caso, manuscritos.

Cuando el ascensor marca el décimo piso, está tan atestado que tengo que empujar a las personas para salir. Megan me da un ligero empujoncito y así llegamos a las puertas de vidrio de Coleman. En

27

letras grandes y negras está el nombre de la editorial, debajo lo acompaña el símbolo «C» con una «E» incrustada, entrelazándose.

Sonrío al ver lo elegante y minimalista que se ve la editorial desde aquí.

Megan se me adelanta y abre la puerta de vidrio que parece dividir el mundo de afuera del que está adentro. Desde aquí se ve la gran cantidad de personas que hay, todas trabajando en lo suyo. Me preparo mentalmente para no arruinar esta pequeña entrevista con los jefes, suspirando para soltar todo el nerviosismo que quiere manejarme.

Los tacones altísimos los llevo por Megan. Son los mismos que utilicé el viernes pasado para follar con el desconocido. Son mis favoritos, y me los he vuelto a poner para este día porque ha insistido en ello. Mi hermana dijo que la primera impresión cuenta, y yo quiero sobresalir, quiero dar una muy buena primera impresión.

He pasado varios años de mi vida pensando que vivía para hacer otra cosa totalmente opuesta a la que me gusta. He estado tan engañada que por fin siento que vale la pena arriesgarse para lograr lo que uno quiere.

Sigo a Meg por el pasillo escapando de los ojos curiosos, mirando hacia delante y con la cabeza bien alta. Camino detrás de ella mientras me guía hasta las dos puertas de madera que hay al fondo de esta gran oficina. Justo afuera de estas, hay un pequeño escritorio desocupado. Y las puertas están frente a frente, supongo que serán las de los despachos de los jefes de Megan.

Mi hermana toca la puerta de la izquierda, al mismo tiempo que se vuelve hacia mí y me guiña el ojo con una gran sonrisa alentadora. Tendré una pequeña reunión con el jefe, nada formal, solo para hablar detalles del trabajo.

En ese instante la puerta se abre. Megan retrocede hasta ponerse a mi lado y yo inspiro.

No puede ser.

Abro la boca, pero nada sale de ella. El jefe de Megan, quien ha abierto la puerta, me mira con absoluto horror. Él sabe tan bien como yo que esto no debería estar pasando.

Miro sus ojos color miel esperando que esto sea una pesadilla, pero es peor. Es la realidad. Una donde el jefe de Megan, mi nuevo jefe, es mi rollo de una noche. El completo extraño que se llama Baxter y con quien follé hace dos días.

Con solo verlo, imágenes de nosotros juntos aparecen en mi mente como si se tratara de una película. Siento que mis mejillas se calientan, así que bajo la mirada esperando que él no note adónde fueron mis pensamientos.

Megan, completamente ajena a mi horror, habla:

—Señor Cole, esta es mi hermana Madison. —Con esas palabras me saca de mi estupor. Por supuesto. ¿Cómo fui tan estúpida para no relacionar «Cole» con «Coleman»? Ni yo misma lo sé. No quiero mirar a este hombre a los ojos, pero tampoco quiero perder un trabajo que he ansiado por años. Nadie puede hacer que me despida de mi sueño más anhelado.

Como si estuviera a punto de firmar mi propia sentencia. Me cuadro de hombros y alzo la barbilla poniendo el rostro serio.

Los ojos de Baxter me miran analizándome; de arriba abajo, su mirada recorre mi cuerpo con lentitud. Me siento como si estuviera desnuda en vez de ir vestida con una falda de tubo hasta las rodillas y una blusa blanca, con tacones negros que hacen que me vea mucho más alta. Casi a la altura de su nariz. Y sé cuán grande puede ser Baxter Cole.

Lo he sentido.

—Mucho gusto, señor Cole —digo alzando una mano para saludarlo. Se le forma un hoyuelo en la mejilla cuando me sonríe al darse cuenta de que llevo los mismos tacones de la follada del viernes.

A él parece divertirle esta situación.

Yo solo quiero dar media vuelta y huir.

—Mucho gusto, señorita Hall —responde tomándome la mano para apretarla. Cuando lo hace, no la suelta de inmediato, sino que me mira directamente a los ojos demorándose más de lo debido. Un escalofrío me recorre cuando pasamos de estar en su despacho a envolvernos en una burbuja en donde solo estamos nosotros dos.

Reprimo mis ganas de hacer algo más y lo suelto, ganándome de nuevo una sonrisa socarrona suya.

Quiero sonreírle de vuelta, decirle lo guapo que se ve con su traje gris y la camisa blanca desabotonada. Que el escaso vello de su pecho me volvió loca mientras lo tocaba aquel día en su apartamento. Pero no puedo permitirme tener pensamientos indebidos con mi jefe. Ni siquiera cuando ya lo he probado. Tuve una muy mala experiencia con mi ex, quien resultó ser mi jefe al principio. No quiero una relación complicada en el trabajo de nuevo. No quiero aquella experiencia de nuevo.

Así que en vez de decirle todo eso, solo miro a mi hermana sin saber qué más hacer.

Como todo el intercambio se está desarrollando fuera de su despacho, bajo la atenta mirada de algunos curiosos, Baxter retrocede y hace una seña para que pasemos. Cuando lo hago, siento su mirada sobre mí. No tengo que darme la vuelta para saber que está mirándome el culo.

—La entrevista será entre la señorita Madison y yo, puede empezar su trabajo. —Y con eso Baxter cierra la puerta. Volteo, aterrada de saber que solo estaremos él y yo en su despacho. Trato de no saltar cuando viene a mi encuentro, rozándome el brazo—. Madie...

Su susurro va directo a mí, estoy tan tensa que me alejo, chocando con la mesa de su escritorio. Esto está mal por tantas razones que me lo quedo mirando como si fuera estúpido. ¿Nunca ha oído lo que es «encuentro de una noche»? Porque estoy a un segundo de recordárselo con un guantazo si vuelve a tocarme.

Su ceño fruncido me causa gracia, es como si tratara de adivinar por qué quiero estar tan lejos de él en este momento. No es él. No. Soy yo. Yo soy quien tiene el problema de no querer apegarme a este hombre, o a cualquiera. Lo nuestro empezó y terminó esa noche.

Un encuentro fortuito que se ha convertido ahora en uno prolongado. Si soy capaz de pasar esta extraña entrevista, tendré que verlo todos los días. Y no sé si seré capaz de aguantar el tormento que llevaré a diario causado por él.

—Señor Cole...

—Dime Baxter o Bax —dice a unos metros de mí sin acercarse. Ha notado que no lo quiero cerca y eso parece fastidiarlo. Aunque cuando habla, siento su voz en cada parte de mi ser.

Hago una mueca. No he oído a mi hermana tutearlo, y dudo si hacerlo yo, aun así, sigo su consejo.

—Baxter...

—¿Por qué te fuiste? —Vuelve a interrumpirme mientras yo debato en mi mente mis siguientes palabras. Cuando veo que da un paso adelante, sacudo la cabeza—. ¿Por qué me alejas?

Hago una seña abarcando su despacho. Uno muy bonito y organizado, donde su nombre está escrito en la placa que reposa sobre su escritorio. En ella se lee su nombre completo, BAXTER COLE, por debajo, hay una palabra que me llega como advertencia al cerebro: JEFE, seguida de EDITOR EJECUTIVO. Palabras que no se pueden ignorar con tanta facilidad, y menos mientras lo tenga enfrente mirándome con intensidad.

Señalo su placa para que vea la evidencia.

—Eres el jefe. —Eso ya lo sabe, claro—. Yo estoy aquí por un trabajo. ¿Vas a empezar con la reunión o tengo que venir otro día?

Cambiar el tema o hacer una pregunta siempre distrae a las personas. Por mucho que quiera decirle la verdad, tengo que ser fuerte y venir aquí a lo que verdaderamente he venido. No a liarme con el jefe, sino a conseguir un trabajo. A pesar de que el orden se haya alterado.

No tengo reparo en aceptar que Baxter tiene algo en su mirada que me debilita y, al mismo tiempo, me da fuerzas. Estoy conteniéndome. Sé lo abrasador que puede llegar a ser si lo toco. Es como una llama que se extiende rápidamente, como si mi cuerpo estuviera hecho de gasolina.

Y pese a ello, tengo que pasar totalmente de esta chispa que hay entre nosotros.

Me siento al borde de la silla cuando lo veo apoyarse en el respaldo de la suya con sus manos agarrándolo firmemente. Sus nudillos se ponen blancos mientras me mira con rostro serio, y eso me pone de los nervios.

Segundos después rompe el silencio.

—La señorita Hall, tu hermana, me ha dicho que nunca has trabajado como editora. —Que no tutee a mi hermana me crispa más los nervios; sin embargo, sé que es la forma correcta de dirigirse a ella, así que trato de no ponerme nerviosa mientras trato de actuar con naturalidad. No es normal que los jefes hagan la entrevista, para ello hay alguien encargado de tratar con los nuevos postulantes, pero parece que yo no tendré esa suerte. Así que me cuadro nuevamente de hombros y enfrento mi realidad.

—Es cierto —expongo con franqueza—. Nunca he trabajado como editora antes, pero trabajé en una editorial…

Levanta una mano cortando lo que estaba a punto de decirle.

—No es necesario.

De un momento a otro ha entrado en una faceta que no esperaba: la indiferencia. No sé muy bien cómo tomármelo, de modo que aprieto las manos en mi regazo porque, si no, golpearé su bonito rostro. ¿Este tipo qué se cree? Que nos acostáramos no significa que tenga algún compromiso con él que le permita mangonearme.

Me está tratando con tanta frialdad que bajo ligeramente la barbilla para no tener que ver su rostro indiferente. En vez de mirarlo, fijo mis ojos en el escritorio donde su placa luce con orgullo.

El silencio tenso se rompe cuando la puerta se abre intempestivamente alertando de la llegada de alguien. No me giro. Solo espero que la persona que ha entrado pueda disipar le energía acumulada que siento en cada poro de mi ser y en el ambiente.

—¡Madison! —Escucho la voz grave de un hombre suavizada por la jovialidad, como si me conociera de toda la vida. Me doy la vuelta y veo a un tipo más o menos de mi edad, sonriendo y mostrando un par de hoyuelos como los que tiene Baxter. Solo que el recién llegado tiene el cabello ligeramente más oscuro y ondulado. Hay una familiaridad en sus ojos que me deja un poco descolocada cuando se agacha a mi altura y me besa en la mejilla, impregnándome de su aroma a colonia exclusiva. No sé quién rayos es, pero está tan sonriente que lo imito, sonriendo de lado. Él parece notar la confusión en mi expresión porque me tiende la mano al mismo tiempo que mete la otra en el bolsillo de su traje oscuro—. Mucho gusto. Yo soy Johann Cole, Megan me ha hablado muy bien de ti.

Sonrío.

Tomo su mano para el apretón, pero me sorprende ver que acerca mi mano a su rostro para dejar un beso en el dorso. Es muy coqueto, tal como Megan me había advertido, pero su sonrisa y actitud son contagiosas, así que le devuelvo la mirada sin dejar de sonreír.

—Mucho gusto, señor Cole. —Sé perfectamente que mi hermana lo tutea, pero yo recién lo conozco y no me parece bien hacerlo, a pesar de que la diferencia de edad no parece ser mucha.

Él frunce el ceño.

—Llámame Johann —dice—. Es muy raro que una chica hermosa como tú me trate de usted.

Si no fuera mi futuro jefe le hubiera seguido el inocente coqueteo, pero lo es. Así que solo le sonrío bajando el rostro para que no logre ver el sonrojo que me han producido sus palabras, y no por él, sino por estar bajo la intensa mirada de su hermano.

Son tan iguales y distintos a la vez que los miro de reojo para ver las diferencias externas mientras ellos se saludan. Ambos son de contextura fuerte, altos y con rostros de ensueño. Sus trajes a la medida marcan músculos que parecen trabajados por varias horas en el gimnasio. Pero no es algo exagerado, lo que lo hace muy muy atractivo. Ambos tienen el cabello ondulado, uno más que otro. Y sé por experiencia propia que el cabello de Baxter es sedoso. Y huele tan bien…

—Bueno, Madison… —comienza Johann, primero mirando a su hermano y luego a mí—. Baxter me llamó para empezar la entrevista. Disculpa la demora, pero estaba ocupado en…

—Eso no importa —lo corta su hermano alzando una mano como lo hizo conmigo.

Por lo menos ahora sé que no soy la única a quien interrumpe así. Baxter se sienta en su silla de ejecutivo y me mira, poniendo una mano bajo su barbilla; su hermano, mientras, toma asiento en un sillón al lado de la ventana, extiende su brazo sobre el respaldo y se cruza de piernas, poniéndose cómodo.

—¿En dónde estábamos? Ah, sí, en que no tienes experiencia. Nunca has trabajado como editora. ¿Me equivoco?

Las confianzas que se tomó antes de que entrara su hermano, Johann, para dirigirse a mí han quedado en el olvido. Ahora soy el blanco de su frialdad y eso no hace más que enervarme. Está tan tranquilo allí sentado en su silla como si fuera el rey de este lugar, mirándome con seriedad. En sus ojos no hay nada, ni una pizca, del hombre que conocí en el bar. El coqueteo se ha esfumado, al igual que sus ganas de verme. O de soportarme. Está hablándome como si quisiera probar algo. Algo ilógico cuando, supuestamente, ya ha leído mi currículo.

¿Qué está tratando de probar? No lo sé, pero tampoco pienso averiguarlo.

Si él puede jugar a este juego, yo también.

—No, no se equivoca. —Alzo el mentón como si estuviera orgullosa de ello—. Nunca he trabajado como editora. Esta sería mi primera vez.

Baxter aprieta la mandíbula al notar mi respuesta desafiante.

—Entonces ¿cómo espera que la contrate si no tiene experiencia?

Me está castigando, eso lo sé de sobra.

Johann se inclina hacia delante, parece haberse dado cuenta de que esto no es una simple entrevista de trabajo. Es mucho más. Es un duelo de indiferencias marcadas por una noche. Contradictorio ¿no? Pensar que hace un par de noches él susurraba mi nombre cual amante, y ahora aquí, frente a mí, impertérrito y con ganas de resquebrajarme.

—¿Cómo espera que tenga experiencia si no me contrata? —contraataco. Estoy siguiéndole la corriente, sabedora de que me juego el puesto de mi vida. Pero no me importa, llegados a este punto ya no tengo mucho que perder. Solo pelear.

Baxter se yergue y se cruza de brazos. Si mi repuesta lo ha sorprendido, no me lo demuestra. Su hermano Johann me mira como si estuviera a punto de reírse. Él parece el árbitro que observa nuestras jugadas con cierto análisis. No sé qué le ha dicho su hermano, pero siento que no es la verdad.

De otra manera no me estaría mirando como si lo que acabara de soltar fuera una broma. Yo lo decía muy en serio.

Johann mira a su hermano, pero Baxter solo tiene ojos para mí. Su repentino silencio solo significa que está retándome. Veo en su expresión que quiere decirme muchas cosas, pero su hermano está presente y no puede ser testigo de nuestras palabras.

Me cruzo de piernas sin poder soportar la mirada intensa de Baxter, que me desarma por completo.

—Te contrataré solo por la recomendación de tu hermana, que es una excelente editora —habla luego de un momento—. Si haces algo mal, te echaré de inmediato. ¿Entiendes? Eso es todo, señorita Hall.

Y finiquita la improvisada entrevista abriendo una carpeta de su escritorio para empezar a leerla, dejándome con la boca abierta. La cierro, y como veo que ni siquiera alza la mirada, cojo mi bolso, me levanto y me despido de un impresionado Johann.

Salgo rápidamente de allí y cierro la puerta a mis espaldas. Fuera todos siguen su curso, trabajando y algunos yendo de un lado a otro con papeles en la mano. Yo por fin puedo respirar tranquila. Dentro se podía sentir un ambiente tan cargado que aún noto las piernas temblorosas por la tensión.

Me abro paso entre la gente esperando ver a Megan y así sucede. El lugar cuenta con cubículos para cada trabajador, divididos por mamparas, como cualquier empresa. Las mesas son amplias, lo suficiente como para trabajar en el ordenador y tener papeles desperdigados alrededor.

Meg está en un cubículo en el medio de una fila. Cuando oye mis pasos alza la mirada del ordenador y me ve. Ondea su mano para que me dirija a ella.

—¿Y? —pregunta en un susurro corto para no alertar a los demás—. ¿Cómo te fue?

La miro. Me siento a su lado sin poder poner en palabras mis confusos pensamientos.

—Conocí a Johann —le contesto pasando el dedo por el borde de su mesa. Mi uña de color rojo contrasta con el color gris de esta—. Mi nuevo jefe es mi rollo de una noche.

El color abandona el rostro de Megan.

—¿Qué? —musita horrorizada—. ¿Johann?

—¡No! —exclamo mirando a todos lados para comprobar que nadie nos escucha—. Él no, su hermano.

—¿Baxter Cole? —pregunta ella completamente asombrada. Sus ojos verdes abiertos como platos. Le tapo la boca rápidamente.

—¿Quieres callarte antes de que alguien nos oiga? —siseo entre dientes. Poco a poco y viendo que su asombro va desapareciendo, le quito la mano de la boca y espero a que hable.

Tarda un rato, largos segundos en los cuales tengo ganas de morderme las uñas de los nervios.

—¡Tuviste sexo con Baxter Cole! —medio susurra medio grita, pero sin llegar a ser escandalosa. Por suerte, nadie nos presta atención. El espacio es suficientemente grande como para ahogar nuestras voces, pero eso no quita el hecho de que ha gritado en medio del trabajo. Intento callarla, pero ella sigue—: Dios mío, Madie, ¡en lo que te has metido! O mejor dicho, lo que te han metido. Ufff, estás metida en una muuuy grande.

Me palmeo la frente, tiro la toalla con respecto a hacerla callar.

—¡Deja de decir «metido»!

Ella me mira haciendo caso omiso de mis palabras.

—¡Baxter te comerá viva! —exclama dándose aire con una mano, parece acalorada. Aun así, mueve las cejas de arriba abajo en gesto pícaro—. Literalmente, no en plan sexual, eso ya lo hizo.

Suelta risitas como si fuera una niña.

Cierro los ojos y me tapo la cara con las manos, angustiada.

—Dios mío, solo mátame ya.

Megan niega.

—No cometeré un asesinato. —Levanta un dedo y lo mueve en señal de negación—. No por el momento, tenemos muchísimo que corregir.

—Gracias, hermana. Me salvas la vida. —Literalmente.

—De nada —dice ella sin captar el sarcasmo en mis palabras, o ignorándolas—. Hay demasiado trabajo por hacer. Y tú, mi querida hermana, me ayudarás. Deja a un lado a Baxter y concéntrate en el trabajo. Tenemos muchos manuscritos por revisar, y varios por corregir. Johann me dijo que te asignara parte de lo mío. Así que ya mismo te lo daré…

La dejo de escuchar cuando mi mente se desconecta para traer imágenes mías junto a Baxter la noche del viernes.

Sé que en ciertas ocasiones la vida te da sorpresas, pero esta vez conmigo se había pasado.

# 4

He tardado poco en adaptarme a mi pequeño cubículo, que está al lado de Megan, lo que ha facilitado mucho las cosas. Cuando trabajaba para Plume, solo era secretaria de Devan. Este es mi primer empleo como editora, y debo decir que hasta el momento todo estaba yendo bien. En la hora del almuerzo Megan me llevó a la cafetería de la planta superior, donde me presentó a algunas personas de la editorial. Me había dicho que sus amigos pidieron licencia por un par de días para ir a una convención de editores y regresaban al día siguiente. Ella se encontraba emocionada por ello. Y yo me moría por conocerlos.

Ahora, luego del almuerzo y con pocas horas para que la jornada termine, mis ganas de tomarme un descanso me asaltan de nuevo. En todo el día lo único que he hecho es leer, leer y leer. Los manuscritos digitales enviados al correo de la editorial son mucho más fáciles de valorar que los que llegan en papel. Estos tienen que pasar por un filtro que no estoy muy segura de entender, pero gracias a la poca distancia a la que estoy de mi hermana, puedo preguntarle por ello cada vez que una duda me asalta.

En un momento dado decido dejar un manuscrito que habla de la soledad y me acomodo en el asiento. Me froto las sienes con las yemas de los dedos tratando de sacar la acumulación de estrés que me ha invadido en solo unas horas.

Baxter no ha salido de su despacho. Desde que me fui de él, al único que he visto es a Johann cuando se dirigía al suyo. Luego de aquello, no ocurrió más.

Por supuesto he visto a algunas personas entrar y salir de esos despachos con frecuencia, pero ellos no los han abandonado.

He estado más pendiente de aquella puerta que del manuscrito que reposa sobre mi mesa.

Con el rabillo del ojo veo que Megan saca un pañuelo desechable de su bolso y se suena la nariz. Es la tercera vez que hace eso en una hora. Debo admitir que el aire acondicionado de este lugar ha logrado que me den escalofríos.

Cada poco tiempo reviso mi celular para ver la hora. Solo quedan dos para acabar, pero a mí esto se me hace eterno. A pesar de la distancia, puedo sentir como si hubiera un campo electromagnético entre el despacho de Baxter y yo. Megan ha notado mis miradas furtivas hacia ese lugar en concreto, pero no me ha dicho nada, por suerte. Sé lo insistente que puede llegar a ser mi hermana.

Miro la mesa y apoyo el codo sobre ella mientras contemplo las palabras que se difuminan frente a mí.

Escucho a mi hermana estornudar con fuerza. Algunas personas de alrededor le responden, al mismo tiempo que yo.

—Salud —digo sonriendo al ver su nariz roja. Sus ojos están vidriosos, al igual que sus mejillas sonrojadas. Parece acalorada, pero no hace más que temblar—. Dios mío, Meg, ¿en qué momento te enfermaste?

Ella entrecierra los ojos.

—Se pasaron con el aire acondicionado. Siento como si estuviéramos a diez grados. Apuesto lo que quieras a que fuera están a treinta.

Miro al exterior a través de los grandes ventanales del edificio. Tiene razón. Afuera hace muchísimo calor y aquí parece invierno. No hay nada que pueda hacer, así que le paso un pañuelo desechable nuevo de mi bolso porque ella ya se ha acabado los suyos.

La fricción que hace Megan al sonarse la nariz con el papel incrementa el color rojo de su nariz, como si la irritara, pero a ella parece no importarle.

—¿Quieres que nos vayamos? —pregunto mirando de nuevo la hora. Queda una hora y cuarenta minutos, pero sé que la política aquí permite que te retires antes de que termine la jornada laboral. Eso sí, se le tiene que avisar al jefe.

—*Do* —responde ella aún con el papel en la nariz—. *Nod idemos bas tade.*

Supongo que eso se traduce como «no, nos iremos más tarde». O eso quiero creer.

—Bueno —digo volviendo a lo mío, que es leer el manuscrito de doscientas hojas. Voy por la mitad, pero siento que no he avanzado nada. No es porque la historia sea aburrida o algo por el estilo.

Soy yo. Estoy distraída, expectante, y no me puedo concentrar en la buenísima historia que estoy leyendo. Levanto la cabeza frustrada conmigo misma, y en ese momento algo sucede.

La puerta del despacho de Baxter se abre. De allí salen él y su hermano, sonriendo y hablando, sin percatarse de mi mirada. Los sigo, pero veo con horror que se dirigen donde estoy. Me hago la tonta mirando el manuscrito mientras cojo un lapicero del escritorio para apretarlo.

Segundos después alguien se para detrás de mí. Cierro los ojos antes de darme la vuelta y fingir una sonrisa al ver a Baxter y a Johann detrás de mi hermana. Ambos nos miran.

—Hola —saludo luego de un carraspeo. Mi hermana imita mi saludo, pero su voz sale ronca debido a su malestar. Johann frunce el ceño al oírla.

—¿Qué tal te está yendo? —pregunta Baxter con los ojos fijos en mí. Su postura es relajada, al igual que su sonrisa. No sé si esto es un truco, pero la indiferencia ya no está presente cuando se dirige a mí. Eso es una buena señal, ¿no?—. ¿Te estás adaptando bien?

Asiento, poniéndome un mechón de cabello tras la oreja. Baxter mira ese gesto y se queda embobado mirándome.

—Sí, mi hermana Megan me ha ayudado un montón. Ya estoy cogiéndole el tranquillo a esto. —Señalo el manuscrito. Por el rostro ruborizado de Baxter sé que ha malinterpretado mis palabras.

Por suerte, Johann logra salvar la conversación cuando se inclina poniendo una mano en el respaldar de la silla de Meg, ella se sobresalta con el leve contacto entre su cuello y la piel de Johann.

Lo peor de todo es que en ese instante Megan estornuda aparatosamente. Johann la mira, preocupado, justo después de responder con el típico «¡Salud!».

—No tienes buena pinta, Megan, parece que te vas a enfermar —afirma como si fuera un médico. No tiene ojos para nadie más que para mi hermana. Los miro con asombro al notar que entre este par hay algo, y Megan no me ha dicho ni una sola palabra al respecto. Bueno, puede que lo poco que llevo viviendo con ella sea una buena excusa para no habérmelo contado, pero apuesto a que esto sucede desde hace algún tiempo.

Cuando vivía con Devan, mi hermana y yo hablábamos cada día. Y si no lo hacíamos, una buena conversación por WhatsApp bastaba. Jamás me mencionó que Johann está colgado por ella, y eso que salta a la vista.

—*Do es dada* —pronuncia con la nariz supercongestionada, ganándose las miradas de los tres—. *Ed sedio.*

Noto que Baxter está a punto de reír, pero lo disimula. Coloca una mano delante de sus labios, rozando la comisura con el pulgar. Mis ojos no se despegan de su boca, hasta que voltea y, cuando me mira, entorna los ojos.

Inmediatamente me vuelvo hacia mi hermana tratando de ignorar, sin éxito, a Baxter.

—Yo puedo llevarla —me ofrezco cerrando la tapa del lapicero en mi mano. Johann asiente rápidamente.

—Sí, esto estaría bien, Madison. Llévala a casa, si mañana no está mejor que no dude en faltar —murmura con la mirada fija en ella, aunque sus palabras están dirigidas a mí. Megan nota los ojos de Johann en ella, pero lo disimula bastante bien mirando el pañuelo desechable lleno de mocos que tiene en las manos.

—Claro. —Apago la computadora con el botón debajo de la pantalla y luego miro a mi hermana—. Vamos, Meg.

Ella me mira, a sabiendas de que no hay otra alternativa que irnos. Me levanto, pero noto que Baxter me impide salir.

—¿Terminaste tu asignación de hoy? —pregunta. Su postura relajada debería expresar que lo está, pero es tan contradictorio que lo único no acorde con ello es la mandíbula apretada. Las manos en los bolsillos y un pie delante del otro son solo una fachada para lo que verdaderamente piensa. Si cree que me puede tomar por tonta, está muy equivocado.

—No, pero lo tengo guardado en mi correo, así que no habrá problema. El manuscrito en papel lo voy a guardar para terminarlo mañana, ¿está bien? —El vello de mi nuca se eriza cuando da un paso adelante, acortando la distancia entre nuestros cuerpos. No le importa que estemos en la oficina con todos aún en sus puestos.

—Sí —responde, pero su cuerpo parece contradecirle. Mira a ambos lados para luego retroceder—. Espero que hayas tenido un buen día.

Frunzo el ceño.

Este hombre no puede ser más contradictorio.

Cojo mi bolso negro y espero a que Megan guarde lo suyo. Johann la espera pacientemente a un lado sin quitarle los ojos de encima. Una vez que mi hermana está lista me mira, y por sus ojos verdes y expresión de terror sé que no quiere que la deje sola. Comenzamos a andar para salir de allí. Soy consciente de que Johann y Baxter nos siguen, como si fueran nuestros guardaespaldas. Trato de no mirar a mi alrededor porque sé que en este momento la oficina entera nos presta atención. Antes de que Megan pueda abrir la puerta de vidrio de la salida, Johann se adelanta y la abre con una mano mientras que con la otra hace una seña para que pasemos. Yo le dedico una sonrisa ladina, mientras que Megan le suelta un escueto «gracias».

Ya en el pasillo y mientras esperamos el ascensor, me aferro al brazo de mi hermana. Está temblando, y aun así sus manos están calientes. Sigue haciendo frío por el aire acondicionado que llega a todos los rincones del edificio, así que me abrazo levemente mientras esperamos a que el ascensor baje.

Las puertas se abren, y para nuestra mala suerte, solo hay un señor dentro. Me doy la vuelta para despedirme, pero Johann entra en el ascensor, seguido de Megan y Baxter. Cierro los ojos. Están alargando el tormento y recién es mi primer día.

—¿Cómo te está yendo, Madison? —pregunta Johann para disipar la incomodidad dentro de las paredes de metal.

Siento los ojos de Baxter en mí. Con el rabillo del ojo noto su mirada de color miel traspasarme.

Me cruzo de brazos.

—Bien —respondo gozosa como si fuera el mejor día de mi vida. Nadie nota mi incomodidad, por lo menos no los hermanos Cole.

—Megan nos contó que te estás mudando a su departamento —comenta Baxter.

Lo miro.

—Técnicamente es «nuestro» departamento. Alquilamos ese lugar hace años, pero luego yo me mudé con mi novio y me fui. Ahora he vuelto para quedarme.

El semblante de Baxter cambia.

—¿Tu novio?

Puedo ser muy liberal, pero tengo mis límites, como todo el mundo. Y no me gusta ser infiel.

—Exnovio —aclaro a nadie en particular recorriendo el ascensor con la mirada para escapar de la de Baxter. Es incómodo airear mi vida dentro de estas cuatro paredes frente a mis dos jefes, uno con el que tuve sexo y el otro que parece interesadísimo en Megan.

El ascensor llega al primer piso del estacionamiento y yo suspiro aliviada. Primero sale el señor y luego mi hermana, acompañada de mí. Los hermanos Cole nos siguen a poca distancia, conversando en voz baja.

—¿Quieres que conduzca yo? —le pregunto a Meg. Ella asiente, saca un llavero del bolso y me lo tiende.

—Sí —dice. Su voz congestionada me da a entender que esta gripe le pasará factura. Con su llavero en la mano continuamos recorriendo el tramo que separa el ascensor del auto.

No muy lejos nos vienen siguiendo Johann y Baxter, lo que me pone de los nervios. Estoy segurísima de que esto es un plan de Baxter. ¿Seguirnos hasta el auto? Joder, ni que fuéramos inválidas. Aunque mirando a Johann, por su rostro parece que alguien hubiera atropellado a su perro. Tiene el semblante serio y los ojos apagados.

Con el botón de la llave abro el Hyundai de mi hermana y automáticamente el seguro se desactiva. Cuando estoy por abrir la puerta del copiloto, Johann me pasa, roza mi mano y coge el brazo de Megan con delicadeza para llevarla él mismo hasta su asiento.

No les quito el ojo de encima en ningún momento.

Baxter aguarda tras de mí. Con una mirada en su dirección le advierto que ni se mueva. Yo solita puedo abrir mi puerta. Sus ojos parecen entenderme porque retrocede un par de pasos y se mete las manos en los bolsillos.

Me subo, pero no soy capaz de cerrar mi puerta a tiempo porque Baxter se me adelanta. Con suma delicadeza la cierra, y a través del cristal puedo cómo me guiña un ojo, sonriendo con picardía.

—Baxter Cole te quiere volver a meter… —susurra mi hermana.

—Ni enferma puedes mantener la boca cerrada, ¿no? —Estas palabras provocan que Megan se ría, y yo la sigo. Luego nota a Johann del otro lado de su puerta y decide bajar el vidrio de la ventana.

—Gracias, Johann —murmura ella con delicadeza y voz ronca.

Johann asiente apretando los labios. No se despide de ella, pero sí de mí.

—Hasta mañana, Madison.

Hago lo mismo, sintiéndome algo rara al hacerlo usando su nombre de pila. Me volteo para comprobar que Baxter está a varios metros lejos de mí. No se despide de nosotras, ni siquiera me mira, así que alejo mi mirada de allí y arranco el auto.

Cuando me adentro en el tráfico, Megan decide prender la radio a un volumen moderado. Capto su indirecta, pero, aun así la ignoro.

—No te escaparás tan fácil, ¿eh? No me importa que estés enferma, quiero saberlo todo.

Megan me mira mal.

—No sé de qué hablas. —Alzo una ceja aprovechando que estamos paradas en un semáforo y la miro con sospecha. Ella niega—. No pasa nada.

El semáforo se pone en verde y como ningún auto avanza en la fila, suspiro.

—Tú y Johann. —Voy directa al grano porque así soy yo, nunca voy con rodeos—. ¿Qué está pasando? Parece un perrito faldero detrás de ti.

—Entonces has intuido que le gusto —responde. Yo me esfuerzo por no reír. Cuando la fila de autos avanza, me pongo en marcha con la vista clavada al frente, pero con la esperanza de que Megan continúe. Lo hace, pero a media voz—: Me lo ha confesado, pero no… no puedo sentir lo mismo.

Eso me deja descolocada.

—¿No puedes o no quieres?

Su respuesta tarda en llegar, pero lo hace.

—No quiero, Madie —susurra. Y sé exactamente a lo que se refiere. Aprovecho de nuevo el semáforo en rojo para cogerle la mano.

—Te entiendo. No sabes cuánto, Meg.

# 5

A pesar de las protestas y evidentes malestares, no me fue posible convencer a mi hermana de quedarse en casa el martes. Como buena amante de su trabajo, aquel día nos dirigimos a la editorial con ella estornudando y yo manejando con la ventana de mi lado abierta, para no contagiarme. Por mucho que ame a mi hermana, no quiero estar enferma. Le prohíbo estar cerca de mí, mucho menos cuando estornuda. Así que, camino a la oficina, ella se tumba en el asiento de atrás, utilizando el bolso como almohada.

—Debiste quedarte en casa, Meg —le repito como si fuera una grabadora malograda.

—*Do* te preocupes —murmura ella con los ojos brillosos por las décimas de fiebre y la nariz roja—. Ya tomé mis pastillas, *estadé* mejor en unas horas.

Asiento, ignorando que en unas horas estará peor. Básicamente soy como una mamá al ser la mayor de ambas; eso significa que mi palabra, si es desobedecida, se cumplirá.

Cuando salimos en completo silencio del ascensor en el décimo piso, Meg está tan cansada que apenas puede caminar con precisión. Espero que cuando Johann la vea, la obligue a irse a casa, que para algo es su jefe. Porque, sinceramente, nadie más puede hacerle cambiar de opinión. Es tan terca como yo. Un rasgo particular de nuestra familia. Y justo ahora esa terquedad la veo como un defecto.

Para mi mala suerte, no bien empujo las puertas de vidrio para entrar en las oficinas de la editorial con Megan siguiéndome los pasos, un leve olor a café se eleva en el aire. Sonrío, pero mi sonrisa se borra al ver a los jefes de pie conversando con algunas personas no muy lejos del vestíbulo. Baxter y Johann no se dan cuenta de nuestra presencia. Megan aprovecha esa circunstancia para caminar a paso rápido hacia su cubículo, dejándome atrás. Doy un paso sintiéndome torpe en medio del lugar con mi traje chaqueta y mis tacones negros. Mi blusa es blanca, y a pesar de que uso un sostén del mismo color, me siento desnuda en cuanto Baxter se da la vuelta y se me queda mirando.

Una sola mirada suya me provoca sofocos. Ni siquiera me percato de que lo estoy mirando con la misma intensidad que él hasta que mis ojos suben lentamente hasta los suyos y levanta las cejas. El traje que lleva es de color gris oscuro, lo que hace que su cabello resalte al igual que sus ojos. Estoy paralizada en medio del vestíbulo de la oficina, y gracias al cielo que nadie es consciente de mi presencia. Baxter da un paso en mi dirección, alejándose del grupo con el que hablaba y haciendo que la atención de todos se dirija a mí.

Trato de calmarme alisándome la falda con disimulo y sonrío, como si fuera la mujer más tranquila en el mundo. Es más, doy un par de pasos para encontrarme con él a medio camino. No puedo alejarme de Baxter porque es mi jefe. Así que empujo los pensamientos calientes de mi mente y entro en modo profesional cuando se planta frente a mí. Es un poco difícil mantener la sonrisa cuando su perfume me golpea con fuerza. Su aroma es delicioso, masculino: huele a menta.

Inspiro, observando sus hoyuelos y cómo se entrecierran sus ojos color miel cuando sonríe alegre.

—Buenos días, Madison. —Acostumbrarme a que este hombre me hable con esta voz tan sensual va a ser un suplicio si sigue haciéndolo mientras me mira con picardía. Es atrevido, y cada vez que habla conmigo, lo hace con complicidad. Es mi jefe, y aunque hayamos tenido sexo una noche, no dejaré de ser educada.

—Buenos días, señor Cole —respondo con una sonrisa de lado. Sé que mi hermana le habla de esa forma, y ya que estamos de pie en la oficina con personas a nuestro alrededor mirándonos con curiosidad, no es bueno que me oigan tutear al jefe cuando solo es mi segundo día.

Paso por su lado con intención de ignorarlo, pero él tiene el atrevimiento de tomarme del codo, deteniéndome con suavidad.

Estrecho los ojos, mirándolo expectante.

—¿Estás revisando el manuscrito que se te asignó en el correo? —pregunta, soltándome de inmediato.

Ayer Megan me lo contó absolutamente todo acerca de cómo se trabaja aquí. Me puse pronto al día adaptándome con fuerza a esta asignación, leyendo y revisando el primer manuscrito que me asignaron. Me emocioné al ver que era una historia romántica escrita por un novelista. Es hermoso leer desde el punto de vista de un hombre y ver cómo profesa su amor a la mujer de su vida. Se trata de una autobiografía titulada *El amor no está muerto, solo mi gran amor*. Comencé fascinada y temo terminar destrozada. No cabe ignorar que probablemente este sea mi primer libro para corregir. Tiene muchísimo potencial y, hasta el momento, ha pasado cada filtro.

—Sí —contesto totalmente tocada. Si termino con el corazón roto con este libro, probablemente será culpa suya—. La historia es increíble.

Su ceño se frunce. Yo cierro la mano en un puño.

—¿Qué te hace decir eso? —Veo que quiere dar un paso adelante, pero se da cuenta de que estamos de pie en el amplio vestíbulo de la editorial en medio de muchas personas y se frena, dejando caer su brazo—. ¿Ya lo terminaste?

—No, y tengo miedo de hacerlo —confieso con sinceridad y con el corazón latiéndome deprisa—. Pero sé con seguridad que lo aprobaré, no importa cómo termine.

—Yo sé cómo termina —dice apretando los labios. Lo miro verdaderamente sorprendida—. Quería una segunda opinión acerca del manuscrito porque no estoy muy seguro.

—Pero es muy prometedor y la trama es increíble; aunque sea una biografía hay partes fantasiosas y eso solo logra que el lector se anime a seguir leyendo. —Mi entusiasmo es innegable. Temo seguir parloteando por lo que me obligo a sonreír cuando Baxter me mira sin pestañear y con el rostro arrugado como si hubiera comido algo muy ácido o amargo.

—Entonces tienes un pésimo gusto.

Jadeo, indignada con sus palabras. Por primera vez el impulso de golpearlo me llena. ¿Quién se ha creído?

Se cruza de brazos al notar mi frustración. Parece que le divierto y eso me enfurece más.

—¿Disculpe? —Mi voz sale chillona, pero no puedo evitarlo. Algunas cabezas cercanas se voltean, yo paso de ellos. Baxter me está ofendiendo y de ningún modo me importa protagonizar esta pequeña discusión aquí.

—Como me oíste, Madison —afirma el idiota de Baxter. A este punto siento que me tiembla un párpado de la rabia—. Cuando leí el primer párrafo no pude continuar. Me dieron ganas de arrancarme los ojos. Por eso te pregunto: ¿qué te interesa de ese manuscrito?

Quiero gritarle y decirle que es físicamente imposible arrancarse los ojos, pero me retengo. Me está dando una oportunidad para compartir mis ideas, y aunque no quiera hacerlo delante de estas personas, doy un paso adelante y lo encaro.

—¿Sabe qué sentí al leerlo? Ese manuscrito me llegó al corazón. Las palabras que están escritas allí hacen que pueda sentir lo mismo que el protagonista sintió. El escritor no solo cuenta una historia, sino su historia. Por eso se me rompe el corazón al leerlo. Yo creo que este manuscrito se merece la oportunidad de publicarse, para que más personas puedan compartir lo que el escritor pasó, y que les llegue al alma y sientan en el corazón. Como me está pasando a mí. —Inspiro hondo—. Y me da mucha pena que a usted no.

Con aquello doy un paso atrás y lo adelanto, rozándole el hombro. El corazón me late con fuerza y las piernas me tiemblan de la emoción. Casi lo mismo que siento cada vez que leo las palabras en aquella historia. Antes de que siga andando, la voz de Baxter me detiene:

—Muy bien, señorita Hall. Contactaré ahora mismo al escritor, tenemos un libro que publicar.

Sonrío, pero, aun así, no me volteo. Sigo con mi camino hasta llegar a mi cubículo. La computadora me espera, así que la enciendo y espero mientras veo a mi hermana con un pañuelo desechable en la mano y los ojos fijos en la pantalla. Al oírme, gira tan rápido el cuello que juro escuchar un crujido.

—¿Y? —pregunta con el rostro sonrojado y ojeras oscuras bajo sus ojos verdes. Puede estar enferma, con gripe, pero esta mujer sigue con su chispa de siempre. Se le nota en los ojos—. Vi que te quedaste hablando con el señor Cole… Baxter. ¿Te dijo algo? ¿Quiere follarte de nuevo? ¿Tener un romance clandestino en la oficina? ¿Manosearte en el baño?

Miro a todos lados para ver si alguien la ha oído, pero parece ser que por lo bajito que me ha hablado nadie ha escuchado nada; pese a ello, no me fío.

—¡Jesús, Megan! —Le hago una seña—. ¿Quieres callarte y dejar de decir tonterías?

Niega.

—Yo sé lo que veo —responde con voz ronca, y luego se suena la nariz con fuerza—. Y veo que al jefe le gustas muchísimo.

Cierro los ojos un momento cuando me dejo caer en la cómoda silla.

—Publicará el manuscrito que estoy leyendo —confieso.

—¿Qué? —grita ella—. ¡Te lo dije! Obviamente quiere repetir contigo. Usualmente cuando le doy sugerencias se demora meses en contactar al escritor para terminar publicándolo unos meses más tarde. ¿Y tú me dices que lo hará ahora? No puedo creerlo, ese no era Baxter.

Aprieto los labios, y las manos, para no gritar o saltar sobre ella para callarla a la fuerza. Eso solo la alentará más. Así que me contengo, inspirando para relajarme, aunque siento todo menos tranquilidad.

—El manuscrito realmente es muy bueno y él ya lo había leído. Solo buscaba una segunda opinión.

Megan asiente, vuelve a sonarse la nariz y me mira.

—¿Cómo se llama el escritor?

—Kayden Havort.

Ella no me responde porque estornuda, llamando de nuevo la atención de las personas a nuestro alrededor. Dos de ellos se voltean al oírla. Sonríen y le brindan un saludo entusiasta cuando sus ojos verdes se dirigen a esa dirección.

—¿Los conoces? —pregunto viendo que me sonríen con amabilidad. Un hombre y una mujer de aproximadamente nuestra edad, con sonrisas joviales y ojos amables. No tengo más remedio que devolverles el saludo, un poco cortada, al no conocerlos.

Los ojos de mi hermana van a la pantalla de su laptop y no me mira al hablar.

—Sí, son compañeros. Almuerzo con ellos de vez en cuando, ya te los presentaré.

El chico de cabello castaño y la chica pelinegra se quedan en sus asientos, pero tengo la sospecha de que si Baxter o Johann no estuvieran merodeando por la oficina, se hubieran acercado.

Miro la pantalla de mi laptop esperando huir de la realidad al seguir leyendo el manuscrito, pero un nuevo estornudo escandaloso me detiene.

—Debiste quedarte en casa, Meg —insisto, cubriéndome la nariz por temor a que me contagie. Aunque sé que soy una persona con altas defensas, sé que no hay que tentar al destino.

—*Do*. —Se suena la nariz. Oigo la mucosidad salir de ella.

Suelto un suspiro ante su terquedad.

Por suerte, mi anterior ruego es oído y en ese momento Johann sale de su despacho, abotonándose el traje negro como si fuera el amo y señor del lugar. Juro que puedo escuchar algunos suspiros.

Sé que Megan lo ha visto porque baja la cabeza y encoge el cuerpo hasta mirar la computadora muy de cerca, cubriéndose el rostro —excepto los ojos— con su pañuelo lleno de mucosidad.

Arrugo la nariz mientras giro mi silla hasta quedar frente a Johann, quien mira a toda la oficina como si la estuviera vigilando. Le hago un gesto imperceptible. Se acerca con una sonrisa, metiendo las manos en los bolsillos de su pantalón.

—¿Todo bien, Madison?

Me señalo inocentemente.

—¿Yo? Todo bien. —Sonrío, sin mirar a mi hermana. Luego mi sonrisa desaparece para convertirse en una mueca—. Aunque mi hermana no parece estarlo. No ha dejado de estornudar.

Johann mira a Megan. Ella me lanza una mirada furibunda, pero yo la ignoro, escondiendo una sonrisa tras mis manos.

—Te dije que no vinieras a trabajar si seguías mal, Megan. —Se agacha para ponerse a su altura sin importarle nada ni nadie e inspecciona a mi hermana con ojos atentos. Ella evita su mirada y la fija en mí. Le saco la lengua y escondo una sonrisa cuando entrecierra los ojos—. Parece que tienes fiebre, Meg, estás ardiendo.

Con asombro, veo cómo le toca la frente. Ella ni se inmuta, tratando de disimular su horror mirando a todos lados abochornada. Me acerco, le toco a mi vez la frente y frunzo el ceño.

—No tiene fiebre.

—Pero la tendrá en cualquier momento. —Johann presiona, preocupadísimo por ella. Si me esforzara más, podría ver corazones alrededor de él. Está tan colado por mi hermana que hasta siento pena—. Madison, ¿podrías llevarla de vuelta a casa? No creo que Megan pueda hacerlo por su cuenta.

Mi hermana frunce el ceño, quiere discrepar, pero yo alzo una mano.

—Por supuesto, la llevaré de vuelta…

No termino de hablar porque la oficina se sume en un espeso silencio, y eso solo sucede cuando Baxter está cerca. Efectivamente, cuando vuelvo la cabeza en dirección a los despachos de los hermanos Cole, él está caminando hacia nosotros. Sé que se dirige aquí por la sonrisa engreída con la que Johann lo mira, como si supiera exactamente qué está haciendo su hermano.

—¿Hicieron una reunión aquí y no me avisaron? —Su tono de voz no puede ser más sexy de lo que se ve él. El traje a medida que viste contribuye a ello, pero es la manera engreída con la que actúa lo que más llama mi atención. Parece tan seguro de sí mismo que su manera de venir a donde estamos e inmiscuirse en la conversación parece cínica, como si tuviera todo el derecho.

—No —respondo sin ser cortante, pero con una mirada feroz—. Solo estamos conversando.

Johann se encoge de hombros.

—Megan tiene fiebre y necesita descansar en su casa. Le he dado permiso. Madie la acompañará.

La sonrisa engreída de Baxter se borra.

—Madison tiene trabajo, ella se queda. —Estoy a punto de levantarme, pero se da la vuelta para mirar a su hermano—. ¿No puede ir en un taxi?

—¿Y si se desmaya? —Johann entrecierra los ojos, cabreado con su hermano mayor. Baxter alza una ceja. Suspirando, mira a Megan, que aún tiene el pañuelo desechable entre los dedos y me observa con pánico—. ¿Te parece bien si soy yo quien te lleve a casa?

Quiero reírme por la forma en que los ojos vidriosos de mi hermana se agrandan, no tiene otro remedio que asentir. Por mucho que quiera quedarse, está clarísimo que está mal y no durará mucho tiempo frente a la computadora.

Tan pronto como Megan coge sus cosas y se despide débilmente de mí, escoltada por Johann, yo me quedo a solas con Baxter. Bueno, a solas en un radio de tres metros, porque pasando ese límite se encuentran las demás personas en sus cubículos y pueden oír si alguien habla más alto de lo debido. Me enfurezco. Sé que no debo. Mi horario termina a las cuatro de la tarde y si salgo antes se me resta el dinero que gano por hora. Soy nueva en el trabajo y tengo un contrato que cumplir, y aun así estoy molesta. No tengo derecho a estarlo y eso me enfurece más.

—¿Desea algo? —pregunto lo suficientemente alto para que las demás personas me escuchen. Quiero hacer que se vaya lo antes posible para descargar mi furia mirando la puerta de su despacho como si fuera él—. ¿Señor Cole?

Su mirada no deja la mía, así que cuando se inclina hacia mí, aparto la mirada para comprobar que nadie nos mira. La distancia entre nosotros es mucha, pero pese a ello trato de evitar un contacto cercano con él. A pesar de nuestra noche, esto es el trabajo y él, mi jefe. Y no puedo pensar diferente. No importa cuán ardiente se vea.

—¿Tienes idea de lo caliente que te ves? —Hace eco a mis pensamientos, utilizando una voz susurrante y, por lo tanto, ronca. No me está tocando, ni siquiera roza alguna parte de mi cuerpo, pero con tan solo mirarme ya me está poniendo a mil.

Si esto fuera otra situación ajena a lo que hemos pasado, sería acoso sexual. Que venga tu jefe e invada tu espacio personal para susurrarte al oído esas palabras podría considerarse como tal. Cualquier otra mujer lo golpearía, o alejaría, pero yo, que he sentido a Baxter en mí, tomo esto como una provocación. Una extremada y peligrosa provocación en medio del trabajo.

Respiro profundamente cuando se aleja, viendo el deseo en sus ojos.

—Si no tiene algo útil que decir, volveré a mi trabajo. —Aún sentada en mi silla, la giro, quedando de espaldas a él y frente a la pantalla de la computadora donde el documento del manuscrito que estoy leyendo me espera. Ambos sabemos que estas cosas —la lujuria y el deseo— no son para discutir en horas de trabajo.

Cuando se ha ido puedo tomar un completo respiro que me deja sin aliento. Es mi segundo día y yo ya estoy volviéndome loca. No tengo idea de cómo será aguantar este deseo sexual por Baxter el tiempo que trabaje aquí.

Será todo un reto, y estoy lista para enfrentarlo.

# 6

Mi hermana Megan estuvo en su habitación toda la tarde y parte de la noche. Le compré pastillas e hice sopa. No bien la terminó, volvió a su cuarto para seguir durmiendo. Con su estado de ánimo y la gripe que tenía, no quiso soltarme ningún detalle o historia del viaje que ella y Johann hicieron hasta aquí, así que sigo ansiosa por saber qué ocurrió.

Cuando me voy a la cama duermo como una bebé. No bien toco la almohada pierdo totalmente el conocimiento. Y lo que me despierta es el timbre del departamento. Por la noche dejo la puerta de mi habitación abierta por el calor, por lo que el resonante sonido me alerta tanto que despierto asustada y me golpeo la mano con la mesita de noche. Noto que ya amaneció, pero aún no es mi hora de despertar. Se supone que la alarma sonará a las siete de la mañana para empezar a alistarme, pero veo en el reloj que son las seis y media. ¿Quién puede ser a esta hora? No sé quién está detrás de la puerta del departamento, pero un asesino no. Porque lo asesinos no llaman al timbre, ¿o sí?

Mi mente recién activa formula mil ideas de quién es, así que cuando la abro y veo a Johann y Baxter frente a mí, lo primero que hago es fruncir el ceño.

—Tengo que estar soñando —exclamo con frustración. Me froto los ojos, pero cuando los abro, ellos siguen allí, impecables: con sus elegantes trajes, las camisas bien planchadas y las corbatas anudadas a la perfección—. ¿Qué demonios?

Johann me mira con pena. Levanta una gran bolsa como si fuera la respuesta a mi pregunta.

—Hola, Madison. Estoy aquí para ver a Megan, ayer estaba muy mal y me preocupé. Quise llevarla al hospital, pero ella…
—Levanto una mano, cortándolo abruptamente.

Miro a Johann y luego a Baxter, ambos vestidos para el trabajo y yo en pijama semitransparente y tan corto que me siento desnuda.

Me cruzo de brazos al notar que mis pezones se traslucen, pero es peor porque eso hace que Baxter baje la mirada.

—No importa —digo con voz ronca de recién levantada. Seguro que tengo el cabello hecho un desastre y mi aliento es malísimo, pero no me importa. Han interrumpido mi sueño en un día laboral cuando lo único que quiero hacer es dormir mis siete horas completas. Señalo el pasillo hacia la habitación de mi hermana—. La habitación de Megan es la primera puerta. Toca antes de entrar, probablemente te golpee si interrumpes su sueño, tú decides.

Los dejo a ambos en el marco de la puerta y yo camino humillada a sabiendas de que probablemente están mirándome el trasero. Aunque tengo mucho sueño y estoy demasiado aletargada como para que me importe.

De nada sirve volver a dormir porque los treinta minutos que me quedan se me harán eternos y las sábanas se pegarán a mi cuerpo, por lo que decido no hacerlo. En vez de eso, hago la cama y alisto mis cosas para bañarme. Una vez que lo he hecho, me arreglo apresuradamente y voy hacia la cocina.

Al salir al pasillo veo a Baxter sentado en el sofá de tres plazas de la sala mirando su celular. No le digo nada mientras me muevo por la cocina para preparar mi desayuno y el de Megan. Supongo que ellos han venido directamente de donde viven sin haber comido nada.

Me aclaro la garganta.

—¿Deseas un café?

Bax levanta la mirada mientras deja el celular en la mesa de centro y me sonríe. Esa bonita sonrisa suya de hoyuelos es irresistible. No puede hacerme esto tan temprano, necesitaré mucho más café para soportar esta tensión palpable entre nosotros.

—Ya tomé uno antes de salir, pero podría querer otro. ¿Podrías echarle leche? No me gusta el café cargado.

Alzo una ceja. Yo amo el café cargado, negro y muy amargo.

En algo tan pequeño como eso me doy cuenta de que somos muy distintos.

Me muevo por la cocina y tomo cuatro tazas —una extra por si Johann desea uno también—, y luego enciendo la cafetera. Sé que a mi hermana le gusta el café tan dulce como para darte un coma diabético, así que saco la caja de leche y el pote de azúcar. No sé cómo toma Johann su café, así que lo dejo para el último.

La cocina está abierta, al estilo americano, y por ende puedo sentir la mirada profunda de Baxter en mí. Trato de no sentirme incómoda y torpe mientras preparo lo que será mi desayuno y el de mi hermana.

—A todo esto… ¿qué haces aquí? —pregunto realmente confundida, pero sin querer mirarlo a los ojos. Como dije, no puedo lidiar con él tan temprano en la mañana sin haber probado mi amargo café—. Es decir, tu hermano vino aquí para ver cómo sigue Megan. No entiendo qué pintas en esto.

Levanto la mirada solo unos pocos segundos antes de volverla a bajar. Baxter, como siempre, sonríe como un tonto engreído.

—Acompañé a Johann aquí porque le trajo algunas cosas a tu hermana para que se mejore. Medicinas, sopa caliente y algunos regalos más. —Se encoge de hombros—. Estoy aquí por él.

Alzo las cejas, enternecida con la idea.

—¡Guau! —Mi voz sale chillona—. Qué amable de su parte, Johann es el hermano bueno.

—Y tú la hermana que está buena.

*Touchée.*

Al principio no reacciono. No hasta que levanto la mirada y veo que la de Baxter ha estado todo este tiempo a la altura de mi trasero. Pongo los ojos en blanco y me muevo para alejarme de su intensidad.

Cojo mi taza humeante de café y le doy un buen sorbo antes de pasarle a Baxter la suya. Me siento en el mismo sofá que él alejándome hasta el punto de estar separados por varios centímetros.

No quiero aceptarlo, pero cada roce, cada mirada, cada reacción suya pone mi cuerpo en un estado de excitación que solo sentí aquella noche en la que estuvimos juntos. Por eso trato de evitarlo, porque sé que, si no me alejo, caeré rendida a él.

Necesito cuanto antes una distracción.

—Gracias —murmura aceptando la taza y dándole un buen sorbo—. Mmm, está delicioso, el mejor café con leche que he probado.

No sé si se hace al gracioso o solo es un tonto divertido.

—Solo es café con leche, nada del otro mundo. —Tomo otro largo trago de mi café puro y sonrió al sentir que poco a poco voy despertando.

En ese momento de silencio entre ambos sale Johann de la habitación de Megan y nos encuentra a Baxter y a mí sentados en el sofá en completo silencio.

Me aclaro la garganta.

—¿Viste cómo está Megan? —le pregunto. Mi pregunta es demasiado obvia, pero suelo decir tonterías cuando estoy muy nerviosa. Así me pone Baxter Cole y su simple presencia.

Johann parpadea como si recién se hubiera despertado. Me pongo de pie para alcanzarle su taza de café mientras le señalo el azúcar y el café de la encimera; si desea algo más puede servírselo él mismo.

—Está bárbara —responde. Baxter se ríe—. Me refiero a que ya está mucho mejor, pero aun así va a faltar hoy. Quiere tener un día de descanso.

Ajá.

Asiento, no tan convencida de lo que ha dicho.

Además, me siento renuente al dejar que me lleven al trabajo. Porque si lo hacen, tendré que tomar el bus de vuelta, y yo odio tomar transporte público.

—Bueno, tú estás muy preocupado por mi hermana, ¿no? —Es una pregunta retórica, pero lo he atrapado con la guardia baja. Sus mejillas se tiñen de rojo y, como es de piel blanca, se nota de inmediato. Sonrío. Johann Cole bien podría ser de mi edad, por lo que me resulta fácil llamarlo por su nombre. Aparte, tiene una jovialidad y sonrisa sincera que al instante te hace sentir segura y cálida.

No como su hermano, que es todo lo contrario.

Si Megan está tan desesperada por no enamorarse de él, lo tendrá muy difícil. Tanto como para Johann olvidarla.

—No es eso… yo no… —tartamudea viéndose perdido.

Baxter se ríe.

—¡Es porque a Johann le gusta Megan! —exclama tan fuerte que podría haberlo escuchado el vecino del último piso. Su actitud infantil me hace reír. Johann de inmediato se abalanza sobre su hermano mayor, que aún está en el sofá. La intención de Baxter está clarísima: lo ha hecho para que Megan lo oiga desde su habitación. No sé si lo hizo, pero ella ya lo sabe, más que nadie. No necesita que lo anden gritando cuando se nota de inmediato por cómo Johann la mira siempre que está cerca.

Me siento como si fuera una adolescente con dos hermanos pequeños peleando. Johann, con la camisa bien planchada al igual que Baxter, se cierne sobre el sofá para tirarlo al suelo en represalia. Como eso no funciona, lo golpea suavemente —o eso creo yo— mientras forcejean por tomar el control.

—¡Ya paren! —grito al notar que no se detendrán. Camino hacia la cocina y cojo la escoba del armario de limpieza. Vuelvo a la sala y veo que ellos siguen en su tonta pelea. Blindo la escoba entre ellos para separarlos, pero sin querer hacerles daño. Funciona—. ¡Un poco de decoro, por favor!

Se separan, con la respiración agitada. Me miran con diversión al ver la escoba en mi mano. Abro la boca para comenzar con un sermón sobre el comportamiento en una casa ajena y con una mujer en la habitación próxima, enferma, pero la voz de alguien me detiene.

—¿Mads? —pregunta mi hermana. Volteo, al mismo tiempo que los hermanos Cole se sientan lado a lado en el sofá como si nada sucediera. Ella los mira—. ¿Qué pasa?

Poco a poco bajo la escoba para apoyarla en el suelo, sonriéndole.

—Solo barría. —Aprieto las manos sobre el palo de madera para no ahorcar a los infantiles hermanos por levantar a mi hermana de la cama, quien viste un pijama tan... infantil que escucho una risa que termina en tos. Por supuesto, proviene de Baxter. Yo también me reiría si no estuvieran los jefes. Ella lleva un pijama entero de gato, incluso tiene una cola en el trasero—. ¿Qué haces despierta, Meg?

—Escuché gritos. —Mira a Baxter, pero no a Johann. Él tampoco la mira, sus ojos están enfocados en su hermano.

Me encojo de hombros. No voy a delatar a Johann, pero tampoco le mentiré.

—El señor Cole solo estaba fastidiando a su hermano. —Decido no tutear a Baxter, por lo menos no en presencia de su hermano. Sería raro hacerlo frente a Johann, y por muy distraído que esté ahora, noto que aún no sabe nada de lo que pasó entre su hermano mayor y yo. Eso me sorprende. Yo corrí a contárselo a mi hermana; él parece habérselo callado—. Johann me ha dicho que te vas a quedar.

Se abraza a sí misma.

—Sí, aún no me siento bien. —Escapa de mi mirada, a sabiendas de que la conozco muy bien y puedo percibir fácilmente sus mentiras. Si esto lo está haciendo por evitar a Johann, me temo que es demasiado tarde para eso.

Me acerco a ella. El reloj en la cocina indica que es hora de partir si no quiero quedar atrapada en el tráfico de Nueva York. Le beso en la mejilla sintiendo su piel caliente y me despido de ella en susurros. Cojo las llaves del coche, y las meto en el bolsillo delantero de mi saco.

—¿Vamos? —pregunto con una sonrisa que no siento para nada. Que nuestros jefes estén en nuestro departamento me crispa los nervios. Y ni siquiera es algo anormal que sepan dónde vivimos, el problema es que jamás los hemos invitado.

Mientras los hermanos conversan en el ascensor yo trato de no cerrar las manos en un puño. De vez en cuando y con disimulo, Baxter se me queda mirando. Quiero enfrentarme a él y pedirle que deje de hacerlo porque me inquieta, pero prefiero callar y no hacer un escándalo frente a su hermano. En cuanto salimos del ascensor, al primer piso del sótano del estacionamiento, camino junto a ellos, pero no me detengo cuando llegan al auto de Baxter, sino que sigo mi camino haciéndome la loca.

—¿Madison? —me llama Baxter—. El auto está aquí.

Dibujo una sonrisa dulce en mis labios antes de dar media vuelta.

—Pero el mío está más allá. —Señalo el auto que Megan y yo compramos años atrás con nuestros ahorros cuando recién nos mudamos a este edificio. Sonrío al notar el fastidio en el rostro de Baxter, pero tiene la decencia de no decir nada porque su hermano está aquí. Gracias por tanto, Johann. Me despido de ambos con la mano—. Nos vemos en el trabajo.

Camino rápidamente hacia el auto y entro, respirando con alivio al ver el BMW de Baxter salir de la plaza donde estaba estacionado, haciendo sonar el motor en un ronroneo. Yo me doy el tiempo de ponerme el cinturón de seguridad y música en los altavoces para luego prender el motor. Demoro en llegar a la oficina aproximadamente veinte minutos debido al tráfico de las calles, pero cuando llego, veo que el estacionamiento está lleno, pero finalmente logro poner el auto en un lugar alejado del ascensor por el que subiré. Antes de bajar de él, me acomodo el cabello y miro mi reflejo en el espejo retrovisor, cerciorándome de que todo esté en orden. Cuando estoy satisfecha salgo y llego al ascensor, donde hay varias personas esperando. Miro la hora en mi celular: tengo todavía siete minutos de margen. En cuanto el ascensor se abre varias personas se apresuran a entrar, como yo, pero de repente alguien me agarra del codo.

Me doy la vuelta sobresaltada y veo a Baxter. Abro los ojos de más por su asalto, pero me pide que lo siga en silencio. Me guía a lo que parecen ser las puertas de emergencia de las escaleras.

En cuanto las cruzamos, veo con asombro que las escaleras que llevan arriba son tantas que me marea mirarlas. El lugar está iluminado solo por las luces de emergencia, y es tan solitario que me pone los pelos de punta saber que estoy encerrada aquí con Baxter.

—¿Qué quieres? —pregunto al comprobar que no habla. Me cruzo de brazos—. ¿Me has traído aquí para nada?

—Te he traído aquí para hablar.

—Si tanto quieres hablar conmigo, ¿por qué no lo hacemos en tu despacho? ¿Es necesario aquí? —No solo me pone de los nervios estar aquí sola con él, sino también la tensión que ambos emanamos.

—Quiero hablar de nosotros —murmura.

Internamente jadeo. ¿Nosotros?

—No hay un nosotros —replico casi riendo—. No sé a qué te refieres.

En este caso hacerme la tonta es lo único que puede quitarme de encima a Baxter. No pensé que iba a ser tan… intenso. Y con intenso me refiero a cómo quiere llegar a mí. ¿Es tan difícil entender la frasecita «solo por una noche»? Persiguiendo y diciéndome cosas bonitas no logrará nada.

El suspiro frustrado de Baxter por mi negativa me hace sonreír.

—¿Podemos hablar cuando termines de trabajar? —pregunta, insistiendo—. Podemos ir juntos a…

—No —lo corto, dándome cuenta de sus intenciones—. Yo… no puedo. Tengo que llegar a casa y cuidar de Megan. Además, no sería correcto tener una cita con mi jefe.

—Solo quiero ir a tomar algo contigo, tal vez un café o…

—No. No vamos a follar de nuevo.

—Yo no he dicho eso —dice con firmeza, lo que me hace exaltar.

—No lo has dicho, pero lo pensaste —lo acuso. Quizá me equivoque, pero lo principal para mí es que Baxter Cole se entere de una buena vez de que entre nosotros no volverá a pasar nada—. Mira, tuvimos una buena noche la semana pasada, pero hasta ahí llegó. Tal vez si no fueras mi jefe podríamos repetir o plantearnos algo más, pero no. La realidad es que eres mi jefe y lo nuestro jamás va a poder ser.

La sonrisa engreída de Baxter me hace enfurecer más.

—¿Es porque tienes miedo?

Alzo el mentón.

—No tengo miedo —miento descaradamente. En realidad, estoy aterrada. Hace poco he salido de una relación fallida de varios años, en donde dejé de amar a mi novio y no quise un compromiso a largo plazo. Es como si no pudiera mantener una relación estable. ¿Qué sucedería si pasa lo mismo con Baxter y conmigo?

No quiero arruinar lo que habíamos tenido. Fue placentero, una noche que jamás olvidaré, pero eso no significa que podamos tener citas y salir como dos novios enamorados porque no lo somos.

Baxter tiene que entender que entre nosotros no puede ocurrir nada más que una bonita amistad, si es que él acepta.

—Entonces ¿qué es? —pregunta confundido. Su sonrisa de galán ha desaparecido. Ahora hay una mirada de desconcierto, como si yo fuera un enigma por resolver. Las ganas que tengo de besarlo son inmensas, casi irresistibles, pero soy una mujer de palabra y me abstengo de cometer una locura como sería saltar en sus brazos y hacer exactamente lo que mi cuerpo quiere—. Madie, no te pido que te vuelvas a acostar conmigo ahora mismo. Salgamos en una cita.

—¿Estás loco? —pregunto—. Acabo de terminar una relación, no quiero otro compromiso en estos momentos.

—Será cero expectativas. —Levanta un dedo, sonriendo—. Y me portaré como un caballero. Lo prometo.

Mi cuerpo entero pide a gritos que lo acepte. Si no fuera tan cabezota y necia, tal vez lo haría, pero soy todo eso y más. Soy precavida, tengo miedo por muchas razones y una de ellas es que vuelva a romperle el corazón a alguien que no lo merece.

¿Quién dice que no lo volveré a hacer? Rompí el corazón de Devan cuando corté con él cuando me pidió matrimonio. No puedo con el compromiso, no sé si es fobia o miedo, pero sé que no funcionaría aun si lo intentara. No está en mis venas.

—No estoy emocionalmente disponible —murmuro con voz robótica, como si estuviera verbalizando algo que no me importa, pero, en realidad, por dentro mi corazón está sufriendo.

—Quieres convencerte de eso, pero la verdad es que solo tienes miedo. —Niega con la cabeza, como si estuviera decepcionado, lo que ralentiza el ritmo de mi corazón—. Tranquila, esperaré a que estés lista y me aceptes nuevamente. Pero esta vez quiero hacer las cosas bien.

En mi mente mis pensamientos van de un lado a otro.

No sé cómo puede leerme tan bien si toda mi vida he sido un libro cerrado para todo el mundo. Incluso para Devan, quien trataba de pelar mis capas, lo que solo conseguía que yo me cerrara con más ganas. Ahora aquí está Baxter, descifrando mis verdaderos sentimientos con una sola mirada.

¿Cómo carajos podré alejarme cuando lo único que quiero es estar cerca de él?

Ni yo misma puedo entenderme. Quiero tanto esto como no. Quiero dejarme llevar por mis emociones, pero yo no soy así. Soy una persona que no deja que las emociones le nublen el razonamiento: yo pienso antes de actuar, razono antes de hacer mi próximo movimiento.

Con Baxter es imposible que yo pueda pensar con claridad. Todo en él me confunde y me nubla el juicio.

—Nos vemos luego, señor Cole —murmuro alejándome de él.

Baxter solo suspira.

—No puedes alejarte para siempre, Madison.

Niego, volteando y saliendo de allí rápidamente con el corazón latiéndome deprisa.

¿Qué tenía Baxter Cole que hacía que perdiera el juicio y mi capacidad de razonamiento?

# 7

Baxter Cole no deja de mirarme todas las veces que sale de su oficina para hacer una ronda cada cierto tiempo. Yo hago lo mismo que hacía Megan con Johann: bajo la cabeza cada vez que pasa por mi lado.

Intento no hacer una locura, como empujarlo o hacerle la zancadilla, mientras leo y releo el manuscrito que está en mi escritorio, abierto en la página 37 y sin poder continuar con el párrafo que he leído ya más de diez veces. Me supone un gran esfuerzo concentrarme, y para conseguirlo pasan más de treinta minutos, cuando se aproxima la hora de almuerzo.

En cuanto llega, suelto un suspiro cansino y me levanto de mi asiento como si me hubieran puesto una bomba en el culo. Subo con rapidez por las escaleras internas a la planta de arriba, donde se sitúa la cafetería-comedor de la editorial, y compro un emparedado, ya que no he tenido tiempo de prepararme uno por la mañana. Me siento a una mesa vacía y saco mi celular para enviarle un mensaje a Megan. Justo termino de teclear cuando alguien se me acerca.

—¿Está ocupado? —La voz de una chica me hace levantar la cabeza. La miro sonriente al recordarla. Ella es quien saludó a Megan ayer desde su puesto. A su lado hay un chico, que me sonríe.

Niego, tragando.

—No —digo señalando las cuatro sillas—, no están ocupadas.

Para mi asombro, ambos se sientan frente a mí. Tienen emparedados y gaseosas que ponen sobre la mesa.

—Tú eres Madison, la hermana de Megan —me dice la pelinegra mirándome con sus ojos azules y sonriéndome con afabilidad—. Yo soy Susie, conozco a Megan desde que entré aquí hace seis meses.

—Y yo soy Trevor, más antiguo que ellas dos. Llevo aquí tres años. —Alzo las cejas.

—Vaya, mucho gusto, chicos. —Sonrío dejando mi emparedado a un lado para conversar—. Megan no vino por hoy porque está
resfriada, pero me dijo que tiene un par de buenos amigos aquí.
Qué gusto por fin conocerlos.

—Para nosotros es un gustazo conocerte, Meg estaba deseando
que trabajaras aquí. —La sonrisa entusiasta de Susie cuando menciona a mi hermana me hace mirarla con fijeza, ella continúa—:
Así que bienvenida, Madison. Bienvenida a Coleman.

Trevor también me ofrece una bienvenida, incluso se inclina y
toma mi mano para sacudirla. Les agradezco con una sonrisa feliz,
observando sus rostros. Susie tiene el cabello oscuro, con ojos azules y el rostro delgado. Sus rasgos, como nariz fina y pómulos altos,
la hacen ver preciosa. Eso combinado con su cabello corto… hacen
de ella una belleza. Por otro lado, Trevor tiene la piel olivácea y el
cabello negro, que contrasta con sus ojos verdes y lo hacen lucir
como todo un galán. Y sin duda es muy guapo, pero lo que más
demuestra que es un amor es su sonrisa cálida y su amabilidad.

—Gracias, chicos —murmuro, contenta de contar con amigos
en mi tercer día de trabajo. Miro a todos lados, complacida con el
lugar. Tal vez mi jefe sea un pesado, pero el ambiente laboral en ge-
neral es bueno. Además, hago lo que más me gusta, que es corregir.

En ese momento, en el que estoy mirando con una sonrisa la
cafetería casi vacía, entra por la puerta una mujer rubia. Y me fijo
en ella por lo despampanante que es. Llama la atención de los presentes, incluso la mía, y no sé si es porque es hermosa o porque
detrás de ella va Baxter Cole, que la está agarrando por la cintura.
Ambos se ríen con complicidad y conversan mientras se dirigen al
mostrador sin percatarse de nadie más. Tendría una pizca de celos si
las circunstancias fueran distintas, pero lo único que siento es una
curiosidad terrible por saber quién es ella sin parecer desesperada.

Por suerte Trevor satisface mi curiosidad.

—Esa es Heidi, la jefa de Recursos Humanos. —Alzo las cejas,
recordando que en ningún momento la vi mientras firmaba mi contrato o hablaba con el editor en jefe, que en este caso es Baxter—.
Acaba de llegar de sus vacaciones. Ha estado una semana fuera.

Miro a Trevor con una sonrisa de disculpa, pero él tiene la mirada fija en ellos, especialmente en la rubia despampanante y guapa, quien está sonriéndole a Baxter con tantas ganas que hago un

gesto de disgusto al notar sus intenciones. Es obvio lo que pasa aquí, y tanto Trevor como Susie lo saben, porque no despegan sus ojos de la pareja sonriente.

Me doy la vuelta en el instante en que ambos cogen sus cafés de la barra y se dirigen hacia las mesas libres que hay a nuestro alrededor. Pero ni Trevor ni Susie lo hacen, así que no tengo que ser un genio para saber a quién le sonríen con cordialidad mientras se acercan a nuestra mesa.

—Hola, chicos —saluda la voz dulce de Heidi. Levanto la cabeza observándola. Ella me mira y alza ambas cejas, deja su café sobre la mesa y se sienta a mi lado—. Mucho gusto, Madison. Bax me ha hablado de ti; eres la nueva correctora. Bienvenida a la editorial Coleman. Yo soy Heidi y trabajo en el área de Recursos Humanos, acabo de llegar de mis vacaciones y me estoy aclimatando de nuevo, nada mejor que un buen café para eso. Y en esta cafetería hacen el mejor.

Su sonrisa cálida de bienvenida me da buenas vibras. Quiero extender mi mano pero están ocupadas cogiendo el emparedado, así que solo le sonrío y alzo el mentón a modo de saludo.

—Mucho gusto, Heidi, y gracias por la bienvenida —digo por segunda vez con escasos minutos de diferencia. Baxter se planta a su lado como si fuera su sombra, apoyando una mano en el respaldar de su silla, justo detrás de su hombro izquierdo. Lo noto todo porque está a mi lado y es imposible ignorarlo así como así. Lo miro—. Buenos días, señor Cole.

Mis nuevos amigos lo saludan igual que yo, sin tutearlo y por su apellido, cosa que no me pasa por alto. Por supuesto, Baxter ama que lo traten de usted y parece disfrutar cuando Heidi lo tutea.

—¿Qué tal le va a su hermana? —pregunta justo antes de probar un sorbo de su café. Me pone de los nervios que no se siente y que solo se dedique a mirarme mientras se recarga en el respaldar del asiento de la rubia llamada Heidi, que está totalmente encantada de que el jefe la escolte.

—Está mejor, descansando en casa y bien abrigada. —Hace un calor de mil demonios, pero ella está en casa abrigada, porque estar enferma en pleno verano es lo peor.

—Espero que se recupere pronto para que esté lista para la fiesta —murmura Heidi mirándome.

Parpadeo.

—Es el sábado. —Baxter al ver mi cara de espanto, aclara—. No este, sino el de la semana que viene.

—Es la fiesta del décimo aniversario de la editorial y se celebrará a lo grande. —A Heidi se la ve entusiasmada con la idea. Noto que Susie y Trevor están callados, observando a los recién llegados sin ánimos de querer participar en la conversación—. Será en el Four Seasons, a lo grande. Irán muchos editores y escritores, socios y hasta colaboradores de otras editoriales. ¡Será increíble!

Su entusiasmo no se me pega, al contrario, lo encuentro fastidioso.

—Eso es genial —adopto una voz cordial, pero sin mostrarme impresionada. Heidi alza una ceja mientras sorbe de su café. Ni siquiera miro a Baxter—. Yo creo que para esa fecha mi hermana estará bien. Solo es un resfriado.

—Claro que sí —asegura con ímpetu—. Eso se soluciona con un par de pastillas y mucho descanso. —Luego mira el reloj de la pared de la cafetería y abre los ojos como platos, en un gesto de aparente sorpresa—. Bueno, es momento que nos vayamos, solo veníamos a por un café. Tenemos que hablar con Lucas.

No sé quién carajos es Lucas, así que solo le sonrío mientras sigo comiendo de mi emparedado. Baxter se endereza y se acomoda el saco, luego voltea a mirarme.

—No se olvide que hoy tenemos una reunión, señorita Hall.

—¿Reunión de…? —Mi voz se va apagando cuando me doy cuenta de que se refiere a la dichosa cita que dijo en la mañana. Quiero refunfuñar como una adolescente, pero me calmo, pienso antes de actuar y sonrío con dulzura—. Recuerde que la reunión se canceló. La… interesada dejó de estarlo en cuanto vio los términos.

Se cruza de brazos.

—No lo creo —responde él alzando una ceja, desafiándome—. Yo la noté bastante comprometida. Incluso la sentí accesible. ¿Está segura de ello?

—Totalmente, ella no está interesada. —Al notar las miradas de Susie, Trevor y Heidi en mí, sonrío apenada—. Hay una… escritora que contacté, pero no está interesada en publicar con nosotros cuando leyó el contrato.

Heidi frunce el ceño.

—Qué mal. —Coge a Baxter del brazo y después nos mira—. Nos vemos luego, chicos. Que tengan buen día.

Baxter se despide escuetamente de nosotros y luego juntos se van en dirección a las oficinas que hay junto a la cafetería. Frunzo el ceño.

—Allí están las áreas de reuniones, el despacho de Heidi y demás empleados —aclara Trevor al ver mi rostro confundido—. Al parecer aún no te han hecho el recorrido.

Niego.

—Me siento perdida aquí.

Trevor y Susie se miran, sonrientes. Cinco minutos después de comer me arrastran para conocer el lugar. Bueno, no me arrastran exactamente porque les pedí que me hicieran de guías y ellos gustosos aceptaron. Me siento tonta al pensar que, siendo mi tercer día, apenas conozca el baño y ya.

Media hora después hemos recorrido las dos extensas plantas en las que se distribuyen las instalaciones de la editorial Coleman. Debo admitir que he quedado encantada con lo modernas y espaciosas que son. Hay cubículos para cada trabajador y oficinas para todos los que trabajan en Administración. Heidi es jefa de Recursos Humanos, pero su despacho queda en el área administrativa. Tiene uno para ella sola, pero no estaba mientras mis recientes amigos me hicieron el recorrido, por lo que pude respirar con tranquilidad.

—¿Qué es eso de la fiesta de aniversario? —pregunto con curiosidad mientras me siento en mi cubículo. Hablo en voz baja porque la oficina está en silencio y no quiero ser descortés. Aunque es un alivio que ni Baxter ni Johann estén en sus despachos o merodeando alrededor; de ser así, esta conversación no habría tenido lugar. Cuando los jefes están cerca, todo el mundo está en su sitio y no suele haber conversaciones largas como en la que estamos inmersos ahora los tres. Yo estoy sentada en mi puesto, mientras que Susie ocupa la silla vacía de Megan a mi lado. Trevor está apoyado en la pared, a un par de metros de nosotras.

—Es el décimo aniversario de la editorial —comenta Susie alegre—. Se celebrará a lo grande e incluso vendrán los señores Cole y los fundadores de esta editorial. Como dijo Heidi, será en el Four Seasons. Comienza a las siete de la tarde y hay que ir de etiqueta, por lo que tendrás que llevar un bonito vestido largo. Normalmente solo hacen una cena, pero por el décimo aniversario se hará una gran celebración. Habrá bufet y música en vivo hasta para bailar.

—¡Guau! —exclamo mirándola impresionada—. Estás bien informada.

Trevor y ella se ríen.

—Hemos estado esperando esta celebración desde hace meses… Desde que se anunció que será en ese gran hotel, todo el mundo está emocionado con la idea. ¡Ya quiero que sea sábado!

—Bueno, en tres días será sábado… —deja escapar Trevor.

—¡No este, sino el siguiente!

Me río, divertida con este par. Aprovecho su pequeña discusión para encender el ordenador y revisar mi correo. No puedo empezar a corregir ya que ellos están aquí y no quiero botarlos porque me agradan. Reviso mi correo hasta que me topo con uno que me deja un poco descolocada. En el título aparece un nombre conocido: «Kayden Havort» justo al lado de «contrato editorial». Cliqueo con rapidez para abrir el mensaje ignorando a mis amigos.

Cuando termino de leer el mensaje, miro la hora en la pantalla del ordenador y maldigo de mil formas en mi mente. Cojo mi celular e interrumpo a Trevor y Susie poniendo cara de circunstancias.

—¡Había olvidado que Kayden Havort viene hoy! —exclamo, llamando la atención de algunas personas. Me levanto al mismo tiempo que ellos asienten, al parecer sin tener idea de sobre qué hablo—. Ya vuelvo, chicos.

Corro al segundo piso, donde se hallan las salas de juntas, con mis tacones repiqueteando en el suelo de mármol y procurando no caerme. Compruebo que una de las salas de juntas está cerrada y que dentro hay cuatro personas, entre ellas Baxter y su hermano. Me acomodo el cabello y toco la puerta, aunque es de vidrio, por lo que todos pueden verme desde dentro. El que se apiada de mí es Johann, que corre en mi auxilio y me abre, sonriéndome.

—Lo siento —me disculpo con voz agitada y tratando de respirar con tranquilidad—. Tuve un pequeño percance y no logré leer el correo de anoche. Lo acabo de hacer y me topé con este…

—No te preocupes, Madie —me interrumpe él cerrando la puerta detrás de mí—. Acabamos de llegar, solo estábamos esperándote.

Los presentes se levantan, excepto Baxter, quien permanece en su sitio sonriendo detrás de su mano. Intento no mirarlo para concentrarme en el hombre que me sonríe alegremente, me tiende una mano, que yo gustosa tomo. Este es el famoso escritor que tanto ansié conocer.

—Mucho gusto, tú debes de ser Kayden Havort. —Recuerdo vagamente la foto que envió en la hoja de biografía donde se le pedían sus datos. Es tan apuesto como sale en ella. Su cabello oscuro, sus ojos color avellana y su rostro son para morirse. Toma mi mano y hace la cosa más loca frente a todos, la acaricia para luego besármela. No hago más que sonreír, un poco sorprendida por su acto.

—El gusto es mío —dice con voz galante y sin soltarme la mano—. Si hubiera sabido que mi editora iba a ser así de hermosa, habría mandado mi mejor manuscrito. Algún poemario de amor, tal vez.

Pongo los ojos en blanco, no solo es coqueto, sino también un poco egocéntrico. No puedo pedir mucho de un escritor.

—Déjeme decirle que el manuscrito que envió es excelente, si no, no se habría seleccionado.

Baxter me mira, luego lo mira a él y al final termina hablando.

—Aún no se ha firmado nada —declara secamente, pero sin perder la tranquilidad y esa sonrisita que cubre su mal humor.

—Por algo está aquí nuestra abogada, ¿verdad? —apunta Johann señalándola con una mano extendida. Yo me acerco a la guapa rubia que está detrás de Kayden y le sonrío, también extendiendo una mano para estrechársela. No sé ni quién es, pero me alegra ver que parece buena gente, sonriéndome de vuelta.

—Mucho gusto, Madison, soy Valentina, abogada de esta editorial. —Su apretón de manos es firme, y de inmediato me cae bien. Sus labios pintados de un rosa suave se estiran en una sonrisa. Le digo que el gusto el mío y luego todos se sientan, incluida yo. Estoy entre Kayden y Valentina, Baxter se encuentra frente a mí y junto a Johann.

Baxter procede a explicarle a Kayden el proceso de edición y el tiempo que tomará lanzar el libro al mercado. También las regalías y el porcentaje que recibirá por una cantidad determinada de libros vendidos. Para esto Valentina se suma a la conversación explicándole ciertos términos del contrato que tiene en una carpeta.

Kayden lee y relee, haciendo preguntas aquí y allá hasta que todas están resueltas. Yo solo participo un par de veces cuando me preguntan el tiempo y el proceso de edición.

Una hora más tarde Kayden firma el contrato, ganándose una sonrisa de todos y un buen apretón de manos. Cuando abandonamos la sala, Baxter me sujeta del codo y cuando todos nos miran, él se mantiene serio.

—Tengo un par de cosas que hablar con la señorita Hall. —Se dirige a Johann y a Valentina—. Acompañen al señor Havort a la salida, por favor.

Yo les sonrío tensamente como despedida y sigo a Baxter al interior la sala de juntas. Como las cuatro paredes en realidad son mamparas de vidrio cualquiera desde fuera nos puede ver, así que con agilidad él baja cada cortina hasta conseguir que nadie pueda vernos.

Esta vez lo miro con ojos entrecerrados.

—¿Y ahora qué quieres? —pregunto tuteándolo y de mala gana por haberme encerrado aquí con él, porque sí. Ha cerrado la puerta con seguro. No me quejo, solo pido explicaciones.

—Hablar —contesta como si nada. Se apoya en la gran mesa de vidrio y se cruza de brazos. Parece relajado, mientras que yo estoy más tensa que un músculo contracturado.

Suelto un suspiro tan grande que mis hombros se encorvan un poco.

—¿Y ahora de qué quieres hablar? —pregunto alzando mis cejas—. ¿No te…?

Ni siquiera puedo terminar la oración porque Baxter viene hacia mí y me coge de las mejillas, estampándome un beso que me deja paralizada.

# 8

Por un momento dejo de pensar para corresponder a su beso porque es lo único que mi mente me dicta, pero cuando recobro el sentido lo empujo. Baxter se muestra descolocado por un segundo y yo también. Estamos en el trabajo y a pesar de que nadie nos ve, es un error hacerlo aquí.

—¿Qué rayos, Baxter? —Mi corazón late rápidamente pero yo lo ignoro, diciéndome a mí misma que es por el miedo de que alguien nos vea y no porque el beso me ha afectado—. No puedes besarme así como así. Mierda.

—Hace unos segundos te dejaste llevar. —Por lo visto a él le ha afectado el beso porque respira entrecortadamente y su pecho sube y baja con fuerza. Quiero salvar la distancia entre nosotros, apoderarme de él y volver a sentir sus labios tibios sobre los míos. Pero cuando lo veo y me doy cuenta de dónde estoy, mis sentidos me alertan.

—Estamos bien así como conocidos, ¿por qué quieres joder esto? —Estoy tan malhumorada y con tanta frustración que empiezo a despotricar contra él—. Solo nos hemos acostado una vez, ¿qué más quieres? ¿El segundo *round*? Estamos en el trabajo, Baxter, y por mucho que quiera repetir contigo no es correcto.

Dicho eso, salgo de allí dándome de bruces contra Heidi, quien me mira asombrada. Estoy alterada y siento mis mejillas calientes, apuesto a que mis labios también lo están por el beso, pero le sonrío cuando ella me saluda. Con disimulo levanto el dedo pulgar y me limpio la comisura de estos, solo por si acaso.

—Hola, Madison.

—Hola, Heidi —respondo pasando por su lado sin detenerme a hablar con ella un segundo más.

—Que tengas un buen día. —Sí, tú también—. ¡Oh, hola, Baxter! ¿Qué ocurrió en la reunión con Kayden Havort…?

No alcanzo a escuchar, porque la puerta se cierra y yo doblo la esquina, no sin antes ver que ahora es ella quien se ha encerrado con Baxter. Ignoro la oleada de celos que me atraviesa y bajo a mi cubículo. Trevor y Susie están en sus sitios, así que me siento en el mío y trato de no pensar en lo que acaba de suceder. Me sumerjo en mi trabajo para mantener mi mente ocupada y no estar pendiente de Baxter.

Creo que no tengo mucho éxito en eso porque exactamente cuarenta y tres minutos después baja Baxter y se dirige a su despacho sin dirigirme una sola mirada. Trato de no comerme la cabeza por ello, pero es imposible cuando he notado su cabello revuelto y su camisa semiarrugada.

Esta vez, cuando cojo el manuscrito en mi mesa, lo aprieto tan fuerte que algunas hojas se doblan.

En mi mente repito mi mantra.

Deja de pensar en él. Deja de pensar en él…

Funciona. Por un rato.

$$((\ ((\ ((\$$

Cuando regreso a casa ese día, abro los ojos desmedidamente al ver un gran ramo de rosas rojas sobre la mesa del recibidor. Hay una tarjeta allí en la que se lee «Megan» con una bonita letra. Con aquella tarjeta en mano corro a la habitación de mi hermana y la encuentro cubierta de pies a cabeza a pesar de que no hay aire acondicionado y el calor es insoportable. Parece un tamal envuelto y me da mucha pena despertarla, pero lo hago, echándome a su lado de improviso y haciéndola saltar.

—¡Maldición, Madison! —gruñe de mal humor y con voz ronca—. Pesas demasiado.

Me río cubriéndola de besos cuando me aparta suavemente y me mira mal. Me siento a su lado sosteniendo la tarjeta en alto para que la observe.

—¿Qué es esto?

Megan se cubre la cara con el brazo sin permitirme ver sus ojos y aprieta los labios. Parece molesta por recibir rosas, y a mí solo se me ocurre una persona que pueda haberlas enviado.

—Es una tarjeta —murmura estoica.

—No me jodas, Megan —la reprendo con la paciencia al límite—. ¿Quién te envió esas rosas? Y no trates de esconderte porque no me iré de tu habitación hasta que me hayas contado absolutamente todo. Y cuando digo todo, quiero decir ¡todo!

Ella me mira tan mal que cualquier otra persona se escondería, pero es mi hermana y estoy tan acostumbrada a sus miradas matadoras que me cruzo de brazos y espero a que comience a hablar. Lo hace, justo después de soltar un suspiro tan fuerte que frunzo los labios para no reírme. Su rostro está despejado de cualquier mal; sus ojos no están brillosos y dado que anteriormente toqué su piel y no está caliente, intuyo que ya no está enferma. Sin embargo, aún tiene la voz ronca y eso ha de ser porque seguramente pasó la mayor parte del día durmiendo.

—Es de Johann. —Duh. Obviamente—. Mandó las rosas al mediodía con un repartidor y con esa tarjeta. Me pidió que sea su acompañante en la fiesta de aniversario, pero no acepté. Le mandé un mensaje rechazándolo.

—¿Qué?

Se cubre el rostro con ambas manos, por lo que cuando habla su voz se escucha amortiguada.

—No puedo ir con él. Sabes que no está bien salir con el jefe. ¡Tú más que nadie debe entenderme!

—Lo mío es totalmente diferente a lo tuyo. —Para mayor comodidad me quito los tacones y los tiro al piso para sentarme de piernas cruzadas al lado de ella, quien se recuesta en el respaldar de su cama y me mira con atención—. Lo mío con Baxter es pura lujuria. Sí, pasamos una noche muy buena, pero no podemos repetir. No quiero meterme con nadie más, no quiero relaciones de amor y mucho menos ser amigos con beneficios. ¿Puedes entender eso?

Meg se cruza de brazos.

—¿Cómo sabes que lo mío con Johann no es lujuria y puro deseo?

—¡¿Te acostaste con él?! —grito, sin poder creerlo. Ella se tapa el rostro.

—Nooo —niega alargando la palabra—. Pero casi.

—¿Cómo que casi? —pregunto sin poder creerlo—. ¿Por qué no me dijiste nada?

—¡No quería que lo supieras! —grita de vuelta—. Estaba tan borracha que una cosa llevó a la otra y casi pasó, pero él fue todo un caballero y se detuvo cuando se dio cuenta de que estaba borracha. Pero luego llegó Susie y yo…

Tomo su mano cuando no puede continuar y la aprieto.

—¿Te gusta Susie? —No debería sorprenderme, pero lo hace. Sé que mi hermana es bisexual, pero nunca ha estado en la coyuntura de que le gustaran dos personas a la vez. En nuestros años de vida siempre nos lo hemos contado todo, por lo que trato de no quedarme boquiabierta ante la idea de que le gusten dos personas.

—Sí… —contesta luego de morderse el labio—. Pero Johann…

—También te gusta —termino por ella—. Mierda, estás en un lío.

—Lo sé. —Suspira—. Por eso prefiero quedarme sola y no darle alas a nadie. No quiero salir con ninguno porque no estoy segura de qué hacer. Quiero mantenerme sola durante un tiempo hasta que mi mente se aclare.

—Sabes que no es tu culpa, Meg. No es justo que te atormentes, tú no mandas en tu corazón.

—Lo sé. Pero ellos ahora piensan que estoy interesada. Tengo que hablar con ellos y eso me da terror. ¿Y si se molestan…?

—Meg —digo aferrándome a su mano—. Tienes que ser sincera. Tienes que decirles lo que realmente sientes porque, si no lo haces, luego puede ser muy tarde. He visto cómo te mira Johann, está coladísimo por ti. No te estoy presionando, solo quiero ayudarte a seguir tu corazón. Ambos están esperando una respuesta tuya.

Ella baja la cabeza, parece derrotada.

—Lo haré. No creo que pronto, pero en algún momento. Espero hacerlo antes de la fiesta de aniversario.

Asiento.

—De la cual no me has dicho nada. —Me cruzo de brazos—. Si no fuera por Heidi, no me hubiera enterado.

Rápidamente levanta la cabeza y me mira.

—¿Conociste a Heidi? —Por su tono de voz debo deducir que ese hecho es algo importante. Me acerco a ella como si estuviera a punto de soltar un gran chisme.

—Sí…

—¿Viste cómo actúa alrededor de Baxter?

Asiento.

—Hoy los vi juntos. Cuando me la presentaron parecía demasiado buena gente. —Frunzo el ceño—. ¡Nadie es demasiado buena gente! Sospeché de ella en el instante en que me sonrió como si compartiéramos un gran secreto. ¿Crees que ellos tienen algo?

Me mira, apretando los labios.

—Nadie lo sabe. Baxter guarda demasiado bien las apariencias y sus relaciones.

Suelto un suspiro.

—Vi que luego de encerrarse en la sala de juntas, él salió cuarenta y cinco minutos después con la camisa arrugada y el cabello un poco revuelto. Se lo estaba acomodando mientras caminaba hacia su oficina. —Megan se me queda mirando por largo rato—. ¿Qué?

—No debería importarte si ellos están follando como conejos salvajes en una sala de juntas por cuarenta y cinco minutos. A menos que te guste Baxter…

Me tomo unos segundos para reflexionar antes de soltar la bomba.

—Me besó —digo ignorando su sospecha. Me llevo una mano a los labios y me los acaricio, recordando el beso tan demoledor que por unos segundos logró hacerme olvidarlo todo—. Lo peor es que quería continuar, pero no así, Meg. No en una sala de juntas en el trabajo, ni tampoco con el jefe. Mucho menos cuando él tiene una amiga con quien disfruta también.

Nunca he sido una persona demasiado celosa. En mi relación con Devan siempre controlé mis celos, pero debió de ser porque soy una persona serena en cuanto a problemas se refiere. Si algo sucedía, lo primero que hacía era analizar la situación para luego hablar directamente con mi exnovio. Jamás armé una escena y nunca hemos tenido problemas de celos. Pero ahora, mientras recuerdo el momento en que Baxter y Heidi interactuaron juntos, se me doblan los dedos de solo pensar en ellos follando.

—Basta de pensar así. —Ahora es ella quien me toma de la mano—. Si tanto quieres estar con él, solo debes hablarlo. Sabes perfectamente que a Baxter se le cae la baba por ti. Siempre está observándote, te mira el culo cuando vas al baño o te paras a buscar un café.

—¡No es cierto! —replico empezando a calentarme—. Él siempre está en su oficina.

—Las pocas veces que han hablado ha estado mirándote el culo.

—¿Y tú qué vas a saber si estabas babeando por Johann todo el tiempo?

Meg inhala.

—¡Cállate! ¡A ti se te caen las bragas por Baxter desde que follaron!

—¡Serás tonta…! —Le lanzo una almohada en toda la cara, haciendo que estallemos en risa por nuestras tonterías. Cuando ambas estamos serias de nuevo, nos miramos, contemplando la realidad—. Estoy haciendo bien, ¿verdad?

Megan no dice nada, me mira, me mira por largo rato en el que parece sopesar su respuesta.

—No lo sé, Madie, yo estoy todavía más confundida que tú.

$$( \, (\, ($$

Al día siguiente y gracias a mis sopas mágicas y, claro, a las pastillas que tomó, Megan amanece muchísimo mejor para ir al trabajo. Juntas nos encaminamos allí, esperando con nerviosismo que el ambiente laboral sea el mismo. No queremos dramas de jefes justo ahora, las dos tenemos nuestra propia dosis de hermanos Cole por ahora, no necesitamos agregarle más drama a esto.

Por una vez, cuando nos detenemos en el piso de la editorial y pasamos las puertas de vidrio, los jefes están allí, pero no nos miran. Los saludo escuetamente cuando paso por su lado y voy derecha hacia mi lugar. Megan no tiene esa suerte; Johann la intercepta, la toma con delicadeza de la muñeca y le sonríe al verla allí. No miro a Baxter. No me importa que esté hablando con una muy coqueta Heidi, quien ni se fijó en mí al pasar, solo concentro mis ojos en lo que tengo delante, la computadora del trabajo y algunos manuscritos, y no despego los ojos de allí a pesar de que Megan vuelve y se sienta a mi lado.

—¿Te dijo algo? —le pregunto, pero sin mirarla. Reviso mi correo. Siento que mi día va a ir en picada. Tengo más de cinco mensajes de Baxter, todos ellos son manuscritos. Y me ha dado un plazo de una semana por manuscrito. Quiero levantarme de la silla y soltarle un par de cosas, pero eso llamaría demasiado la atención. Lo que hago, y es lo más sensato, es mandarle un correo de vuelta pidiéndole un plazo más largo para poder terminarlos. Por supuesto, mi tono en el correo es impersonal y muy respetuoso. Jamás debes enviar correos personales a través del mail de la empresa. Eso me lo enseñó Devan, mi ex, cuando trabajaba de secretaria para él.

—Solo quería saber cómo estaba. —Escucho un suspiro de su parte—. Mierda, allí vienen Susie y Trevor…

Levanto la cabeza como un resorte y les sonrío. Miro a Susie, pero ella solo tiene ojos para mi hermana, la mira, la analiza y luego se vuelve hacia mí para devolverme el saludo. No se ha dado cuenta de que la he estado mirando.

—Qué bueno que ya estés mejor, Meg, nos tenías preocupados. —Susie la mira, mas no hace nada por acercarse, no como Trevor, quien la abraza con fuerza de oso.

—Solo fue una gripe, chicos, nada del otro mundo. —Megan se ve ofuscada. Baja la mirada a la pantalla de su computadora—. Nos vemos para almorzar, ¿verdad?

—Sí, estábamos pensando probar el nuevo restaurante que han abierto a una calle de aquí. —Susie aprieta las manos, mirándonos—. ¿Se apuntan?

—¡Claro! —acepto antes de que Megan pueda refutar la oferta. Me parece perfecto que le guste y esté confundida, pero no por eso puede rechazarla como si nada. Simplemente debe ser sincera y así a lo mejor ella podría entenderla.

Pero qué sabré yo de eso si rehúyo de mis propios sentimientos. Mi hermana parece querer matarme cuando ambos se van a sus puestos, a unos metros de nosotros. No digo nada porque podrían oírnos, así que sonrío y me relajo en mi asiento.

En dos horas ya he corregido muchas páginas de la novela de Kayden. Hay anotaciones por todos lados, pero se ve que ha hecho un gran trabajo editándola antes de enviárnosla. Baxter no me responde el correo, por lo menos no en los siguientes minutos. Sé que ha entrado en su despacho, lo puedo observar con el rabillo del ojo; lo que no puedo entender es qué hace Heidi con él. Ayer Trevor me dijo que ella tiene su despacho en la planta superior, y viendo el reloj, se ha pasado más de media hora en el de Baxter y aún no sale.

Me carcome la curiosidad, pero no hago nada. Ni siquiera miro en esa dirección cuando oigo la puerta abrirse y la alegre voz de Heidi por toda la planta.

—Después hablamos, Bax. Quedamos para comer, yo vengo a buscarte. —Si se tirara al piso cayendo de rodillas y rogando no sonaría tan desesperada como ahora. Levanto la cabeza y la miro, pero ella ya está camino del ascensor.

Me fastidia mucho lo que siento cada vez que habla con Baxter o está con él. No debería importarme si coquetean o no, pero lo hace y mucho.

Además, mi sexto sentido me dice que Heidi no es del todo buena como se muestra, tiene algo que no me agrada del todo, y no, no es por Baxter, sino una vocecita que me dice que algo oculta y sus intenciones no son buenas.

Tecleo un par de cosas en el ordenador, pero mis dedos se congelan cuando mi nombre sale de sus labios.

—Madison, ven aquí, por favor. —Me llama Baxter. No estoy segura de por qué lo ha hecho. La oficina ahora está tan callada que parece como si no hubiera nadie aquí. Se podría oír hasta si cae un algodón. Me levanto de mi asiento como un robot, maldiciendo a Bax en mi mente. Estoy segura al cien por cien que me ha llamado a su despacho solo para joder. ¿No podía ser un jefe normal y responder a mi mensaje con lo que quisiera decirme?

Mis tacones resuenan en el mármol, pero no me doy la vuelta, no hace falta cuando siento varios pares de ojos sobre mí. Paso delante de él para entrar en su despacho y percibo su fragancia masculina. Suelto el aire que contenía y volteo a enfrentarlo. Baxter cierra la puerta y se apoya. Las cortinas están cerradas, por eso nadie puede vernos desde fuera.

—¿Qué pasa? —Me hago la desentendida.

—¿No puedes terminar un manuscrito en una semana? —pregunta, serio, con los ojos color miel sobre los míos. Va directo al grano y eso me gusta, porque es como yo.

—La verdad es que no, necesito más tiempo…

—¿Más tiempo? —repite, acercándose. De un momento a otro siento que estamos hablando de otra cosa.

—Sí. —Exhalo. Me llama la atención cómo parece estar tan sereno frente a mí. No me mira como lo hacía, ahora solo puedo notar un distanciamiento. Es como si me tratara como a una empleada más. Eso me tranquiliza, significa que ya no está interesado en mí. O por lo menos, ya no está interesado en perseguirme. Aunque una parte muy dentro de mí se siente ligeramente decepcionada por ese hecho. Ignoro esa parte y me concentro en explicarme—. Yo sé que no debo tomarme libertades, pero el manuscrito de Kayden está tomando todo mi tiempo.

—Es lo correcto. A fin de cuentas eres la correctora y tú verás cómo manejas tu tiempo, pero quiero esos manuscritos revisados en una semana a partir de hoy.

Me cruzo de brazos, indignada con la frialdad con la que me habla. Cuando yo le pedí distanciamiento no me refería a que fuera frío conmigo, solo que me tratara como a una empleada más. Y si así trata a sus empleados cercanos no quiero imaginar cómo trata a los demás.

—¿Estás diciéndome que no me puedes dar más plazo para entregar los manuscritos?

—Sí, eso mismo estoy diciendo —dice pasándose el pulgar por los labios, dedicándome una mirada intensa—. ¿Algo más?

—No, eso es todo. Gracias, señor Cole. —Me doy la vuelta sin esperar una contestación de su parte, que tampoco consigo, y salgo de allí cerrando la puerta a mis espaldas. Suelto el aliento que estaba conteniendo mientras camino hacia mi puesto de trabajo. Megan está tan concentrada en la pantalla que no nota las miradas furtivas que le lanza Susie. Le sonrío cuando la pillo mirando a mi hermana y ella se da la vuelta rápidamente, avergonzada.

—Baxter Cole es un grandísimo idiota —suelto de mala gana mientras me acomodo en mi asiento. Megan se da la vuelta y me mira con ojos muy abiertos. Me hace una seña que no logro entender, porque básicamente estoy demasiado molesta con ese idiota como para interpretar lo que quiere decir ella—. ¿Qué?

—No digas esas cosas en la oficina —sisea acercándose a mí con su silla giratoria—. ¿Quieres que llegue a oídos del señor Cole?

La miro con los ojos entrecerrados.

—Él ya sabe que pienso que tiene un palo en el culo. —Megan aprieta los labios para no reír, yo me enfurezco más—. Ayer me buscaba para besarme y ahora solo actúa como el imbécil que es.

—Madie… —Me regaña ella señalando a nuestro alrededor. Pongo los ojos en blanco.

—Sí, sí, hablaremos luego en la hora del almuerzo.

Cuando ya es más de mediodía y la hora del almuerzo llega, ni siquiera puedo insultar con libertad a Baxter Cole porque nuestros compañeros, Trevor y Susie, nos acompañan al nuevo restaurante que han inaugurado y que estamos ansiosos por probar. Miro la carta del menú con mala cara inspeccionando la comida que no sé si disfrutaré por tener el hígado casi reventado de tanto renegar y maldecir a Baxter. Incluso planeaba hacer un muñeco vudú para torturarlo. Esto de revisar y corregir manuscritos no es tarea fácil, no cuando estos se me han acumulado, y al ser la nueva, aún tengo que coger ritmo. Es como hacer prácticas luego de no saber una mierda de lo que estás estudiando en la universidad. He hecho varios cursos de redacción y corrección de estilo a los que me apunté con mi hermana para escapar de las garras de nuestra madre, pero es evidente que no tengo ni puta idea de cómo funciona este mundo.

La camarera se acerca para tomar nuestros pedidos, de modo que elijo lo primero que mis ojos ven y así termino eligiendo una hamburguesa de carne con tomate, lechuga, queso, pepinillos, aros de cebolla y una salsa especial. Ah, y para relajarme, una cerveza.

No hago preguntas ni comentarios cuando Trevor y Susie empiezan a hablar, sumando a Megan en la conversación. Decido entrar en el baño un momento mientras ellos charlan. Me tomo mi tiempo acomodándome el cabello frente al espejo luego de hacer mis necesidades. Me lavo las manos y me retoco el labial. Una vez que ya me siento lista, salgo y vuelvo a mi lugar.

Me detengo en seco cuando veo que han llegado a nuestra mesa Baxter junto a su hermano Johann. Ambos saludan a mis amigos mientras que mi hermana parece tan afectada como yo por su presencia. Retrocedo y miro a todos lados para buscar escapar, pero mis ojos detectan más desgracias. En la puerta, aparece mi exnovio Devan junto a una mujer de su edad. Ambos conversan y se dirigen a la barra del restaurante. La catástrofe es inminente y yo no tengo escapatoria. Ni siquiera estoy sorprendida de ver a mi ex por aquí. Sé que trabaja cerca y frecuenta los restaurantes de esta calle. Lo que me sorprende es tener que encontrármelo ahora, justo cuando ha aparecido Baxter y me ha nublado la razón.

Con piernas temblorosas camino lentamente hacia la mesa. Intento no mirar donde se ha sentado Devan, unos metros más allá, y sonrío con incomodidad hacia mis amigos y mis jefes, que libremente han escogido sentarse con nosotros, como si fuéramos amigos de toda la vida.

—Hola —saludo como si estuviera entrando en crisis. El único asiento disponible es al lado de la vitrina del restaurante. Casualmente también es el lugar junto a Baxter. Pido permiso para pasar y cuando lo hago, no puedo evitar sentir un escalofrío cuando nuestras miradas se cruzan—. No pensé que se unirían. ¿Eso significa más tiempo para el almuerzo?

Susie tiene la decencia de reír y todos la imitan para disipar el ambiente de incomodidad que se ha creado con la llegada de los jefes. Me aferro a la servilleta como si mi vida dependiera de ello y trato de no mirar donde está mi ex ni tampoco a mi lado, donde puedo sentir una mirada intensa que me atraviesa.

—Vinimos para almorzar y al verlos decidimos sentarnos con ustedes —responde Johann con la sonrisa amable que lo caracteriza. Por supuesto, mi hermana rehúye su mirada, está tan concentrada en sus manos que no nota que tiene los ojos de Johann y Susie sobre ella. Por supuesto, lo hacen con disimulo, pero yo noto que hay una chispa en ellos.

No la envidio para nada.

La camarera vuelve con nuestra comida y aprovecha para tomar los pedidos de Johann y Baxter. Una vez que se va, todos nos quedamos viendo nuestros platos como si ya no tuviéramos hambre. Por lo menos yo ya no la tengo.

—Coman ustedes, nosotros esperaremos —comenta Baxter con un firme tono en su voz que parece más una orden que cortesía. Asentimos y procedemos a comer bajo sus atentas miradas. Trevor aprovecha la oportunidad para hablar y el ambiente poco a poco se va relajando.

Yo aún estoy tensa, apretando el tenedor con tanta fuerza que mis nudillos se ponen blancos. Baxter se arrima unos centímetros hacia mí haciendo que por poco me atore cuando una de sus manos se posa en mi muslo.

Con disimulo quito su mano de allí y sonrío cuando su sonrisa decae un poco. Luego de eso, como mi almuerzo tranquilamente mientras escucho la conversación entre Trevor, Susie y Johann. Mi hermana está callada, solamente mira su comida y mastica, asintiendo en los momentos correctos cuando alguien da una opinión con la que está de acuerdo. Ella está frente a mí, por lo que a veces levanta la mirada y abre los ojos como platos cuando nadie la está viendo, lanzándome esa mirada que seguro yo hubiera puesto si fuera más expresiva. Parece decirme: «¿Por qué mierda los Cole están aquí?».

Mientras todos conversan amenamente nadie se da cuenta de que mis ojos se desvían hacia Devan. He intentado desesperadamente no mirar en esa dirección, pero dado que mi vista es rebelde, por supuesto, lo hago justo cuando se levanta de su sitio y camina en dirección a los baños. ¿Lo malo? Para ir allí tiene que pasar necesariamente por nuestra mesa. Y aunque Devan sea la persona más distraída que conozco, no hay forma de que no nos vea. Somos una numerosa mesa en donde todos vestimos ropa de oficina, tal vez sea aburrido para los demás, pero Devan siempre tiene el atrevimiento de mirar a todos por encima del hombro. Y creo que esta vez no será distinto.

La catástrofe está a punto de ocurrir.

A mi lado, Baxter está ensimismado con la conversación. Así que se me ocurre solo una opción para llamar su atención. Bajo la mano y hago lo mismo que él hizo hace unos minutos, la poso sobre su muslo y aprieto. Inmediatamente voltea con disimulo y sonríe de lado.

Yo lo miro alarmada. Con el rabillo del ojo veo que Devan está muy cerca.

—Mierda, ¿cómo me veo, estoy bien?

Su mirada astuta recorre mi rostro.

—Estás hermosa. —Su ceño se frunce, pero no deja de sonreír cuando me ve arreglarme el cabello—. ¿Qué pasa?

Sé que no debo hablar ni contar mi vida privada, pero tampoco es un secreto para nadie el que haya tenido novio.

Señalo con la cabeza disimuladamente a Devan, quien posa los ojos un momento en nuestra mesa. Bajo la cabeza a tiempo y me concentro en mi comida. Por suerte, mi hermana ni siquiera voltea a mirar, está absorta en masticar. Si Devan la hubiera visto tal vez sabría que estoy acá, pero ya que no la ha visto y tampoco a mí, camina libremente por el pasillo hasta entrar al baño. Suelto un suspiro de alivio y me retiro el cabello de la cara solo para ver a Baxter mirarme con una sonrisa burlona.

—Tan madura… —suelta con un tono jocoso en la voz. Abro la boca para decir algo ingenioso, pero la camarera llega en ese momento y deja las comidas de Johann y Baxter frente a ellos.

Giro el rostro hacia mi comida y no levanto la cabeza en ningún momento. Hablo con mi hermana, almuerzo con toda la calma que puedo e incluso intervengo un par de veces en la conversación que se está desarrollando en la mesa, pero en ningún momento vuelvo a hablar con Baxter.

Él tiene la desfachatez de rozarme el muslo y los hombros varias veces con su cuerpo. Sé que intenta provocarme, pero no sabe con quién se las ve. Lo ignoro y al finalizar el almuerzo, he olvidado por completo a mi exnovio.

Hasta que, por supuesto, cuando ya nos disponemos a salir del restaurante, la ironía vuelve a jugarme una mala pasada. Es obvio que mi vida no está llena de casualidades, es más la vida jugándome un mal rato que otra cosa, porque en ese momento, en el que estoy tranquila saliendo del restaurante con Baxter, me encuentro de bruces cara a cara con Devan.

# 9

Detrás de mi exnovio está la mujer que lo acompañaba en el restaurante, que sigue de su brazo. No tengo otra opción que salir a la calle e ignorarlo. Conozco a Devan lo suficiente como para saber que no hará nada. Sigo mi camino, cruzada de brazos y aferrándome a mi bolso. Megan, Susie y Trevor están por delante, conversando sin darse cuenta de lo que acaba de pasar, gracias al cielo, porque si mi hermana lo hubiera visto, habría armado un escándalo.

Baxter me sigue. Mientras que Johann se adelanta para alcanzar al grupo de mi hermana, que va unos pasos por delante de nosotros.

—¿Qué pasó? —pregunta Baxter a mi lado. No me detengo, pero ralentizo mis pasos. No quiero que nadie nos escuche.

—¿A qué te refieres? —Me hago la tonta.

Su mano viaja hasta mi codo, sujetándome para que lo mire a los ojos.

—Ese hombre del restaurante, ¿quién era?

La desfachatez con la que me pregunta me deja boquiabierta.

—¿Y a ti qué te importa? —siseo, aún afectada por la presencia de Devan. Me alejo de su contacto y continúo mi camino. Estamos a unos pasos de llegar al edificio y no veo el momento de volver a mi puesto de trabajo para olvidarme de todo. Necesito estar a solas.

—Madison… —gruñe como si estuviera acabando con su paciencia.

—Baxter —digo su nombre con el mismo tono de voz. No le hace gracia.

—¿Acaso era tu ex?

—¿A ti qué te importa eso? —Continúo caminando, pero Baxter tiene otros planes. Me sujeta la cintura con el brazo y me pega a él con delicadeza.

—Me importa, Madison, porque tú me importas —susurra en mi oído. Con una sacudida lo empujo lejos de mí esperando que nadie de mis amigos o hermana haya presenciado esa escena. No lo han hecho. Pero, aun así, no dejo que Baxter se pegue de nuevo a mí. Lo ignoro y apresuro el paso hasta llegar junto a mi hermana, entrelazo nuestros brazos y ella parece estar de acuerdo, porque tampoco quiere la atención que Johann le está brindando.

Cuando llegamos a la editorial, nos dispersamos rápidamente. Todos vuelven a sus puestos de trabajo. Johann y Baxter se meten en sus respectivos despachos, así que suspiro aliviada cuando me siento en mi silla, notando que ambos cierran sus puertas.

Eso significa que respiro de nuevo.

Odio tener secretos con mi hermana, así que le doy un golpecito con el codo cuando la veo concentrada en lo que está leyendo en su computadora y le hago una seña.

—Vi a Devan en el restaurante —suelto de sopetón.

Ella abre de más sus grandes ojos verdes sin poder creérselo.

—¿Cómo? —pregunta asombrada—. ¿En qué momento? ¿Y por qué no me lo dijiste?

—Estabas muy concentrada tratando de ignorar a Johann y Susie. —Ella tiene la desfachatez de mirarme mal cuando digo sus nombres en voz baja, como si no hubiera gritado el nombre de Bax y el mío los días pasados.

—Cállate —me ordena bajando la voz—. ¿Quieres que te escuchen?

—No seas exagerada —digo en el mismo tono bajo de voz y le frunzo el ceño—. Ni siquiera he gritado sus nombres, no como tú lo hiciste con el mío y el de Baxter la vez pasada.

—¿Tan rencorosa eres?

Pongo los ojos en blanco, porque sí, mi hermana cree que porque me acuerdo a la perfección de algo soy rencorosa. No lo soy. Solo que me gusta mantener las mentes refrescadas.

—Cállate y escucha el verdadero problema: he visto a Devan.

Nos quedamos en silencio, pensando.

—¿Crees que…? —pregunta, sin terminar la oración, pero yo sé a qué se refiere.

—No lo sé, pero creo que lo hará.

( ( (

Seis horas después, ya de vuelta en el apartamento, mis sospechas se hacen realidad.

Mientras leo los manuscritos que mi jefe me ha encargado, repaso con la mirada el que tengo en este momento sobre la mesa. El del escritor Kayden Havort. Lo tengo avanzado, lleno de correcciones y pósits de todos los colores en los márgenes. Tengo la cabeza dividida entre este manuscrito y el que estoy leyendo en la computadora. Sé que no debo leer dos historias diferentes al mismo tiempo, pero necesito terminar cuanto antes la absurda tarea que Baxter me dejó.

Megan ha salido a comprar. Estoy completamente sola en casa. Y aunque tengo música en volumen bajo para amenizar mis lecturas, no logro concentrarme. Y no es por la música.

Es por Baxter.

Me exaspera pensar en él, lo tengo metido en la cabeza y no sé cómo soltarlo. De solo recordar nuestra noche juntos quiero repetir. Aquella vez todo fue apresurado y yo estaba un poco borracha; esta vez quiero repetir estando en plenas facultades. Pero no hay forma de que ocurra. ¿Liarme con el jefe de la editorial en la que trabajo? Sería cavar mi propia tumba. Ya me ocurrió una vez, no quiero que pase de nuevo. No quiero repetir la historia, ya tengo experiencia y sé lo que ocurriría si vuelvo a caer en lo mismo. Conseguiría un corazón roto, un despido y un desalojo de mi propia casa. Esto último no. Pero las otras dos cosas sí, y lo que más me preocupa ahora es mi trabajo, no mis sentimientos.

Esos los puedo frenar, pero no puedo dejar de trabajar.

Puedo morir de hambre, no de un corazón roto.

Estoy tan concentrada pensando en esas cosas que cuando suena el timbre del departamento pego un brinco enorme.

Mi corazón salta. Me levanto con sigilo y voy de puntillas hacia la puerta. Megan se ha llevado su llave, así que no puede ser ella. Me pongo de puntillas y veo a través de la mirilla de la puerta a un hombre. Y es el que más esperaba.

Devan.

Sabía que vendría.

Lo conozco tan bien…

Trato de no hacer ruido y me alejo de la puerta, pero vuelven a tocar el timbre insistentemente.

Si no contesto, sé que se quedará allí hasta que alguien le abra. Cuadro los hombros como si estuviera preparándome para lo peor, y abro la puerta.

Devan me mira.

Verlo me produce un leve cosquilleo.

La forma como me trató cuando no quise casarme con él me hizo replantearme si verdaderamente me quiso. Nunca creí que fuera una persona despechada, pero, con franqueza, cortar conmigo y mandarme de vuelta a la casa de mi hermana, dejándome sin trabajo, es digno de imbéciles.

Lo miro de arriba abajo con lentitud, disfrutando de sus ojos arrepentidos. Su cabello oscuro está bien cuidado, como si se lo hubiera cortado hace poco. Tiene una sombra de vello facial, lo que significa que hace varios días que no se afeita. Eso acentúa su mandíbula ovalada. Sus ojos oscuros me miran cuando levanto la cabeza. Lleva la misma ropa que esta tarde, un traje oscuro y los pantalones bien planchados.

¿Quién se los planchará ahora que no estoy?

Me pregunto si la mujer con la que lo vi hoy es alguien cercano a él. En los seis años que estuvimos juntos, conocí a todos sus amigos y también a todos sus compañeros de trabajo. La mujer que lo acompañaba hoy en el restaurante jamás la había visto. Y, no obstante, me produce un retortijón.

Soy una hipócrita.

—Devan —digo su nombre con lentitud, esperando sacarlo del trance en el que parece estar. Si él ha venido aquí a verme, tiene que ser el primero en hablar. Porque no tiene sentido que haya venido solo a mirarme.

—Madison —murmura mi nombre. Se queda callado, por lo que me cruzo de brazos apoyándome en el marco de la puerta. Él mira detrás de mí al departamento. Hace una seña—. ¿Puedo pasar?

Quiero reír. Sin embargo, no lo hago.

Suelto un suspiro… si ha venido aquí a sentarse en mi sillón, puede hacerlo en su casa.

—No —digo alto y claro. El rostro de Devan muestra su decepción—. No sé a qué has venido, pero yo ya no tengo nada de que hablar contigo.

Hago el amago de entrar en el apartamento, pero su voz me detiene.

—Solo quería hablar.

—¿De qué? —pregunto confundida.

Se queda callado. Ya nos lo dijimos todo en su departamento, justo luego de que rechazara casarme con él. No tenía un anillo, Devan solo lo soltó como si fuera algo normal. Fue algo como: «Entonces ¿cuándo nos vamos a casar? Creo que ya es hora». No tenía en mis planes casarme, ni ahora ni en un futuro próximo, y lo miré como si se hubiera vuelto loco.

Desde que empezamos nuestra relación de pareja le mencioné que no quería casarme. Y no era por él, sino por mí. Fue una decisión que tomé porque me sentía muy bien conmigo misma, es una filosofía de vida que adopté y me importa una mierda si a alguien le parece estúpido. Como a mis padres.

Se lo dije a Devan, le advertí que no me casaría, ni con él, ni con nadie. Lo máximo que podría hacer ya lo hice: me fui a vivir con él. Vivíamos como una pareja de casados y éramos felices, hasta que él decidió que quería más. ¿Papeles que dijeran que estamos casados, un anillo de por medio y el cambio de mi apellido? Sí, eran cosas que no quería, pero él no lo entendió.

Tuvimos una gran pelea. Habló mucho, me sermoneó como si fuera una alumna desobediente, diciéndome lo importante que era el matrimonio en una pareja. Le dije que nosotros ya vivíamos como una, pero sin la gran boda y los papeles. A él no le importó, quería poner un maldito anillo en mi dedo y cambiar mi apellido por el suyo. Le dije que no. Y ya sabemos cómo terminó todo.

Por eso no entiendo qué hace aquí, en mi apartamento, buscando hablar conmigo cuando no tenemos nada que decirnos. Ya me lo dijo todo aquella noche, cuando yo solo lo oí despotricar de mí.

Acabamos todo entonces. O él lo hizo.

—De nosotros.

Otro hombre que cree que hay un nosotros.

¿Acaso es algo que se inventan o es algo colectivo? ¿De verdad son tan ingenuos?

—No hay un nosotros, Devan. —Veo que va a replicar, pero lo detengo—: Si me disculpas, tengo trabajo que hacer y no tengo tiempo…

Me detengo porque me interrumpe el sonido del ascensor, que nos indica que alguien acaba de llegar a nuestra planta. Miro más allá de Devan y casi me caigo de culo cuando veo a Baxter salir del ascensor y venir en nuestra dirección.

Mi exnovio no nota el cambio sutil en mi postura, está concentrado en suplicar.

—Será algo rápido. O si gustas, podemos tomar un café en algún lugar… —No termina de hablar porque Baxter lo interrumpe.

—Hola, Madison. —Por la cara que pone Baxter, sé que ha notado que Devan es el mismo con el que nos encontramos saliendo del restaurante a la hora del almuerzo.

Mi ex lo mira de arriba abajo, seguro que preguntándose quién demonios es. Baxter, por su parte, lo mira con fijeza, sin amilanarse, como si Devan fuera un intruso sin derecho a interrumpirlo.

Antes de que esto se convierta en un completo desastre, esbozo una sonrisa feliz que no siento para nada, y miro a mi jefe, tratando de no dispararle mi mirada más mordaz.

—Hola, Bax, ¿viniste por los manuscritos? —Abre la boca sorprendido, pero no dejo que hable, lo jalo al interior de la casa—. Justo los tengo aquí, pasa, ahorita te los entrego. Devan, de verdad me tengo que ir, esto es urgente. —Veo su rostro fruncido en una mueca antes de retroceder y cerrar la puerta.

Una vez en la comodidad de mi casa y lejos de Devan, suelto la respiración que estaba conteniendo y me apoyo contra la puerta. Oigo un resoplido de parte de Baxter que luego se convierte en risa.

—Me siento algo mal por el tipo.

—No es que sea de tu incumbencia, pero es mi exnovio. —La sonrisa burlona desaparece de sus labios y esta vez es mi turno de sonreír. Aún estoy apoyada contra la puerta mientras Baxter está en medio de la sala, vistiendo cómodamente con un jean, zapatillas y una camiseta. Es la primera vez que lo veo tan informal y me cuesta apartar la mirada.

Estando así, en traje o desnudo, es igual de impresionante.

—Ya no me siento tan mal por él.

Ignoro sus palabras.

—¿Qué haces aquí? —pregunto—. Aparte de visitarme sin ser invitado.

Justo como mi exnovio.

—Charlar —suelta como si nada.

Veo con horror que se sienta en el sillón como si fuera el dueño del lugar. Coloca una pierna encima de su muslo y se echa hacia atrás, con las manos detrás del cuello.

Lo miro como si se hubiera vuelto loco.

—¿Charlar de qué? —inquiero confundida. Me señala y luego se señala a él. Claro. Sigue con la idea de que entre nosotros hay algo. Lo hubo, pero ya no más. Señalo la puerta detrás de mí—. Si no tienes nada bueno de que hablar, adiós, mañana nos vemos en el trabajo.

Se lo ve derrotado.

—Madison…

—Si sigues persiguiéndome, Baxter, creeré que cometí un error al acostarnos.

—Oh, no, no me vengas con esa mierda de cliché ahora. No fue un puto error. Nunca será un puto error estar juntos —asevera—. Y para que conste, no te persigo, solo intento hacerte comprender lo bien que estaríamos juntos.

Sonrío.

—Tienes el don de la palabra, pero a mí no me vas a convencer.

—¿De verdad que puedes mirar atrás y hacer como que nada pasó entre nosotros? —Se pone de pie y eso es un error, porque se acerca a mí y me acorrala contra la puerta, poniendo una mano a la altura de mi cabeza pero sin llegar a rozarme. Me provoca, justo como yo hice con él. Roza mis labios con los suyos, y ese único contacto entre nosotros me deja mareada—. ¿De verdad puedes pensar en aquella noche entre nosotros y no sentir nada? Porque desde aquí puedo ver tus pezones duros. Estás excitada.

Me cruzo de brazos, dando a entender que tiene razón. Y sí, la tiene. Pero que se joda si lo voy a admitir en voz alta.

—No hay nada entre nos…

Pone un dedo sobre mis labios y no lo quita mientras habla.

—Cuanto más rápido puedas aceptarlo, más rápido podemos empezar a quitarnos la ropa.

Lo empujo ligeramente hacia atrás.

—En tus sueños, Baxter.

—Exacto, en mis sueños más húmedos, en donde ambos somos los protagonistas. ¿Qué esperas para aceptarlo? —Vuelve a mí y yo dejo que entierre su cabeza en el hueco de mi cuello, porque soy así de masoquista. Antes de que pueda tirar de él para besarlo y mandar al diablo todo para entregarme por completo, se retira. Mis dedos arden por detenerlo, pero me digo que es mejor así, poner distancia entre ambos para pensar con mayor claridad. Sus ojos color miel abrazan los míos—. Estaré esperando ese momento, Madison, y cuando llegue, los dos follaremos como si no hubiera un mañana. No una noche, sino varias. Toda la noche.

Quiero replicar algo, cualquier cosa, pero me quedo callada.

Mis piernas tiemblan por el simple hecho de oírlo hablar así mientras me mira a los ojos. Lo siento en cada parte, porque anhelo que ese momento llegue.

Me doy golpes mentales apartando los sucios pensamientos de mi cabeza.

Esto no puede continuar, sería un error.

A veces siento que soy una repetidora que no sabe qué otra cosa decir.

Me retiro de la puerta cuando la abre; antes de irse, me guiña un ojo.

—Buena charla, Madie. Hasta mañana.

Cierro la puerta en su cara.

—Hijo de puta.

# 10

Una semana después Baxter está tan distante que creo que todas las palabras que me dijo en el apartamento cuando fue a verme fueron mentiras. Pero no puede ser así, porque cada vez que cruzo miradas con él, noto una pequeña sonrisa en sus labios. Incluso a veces me guiña el ojo cómo si compartiéramos un secreto. Mi hermana está insoportable. Todos, incluso ella y Johann, han notado el cambio radical en la actitud de Baxter. Ya no está gruñón, tiene menos ganas de discutir con los empleados y hasta ya no hace aquellas rondas para controlarnos que ponían a todo el mundo nervioso.

Ahora está relajado.

A veces creo que se folló a alguien y ya descargó esa furia que tenía.

Otras veces creo que se cayó, se golpeó la cabeza y ahora tiene una contusión que lo hace actuar de manera antinatural.

De cualquier forma, no se ha atrevido a hablarme en toda la semana. Desde aquel jueves pasado en donde fue a mi apartamento a decirme aquellas cosas sucias, no ha vuelto a dirigirme la palabra.

En los días anteriores cada vez que llegaba a trabajar con mi hermana, Baxter simplemente nos saludaba con un leve asentimiento de cabeza. Hoy viernes, justo seis días después de que me dijera que iba a esperarme, estoy desesperada. Tengo mil cosas en la cabeza por tantos manuscritos que corregir mientras las demás personas están felices en sus puestos, no solo porque es viernes, sino también porque mañana es la gran fiesta de celebración por el décimo aniversario de la editorial y todos están emocionados con la idea.

A la hora del almuerzo se ponen a hablar de la maldita fiesta mientras que yo aprieto el tenedor y apuñalo mi ensalada, fulminando con la mirada a Baxter, que está sentado a dos mesas frente a mí y sonriéndome cada cierto tiempo.

No ha hecho más que joder mi cabeza.

Desde que salió de mi apartamento, sonriendo con aquellos hoyuelos que son mi debilidad y guiñándome un ojo, no paro de pensar en él y en su estúpido cuerpo recordando la noche en la que follamos.

Genial.

Apuesto a que este es su plan. Joderme la cabeza con sus palabras y luego dejar de hablarme para volverme loca y que vaya a él a rogarle estar juntos de nuevo.

Está loco si cree que esa táctica va a funcionar.

Es un imbécil. Un imbécil guapísimo, que está bueno, folla muy bien y me hace temblar, pero que también es mi jefe.

No pienso ceder.

—¿Ya tienen sus vestidos de gala listos para mañana? —pregunta Susie con entusiasmo haciéndome salir de mis pensamientos.

—Sí —dice Megan luego de masticar su emparedado. Termina de tragar y me mira—. Hemos comprado vestidos solo para esta ocasión.

Lo que se traduce en que ella me ha arrastrado a comprar vestidos para esta ocasión. El sábado pasado fuimos a comprar y mientras estábamos viendo vestidos de cóctel de todos los colores y diseños, le confesé que Devan fue a nuestro apartamento. Ella se lamentó de no haber estado allí para partirle la cara —son sus palabras, no las mías—, pero yo le doy gracias al cielo por eso, porque habría visto a Baxter llegar. Eso no se lo conté.

Por primera vez estoy escondiéndole algo a mi hermana, y sé perfectamente por qué. Es algo en mi interior que no me permite vocalizar el nombre del hombre por el cual me estoy volviendo loca de la peor forma. Quiero gritarle, y al mismo tiempo quiero besarlo. Estoy teniendo pensamientos en dos direcciones diferentes pero todas ellas convergen en un mismo hombre.

Siento que me estoy volviendo loca.

Ni siquiera he vuelto a pensar en mi ex desde que se fue. Sí, me carcome la curiosidad de por qué ha vuelto, pero de ahí no pasa. Sigo recordando la increíble noche con Baxter. Esas imágenes se repiten en mi mente por la noche, y aunque me prometí a mí misma no tocarme al pensar en ese encuentro, mi cuerpo sigue deseándolo.

Megan, Susie y Trevor siguen conversando a mi alrededor, comentando su entusiasmo por la fiesta. Mientras miro a Baxter yo solo deseo que mañana no llegue, porque tengo un profundo presentimiento que me dice que todo cambiará.

◖ ◖ ◖

Megan y yo entramos en el vestíbulo del hotel de cinco estrellas en el que se celebra el aniversario de la editorial con los rostros anonadados por el lujo que desprende el lugar. Es tan opulento que río nerviosa mientras absorbo todo lo que me rodea.

El lugar es impresionante, está abarrotado de gente a pesar de que aún no estamos en la sala de ceremonias, que es donde en realidad se celebrará todo. Mi brazo está fuertemente apretado gracias a Megan, quien parece querer esconderse a medida que nos acercamos a las puertas.

Mi vestido largo y de color vino es un poco revelador para mí, porque tiene una abertura en el lado derecho que me deja al descubierto la pierna. Llevo un poco de escote, pero nada exagerado. El vestido es muy coqueto, sin mangas, y se anuda a la nuca con finas tiras. Mi cabello está peinado de lado, de tal modo que se ve el escote de adelante y detrás, mi espalda.

Megan lleva un vestido negro con un escote para nada exagerado. Lleva encaje negro en los hombros y está abierto en la parte delantera, aunque un tul negro encima recubre sus piernas.

Llegamos a las puertas dobles, que están abiertas, y antes de entrar, nos asomamos. El cabello oscuro de mi hermana cae como una cascada cuando se inclina para chequear dentro.

—Hemos llegado temprano —anuncia, observándome con aquellos ojazos verdes delineados de negro, haciéndolos ver más grandes aún. Sus labios pintados de rojo me dedican una sonrisa ladina. Megan está nerviosa y ni siquiera tengo que preguntar por qué.

No hablamos mientras entramos, sin apenas soltarnos.

Dentro todo está pulcramente ordenado, con mesas por doquier con cubiertos y platos finos encima. En cada mesa hay un bonito arreglo floral. Las sillas están cubiertas por telas de color dorado, combinando con la decoración de color oro del lugar. Al final del salón hay un pequeño escenario que han montado, en la pared se lee 10.º ANIVERSARIO EDITORIAL COLEMAN con letras llamativas y, al parecer, de un material brilloso y elegante.

Suelto un suspiro de alivio cuando no veo a los hermanos Cole por ahí.

Nuestra mesa está casi al final, lo cual me alivia porque no quiero estar cerca de Baxter. Nos sentamos a la mesa para seis personas y sonreímos aliviadas.

Saco el celular y por el reflejo en la pantalla compruebo que mi maquillaje siga intacto. Llevo los ojos delineados, las pestañas rizadas y los labios pintados de un color parecido a mi vestido. Feliz con ello, vuelvo a guardarlo.

Algunas personas que trabajan en la editorial, colegas y otras personas a las que no reconozco se pasean por allí visitando otras mesas y conversando entre ellos. Poco a poco el lugar se va llenando, hasta que Susie y Trevor llegan a nosotros. Ambos, vestidos con sus mejores prendas; ella, con un vestido azul impresionante y él, con un traje de dos piezas color negro y corbata roja.

Nos acercamos a ellos, saludándolos y conversando. Veo que hay varias personas en traje que están en el escenario con algunos instrumentos; como dijo Susie, habrá música en vivo.

Minutos después llegan los camareros con copas de champán en bandejas. Cuando un chico se acerca, cojo una copa y sin esperar nada me la bebo como si fuera agua, sintiendo mi garganta burbujear con el líquido espumoso.

Un par de chicas se acercan a saludar a Megan, Susie y Trevor. Ellos me presentan como la hermana mayor de Meg y la nueva correctora de la editorial, y luego se enfrascan en una conversación sobre otras personas que están aquí y no conozco. Me siento un poco fuera de lugar, por lo que recorro con la mirada la masa de personas, fijando mi atención de nuevo en los camareros.

A mi derecha, donde están las puertas abiertas, veo que entran Baxter y su hermano. Algunas personas se acercan a saludarlo. Yo me quedo quieta en mi lugar, y no porque está impresionantemente guapo con ese traje de tres piezas gris oscuro con una corbata azul, sino porque va del brazo de una mujer. Y no es cualquier mujer. Es hermosa y radiante, con el cabello oscuro recogido en lo alto de la cabeza.

Es alta, pero cuando camina noto que bajo el vestido color rosado que lleva se asoman unos tacones increíblemente altos. Le llega a Baxter a la sien con ellos, así que no es tan alta como parece.

Me sorprende ver la familiaridad con la que se tocan. Ella sonríe y saluda con efusividad a todos los que se acercan. Los abraza a todos y cada uno de ellos.

Jamás la he visto, pero ella parece conocerlos a todos.

Aferro con las dos manos la segunda copa de champán y le doy un largo sorbo. Johann está detrás de ellos, saludando también a los que se cruzan en su camino.

Quiero estar tranquila, serena, pero no puedo porque ahora Baxter la toma de la cintura y la apega a él.

Supongo que ya encontró alguien a quien follar y por eso ya no me busca.

Ojalá le dure.

Giro sobre mis tacones para volver hacia mi hermana y sus amigos, pero noto con horror que Baxter y su chica se interponen en mi línea de visión. Quiero dar media vuelta, pero es demasiado tarde. Sus ojos color miel me miran y se abren ligeramente al darse cuenta de que soy yo.

No tengo escapatoria. Ya no puedo correr.

Veo con horror que caminan hacia mí. Ella me mira, me observa de arriba abajo y luego lo mira a él. Cuando están cerca, Baxter se detiene frente a mí y sonríe, mostrando esos estúpidos hoyuelos que me desarman.

—Hola, Madison.

No señorita Hall. Madison. Ha dicho mi nombre y con aquella sola mención me hace temblar.

La mujer a su lado ni siquiera parpadea viendo nuestro intercambio.

—Hola, Baxter —titubeo, luego carraspeo porque mi voz ha salido ronca y débil. Quiero golpearme internamente por eso. No quiero que su presencia y su mirada me afecten, pero lo hacen.

Mucho.

—Estás hermosa —murmura mirándome de los pies a la cabeza. Si no estuviera sosteniendo la copa de champán con fuerza, probablemente me habría convertido en un charco de agua en el piso.

—Gracias.

Mis mejillas se calientan, mi rubor será, seguro, visible para todos.

Sus ojos color miel no dejan los míos, y yo, por supuesto, no esquivo la mirada. Verlo así, tan guapo e impresionante me produce ciertas cosas en el estómago.

Alguien carraspea.

—¿No me vas a presentar? —habla la mujer.

Aparto los ojos rápidamente de Baxter para mirarla. Me siento estúpida por el simple hecho de comerme con la mirada a su chico/novio/follada o lo que fuere, justo frente a ella.

—Sí, claro —dice Baxter sonriéndome de vuelta, a sabiendas de lo que me produce su mirada y su sonrisa—. Tracy, te presento a Madison Hall, ella es la nueva correctora que se ha unido a la editorial hace dos semanas. Madison, te presento a mi hermanita Tracy.

Parpadeo. Ella le da un codazo, pero Baxter ni se inmuta.

—Hermana —corrige ella sonriéndome educadamente. Luego abre los ojos y me mira con sorpresa—. ¡Oye, tú eres la hermana de Megan!

—Sí.

—¡Oh, Dios mío! —grita. Luego me abraza con fuerza y yo me quedo estática al sentir sus brazos a mi alrededor. Baxter se ríe—. ¡Mucho gusto, Madison, Megan me ha hablado tanto de ti…!

Me siento una estúpida porque ni siquiera sabía que Baxter tuviera una hermana. Y porque me he sentido celosa pensando que era su follada.

—Mucho gusto también, Tracy. —Fulmino a Baxter con la mirada sin que ella me vea—. Baxter no me ha hablado de ti.

Ella se separa y vuelve a golpear a su hermano.

—Este tonto… Lo que pasa es que ayer llegué de Europa, he estado tres meses de vacaciones y por fin he vuelto. —Abraza a Baxter sin perder la sonrisa. Yo veo con deleite que es así de fugaz y efusiva con todos, pero más con él; se nota su complicidad de hermanos, me hace pensar en Megan y en mí—. Pero ya he vuelto y el próximo lunes estaré adaptándome de nuevo en la editorial.

Alzo las cejas.

—¿Tú también trabajas allí?

—Sí, es una empresa familiar —responde con una sonrisa. Luego mira entre nosotros, sus ojos recorren vagamente los de Baxter antes de posar su mirada más allá—. Os dejo, tengo que ir con Johann, parece que me está llamando. ¡Mucho gusto en conocerte, Madison!

Me quedo a solas con Baxter. Aprovecho la situación.

—Me tengo que ir, Megan me está…

—No te vayas —me pide aferrándose a mi mano. Intento soltarme pero su agarre es firme, sin ser brusco. Quiero increparle, pedirle que me diga por qué insiste tanto en volver a acostarse conmigo, pero lo cierto es que yo siento lo mismo. Anhelo tanto repetir la experiencia, que de solo recordarla se me escarapela el cuerpo entero. Y verlo aquí, tocándome y mirándome con aquellos ojos lujuriosos, hace que solo quiera buscar un lugar cercano y hacer lo que mi cuerpo desea tanto y con tantas fuerzas. Los ojos de Baxter me desarman cuando me miran con aquella intensidad—. Quiero hablar contigo.

—Baxter… —murmuro su nombre—. Ahora no, tal vez cuando acabe esto…

No llego a terminar la oración porque aparece una rubia despampanante y me aparta de él.

—¡Hola, Baxter! —murmura Heidi con voz melodiosa. Su vestido verde acentúa el bonito color de sus iris. No me place ver cómo lo toca, así que me aparto unos pasos y dejo que haga lo que quiera, pasando su mano por el brazo de él como si tuviera todo el derecho. Sus ojos están tan enfocados en él que al principio no me reconoce, pero cuando se da la vuelta y me inspecciona, estos se abren con ligera sorpresa—. ¡Madison, casi ni te reconocí! Bienvenida a la celebración, ¿te gusta?

Evito mirar la complicidad entre ella y Bax, y aprovecho para escapar de ambas miradas.

—Hola, Heidi —digo, pero ninguna hace el amago de besar a la otra en la mejilla, ni siquiera nos damos la mano—. Sí, el lugar está hermoso.

—Gracias, lo he organizado yo. —Se la ve complacida.

—Increíble trabajo —halago con una sonrisa forzada. Baxter permanece en un incómodo silencio, como si quisiera hablar. Aprieta los labios, quiere llamar mi atención pero yo trato deliberadamente de no chocar con sus ojos. Cuando hablo, lo hago mirando su barbilla—. Tengo que irme. Mi hermana me está esperando, nos vemos luego.

—Adiós, Madison —se despide Heidi, moviendo los dedos en mi dirección, ni siquiera le devuelvo el gesto. Me doy la vuelta y regreso a mi lugar, adonde están mi hermana y nuestros amigos, pero me sorprende ver a Johann y a Tracy allí con ellos conversando y riendo.

Me acerco rápidamente. Megan me nota y al instante cruza su brazo con el mío.

—Tracy, quiero presentarte a mi hermana.

Ella me sonríe.

—Ya la conocí, Baxter me la presentó —comenta ella. Megan me mira de reojo, sospechosa, yo permanezco en silencio. Sonrío como si nada y escucho la conversación a medias que se desarrolla entre todos ellos mientras mi mirada busca a Baxter.

No tengo que buscar mucho. Es como si mis ojos no pudieran despegarse de él y supieran exactamente dónde está.

Como un imán, lo ubico rápidamente del brazo con Heidi, caminando cómodamente como si fueran una pareja. Ambos guapos, altos, y por supuesto, sonrientes el uno con el otro. Se dirigen a una pareja mayor, bien vestida y con canas visibles en el cabello. Baxter los saluda con sendos besos en la mejilla, mientras Heidi solo les da la mano, manteniendo las distancias.

Pierdo mi concentración porque Tracy nos llama.

—Vamos a sentarnos, en un rato va a comenzar la ceremonia.

La mesa de los jefes está en primera fila, muy cerca del escenario, por lo que Tracy y Johann se retiran y van en aquella dirección. Mis ojos se desvían hacia Baxter, quien ya está en su puesto, con Heidi a su lado y la pareja mayor al otro lado.

Vuelvo a mi realidad cuando un camarero se acerca con bandejas de comida y más alcohol.

La música empieza a sonar. En el escenario hay una banda interpretando una suave melodía, solo notas musicales que se pierden entre la bulla y cacofonía de voces.

Mientras todos comemos los deliciosos platos que han puesto frente a nosotros, el maestro de ceremonias presenta a los dueños de la editorial. Advierto con sorpresa que la pareja mayor sentada junto a Baxter son los dueños, y abuelos de los Cole. Todos aplaudimos mientras los vemos caminar los pocos pasos que separan su mesa del estrado. Cuentan el desarrollo de la editorial, cómo se formó y la ayuda de sus nietos al levantarla cuando sus hijos, es decir, los padres de los hermanos Cole, murieron. Alzo las cejas ante ese hecho, sorprendida, pero todos parecen saberlo ya. Incluso Megan.

Luego Baxter se levanta y, como hermano mayor, pronuncia unas breves palabras en el micrófono, haciendo que su voz se amplifique y retumbe en las paredes del lugar. Su voz masculina y ronca provoca cosas en mí.

Me cruzo de piernas mientras mastico la comida, tratando de no alterarme frente a todas estas personas. De solo mirarlo, tan guapo e imponente en el escenario, se me suben los calores.

Una vez que los camareros retiran los platos de la cena y traen el postre, la gente se dispersa por todo el lugar. Mi hermana está de pie, a unos cuantos metros de nuestra mesa, conversando con algunos compañeros del trabajo y colegas. Trato de no levantar la mirada, porque no quiero desviar mis ojos hacia donde están Baxter y Heidi, bailando en el salón. Hay varias parejas más moviéndose al ritmo de las canciones que interpreta un cantante, cuya bonita voz inunda todo el espacio.

No quiero estar celosa, pero lo estoy.

No quiero mirar hacia ellos, pero lo hago.

Nadie puede ser más masoquista que yo. Y no lo entiendo, de veras que no.

¿Acaso Heidi es una amiga o algo más? Porque ella se comporta como si Baxter fuera suyo. Rodeándole el cuello con los brazos y las manos de él sobre su cintura, ambos se mueven entre el mar de gente mientras bailan a un ritmo demasiado lento, demasiado íntimo.

No puedo apartar los ojos de ellos.

Hasta que Megan se acerca a mi oído.

—Para de mirarlos —susurra.

—No lo hago.

Pone cara de incredulidad.

—Lo estás haciendo.

Miro a todos lados, solo para asegurarme de que todos están de pie o en la pista de baile. Yo soy la única sentada, comiendo mi postre sin muchas ansias. Creo que he perdido el apetito.

De pronto, Megan abre los ojos como platos.

—Madie… —dice con ese tono de voz, como si se avecinaran problemas.

Antes de que pueda decir algo más, me preparo para lo peor. Baxter y Heidi besándose, Baxter y Heidi follándose con la mirada. Lo que sea. Pero nada me prepara para ver lo que mis ojos ven ahora.

A Devan, en la pista de baile, con otra mujer del brazo. Bailando.

—¿Qué hace él aquí? —inquiero alarmada. Me agacho, pero luego me doy cuenta de que no sabe que estoy aquí, está a muchos metros y ni siquiera mira en mi dirección. Muevo la cabeza para que el cabello me cubra la cara y miro a mi hermana.

—Esta es una reunión para colegas de otras editoriales, es normal que esté aquí —contesta, con un rastro de pena en la voz, pero sin dejar de observar a Devan como si quisiera pegarle—. Ese patán, ¿cómo se atreve a estar con otra mujer?

Le doy un leve codazo, ella me mira.

—¿De verdad, Meg? —pregunto con ironía, tomando un sorbo de mi copa de vino. Luego de tragar ella sigue confundida—. Me acosté con otro hombre la noche que me mudé, a estas alturas él puede estar con otra, casándose con ella, y ni siquiera podría culparlo. Lo nuestro terminó hace semanas.

Ella sigue con el ceño fruncido, como si lo que hubiera dicho fuera un disparate. Pero es cierto. Ambos estamos solteros, podemos hacer lo que nos plazca, y eso no tiene nada que ver con lo que sentimos. Lo quiero muchísimo, ha sido mi pareja por años, y antes de ello mi amigo, así que sí, quiero lo mejor para él. Y quiero que encuentre a una mujer que se merezca, alguien que quiera casarse y tener hijos, todo lo que yo no quiero darle.

Ambas estamos sumidas en nuestros pensamientos cuando Johann se acerca junto a Tracy. Él va directo a mi hermana.

—Megan, ¿quieres bailar conmigo? —la invita, alzando una mano. Hay cierta tensión entre ambos que no se puede negar.

Megan me mira, luego mira su mano y nuevamente me mira, como si esperara a que yo hiciera algo. Ahora mismo no puedo hacer nada, es ella la que tiene que dar una respuesta. Suelta un suspiro y asiente luego de pensárselo por algunos segundos. Acto seguido se levanta y ambos se van a la pista de baile.

Me quedo con Tracy, quien se sienta a mi lado en completo silencio. Cuando se acerca un camarero con copas de vino, ella toma dos. Me da una a pesar de que yo ya tengo otra a medias.

—Me alegra saber que Megan y tú trabajan juntas, es una suerte trabajar con tu hermana, ¿verdad? —dice, sonriéndome con complicidad. No la he tratado mucho y ya me cae muy bien.

Es genuina, con sonrisa fácil pero amable.

—Sí, es un sueño. Pero tú también trabajas con tus hermanos, debe de ser bonito para ti también.

Ella frunce el ceño de disgusto.

—Eh, no, para nada. —Suspira con fastidio, pero su sonrisa me indica que solo está bromeando—. Todo el día están vigilándome, como si fuera una niña pequeña. No puedo tener amigos en el trabajo porque siempre están averiguando su vida, como si fueran acosadores. A veces me harto de ellos, pero, bueno, yo a veces hago lo mismo con ellos. Es divertido en cierta manera, puedo arruinarles determinadas citas con mujeres, ya que llevo el control de sus agendas.

Me río, pero cuando levanto la mirada para observar lo que pasa en la pista de baile, veo a Johann con mi hermana, bailando lentamente, y a Baxter con Heidi muy cerca de ellos. Hasta ahora no han parado de bailar. Están juntos como lapas y a veces eso me crispa los nervios.

Parpadeo, tratando de alejar mi mirada, pero Tracy ya ha notado a quiénes miraba.

—Heidi ha trabajado muchos años en la editorial —me informa Tracy como si intuyera mi molestia. Espero que no se me note en la cara, porque no quiero parecer una novia celosa cuando en realidad no hay nada entre su hermano y yo—. Ella y Baxter tienen una buena relación laboral, solo eso.

Alzo una ceja, interesada en sus palabras pero sin mostrarlo mucho. Noto que Tracy ya sabe de mi interés hacia Bax, o lo intuye, porque me sonríe de lado. No quiero parecer una desesperada ni mucho menos una trepa o algo así, por lo que me quedo callada y apuro mi vino.

—Baxter es libre de hacer lo que quiera —continúa mirándolos. Yo no quiero dirigir mi mirada hacia ellos, así que me concentro en mi copa—. Como tú —añade como quien no quiere la cosa. Se levanta, me guiña un ojo y se aleja, sin decir nada más.

Me quedo sentada, un poco conmocionada por las palabras de Tracy. Es como si… como si me hubiera dado el visto bueno para estar con su hermano, lo cual es una completa locura porque me acaba de conocer y no es posible que supiera lo nuestro. ¿O sí? ¿Tanto se nota lo que pasó entre ambos o es porque Baxter se lo contó?

Me quedo pensando en eso hasta que veo cómo Heidi se acerca a la oreja de Baxter y le susurra algo. Aquella intimidad entre ellos me da a entender otra cosa distinta a una mera relación laboral.

Decido alejarme del lugar, de la pista de baile y del salón sin mirar atrás. Cruzo las puertas dobles y camino hacia el vestíbulo del hotel buscando un lugar para sentarme lejos del bullicio. Está casi vacío y la música se oye más tenue. Me gusta. Me encamino hacia uno de los asientos, pero en cuanto doy unos pasos alguien me toma del codo, deteniéndome.

Giro, a punto de darle un puñetazo a la persona que me ha tocado, pero solo es Baxter.

Joder.

# 11

Lo miro confundida, preguntándome en qué momento me ha seguido. Quiero gritarle que se vaya, que me deje en paz, pero lo cierto es que sentir su piel en la mía, rozándome, tocándome, hace que se me erice el vello del cuerpo. Lo miro a los ojos, a la espera de que diga algo, pero no lo hace.

La poca gente que hay en el vestíbulo camina a nuestro alrededor, algunos se dirigen a la fiesta o muchos de ellos salen del salón de ceremonias, pero nada de eso importa porque nosotros estamos en nuestra propia burbuja. Quiero decir algo, lo que sea. Pero nada sale de mis labios, que están firmemente sellados, mirando a Bax en busca de algo.

Él solo me mira.

Quiero convencerme de que estoy molesta porque me ha seguido, pero mi corazón no me permite engañarme. Una satisfacción enorme me embarga al saber que ha dejado a Heidi para venir a verme.

—¿Qué haces? —susurro.

—¿Ya te ibas? —pregunta acercándose a mí y soltando mi brazo. Sus ojos color miel me perforan el alma.

—No, solo salí a tomar aire fresco. Volveré en un rato.

Ya no me está tocando pero, aun así, mantiene esa mirada intensa, por lo que me abrazo a mí misma al empezar a sentir escalofríos que no tienen nada que ver con el aire acondicionado del vestíbulo del lujoso hotel.

Bax mete las manos en los bolsillos del pantalón.

—¿Bailarías conmigo?

Aquella pregunta formulada en un tono íntimo me deja un poco tonta.

—¿Por qué? —replico ceñuda—. Creí que tenías una buena compañera de baile a tu lado.

No bien cierro la boca me arrepiento, y no por haber hablado en un tono plano, como si no me importara, sino porque Baxter ve a través de mis palabras. Me analiza intensamente, mirándome de arriba abajo con una sonrisita socarrona.

Intuye que estoy celosa. Puede que lo esté, pero no se lo dejaré ver.

—¿Estás celosa? —pregunta. Pongo los ojos en blanco. Doy un paso al costado y luego avanzo para irme de vuelta al salón, pero Baxter se planta rápido delante de mí cortándome el paso—. No tan deprisa, aún no me has dicho si bailarías conmigo.

Lo pienso. Miro sus ojos color miel, su mirada suplicante y aquellos hoyuelos, y realmente lo pienso. No quiero parecer una novia celosa y mandarlo a la mierda por el simple hecho de haber bailado con otra mujer. Yo no soy así. Así que asiento, con lentitud.

—Bueno —digo como si nada. Me encojo de hombros y camino pasándolo, a la espera de que me siga y sin querer ver su sonrisa de suficiencia. Bax lo hace, colocando una mano en la parte baja de mi espalda. Se la quito de ahí con un movimiento rápido justo antes de entrar.

La música suave y en vivo crea un ambiente relajado para disfrute de los invitados. Muchos de ellos están bailando y otros están dispersos por el lugar, conversando en las mesas y esquinas del salón. Diviso a mi hermana aún en la pista de baile con Johann, ambos se mecen al ritmo de la música. De muy cerca, veo a Susie bailando con Trevor, pero la pelinegra no deja de mirar a mi hermana bailando con el jefe.

No quiero estar cerca a ellos, así que me voy a la esquina más alejada, casi cerca de la puerta para poder correr llegado el caso, y tomo la mano que Bax me tiende. Es muy difícil ignorar la corriente eléctrica que me recorre el cuerpo cuando su pecho y el mío se juntan. Baja su otra mano a mi cintura, rozando el hueso de mi cadera con un movimiento sutil.

Quiero reírme pero no hay nada gracioso en esta situación.

No hablamos. No hace falta. Decimos mucho con los pequeños toques y caricias que nos damos en cada movimiento y roce al bailar. Mis manos están en sus hombros, pero las deslizo hasta entrelazarlas detrás de su cuello, acariciándole la nuca con los pulgares. Baxter siente aquella caricia y me pega más a él, puedo sentir los duros músculos de su espalda tensarse, así como sus pectorales. Sus brazos fuertes me rodean con firmeza, como si no quisiera soltarme nunca. Estoy más tensa que la cuerda de una guitarra, pero, aun así, trato de relajarme mientras nos movemos al ritmo de una canción lenta que parece jazz.

Nadie nos presta atención, todos están a lo suyo. Poco a poco me voy relajando hasta apoyar levemente la cabeza en su pecho. A pesar de los tacones que llevo él es algo más alto; solo le llego a la barbilla.

Nos mecemos, bailamos, durante lo que parece una eternidad. No distingo los minutos ni las horas, ni siquiera me doy cuenta de que una canción se acaba y comienza otra asimismo lenta, porque no me importa nada más que aquel sentimiento de paz que me embarga al estar así, en los brazos de Baxter.

No sé si él se siente de esta manera, pero no digo nada. No quiero arruinar el momento. Luego de algún tiempo, la temperatura de mi cuerpo empieza a subir. Sé por qué es, puedo sentir a Baxter en cada parte de mí. Sus manos cálidas cada vez se acercan más a mi trasero, están justo por encima de mi espalda baja, acariciándome suavemente, con audacia para que yo no me percate. Pero es imposible porque sentir su toque es como si me incendiaran.

Hago lo mismo.

Bajo mis manos por su espalda en un movimiento que espero sea sensual y cuando lo abrazo por la cintura me alejo de su cuerpo solo para mirarlo a los ojos. Hasta ahora los he evitado, pero no puedo hacerlo más. Me pierdo en ellos y solo veo deseo.

Lo mismo que siento yo. Y solo con un par de canciones bailando entre sus brazos.

—¿Por fin te rendiste? —me susurra en el oído. Lo miro de cerca, sin importarme las personas a mi alrededor porque estamos cubiertos entre el mar de gente, y sonrío. Sonrío como una loca.

—¿Rendirme? —murmuro con un tono de voz jocoso. Acaricio el nacimiento de su cabello, justo por detrás a la altura de su nuca, con suavidad—. No conozco esa palabra.

Baxter se aleja, rompe el agarre que yo tenía en su cuello y me mira desde su lugar, un par de pasos detrás, con una mirada llena de deseo y a la vez desesperación. Puede que yo sienta lo mismo, pero yo no dejo que él lo vea.

—¿No sientes nada ahora mismo? —Su mano en mis caderas, casi rozando la parte de arriba de mi trasero, hace que el nivel de adrenalina y deseo suba hasta el punto de querer ceder, pero me gusta. Tengo que admitir que me gusta que Baxter Cole me persiga. Sus ojos color miel me parecen ahora mismo más brillantes de que de costumbre, no sé si son las luces del lugar o su deseo hacia mí... En cualquier caso, se ve malditamente más guapo—. ¿No sientes la conexión entre nosotros? ¿La chispa que solo se produce cuando estamos tocándonos o mirándonos? ¿De verdad vas a negarlo, Madison?

Me río, no hay otra forma de afrontar este asunto. Y también decido ser sincera.

—No puedo negarlo —musito muy cerca de sus labios apetitosos, quiero mirarlos más de cerca, pero temo no poder controlarme y besarlo, así que pongo todo mi esfuerzo en mirarlo a los ojos—. Hay algo entre nosotros, lo sé.

Sonríe, satisfecho consigo mismo.

—Pero no te confundas —continúo—. No haré nada para apagar ese deseo.

Parpadea.

—¿Estás admitiendo que me deseas? —Sonríe como si hubiera logrado algo que quería hace mucho tiempo—. Joder, Madison, es lo único que quería escuchar de tu boca.

—No dije eso. —Pongo los ojos en blanco por su mala interpretación de mis palabras, pero solo creo que escogí mal al hablar. No quiero seguir aquí, bailando con Baxter cuando mi cuerpo entero me pide a gritos que salte sobre él y lo desnude, algo que no puedo delante de todo el mundo. Mucho menos a solas. No puedo hacerlo de ninguna manera y punto—. Lo siento, tengo que salir de aquí.

Me doy la vuelta para alejarme, pero por segunda vez en la noche, me toma del codo. Maldita sea, ¿qué fijación tiene con mi brazo?

—¿Qué rayos te pasa? —murmuro con los dientes apretados por su intenso agarre.

—Tú. Eso me pasa. Tú, maldita sea.

—¿Y qué se supone que significa eso?

Esta vez es él quien se acerca a mi oído para susurrarme.

—Te quiero a ti en mi cama, follando como locos. Sé que tú también lo quieres, pero te reprimes. ¿Qué pasa, tienes miedo?
—Trato de ignorar el escalofrío que siento al escucharlo.

No puedo refutar eso, ni siquiera puedo pronunciar palabra alguna. Me ha dejado literalmente con la boca abierta.

—Yo… no… —tartamudeo ante aquel hombre por primera vez. Me siento una idiota monumental por ello, pero suelto sin pensarlo mucho, algo que va contra mis principios—. ¿Qué?

—Lo que oíste, Madison.

Mi piel hormiguea por querer tocar la suya.

Ahora mismo nos estamos mirando a los ojos como dos animales a punto de saltar uno sobre otro. Aunque la verdad es que él es el cazador y yo su presa, él es el que manda y yo obedezco. No por falta de voluntad, todo lo contrario, porque quiero ceder ante él y le entrego mi total control, para que haga conmigo lo que quiera.

Así de loca me pone Baxter Cole.

Hasta el punto de olvidar mis propios principios, mis promesas. Él pone mi mundo patas arriba y no hay nada que yo pueda hacer para evitarlo.

Quiero esto tanto como él.

¿Por qué no dejarme llevar por segunda vez consecutiva por Baxter?

En ese momento una conocida canción resuena en el altavoz con unos acordes suaves que empañan mis oídos. Me la conozco de memoria, es de mi cantante favorito: Michael Bublé. Es una versión que está realizando la banda en vivo sobre el escenario, pero no puedo evitar suspirar encantada entre los brazos de Baxter al oír la canción *Sway*.

Aprovecho los últimos minutos de tranquilidad a su lado, antes de que toda la tormenta descargue.

Los brazos fuertes de Baxter están en torno a mi cintura. Puedo oler la colonia que usa y sentir sus manos acariciando mi espalda baja y, aun así, quiero disfrutar este momento mientras bailo una canción que es sensual y, al mismo tiempo, íntima. Bailo con él, siguiéndole el ritmo, compruebo maravillada que es un buen bailarín, mucho mejor que yo. Cuando termina la canción no me suelta, puedo sentir su roce quemarme la piel.

Su mirada me atraviesa, no sé qué ha ocurrido, pero la tensión entre ambos está en su punto más alto, a punto de explotar.

Dejo que me guíe a la salida. No me importa abandonar a mi hermana porque sé que está muy bien acompañada. Me preocuparé por ella después; ahora mi atención está totalmente entregada a Baxter.

Salimos del salón en completo silencio y enfilamos el pasillo hacia la salida.

Mi deseo está a punto de explotar, así que cuando Baxter toma mi mano, lo único que hago es empinarme y estamparle un beso. Él se lo toma por sorpresa, pero rápidamente se recompone y abre su boca para que yo pueda deslizar la lengua y acariciarlo.

El beso es profundo, desesperado y lleno de deseo.

Este beso es la respuesta que Baxter necesitaba. No tengo que decir nada para que él lo sepa. Se separa con la respiración agitada y apoya su frente en la mía.

—Me vuelves loco, Madison. Eres la razón de mi deseo ahora mismo.

Sonrío. Se siente tan bien besarlo que entrelazo nuestras manos y así nos dirigimos al ascensor. Frunzo el ceño al darme cuenta de que vamos a subir algunos pisos en vez de salir de aquí y buscar un taxi para ir a su casa.

—¿No iremos a tu casa...? —Me callo abruptamente al verlo sacar del bolsillo de su elegante saco una tarjeta. Al principio soy lenta para entenderlo, pero luego mi mente hace clic—. ¿Has reservado una habitación?

Mi protesta no lo espanta, al contrario, sonríe satisfecho.

—Antes de que te enfades, lo hice solo por si pasaba algo entre nosotros. —Se encoge de hombros mientras entramos en el ascensor vacío—. Y ya ves que sí. Precavido es mi segundo nombre.

Quiero gritarle que es un tonto, que se meta la tarjeta por el culo e irme, pero no lo hago. Sería una mentirosa y descarada si dijera que no quiero esto con él. Por supuesto que quiero, pero verlo tan confiado me fastidia. Como si todo este tiempo hubiera sabido que aceptaría.

Baxter presiona un botón y las puertas se cierran. Unos pisos más arriba noto que la tensión no ha llegado ni mucho menos a su punto álgido. Es más, ha aumentado. Con prisas salimos del ascensor en la planta número 18. Caminamos por el largo pasillo lleno de habitaciones en completo silencio. La moqueta atenúa nuestros pasos. Una vez que nos detenemos en la habitación 1809, Baxter coloca la tarjeta en la ranura y automáticamente esta se abre con un sonido bajo y una luz verde.

Maravillada con tanta tecnología, contemplo la habitación desde el umbral y me quedo de piedra.

El lugar es inmenso. Dentro cabría nuestro apartamento y, aun así, seguiría sobrando espacio. Doy un paso más hacia el interior observando fascinada la lujosa sala, con sillones de terciopelo y un televisor gigante. Los pisos están cubiertos de alfombras grandes y con diseños increíbles.

—¿Cuánto te costó? —le pregunto a Baxter, porque con solo un vistazo al vestíbulo de la habitación me imagino que unos miles de dólares deben de ser el precio mínimo. Y eso que ni siquiera la he visto completa.

—Eso no importa —afirma él acercándose por detrás. Mi respiración se agita al notar su pecho contra mi espalda, me aprieta entre sus brazos—. Lo importante es disfrutar.

Me coge de la cintura y con una agilidad impresionante me hace girar, por lo que vienen a mi mente los pasos de baile minutos atrás en la pista, cuando giramos al ritmo de mi canción favorita de mi cantante favorito.

Como un imán, dejo que me arrastre hasta el interior de la habitación, que está presidida por una gran cama con dosel. Es impresionante, y la primera vez que veo una con mis propios ojos. Me acerco más, fascinada con la amplitud y decoración minimalista de la habitación. Las paredes blancas y las sábanas de la cama hacen que todo se vea más grande y pulcro. Camino sobre la alfombra crema hasta tocar el velo que cubre el dosel. Lo aparto y sonrío.

En la esquina de la gran habitación veo que hay un sillón extraño, curvado y sin respaldar. Frunzo el ceño mientras me acerco a él. Baxter se me queda mirando.

—¿Qué es esto? —pregunto, y me siento como una niña pequeña cuando su sonrisa se ensancha, mostrando sus hoyuelos. Parece divertido con mi pregunta.

—Es un sillón tántrico. —Es de color rojo, lo único llamativo de la habitación. Deslizo una mano por él porque ni siquiera sé qué significa eso, nunca en mi vida había oído hablar de él—. Es un sillón exclusivamente para tener sexo, la curva que tiene es ideal para practicar distintas posturas. Es maravilloso.

Retrocedo como si me hubieran quemado. Miro a Baxter impresionada, no tenía ni idea de que existieran muebles de este tipo.

No soy una mojigata ni mucho menos, así que la curiosidad y el morbo me invaden el cuerpo no bien me imagino a mí y Baxter sobre el famoso sillón del sexo.

—¿Y cómo se usa? —pregunto ya con la respiración acelerada.

Baxter se acerca a mí, mirándome de arriba abajo.

—Primero quítate el vestido, el resto déjamelo a mí.

Parpadeo, la luz de la habitación es íntima, de color amarillo, lo que le da un toque sensual. Sin pudor alguno, llevo las manos atrás para desabrocharme el vestido, desesperada por hacerlo. Siento que Baxter se mueve hasta posicionarse detrás de mí. Tras acariciarme los hombros me ayuda a desabrochar y después a quitarme el vestido.

Me quedo en bragas, pues también me desprendo de los tacones altísimos pateándolos lejos. Luego me doy la vuelta para enfrentar a Baxter. Sonrío cuando lo veo afectado, con un bulto en su pantalón y con la mirada encendida al recorrer mi cuerpo con los ojos.

—Tu turno —murmuro, encantada con la idea de desnudarlo, como si fuera un caramelo a punto de saborear. Primero le quito la chaqueta, que tiro a nuestros pies. Después la corbata y al final la camisa. Una vez que queda desnudo de cintura para arriba, procedo a quitarle el cinturón. Cuando el pantalón cae el piso, sonrío viendo su bóxer abultado.

Ambos estamos en ropa interior y, aun así, me siento demasiado cubierta. Mis senos están expuestos, con los pezones erectos, pero Baxter ni siquiera me toca. Deja que la llama de deseo entre nosotros siga extendiéndose. Está alargando este momento demasiado tiempo y yo solo quiero experimentar ya mi primera vez en un sillón tántrico.

Cuando por fin me toma de la mano, mis pies se retuercen de deseo. Las manos me pican de ganas de tocarlo, a todo él, pero me mantengo firme, así como él parece mantener la cordura.

Me sienta sobre el sillón con una habilidad asombrosa. Acomodándome sobre él noto que es suave al tacto. Siento que la mano de Baxter sube por mis piernas hasta encontrar el elástico de mis bragas. Lo miro desde mi altura, en la parte más alta del sillón, viendo cómo poco a poco va bajando la tela negra hasta quitármelas. Sin cortarme un solo pelo dejo que me abra las piernas hasta tenerlas extendidas a la altura de mis hombros. Sus manos me abren más, hasta que siento los pliegues de mi sexo extenderse. No hay duda alguna de que estoy mojada, y él lo sabe, lo ve, porque se muerde los labios mientras me observa abierta de piernas para él.

—No sabes lo mucho que me he masturbado recordando aquella noche entre nosotros —murmura mientras me acomoda con suma delicadeza sobre el sillón tántrico, echa mi cabeza hacia atrás hasta que cuelga fuera de este y mi columna se arquea—. Recuerdo tu coño tan apretado presionando mi polla.

Mi cuerpo se escarapela por sus palabras. Noto sus manos tibias sobre las piernas, las yemas de sus dedos masajean y oprimen mis senos. Mis pezones están muy duros y, aun así, siento que no es suficiente. Quiero más.

—Baxter —murmuro con la mirada fija en el techo, notando que mis ojos se entrecierran al recibir placer en los pechos y no en donde más quiero.

Él tiene la decencia de reírse contra mi cintura. Una corriente de electricidad causada por sus caricias me atraviesa el cuerpo. Mi sexo está húmedo, así que con facilidad cuela un dedo dentro. Ahogo un gemido, pero para él no es suficiente. Mientras mantiene el dedo dentro de mí, me acaricia el clítoris con el pulgar. Me estremezco. Siento que mis terminaciones nerviosas están por las nubes, mientras que su dedo entra y sale de mí, su pulgar me acaricia por fuera, con suaves y rítmicas caricias que me hacen gemir.

Antes de que pueda darme cuenta, el aliento de Baxter está entre mis piernas. Un segundo después pasa la barrera, pues quita el dedo de mi centro para acariciarme con la lengua. Grito. No puedo evitarlo. Baxter me lame, su pulgar sobre mi clítoris es el único que sigue en mi piel, mientras su lengua entra y sale, me acaricia de arriba abajo, enviando corrientes de puro placer por todo mi ser.

Me retuerzo, soltando suspiros y un sinfín de gemidos que parecen alentarlo más. Cuando siento que mi cuerpo desfallece, aumenta su ritmo y sus embestidas. Muevo mi mano hacia abajo, pero no me permite acariciarme. Me remuevo en el sillón cuando ya no puedo más. Rodea los labios de la vagina con su lengua, chupando, lamiendo, mientras su pulgar continúa alargando mi placer.

Cierro los ojos y con un último grito me entrego al orgasmo. Gimo con fuerza mientras mi cuerpo se mueve sobre el sillón, pero Baxter me sostiene, todavía con las piernas abiertas.

Cuando los abro, mis piernas aún tiemblan por la réplica del orgasmo. Siento mi coño mojado, pero no hago nada, tal como Baxter me indica. Sacude un dedo para que me levante, y lo hago con el rostro serio.

—Deliciosa —dice Bax luego lamerse los labios—. Eres una delicia, Madison.

No tengo palabras.

—Ven aquí —murmura. Vacilo cuando se quita el bóxer rápidamente y coloca una pierna sobre el sillón mientras que su otra rodilla se ajusta contra la curvatura del mueble. Me tiende una mano y yo la tomo, confiando en él. Bajo la mirada un segundo para ver su pene largo y erecto apuntando a mi estómago. La punta rosada está brillosa, cubierta de líquido preseminal.

Como él me lo indica, me recuesto de nuevo sobre el sillón. Lo veo rebuscar algo en su pantalón. Saca un condón del bolsillo.

—¿Es el único que tienes? —pregunto, con una ceja alzada.

—Tal vez. —Sonríe con suficiencia—. ¿Por qué? ¿Piensas que necesitaremos más?

—Si eso quieres… —lo dejo salir. Me encojo de hombros—. Me estoy cuidando y estoy limpia.

Veo en sus ojos el brillo de entendimiento. Al principio vacila, como si no supiera qué hacer, pero cuando la tentación es grande y mira mi cuerpo desnudo bajo el suyo, esa decisión se quiebra.

—¿Quieres que lo hagamos sin esto? —pregunta alzando el condón entre ambos. Bueno, tampoco es para tanto, pero si él va a ser mi follada de siempre, tengo que estar segura de que es confiable.

—Solo si estás limpio.

—Claro que sí, me hago chequeos regulares. Estoy limpio.

—Yo también —anuncio en un tono de voz que espero sea sensual. Con mis piernas lo acerco a mí, siento la tibieza y dureza de su pene contra mi sexo—. Y me cuido, me pongo la ampolla mensualmente.

—Entonces está bien —afirma guiando su pene unos centímetros dentro de mí. Sentirlo así, sin ninguna barrera entre nosotros, me hace ahogarme con mi respiración por el gemido que sale de mis labios.

—S… sí —susurro, encantada con la sensación. Baxter sonríe. No espera más. Con un empujón entra del todo en mí, hasta la empuñadura, lo siento tan tan adentro que suelto un gemido. Pero no se mueve, se queda quieto disfrutando de la sensación piel con piel—. Baxter..., muévete.

Mis palabras lo alientan a moverse. Se retira centímetro a centímetro alargando la sensación y vuelve a entrar: me siento llena de él de nuevo. Con otro empujón sale y entra en mí. Va tomando ritmo y sus embestidas van siendo cada vez más fuertes. Empuja y empuja tomando todo de mí. Sus manos van a mis senos para masajearlos mientras yo susurro su nombre en gemidos que traga cuando me besa con fuerza, adentrando su lengua en mi boca con la misma pasión con la que me está follando.

Agarro sus hombros y tiro de él hacia mí.

Mi cabeza cae hacia atrás, pero esta vez por decisión propia. Porque no puedo más, lo siento adentro y con cada movimiento de sus caderas mi interior se abre más para recibirlo. Nuestros cuerpos se mueven al compás. El único sonido en la habitación son mis gemidos y sus jadeos. El sonidito que hace Baxter con cada embestida solo hace que mi cuerpo se desarme.

En un momento deja de moverse y yo lloriqueo, porque estaba tan cerca que aún siento cómo mi orgasmo se me escapa.

—Baxter —es lo único que puedo pronunciar como protesta. Siento que se ríe, pero antes de que pueda mandarlo a la mierda se retira, saliendo de mí y me levanta.

Como si no pesara nada me coloca en la parte alta del sillón, sobre mi vientre y se coloca detrás de mí. Mis senos chocan contra la curvatura suave del mueble. Coloco las manos mientras siento a Baxter entrar de un empujón dentro de mí desde atrás.

Esta posición solo hace que lo sienta más adentro. Su mano acaricia mi trasero antes de darme un par de nalgadas. Ahogo un gemido, pero sé que él ha notado que me vuelve loca, porque me embiste rítmicamente de nuevo. Esta vez entra y sale de mí con totalidad, por lo que mi estómago se aprieta al segundo mientras se va construyendo el orgasmo que tanto anhelo.

Sus manos suben, y desde atrás, van hacia mis pechos. Me los estruja con cada movimiento. Sus suaves gruñidos resuenan en la habitación acompasados con mis gemidos y el sonido de nuestra piel chocando.

—Más —susurro, rogando completamente excitada. Ni siquiera sé qué le estoy pidiendo, pero puedo sentir que mi orgasmo en cualquier momento explotará—. Baxter, por favor...

Él parece entenderme. No hace mucho, sigue con sus embestidas rítmicas y rápidas follándome con fuerza.

Lo que hace para desarmarme por completo es bajar una mano a mi culo y azotarme.

Me rompo.

En aquel momento mi orgasmo llega.

Ni siquiera tengo que acariciarme a mí misma para alcanzarlo. Con un par de azotes en el trasero llego al orgasmo gritando su nombre.

—¡Ah!

Un jadeo gutural sale de mi garganta mientras la espiral del orgasmo me alcanza. Siento que Baxter se corre, que derrama su esperma dentro de mí. Mis rodillas tiemblan, mis brazos igual. Con sumo cuidado se retira de mí, me ayuda a levantarme, llevándome en volandas hasta la cama. Una vez que estoy sobre ella, siento el líquido pegajoso salir de mi coño, miro abajo y el semen se desparrama entre mis piernas.

La habitación huele a sexo.

Baxter me mira y sonríe.

Ni siquiera tengo una réplica para aquello. Estoy jadeante, con la respiración a mil y el cuerpo descompuesto de cansancio.

Baxter se pasea desnudo por la estancia hasta encontrar el baño. Una vez que entra, escucho que la regadera del baño se enciende. Frunzo el ceño. ¿Está pensando bañarse justo ahora? Pero cuando logro calmar mi respiración y lo sigo, me doy cuenta de que está llenando la tina. El amplio baño tiene espejos en cada pared, lo que acentúa su amplitud y multiplica nuestros reflejos.

Baxter me sonríe.

—¿Te gustó el sillón tántrico?

No puedo evitar reírme. De todo lo que pensé que diría, me sale con esto.

—Me encantó —murmuré—. ¿Lo volveremos a usar?

—Después, sí, ahora démonos un baño.

¿Quién soy yo para negarme?

Una vez que el agua llega a la mitad de la tina, Baxter cierra el grifo y me ayuda a entrar, luego lo hace él colocándose detrás de mí. La tina es grande, suficiente como para abarcar medio baño, así que nos sobra espacio. Extiendo las piernas y sonrío cuando el agua tibia me relaja los músculos.

Las manos de Baxter me acarician los hombros desde atrás en un relajante masaje que suaviza mi piel.

—Me gustó hacerlo sin condón —murmuro para disipar el silencio.

—Se sintió más intenso, ¿verdad?

—También debe de ser por el sillón. Jamás había oído hablar de algo así, pero me encantó.

—Si quieres otra ronda, nos estará esperando —deja escapar. ¿Si quiero? Por supuesto que sí, pero antes, quisiera otra cosa. Aprovecho la silla de la ducha que sobresale de la pared en donde está apoyada la tina y lo levanto. Baxter me frunce el ceño—. Pero ¿qué haces?

Lo hago sentarse en aquella nivelación que yo veo como asiento. Su polla vuelve a estar erecta. Con una sonrisa en los labios, acaricio los músculos de su estómago, maravillándome con las ondulaciones de sus oblicuos. Arrodillada ante él, desplazo mis dedos en una lenta caricia por sus músculos hasta la V que desciende por su estómago duro y cincelado. Paso por su ingle, observando sus ojos color miel que me piden que lo toque, que lo acaricie.

Así lo hago.

Cojo su miembro y comienzo a acariciarlo. Está mojado por el agua, así que es fácil deslizar la mano de arriba abajo marcando un ritmo. Sus ojos se oscurecen por el deseo, los entrecierra echando la cabeza hacia atrás. Observo con deleite su rostro, su expresión de placer, es alucinante que con solo esto yo ya empiece a excitarme. Con solo oír sus jadeos y mirar su rostro surcado de tal placer.

Quiero acariciarme, pero esto es para él. Exclusivamente su placer.

Me inclino y lo tomo en mi boca, lamiendo y chupando el glande, luego acariciando el falo hasta bajar los dedos a los testículos. Los acuno con delicadeza, suavizando el ritmo pero sin dejar de saborearlo. Hago círculos en ellos, sonriendo internamente cuando un gruñido de puro placer escapa de sus labios. Baxter está volviéndose loco y eso me gusta. Lo estoy haciendo perder el control con solo mi boca y mis manos.

—Mierda —gruñe, justo luego de soltar un siseo. Sus manos agarran un lado de mi cabello húmedo y entierra sus dedos allí, marcando un ritmo con mi boca. Mi cabeza sube y baja sobre su pene, tomándolo en mi boca hasta mi garganta, empujando con fuerza pero sin hacerme daño—. Oh, joder, Madison.

Empieza a encontrar un ritmo mientras alza las caderas cuando el deseo es demasiado. Mientras él me embiste yo mantengo mi ritmo acelerado.

Continúo chupando, disfrutando de su sabor mientras desde mi sitio, a sus pies, puedo ver su cabeza inclinada mientras lo miro a los ojos; por un breve momento nuestras miradas se encuentran. Eso parece volverlo loco, porque segundos después lo siento hincharse dentro de mi boca y un instante después un líquido espeso me inunda.

Se retira mientras yo lo miro.

—No lo tragues —murmura. Pero ante su mirada incrédula hago todo lo contrario. Trago con fuerza sintiendo su sabor en mi garganta.

Me mira, alucinado, y no se corta ni un pelo cuando me levanta en volandas y me lleva a la habitación dejando la tina llena de agua olvidada.

Me tira en la cama y me sonríe, no puedo evitar derretirme al ver cómo me mira, es como si me viera por primera vez.

Me río cuando salta sobre mí.

—Eres increíble —murmura.

—Si lo dices porque he tragado…

—También por eso —dice, haciéndome reír más fuerte—. Pero no lo decía por eso, te lo decía porque es verdad.

Mis ojos se centran en su cuerpo desnudo. Lo acaricio, su piel se eriza mientras que la mía se calienta. Mi interior palpita por la fuerza con la que me ha follado pero, aun así, mi cuerpo quiere otra ronda. Quiero más.

Parece que no puedo tener suficiente de él.

Me aparto de su cuerpo y luego me siento sobre su regazo.

—¿Te quedas esta noche? —pregunta.

Miro a mi alrededor, solo por hacerme la interesante.

—Claro —respondo. Ambos sabemos lo que significa. Orgullosa de haberlo hecho empalmarse de nuevo, sonrío con suficiencia—. ¿Estás listo para otra ronda?

—Por supuesto, todavía no te he mostrado todo lo que podemos hacer sobre el sillón tántrico.

—Entonces muéstrame. —Y lo beso en la boca. A él no le importa saborear su propio aroma. Es más, lo excita; suelta un gruñido y entrelaza su lengua con la mía mientras acaricia mi espalda desnuda.

Sus labios se mueven contra los míos con deseo, puro y crudo. Me dejo hacer. Barre mi boca, chupando mis labios y mordiendo. En cuanto siento sus manos bajar por mis piernas desnudas, sonrío.

. Tenemos toda la noche para disfrutar.

No sé qué hora es, pero pasamos la mayor parte de la noche follando, en el sillón, sobre la cama, en la encimera del baño, sobre la alfombra y, luego, en la tina. Al final de la noche ni siquiera sé cómo me llamo.

Solo cuando ambos estuvimos finalmente satisfechos, dormimos. Yo lo hice con una sonrisa en los labios al darme cuenta de que él había cumplido su promesa de follar como locos en cuanto yo aceptara su propuesta.

Y, la verdad, no me arrepentía de nada.

# 12

Despierto sobresaltada cuando el sonido persistente de un celular atraviesa la habitación. Con una mueca por el dolor que siento en todo el cuerpo, me desperezo sobre la cama, pero aquello es peor porque se incrementa el daño. El sonido del móvil se corta, pero segundos después vuelve a resonar en la habitación.

No bien abro los ojos las imágenes de Baxter y yo ayer en esta habitación inundan mi mente. El persistente sonido del celular y el dolor de mi cuerpo hacen que esté de mal humor a pesar de la gran noche que pasé.

Me levanto de la cama con todos los músculos de mi cuerpo protestando y camino por la habitación sintiendo un leve ardor entre mis piernas. No veo a Baxter por ningún lado, y dado el sonido de la regadera del baño, sé que es ahí donde se encuentra. Busco entre la ropa sobre el suelo alfombrado y encuentro el celular que segundos antes sonaba. Lo levanto, no es el mío, es el de él. Recuerdo que el mío lo dejé en el bolso de mi hermana. Vuelvo a colocar el teléfono de vuelta a donde lo encontré e inmediatamente voy al baño. Lo primero que siento al entrar es el vapor; lo segundo, el delicioso olor masculino que desprende el champú de Baxter.

La mampara de vidrio de la ducha es transparente, por lo que puedo verlo desnudo y con el cuerpo mojado bajo el chorro de agua que cae como lluvia sobre él. Su cabello está cubierto de espuma y sus fuertes manos están tensas debido al masaje que está dándose en la cabeza, sus dedos se mueven con destreza para esparcir el champú sobre el cabello mientras se lo enjuaga.

Me acerco sigilosa, me quito rápidamente las bragas que me coloqué en la madrugada y abro la mampara de vidrio. Al instante el vapor me deja parpadeando, pero doy un paso hasta que Baxter se da la vuelta y abre los ojos.

—Vine a hacerte compañía —murmuro con la garganta seca debido al deseo que burbujea en mi interior. Baxter rápidamente cierra el grifo de la regadera y me mira, con hambre en la mirada. Su cuerpo desnudo y mojado me pide a gritos que lo toque, pero en vez de hacerlo, cojo el jabón bajo su atenta mirada—. ¿Quieres que te enjabone el cuerpo?

—Sí —responde con voz ronca igualando la mía. Ambos echamos chispas por los poros de nuestra piel desnuda.

Con mucha lentitud y disfrutando de su seriedad, acerco la mano que sostiene el jabón hacia su pecho, froto con suavidad su piel disfrutando ver las pompas de jabón esparcirse en el aire. Baxter respira hondo, ahogando un siseo cuando mis manos bajan por su cuerpo, deslizándose por su torso hasta la V de sus caderas. Sonrío encantada al saber que lo estoy excitando. Su miembro mojado se extiende en todo su esplendor, mostrando lo duro que está.

Pero no lo toco, obvio su pene mientras mediante suaves caricias y masajes voy enjabonando su cuerpo. Primero me paseo por su pecho, luego hacia sus brazos extendidos y finalizo mi viaje cuando me agacho para seguir con sus piernas. Gracias a la amplitud de la ducha, me pongo detrás de él y lo enjabono de igual manera, pasando por los férreos músculos de su espalda. Su trasero duro y redondo me dan la bienvenida, verlo solo hace que me entren ganas de una cosa.

Alzo mi mano y lo azoto, sonriendo cuando Baxter maldice. Se gira con el ceño fruncido mientras yo le sonrío desde mi posición a sus pies.

Como si tuviéramos todo el tiempo del mundo, me levanto centímetro a centímetro y le tiendo el jabón.

—Tu turno de enjabonarme.

Baxter no desaprovecha la oportunidad. Toma el jabón y lo soba entre sus manos. Cuando las tiene por completo cubiertas de espuma me mira sonriendo con malicia.

—Yo prefiero enjabonarte con mis manos, bonita. —Sus ojos echan chispas.

La sonrisa se me borra cuando extiende ambas manos y las posa sobre mis hombros. La diferencia de altura no es un problema para él cuando se aproxima un paso más para bajar sus dedos y tocarme con delicadeza los pechos. Los masajea, utiliza las yemas de los dedos y cuando las palmas de sus manos me acarician de arriba abajo, suelto un gemido. Inmediatamente Baxter baja sus manos como si nada hubiera pasado y continúa enjabonando mi cintura. Me pega a él. Cuando siento nuestros pechos tocarse y su miembro duro roza mi estómago, noto que aprovecha nuestra proximidad para acariciarme la espalda. Sube y baja las manos lentamente, pero mis músculos están demasiado tensos como para relajarme con esos masajes.

Su toque me deja temblorosa, está excitándome adrede y me encanta.

Se aleja, mirándome con los ojos encendidos por el deseo. Aun así, no hace nada, solo se arrodilla para seguir enjabonándome las piernas. Siento su aliento a la altura de mi centro, pero aprieto los muslos para tratar de reprimir el deseo.

No tengo esa suerte, Baxter me abre las piernas y me acaricia entre ellas. Ansío su toque más arriba, solo unos centímetros más, pero tiene la desfachatez de retirar las manos cuando cree que estoy completamente enjabonada.

—Listo —susurra contra mi vientre antes de dejar un beso allí, muy cerca de mi centro palpitante. Lo odio. Lo deseo tanto que lo odio.

Ignoro su sonrisa de suficiencia cuando se levanta colocándose de pie nuevamente frente a mí sin distancias que nos separen.

—Había olvidado enjabonarte una parte —digo justo antes de presionar mi mano en su duro miembro. No se lo espera, por lo que sisea antes de apretar los labios. Me mira deseoso de que mueva mi mano, lo sé, está muriendo por que lo toque como quiero que me toque a mí, pero me tomo mi tiempo.

Con mi mano mojada subo y bajo masturbándolo con lentitud. La punta rosada de su glande brilla. Me lamo los labios con una sonrisa extasiada. Baxter es delicioso, y aunque me muera por probarlo de nuevo, quiero atormentarlo un rato.

Continúo con mi trabajo de acariciarlo, pero sin mucha presión.

—Más duro, aprieta más —me pide entre dientes. Alzo la mirada. Su rostro está tenso, como si se estuviera conteniendo.

—Solo te enjabono —susurro. Luego lo suelto, y como una diva me doy la vuelta para abrir el grifo de la regadera para enjuagarnos.

Baxter no se queda quieto, me gira sin importarle que el agua caiga sobre nosotros y me besa con pasión dejándome boquiabierta. Aprovecha para meter su lengua y acariciar la mía. Nuestros jadeos rebotan por el baño.

Se terminaron los juegos.

—Ahora que ya te enjaboné, me toca follarte —susurra.

Como si estuviera embrujada, yo me dejo hacer.

Sus manos descienden hasta mis senos y pellizca mis pezones con fuerza, e inmediatamente suelto un gemido que hace eco. Baxter extiende una mano y vuelve a cerrar el grifo. Los restos de jabón se pegan a nuestro cuerpo, pero no nos importa.

Baja una mano hacia mi sexo sin dejar de pellizcar mis senos con la otra. Su mano curiosa se pasea por mis muslos hasta encontrar el punto cumbre al que tanto quería que llegara. Entierra un dedo y cuando nota lo mojada que estoy, y no es por la ducha, sonríe satisfecho. Por un instante me masturba, acariciando con su pulgar mi botón del placer, pero cuando ya no puedo más y me remuevo inquieta en sus brazos, se detiene.

No tiene que decir nada cuando me obliga a retroceder hasta que mi espalda toca la pared de la ducha. Alza una de mis piernas por encima de sus caderas y en una rápida estocada entra del todo en mí. Jadeo loca por que vuelva a embestirme así de fuerte. El ardor que sentía antes se ha intensificado; eso, sumado a sus embestidas, crea en mí un placer increíble.

Me agarro a su cuello cuando ese placer es tan inmenso que creo que en cualquier momento podré caerme.

Mueve sus caderas haciendo rebotar mis senos, que oscilan al ritmo de sus embestidas. Me acaricio a mí misma porque él está sosteniéndome mientras me folla contra la pared.

Luego de unos segundos en ese vaivén, mi pierna enroscada en sus caderas empieza a dolerme. Intento flexionarla un poco, pero Baxter entiende otra cosa, porque sale completamente de mí. Siento un profundo vacío en mi interior.

—Date la vuelta y pon las manos en la pared —sisea, y yo obedezco. Cuando estoy de espaldas a él, siento su mano bajar por mis hombros hasta mi trasero. Me da un par de azotes en cada nalga antes de coger mis caderas con fuerza y penetrarme.

—¡Oh, Baxter! —gimo. En esa postura lo siento más profundo. Me sostengo en la pared de azulejos de la ducha mientras me embiste desde atrás.

Sus jadeos y gruñidos acompañados por el ritmo rápido y descuidado de sus movimientos me indican que ya está cerca, pero no me importa porque yo también lo estoy. Los juegos previos han durado mucho.

Con un par de embestidas me corro, y cuando creo que él también lo hará dentro de mí, saca su duro miembro y segundos después siento una ráfaga de líquido caliente en toda la espalda.

—Hermosa.

Me volteo, mirándolo asombrada. Pero no digo nada, sentir su esperma en mi piel solo ha hecho que me excite más.

—Serás tonto… —digo con los ojos entrecerrados, pero sin molestarme. Es divertido contemplar su sonrisa con hoyuelos, hace que se vea inocente.

Sus ojos color miel me observan con el mismo deseo de antes.

—Eso me da excusa para enjabonarte de nuevo.

—Estás loco —respondo riendo cuando alcanza el jabón y vuelve a esparcirlo en sus manos. Yo apenas tengo energía para mantenerme en pie, pero eso no importa porque nos traslada a la tina del baño y la llena de agua tibia para relajar nuestros músculos.

Aquella mañana del domingo pasamos toda la mañana juntos y follando de nuevo.

( ( (

—¿Sabes? —dice Baxter con voz ronca por tanto ejercicio horas después mientras almorzamos sobre la cama. Una bandeja y varios platos de comida están en un carrito que minutos antes ha traído un empleado del hotel: es como un bufet. Tanto él como yo estamos hambrientos, por lo que escogemos diferentes cosas y nos las ponemos en el plato.

Mientras mastico, alzo las cejas.

—¿Qué? —pregunto divertida por la manera en que Baxter me mira. Es como si estuviera a punto de contarme un secreto. Acomodo una pierna debajo de la otra y me inclino unos centímetros, brindándole toda mi atención.

—Jamás había pasado tanto tiempo con una mujer.

Es inevitable reírme.

—Oh, cállate —murmuro entre risas—. Ni que lo digas. Aún me arden los muslos.

La sonrisa pícara sin mostrar sus dientes que me dedica me hace poner los ojos en blanco. Está siendo engreído y lo que he dicho solo aumenta su ego.

—Debemos hablar —comenta luego de un momento.

Aquello me hace ponerme tensa.

—Usualmente es la mujer quien dice eso.

Pero es cierto, debemos hablar. Desde anoche lo único que hemos hecho es follar. Ahora que estamos comiendo es momento de aclarar las cosas.

—Usualmente. Pero debemos hacerlo. —Asiento, totalmente seria. Baxter deja su plato, aún con comida, sobre el carrito y hace lo mismo con el mío. Estoy a punto de protestar, pero de mi boca sale un chillido cuando extiende sus manos para acercarme a él y colocarme sobre su regazo. Estoy vestida únicamente con mis bragas y su camisa, mientras que él lleva solo un bóxer. Puedo sentir su dureza debajo de mí, pero ninguno hace nada por apartarse. Sus ojos me miran a centímetros de los míos—. Anoche, cuando dijiste que lo hiciéramos sin condón…

Frunzo el ceño.

—Sí, ¿qué pasa?

—¿Es porque estás pensando que esto puede llegar a algo más? —pregunta señalándonos.

—¿Qué? ¡No!

—Vaya, gracias —susurra irónico.

Cierro los ojos un momento tratando de ordenar mis pensamientos. Cuando los abro Baxter sigue mirándome con seriedad, todo rastro de diversión borrado de su rostro.

—Me refiero a que no quiero una relación —le aclaro—. Ayer dijiste que tampoco querías una.

La sonrisa que me dirige me confunde.

—No me refería a una relación —dice, al parecer aliviado con mi respuesta—. Me refería a que todo lo que pasó anoche volverá a suceder. Sin compromisos. Sin sentimientos de por medio, solo placer.

—¿Me lo estás preguntando?

—Te lo dije, Madison, yo no quiero una relación, pero te quiero para más que una noche. Todavía no tengo suficiente de ti.

Sus palabras hacen que mi panza revolotee nerviosa, estoy totalmente de acuerdo. Yo tampoco puedo tener suficiente de él. Estoy a punto de quitarle el bóxer y dejar la charla para después, pero es importante hablar. Por mucho que mis manos ardan en deseos de tocarlo.

—Lo sé, pero hay cosas que aclarar.

—¿Cómo cuáles? —pregunta acariciando mis brazos desnudos.

Escalofríos me recorren el cuerpo entero, pero empujo esa sensación a un lado y me concentro en lo importante.

—No follaré contigo si ya estás haciéndolo con alguien más. —Frunce el ceño, confundido—. En la editorial hay rumores de que Heidi y tú son más que amigos, y viéndolos ayer bailando pienso que puede ser cierto. Yo no quiero meterme en algo así mientras tú…

—No hay nada entre nosotros —declara, pero alzo una ceja para expresar mis dudas. Baxter coge mis manos—. Heidi y yo estuvimos juntos, pero hace ya mucho tiempo de eso.

—¿Cuánto? —pregunto con curiosidad.

—Lo suficiente como para olvidarlo.

—Eso no es una respuesta clara. —Hago una pausa—. Y si quieres seguir follándome tienes que ser sincero.

—Bien —acepta contrariado, pero finalmente habla—: Heidi y yo estuvimos juntos hace más de un año. Terminó todo y somos buenos amigos, pero nada más. Ella cumple con su trabajo en la editorial y todo está bien.

Eso no responde a mi pregunta, por lo que me permito ser más precisa:

—¿Cuándo fue la última vez que tuvieron sexo?

Baxter abre la boca, asombrado, pero yo espero pacientemente.

—Hace más de un año.

Su respuesta me parece sincera, así que lo creo.

—Quiero poner un par de reglas a ese respecto —digo alzando de nuevo una ceja. Baxter me mira divertido.

—Oh, ¿en serio? —pregunta irónico—. ¿Y cuáles serían esas reglas?

Alzo un dedo.

—Primero, si esto va a continuar solo tendremos sexo entre nosotros. Tú no puedes ir y follar con alguien más, y yo tampoco podré hacerlo. Solo así podremos hacerlo sin condón, siendo exclusivos.

—Bien. ¿Algo más que quieras añadir?

—Sí. Que esto sea exclusivo no significa que estemos en una relación. No me enamoraré de ti, y tú tampoco de mí. No hay amor, solo sexo.

—Y deseo —añade.

—Y placer. —Sonrío. Baxter también.

—Me gustan esas reglas.

—Nadie puede saber que estamos haciendo esto. Esa es la tercera regla.

—Por supuesto —susurra acercándose a mis labios—. Soy el maestro de la discreción.

Abro la boca para decir algo más, pero sus labios chocan contra los míos y pierdo la capacidad de hablar cuando sus manos bajan por mi cuerpo mientras su lengua entra en mi boca y me acaricia.

El beso se torna salvaje mientras dejamos la comida olvidada y nos alejamos para quitarnos la poca ropa que nos queda.

—Creo que no me dejo ninguna regla —murmuro divertida mientras lo veo quitarse el bóxer de una patada mientras yo estoy echada sobre la espalda con las piernas abiertas y esperándolo.

—Solo una —contesta acariciándose a sí mismo antes de volver a la cama y mover su pene entre mis pliegues, provocándome. Sus ojos color miel me miran—. Disfrutar.

Esa es la regla más importante.

((( ( (

Luego de una tarde intensa con Baxter y aclararlo todo, nos vestimos con la misma ropa de gala de la noche anterior y entre sonrisas cómplices salimos del hotel. Él no ha traído su auto y yo tampoco el mío, por lo que compartimos un taxi hasta mi casa que después continuará hacia la suya. Nos despedimos con un beso ardiente justo antes de bajar ante mi edificio con la promesa de vernos al día siguiente en el trabajo con absoluta normalidad, como si nada estuviera pasando entre nosotros.

—Nos vemos mañana, bonita.

Le guiño un ojo.

Realmente espero que esto funcione. Porque ahora que he devorado a Baxter, lo único que mi mente piensa al verlo es desnudarlo y saltar sobre él.

Cuando abro la puerta del apartamento que comparto con Megan, me sorprende entrar y no oír ni un solo ruido. El único sonido que se oye en todo el piso es el repiqueteo de mis tacones contra el suelo.

Frunzo el ceño extrañada mientras voy hacia la habitación de Megan. No está. Mi mirada se agranda cuando noto que en la puerta de mi habitación hay un pósit pegado. Lo quito rápidamente para leerlo.

*Salí un rato, dejé tu celular sobre tu cama.*
*Vuelvo mañana. Megan.*

¿Un rato? ¿Vuelvo mañana? Lo releo una y otra vez, confundida. Entro en mi habitación y cojo el teléfono que reposa sobre mi cama. Veo un par de mensajes de Megan de la madrugada y otro de hoy en la mañana.

**Megan. 00.45**

Olvidaste tu teléfono y no sé dónde estás, pero como Baxter también ha desaparecido de la fiesta puedo intuir dónde andas. CUÍDATE ;)

**Megan. 02.24**

Dejé tu teléfono en tu dormitorio y una nota en la puerta. No dormiré en casa, regresaré mañana.

**Megan. 11.39**

¿Aún no llegas a la casa, por eso no me respondes? Mmm... debes de estar pasando un GRAN momento.

Tecleo rápidamente.

**Yo**

Ya estoy en casa. Acabo de llegar, dijiste que volverías hoy y aún no estás aquí. ¿Debo suponer que estás con quien creo que estás? Espero que tú también te hayas CUIDADO para el GRAN momento.

No recibo una respuesta inmediata y eso me hace intuir que tal vez está en medio del GRAN momento, como ella dice.

Me meto en la ducha, a pesar de que ya me di una con Baxter antes de regresar —que terminó en otro gran orgasmo—, y me permito relajarme esta vez sin nadie a mi alrededor ni dentro de mí.

Luego de un buen y merecido rato bajo el agua, cuando estoy cerrando el grifo, oigo que la puerta del apartamento se abre y se cierra.

Me pongo un albornoz y me envuelvo el cabello con una toalla. Una vez que mis pies están secos y me he calzado con sandalias, salgo del baño en dirección a la sala. No bien lo hago, veo a Megan ligeramente despeinada, con el vestido negro arrugado y los tacones en la mano.

Parpadea al verme.

Me cruzo de brazos.

—Vaya, al parecer tú también has tenido una gran noche —digo riéndome al ver sus mejillas sonrojadas.

—No tienes idea de cuánto —murmura presionándose con una mano el pecho y soltando sus tacones al suelo con un gran estrépito—. Me arde el coño.

Abro la boca. Ella me guiña el ojo ante mi cara anonadada.

—¿De verdad Johann la tiene tan grande?

Se ríe.

—Te lo diré si tú me dices cuánto mide la polla de Baxter.

Estoy a nada de tirarle un cojín a la cara por sus vulgaridades, pero no puedo refutarle nada cuando recuerdo las barbaridades que Baxter y yo hicimos anoche, y las que susurró en mi oído. De solo pensarlo me estremezco.

—No le medí el pene, estaba demasiado ocupado dentro de mí.

Ahora es ella quien abre los ojos.

Me río al ver su cara. Ella también lo hace, segundos después ambas estamos muertas de risa sujetándonos el estómago.

—Johann la tiene así —dice estirando las manos para mostrarme aproximadamente el tamaño.

Alzo las cejas, impresionada.

—Baxter algo así —digo yo extendiendo las mías—. Y también gruesa.

—¡Oh, Dios mío! —exclama riéndose—. Los Cole tienen la polla grande y gruesa. ¡Qué suerte la nuestra! ¡Hasta rima!

La empujo sin dejar de reír.

—¡No puedes poner «Dios» y «polla» en una misma oración!

—¡Cállate, tú también lo acabas de hacer!

Nos tiramos sobre el sofá, riendo a carcajada limpia. Añoraba esos momentos de complicidad. Ya tenemos otra cosa en común: las dos hemos disfrutado de los hermanos Cole, y yo, para bien o para mal, estaba más que satisfecha.

# 13

—¿Tienes idea de lo mucho que te he extrañado? —exclama con fuerza Tracy cuando la vemos al día siguiente en la editorial corriendo para abrazar a mi hermana. Hemos llegado temprano y casi no hay trabajadores en la oficina, por lo que se puede hablar alzando la voz sin molestar a nadie.

—¡Yo también! —grita Megan abrazando a su cuñada, aunque ella no lo sepa aún.

Me río con ese pensamiento. Ambas me miran.

—Qué lindo es tenerte aquí —murmura Tracy viniendo a abrazarme a mí también. Luego de un momento se retira y nos sonríe—. Mis hermanos aún no han llegado, pero estarán aquí en cualquier momento.

Procuro no tensarme. Baxter y yo podemos tener una relación solo de sexo, pero es algo que no saldrá de mi boca. Ayer Megan y yo charlamos largo y tendido sobre nuestras respectivas noches con los hermanos Cole, pero de mis labios jamás salió el acuerdo que había hecho con Baxter de ser amigos con derechos. Ambos prometimos que nadie se enteraría y estaba satisfecha con ello.

Ni siquiera mi hermana lo sabe.

—Las fotos del sábado ya han salido. —Tracy vuelve a su energía burbujeante y sin decirnos más nos toma a mi hermana y a mí de las manos y nos lleva al despacho de Baxter. Entramos y ella se sienta en la silla, detrás del escritorio, haciéndonos una seña para que la acompañemos. Prende la pantalla de la computadora y nos sonríe con entusiasmo—. Las han colgado en la página web de la editorial. Tienen que verlas, ¡están increíbles!

Megan y yo nos miramos antes de ir detrás del escritorio y ver la pantalla de la computadora. Tracy cliquea un par de veces y un álbum de fotos aparece. Presiona la primera fotografía. Las primeras fotos son de la decoración del salón en donde se celebró la fiesta de aniversario. Las tres sonreímos ante la pantalla mientras las fotos van pasando. Aparece una en donde los tres hermanos Cole están posando para la cámara, sonriendo, y no puedo evitar imitarlos cuando veo los hoyuelos de Baxter.

Ninguna dice nada hasta que aparecen fotos de nuestros compañeros; parpadeo asombrada cuando frente a mí hay una foto en donde se ve a Megan y a Johann bailando, mi hermana rodeando el cuello de él y sonriéndole. Tracy le da un suave codazo a Megan, pero mi hermana no dice nada. Por primera vez no tiene réplica, sus mejillas se tornan rojas. Cualquiera puede ver esas fotos; si quería discreción, no la va a conseguir.

Agradezco al fotógrafo por no haberse atrevido a fotografiarme a mí con Baxter, ni bailando ni mucho menos yéndonos de allí, porque seguramente hubiera sido la comidilla de la oficina. A estas alturas la gran mayoría ya debe de estar viendo las fotos. Tracy por suerte no dice nada, es más, parece complacida de haber visto las fotografías de su hermano con Megan, lo que significa que ella aprueba esa pareja, igual que yo.

Pero no es tan fácil, sé que a mi hermana le gustan dos personas y está confundida, y no puedo culparla.

Nos despedimos de Tracy y volvemos a nuestros puestos de trabajo. Su despacho está en la segunda planta, junto con los del resto de los directivos. Cuando se va, Megan me cuenta que ella fue su primera amiga en la editorial, incluso siendo la jefa, como si no entendiera la relación jefa-empleada.

Varios minutos después empiezan a llegar más personas, y con ellas, también los jefes. Megan ni siquiera alza la mirada cuando Susie se dirige a su sitio murmurando un escueto «buenos días». Lo que sí llama su atención es cuando Johann entra en la oficina y se dirige a su despacho tras sonreírnos. Megan se sonroja, pero no dice nada.

Yo también me encuentro sonriendo cuando Baxter entra segundos después. Me mira un breve instante y me dedica una pequeña sonrisa antes de entrar en su despacho; deja la puerta abierta.

Me dedico de lleno al manuscrito que ahora mismo está en la pantalla, leo y releo los primeros párrafos, pero no puedo concentrarme cuando estoy tan ansiosa. Trevor entra apresuradamente en la oficina, con rostro asustado, pero cuando se da cuenta de que ninguno de los jefes está cerca, exhala aliviado y se sienta en su silla. Nos saluda con entusiasmo.

—¡Creí que llegaría tarde! —exclama mirando su reloj. Frunce el ceño—. He llegado tarde, pero los jefes no han dicho nada. ¿Todavía no llegan?

Susie alza una ceja.

—Ya llegaron, están en su despacho —dice señalando en aquella dirección.

Trevor se ve confundido.

—No me han dicho nada.

Sonrío de lado.

—Parecen estar de buen humor —informo a sabiendas de por qué. Megan me lanza una mirada de advertencia y yo me encojo de hombros, mirando a Trevor—. Agradece que ya no estén gruñones.

En realidad quiero decir «agradécenos» señalando a Megan y a mí, pero aquello estaría de más. Reprimo una carcajada cuando Trevor asiente y mira el techo agradeciéndole a Dios, seguro. Vuelvo a sumergirme en el manuscrito y no paro hasta la hora del almuerzo. Tracy nos invita a Megan y a mí a su despacho para ponernos al día mientras almorzamos. Una vez que las tres tenemos nuestra comida, nos encerramos en su amplia oficina con vistas a la calle y nos sentamos en el sofá de tres cuerpos que tiene Tracy. Su despacho es mucho más grande que el de los jefes, y femenino, con sillones de colores pastel y fotografías enmarcadas en la pared.

Me siento a gusto aquí.

—No sabía que volverías el sábado —le comenta mi hermana a Tracy cuando todas estamos cómodas. Tracy sonríe.

—Sí, no quise decírselo a nadie. ¡Quería que fuera sorpresa! —Se ríe mirándonos—. Y vaya si lo fue, todo el mundo se sorprendió de mi llegada.

—Incluso Trevor —murmura Megan mirándola y alzando las cejas en un gesto que no me pasa desapercibido. Tracy pone los ojos en blanco.

—Sí, todos —sigue diciendo como si mi hermana no hubiera hablado—. Pasé mis vacaciones en un hermoso hotel con mis amigas y hasta conocí a chicos. Fui de fiesta a playas hermosas, no saben lo mucho que extraño seguir viviendo así.

Suelta un suspiro que me hace reír.

—¿Quién no extrañaría algo así? —digo tapándome la boca por miedo a que se me vea algo entre los dientes. A pesar de que ella no puede ver mi sonrisa, me la devuelve.

—Para mí es un gustazo conocerte por fin. Desde que Megan llegó a la editorial y nos hicimos amigas siempre he querido conocerte, solo te había visto en fotos —me comenta Tracy inclinándose un poco mientras termina de masticar, no me importa verla hacerlo mientras habla, lo hace como si estuviera acostumbrada a ello—. Pero más que conocerte, me ha gustado ver lo interesado que está mi hermano en ti.

Me atraganto. Megan rápidamente me tiende una botella de agua abierta de la que bebo con rapidez para no morir asfixiada.

—Guau, tómatelo con calma. —Tracy parece divertida mirándome. Hasta ha olvidado su comida solo para decir aquello mientras sus ojos marrones me miran con interés—. ¿Tú también lo estás?

Su honestidad me deja fuera de combate por unos segundos. Segundos que se me antojan eternos mientras me siento observada por mi hermana y mi casi cuñada. Mierda.

¿Tracy notó mi acercamiento a Baxter en la fiesta de aniversario, o quizá él le comentó algo? Porque preferiría una y mil veces que hubiera conversado con su hermano y se hubiera enterado por él que por sí sola. Era inaudito.

—Dios mío, vaya —exclamo, intimidada. En el poco tiempo que la conozco ya sé que aparte de honesta y divertida, también es metiche y preguntona. Demasiado curiosa para ser alguien a quien acabo de conocer hace solo unos días—. ¿De verdad crees que entre Baxter y yo hay algo?

—No lo sé, dímelo tú —contraataca divertida—. Mira, no me voy a molestar ni nada. Como te dije en la fiesta del sábado, lo que Baxter y tú hagan es porque quieren, nadie tiene el derecho de mandar en sus vidas, ni siquiera un estúpido contrato de trabajo que hicieron mis padres antes de fallecer para evitar las relaciones amorosas en el trabajo. Ahora que volví he decidido cambiar eso, pero para mi mala suerte Heidi Owens es la jefa de Recursos Humanos y tampoco la quiero aprovechándose de la eliminación de esa cláusula.

Carraspeo, incómoda. Soy una persona demasiado reservada, odio tener que dar explicaciones a los demás y esta vez no es la excepción.

—Mira, Tracy, entre tu hermano y yo no hay nada. —Solo sexo duro y delicioso—. Y nunca lo habrá.

Mentir se me hace fácil, así que la miro a los ojos esperando que mis palabras sean contundentes. Al parecer lo son, porque ella asiente sonriéndome.

—No porque Baxter no quiera —apunta, y luego voltea hacia mi hermana que hasta hace unos momentos estaba en segundo plano escuchándonos mientras comía. Ahora ella es el centro de atención y yo aprovecho para tocarme el rostro buscando cualquier señal de vergüenza. Mis mejillas no están calientes, lo que significa que he mentido bien. Tracy parece no darse por vencida con las hermanas Hall—. ¿Qué me dices de ti, Meg? ¿Por fin te decidirás por Johann? Mira, yo sé que mi hermano puede ser intenso, pero cuando está enamorado es un ángel. Por eso ahora es tan educado, por ti.

Hago todo lo posible para no atragantarme con sus últimas palabras. Tracy acaba de admitir a Megan que Johann está enamorado de ella. No sé si eso es bueno o malo, pero a mi hermana no parece pillarle por sorpresa.

—Tracy, con todo respeto —dice mi hermana frunciendo el ceño—, no remuevas la mierda. Métete en tus propios líos amorosos. A ver si el pobre Trevor por fin puede declararse.

Abro los ojos anonadada.

Espero que Tracy la mire mal, diga algo malo o explote, pero lo único que hace es reírse como si lo que Megan ha dicho fuera hilarante. La miro como si se hubiera vuelto loca, pero mi confusión crece cuando mi hermana se echa a reír también. Ambas se doblan de la risa como si aquello fuera lo típico entre ellas.

Tal vez lo sea.

—Vaya, ustedes están mucho más locas que yo —comento parpadeando, pero no puedo evitar contagiarme de su risa.

Cuando termino mi comida me levanto y como veo que ambas siguen parloteando les aviso que iré al baño solo un momento. Una vez que salgo mis ojos inmediatamente se dirigen al despacho de Heidi, que me saluda. Lleva los labios pintados de rojo y un vestido de ejecutiva que realza su despampanante figura. Su cabello rubio está anudado en un moño alto, junto a unas gafas de montura negra que descansan en la cima de su cabeza. Me sonríe, pero noto cierta tensión en el gesto. Me pregunto qué hace fuera de su despacho, como si esperara a alguien.

Voy al baño a lavarme las manos, tiro mi táper descartable al tacho de basura y me enjuago la boca. Cuando me miro en el espejo peino mi cabello en una coleta alta. Acomodo mi blusa dentro de la falda negra de tubo que llevo y sonrío a mi reflejo. Me gusta mucho como me queda. Quizá no soy tan atractiva como Heidi, pero estoy satisfecha con mi cuerpo.

Cuando salgo me detengo en seco al ver a Baxter meterse en el despacho de Heidi y cerrar la puerta tras él. ¿Qué está ocurriendo?

Me vuelvo a encontrar con Tracy y Megan antes de volver a nuestros puestos. Tracy sonríe de oreja a oreja.

—Saludos a mi hermano —murmura guiñándome un ojo cuando paso por su lado para bajar por las escaleras.

Miro a la puerta cerrada de Heidi y señalo.

—Tal vez deberías decírselo a Heidi, está con ella en su despacho. —Tracy frunce el ceño mirándome extrañada. Me despido de ella una última vez y llego hasta mi hermana para bajar juntas las escaleras, pero no sin antes ver a Tracy caminar hacia el despacho de Heidi y tocar la puerta con insistencia. Ni siquiera me quedo a ver qué sucede, bajo rápidamente con Megan de vuelta a nuestra realidad.

$$\big(\ \big(\ \big($$

Cuando el reloj está por dar las cuatro de la tarde y la hora de irnos se acerca, recibo un mensaje en mi celular de un número desconocido.

**Desconocido**

¿Quieres venir esta tarde a mi apartamento?

Segurísima de saber quién es, respondo.

**Yo**

¿Aún no te sacias de mí?

Rápidamente obtengo mi respuesta.

**Desconocido**

Nunca

Sonrío.

**Desconocido**

Te espero en el auto para irnos a mi casa, Mad

No le respondo y él tampoco insiste.

Luego, minutos después del mensaje que envió, Baxter sale despidiéndose de todos en la oficina y se va con una sonrisa socarrona, pero sin mirar en mi dirección. Minutos después vuelve a escribirme.

**Desconocido**

Te estoy esperando

No creo posible poder despachar a mi hermana sin contarle mis verdaderos motivos, pero ella me mira con ojos entrecerrados, como si intuyera algo. Giro la pantalla de mi celular hacia su rostro. Lee rápidamente y luego pega un chillido que me hace saltar a mí y a nuestros amigos.

—¡Tienes que ir! —grita, sin importarle que aún haya gente cerca—. ¡Quiere volver a follar! ¿Qué esperas para contestarle?

Me quita el celular de la mano y en un segundo teclea algo. Cuando me lo devuelve veo horrorizada que ya le respondió a Baxter.

**Yo**

Perfecto, ya estoy lista para que me folles. Bajo en un min

—¡Te voy a matar! —grito.

No me hace gracia verla riéndose en su lugar como una desquiciada, pero me acaba de librar de tener que inventarme una excusa demasiado trillada como para dejar que se vaya a casa sola cuando es normal que ambas nos vayamos juntas en su auto.

—Después de que liberes esa furia, hermanita; ahora concéntrate en tener buenos orgasmos. Yo liberé mucha cuando estuve con

Johann —susurra muy cerca de mi oído, guiñándome un ojo. La aparto mirándola muy mal—. No me mires así, bien que te gusta que te la metan.

—Ya cállate antes de que te golpee.

—¿Ves? —dice alzando el mentón con una mirada desaprobatoria, cruza las manos en el regazo: la imagen de la paciencia personificada—. Necesitas liberar energía.

Apago la computadora y recojo mis cosas.

—No me jodas, tonta, anda tú a liberar energía con tu cogida del sábado y no digas tonterías.

Ella suelta un suspiro sin moverse y mira el techo.

—Pobrecita, necesita más horas de sesión liberadora de estrés.

Le saco el dedo corazón antes de dar media vuelta e irme. Mi hermana se ríe pero ni caso le hago mientras me dirijo al ascensor.

Una vez que estoy en el estacionamiento busco el BMW plateado de Baxter. Me meto en el asiento del copiloto e ignoro su sonrisa burlona cuando alza una ceja.

—Con que ya estás lista para que te folle, ¿eh?

Alzo una mano.

—Mi hermana lo escribió, ya se enteró de lo nuestro. —Veo que frunce el ceño ante mis palabras cortantes—. Pero no te preocupes, que no hablará mientras yo sepa lo suyo con tu hermano.

Baxter no parece feliz con la idea, pero no dice nada. Trato de relajarme reposando mi cabeza en el asiento y mirando las calles frente a mí. Es un silencio cómodo en el que ninguno habla. No sé cómo me he dejado convencer de acompañarlo.

Con sus mensajes, de hecho. Y las ganas de disfrutar de él.

Bajo del auto y él hace lo mismo, caminamos hacia el ascensor. Una vez que subimos con él hacia la última planta, donde está su apartamento, me quedo sorprendida una vez más ante tanto lujo. La primera vez que estuve aquí fue después de conocernos en aquel restobar. Puedo recordar con total plenitud aquella noche, como también la noche del sábado y parte del domingo, cuando estuvimos encerrados en aquella suite del hotel disfrutando el uno del otro.

El deseo que bulle entre ambos no ha cambiado desde aquella primera noche. Es más, está más vivo que nunca.

Mientras nos miramos de pie en medio de la sala con vistas a la calle y ventanas del techo al piso, no puedo evitar sentir mi corazón acelerado al verlo tan guapo, sonriéndome como si supiera exactamente lo que estoy pensando.

—¿Quieres beber algo? —pregunta con voz ronca, y espero que sea por el deseo, porque yo estoy igual de afectada.

—Sí, ¿tienes una cerveza?

Baxter asiente retirándose a la cocina grande y moderna que está a la derecha. Camino con él hasta apoyarme en la isla mientras lo veo sacar un par de botellas de cerveza del refrigerador.

Cuando tomo la mía y la abro con los dientes, Baxter me frunce el ceño.

—Tengo un abrebotellas justo aquí. —Me encojo de hombros como si nada y tomo un buen sorbo. Suspiro al sentirla fría y espumosa en mi boca. Baxter sigue con el ceño fruncido, mirándome como si fuera una niña traviesa—. Te vas a dañar los dientes.

Sonrío jugueteando con el pico de la botella sobre la encimera, donde mis codos están apoyados mirando a Baxter frente a mí, del otro lado.

—No me importa. Es un truco que aprendí con el tiempo. —Cojo la botella de sus manos y repito el proceso, ganándome una mirada fulminante de su parte.

—Madison —advierte con una chispa en sus ojos que me deja sonriendo por fuera pero temblando por dentro—, tal vez debería darte unos azotes por tu mala conducta.

Su reprimenda, en vez de asustarme o excitarme, me da risa. Aun así, aprieto las piernas al oír su voz.

—Tal vez yo debería hacer lo mismo contigo.

—¿Y por qué? —murmura irónico.

—Porque te vi metiéndote en el despacho de Heidi hoy. ¿Acaso siguen teniendo algo?

Él parece ligeramente ofendido con la pregunta.

—Lo mío con ella terminó hace mucho, ya te lo dije.

—Tal vez deberías decírselo, porque ella parece no enterarse.

—¿Estás celosa? —pregunta con sorna en la voz. Ha dejado su cerveza a un lado y me brinda toda su atención.

—Ajá —murmuro con sarcasmo—. Estoy celosísima. Celosísima de Heidi porque con ella ya no follas… Por favor, Baxter.

—Ah, ¿sí? —Viene a mi encuentro rodeando la isla. Cuando está frente a mí, me acorrala contra el mueble poniendo ambas manos sobre la encimera y pegando su cuerpo al mío. Sus brazos me enjaulan. Puedo sentir sus duros músculos y el calor emanar de su piel, pero no hago nada para tocarlo. Quiero ver cuánto más puedo aguantar sin poner mis manos sobre él. Su cabeza baja a mi cabello y me olfatea, sonriendo cuando toda mi piel se pone de gallina. Una corriente eléctrica me recorre cuando sus dedos me tocan el mentón para levantar la mirada hacia sus ojos color miel—. Es lo mismo que yo me digo: no deberías estar celosa de ella, ni un poco. Porque estoy contigo aquí y ahora, a punto de follarte. Solo a ti.

Rozo sus labios, tentándolo.

—¿Y a qué esperas?

Eso es suficiente para que sus labios bajen a los míos para besarme. Abro mi boca para recibir su lengua mientras sus manos buscan el dobladillo de mi blusa. Intenta quitármela por arriba pero sacudo la cabeza, porque tiene botones. Mientras continúo besándolo con ansia, me la desabrocho botón a botón dejando que su lengua juegue con la mía, saboreando su dulzura y la pasión con la que me besa.

—Sigo deseándote, Madison —susurra tan cerca de mis labios que puedo sentir su aliento tibio rozándome y llegando a todas mis extremidades.

—Y yo a ti. —Mi respuesta lo satisface, porque sonríe mostrando sus hoyuelos. Finalmente me quita la blusa, dejándome en sostén. Sus manos ahuecan mis pechos y los aprieta, sabiendo exactamente cómo tocarme. Presiona mis pezones, como si se hubiera memorizado los toques que me vuelven loca. Pellizca y aprieta por encima del sostén, pero no es suficiente para mí.

Aparte de ansiar su toque sobre mi piel, también quiero disfrutar, buscar mi placer. Ya lo saboreé, ya lo toqué, ahora quiero pasar al siguiente paso. Me quito el sostén y aunque él quiera hacerlo con sus manos habilidosas, no se lo permito. Ahora quiero mandar yo.

Una vez que estoy desnuda de cintura para arriba, extiendo las manos para quitarle el cinturón del pantalón para luego bajárselo. Cuando está en ropa interior y con la camisa arrugada le hago una seña para que se la quite, pero al ver la parsimonia con la que se desabrocha los botones, no puedo esperar más.

Con fuerza abro la camisa haciendo que los botones caigan al piso. Baxter frunce el ceño, pero su fastidio se evapora cuando me arrodillo con mis tacones y le bajo el bóxer, dejándolo completamente desnudo.

—Estás desesperada —murmura con aspereza, soltando un siseo cuando cojo su miembro erecto y lo masajeo. Al notar que no está tan húmedo y la fricción no es la correcta, le guiño un ojo.

—Ahora mando yo.

Me meto su pene en la boca y dejo que mi saliva se extienda por todo su miembro para que la fricción de mi mano sea mejor. Oigo sus jadeos, que suenan como música para mis oídos. Mi placer es verlo disfrutar, verlo retorcerse con mis caricias y con mi boca, y esta vez no es la excepción. Noto con deleite que toma mi cabello entre sus dedos y maniobra mi cabeza a su antojo. Introduce más su pene dentro de mi boca, hasta mi garganta, lo que me provoca algunas arcadas que lo vuelven loco.

—Ah, Madison… —jadea entre dientes.

No me importa cederle el paso cuando quiere mandar, pero justo ahora lo hago yo. Y ver que le excita cuando tengo su polla en la boca hace que mi autocontrol se vaya a la mierda. Me retiro unos centímetros para pasar mi lengua por su glande y prolongar el momento.

Con mi mano derecha lo masturbo mientras que la izquierda está firmemente asida a su trasero, para sostenerme y pegarme a él. Sus manos siguen enredadas en mi cabello sujetándome a su antojo. Su sabor en mi boca y las lamidas que doy provocándole jadeos hacen que mi sexo palpite de placer. Lo necesito ya.

Con un sonido de succión termino de saborearlo y me retiro, dejando su pene rosado mojado con mi saliva y listo para la acción de lo duro que está.

No me quito la falda, mientras miro sus ojos sé que está por reventar, pero del placer. Pateo mis bragas por las piernas y suelto un grito cuando Baxter atrapa mis caderas para cargarme y dejarme en la encimera de la isla. Siento el frío bajo mis nalgas, pero me callo al sentir que poco a poco abre mis piernas y deja mi vulva al descubierto.

Su altura es suficiente para estar al mismo nivel. Mi falda está arrugada en mi cintura, pero ya no me importa quitármela. Ahora solo lo quiero dentro de mí.

Coge su pene con una mano y la acerca a mi abertura, juguetea con mis pliegues deleitándose y sonriendo cuando suelto un par de gimoteos al no poder romper la barrera porque Bax se divierte mucho viendo cómo me retuerzo de placer.

—Fóllame ya —ruego acercando mi cuerpo al borde de la isla para acercarme, pero él tiene los cojones de sonreírme con inocencia, mostrando sus putos hoyuelos… me dan ganas de lamerlos.

—Me toca mandar a mí —dice a centímetros de mis labios, aumentando mi ansiedad de poder sentirlo dentro de mí.

Lo miro a punto de matarlo.

—No jodas, Bax —mascullo.

—Esa boquita… —susurra acercando los dedos a mis labios hinchados por la mamada. Cuando me rozan, los muerdo ligeramente, con impaciencia. Puedo sentir que mis jugos se derraman en mi centro y él continúa tocándose mientras juega con mi abertura, extendiendo la humedad por todo mi sexo. Me mira con hambre, pero no hace nada—. Tal vez debería ocuparla con otra cosa.

—Tal vez deberías callarte y meterte dentro de mí —digo de vuelta.

Se lo muestro, extendiendo mis piernas para rodear su cuerpo y acercarlo más. Eso hace que el glande de su pene entre en mi vagina, pero se queda allí, quieto, sonriéndome. Quiero empujarlo más, pero su postura es buena y no puedo acercarlo.

—Baxter… —gimoteo.

—¿Qué? —murmura divertido. Sube una mano para masajear mis pezones, lo que hace que se pongan más duros de lo que ya están. Mi piel está caliente, es un incendio, y solo él puede apagarlo.

—Fóllame.

—Qué hermosa te ves rogando.

Pongo una mano en su cuello y lo acerco con la intención de besarlo, pero me quedo quieta muy cerca de su boca.

—No me jodas más y fóllame ya, Baxter. —Se ríe, y esta vez no puedo evitarlo. Lamo sus hoyuelos y esta vez me río yo cuando su respiración se acelera al sentirme. Me aproximo a su oído—. ¿Lo harás ya? Porque quiero tenerte dentro de mí.

Sus ojos color miel me perforan cuando, sin despegarlos de los míos, se va introduciendo poco a poco. Me alzo para facilitar el encuentro y gimo cuando con otra estocada entra del todo en mí.

Su pene palpita un par de veces antes de comenzar a moverse. Entre empujes de sus caderas y mis movimientos, marcamos un ritmo rápido y duro, haciendo que el sonido de nuestros cuerpos resuene en todo el lugar. Como si fuera un eco, también se suman nuestros jadeos y gemidos, creando una melodía donde solo reina el sexo.

—¿Te gusta? —pregunta subiendo las manos para apretarme los pechos, masajeándolos a su antojo con un poco de fuerza que, en vez de doler, me excita.

Toca un punto culminante en mi interior que me hace temblar. Me remuevo bajo su cuerpo mientras sigue entrando y saliendo de mi interior.

—Sí, sí… —jadeo—. Me encanta.

Nuestro momento se prolonga por más minutos en los que ambos nos movemos y gemimos nuestros nombres hasta el punto de que el resto del mundo desaparece. Me muerdo los labios cuando siento que la presión se acerca y estoy a punto, mientras que sus movimientos se vuelven acelerados. Sonrío, porque siento que su pulgar roza mi clítoris para masajearlo y hacer que me corra más rápido. Lo logra, porque minutos después siento una explosión en mi interior que me hace cerrar los ojos y gemir su nombre mientras siento las réplicas por todo mi cuerpo.

Segundos después Baxter me sigue, embistiéndome un par de veces más hasta vaciarse en mi interior.

Jadeamos de cansancio y luego nos besamos, satisfechos. Mi corazón late con fuerza por el esfuerzo, siento una plenitud en mi interior… que se ve interrumpida cuando oigo un sonido insistente.

—Creo… creo que alguien te está llamando —murmuro—. Está sonando tu celular.

Baxter me suelta para darse la vuelta y buscar el teléfono.

—Es mi hermana —anuncia. Estoy pegajosa, entre el sudor y los fluidos, y me siento desprotegida cuando él se me queda mirando, tendida en la cama.

—¿Me traes papel?

Asiente, yéndose al pasillo y segundos después vuelve con una toalla. Se la intento quitar, pero se niega.

—Yo lo hago.

Cierro los ojos y echo la cabeza atrás cuando lo veo agacharse hasta la altura de mi vulva. Desliza la mano en la que lleva la toalla doblada por mis muslos, limpiándolo todo hasta llegar a mi pubis. Me limpia con suavidad, y yo siseo cuando siento una leve presión por lo sensible que está. Aun así, me dejo hacer abriendo los ojos para verlo limpiándome con muchísimo cuidado.

Cuando estoy limpia, sonríe.

—Gracias —murmuro.

En vez de responder, besa mi sexo y evito cerrar las piernas para no enjaularlo entre ellas y obligarlo a comerme.

Lista para una segunda ronda.

Me carga como si fuera una niña y camina hacia el segundo piso de su dúplex. Entramos en el baño, me deja de pie mientras señala la ducha.

—¿Quieres ducharte? —pregunta.

Miro la ducha, luego la tina.

—Sí, pero prefiero utilizar la tina.

Sonríe con un brillo especial en los ojos. Las cosas que se pueden hacer allí son infinitas, así que, como un buen chico, abre el grifo y espera a que se llene. Su teléfono vuelve a sonar. Lo ignora, pero al cuarto tono empieza a tensarse.

—Debe de ser importante —le digo, besándolo—. Te estaré esperando.

Me devuelve el beso, haciéndolo largo y sensual, como una promesa de repetir cuando regrese. Mis piernas se sienten de gelatina con el último orgasmo, pero no soy nadie para negarme a que Baxter me dé otro y otro y otro.

Sonrío mirándome en el espejo, en el que veo el reflejo de mis mejillas calientes y el brillo de mis ojos. Mi cuerpo está caliente y mi corazón late rápido, todo por él y su increíble manera de codiciarme. Mi cabello está hecho un lío, enredado por la forma en que Baxter me sujetó mientras se la chupaba... de solo pensar en aquello el deseo carcome mi cuerpo.

Después de unos minutos, la tina ya está llena. Cierro el grifo, pero como Baxter aún no vuelve, me asomo por la balaustrada de su habitación, desde donde puedo ver la totalidad de su apartamento.

Un extraño retortijón se acentúa en mi estómago al oír voces provenientes de la puerta. Me agacho para fisgonear, pero no veo a nadie. Luego las voces se hacen fuertes.

Mis ojos se agrandan cuando veo a una mujer demasiado conocida para mí en medio de la sala, mirando a Baxter con el bóxer puesto y los pantalones a la altura de la cadera, porque no se ha puesto el cinturón. Quiero reír al ver la escena, pero no hay nada gracioso.

Porque la mujer es Heidi Owens.

# *14*

¿Qué mierda hace ella aquí, en el ático de Baxter?

Me escondo tras la puerta como una fugitiva y cierro los ojos. ¿En qué mierda me he metido? ¿Qué está pasando?

—Dile a tu puta que se vista y se vaya, quiero hablar contigo. —Su voz nasal y la manera en la que habla como si fuera la reina del lugar demandando ser obedecida me produce rabia, porque no tiene derecho a tratarme así. Aun cuando sé que ella no sabe que soy yo. Quiero salir de mi escondite, pero lo cierto es que yo no pinto nada allí. Ese no es mi pleito. Aun así, me siento ofendida con sus palabras. ¿Puta yo? Diablos, yo no cobro.

—¡Ven aquí, maldita, y lárgate, no te escondas!

—Heidi, ya basta. —La voz fuerte y dominante de Baxter me asusta, porque ha hablado con lentitud, poniendo énfasis en cada palabra.

Vuelvo de puntillas al baño y me pongo el albornoz azul que hay detrás de la puerta. Me cubre el cuerpo entero hasta las pantorrillas, lo cual es bueno porque mi ropa está esparcida de cualquier manera en el suelo de la sala, justo donde Baxter me la quitó dejándome solo la falda puesta, que luego yo me quité para venir al baño tirándola a mi paso. No fue una buena idea, porque ahora estoy atrapada sin ropa y Heidi está abajo bien vestida mientras que Baxter solo lleva un bóxer.

¿Cómo ha entrado?

Sé que el apartamento tiene ascensor directo al piso que uno desea ir, así que si ella ha venido aquí directo, es porque ya se ha anunciado o sabe el código que debe poner en el ascensor para llegar aquí.

No sé cómo sentirme al respecto. Lo único que siento es pánico, como si hubiera interrumpido algo cuando ha sido todo lo contrario. Quiero salir y decirle unas cuantas cosas, pero no me corresponde hacerlo. No soy nadie en su vida y ella no significa nada para mí.

Lo único que hago es agazaparme como puedo y oír su conversación tratando de hacer el menor ruido posible.

—Vengo a hablar de los papeles —dice la fuerte voz de ella—. Pero veo que tienes compañía. Cuando te desocupes, me llamas. Ya sabes dónde encontrarme, Bax.

Él le responde algo en voz baja que no logro captar. Segundos después lo veo acompañarla al ascensor. Ambos siguen hablando, pero es difícil oírlos desde aquí. Lo que sí puedo ver a través del vidrio del pequeño balcón hacia el primer piso es el rostro atormentado de Baxter. Como si sintiera remordimiento mientras habla íntimamente con ella.

Cuando se va, se revuelve el cabello con frustración. Lentamente, bajo las escaleras para ir a su encuentro. Me siento a su lado en el sofá mirando con pesar la ropa sobre el suelo. Mi ropa interior esparcida en el piso justo al lado de su camisa y los botones desperdigados son un indicio de lo fuerte que se puso esto. Ha sido bueno que ella llegara justo después de eso y no durante, porque hubiera sido catastrófico.

—¿Qué ha sido todo eso? —pregunto confundida.

Ha entrado Heidi aquí como si fuera su casa, le ha pedido explicaciones a Baxter y me ha insultado por el hecho de acostarme con él, como si tuviera todo el derecho del mundo. Aquí hay gato encerrado, y no me gusta nada que me oculten cosas.

Baxter suelta un suspiro, se le nota agobiado y muy avergonzado. No responde. Eso me pone nerviosa.

Parece dolido, afectado y, sobre todo, confuso. Mira el suelo como si estuviera sumido en sus pensamientos o buscando una respuesta.

—Baxter, ¿qué hacía Heidi aquí? —vuelvo a formular la pregunta, dispuesta a obtener una respuesta de su parte. Porque estoy tan confundida que mi mente da vueltas imaginando la respuesta a eso.

—Ella solo… —No termina de hablar, lo que me pone de mal humor.

—¿Quieres que me vaya? —pregunto. Levanta la cabeza, su mirada refleja dolor.

—No, claro que no. —Niega—. Solo que no sé cómo decirte esto.

—Solo dilo, Baxter.

Baja la cabeza nuevamente y cuando habla, lo hace con voz queda, como si no quisiera decir sus siguientes palabras.

—Heidi es mi exesposa.

Me quedo paralizada. Eso sí que no me lo esperaba. Ahora tiene mucho sentido por qué Heidi es muy melosa con Baxter en el trabajo, y eso explica por qué llegó aquí hace un rato como un león encerrado, gritando estupideces y portándose como una novia celosa con él.

—Pero no vale la pena. Ella no lo vale. —No me creo sus palabras, no cuando parece tan afectado por su visita.

—¿Y por qué vino aquí? —Mi mente empieza a maquinar un sinfín de posibilidades, ninguna de ellas me gusta—. ¿Acaso…, acaso sigues con ella y te acuestas conmigo al mismo tiempo?

—¡Claro que no, Madison! —Parece contrariado con mi idea—. Por eso te dije que es mi exmujer, porque ya no tengo nada con ella.

—En el trabajo no parece así.

—Es porque trato de ser cordial y no quiero que nadie especule nada sobre mi vida, la trato como a una trabajadora más, pero también trato de sobrellevarla, porque, créeme, es muy difícil lidiar con Heidi.

Asiento, todavía con mi mente hecha un lío y con muchas preguntas sin contestar.

—¿Por qué no me lo dijiste? —Esa es la pregunta que más me importa ahora mismo.

Sé que lo nuestro ahora es puramente sexual, pero ¿por qué tenemos que comportarnos como extraños? Somos amigos y podemos contarnos nuestras cosas.

Baja la cabeza, avergonzado.

—No quería que lo supieras porque no quiero que pienses que aún tenemos algo ella y yo. Lo nuestro ahora es estrictamente laboral.

—¿Y por qué vino aquí?

—Ella… aún es mi esposa en lo legal. Todavía no firmamos los papeles de divorcio porque es muy complicado. Ella es muy complicada.

—Te quiere de vuelta —aseguro.

Se encoge de hombros.

—Yo no quiero nada con ella. Absolutamente nada.

—¿Te hizo algo? —pregunto con curiosidad—. Es decir, ¿te mintió o engañó?

Por su mirada sé que he dado en el clavo. Hago una mueca. Debe de ser difícil terminar con tu pareja, a la que quieres, porque te ha engañado. Si ese hubiera sido mi caso, estaría furiosa, así que trato comprender a Baxter. Y lo hago, puedo comprender su dolor y su amargura. Quiero ayudarlo, pero no sé cómo, de modo que lo hago en la única forma en que está basada nuestra no relación.

Beso sus labios, capturando su labio inferior en una mordida suave antes de acariciarlo, pero noto con desilusión que no me corresponde. Se queda quieto y con los ojos cerrados. Acaricio su cabello, pero él rápidamente aparta mis manos. Cuando intento sentarme en su regazo, sacude la cabeza.

—No puedo, Madison.

Su rechazo duele, pero lo entiendo.

—¿Quieres que me vaya?

Me mira, hace una mueca y cierra los ojos.

—Sería lo mejor.

Bien, entonces.

Cojo mis cosas y me visto rápidamente. En todo momento veo que Baxter sigue con la cabeza gacha y los codos en sus rodillas. No sé qué sentir al verlo tan roto, como si acabaran de romper su corazón. Ni siquiera me mira cuando me dispongo a irme.

—Ya me voy.

Me hace una seña de asentimiento y sin nada más que decir, me marcho. Me siento mal por dejarlo así, pero no hay nada que pueda hacer para ayudarlo. Es evidente que volver a ver a su exmujer le ha afectado, pero lo que me deja un poco sorprendida es que Baxter actuó como si aún no lo hubiera superado. Como si aún la quisiera. Y el problema es ese: cuando te engañan y terminas con esa persona, no lo haces porque dejaste de amarla, sino porque una situación de tal calibre te llevó a aquella decisión, por muy enamorado que estés.

Me pregunto si sigue enamorado de ella, si todavía la ama.

Ignoro mis sentimientos mientras llego al apartamento. Pongo una sonrisa que no siento para nada cuando entro y veo a mi hermana en el sofá de la sala con un bote de helado en su regazo mientras ve la televisión. Megan sonríe al verme llegar, pero prefiero no contarle lo que ha pasado. Mejor quedármelo para mí.

Estoy hecha un lío. Incluso cuando me siento junto a ella para compartir el helado, no dejo de pensar en Baxter y en su expresión cuando lo dejé, y se me ocurre que todo sería mucho mejor si en vez de Megan, el sofá y el helado lo estuviera compartiendo con él.

(( (( ((

Al día siguiente tengo una junta con Kayden Havort para ultimar los detalles para la próxima publicación de su libro. Así que, no bien llego a la editorial junto a mi hermana, cojo mi agenda, mi celular y el manuscrito para subir al segundo piso, adonde se realizará la cita que concretamos vía email días atrás. Por supuesto, he llegado varios minutos temprano para esta ocasión, por lo que no me cruzo con nadie mientras subo al segundo piso.

En la sala de conferencias acomodo mis cosas y luego reviso mi celular. El lugar está pulcro y muy ordenado, pero las persianas están abiertas y yo prefiero la privacidad. Las empiezo a cerrar al ver que la hora de la cita está cerca, pero cuando estoy en la última veo a través del vidrio que Heidi Owens llega tan divinamente vestida como siempre. Su vestido en esta ocasión es de un rojo intenso, al igual que sus labios. Yo me siento normalita con el traje de pantalón y la blusa que llevo, pero, aun así, sonrío cuando pasa por allí y me ve. No quiero ser hipócrita, pero siendo mi compañera prefiero eso a tener problemas en el trabajo por un hombre que es mi jefe y que me ha dejado claro que terminó todo con ella. Aunque ella no piense igual.

Es evidente que mis celos siguen ahí, especialmente cuando en ocasiones los veo juntos, pero no puedo hacer nada para remediarlo.

—Hola, Madison —me saluda Heidi acercándose a mí con una sonrisa amigable.

Joder. Verla ahora luego de saber que ayer estuvo en casa de Baxter insultándome sin saber que era yo me pone los pelos de punta. También lo hace saber que ella es su exmujer. Me pregunto si ella sigue enamorada de él, si quiere conquistarlo o simplemente recuperarlo.

No me gusta nada Heidi, aun cuando se ha portado bien conmigo en el trabajo. Debe de ser porque es hipócrita, como dije; mi sexto sentido me indica que hay algo en ella que no me cuadra del todo.

A veces siento que me tiene cólera. ¿Habrá notado las miradas de Baxter y mías? ¿Intuirá lo que sucede entre nosotros? Espero que no, no quiero tener problemas con ella y menos aún cuando es la jefa de Recursos Humanos.

—Buenos días, Heidi —le devuelvo el saludo con una media sonrisa mientras termino de cerrar la última persiana de las puertas de vidrio del techo al piso. Prendo las luces y vuelvo a mi asiento. Me molesta ver que ella continúa allí, como si esperara algo.

—¿Qué haces aquí? —Sonríe tensamente y cruzada de brazos como si yo no tuviera el derecho a estar aquí.

Como dije, algo se trae esta tipa conmigo.

—Tengo una reunión en unos minutos con un escritor —respondo cortésmente, no es que sea su asunto y no me gusta darle explicaciones a nadie, pero entiendo que ella es jefa de Recursos Humanos y tampoco quiero ser una maleducada y entrar en su lista negra.

—No puedes concertar una cita en la sala de reuniones hasta que alguno de los jefes lo autorice, y ninguno me ha dicho nada.

Esta vez soy yo quien se cruza de brazos. Ella se cree la jefa de este lugar y está muy equivocada.

—Baxter ha hablado directamente conmigo —digo, tuteando al jefe. Me satisface ver que su sonrisa tensa decae con mis palabras. Vacila, pero al ver mi fervor decide sabiamente asentir.

—Claro, lo entiendo. Perdona, Madison. —Se disculpa con una pequeña sonrisa en sus labios rojos que no siento sincera para nada y se va caminando hacia su despacho contoneando las caderas como si aquello fuera sexy. Tal vez lo sea, pero en ella vestida con un apretado vestido la hace ver más como un pato que como una mujer sensual.

Pongo los ojos en blanco cuando cierra la puerta tras de ella.

Un suspiro de alivio me atraviesa al saber que no ha dicho nada ni me ha mirado mal cuando pronuncié el nombre de Baxter en voz alta. Puede ser que ella lo tutee, pero yo nunca lo hago frente a ella, y ahora que lo he hecho ni se inmutó. Espero que continúe así porque a pesar de saber que lo de Heidi y Baxter es pasado, no quiero meterme en problemas.

Cinco minutos después aparece Kayden Havort, acompañado de Baxter. Ambos conversan tranquilamente hasta que me ven sentada en una silla frente a la mesa grande de conferencias. Kayden, tan coqueto como siempre, me sonríe como si fuera un niño mientras guiña un ojo al besar mi mejilla. Los distanciamientos no entran en su manera de proceder, porque incluso pone una mano en mi cintura.

Detrás, Baxter está serio. Cuando me alejo para poner distancia él ni siquiera me mira o saluda.

—Señorita Hall, ¿ha traído el manuscrito?

Parpadeo al escucharlo. Uno: porque creí que esta reunión era solo para Kayden y para mí, y dos: porque me habla con tanta frialdad y sin mirarme a los ojos que a veces pienso que entre nosotros no hay absolutamente nada.

Decido seguirle el juego:

—Disculpe, señor Cole, pero creía que esta reunión era solo entre el señor Havort y yo…

—Puedes llamarme Kayden, cariño. —Tanto Baxter como yo lo miramos con los ojos como platos. Yo, por oír su apelativo y ser tan confianzudo, y Baxter, no sé por qué. ¿Celos tal vez?

—No, decidí sumarme también y ver el avance que llevas con el manuscrito —anuncia y por fin me mira. Sus ojos chocan con los míos y hacen que mi cuerpo reaccione como siempre, tensándose y excitándose al sentir su mirada. La misma que tenía cuando ayer me follaba sobre la isla de su cocina. Me cruzo de piernas, gesto que no pasa desapercibido. Me sonríe, mostrando sus hoyuelos.

Lo quiero matar por provocarme.

—Bien —digo tratando de no acalorarme cuando estoy más encendida que la llama del fuego. Pongo el cuaderno anillado que llevo en la mano y la agenda sobre la mesa. Sin esperar a que se sienten, abro el cuaderno hasta el separador que me indica la página en donde estoy actualmente. Baxter no se sienta. Kayden sí, a mi lado izquierdo, mientras que Baxter se acerca por el derecho y antes de que pueda volver a hablar lo veo inclinarse desde su altura para mirar por encima de mi hombro la mesa donde está el cuaderno. Puedo sentir su fragancia y el aroma a menta de su boca.

Sus labios se ven tentadores a esta distancia, pero hago todo lo posible por mantener mis ojos en Kayden, quien sonríe satisfecho al ver que ya pronto terminaré con la primera revisión de su manuscrito.

—Ahora estoy anotando los errores y arreglos en los márgenes, pero cuando lo tenga corregido lo pasaré a la computadora y te lo pasaré para que cambies las cosas que necesitan ser modificadas.

—¿Será mucho? —pregunta mirando las hojas llenas de correcciones.

—No —lo tranquilizo—. Son solo algunos capítulos, no te preocupes por ello.

—Buen trabajo —murmura Baxter cerca de mi oído.

Mi cuerpo se estremece cuando posa la mano en mi hombro. Su pulgar acaricia mi cuello por detrás, y yo evito soltar un suspiro cuando la yema de su dedo dibuja círculos en mi piel. De inmediato se me eriza el vello.

Un toque suyo y ya soy papilla.

Jamás me había pasado.

Me acomodo en mi asiento y alejo su mano para volver a concentrarme en lo que importa.

—Esta reunión es solo para que veas los avances —digo ignorando a mi jefe, quien está detrás de mí, y miro los ojos verdosos de Kayden—. No será necesario que nos reunamos las siguientes veces, de ahora en adelante te enviaré las revisiones por correo. Tendrás dos semanas para corregir lo que necesito de tu manuscrito y con ello pasaremos a maquetar todo.

Kayden sonríe feliz con ello, porque estamos a unos pocos pasos para que su primer libro salga a la venta. También es mi primer libro corregido, así que ambos compartimos la misma emoción. Correspondo a su sonrisa observando sus ojos, pero siento que Baxter se mueve y bajo la cabeza para cerrar el libro.

—¿La maquetación se demorará?

—Todo depende de mí. —Continúo con mi sonrisa—. Pero no te preocupes, trataré de hacerlo rápido para que tengas cuanto antes el libro en tus manos.

—Gracias, Madison —responde con una sonrisita.

—Eso es todo, señor Havort —dice Baxter inmiscuyéndose en la conversación. Abro la boca para protestar, pero lo cierto es que tiene razón. La reunión no debe ser tan larga porque necesito ponerme a corregir su manuscrito y revisar los que ya tengo acumulados gracias a mi insoportable y deseable jefe, pero me molesta que él actúe de esa manera. Como si fuera mi dueño. Ni siquiera debía estar en esta reunión, se coló por chismoso.

Me pongo de pie al mismo tiempo que Kayden, sonriéndole incómodamente cuando capta las miradas que Baxter me lanza, pero es inteligente al mantenerse callado, aunque sus sonrisas coquetas no lo sean.

—Bien, me comunicaré contigo en todo momento para preguntarte cómo estás avanzando con mi historia. Tal vez podríamos ir a tomar un café —comenta Kayden siendo ajeno a la mirada que le lanza Baxter. Toma mi mano y la sacude en un gesto de despedida, pero, no satisfecho con ello, me besa en la mejilla—. Como siempre, fue un placer para mis ojos verte, Madison.

Ignoro su coqueteo con una sonrisa profesional.

Baxter no.

—No es correcto que haya coqueteos ni citas entre el escritor y la editora —afirma cruzándose de brazos y con una mirada peligrosa. Ignoro su tono de voz, y pongo los ojos en blanco sin que Kayden me vea. Está demasiado pendiente de lo que dice mi jefe, y no está nada molesto, sino que sonríe negando con la cabeza.

—Pero no está prohibido —respondo yo desafiándolo a decir algo más. Me cruzo de brazos tras dejar mis cosas sobre la mesa de vidrio y me enfrento a su mirada. Ambos estamos desafiándonos, pero ninguno da su brazo a torcer.

El momento se interrumpe cuando Heidi se asoma por la puerta abierta y llama nuestra atención. Baxter se gira hacia ella sin descruzar sus brazos y la mira, a la espera de que hable. Me incomoda la mirada que ella le lanza, se lo come con los ojos sin importarle tener audiencia.

—Quiero hablar contigo un momento, Bax —murmura utilizando su diminutivo, y eso me crispa los nervios.

—Luego —responde él con frialdad. Heidi alza sus cejas perfectamente delineadas y hace una mueca con sus labios rojos.

—Pero es urgente.

Hago un gesto de desdén al oír su voz melodiosa, como si con ella pudiera convencerlo.

—Hazme un favor —dice él ignorándola. Señala a Kayden con una mano—. ¿Podrías acompañar al señor Havort a la salida?

—Pero, Baxter…

—Ahora, Heidi.

Ella obedece sin rechistar, llevando al novelista hacia las escaleras en dirección al primer piso. Él se despide guiñándome un ojo y se va, sin decirle nada a Baxter, que cierra la puerta de juntas encerrándonos dentro.

—Baxter…

—Oh, no digas mi nombre en ese tono, que me caliento.

Y sé que no se refiere a la calentura que yo tengo. Sus ojos están serios.

Me río. Pero mi sonrisa muere cuando besa mis labios. Va bajando hasta que siento su lengua en mi cuello, haciendo maravillas contra mi piel sensible. Cuando vuelvo a decir su nombre, sale en un susurro de mis labios que él rápidamente ahoga cuando vuelve a atacar mi boca. Los dos nos esforzamos por no darnos tregua y dominar en el beso con lengua, pero él gana cuando sus manos bajan a mi cintura para pegarme a él. Mi pelvis roza su dureza; trato de no restregarme contra su miembro mientras continúo besándolo.

Nos separamos segundos después con la respiración agitada.

—¿Te molestaste solo por los coqueteos inocentes de Kayden? —Su mirada ardiente me da la respuesta, pero sus labios mienten.

—No. No estoy celoso.

—¿De verdad? —Me alejo para no volver a caer en sus besos y cruzo mis manos contra mi pecho tratado de calmarme. No puedo lanzarme sobre él estando en el trabajo, y no podemos pasarnos de la raya en una sala de juntas por muchas ganas que tengamos de follarnos. Hay límites. Y la editorial es uno de ellos—. Me pareció notar un poco de celos cuando dijiste que no podría haber coqueteos ni citas entre él y yo.

—Porque no es correcto, Madison.

Sus ojos siguen encendidos.

—¿Por qué? —pregunto decidida a llegar al punto—. ¿Por qué no es correcto que alguien que no sea tú coquetee conmigo?

—Pues porque ambos trabajan en ese manuscrito y podría verse afectado por esas insinuaciones que pueden desembocar en algo más.

Me pego a él, poniendo una mano sobre su pecho. Su corazón late acelerado igual que el mío.

—Solo admite que estás celoso —susurro contra sus labios. Le doy un casto beso en la comisura y lo lamo.

Me muerdo el labio inferior cuando Baxter me carga y me sienta sobre la mesa de vidrio. Abre mis piernas para colarse entre ellas y que yo pueda rodear sus caderas.

Me mira encendido, de la forma que me gusta.

—Sí, estoy celoso como la mierda —dice mordiendo mi labio inferior como segundos antes yo lo había hecho—. Pero trato de ignorar esos coqueteos porque tú estás sentada sobre esta mesa, conmigo, no con él, y si no tuvieras ese pantalón estaría a punto de follarte.

Odio haber elegido esta ropa de hoy, pero no tenía más faldas tubo. Aunque esto tiene solución.

—Podrías quitármelo y hacerlo. —Lo provoco con otro beso sobre sus labios.

A la mierda los límites. A la mierda no poder follar sobre un escritorio en la oficina. Y a la mierda mi pantalón.

Baxter ve la determinación en mí. No lucha como pensé que lo haría, sino que me hace caso y comienza a bajar el cierre de mi pantalón negro. Lo ayudo, pero cuando estoy por quitármelo, se oyen unos golpes en la puerta de vidrio que me sacan de mi calentura.

Baxter retrocede y yo aprovecho para ponerme de pie. Acomodo mi pantalón y mi cabello, mientras que él coge el manuscrito de la mesa para taparse la evidente erección. Cuando abre la puerta ni siquiera me sorprende ver a Heidi allí, sonriéndonos con dulzura.

—¿Ahora sí puedes hablar conmigo, Bax? —Lame sus labios con provocación mientras lo mira.

Maldita cortarrollos.

Cojo la agenda y mi celular de la mesa, y voy hacia ellos. Antes de que Baxter pueda decir algo, sonrío con hipocresía a la rubia frente a mí y luego le doy la espalda para despedirme de él.

—Nos vemos luego.

—No se olvide pasar por mi oficina antes del almuerzo, señorita Hall.

—No lo olvidaré, señor Cole. —Le guiño un ojo a Baxter y me gano una pequeña sonrisa de su parte.

Cuando giro me despido con entusiasmo de Heidi y me voy, no sin antes oír lo que hablan a mis espaldas.

—Quiero hablar contigo, Bax, ¿podemos ir a mi despacho? —dice con un tono de voz demasiado chillón e irritante para mis oídos.

—Ahora estoy ocupado, Heidi, puedes decírselo a Tracy, ella luego me lo dirá.

No puedo evitar sonreír con satisfacción mientras bajo las escaleras hacia mi puesto de trabajo. Este día va mejor de lo que pensé. Y si Baxter me ha llamado para ir a su despacho antes del almuerzo, ¿quién soy yo para negarme?

# 15

Miro el reloj en la pantalla de la computadora por quinta vez en los últimos minutos. Han pasado más de tres horas desde mi encuentro con Bax y falta muy poco para el almuerzo. Ya estoy ansiosa por el momento en que me llame para entrar en su oficina; desde que se encerró dejando plantada a Heidi no ha vuelto a salir, y no sé si ir sin que me llame o esperar.

Solo por si acaso tengo mi celular sobre la mesa y el correo abierto en la computadora, aunque sé que no se deben mandar mensajes personales vía email.

Pego un salto cuando Megan, a mi lado, aprieta mi hombro. Me quito los auriculares que uso para amortiguar los sonidos de la oficina y me vuelvo hacia ella. Mi hermana tiene la mirada puesta en el frente, así que la sigo y casi me caigo de la silla al ver, de nuevo, a Heidi.

Contonea las caderas al caminar con aquellos tacones hermosos que lleva y eleva su barbilla con orgullo mientras se dirige al despacho de Baxter. Toca la puerta y cuando se escucha un breve «pase», entra y cierra la puerta a sus espaldas. Veo que lleva una carpeta gruesa en la mano.

—Es la segunda vez que baja al despacho de Baxter —comenta mi hermana a mi lado en voz baja como si no lo supiera. Me mira—. ¿No es raro eso?

Por supuesto que lo es. Más aún cuando la vi ayer en casa de Baxter, pero gracias al cielo ella no me vio. Ayer cuando vociferaba cosas le dijo algo a Bax sobre unos papeles; me pregunto si son los que llevaba en la mano. Seguro que sí. Pero ¿qué serán?

Sacudo la cabeza. No me corresponde a mí saberlo todo de ellos.

Diez minutos después llega la hora del almuerzo y varios colegas se van hacia la cafetería o a restaurantes cercanos a almorzar, pero yo me quedo en mi sitio mirando la pantalla de la computadora con fijeza. La ex de Baxter no ha salido y él no me ha enviado ningún mensaje.

—Chicas, ¿vamos a almorzar? He traído mi almuerzo —dice Trevor levantando una bolsa pequeña de papel.

Susie no lleva nada, solo su billetera roja.

—¿Quieren ir a la cafetería o al restaurante? —plantea ella.

—A la cafetería —contesta mi hermana levantando también su billetera—. Me da flojera bajar, salir y volver a subir cuando podemos ir arriba con el ascensor sin tener que salir del edificio.

—Está bien, floja, vayamos arriba —murmura Trevor con burla.

—¿No vienes con nosotros, Madie? —pregunta Susie mirándome con el ceño fruncido cuando todos hacen amago de irse menos yo.

Miro a mi hermana y ella tiene la misma expresión de confusión. Me acomodo el cabello para disimular mi nerviosismo.

—No, tengo que corregir el manuscrito en el que estoy trabajando —declino su oferta con una gran mentira. Megan parece decepcionada de que no las acompañe—. Pero ¿me puedes traer un sándwich luego?

—Claro —responde. Sé que quiere decirme algo más, pero no lo hace porque estamos frente a nuestros amigos. Me brinda una pequeña sonrisita—. Nos vemos después.

Susie y Trevor también se despiden de mí y se van en dirección al ascensor para subir a la cafetería del edificio.

Como si fuera una señal, la puerta de la oficina de Baxter se abre y de allí sale una muy furiosa Heidi, dando fuertes pisotones en su camino hacia el ascensor. Ya no lleva con ella los papeles que antes traía en la mano, pero aprieta fuertemente su bolso contra su cintura. Se le ha ido todo el carmín, y aunque quiero creer que es porque se lo ha limpiado, una leve sospecha de lo que podría haber pasado llega a mi mente.

Espero que pasen los minutos mientras el resto de la gente se marcha a almorzar. La oficina está casi vacía, Johann tampoco está en su despacho y eso me da la fuerza para hacer lo que estoy a punto de hacer. Me levanto y cojo una hoja en blanco de mi escritorio, me aferro a ella mientras camino con lentitud tratando de no mostrarme ansiosa y observo la puerta cerrada de Baxter. No lo pienso mucho cuando levanto la mano, y en vez de tocar, la abro sin esperar invitación.

Adentro veo que Baxter está sentado tras su escritorio, leyendo papeles que reposan sobre este. No bien me oye levanta la cabeza, pero no muestra signos de emoción. Sus ojos color miel me observan con seriedad. Cierro la puerta a mis espaldas y le echo el seguro para tener más privacidad.

Camino hacia su escritorio y dejo la hoja a un lado de la mesa. Aquel pedazo de papel solo era una fachada para venir aquí.

—Dijiste que viniera antes del almuerzo —murmuro yendo a su encuentro—, y aquí estoy.

Aunque sonríe de lado y sin mostrar los dientes, noto su decaimiento. Es una sonrisa de burla.

—No soy una buena compañía en este momento.

Me siento un poco desilusionada con ello, pero decidida a hacerlo olvidar el disgusto que seguro acaba de llevarse. Rodeo el escritorio y me siento frente a él sobre el borde del vidrio. Sus piernas automáticamente se abren para que yo esté entre ellas.

—No vine a hacerte compañía, vine a hacerte olvidar.

Veo que mis palabras le gustan. No espero a que diga más, bajo mi cabeza y beso sus labios sin darle tregua. De inmediato abre la boca para recibirme mientras entierra sus manos en mi cabello para apegarme a él.

Internamente sonrío triunfal. Ayer no pude sacarlo de la miseria en la que parecía sumido cuando su ex apareció en su departamento, pero ahora sí. Estoy decidida a divertirlo a mi manera.

Pero cuando me sienta en su regazo y se abre la bragueta del pantalón me sorprendo de que él quiera llevar el juego con tanta rapidez. Siento sus manos colarse dentro de mi blusa hasta acariciar mis senos por debajo del sostén. Rápidamente me lo quito bajo su atenta mirada y sonrío cuando sus ojos descienden hasta mis pechos. Mis pezones están duros y sus manos, calientes contra mi piel.

La sensación de su piel contra la mía es suficiente para nuestros juegos previos. No necesito más, ya siento que todo mi centro está mojado y lo necesito cuanto antes. Sus ojos están oscurecidos por el deseo, siento su erección rozar mi centro y yo no aguanto las ganas de quitarme el pantalón. Él ya tiene el suyo abierto, esperándome.

—Levántate —me ordena con aquella voz grave y de mando. Lo hago sin rechistar. Mis senos se mueven cuando me da la vuelta e inmediatamente mi pelvis roza el borde del escritorio—. Sujétate a la mesa.

En aquello no le hago caso. Me doy la vuelta con una sonrisa inocente y me siento en el borde del escritorio. Me bajo el pantalón hasta los tobillos quedándome solo con mi braguita.

—Prefiero mirarte a los ojos.

Baxter parece molesto con mis palabras, pero como sé que está de mal humor quiero que se desquite follándome. Por eso he venido aquí.

Sonrío cuando me toma del cuello y me besa con fuerza, sus dientes chocan contra los míos mientras su lengua barre mi boca en un beso devastador. En segundos siento que mi ropa interior está empapada. Sus manos aprietan con fuerza mis senos, juguetea con mis pezones entre pellizcos. Luego su cabeza cae en mi cuello y va bajando, dejando un camino de besos húmedos hasta que llega a mis senos y rodea la punta de mi pezón. Muerde, sin hacerme daño, pero con la suficiente fuerza como para sentirlo en todo el cuerpo.

Suelto un gemido. Está siendo rudo pero me encanta.

Mis manos van hacia su camisa, la voy abriendo poco a poco mientras me retuerzo por las lamidas que les da a mis pezones, estirando la carne y luego masajeándolos con la palma de la mano. Cierro los ojos un momento, pero los abro cuando su boca vuelve a atacar la mía.

Me besa con furia. Puedo sentir su corazón latir con fuerza bajo mis manos. El beso se ha vuelto rudo, aunque no me quejo, y puedo sentir también mi corazón latiendo con fuerza, por la adrenalina de lo incorrecto que es esto. Sus manos apretujan con fuerza mis senos, suelto un gemido cuando sus dientes muerden mi labio inferior. Es como si me estuviera torturando.

—Heidi…

Me congelo.

Abro los ojos y me alejo de él unos centímetros. Cuando lo hago bajo la mirada hasta mis manos, que instantes antes había colocado tras su cuello. E inmediatamente mis ojos captan una mancha de color carmín en el cuello de su camisa. No es una mancha demasiado visible, pero estoy lo suficientemente cerca como para notarlo.

—Madison…

Levanto una mano para acallarlo, automáticamente lo hace.

—No digas nada.

Me pongo de pie, me vuelvo a poner el pantalón y me coloco el sostén. Mis movimientos son mecánicos, trato de no comerme la cabeza con lo que acaba de pasar.

—Lo siento —murmura Baxter bajando la cabeza, se pasa las manos por el cabello desordenándoselo más—. Es que acabo de verla y… —Vuelve a negar sin saber qué más decir.

Es obvio que no sabe que he visto aquella mancha en su ropa. Su ex ha salido de aquí sin los labios rojos como había entrado, y eso me ha dado mala espina. Me da rabia haber tenido razón. Pero más rabia me da haberlo oído decir su nombre mientras me besaba.

—¿Tanto te afecta su visita? —presiono. Sus ojos carecen del fuego que suele tener cuando estoy frente a él. No me importa seguir hiriéndolo como él acaba de hacer conmigo—. Aún sigues enamorado de ella, ¿verdad? Por eso querías follarme, ¿no? Para sacarte de la cabeza a tu ex. Yo sé que lo nuestro es solo sexo, pero estás loco si piensas que me vas a usar para olvidar a alguien, tampoco me voy a humillar de esa manera.

Se contiene un momento antes de hablar.

—¿Tú no haces lo mismo? —pregunta de vuelta, furioso—. ¿Acaso tú no me dejas follarte para olvidarte de tu ex?

—No, imbécil, yo lo hago porque quiero. No para olvidarme de alguien. No voy a rebajarme a tanto. —Me coloco la blusa rápidamente y me la abotono bajo su atenta mirada—. Ya te lo dije antes, si tanto quieres coger con alguien vete, contrata una puta y no me jodas más.

—No quiero a una puta, te quiero a ti.

—Quieres a tu ex —aclaro sonriéndole. Para mi tristeza, él no lo niega, simplemente mira más allá de mí, alejando sus ojos de los míos, avergonzado—. Espero que en todo este tiempo no me hayas follado pensando en ella.

—Jamás, Madison, no me creas tan imbécil.

—Pero ¡lo eres! —exclamo casi riéndome. Niego—. No importa. Me voy, tengo mucho trabajo que hacer.

—No te vayas.

Ni siquiera gasto mi saliva en decir algo más. Me voy, dejándolo cabizbajo en su asiento y con la mirada puesta en el escritorio.

Abro la puerta y veo que el lugar ya está llenándose. Para no hacer una escena, cierro la puerta a mis espaldas con sumo cuidado. Me doy la vuelta para volver a mi cubículo, pero al ver a mi hermana junto a nuestros amigos conversando, me dirijo al baño.

Cuando regreso cinco minutos después, veo que Tracy se ha sumado a la reunión. No tengo otra opción más que acercarme. Mi hermana me alcanza el emparedado que le he pedido y sin darle las gracias le doy un gran bocado para no tener que hablar. Tracy me suma a la conversación pero yo no tengo ánimos para nada. Estoy que echo humo y todo por culpa del idiota de Baxter.

¿De verdad? ¿Confundirme a mí con su exmujer? Gracias al cielo que no se confundió mientras lo hacíamos, porque ahí sí le hubiera cortado las bolas y se las hubiera hecho tragar de un mordisco.

Me exaspera tener pensamientos tan violentos cuando yo no soy así. Los celos jamás fueron de mi vida cuando estaba con Devan. Y ahora, es lo único que conozco con Baxter.

—¿Qué opinas, Madie? —La voz de Tracy me trae a la realidad. La miro desde mi asiento y me enderezo cuando noto que todos me miran. No sé a qué se refiere y no tengo ganas de preguntarle.

Llegados a este punto diré que sí a todo lo que me digan ellos.

—Me parece... bien —respondo. Megan me mira extrañada preguntándome con la mirada qué me sucede, pero yo niego para tranquilizarla.

Tracy aplaude emocionada al oír mi respuesta.

—¡Perfecto! —exclama—. ¡Hoy saldremos!

Ni siquiera sé de qué habla, pero sonrío con los demás.

—¿Están seguras ir a un club un martes?

—¡Claro! —vuelve a exclamar Tracy—. No hay un día correcto para salir a divertirse.

Inmediatamente me arrepiento de haber aceptado sin preguntar dónde me metía. Aun así, me callo y continúo masticando. Tal vez no me venga mal una buena dosis de alcohol para olvidar el momento incómodo que he tenido minutos atrás con Baxter.

—Pero vayamos temprano, porque mañana hay que trabajar —dice Trevor.

—Si no quieres no vayas —suelta Tracy mirándolo con desafío. Mastico más rápido mi emparedado cuando noto la tensión de ambos. Es tan evidente que se gustan que ni fingiendo odio lo pueden esconder. Deberían decidirse de una vez.

—Iré porque tengo que cuidarlas —contesta él sonriendo—. Cuando ustedes se juntan son un caos.

—Y hoy no será diferente —murmura Susie guiñándole un ojo.

Megan le sonríe.

Tracy las mira sin decir nada pero en sus ojos hay una leve sospecha. Me moriría si se enterara de que a Megan le gustan tanto Susie como su hermano. Porque aunque mi hermana parece haber elegido a Johann, se ve que aún hay cierta chispa entre ella y Susie.

Con una promesa de vernos más tarde, cada uno se dispersa hacia su lugar de trabajo. Mi hermana tiene el detalle de no preguntarme por qué no he dicho palabra alguna desde que Tracy nos invitó a salir, así que vuelvo a mi labor y decido meterme de lleno con el manuscrito que debo corregir.

No voy a dejar que un idiota arruine mi día.

☾ ☾ ☾

La decisión de reunirnos directamente en el club fue unánime. Así que por la noche mi hermana y yo llegamos en un taxi para no tener que manejar el auto borrachas, porque sabemos de sobra que terminaremos así. Mientras nos abrimos paso para entrar al club, Megan busca a nuestros amigos. Entrecierro los ojos por la cantidad de luces de colores que brillan con fuerza por todas partes y la música que estalla en mis oídos. Mis tacones negros brillan con las luces del techo.

Megan lleva un vestido rojo tan apretado que con cada paso se le sube y tiene que estar bajándoselo. Mi vestido negro es más sencillo y vaporoso, tiene botones en el frente y tiras en los hombros. No me preocupo por que se me vea la ropa interior porque no pasará, a menos que me pongan de cabeza o me alcen el vestido.

—¡Ahí están! —grita Tracy aproximándose a mi hermana. Susie y Trevor ya están allí, esperándonos. Ambas chicas tienen vestidos cortos y tacones muy altos, lo que deja un poco en desventaja a Trevor.

Saludamos a nuestros amigos y nos sentamos en los sillones que hay alrededor de una mesa. El club es tan grande que hay un segundo piso con balcones hacia donde estamos, pero está casi vacío. Susie nos asegura que no será así toda la noche, que más tarde llegará más gente. Y como ella ya ha venido aquí confiamos en su palabra.

Mientras nos vamos adaptando al lugar, Trevor pide una primera ronda de chupitos a la camarera, que va embutida en un vestido muy ajustado.

Al principio me siento un poco incómoda por tener que alzar la voz para hacerme oír por encima de la música. Luego, cuando tomo mi primera y después mi segunda ronda de chupitos, empiezo a soportar la música, tan fuerte que me retumba en todo el cuerpo.

—¿Qué van a querer? —grita Trevor mirándonos. La segunda ronda de chupitos ya terminó. La camarera está frente a nosotros esperando nuestros pedidos.

Megan está por abrir la boca pero Tracy la corta.

—¡Necesitamos algo muy alcoholizado! —grita por encima de la música abriendo los ojos y haciéndonos reír—. ¡Quiero verlas muy intoxicadas, por favor!

Trevor pone los ojos en blanco pero sonríe de lado.

—Yo quiero vino, por favor —digo.

Casi me río al ver el rostro estupefacto de Tracy, quien aparte de parecer horrorizada se ve un poco ofendida.

—¿Vino? —repite en un grito, mirándome. Niega, luego mira a la camarera con una gran sonrisa—. Una botella de ron y otra de whisky, por favor.

Susie y mi hermana se ríen, mientras que Trevor mira alucinado a Tracy. Yo trato de no hacer una mueca ante aquellos pedidos.

—¿Tratas de matarnos? —pregunto acercándome a su oído para que me oiga por encima de la música. Tracy niega riendo.

—Quiero que disfrutemos de la noche.

Más que disfrutar, íbamos a morir alcoholizadas.

Pero no digo más. Yo más que nadie necesito olvidar este día de mierda. Aún puedo recordar a Baxter susurrando un nombre que no es el mío. Estoy dispuesta a hacer cualquier cosa para olvidarlo.

Minutos después la camarera trae una gran cubitera donde reposan las dos botellas de alcohol dentro de mucho hielo. Yo prefiero tomar whisky —a pesar de su sabor— para no morir mañana de una resaca. Susie sigue mi ejemplo, y antes de que cualquiera pueda tomar un sorbo de su bebida, Tracy alza las manos con el vaso de ron sujetado en una, su cabello castaño se mece con el movimiento.

—¡Salud, mis pequeñas! —chilla. No está ni un poco borracha pero su actitud parece la de una—. Y por Trevor, claro, quien se coló en la reunión de chicas. ¡Salud!

Río divertida.

—¡Salud! —gritan mi hermana y Susie levantando sus vasos de ron. Alzo el mío y Trevor lo hace con reticencia. En unos segundos chocamos los vasos y cada uno toma un sorbo de su bebida. Inmediatamente siento el líquido quemar mi garganta como si se tratara de una bebida caliente. Frunzo el ceño, pero continúo tomando un par de sorbos hasta adaptarme al sabor amargo del whisky.

Veo con diversión que las chicas tienen la misma cara de asco que yo, pero el mal sabor del alcohol no las detiene a la hora de consumirlo rápidamente como si fuera agua para emborracharse más deprisa. Yo me lo tomo un poco más despacio, no quiero intoxicarme tan rápido. Da la sensación de que ellas sí quieren hacerlo.

Trevor parece entre divertido y renuente, está muy pendiente de Tracy y le rellena el vaso cada vez que se lo termina de un trago.

Guau. Menuda tolerancia al alcohol.

$$\mathbb{C} \; \mathbb{C} \; \mathbb{C}$$

Aquella misma noche, varias horas después y con muchos tragos de más en nuestro sistema, las chicas y yo estamos en la pista de baile divirtiéndonos mientras Trevor se preocupa por cuidar nuestros asientos. Cuanto más bebíamos nosotras, menos bebía él.

Muevo mi cuerpo entre la masa de personas, consciente de que es más de medianoche y de que al día siguiente hay que trabajar, pero la verdad es que no me importa. Mi hermana está igual de animada y desinhibida, bailando con Tracy mientras yo lo hago con Susie. Nos reímos a carcajadas mientras la música a todo volumen inunda nuestros sentidos. Ya no me fastidia el intenso ruido en mis oídos, ahora solo lo disfruto.

Empiezo a tener calor debido al baile, a pesar de llevar un vestido muy corto que roza mis muslos y con tiras en los hombros. Me agarro el pelo, despejándome la nuca para refrescarme, y lo vuelvo a dejar caer contra mi espalda.

Las chicas están borrachas, al igual que yo, pero por lo menos yo intento mantenerme firme mientras bailo. Susie se tambalea, y aunque se ríe de ello mi hermana a su lado la sujeta. Tracy empieza a animarlas a bailar a pesar de su estado y las tres gritan.

Admito que mi nivel de alcoholismo es alto, pero siempre trato de mantener el control de mí misma. Además, no me gusta hacer el ridículo.

Por quinta vez en la noche, mi celular vibra entre mis senos, donde lo guardo cuando no llevo bolso. Este es un lugar perfecto porque mi sostén de copa se acopla a la perfección a mi cuerpo, lo que hace que mi celular encaje sin caerse a pesar del sudor. Es mi lugar favorito. Por supuesto, se trata de Baxter, molestándome de nuevo. Se enteró por Tracy de que iríamos a un club esta noche y ha estado insistiendo en saber en cuál estoy. Aún no le he perdonado, así que no le contesto. Prefiero hablar con él cuando esté sobria.

Mi celular vuelve a vibrar, pero esta vez por un mensaje. Lo abro rápidamente y trato de enfocar mis ojos en la pantalla. Baxter, por supuesto.

**Baxter**

¿Dónde estás?

Lo que dije en la oficina estuvo mal, quiero que hablemos

Madison, contéstame

Bonita, por favor

Tecleo furiosamente por la furia del momento.

**Yo**

Vete a la mierda

Si tanto quieres a tu ex, búscale y fóllatela, a mí ya no

Cuando me doy cuenta de cómo sonaron mis palabras, me arrepiento. Así que vuelvo a escribirle.

**Yo**

> Mira, lo que tú hagas o dejes de hacer me importa un carajo, pero se supone que estamos en una relación exclusiva de sexo y estuviste a punto de hacerlo con tu exnovia. No me gustó. ¿Qué te parece si yo voy y hago lo mismo?

Mi mente trabaja a mil por hora.

**Yo**

> Igual lo hago, ya sabes, para que veas cómo se siente

Me río de mis insinuaciones. Obviamente no sería capaz, pero me divierte pensar en cómo se estará retorciendo Baxter con mis palabras.

No me contesta y decido ir al baño para mojarme el cuello. Estoy sudando y el cabello se me pega a la piel. Una vez refrescada, observo mi reflejo en el espejo. Mis pupilas están un poco dilatadas y mis mejillas rojas de tanto bailar, y aunque no llevo maquillaje, mis labios están rojos. Lo único que tengo pintado en el rostro son las líneas negras del delineador en mis ojos y párpados. Alabado sea el maquillaje a prueba de agua.

Vuelvo a salir y me reúno de nuevo con las chicas. Ellas siguen en la atestada pista de baile. Lo que me sorprende es ver a Tracy bailando con Trevor y a Susie con mi hermana.

De repente me siento la tercera rueda y no me gusta.

Me abro paso más allá de ellos y busco con quién bailar. Me balanceo un poco al ritmo de la música y busco a mi próxima víctima. Entre tantas personas y las luces de colores moviéndose entre la gente no puedo divisar bien a quién tengo al frente, pero sonrío cuando un hombre alto y joven se aproxima desde la barra del bar.

—¿Quieres bailar? —pregunta en un grito para que le oiga por encima de la música. Lo miro. Es alto, mucho más que yo con tacones.

—¡Claro!

Aunque es guapo y sus ojos son oscuros, no tienen el color miel que tanto me obsesiona últimamente. Maldito seas, Baxter, ¡sal de mi cabeza!

Al principio nos movemos uno frente al otro mientras conversamos de cosas banales. En un momento dado, me da la vuelta con una mano y desliza su brazo en mi cintura desde atrás. Puedo sentir su pecho en mi espalda y sus dedos rozar mi cintura con delicadeza.

Cada vez me siento más caliente. Puedo notar los músculos de su cuerpo detrás de mí. Su aliento roza mi oído y aunque sienta el olor a cerveza no me alejo. No cuando siento cosquillas en mi vientre.

Mi celular vibra varias veces, pero lo ignoro. Cierro los ojos y sonrío cuando unos labios tibios rozan mi piel por debajo de mi oreja. Suelto una risita e inmediatamente el vello de mi cuerpo se eriza cuando la lengua del desconocido entra en contacto con mi cuello.

Es una sensación extraña, pero toda esta noche está siendo extraña. Disfruto del contacto mientras continúo bailando, rozando mi trasero contra la pelvis del hombre detrás de mí al ritmo de la música.

Siento todo su cuerpo contra el mío. Al siguiente segundo ya no.

En un momento el desconocido estaba detrás de mí y de pronto algo me aleja de él. Cuando quiero darme la vuelta para saber qué ha sido ese empuje tan fuerte, unos brazos me sujetan la cintura y antes de que pueda pensar en cualquier cosa me giran sobre mí misma y me cargan a cuestas.

Veo una espalda ancha, un trasero lleno en aquellos pantalones oscuros y una mata de cabello castaño. No tengo que ser un genio para saber quién es.

Baxter ha venido por mí y sin decir nada me está sacando de allí.

Aquello me enfurece. La sangre me bulle de pura rabia.

—¡Bájame, imbécil! —le pido con todas mis fuerzas a pesar de que mi postura no facilita mis palabras. Me empiezo a marear. Él camina como si nada en dirección a lo que pienso es la salida. No puedo ver nada ni buscar ayuda porque mi cabello tapa mi visión y el sonido de la música silencia mi voz. Me está sacando de aquí como si fuera un saco de papas—. ¡Maldita sea, Baxter, bájame, carajo!

Me oye.

—Silencio —me ordena con voz autoritaria dándome un azote en el culo. Jadeo sorprendida. Él no necesita gritar para que le oiga por encima de la música a tope del lugar, su voz es lo suficientemente fuerte.

—¡Será mejor que me sueltes, Baxter! —grito moviendo las piernas y brazos de manera frenética para que lo haga. Pero me mantiene sujeta—. ¡Serás idiota…! ¡Bájame de aquí, mierda!

Vuelve a azotarme en el culo con más fuerza. Empiezo a sentir un picor allí y antes de que diga algo, Baxter empieza a sobarme el trasero como si supiera que la picazón comenzó. A estas alturas me importa una mierda si se me ve la tanga o no, quiero que me baje.

No bien siento el aire fresco y la música deja de oírse a toda pastilla, Baxter me baja al suelo con lentitud.

—¿Qué haces aquí? —pregunto cruzándome de brazos.

Su postura y el brillo de sus ojos me lo dicen todo.

—¿Qué hago yo aquí? —repite señalándose—. Vine a cuidarte, porque se nota que no estás en plenas facultades. ¿Qué mierda hacías besándote con ese idiota?

Me quedo boquiabierta.

—¿Disculpa? —replico exaltada. Agito mis brazos—. ¿Qué carajos te importa?

—¡Me importa! —chilla esta vez sin poderse contener. Se acerca a mí dando un par de zancadas hasta sostener mi barbilla entre sus dedos—. Me importas, Madison, y me fastidia verte besándote con otro tipo. ¿Qué pretendes?

Me río.

No puedo evitar reírme.

—¿Qué pretendes tú? Besándote con tu ex cuando va a verte. ¿Quieres estar con ella? Entonces ¿para qué mierdas me buscas? ¿Para tratar de olvidarla o porque ella te rechazó cuando intentaste acostarte con ella? ¿Soy tu segundo plato?

—Mierda, no, Madison. Eso fue un puto error. Uno que voy a lamentar. —Se pasa las manos por el cabello. Me mira, afectado. Desde aquí puedo notar que sigue estando colgado por ella.

Y me fastidia muchísimo.

—No te lamentes mucho, que lo nuestro no da para más.

—Y una mierda que no —repone tomándome de las mejillas. Quiero oponerme a su contacto, alejarme, pero lo cierto es que mi cuerpo lo ansía. Con todas mis fuerzas.

Y me besa. Me derrito por dentro ante su contacto y aunque quiero rechazarlo porque una parte de mí sigue molesta con él, decido hacer lo mismo que él hace conmigo: usarme. Mi cuerpo está caliente y yo estoy cachonda. Baxter es el único que me puede sacar de esta calentura y voy a servirme de él.

Al fin y al cabo, nuestra no relación se basa en eso, ¿no?

Al carajo su exnovia. Soy yo quien está con él ahora.

Enredo mis manos en su cabello y abro los labios para adentrar la lengua en el calor de su boca. Juego con ella sintiendo los dedos de los pies curvarse por la intensidad del momento. Sus manos inmediatamente bajan a mis caderas, pero no se quedan allí, sino que continúan bajando hasta tocar mi trasero. Esa caricia me vuelve loca. Siento su cuerpo duro y sus manos ansiosas, me muero por volver a probarlo, por sentirlo dentro de mí.

Y a la mierda los sentimientos.

Nos alejamos segundos después con la respiración acelerada. Sin decir nada, me toma de la mano y me lleva por el camino de grava hacia su auto.

—Mi hermana está adentro con Tracy y nuestros amigos.

—No te preocupes. Johann ha venido con su auto. Él los llevará.

Aquello en vez de tranquilizarme, me asusta. Porque Susie está dentro con Megan y me pone de los nervios saber que Johann también. Le mando un mensaje rápido a mi hermana, esperando que lo lea pronto.

Una vez dentro del auto, recuesto mi cabeza contra el respaldar y abro las ventanas. El calor que siento es casi insoportable. Me toco las mejillas con el dorso de las manos y estas están hirviendo. Mi cuerpo entero está acalorado, y aunque quiero creer que es por Baxter, sé que es por el alcohol.

Aunque Baxter también tiene mucho que ver.

Empiezo a desabrocharme los primeros botones del vestido negro que llevo y me quedo expuesta de cintura para arriba. El aire que entra por la ventana no hace nada por aliviar el calor que siento.

Cuando quedo en sostén sonrío al sentir un poco de aire acariciándome los pechos.

Sin embargo, la brusca inhalación de Baxter me aturde. Lo miro con el ceño fruncido, pero su mirada va desde la luz roja frente a él y luego hacia mi sostén negro y de encaje.

—Mierda, Madison, no puedes quitarte la ropa así como así, ¿quieres que tengamos un accidente? —Su voz ronca y sus ojos color miel cargados de tensión me indican que también está afectado. La erección en el pantalón también es una prueba fehaciente de ello—. Vuélvete a abotonar el vestido, por favor.

—No quiero —me niego haciendo un puchero. Él baja la mirada a mis labios—. Tengo mucho calor, Bax, estoy muy caliente.

Él vuelve la cabeza al frente, centrándose de nuevo en la autopista.

—Sí, ahora yo también. Por tu culpa.

# 16

Cuando me despierto Baxter me está cargando hacia lo que parece un ascensor. Me tomo mi tiempo en reconocer dónde estamos y, cuando lo hago, no digo nada. Me ha traído a mi departamento. No hablo mientras me lleva, sino que disfruto del silencio en el que estamos sumidos. Si abro la boca diré muchas cosas hirientes, y aunque se las merezca todas, también sé que estoy borracha y mañana me arrepentiré mucho de lo que pase.

Procuro cerrar los ojos. Con suavidad, me deposita sobre el colchón. No puedo evitar reír cuando comienza a quitarme el vestido.

—Basta —murmura con voz mandona mientras empieza a desabotonármelo. Le aparto las manos de un manotazo, molesta.

Me pesa la cabeza y mis movimientos son torpes pero contundentes.

La furia ha vuelto.

—No voy a follar contigo, he cambiado de opinión. —Lo empujo con torpeza. Él retrocede sabiamente. Mi cabeza da vueltas—. ¿Por qué no vas con Heidi y te la follas a ella?

Se enfurece. He tocado un botón del nervio.

Bien. Pues tocaré todos los botones.

—Estás borracha, Madison, ahora mismo no vamos a hablar.

—Entonces ¿lo haremos mañana? —Me saco el celular del sostén y lo tiro sobre la cama. Luego procedo a sacarme los tacones para lanzárselos. Lástima que no le dan en la cabeza ni le provocan una herida—. No, no. Vamos a hablar hoy.

Me arrodillo sobre el colchón, me quito el vestido por la cabeza y se lo tiro a la cara. Me quedo en ropa interior.

—¿Qué crees? —murmuro enfurecida—. ¿Que solo porque estamos acostándonos puedes ir y flirtear con tu exmujer? Te dije que entre nosotros habría exclusividad, y si una de esas reglas se rompe, adiós. Así que sí, ahora puedes largarte, irte con quien carajos quieras y dejarme en paz. Yo también me buscaré a alguien, que no sea un puto trastornado como tú, y me lo follaré. ¿Y sabes por qué? ¡Porque puedo y quiero! Y porque no sigo obsesionada con mi ex.

Baxter se acerca con sigilo a la cama, observándome como si fuera un animal rabioso y quisiera tranquilizarme. Me quito el sostén y vuelvo a tirarlo, pero esta vez cae a sus pies. Me levanto con torpeza y cojo el camisón que está debajo de mi almohada.

Cuando me doy la vuelta él sigue aquí.

—Ahorita mismo estás borracha, Madison, no hablaremos hasta que estés sobria. —Ve el camisón que sujeto y el balanceo de mi cuerpo. Extiende la mano—. Dame eso, yo te ayudo.

—No.

Lo alejo, pero Baxter es más rápido y más fuerte, me quita el camisón y me ayuda a ponérmelo. En unos instantes su rostro se detiene en el mío, me mira a los ojos por varios segundos. Quiero alejarme, pero también quiero oírlo defenderse. Que diga algo. Quiero pelear.

—Te juro que no pasó nada entre ella y yo. —Intenta coger mi barbilla, pero volteo el rostro—. Entre nosotros no ha vuelto a pasar nada desde que nuestra relación terminó hace años. Aún tenemos asuntos pendientes respecto a acciones legales y por eso nos tenemos que reunir para hablar con el abogado, pero nada más. Hoy en la oficina fue a dejarme unos papeles para firmar. Intentó algo, pero no la dejé.

Aunque mi mente trabaje a mil por hora, no le creo ni un poco.

—¿De verdad? —pregunto con un tono de voz exagerado, ironizando la dramatización—. ¿Es decir, ella no te besó y no estuvieron a punto de tener sexo allí mismo?

—No, Madison.

—Entonces ¿por qué dijiste su nombre mientras me besabas?

Baxter niega, se sienta en el borde de la cama y me mira. Mis ojos no se despegan de él, muy dentro de mí hay una pequeña parte que quiere creerle, pero la furia es tan fuerte que sobrepasa cualquier sentimiento.

—La acababa de ver —dice negando—. Ella es mi pasado, pero continúa persistente en mi presente. Fue un desliz, no quise decirlo, ni siquiera pensaba en ella. No sé qué me pasó.

Toco su hombro.

—No te preocupes —murmuro haciendo una mueca—. Yo sé lo que pasó.

—¿De verdad? —pregunta alzando la cabeza, mirándome con esperanza. Toca mi mejilla y yo la inclino ante su contacto.

—Por supuesto que sí. Lo que te pasó es muy sencillo: sigues deseándola. —Quito su mano de mi piel y me alejo, volviendo al respaldar de la cama y metiéndome entre las sábanas—. Y lo nuestro no va a continuar. Es mi última palabra, Baxter.

Él niega, exasperado de nuevo conmigo.

—Maldita sea, mujer. ¿Cómo quieres que te lo explique? —exclama alzando la voz—. Heidi me importa una mierda, para ella solo soy un medio para un fin. Quiere… tener algo que es mío y no se lo voy a permitir. Es mi puto pasado y me arrepiento de haberla conocido. Y ahora que te conozco, que estoy contigo, tú eres lo único que quiero. Me atraes, Madison. Me gustas demasiado.

—¿Qué?

—¿Crees que sigo amándola? ¡Por supuesto que no!

—¿Te gusto? —repito.

—Sí. Me gustas, Madison. Mucho. También tu cuerpo, todo de ti, maldita sea. ¿Aún no lo entiendes?

Sacudo la cabeza, pero no porque no lo entienda, sino porque no me creo que esto esté pasando.

Para mí, los sentimientos en esta relación son una gran línea roja.

—Yo, eh… tengo que dormir —murmuro. Me pesan los párpados. Baxter asiente, más tranquilo luego de haberse confesado conmigo, y se acerca. Cierro los ojos cuando se inclina para darme un beso suave en la frente.

Quiero empujarlo y decirle que no me toque. Pero estoy casi sin fuerzas y lo único que mi mente hace antes de quedarme dormida es rememorar sus palabras y el beso que me acaba de dar.

Estoy jodida.

( ( (

Cuando despierto me encuentro en una habitación vacía, solo con el sonido lejano de pasos en algún lugar del apartamento. Mi cabeza no me estalla como creí que lo haría, pero sí siento una leve presión en la frente. Me deslizo por la cama hasta erguirme y apoyarme en el respaldar. Recuerdo cada momento de anoche, empezando conmigo tomando con las chicas y Trevor, y terminando conmigo y Baxter conversando aquí, en esta misma habitación.

Él ya no está, lo cual agradezco. Aún no quiero enfrentarme a él.

Giro la cabeza y veo que sobre mi mesita de noche hay una botella de agua junto a una nota y un par de pastillas. Me las tomo rápidamente para el malestar que tengo y luego leo la nota.

> Hoy no tienes que ir a trabajar, ya he hablado con los jefes ;)
> Te dejé Tylenol para el dolor de cabeza.
>
> Baxter

Nada más.

Me dejó una simple nota.

Agradezco que me dé el día libre porque no soportaría estar en la oficina con él. Todo lo que siento ahora que la bruma del alcohol me ha abandonado es furia. Una furia irracional. ¿De verdad fui tan estúpida como para estar a punto de tener sexo con él? Pues sí, pero agradezco que mi cerebro aún funcionara con tanto licor encima.

Me levanto de la cama y me acomodo el camisón antes de arrastrar los pies en dirección a la cocina. Una vez allí escucho a Megan hablando por teléfono. Sigue en pijama y tiene grandes ojeras. Su cabello está revuelto, y aunque aún no me he visto en el espejo, apuesto que estoy igual.

Me hace una seña para que la siga mientras ella sale hacia la sala y se sienta en el sillón con una sonrisa. Presiona su dedo sobre la pantalla y una voz masculina resuena en el apartamento.

—… el sábado. Sé que no vendrás, pero me gustaría que nos acompañaras. Aún no he hablado con tu hermana porque no me contesta el celular, parece que está apagado. Espero que no hayan tenido problema con su jefe, y dile a mi niña que se recupere pronto. Hazle una sopa para que se sienta mejor. —La voz de papá me hace sonreír. Abro la boca para contestarle, pero Megan me hace una seña para que me calle.

Su sonrisa se ha borrado.

—No lo sé, papá —contesta mi hermana suspirando—. El sábado tengo trabajo que hacer, pero seguro que Madison irá.

Papá se queda unos segundos en silencio.

—Hija, te extrañamos mucho.

Ella baja la cabeza negando.

—Yo también te extraño, papá. Pero ya nos veremos otro día, ¿sí? Tal vez te lleve a desayunar. ¿Qué dices? Vamos con Madison. Hay una cafetería cerca de aquí y después podemos venir al apartamento, mi hermana ya se ha mudado por completo, así que pasaríamos todo el día juntos.

—¿Tu mamá puede venir también? Estará feliz de verlas.

Siento la decepción que viene en oleadas de mi hermana. Aprieto su hombro y coloco mi cabeza allí, dándole mi apoyo.

—Papá… —se queja ella—. Ya sabemos que eso no es cierto, deja de intentar juntarnos.

Antes de que papá pueda intervenir, le arrebato el teléfono a Megan, quito el altavoz y me pongo el celular en la oreja. Mi papá se alegra al oír mi voz, y momentáneamente deja el tema de mamá a un lado. Mi hermana se echa en el sofá con las piernas colgando encima de uno de sus brazos. Yo paseo por el departamento mientras le cuento los detalles de mi mudanza y el nuevo trabajo que conseguí gracias a Megan.

Cuando llevamos más de quince minutos conversando, vuelve a la carga.

—El sábado vendrás, ¿verdad, nena? —pregunta ilusionado. Miro a Megan y con el dolor en mi corazón respondo:

—Sí, papá, seguro.

Un sábado al mes visito a nuestros padres porque, aunque vivan a dos horas de distancia, es nuestra tradición juntarnos desde que me mudé. Megan nunca volvió, y aunque cada sábado yo vaya y mamá finge que no existe Megan, me la paso bien viendo a mis padres. Pero me duele el corazón porque no puedo compartir ese tiempo con mi hermana como la familia que antes éramos.

Mamá no soporta a Megan, no desde que se enteró de su bisexualidad años atrás, y a pesar de que los años han pasado, sigue sin hablarle. Tuvieron una pelea enorme y la echó de casa, a la calle. Yo me fui con ella; jamás dejaría sola a mi hermana y mejor amiga.

Cada sábado al mes que voy a verlos, ella finge que no tiene otra hija. Por mucho que yo hable de ella, para alegría de mi padre, mamá no muestra ningún sentimiento cuando la menciono.

Ahora que vivo con Megan, creo que no podría volver a casa de mis padres y dejarla sola.

—Trae a Megan contigo —continúa papá con ilusión en su voz—, tal vez a ti te escuche.

—Lo intentaré, papá. —Oigo una voz del otro lado del teléfono e inmediatamente sé que es mamá. En cualquier otro momento me gustaría hablar con ella, pero justo ahora, no—. Tengo que colgar, tengo trabajo que hacer.

—Oh, sí, Megan me dijo que estabas enferma. Te va a preparar una sopa, ya le di la receta, te curarás al instante.

Le frunzo el ceño a mi hermana, pero ella está con la mirada clavada en algún punto fijo, sin prestarme atención.

—Gracias, papi —digo sonriendo. Hablar con él es como volver a sentirme una niña—. Te quiero. Cuídate.

Papá se despide y luego cuelga. Me quedo con el teléfono en la mano mientras miro a mi hermana perdida en sus propios pensamientos. Sé lo mal que la ha pasado a través de los años, queriendo la aceptación de mamá, su cariño, pero sin obtener nada de ella. Solo años de silencio e indiferencia.

Quiero odiar a mi madre por hacerla sufrir, pero yo tampoco quiero perderla. Así que tanto papá como yo tratamos de mantener a esta familia unida. Pero siento que cada vez fracasamos más.

Dejo el teléfono sobre la mesa y me siento junto a Megan, le cojo las piernas y las pongo en mi regazo. Ella por fin me mira y aunque hace el amago de una sonrisa, noto la profundidad de tristeza que hay en sus ojos verdes.

—No voy a ir —me aclara antes de que pueda hablar. Asiento. Ella vuelve a sumirse en sus pensamientos mientras yo me mantengo en silencio a su lado. Permanecemos así varios minutos, en los cuales ninguna habla. No hasta que ella suelta un suspiro—. ¿Crees que algún día entrará en razón?

Veo que sus ojos están rojos, como si estuviera reteniendo las lágrimas. Se me rompe el corazón al ver a mi hermanita así.

—¿Quién?

—Mamá —responde.

—Si no lo hace es su problema. —Me inclino hacia delante y veo horrorizada que de sus ojos ya salen lágrimas—. Meg, mamá es una mujer adulta que debería saber que no se trata así a una hija. Algún día tendrá que pedirte perdón por todo lo que te ha hecho.

Por todas las palabras, desplantes y años de silencio de su parte. Por todo el desprecio.

Seco sus lágrimas y la atraigo hacia mí para consolarla.

Momentos después somos interrumpidas por el timbre del apartamento. Mi hermana se separa de mí limpiando su rostro sonrojado y se aleja hacia el baño con una pequeña sonrisa hacia mí.

Abro la puerta y Johann me sonríe con alegría. Le hago una seña para que pase.

—Hola, Madison, ¿está Megan?

—Hola, Johann. Sí, pero está en el baño, ahorita sale. —Él se queda en medio del recibidor con las manos en los bolsillos. Me pone nerviosa su presencia porque tengo la leve sospecha de que él sabe lo mío con Baxter.

—¿Quieres tomar algo?

—No, gracias, solo vine a ver a Megan. —Me siento aliviada, y a la vez avergonzada por estar aquí en mi casa cuando sé que es un día de trabajo. Aunque sé a la perfección que Baxter ya le ha dicho que voy a faltar, tengo que decírselo yo porque es mi puesto de trabajo.

—Oye, quería pedirte disculpas —anuncio con una pequeña sonrisa. Johann me pidió cuando recién lo conocí que lo tutee, y aunque es raro porque sigue siendo mi jefe, le hago caso. Porque más raro es que me esté follando a mi otro jefe, que es su hermano.

Él frunce el ceño.

—¿Por qué?

—Bueno, por faltar hoy.

—No te preocupes —dice encogiéndose de hombros—. Ya hablé con Baxter y con Tracy, todo está cubierto. ¿Estás bien?

No tengo idea de mi aspecto, así que trato de hacerme la enferma, para justificar mi falta.

—Me duele la cabeza, iré a acostarme un rato. Megan ahorita sale, siéntete como en tu casa. —Señalo el sofá y él me da las gracias.

Me meto en mi habitación y aprovecho para conectar mi celular al cargador porque, efectivamente, está apagado por baja batería. Ha muerto.

Espero unos instantes a que se cargue para volverlo a prender. Inmediatamente varios mensajes saltan en la pantalla. Todos de Baxter.

Me desplazo por ellos para leerlos desde la barra de notificaciones sin querer abrirlos realmente.

**Baxter**

Tenemos que hablar

Cuando te despiertes me llamas

Eso fue de hace dos horas, los siguientes mensajes son más largos y recientes.

**Baxter**

Sé que cometí un grave error. Pero quiero remediarlo, Madie, lo nuestro no puede terminar así. Quiero que conversemos, quiero aclararte las cosas y pedirte perdón

Ayer estabas borracha y no podíamos conversar así. Te he dado el día libre pero me gustaría hablar contigo. Si quieres que me pase por tu departamento, está bien, si quieres hablar en el mío, también. Tú solo avísame, yo iré, ya sea para estar allí o recogerte. Estaré esperando tu mensaje. Y de nuevo, perdóname, lo siento mucho. No sirve decirlo en un mensaje, pero eso no significa que sea menos cierto

Pienso unos segundos en mi respuesta. Cuando la tengo en mente abro sus mensajes y tecleo en el celular.

**Yo**

Lo siento, Baxter, pero dame tiempo. Soy yo quien no quiere hablar contigo

Satisfecha con mi respuesta, me echo en la cama y vuelvo a quedarme dormida.

# 17

Al día siguiente ya no tengo tantas ganas de ir al trabajo como cuando recién empecé a trabajar en la editorial. Me baño y me visto rápidamente para ir con mi hermana al trabajo. Es jueves y yo ya quiero que termine la semana para relajarme. Aunque viéndolo bien, no sé si podré hacerlo porque tengo que ir el sábado al almuerzo con mis padres y no tendré corazón para dejar a Megan sola en el apartamento mientras yo disfruto un día entero con ellos. No me parece justo.

Antes eso no me afectaba tanto porque vivía con mi novio y no tenía que ver la expresión atormentada de mi hermana, así que dudo que esta vez pueda ir tan fácilmente a casa de mis padres. Los amo, pero también la amo a ella. Y ahora mismo mi lealtad está dividida.

Cuando Megan y yo entramos en la editorial, ambas estamos con los ánimos por el suelo, ella por haber peleado el día anterior con Johann, y yo con Baxter. Las cosas no se han solucionado y, francamente, no creo que lo hagan. Ahora mismo no quiero verlo ni en pintura, pero eso no será posible porque es mi jefe y su puto despacho está justo frente a mi cubículo de trabajo.

Es una mierda y me está matando.

—¿Algún problema? —me pregunta Tracy viniendo hacia mí. Miro detrás de ella a Megan hablando con Susie y Trevor, mientras Johann está cerca utilizando su celular, pero mirando de reojo a mi hermana y a la chica a su lado. Vuelvo mi atención a Tracy.

—Tengo muchos manuscritos que corregir. Nunca pensé que dijera esto, pero estoy cansada de leer.

Ella intuye que pasa algo más, porque mira detrás de mí, donde supongo que está Baxter y de vuelta a mí.

—Bueno, solo tendrías que hablar con mi hermano para solucionar eso. Ya sabes, llevar el trabajo a casa e irte antes si lo deseas. No tenemos problemas con eso.

Aunque sé que aquella facilidad no es la que busco, asiento dándole la razón.

—Sí, eso podría hacer.

Con toda la confianza del mundo entrelaza su brazo con el mío y comenzamos a alejarnos de allí hacia el ascensor. Cuando llegamos a las puertas metálicas aún cogidas, me mira de lado.

—Yo me preguntaba si tenías algún problema con mi hermano.

Me congelo.

—Tracy...

Se encoge de hombros, sonriendo.

—No me importa saberlo, es más, estoy feliz por ustedes. Noté que algo pasaba desde que te conocí y vi la forma como él te miraba. Aún sigue teniendo aquella mirada en sus ojos, pero se ha intensificado. —Mientras esperamos al grupo de mi hermana, Trevor y Susie, ella continúa con su discurso poniéndome nerviosa. Odio hablar de mis asuntos con alguien más—. Podrá tener su pasado, pero, como sabes, eso quedó atrás. Ahora tú pareces ser su presente y, si lo deseas, su futuro. No dejes que los fantasmas del pasado te roben lo bonito con Baxter. Él puede ser un gruñón cuando quiere, pero es un hombre que ama con todo su corazón cuando realmente lo entrega. Y no te lo digo por ser su hermana, pero he visto que el hombre babea por ti.

Me río.

Entre nosotros no hay más que una relación de sexo sin sentimientos, por lo que el corazón de Baxter está a salvo, y el mío también. Lo único que no está a salvo es mi orgullo.

Y al ser su hermana quiero sacar un poco de ventaja abriéndome a ella.

—No sé, Tracy —digo mirando al suelo sin saber cómo contarle lo siguiente—. Recién lo estoy conociendo y hay muchas cosas que no sé y otras que sí y que hacen que sea reacia a continuar con lo que tenemos. Tu hermano puede ser la mejor persona del mundo, pero no olvida su pasado.

Tracy me jala a un extremo cuando algunas personas se arremolinan para entrar en el ascensor. Nuestros amigos están en un círculo a varios metros de nosotros hablando con Johann y Baxter, Heidi también está con ellos.

—¿A qué te refieres?

—Bueno, Baxter sigue enamorado de su ex.

Tracy se ríe. Literalmente suelta una gran carcajada que me deja perpleja, como si lo que acabara de decir fuera una completa tontería. Incluso algunas personas, entre ellas sus hermanos, voltean a verla cuando ella se sujeta el estómago.

No le veo nada gracioso a lo que he dicho.

—¿De Heidi? —dice ella diciendo el nombre de aquella mujer como si fuera algo que no pudiera decir con facilidad porque está atorado en su garganta como una bola—. Baxter no ama a esa zorra.

Guau.

Parpadeo ante ese insulto.

—Eh, sí, lo hace.

Ella niega fervientemente.

—Mira, hay cosas que no te puedo decir porque no me corresponden a mí decirlas. Pero puedo asegurarte que Baxter, Johann, toda mi familia y yo odiamos a esa maldita. Si trabaja aquí es porque hay asuntos legales que aún tienen que resolverse, pero solo por eso. Terminaron hace años. Baxter ni siquiera la odia, porque odiar es un sentimiento fuerte como el amor; lo único que siente es indiferencia. La ve como a alguien que entró en su vida para jodérsela. Yo la veo como la basura que es. Y zorra, no lo olvides.

No entiendo nada.

Si Baxter no la odia, ni la ama, ni siente nada por ella más que indiferencia, entonces ¿por qué mierda dijo su nombre mientras me besaba?

Quiero contárselo a Tracy, pero tampoco quiero que corra a hablar o, en este caso, a increpar a su hermano. Así que me lo guardo para mí. Ni siquiera se lo he contado a mi hermana y no planeo hacerlo.

—Está bien, Tracy, si tú lo dices… pensaré que él no la ama. Aunque a veces lo sienta así.

—No, nena —dice ella apretándome una mano—. No la ama, ni la odia, ni la desea, ni mucho menos está enamorado de ella. Lo de ellos terminó desde que ella… —Se detiene cuando está a punto de confesar algo. Cierra los ojos un momento y cuando los abre, niega—. No importa, lo que importa es que terminaron y él es libre de hacer lo que quiera. Y lo que quiere es a ti.

Suelto un suspiro.

—Ojalá fuera tan fácil —murmuro.

Ella abre la boca para hablar, pero Johann viene por detrás y la abraza, alejándola de mí mientras despeina su cabello. Ella grita e intenta pegarle mientras nuestros amigos se ríen a su costa, esperando que el ascensor llegue. Una vez más miro de reojo a Baxter, por supuesto, él mantiene la mirada en mí. Pero como estoy delante de él, en diagonal, no me observa a mí, sino a mi trasero.

Genial.

Camino por delante de él sin prestarle atención y entro en el ascensor. Cuando veo que Baxter intenta ponerse a mi lado doy un paso al costado para dejar que Tracy se ponga en medio.

No vuelvo a hablar en el viaje hacia la editorial. No bien las puertas se abren, salgo seguida de mi hermana mientras que nos despedimos de Tracy, quien se va a su oficina. Heidi debería irse con ella, ya que están en la misma planta, pero decide seguir a Baxter como un perrito faldero. Inclino la cabeza ante la visión de aquella rubia caminando moviendo las caderas como si estuviera en un desfile de patos.

Obviamente ella sería la ganadora.

Vuelvo a mi puesto y no paro de corregir. Mi atención está tan centrada en el manuscrito que tengo frente a mí que no veo cuando Heidi sale de la oficina de Baxter. La ignoro y vuelvo a lo mío. Ni siquiera me fijo que los minutos pasan mientras estoy demasiado inmersa como para fijarme en mi alrededor. La hora del trabajo termina y con las mismas ganas de siempre, me paro rápidamente para irme.

Megan teclea un par de cosas en la computadora antes de guardar sus cosas y levantarse.

—Estoy lista para un baño relajante —murmura sonriendo mientras se estira, arqueando su espalda que emite un leve crujido—. Dios mío, me estoy desarmando.

Niego, riéndome.

—Eres demasiado joven para eso.

Y yo también. Pero opino lo mismo: estoy completamente lista para relajarme. Lástima que en nuestro departamento solo haya una tina, no muy grande, pero lo suficiente para una persona. El problema es que Megan ya se la ha pedido y tendré que esperar mi turno hasta que ella salga.

Ni siquiera es viernes, pero estoy exhausta.

Nos despedimos de nuestros amigos antes de apagar las computadoras dejando en orden nuestros cubículos. Caminamos rápidamente entre las personas para llegar al vestíbulo. Antes de que podamos salir por las puertas de vidrio al exterior, alguien llama a mi hermana.

Ella parpadea lentamente antes de dedicarme una sonrisa tensa y darse la vuelta para encontrarse cara a cara con Johann.

A él no le importa que yo esté cerca, solo se concentra en mi hermana.

—No te vayas, Meg, tenemos que hablar.

—¿No puede ser mañana? —pide ella—. Estaba a punto de marcharme para darme un baño relajante.

Johann sonríe de lado, parece un niño cuando la mira con adoración y un brillo pícaro en los ojos.

—Podrías venir a mi casa y hacer lo mismo, pero conmigo a tu lado —murmura.

No puedo evitar taparme los oídos. No quiero imaginármelos juntos. Me alejo varios metros de ellos para escapar de sus cochinadas y espero.

Megan sabe perdonar rápido, porque se rinde a sus encantos.

Viene hacia mí con una gran sonrisa.

—Iré a la casa de Johann —susurra guiñándome el ojo. Miro detrás de mí y él ya se encamina a su despacho para cerrar la puerta que previamente dejó abierta. Mi hermana no puede quitar la sonrisa lobuna de su rostro. Saca de su bolso unas llaves y me las tiende—. Maneja de vuelta a casa, no sé si iré a dormir hoy.

Me río.

Si ella puede disfrutar, que lo haga. Yo mientras disfrutaré de la tina. Sola.

Le guiño un ojo con complicidad.

—Diviértete.

Ella levanta los dos pulgares y mueve las cejas de arriba abajo. Segundos después Johann vuelve con el celular en la mano y con una mirada ansiosa. Se despide brevemente de mí antes de salir de allí sonriéndole a Megan.

Ella entrelaza su brazo al mío mientras también salimos.

—Es divertido tener una coartada para estos casos. —Sus ojos verdes se desvían detrás de nosotras un momento—. Preferiría que la gente no supiera que estoy saliendo con el jefe, pero si se enteran, no importa. Johann ya me aseguró que todo estará bien.

Ojalá pudiera decir lo mismo, pero no confío mucho.

—Igual ten cuidado, Meg, traten de mantener esto en secreto. Sabes lo malas que pueden ser las personas.

—No te preocupes, Mads, todo irá bien.

Mientras bajamos por el ascensor Megan da saltitos de la emoción. Fuera lo que fuese por lo que se pelearon, ya todo quedó en el pasado porque se están entendiendo muy bien. Mucho más que Baxter y yo.

Al llegar al área del estacionamiento mi hermana se despide de mí con un beso en la mejilla antes de caminar rápidamente hasta llegar a un Audi y subirse en él.

Me voy al auto de mi hermana y me subo en él. En cuanto meto la llave en el contacto alguien toca mi puerta.

Baxter está fuera con la mano levantada. Me pone de los nervios verlo ahí, acechándome. ¿En qué momento me ha seguido?

Bajo la ventanilla lentamente.

—¿Qué haces aquí? —pregunto.

Él parece tenso, mete sus manos en los bolsillos sin dejar de mirarme.

—Quiero hablar.

Suelto un suspiro, cansada. Joder, está haciendo que quiera atropellarlo.

—¡Sal de ahí! —grito indicándole con la mano que se vaya y haciendo destellos con las luces, pero él se queda estático de pie frente al auto sin molestarse en cerrar los ojos por la luz. Toco el claxon varias veces, pero tampoco parece inmutarse. Me quito el cinturón de seguridad sin apagar el motor y me bajo, dejando la puerta abierta—. ¡Serás idiota!

Baxter no se mueve de su sitio, espera a que yo vaya.

—No te vas de aquí hasta que hablemos.

—¿De qué más quieres hablar? —exclamo—. Ya lo has dicho todo. Me pediste perdón y me aclaraste las cosas. ¿Qué más quieres?

—Que lo nuestro vuelva a ser lo mismo.

Me río en su cara bajo su atenta mirada.

—De verdad eres un cínico. —Niego con la cabeza—. Por supuesto, tú no estás aquí para aclarar nada. Quieres que tengamos sexo, ¿no? Así puedes olvidarte de tu ex. Por eso me usas.

—¡Que no, Madison! Las cosas no son así.

—Ah, ¿no? —Me cruzo de brazos, decidida a tener esta conversación en un estacionamiento porque no me está dando más opciones—. Entonces ¿solo me pedías perdón porque de verdad lo sentías y no porque quieres follar de nuevo? Responde a eso.

—Ya has visto que esto es más que eso.

Arrugo el ceño.

—¿Más que qué? Solo estamos teniendo sexo, no hay nada más entre nosotros.

El eco de nuestras voces se extiende en el estacionamiento desierto. Es una suerte que el lugar esté vacío y que no haya gente, porque ahora mismo estaría abochornada. En este momento solo siento furia.

—Hay más, Madison, pero tú aún no lo ves.

—No me jodas —murmuro. Me doy la vuelta dispuesta a regresar al auto. Baxter no me lo permite y agarra mi codo, frenándome en seco. Me gira con una habilidad increíble y me apega al auto, poniendo ambas manos contra las puertas. Me siento enjaulada, pero mantengo la cabeza bien alta.

—Eso quiero hacer, joderte hasta perder el sentido. Haznos un favor y perdóname.

—Eres un cabrón. —Intento empujarlo, pero se mantiene en su lugar. Sacudo la cabeza—. Apártate.

—No.

—Baxter… —digo su nombre en un tono de voz que no permite una negativa. Pero por supuesto, él es quien es.

—Que no, Madison. No me voy a mover de aquí hasta que me beses.

Mi interior se revuelve.

—¿Quieres un beso? —pregunto estupefacta.

—Por supuesto —susurra acercando su rostro al mío mientras sus manos van a mis caderas. Su aliento se mezcla con el mío cuando nos miramos a los ojos. Los suyos echan chispas, y los míos deben de estar iguales.

Lo quiero tanto que estoy por mandar a la mierda todo.

Gimo mientras sus manos acarician mis caderas hasta subir por mi cintura, las yemas de sus dedos dibujando círculos en mi piel que me dejan hormigueando y deseando más.

—Llevo todo el día queriendo besarte, no paro de pensar en ti ni en tus labios.

Me paso la lengua por los labios al oírlo, ansiosa. Me tiemblan las piernas y me da la sensación de que me derretiré, acabaré hecha un charquito de pura excitación.

Paso mis manos por su cuello.

—Pues hazlo, si tanto lo deseas.

Baxter me inmoviliza con su mirada, ve en mis ojos la determinación en mis palabras antes de cerrar los párpados y besarme.

Va a por todo.

Abre la boca y me engulle, metiendo su lengua en mi boca y acariciándome con toques firmes pero lentos, haciéndome una demostración de lo que ha querido hacerme todo el día.

Dejo que me bese a su antojo, deslizando su lengua y haciendo maravillas con ella mientras me aprieta contra su cuerpo. Es una guerra por ver quién besa más duro. Nuestros dientes chocan y pongo todo mi esfuerzo en disfrutarlo. Hasta que en un momento dado deslizo la lengua por sus labios y luego mis dientes.

—¡Mierda! —grita él separándose de mí. Sus manos van a su labio inferior en donde veo un hilo de sangre.

—No vuelvas a besarme así, idiota. —Lo empujo aprovechando su sorpresa y entro en el auto. Ni siquiera me doy la vuelta para mirarlo, huyo despavorida de allí con el sonido inconfundible de las llantas contra el pavimento.

# 18

Mientras observo el manuscrito sobre la mesa, mis pensamientos van de un lugar a otro. Odio estar distraída en el trabajo, pero no puedo hacer mucho al respecto dado que Baxter está en su despacho y la puerta está abierta. Puedo sentir su mirada quemándome. Ha estado mirándome como un acosador desde que llegué y me está poniendo los pelos de punta. Así no puedo concentrarme en nada.

A mi lado Megan está con una sonrisa tan extasiada que nadie puede quitársela. Como predije el día anterior, no volvió a casa y supuse que pasó una gran noche con Johann. Los dos andan pletóricos de felicidad, dedicándose sonrisas para nada disimuladas mientras que yo, por mi parte, estoy que echo humo.

No hace falta decir que Susie también ha notado esas miradas, pero, por extraño que parezca, no parece afectada. Se mantiene en su lugar, ignorándolos y dedicándose a su trabajo. Justo como quiero hacer yo y no puedo.

Baxter ha estado extrañamente callado desde que le mordí. Ups. No me mandó mensajes, y hoy cuando llegué a la editorial ha estado en su despacho. Me vio llegar desde él, pero no ha salido. Mejor para mí, porque no quiero verle la cara. No quiero que piense que me importa lo que haga.

—Deduzco que Baxter y tú os habéis peleado —susurra Megan a mi lado—. El pobre está mirándote como si hubieras pateado su cachorro, o sus bolas. ¿Qué le hiciste?

—Que él tenga esa cara no significa que sea por mi culpa. ¿Por qué siquiera piensas que yo le hice algo? ¿Y si él me hizo algo a mí?

Se ríe bajito.

—Aparte de follarte, ¿qué podría haberte hecho? —Abre los ojos exageradamente, mirándome—. Espera, ¿te folló mal? ¡Con razón has estado malhumorada estos días!

—Cállate. —La miro mordaz. Ella ni se inmuta. La adoro por ser mi hermanita, pero muchas veces me saca de mis casillas.

—Pero eso tiene solución, vuélvanlo a hacer y verás que todo cambia. Ayer Johann y yo…

—Suficiente —murmuro tapándole la boca. No quiero oír las guarradas que esos dos hicieron anoche. Mi hermana sonríe contra mis manos—. Megan, en serio, cállate, no sabes lo que estás diciendo.

Me mira con sus grandes ojos verdes, viéndose inocente.

—Solo intento ayudarte.

—No podrías —replico pasándome las manos por el cabello, alisándomelo con nerviosismo—. Esto no tiene arreglo.

Ella inmediatamente se endereza en su asiento y se acerca más a mí. Su preocupación ahora es visible y todo rastro de burla ha abandonado su rostro.

—¿Qué ha pasado?

Su pregunta me quiere quebrar, pero decir en voz alta lo que ha sucedido entre Baxter y yo no es algo que quiera hacer. Me lo guardaré hasta la tumba, es demasiado humillante incluso volver a pensar en ello.

—Hubo una pequeña pelea en donde él la cagó —admito; sin querer mirarla me enfoco en mi regazo. El vestido que elegí ponerme hoy es color vino, me llega hasta por debajo de las rodillas y es ceñido, pero sin llegar a ser exagerado. Me gusta porque lo he combinado con tacones negros altos y me hace ver muy elegante y estilizada. Pero lo más importante, además del vestido, son los bolsillos que tiene a lado y lado, donde guardo el celular y puedo meter las manos allí cuando se me antoje. Me encanta mi *outfit* de hoy.

—Seguro que lo solucionarán, Mads.

Niego.

—No lo sé…

—Cualquier cosa tiene solución entre parejas. Bueno, excepto la infidelidad, eso nunca debe perdonarse.

Parpadeo, tratando de no tensarme.

—Tienes razón, pero lo nuestro no fue una simple pelea. Fue algo grande.

Levanto la mirada para encontrarme con sus ojos, intento parpadear para que no vea el dolor que en verdad siento.

—Puedes perdonar, Mads, si realmente quieres hacerlo. Las personas cometemos miles de errores, pero eso nos hace humanos.

¿Qué hacemos cuando nosotros somos quienes cometemos un error? Lo intentamos remediar, ¿cierto? —Megan mueve la cabeza hacia el despacho de Baxter—. Apuesto a que él lo ha hecho. Ha intentado pedirte perdón y solucionarlo, ¿qué te impide perdonarlo?

—No es tan fácil —murmuro. Sé que mi hermana intenta ayudarme, pero no sabe la magnitud de la discusión entre Baxter y yo, y no planeo revelársela. Aprieto sus manos sonriéndole—. Pero, aun así, gracias, Meg.

Ella me sonríe tratando de infundirme aliento.

Cada una volvemos a nuestro trabajo sin decir una palabra más.

☽ ☽ ☽

A la hora del almuerzo, luego de volver de la cafetería, todos se muestran nerviosos. Mientras camino de vuelta a mi lugar de trabajo, susurran cosas y hablan en voz baja. Mi hermana está tan confundida como yo. En la cafetería apenas había nadie; los pocos colegas que se pasaron compraron emparedados y luego salieron corriendo de allí. Mientras me siento en mi silla, Megan se apresura hacia Trevor y Susie para preguntarles qué está sucediendo.

Segundos después vuelve a mí con una sonrisa nerviosa.

—Los fundadores de la editorial van a venir —murmura en mi oído—. ¿Sabes lo que significa?

No me da tiempo a responder.

—¡Van a venir los abuelos de Johann! —exclama ella abanicándose la cara con las dos manos—. ¡Ay, Dios mío! No sé si estoy lista para este momento, voy a conocer a su familia así, con lo que tengo puesto.

Miro la falda oscura y la blusa de tirantes que lleva. Se ve espectacular, ¿qué más le da conocerlos así?

—Si estás preciosa.

—Ya, pero son sus abuelos y debo estar… —Se queda muda abruptamente mirando al suelo, en un punto fijo—. Johann no me ha dicho nada. Tal vez no quiere que los conozca. ¿Por qué no querría que los conozca? ¡No me ha dicho nada!

—¡Megan! —la llamo en un susurro, pero ella ya está yendo al despacho de Johann. Toca la puerta brevemente antes de meter la cabeza y entrar sin esperar permiso.

Si Johann le quiere presentar a Megan a su familia, es porque es algo serio. Sonrío. Mi hermana se merece lo mejor en este mundo. Y parece ser que el indicado es Johann.

Minutos después salen caminando a una distancia prudente en dirección al ascensor. Ella se despide de mí con una pequeña sonrisa indicándome con los dedos que irá arriba. Le guiño un ojo mientras alzo el pulgar derecho.

Luego vuelvo a mi trabajo, pero mi mente viaja a todos los escenarios posibles de por qué Megan ha subido con Johann por el ascensor. Dejo de leer cuando Tracy llega corriendo hasta donde estoy.

La miro sorprendida. Respira trabajosamente y se toca el pecho con una mano.

—¿Puedes venir? —pregunta entre jadeos y respiraciones rápidas.

—¿Qué? ¿Qué ha pasado?

—Ven, sígueme. —Toma mi mano y sin decir nada me saca de allí. Dejo el manuscrito abierto y la computadora encendida, pero hago lo que me pide y camino hacia las escaleras para dirigirme a donde sea que me esté arrastrando. En los pocos minutos que nos toma llegar hasta la segunda planta de la editorial, Tracy no ha pronunciado palabra, y me pone de los nervios no saber qué sucede. Me arrastra a una sala de juntas y me quedo de piedra al darme cuenta de que hay muchas personas allí dentro.

Aunque parece ser una reunión, dado que todos están sentados y vestidos con traje, sus risas y bromas me indican que es más un encuentro informal que otra cosa.

—Mierda —susurro tan bajo que nadie me oye, lo cual es una suerte porque las dos personas adultas que están allí son sin duda los abuelos de los hermanos Cole. Los he reconocido rápidamente de aquel día en la fiesta de aniversario, y aunque no entiendo por qué estoy aquí, planto una sonrisa educada en mi rostro y espero a que Tracy haga algo, porque ha sido ella quien me ha traído hasta aquí.

—Abuelos, les quiero presentar a Madison. —Tracy entrelaza su brazo con el mío mientras todos me miran: sus abuelos, Johann, Baxter y mi hermana, quien parece confundida de verme allí, pero, aun así, me sonríe. Heidi ni se molesta en dedicarme otra mirada. Se arrima más a Baxter y pretende estar enfrascada en el celular que sostiene entre las manos. Me siento muy incómoda bajo la atenta mirada de los abuelos de Baxter. Esto parece más una reunión familiar que algo del trabajo, pero, pese a ello, no dejo que mi sonrisa decaiga. Mataré a Tracy si esto ha sido idea suya. Sigue hablando—: Ella trabaja aquí desde hace unas semanas, es la hermana de Megan y ha hecho un excelente trabajo desde que llegó. Es una correctora genial y en este momento está enfocada en un manuscrito que será publicado en los próximos meses.

Los abuelos de los Cole se ponen de pie. Noto que a pesar de la edad, están muy erguidos y con pocas arrugas en el rostro. Tienen el cabello canoso y expresiones cálidas que enseguida me hacen sentir bienvenida.

—Mucho gusto, Madison. —El abuelo Cole me estrecha la mano, llego a él y sonrío ante el saludo—. Mi nieta me ha hablado mucho de ti, creí que eran amigas de años, pero me ha sorprendido saber que recién se conocen.

—Tracy es genial —murmuro sonriente. Pero por dentro quiero matarla por exponerme así ante sus abuelos. ¿Qué pretende? Luego le doy a la abuela Cole un breve apretón de manos combinado con un beso en su suave mejilla—. Mucho gusto, señores Cole.

Baxter se ha mantenido en todo momento con la cabeza gacha ojeando los papeles que tiene frente a él, pero cuando levanta la mirada y veo su rostro, ahogo un jadeo.

Mis ojos se abren como platos y, cuando Tracy nota mi estupor, sonríe.

—Estábamos comentando con mis abuelos por qué mi hermano tiene el labio hinchado y rojo.

Baxter me mira desafiante, sonriendo de lado.

—Ya lo dije, me mordió una araña —murmura sin despegar sus ojos de los míos. Mierda, creo que me pasé de la raya.

Alzo el mentón.

—Debió de ser una araña muy grande —afirmo con fingida aflicción.

—Oh, seguro que lo fue, señorita Hall. Esa araña fue muy traviesa al morderme y dolió como la mierda, pero ya estoy mejor.

Tracy disimula una sonrisa, pero por suerte para todos no dice nada.

No como sus abuelos.

—Qué feo, mi amor —dice la abuela sentándose de vuelta en su asiento al lado de su esposo, mientras yo me mantengo de pie sin saber adónde mirar—. A tu abuelo una vez le picó una araña y tuvimos que ir al hospital para que le inyectaran algo. Las picaduras de araña pueden ser mortales, debes tener mucho cuidado.

—No te preocupes, abuela, esta araña no fue mortal. Pero, aun así me ocuparé de ella —musita.

Y no sé si se refiere a la supuesta araña, a la mordida o a mí. En cualquier caso, me siento fatal.

—Sígueme contando cómo va todo con la empresa, hijo —dice el abuelo Cole a Johann cuando la conversación de la araña se da por terminada.

Tracy se mueve, pero antes de que pueda continuar caminando la detengo por el codo.

—¿Por qué me trajiste aquí? —susurro.

Se encoge de hombros.

—Mis abuelos querían conocerte —dice inocentemente, pero no le creo nada—. Dijeron que te llamara y así lo hice, ahora siéntate, esta es una reunión. No perderás el tiempo, te lo aseguro.

No sé por qué tendría que estar yo en una reunión con ellos, pero hago lo que me pide sentándome entre ella y un hombre que no conozco. Esta sala de juntas es inmensa, en comparación con las demás que ya conozco. La mesa que hay en el centro es de madera fina y tiene capacidad para más de veinte personas, pero esta vez somos poco más de diez. Valentina, la abogada que trabaja para la editorial y quien se encarga de hacer los contratos para los escritores nuevos está aquí, sentada frente a mí. Me sonríe brevemente, reconociéndome y luego vuelve la vista a Johann, que empieza su charla.

Por debajo de la mesa muevo los pies de arriba abajo, sin saber muy bien qué mierda hago aquí. Mi lugar de trabajo está en la planta de abajo, y me pone muy nerviosa estar ante la presencia de los fundadores de la editorial.

Mi teléfono vibra en el bolsillo de mi vestido. Lo saco silenciosamente asegurándome de que nadie se da cuenta.

Miro la pantalla con el ceño fruncido al ver el mensaje.

**Baxter**

Estás hermosa

Levanto la cabeza y lo veo en diagonal a mí, sentado entre Valentina y Heidi. Tiene las manos debajo de la mesa e imagino que ahí es donde esconde el celular. Le frunzo el ceño. Bloqueo el mío sin contestarle, pero vuelve a vibrar, desconcentrándome.

**Baxter**

Está bien, no me respondas, aun así, quiero decirte que ese vestido te queda hermoso

No te imaginas las ganas que tengo de mandar esta reunión a la mierda para poder sentarte en la mesa y subirte ese vestido

Te follaría tan fuerte que todos oirían tus gritos

Me cruzo de piernas, tratando de no imaginarme todo lo que él está describiendo, pero me es imposible. Mi mente me traiciona con imágenes de nosotros dos follando en la oficina.

Idiota.

No sé si ese insulto va dirigido a Baxter o a mí, pero sirve para ambos.

**Baxter**

No aprietes las piernas, desde aquí puedo notar lo cachonda que te has puesto

Los pezones se te han puesto duros

Me cruzo de brazos sin querer mirarlo. Es cierto, los picos de mis pezones se han endurecido. No es justo que todo mi cuerpo esté en mi contra, porque no puedo controlarlo y eso me enfurece.

Cuando mi celular vibra hago todo lo posible para no mirar, pero como soy una masoquista descruzo mis brazos y lo miro.

**Baxter**

¿Llevas bragas debajo del vestido? Porque he notado que tu vestido es ajustado y no muestra costuras de ropa interior

Levanto la cabeza y lo veo con el pulgar en la comisura de los labios. Se me hace la boca agua. Alza los ojos y se encuentran directamente con los míos.

Trato de no sonreír, funciona por un minuto, pero cuando redacto mi mensaje y veo su reacción al leerlo no puedo evitar sonreír. Baxter se acomoda en su asiento. Cruza las piernas y las descruza, ganándose miradas de algunas personas en la mesa, pero no les hace el menor caso.

**Yo**

Estoy sin bragas. Y muy mojada

Mi celular no vuelve a vibrar en el siguiente minuto, así que cuando lo hace yo ya estoy atenta al mensaje.

**Baxter**

Bonita, me estás matando

Termina la reunión y ven a mi despacho

No respondo.

Levanto la mirada y sus ojos color miel están fijos en los míos. Sonrío de lado, provocándolo con la mirada, haciéndole saber las ganas que le tengo.

Una idea descabellada me cruza la mente. Antes de que me ponga a pensar en ello tecleo un mensaje dirigido a él.

**Yo**

Mira por debajo de la mesa, tengo una sorpresa para ti

Trato de no reírme cuando Baxter hace caer un lápiz al suelo distraídamente. Antes que cualquiera de las mujeres de su lado puedan ayudarlo, él baja la cabeza y yo hago mi movimiento. Abro mis piernas disimuladamente unos centímetros y pongo mis manos en las rodillas. Antes de que pueda pasar algo más, las cierro y vuelvo a cruzarme de piernas. Esta vez no puedo evitar reírme cuando Baxter levanta la cabeza en un intento por erguirse, pero se golpea con la esquina de la madera y se gana una mirada de todos los presentes.

—Disculpen —murmura con tono ronco mientras se endereza y se acomoda nuevamente en su asiento. Johann prosigue con la explicación, pero Baxter parece demasiado desconcentrado como para darse cuenta. Mira fijamente su celular en el regazo.

**Baxter**

Haría cualquier cosa por saborearte en este momento

Le respondo al instante.

**Yo**

Podrías hacerlo… cuando esta reunión termine. ¿Qué dices? Prometo que no volverá a suceder lo que pasó ayer en el estacionamiento. No más mordeduras. Será una forma de pedirte perdón

No podría parecer más rogona con aquel mensaje, pero no me importa. Realmente estoy mojada y con solo ver su rostro me acuerdo de cuando me lamió e hizo cosas increíbles allí abajo y no me importaría ceder esta vez.

Las necesidades son así, no juzguen.

Y Baxter es demasiado bueno con su boca, no me importará volver a sentirlo.

Él, por supuesto, responde de inmediato.

**Baxter**

Estoy deseándolo

No vuelvo a responder, pero no hace falta. Cuando levanto la cabeza para mirarlo a los ojos tiene aquella picardía en el rostro que me deja apretando las piernas con fuerza mientras imagino lo que está por suceder.

La reunión continúa un rato más, pero yo ya no presto atención. Observo los minutos pasar en mi celular mientras las personas hablan, discuten y se explayan en explicaciones que no tienen nada que ver conmigo. Veo que Baxter también está tan o más distraído que yo.

En cuanto Johann da por finalizada la reunión, Baxter salta de su asiento y va directo a donde sus abuelos, se despide de ellos y les susurra algo al oído. Salgo de allí con Megan a cuestas.

—Los abuelos de Johann son increíbles —dice esbozando una sonrisa.

—¿Te presentó él como su novia?

Ella asiente, feliz.

—¡Sí! ¿Puedes creerlo? Estaba nerviosísima, pero ellos me hicieron sentir como una nieta más. Quieren que vaya a su casa a almorzar el fin de semana.

Aquello llama mi atención.

—¿De verdad?

—Sí, Johann y yo iremos a la casa de sus abuelos el sábado, ¿te parece bien?

—Sí, claro.

La abrazo, feliz de saber que ella no se quedará sola mientras yo estoy en la casa de nuestros padres. A pesar de que papá dijo que la lleve conmigo, no podría hacerle una cosa así a mi hermana, no podría someterla a la fuerza a un almuerzo con nuestra madre.

Bajamos las escaleras hasta nuestros lugares de trabajo y volvemos de nuevo a nuestras tareas. Aún no entiendo qué mierda he hecho yo en aquella reunión, aparte de hablar a través de mensajes con Baxter, pero estoy feliz de sacar algo bueno de ello.

Varios minutos después baja Baxter completamente solo y se encierra en su despacho sin dirigirme una mirada. En segundos mi celular vibra.

**Baxter**

Ven

Me ofende que sea tan demandante, pero no puedo negar que yo también estoy ansiosa. Eso sí, le hago esperar unos buenos diez minutos en donde trato de avanzar los párrafos que estoy leyendo en la computadora. Cuando mi vista se cansa y no puedo aguantar más la electricidad en mi cuerpo, me levanto y le digo a mi hermana al oído que hablaré con Baxter en su despacho. Ella me guiña un ojo.

No hace falta que toque la puerta, pues se abre cuando estoy con el puño en alto.

Baxter me recibe con una sonrisa fugaz. Me hace pasar y luego cierra la puerta a sus espaldas. El sonido de la cerradura me hace apretar las piernas.

—Te demoraste —murmura acercándose a mí mientras yo permanezco de pie, mostrando un poco de fuerza con mi postura de brazos cruzados y el mentón alzado.

—Tenía trabajo que hacer.

Sus hoyuelos aparecen cuando sonríe.

—Ahora nosotros tenemos trabajo que hacer.

Incluso antes de que pueda darme cuenta Baxter me carga entre sus brazos y me deja sentada sobre la mesa. Los papeles bajo mi trasero se arrugan, pero a él parece no importarle; sus ojos no se despegan de los míos y me miran con una intensidad que hace que mi cuerpo entero se crispe.

Su labio inferior está rojo por la herida que le hice.

Aunque ha dicho que ya no le duele, a mí me duele haberle hecho eso.

Pero como la terca que soy, lo reconozco, no digo nada.

Sus manos van a mis caderas mientras baja la cabeza para besarme. Giro mi rostro, no queriendo que me bese los labios.

—Voy a dañarte más —digo señalando su labio. Enredo mi mano en su cabello y lo hago bajar la cabeza hasta apuntar a mi centro—. Mejor empieza allí, usando tu lengua, para que no te hagas más daño.

Él sonríe, dándose cuenta de mis intenciones.

Yo solo estoy haciendo que cumpla lo que me ha dicho por mensaje.

Con mi ayuda me sube el vestido a la cintura, dejándome completamente expuesta ante él. Se agacha hasta quedar a la altura de mi vulva. Con una mano me inclina hasta que estoy completamente echada sobre la mesa de vidrio, arrugando papeles y hojas con mi espalda.

Siento su aliento chocar contra mi clítoris. Sopla contra mi centro y yo me remuevo. Ni siquiera me ha tocado y yo ya estoy toda mojada y sensible.

Suelto un gritito cuando su lengua tibia sube y baja por mi vulva. Mil terminaciones nerviosas me recorren el cuerpo.

—Chist —susurra contra mí—. Te van a oír todos y sabrán lo que está pasando. No quieres que sepan que te estoy saboreando, ¿verdad?

Aprieto los labios y asiento con fuerza, pero él no me ve, porque está demasiado concentrado lamiéndome.

Mis gritos y gemidos son ahogados por mis labios cuando me los muerdo para evitar que me oigan. Es imposible quedarse callada cuando Baxter está saboreándome, deslizando su lengua y chupando mi clítoris con destreza.

Me yergo solo para enterrar mis dedos en su cabello y apretarlo contra mí.

—Mmm, deliciosa —murmura contra mis labios vaginales—. Extrañaba tu sabor, Madison.

Echo la cabeza atrás con fuerza cuando siento que cuela un dedo en mi interior mientras intercala aquel movimiento con su lengua. Chupa y lame a su antojo como si yo fuera un manjar delicioso.

Añade otro dedo dentro de mí y eso es suficiente para casi hacerme gritar. Me muerdo el labio para evitarlo.

—Sigue aguantándote así y nunca saldremos de aquí —murmura.

Su lengua hace maravillas en mi clítoris y sus dedos se mueven maravillosamente bien dentro de mí. En cualquier momento me vendré duro y no me va a importar.

—Estás cerca, tu coño está apretando mis dedos. Vente, Madison, vente en mi boca.

Toma unos segundos más, en los que él vuelve a chuparme, para que yo me venga. Tal como lo dijo, me corro en su boca, suelto pequeños gimoteos mientras él sigue lamiéndome a su antojo. Las réplicas del orgasmo me siguen en una espiral en donde mi cuerpo se sigue moviendo hasta que suelto un suspiro demoledor.

Baxter me da unos segundos para recomponerme; cuando lo hago, me incorporo justo a tiempo para verlo masturbarse. Se ha quitado el cinturón y tiene los pantalones bajados, el bóxer sigue en sus piernas, solo se ha sacado el pene para tocarse mientras me mira.

Sonrío.

Él también lo hace.

Pero cuando se acerca a mí y me abre más las piernas para encajarse en mi interior, lo empujo ligeramente para ponerme de pie. Mis tacones hacen un fuerte sonido al chocar con el suelo de mármol.

—¿Madison?

Lo miro con una sonrisa inocente.

—Ha sido genial, pero me tengo que ir. —Le guiño un ojo mientras me bajo el vestido. Siento que mi centro está aún mojado por la corrida, pero ignoro esa sensación pegajosa—. Gracias por el orgasmo.

Estoy caminando hacia la puerta, pero me detiene por el codo.

—Espera, ¿no te vas a quedar? —me pregunta alzando las cejas y mirando su miembro duro y listo. En la punta del glande noto el líquido preseminal. Está listo para follar.

Ups.

—Lo siento, creí que se trataba de mi placer, no del tuyo —digo apenada encogiéndome de hombros—. Tal vez la próxima.

Pero no habrá próxima.

No puedo olvidar lo que hizo.

Salgo de allí cerrando la puerta a mis espaldas para que nadie lo vea con la gran erección que tiene. Sonrío victoriosa.

Yo me lo he pasado bien.

¿Él? No tanto.

Que se joda.

# *19*

El sábado Megan sale de casa mucho antes que yo; Johann está listo abajo para recogerla mientras yo me preparo para ver a mis padres. En cuanto abandono el apartamento echo la llave y me meto en el auto de Megan. Me alegro mucho de que Johann la haya llevado en el suyo, porque el viaje hasta la casa de mis padres dura una hora aproximadamente, y no quiero pasar sesenta minutos metida en un autobús cuando puedo manejar por la autopista y llegar más rápido.

Cuando llego a casa la nostalgia de haber vivido aquí en mis años de adolescencia se cuelan en mi mente. Vuelvo al pasado, cuando realmente éramos una familia.

Estaciono el auto al lado del de papá y bajo, sonriendo al ver la conocida casa de color blanco con cerca al frente que rodea el pequeño jardín que mamá cuida muy bien. El vecindario es tranquilo a esta hora, hay pocas personas paseando a sus perros o trotando por la acera. Me pongo el bolso al hombro y camino por la vereda hasta llegar a la puerta algo descolorida. La casa de mis padres es de dos pisos, y aunque por fuera parezca pequeña, es bastante amplia.

Toco el timbre, nerviosa por volver a ver a mis padres luego de varias semanas.

Escucho pasos del otro lado hasta que alguien la abre.

Mis ojos se empañan brevemente al ver a mi padre, recibiéndome con los brazos abiertos. No lo he visto en más de un mes y eso para mí es una eternidad. Extraño sus abrazos y los consejos que siempre me daba cuando era una niña. Me siento pequeña cuando me estrecha contra su cuerpo, como si los años no hubieran pasado. Él sigue manteniéndose igual, excepto por las patas de gallo alrededor de los ojos. Tiene el cabello corto y el rostro libre de vello facial. Es alto, mucho más que yo, así que me siento una enana con su fuerte abrazo.

No me importa quedarme así por unos minutos más.

—Te extrañé, papá —susurro contra su cuello, haciendo todo lo posible para mantener las lágrimas a raya. Papá soba mi espalda.

—Y yo a ti, mi nena.

Me hace pasar luego de aquel fuerte abrazo para cerrar la puerta a sus espaldas. Con disimulo, parpadeo para apartar las lágrimas. No bien doy un paso más adentro, siento el inconfundible aroma a asado.

La casa es hogareña, con fotografías de mis padres cuando eran más jóvenes adornando las paredes empapeladas. El piso de madera brilla, así que procuro caminar sin resbalarme por el suelo mientras me dirijo a la cocina, donde escucho el sonido de platos y cubiertos.

—Hola, mamá. —El vapor de las ollas me golpea por un breve momento, pero miro a mi madre, quien, al verme, corre hacia mí para abrazarme con el mismo entusiasmo que papá.

—Mi amor, estás aquí —murmura con voz entrecortada contra mi cuello. La abrazo fuerte. Puede haber cometido mil errores, pero la sigo queriendo. Ella me acaricia la espalda mientras continúa apretándome contra ella—. Te extrañé tanto, Madie...

—Yo también, mamá. —Sonrío cuando se aleja para inspeccionar mi rostro. Me acaricia ambas mejillas antes de besarme la frente, empinándose solo un poco para alcanzarme.

Nos vamos al amplio comedor de la casa que ya está con la mesa servida: cubiertos bonitos y decorados con servilletas de tela, incluso copas de vino. Alzo una ceja de admiración al ver el esmero que mis padres han puesto, pero mi expresión se entristece cuando veo que hay un cuarto plato al lado del que supongo es mi lugar.

Miro a papá, diciéndole con los ojos que obviamente Megan no vendrá, pero él no se anima a decir nada. Mamá tampoco.

Con reticencia los ayudo a llevar las bandejas de comida a la mesa. Cuando todo está listo nos sentamos en las sillas y bendecimos el almuerzo. Me sirvo una porción de comida en mi plato después de ellos, tratando de no mirar mi lado vacío mientras conversamos de mí y mi nuevo trabajo. En todo momento en el rostro de mamá hay una mueca, pero por suerte no dice nada.

Cuando terminamos de almorzar papá se pone de pie para traer el vino que ha estado guardando en el refrigerador para brindar. En ese momento el timbre de la casa suena y yo miro extrañada a mamá.

—¿Puedes abrir, hija? —dice ella señalando la puerta.

Camino hacia ella y la abro, imaginando que es algún vecino o alguien a quien esperan, pero mis ojos se abren como platos al ver al hombre frente a mí.

—¿Devan? —murmuro su nombre con un tono de voz seco, parpadeando para asegurarme de que es real. Sus ojos me observan con algo de miedo, pero, aun así me sonríe. En las manos lleva un ramo de rosas rojas, que me extiende. Las tomo, estupefacta—. ¿Qué haces aquí?

Se le ve nervioso. Ahora que no tiene nada que agarrar, se mete las manos en los bolsillos de su oscuro pantalón.

—Tu mamá me invitó —dice como si nada. Oigo pasos detrás de mí y en un momento mi mamá está abrazándolo como si no lo hubiera visto en años.

—¡Devan, hijo, qué alegría que pudiste unirte! —exclama. Él le devuelve el abrazo con entusiasmo mientras me sonríe.

Doy un paso atrás, y en cuanto tengo oportunidad, dejo las rosas en la mesa del comedor. Papá sale de la cocina con una botella de vino en la mano y el sacacorcho para abrirla en la otra, sonriendo. Cuando se percata de que Devan está aquí, me mira, y puedo comprobar que en sus ojos hay temor. Esto ha sido algo premeditado.

¿Invitar a mi ex a casa? Eso es rebasar los límites.

No me importa armar un escándalo en público, esto tiene que acabar.

—Mamá, ¿por qué lo invitaste? —digo empezando a ponerme furiosa.

Mamá relaja su expresión a una de inocencia.

—¿No puedo invitar a Devan? Han estado juntos por más de seis años y estaban a punto de casarse. Es parte de la familia.

Sus palabras me enfurecen sobremanera.

Papá ve la tormenta en mis ojos, porque se apresura a hablar:

—Creímos que sería buena idea invitarlo a almorzar con nosotros. Ustedes siempre venían juntos y nos apenó saber que este mes sería diferente.

—Pero, papá, Devan y yo ya no estamos juntos.

—Pero siguen siendo amigos, ¿no? —insiste mamá, poniéndose al lado de mi exnovio como si realmente fuera parte de la familia.

—¡No, claro que no! Ya no somos nada.

—¡Madison! —me reprende ella, horrorizada con mis palabras—. No hables así, ustedes han podido tener problemas, pero verán que lo solucionarán. Ha sido una pelea de nada, estaban a punto de casarse, por Dios.

La miro, confundida.

—¿Te estás oyendo, mamá? —replico con un tono de voz fuerte—. Devan y yo terminamos hace varios meses. No importa quién tuvo la culpa, terminamos y ya. No quiero volver con él, ni siquiera quiero ser su amiga.

El rostro de Devan se entristece, pero es la verdad. Se lo dejé bien claro cuando me marché de su apartamento. En aquel momento estuvo muy de acuerdo con ello, no sé por qué ahora se pone así.

Mamá insiste:

—No digas eso, él es familia y por eso lo hemos invitado. No tienes por qué tratarlo así o decirle esas cosas.

Estallo.

—¡Las cosas que tengo que oír! —digo exaltada. Llego al sillón donde está mi bolso y me lo pongo al hombro—. ¿Te estás oyendo? Dices que Devan, un desconocido hasta hace algunos años, es tu hijo, es parte de la familia y que no debo tratarlo así cuando tú, sin embargo, has despreciado a Megan por varios años. La has tratado como si no fuera tu hija, menospreciándola y diciéndole cosas horribles solo por su orientación sexual, cuando es tu hija. ¡Tu hija! La tuviste en tu vientre por meses, la pariste y, aun así, dices que ella no es nada. No entiendo, mamá. Pero, francamente, si sigues así ni siquiera me tendrás a mí. Continúa disfrutando de tu velada con tu querido hijo Devan. Nunca debí venir aquí sin Megan. Me largo. —Paso por el lado de papá y le doy un beso en la mejilla—. Nos vemos otro día, papá. Lo siento mucho.

Antes de que la furia me abandone, cojo el ramo de rosas del sillón y se lo aviento a la cara a Devan.

—Nunca más vuelvas a buscarme.

Salgo de allí sin mirar a mamá, a pesar de que no deja de llamarme. Llego al auto de Megan, me subo y dejo el bolso en el asiento del copiloto.

Antes de que pueda salir pitando de allí, la puerta de casa se abre y salen Devan y mi madre, pero ella no se aproxima. Se queda en el porche con papá detrás, protegiéndola.

Mis manos aprietan con fuerza el volante.

—No te vayas, Madie —me pide Devan tocando la ventanilla con los nudillos. La bajo solo para oírlo, pero sigo con la mirada al frente—. Hablemos. Sabes que tu madre no tenía malas intenciones. Me invitó porque quería que pasáramos un sábado tranquilo en familia. Ya sabes, como antes.

Lo miro enfurecida.

—Oh, claro, por supuesto. Un sábado en familia sin Megan, ¿no? Estoy harta de su actitud. Si tanto quiere un día en familia, que vaya a mi hermana y le pida perdón. Mientras tanto, puede olvidarse de mí igual que ella se olvidó de Megan. Dile eso.

Devan sacude la cabeza.

—Tu mamá las quiere, a su manera… pero lo hace.

—No me vengas con mierdas. Piérdete tú también, no sé por qué has venido. Pero entiende que nunca volveremos a estar juntos, no quiero a un niño que sigue creyendo que no lo quise solo porque no acepté casarme con él y que, por despecho, me botó del trabajo, del departamento y de su vida solo porque no estaba lista.

—Sé que me equivoqué…

—Ya no importa. No quiero oírte. —Subo la ventanilla y me largo de allí sin mirar atrás.

Por mucha furia que tenga, conduzco con cuidado de vuelta a mi apartamento. Tardo más de una hora en llegar, debido al tráfico que hay, pero no bien entro en mi casa tiro el bolso al sillón y me echo en el sofá de tres cuerpos estirando las piernas.

Estoy más tensa que las cuerdas de una guitarra, y todo por culpa de mi madre y Devan.

Me desnudo en mi habitación y con las mismas ganas voy hacia el baño. Ahora que estoy sola puedo disfrutar con total plenitud la tina de baño. La lleno, y mientras espero, pongo música en mi celular. Una vez que el agua llena casi por completo la tina, le echo algunos aceites esenciales aromatizados y burbujas al agua y luego entro, sonriendo al sentir el agua tibia engullir mi cuerpo. Inmediatamente me siento mucho mejor, así que echo la cabeza atrás y extiendo las piernas. Relajo los músculos y cierro los ojos para disfrutar más de la sensación de las burbujas.

Estoy tan relajada que casi me quedo dormida, así que salto en el agua al oír el timbre retumbar en las paredes del amplio baño.

Frunzo el ceño. Megan tiene sus propias llaves, así que ella no llamaría.

Me levanto y me envuelvo rápidamente en una toalla al oír de nuevo el sonido estridente del timbre. Voy hacia la puerta mientras las gotitas de mi cuerpo caen por mis piernas. Me miro en el espejo de la sala unos segundos: estoy a punto de abrir la puerta con una toalla que apenas me cubre las piernas y con el cabello anudado en un moño en lo alto de la cabeza, y aun así, no me importa.

No sé quién estará al otro lado, pero voy a matarlo por interrumpir mi paz.

Abro la puerta y lo único que veo es un cuerpo cubierto por una caja llena de rosas blancas y un peluche de conejo.

Miro los pantalones vaqueros oscuros e inmediatamente me tenso.

—No me jodas, Devan, ¿me has seguido hasta aquí? —Él baja la gran caja roja en forma de corazón llena de rosas y el conejo de peluche revelando su rostro. Abro los ojos, sorprendida—. ¿Baxter?

# 20

—Creo que no soy Devan, no. —A pesar de haberlo confundido, sonríe mostrando sus hoyuelos. Aprieto la toalla anudada a mi cuerpo, que roza mis muslos desnudos, y lo miro con sorpresa cuando me tiende la caja en forma de corazón llena de rosas blancas—. Esto es para ti, y también el conejo de peluche.

Arqueo las cejas.

—¿A qué se debe? —pregunto tomando el peluche con cierto recelo. Me siento intimidada por su escrutinio.

—Se parece a ti. —Arrugo el ceño, confundida—. Porque tienes un apetito sexual insaciable.

Aprieto el peluche entre mis brazos, a punto de lanzárselo a la cabeza.

—No me jodas.

—Oh, eso planeo, bonita.

Lo golpeo en el brazo, pero ni se inmuta.

—¿Qué haces aquí? —Ignoro sus palabras, a pesar de que me he ruborizado. ¿Que me parezco a un conejo? ¿De verdad? Quien tiene el apetito más insaciable es él.

Me entrega la caja. La agarro, asegurándome que la toalla no se me caiga. Por extraño que parezca, Baxter ni siquiera se fija en mi aspecto como otras veces. Me mira a los ojos y noto en ellos una calidez que antes no había.

Mmm.

—Vengo a pedirte perdón, sé que lo que hice no tiene excusa. Pero estoy muy arrepentido y quise traerte estos regalos para…

—¿Para comprarme?

—Para que sepas que siempre pienso en ti. No en otra persona.

Sus palabras me causan ternura. Pero trato de mantenerme fría por fuera. Alzo una ceja y miro los regalos con expresión estoica.

—Pues muchas gracias —respondo—. Ahora, si me permites, tengo que ir a seguir relajándome. Nos vemos el lunes en el trabajo.

Intento cerrar la puerta, pero Baxter me lo impide, sujetándola con la mano.

—No tan rápido. —Hace un gesto hacia el apartamento—. ¿Puedo pasar?

—Estaba tratando de relajarme en la bañera.

—Podemos hacerlo juntos.

Niego.

—Eso no va a pasar.

—Juro que no te tocaré. —Levanta ambas manos, como si lo estuvieran apuntando con una pistola.

—Mantén ese juramento. —Lo señalo, pero, aun así, lo dejo pasar, no sin cierta reticencia. Veo su sonrisa aparecer antes de que pase delante de mí y se siente en el sofá con nerviosismo. De pronto, parece tímido en medio de mi sala—. Iré a vestirme, ya vuelvo.

Antes de que pueda responder ya estoy corriendo hacia mi habitación. Termino de secarme el cuerpo y me pongo ropa cómoda: unos leggins y una camiseta de manga corta. Dejo el cabello como está, luego voy hacia el baño para vaciar la tina.

Cojo el teléfono antes de salir.

Adiós, baño; adiós, momento de relajarse.

Mientras me dirijo de vuelta a la sala haciendo sonar las pantuflas, desbloqueo el celular y veo que tengo varias llamadas perdidas de mis padres y de Devan. Han estado insistiendo desde que empecé a bañarme.

Mi semblante se ensombrece.

—¿Qué pasa? —pregunta Baxter cuando dejo el celular con fuerza sobre el sillón, al lado de los regalos, y me siento a su lado con una distancia prudencial.

—Mi familia —respondo con un suspiro.

—¿Qué pasa con tu familia? —vuelve a preguntar en tono bajo.

Inclino la cabeza en mi regazo, mis manos juegan torpemente entre ellas. Hablar de mis sentimientos, de lo que me sucede, nunca ha sido mi fuerte. Pero Baxter me inspira confianza. Mi furor interno me dice que son los hoyuelos. Yo opino que es su rostro angelical, que, la mayor parte de las veces que se dirige a mí, está cubierto con una máscara infantil que deja traslucir su verdadero yo, mientras que con los demás es una persona autoritaria y de carácter fuerte.

En realidad, Baxter es una persona llena de matices. Supongo que así son la mayoría de las personas. Yo… no tanto. Suelo ponerme una máscara de frialdad para no mostrar lo que realmente siento.

Ahora mismo esa máscara ha desaparecido.

—Tenemos problemas. —Levanto la cabeza para verlo sonreír de lado.

—¿No los tenemos todos?

—En mi caso es un problema de difícil solución. Una tontería de mi madre que ha llegado demasiado lejos. —Baxter se queda en silencio. Intento no llenar el vacío, pero necesito sacarlo de mi pecho—. Verás, mi hermana es… distinta a lo que mi madre esperaba y jamás lo aprobó, la ha tratado muy mal desde entonces. Desde que me marché de allí cada mes voy a su casa a visitarlos. Cuando vivía con mi ex íbamos los dos, pero ahora que ya no estamos juntos y yo estoy viviendo aquí, he tenido que ir sola. Y me duele saber que mamá sigue odiándola. Sigue ignorando que tiene una hija. Hoy mismo fui para almorzar con ellos, pero mamá invitó a mi ex sin mi consentimiento, lo llamó «hijo» delante de mí. Y a mi hermana ni siquiera le ha dirigido la palabra desde que se fue de casa.

Baxter se ha movido unos centímetros; noto el calor de su cuerpo a mi lado, pero no me doy la vuelta. Cierro los ojos cuando las lágrimas pugnan por salir. Afortunadamente él no responde. Si lo hace, lloraré hasta quedarme seca. No se lo conté para que me diera consejos o palabras bonitas, se lo conté porque necesitaba decirlo en voz alta.

Y me gusta la sensación de su mano sobre mi espalda, acariciándome de arriba abajo sin decir nada.

Cada vez que hablaba con Devan sobre este tema, él siempre intentaba justificar a mamá. Me decía: «Ya verás que se le pasará la cólera, volverán a ser una familia como antes. Ella solo intenta entender a tu hermana a su manera». Odiaba aquellas palabras, porque jamás se cumplieron.

Hasta el día de hoy somos una familia rota. Y Megan sufre las consecuencias.

A mi lado, Baxter termina por extender su brazo y rodearme para que me acerque a su pecho. Se lo permito. Entierro mi rostro en su cuello y aspiro el aroma de su colonia varonil. Trato de no suspirar mientras olisqueo disimuladamente.

Apoyo la cabeza en su hombro mientras continúa con sus toques delicados.

—Extraño a mis padres. —Habla en un murmullo que se extiende en toda la casa luego de un momento. Intento erguirme para mirarlo a la cara, pero no me lo permite, continúa presionando mi cuerpo contra él. Cierro los ojos. Supongo que he abierto la veda para que cada uno se confiese—. Siempre tengo los recuerdos de cuando estaban vivos, como cuando íbamos de paseo o viajábamos a otra ciudad. Mis padres tenían propiedades en varios lugares y nos llevaban de vacaciones a Johann y a mí. Él era muy pequeño como para recordarlo, pero yo sí lo hago. Pero todo cambió con mi hermana. Dejamos de viajar porque la salud de mi madre era muy delicada. Cuando nació Tracy, la perdí. Luego a mi padre. Me los arrebataron a ambos y soy el único de mis hermanos que puede recordar los momentos junto a ellos. No sé si es una bendición o una maldición, porque tener esos recuerdos me hace sufrir aún más su pérdida.

No hay ninguna palabra que pueda hacer justicia a lo que me está contando, pero no me puedo quedar callada.

—Lo siento —susurro.

Él se ríe bajo, hinchando su pecho y, por ende, moviendo mi cabeza ligeramente.

—Yo lo siento más —replica, y luego aclara—: Por ti, por tu hermana. Daría lo que fuera para seguir teniendo a mis padres con vida.

Lamento escuchar aquello, porque aunque todos estemos vivos, mi madre trata a Megan como si no existiera.

La historia de Baxter me conmueve, y aunque quiera preguntarle cómo murieron sus padres, aquello sería una indiscreción.

—Yo creo que es una bendición que los recuerdes —declaro—. Seguro que tus hermanos, al no recordar nada, te piden que les cuentes las cosas que ustedes hacían cuando eran mucho más pequeños. Es bonito que tengas esos recuerdos, es lo único que te queda de ellos.

—Sí, supongo —murmura con voz ronca, tan melancólico como yo. Pongo mi mano sobre la suya, que está apoyada en una rodilla y la aprieto. Su otra mano que acariciaba mi brazo se congela cuando nuestra piel entra en contacto.

—Los extrañas demasiado —digo, pero no es una pregunta, así que no responde, solo hace una mueca que noto con el rabillo del ojo—. Yo también extraño a mis padres, a la familia que éramos.

Esta vez no se detiene cuando se aleja de mí y voltea mi rostro para mirarlo a los ojos. Veo en ellos determinación y anhelo. Me duele el corazón por él. Tal vez yo no tenga una relación estrecha con mis padres, pero no puedo ni imaginarme una vida sin ellos.

—Tienes el privilegio de remediar eso —afirma con voz llena de vida, entusiasmada—. Lo que sea que haya pasado se solucionará. Y no te lo digo como forma de apoyo o palabra de aliento, te lo digo como un hecho. Eso pasará, Madison, confía en mí. Solo tienes que hacer tu parte.

—¿Y qué parte es esa…? —pregunto, dejando las palabras al aire para que continúe.

Lo he intentado de todas las maneras por años, no sé qué más podría hacer. Se me ha ocurrido de todo. Desde hablar con ellos por separado, hasta juntarlos obligatoriamente en una reunión. Ninguna ha funcionado.

—Ten fe. Si algo he aprendido desde que era un niño y tenía a mis padres conmigo, es que por muy mal que vayan las cosas, siempre se tendrán el uno al otro. Tu madre puede estar molesta, haber repudiado a tu hermana o dejado de hablarle por mucho tiempo, pero al final se arrepentirá. Es su hija, no puede no quererla.

Me encojo de hombros.

—Supongo que en el fondo lo hace.

—Toda madre ama a sus hijos. No olvides eso.

A pesar de que una parte de mí quiere creerle, la otra no lo hace. No después de haber visto el maltrato verbal al que lleva sometiendo a Megan desde hace años.

Nos quedamos en silencio. Yo miro mi regazo y él acaricia mi cabello. Se inclina sobre mí para besarme la frente. Noto con una sonrisa aliviada que el labio que mordí ya está casi sano.

—Lo siento —murmuro de corazón, en un intento por sacar de mi pecho las últimas emociones que siento. Rozo con mi pulgar la cicatriz casi invisible y hago una mueca al recordar cómo se veía aquel día en la sala de juntas. Ahora casi ni se nota, solo lo hago porque estoy demasiado cerca de él y hasta puedo ver cómo sus ojos color miel se oscurecen cuando su mirada baja a mis labios. Continúo hablando—. No quise morderte así, fue una estupidez. No quiero que pienses que soy violenta ni mucho menos una desquiciada. Fue un momento de calentura, no volverá a pasar.

—Momento de calentura, ¿eh? —repite, haciéndome exasperar.

—¿De todo lo que he dicho es lo único con lo que te has quedado?

Su sonrisa infantil me hace reír, aprieto los labios para mantener mi expresión seria.

—Sé que no eres violenta, bonita. —Me toma de la mano entrelazando nuestros dedos sobre su regazo. Se me escarapela toda la piel del cuerpo al sentir su palma cálida en contacto con la mía—. Pero tienes que mostrar de otras maneras tu momento de calentura.

Arqueo las cejas.

—Aún no te he perdonado. —Lo señalo con un dedo cuando intenta poner las manos en mis muslos—. Lo digo en serio, Baxter, lo que dijiste me dolió.

—¿No crees que a estas alturas ya me has castigado lo suficiente?

Escondo mi sonrisa con un gesto de sorpresa.

—¡No te he castigado!

Sus ojos brillan con picardía.

—¿Dejarme con una erección en mi oficina luego de probarte no es castigo suficiente? —Me río, inclinando la cabeza a un lado. Él continúa—: Oh, claro, síguete riendo, pero me debes un orgasmo. Con tu boca. Tal como yo lo hice.

Mi risa se corta.

—¿Perdón?

—Lo que oíste. Una por otra, bonita. Ya te di tu orgasmo, me debes uno.

Aunque su idea me parece terrible, mientras más lo pienso más me animo.

—Si quieres que te perdone, tendrás que hacer más méritos. —Señalo el conejo de peluche y las rosas blancas sobre el brazo del sofá—. Esto no es nada en comparación con lo que te falta.

—¿Qué clase de mérito necesito? —pregunta, entusiasmado con la idea. Sus ojos ya están encendidos, mirándome con el mismo deseo que siento yo.

—Oh, no sé. Una por otra, Baxter —digo utilizando sus propias palabras con una sonrisa maliciosa—. Me gustó que utilizaras tu boca en mí, ¿lo harías de nuevo?

Entrecierra los ojos.

—Quien me debe un orgasmo eres tú.

Su mirada no se despega de mí aguardando mi respuesta. No le contesto. Lo que hago es ponerme de pie y quitarme la camiseta que llevo. Sus ojos se abren mientras recorre mi pecho con los ojos. Me quito el sostén deportivo y lo tiro al suelo. Una vez que estoy desnuda de cintura para arriba, pateo mis leggins por mis piernas hasta quitármelos.

Quedo solamente en ropa interior frente a él. El bulto en sus pantalones delata lo ansioso que está. Cuando levanta y extiende un brazo hacia mi pecho para tocarme, me niego, alejándome. Me palpo los pezones.

—No vas a tocarme —afirmo con autoridad, sonriendo—. Si me tocas, hemos acabado. Ese es tu castigo hoy, ¿entendiste, Baxter?

—Pero si quiero saborearte…

—Lo harás —lo interrumpo—. Solo puedes utilizar tu lengua, no tus manos.

—¿Cómo pretendes que no te toque? —Alza la voz mientras no deja de mirarme con ansia.

—¿Quieres que te perdone o no? —lanzo de vuelta sin responder a su pregunta.

—Sí —contesta de inmediato.

—Entonces aceptarás el reto.

Me agacho frente a él y lo ayudo a quitarse el cinturón y los pantalones. Una vez que solo está con su bóxer se lo bajo de un tirón. Sonrío alegremente al verlo duro, excitado y mojado en la punta. Su glande reluce ante la luz y a mí se me hace la boca agua.

Baxter intenta no tocarme, aunque veo que le cuesta.

Lo empujo hasta sentarlo nuevamente en el sillón. Me arrodillo frente a él y mis piernas rozan la alfombra. Cojo el cojín que reposa en el sofá y lo pongo bajo mis rodillas. Una vez que alcanzo mi objetivo, me inclino sobre su gloriosa erección y la tomo en mi boca.

Su sabor salado inunda mis labios inmediatamente. Mojo con mi saliva todo el glande abriendo la boca y bajando despacio hasta sentirlo en mi garganta. Cuando enreda una mano en mi cabello para hacer más profunda la felación, me retiro, mirándolo desde abajo y sintiéndome poderosa a sus pies.

—Nada de tocar —le advierto. Sus ojos echan chispas por mis palabras.

Vuelvo a engullir su pene. Cojo la base con las manos y hago movimientos lentos mientras dejo que toda mi saliva se esparza en su polla. Sus jadeos y gruñidos son música para mis oídos.

Veo que aprieta las manos en el sillón, sus nudillos se ponen blancos mientras yo lamo y chupo su glande como si se tratase de una deliciosa paleta que he esperado mucho saborear.

Adoro su sabor, y se lo dejo saber lamiendo con apremio, chupando con destreza de arriba abajo con movimientos que poco a poco se van acelerando. Baxter empuja las caderas hasta que se encuentra con el fondo de mi garganta. Le excita que lo tenga tan dentro de mí. También me excita a mí, porque mis bragas están empapadas. Se me empañan los ojos cuando lo siento tan profundo y sufro un par de arcadas, pero logro aguantar mientras subo y bajo mi cabeza con rapidez.

—Aaah, Madison —gruñe él con voz ronca mientras sigue sacudiendo sus caderas al son de mis movimientos. Se nota que quiere colocar las manos en mi cabello y enterrar más profunda su polla en mi garganta, pero se aguanta. Lo agradezco, porque está cumpliendo con su castigo. Suelta otro par de gruñidos y jadeos, sonidos que me vuelven loca—. Me voy a correr…

Inmediatamente me detengo, sacando su pene de mi boca y notando lo brilloso que está por mi saliva. Baxter me mira consternado.

—Uy, ¿de verdad te ibas a venir? —pregunto con labios hinchados y mojados. Los lamo. Su pene está a centímetros de mi cara, lo ignoro, ignoro su glande rosado y apetitoso para mirarlo a la cara—. Lo siento, creí que me estabas advirtiendo para parar.

Su cara es todo un poema. Quiero reírme cuando trata de relajar su expresión.

—No pasa nada —dice con la respiración agitada. Se nota que está a rabiar por haberle negado el orgasmo ansiado, pero, desde mi punto de vista, es otro castigo por haber dicho el nombre de su ex. Lo cierto es que también es mi castigo porque no probaré su semen, pero tengo otro modo de hacerlo.

—Siéntate más al borde, quiero intentar algo. —Señalo el sofá. Baxter está confundido. Con la frente perlada de sudor hace una mueca, extrañado con mi petición, pero me hace caso. Cuando sus caderas se inclinan hacia mí, aprieto mis pechos en su dirección.

Inmediatamente lo entiende.

Y ahora está más animado que nunca. Coge su pene resbaladizo y lo encaja entre mis senos, con mis manos aprieto su erección, y subo y bajo con delicadeza.

Es la primera vez que hago esto, pero es algo que siempre he querido probar.

Baxter no solo saca mi lado más cachondo, sino también el más sucio. El más perverso.

Con la poca experiencia que tengo en esto, subo y bajo mis senos apretándolos contra su polla. Es una tarea un poco difícil, pero me las ingenio para lograrlo. A los pocos segundos, jadea y se muerde el labio inferior, el mismo que días atrás yo mordí. Si le duele, no lo demuestra.

Su rostro se contrae en una expresión que solo puede ser de excitación. Mis propias bragas se mojan más al sentir su dura polla resbalando entre mis pechos húmedos. Esa visión es suficiente para que en segundos Baxter vuelva a sentir que el inminente orgasmo está llegando.

Suelta un par de maldiciones mientras sus ojos se entrecierran por el placer. Su expresión de plenitud es suficiente para que me mueva más rápido y con más destreza. Antes de que incluso pueda llegar a correrse, escucho un sonido estrepitoso y luego un grito.

Retrocedo rápidamente y me tapo los pechos al mismo tiempo que Baxter coge otro cojín y se tapa.

En la puerta están Johann y mi hermana, mirando con asombro la escena.

La interrupción ha hecho que Baxter vuelva a perderse su segundo orgasmo. Ha sido cosa del destino.

Bajo la atenta mirada de todos, me echo a reír y ya no puedo parar.

# 21

No solo estoy mortificada, también estoy horrorizada. Pero la risa nerviosa que escapa de mí es demasiado intensa como para retenerla. Por suerte, mi hermana y Johann abandonan el departamento rápidamente y cierran la puerta, volviendo a dejarnos solos. Baxter sale de su estupor poniéndose de pie aún con el cojín contra sus partes. Extiende una mano para que yo la tome, pero estoy tan enfrascada en detener mi risa que sacudo la cabeza.

—Lo… siento… —digo entre resoplos para no volver a reír de manera escandalosa. Esta vez tomo su mano y veo que su rostro está rojo, no sé si es porque nos han pillado, o porque ha estado a punto de venirse y no lo ha hecho. De cualquier modo, no pronuncia palabra alguna mientras se viste.

Temo haberlo enfurecido con mi risa, pero no he podido contenerla.

Me quedo de pie mientras lo veo vestirse. Cuando me mira me alcanza mi ropa.

—Póntela. —Me ordena con voz autoritaria. Obedientemente me visto, y cuando ya estoy con la ropa puesta señala mis pies—. Ponte unas zapatillas.

—¿Por qué?

—Nos vamos.

Frunzo el ceño.

—¿Adónde?

—A mi casa.

Como bien sé, mi hermana ha llegado con Johann y no quiero pasar la humillación de mirarlos a los ojos cuando vuelvan a entrar. Así que le hago caso, voy a mi habitación, me calzo unas zapatillas y llevo conmigo mi bolso. En el camino hacia la sala veo que los regalos de Baxter siguen allí, los llevo a mi habitación y, cuando vuelvo a salir, le dedico una pequeña sonrisa para tantear su humor.

Continúa serio.

Me tiende la mano y antes de pensarlo mucho, la cojo, notando lo caliente que está. Su palma en contacto con la mía y nuestros dedos entrelazados evocan cosas en mi interior en las que no quiero pensar ahora.

En el ascensor están Johann y Megan, ambos hablando en voz baja.

Al carajo la regla de que nadie se entere. Ya lo sabía mi hermana, pero ahora también lo sabe su hermano. Y aunque pueda parecer inofensivo, es mi otro jefe y no sé cómo va a reaccionar; pero lo que sí sé es que lo mío con Baxter ya no es ningún secreto.

Genial.

Espero que realmente esto quede en familia.

Hay cierta incomodidad que ronda entre los cuatro, y por eso no miro a nadie a los ojos.

—Hagamos como si esto nunca hubiera pasado —habla Baxter con voz fuerte, los ojos encendidos y una expresión grave. Johann asiente, mirándolo con severidad—. Lo digo en serio, Johann, borra de tu mente esas imágenes. ¿Te quedó claro?

Mis mejillas se ponen demasiado calientes.

—Claro —responde él.

Levanto la mirada y la poso en mi hermana, quien me mira con una sonrisa socarrona. Quiero borrarle de la cara esa expresión divertida, pero sé que será imposible. Ya tiene material para fastidiarme el resto de mi vida.

—Nos vamos —anuncia Baxter. Me despido de Megan sin volverme hacia Johann, estoy demasiado avergonzada como para mirarlo a los ojos.

Pero mi hermana, que es así, no se calla.

—Cuídense, ¿eh? —grita ella por todo el pasillo. Le saco el dedo medio sin ni siquiera girarme. Escucho su risa mientras ellos entran al apartamento.

Cuando nos subimos en el BMW y partimos en dirección a casa de Baxter, ninguno habla. Él se mantiene en completo silencio mientras yo voy con los ojos cerrados y con la cabeza apoyada en la ventanilla preguntándome si está molesto o solo no quiere hablar porque se muere de vergüenza. Aun así, decido mantenerme callada para no cagarla más.

Minutos después, estaciona su auto en su plaza de aparcamiento. En el ascensor hacia su apartamento volvemos a estar callados.

Esta vez ni siquiera nos rozamos la mano. Y no por cosa suya, sino porque mantengo los brazos cruzados. En el trigésimo piso las puertas metálicas se abren dejando paso a su penthouse.

Camino por el vestíbulo con paso vacilante, como si fuera la primera vez que vengo. Baxter se adelanta cogiéndome el bolso y dejándolo en el sofá. Una vez que voltea, me frunce el ceño.

—¿Estás molesta?

Me toma unos segundos responder.

—¿Qué? No, claro que no.

Se pasa las manos por el cabello y el rostro, frustrado.

—Siento lo que pasó. No deberían haberlo visto.

—Por supuesto que no —digo indignada—. Pero lo hecho hecho está.

Se acerca a mí, y como estoy un poco angustiada por lo que ha pasado, me empino en cuanto él se acerca para abrazarme. Permanecemos así por varios segundos, que se antojan horas, en los que me siento protegida entre sus brazos.

El bochorno que he pasado me hace refugiarme en él. Cuando me siento mejor y con el corazón latiendo acompasado, me alejo para sonreírle.

—Menuda pillada.

Baxter suelta una gran carcajada, marcando sus hoyuelos.

—Pues sí. —Me besa y me toma de la mano—. Y para olvidarnos de eso tengo un regalo para ti. Mejor dicho; para ambos.

Arqueo las cejas.

—¿Más regalos?

—Amarás este —asegura guiñándome un ojo.

Sonrío extasiada, supongo que hoy es el día de los regalos.

Mi corazón late muy fuerte mientras Baxter me conduce a través de su apartamento, hasta las escaleras al segundo piso.

Allí, en medio de su habitación, hay un sillón rojo sin respaldar que recuerdo instantáneamente. Encima, hay un gran lazo de regalo del mismo color. Sonrío.

—¡Guau! —exclamo yendo al sillón y acariciando la curvatura con ilusión—. ¡Nos compraste un sillón tántrico!

Se ríe.

—Ya que te gustó mucho el que usamos… decidí comprar este para nosotros. ¿Te gusta?

—¡Me encanta! —Y me encantará más todo lo que pasará en ese sillón. Recorro con los dedos el tapizado sintiendo un cosquilleo en el cuerpo. No aguanto más para poder usarlo.

Si antes ya estaba perdonado, ahora está superperdonado.

Siento que Baxter se pega a mi espalda, desliza las manos por mis brazos hasta posarlas en mis caderas. Me da la vuelta, sonriendo de lado al notar mi respiración un tanto acelerada por su proximidad.

—¿Ya quieres estrenarlo?

—Sí —murmuro.

De repente siento la garganta seca, aunque trague saliva. Mis manos pican por tocarlo, pero me mantengo quieta esperando su primer movimiento. Ahora ya no quiero mandar, sino que él tenga el control.

En sus ojos veo una chispa de reconocimiento. Estamos tan en sintonía que sabe cuándo quiero algo.

—Te voy a desnudar. —Sonrío ante sus palabras. Sus manos llegan al borde de mi camiseta y en un santiamén me la quita, tirándola al piso. Sus ojos recorren mis pechos, cubiertos por mi sujetador deportivo, como si ya estuviera desnuda. Su mirada quema, el color miel de sus ojos me derrite—. Eres tan hermosa, Madison… aún no entiendes todo lo que me haces sentir.

Abro la boca para responderle, pero me interrumpe quitándome de pronto el sujetador. Me quedo desnuda. Sus manos van hacia mis leggins, que a pesar de ser tan ajustados Baxter me los quita sin esfuerzo.

Mis bragas negras son lo único que me impide estar completamente desnuda frente a él, pero no parece tener mucha prisa por quitármelas.

Se aleja dirigiéndose al cajón de su mesilla de noche. Cuando vuelve a mí tiene un pañuelo negro en la mano.

—¿Qué vas a hacer?

Sonríe.

—Confía en mí.

—Mierda, Bax, las cosas que hago por ti. —A pesar de mi desconfianza me doy la vuelta y cierro los ojos con fuerza cuando coloca el pañuelo sobre mis ojos, anudándolo en la parte trasera de mi cabeza. Cuando los abro, no puedo ver absolutamente nada. Siento su presencia detrás de mí.

—Esto es solo para aumentar los sentidos, confía en mí, Madie. Te gustará. ¿Cuándo no te ha gustado algo que hemos hecho?

Tiene razón.

Es la primera vez que tendré sexo con los ojos vendados. Se siente sucio y excitante, pero, aun así, los nervios me recorren el cuerpo, anticipando lo que vendrá.

No podré verlo, solo sentirlo.

Y siento *mucho*.

Sus manos se deslizan como plumas por mis brazos, recorriendo mi piel con lentitud. Disfruto de su contacto, con mis sentimientos a flor de piel, y cualquier roce suyo me hace temblar. Su tacto se desplaza por mi cintura, tanteando la piel sobre mis pechos, pero sin rozarme los pezones. Me retuerzo, quiero que me toque donde mi cuerpo lo pide.

—Baxter —gruño llevando sus manos a mis senos, pero él las aleja.

—Chist, yo mando aquí. —Y sin más me carga hasta posarme sobre una base cálida al tacto. Por la forma en que mi mano se curva sobre la superficie sé que es el sillón tántrico. Baxter me sienta en la parte más alta y extiende mis piernas abiertas. Se aleja de mí, y yo agudizo el oído para intentar adivinar qué hace a continuación.

Escucho cómo cae la ropa al suelo. Me lo imagino desnudándose. Tengo la tentación de quitarme la venda de los ojos, pero no lo hago porque quiero disfrutar de esta nueva experiencia. Mantengo las manos quietas mientras él se desnuda.

Vuelve a mí con las manos calientes y me roza los muslos.

Su cálido aliento me hace sobresaltar, sus dedos rozan el elástico de mis bragas. No me las quita, pero juega con ellas como si estuviera a punto de hacerlo.

—Estás mojada —susurra.

No hablo; si lo hago, probablemente le exija que me saque las puñeteras bragas de una vez.

—Tu olor me encanta —vuelve a hablar.

—Ya quítame las bragas de una vez —pido quejumbrosa. Él solo se ríe.

Pero lo hace.

Con lentitud y como si estuviera desenvolviendo un caramelo que está a punto de comer, me quita las bragas y recorre mis piernas con el elástico hasta que estoy completamente desnuda y a su merced, con las piernas abiertas y su rostro a centímetros de mi vagina.

Puedo sentir su aliento en mi centro cuando habla.

—Quiero probar tus labios, Madison.

—Hazlo —digo emocionada por sentirlo de nuevo en mi centro. A tientas busco su cabeza y cuando entierro mis manos en su cabello lo acerco más a mi sexo.

Él retrocede.

—No esos —dice alejándose; siento que se yergue sobre mí como una sombra, acaricia mi boca—, estos.

Y me besa.

Siento una explosión en todo el cuerpo cuando su boca se abre ante la mía, la proximidad es ineludible si quiero tocarlo. Su lengua se fusiona con la mía; acaricia a su antojo y con demasiada deliberación, y me vuelve loca. Nuestros dientes chocan por la profundidad, esperando ganar al otro en la batalla del deseo. Entierro mis manos en su cabello y tiro, ganándome un gemido suyo que se pierde en mi boca. Sus gruñidos bajos son casi eclipsados por mis besos. Mis labios se mueven contra los suyos, jugando con su lengua en una caricia lenta y profunda. Este beso lo siento en todo mi organismo.

Cuando se aleja aún puedo sentir su sabor en mi boca. Mis labios se sienten hinchados. Baxter me los acaricia entre su pulgar e índice.

—Eres deliciosa. —Vuelvo a sentir la falta de su cuerpo cuando se inclina para estar a la altura de mi sexo mojado. Ni siquiera me ha tocado mucho y yo ya estoy lista.

Lo necesito ya.

—Baxter… —murmuro en un gemido que no sé si es una queja o petición para que me penetre, pero mi tono de voz es suficiente para que actúe.

Con ambas manos me agarra los muslos para abrírmelos mucho más y, sin más preámbulos, desliza su lengua por todo mi centro.

Gimo ante la sensación.

Su lengua hace un recorrido lento en mis pliegues, él juega con mi clítoris entre su pulgar y su lengua, alternando sus lamidas, acariciando mi centro de placer y chupando. Mi cabeza cae hacia atrás, demasiado pesada como para soportar lo que me está haciendo.

—Me encantas —susurra entre lamidas sobre mi sexo. Gimo como nunca cuando sus caricias me producen tal placer que me resultan insoportables. No puedo decir una palabra completa, ni siquiera otro sonido que no sea gemir ante las cosas que me hace.

Soy una masa de carne que disfruta de todo lo que me está haciendo.

No tengo que esperar mucho: mi orgasmo es inminente. Mi cuerpo entero se sacude ante la sensación, pero incluso antes de que pueda correrme, él detiene completamente sus movimientos dejándome en la oscuridad.

Maldita sea.

—¡Baxter! —Es todo lo que mi boca puede pronunciar.

Mi corazón está acelerado, mi cuerpo está derritiéndose y él solo me calla.

—Chist, tengo algo para ti.

Se aleja mientras yo continúo en aquel sofá sin poder moverme. No veo nada y en este momento solo quiero golpearlo por parar.

Cuando vuelve no se detiene mucho tiempo. Vuelve a rozar mi sexo, pero no con su cálida lengua o sus dedos habilidosos, es algo frío que, cuando lo acerca a mis pliegues, emite un ruido extraño.

Me imagino lo que es, pero no digo nada.

—Es un vibrador —murmura dejando que el aparato ruidoso recorra mis muslos con lentitud. No me acostumbro a ello, pero es porque nunca he tenido un consolador que vibre, siempre he usado los dedos, así que me callo y lo dejo hacer—. Tiene varias velocidades y las usaré todas contigo, ¿estás lista?

Aunque no pueda verlo, asiento.

No necesito lubricación, él ha hecho todo el trabajo por mí. Mi centro está tan mojado y caliente que estoy lista.

Siento que lo acerca hacia mis pliegues y a continuación me lo mete unos centímetros para que mi vagina se ensanche para acoger su grosor. Siento una corriente nerviosa que me recorre el cuerpo entero ante la intromisión. El juguetito está frío, pero, aun así, hace que me retuerza de gozo.

Lo va metiendo poco a poco para que me vaya acostumbrando. Supongo que la vibración es mínima, porque apenas siento que se mueve dentro de mí. Baxter termina de introducir el consolador y yo gimo; no sé si lo ha metido todo o no, pero puedo sentir que me llena.

—Estás muy mojada —susurra él—. Subamos la intensidad.

De pronto el movimiento se intensifica y grito. Muevo las caderas.

—Por favor —gimo, ni siquiera sé qué estoy rogándole, solo lo hago.

Baxter es malo.

En otros pocos segundos aumenta la velocidad a medida que mete y saca el vibrador. Me está follando con él, recreando los movimientos de un pene mientras arranca gemidos de mi garganta. Cierro los ojos por la intensidad mientras mi cuerpo se sigue retorciendo de placer.

No sé si es la máxima intensidad, pero puedo sentir mi vagina completamente llena mientras Baxter mueve el vibrante aparato dentro de mí.

Oigo sus gruñidos muy cerca de mí.

No sé si se está tocando, pero noto que su cuerpo se mueve. Mil fuegos artificiales explotan tras mis párpados en cuanto mi placer llega a la cima. Mi cuerpo se mueve con espasmos y suelto un grito.

Me corro en segundos.

Puedo sentir mi vagina muy mojada mientras Baxter saca el consolador.

Lo siento moverse por la habitación mientras yo trato de recuperarme. Después me quita la venda de los ojos y me sonríe. Yo apenas puedo enfocar la vista en su rostro mientras parpadeo. Frunzo el ceño. Mi sexo está mojado, su rostro sonriente y su cuerpo gloriosamente desnudo.

Me siento una muñeca de trapo mientras me recuesta boca abajo en el sillón.

—Ahora te follaré yo.

No tengo fuerzas para sostenerme, así que me acomodo sobre mi mejilla sintiendo el cuero del tapizado en mi piel antes de que su glande presione los pliegues de mi vagina. Todo mi cuerpo se siente gelatinoso, tembloroso, pero estoy demasiado excitada como para detenerlo.

Lo deseo, siempre.

De una estocada se entierra muy profundo en mí.

Su pene caliente y grueso me llena a la perfección, como si hubiera sido creado para mí.

Sus manos se dirigen a mis senos para masajearlos. Se retira unos centímetros antes de volver a embestirme, con fuerza. Me está follando y yo le dejo a gusto, feliz al sentir su polla en mi interior.

Con cada embestida rápida puedo sentir que otro orgasmo empieza a formarse en mi interior.

Me voy a correr de nuevo y únicamente han pasado unos minutos entre el orgasmo que se avecina y el anterior.

Solo Baxter lo logra.

Antes de que pueda formar otro pensamiento coherente, siento un golpe en mi trasero. Su palma caliente acaba de azotarme.

—¿Te gusta?

—Sí —gimo, enloquecida.

—Mi chica sucia —murmura, luego repite la acción.

Baxter no solo me azota, sino que también masajea mis senos con fuerza, y con una sola mano, alternando entre un pezón y otro, se aferra para pellizcarme con fuerza. Mientras me folla, en cada embestida me da un azote en cada nalga. En pocos segundos soy un lío lloroso con una de sus manos en mis senos y otra en mi culo.

Cuando llega mi segundo orgasmo casi me desmayo.

Cierro los ojos y no vuelvo a sentir nada más que mis piernas gelatinosas y mi centro palpitante. Baxter se corre dentro de mí, pero saca rápidamente su pene. En segundos noto el chorro caliente de su semen derramarse en mi espalda y en mi trasero.

Acto seguido, sus dedos acarician mis nalgas, frotando su semen en mi piel.

Siento su cálido aliento detrás de mí.

—¿Algún día me dejarás entrar por aquí? —pregunta tocando mi ano. Sé a lo que se refiere, me doy la vuelta sobre el sillón y le sonrío, irónica.

No tengo fuerza para mirarlo mal.

—Si te lo ganas, tal vez.

Lo cierto es que nunca lo he hecho por detrás y tal vez nunca me anime a hacerlo, así que dejo el tema por el momento para no comerme la cabeza con ello.

Él no vuelve a decir nada mientras me carga para llevarme al cuarto de baño. Mi culo está pegajoso por su semen y mi vagina se siente demasiado resbaladiza, por lo que necesitaría lavarme.

Por suerte Baxter prepara la tina y se mete conmigo. Sin decir una palabra me enjabona el cuerpo, pero esta vez sin intención sexual. Lo hace con lentitud, tomándose su tiempo para llegar a cada rincón, y me sonríe cuando lo miro con extrañeza.

Desde que se presentó hoy en mi puerta lo he sentido diferente. Mucho más relajado y al mismo tiempo más intenso.

No digo nada, por supuesto.

Dejo que me bañe y cuando termino, él mismo se lava, demostrando que está centrándose en mí, como si me quisiera mimar.

Sonrío ante este pensamiento.

Primero una gran caja roja en forma de corazón llena de rosas blancas. Segundo, un peluche de conejo. Tercero, un sillón tántrico. Cuarto, un vibrador. Quinto, un baño. Realmente se está esmerando para que lo perdone.

Por ahora, le concederé el beneficio de la duda. Mientras no hablemos de nuestros ex, todo irá bien. Creo.

Minutos después yacemos sobre su cama, él frente a mí, sonriéndome. Ambos estamos desnudos, pero secos y limpios. Mi mejilla derecha está sobre su almohada y le acaricio su cabello desordenado. No he querido mirarme en el espejo, pero sé que luzco mucho peor que él, aunque eso no me importa ahora.

Baxter, en completo silencio, me monta sobre él, coloca mis piernas abiertas sobre su regazo. Su pene dormido despierta poco a poco ante el contacto.

—¿Te gustó mi regalo? —Parece inseguro mientras me hace esa pregunta, su rostro está serio. Aparto un mechón de cabello de su frente y sonrío.

—¿Cuál de todos? —Alza las cejas—. Porque todos me gustaron.

—¿De verdad?

Levanto una mano, bajando cada dedo mientras enumero.

—Me gustó la caja de rosas, el peluche de conejo, el sillón tántrico, el vibrador y los maravillosos orgasmos que me diste.

Su rostro se ilumina ante mis últimas palabras.

—¿Quieres otro maravilloso orgasmo? —murmura en voz baja. Sus penetrantes ojos color miel me convencen al instante.

Asiento.

—Sí.

Pero como estoy encima de él, esta vez quiero ser yo quien se lo regale a él.

Su pene ya está completamente erecto, con la punta brillosa. Su glande tiene líquido preseminal, y como mi vagina está de nuevo mojada por el simple hecho de tenerlo desnudo frente a mí, cojo su palpitante erección y jugueteo con ella entre mis pliegues.

Lo miro a los ojos mientras poco a poco me voy llenando con su erección. Cuando la introduzco en mi interior, suelto un gemido al tenerlo tan profundo dentro de mí. Mis muslos están sensibles por la follada de antes, pero aquella sensación se intensifica al sentir el latido de su pene.

Su polla es mucho mejor que cualquier consolador, vibre o no.

No sé si esta vez aguantaré mucho.

Mis pechos saltan cuando comienzo a subir y bajar. Baxter alza las manos y acaricia mis pechos, me los estruja con fuerza y yo gimo.

—Quiero volver a follártelos —dice con la mirada encendida y la voz ronca.

No tengo palabras, solo sonidos que son entre jadeos y gemidos mientras roto sobre mis caderas. Ahora es él quien gruñe. Mi pelvis se mueve con la intención de arrancarle todo el placer. Mi trasero choca contra sus testículos. Me agarra con fuerza de los pechos y aprieta una última vez antes de poner sus manos en mis caderas y voltearme.

Ahora yo estoy abajo y él encima de mí. Aprovecha la posición para levantar una de mis piernas hasta mi pecho y dejarla allí. La posición me hace gemir, enrollo mi otra pierna en sus caderas mientras el vaivén de las suyas me saca de quicio. Gimo como loca ante la postura.

Me voy a correr en cualquier momento.

Los pezones se me endurecen cuando con sus manos firmes me aprieta los pechos.

Cierro los ojos mientras muerdo mi labio inferior acallando mis gemidos, pero Baxter ralentiza sus embestidas.

—Abre los ojos —dice con voz de mando. Le hago caso inmediatamente.

Sus ojos color miel se clavan en mí mientras se sigue moviendo. Quiero apartar la mirada, cerrar los párpados, porque siento algo en el pecho demasiado grande como para ignorarlo.

Puedo sentir que aquellos ojos me traspasan el alma. Puedo sentir la intensidad de sus embestidas por la forma en que me está mirando, como si quisiera desnudar mi alma.

Me siento acorralada; me tiene inmovilizada pero yo siento como si estuviera tocándome por todas partes.

—Madison —susurra con voz ronca contra mis labios mientras no deja de mirarme—, estoy enamorado de ti.

Su confesión me deja paralizada un segundo.

Un segundo tan largo que no sé si respiro o no.

—Cállate, Baxter —replico jadeante—. Y fóllame.

Sus embestidas se vuelven rudas, gimo extasiada cuando por última vez se entierra en mí y se corre, haciéndolo al mismo tiempo que yo.

Mi corazón late con furia.

Mis piernas parecen de gelatina. Siento el semen dentro de mí, pero hago todo lo posible por alejarme.

No me importa nada cuando lo empujo para que se retire de mí, lo hace con lentitud. Se tumba sobre su espalda y con la mirada fija en el techo, yaciendo allí mientras todo mi interior está revolucionado.

«Madison, estoy enamorado de ti».

No puede ser.

No.

Las palabras se repiten en mi mente una y otra vez como si se tratara de una cinta de grabación defectuosa.

Me pongo de pie rápidamente y busco mi ropa en el suelo. En cuanto veo mis leggins me los pongo, luego rebusco mi camiseta negra entre el montón de ropa y la hallo bajo mi sostén deportivo.

Como una autómata, me visto e ignoro la sensación de mis bragas mojándose.

Nos conocemos desde hace tan poco, ¿cómo se ha podido enamorar de mí?

Mi mente da vueltas mientras me calzo las zapatillas.

Ni siquiera lo miro cuando hablo.

—Tengo que irme. —Me aterra mirarlo a los ojos y ver la vulnerabilidad o algún otro sentimiento con el que no quiero lidiar ahora. Construyo unos muros y encierro mi corazón—. Nos vemos el lunes.

Él no reacciona. Yo aprovecho ese silencio para escapar.

Llego hasta el vestíbulo y Baxter, tras unos segundos, lo hace también. Cierro los ojos frustrada, no quiero hacer esto ahora. Hoy no.

No me doy la vuelta cuando lo oigo caminar con lentitud hacia mí. Mantengo las manos aferradas al bolso y los ojos fijos en el ascensor, que está por llegar. Tengo mucho miedo de darme la vuelta y mirarlo a la cara.

Soy una cobarde.

—No te vayas —susurra. Su aliento hace cosquillas en mi cuello—. Quédate, por favor.

Sería tan fácil hacerlo… Sería tan fácil entregarle mi corazón en una bandeja de oro, pero no quiero sufrir si sale mal. No me puedo permitir de nuevo una desilusión. Enamorarse es muy fácil. Lo difícil, lo complicado, es reparar el daño que seguro uno va a sufrir cuando te rompan el corazón.

Me pasó una vez.

¿Qué hice? Me puse mis bragas de chica grande y me alejé de allí.

Baxter no puede estar enamorado de mí. Por Dios, dijo el nombre de su exnovia hace unos días mientras me besaba, ¿de verdad piensa que le creeré?

Sea verdad o no, no estoy lista para enamorarme, para iniciar una nueva relación. Para dejar entrar a alguien en mi vida y volver a pegar las piezas rotas cuando esa persona salga de ella.

—No puedo. Lo siento, Baxter —susurro, aún sin darme la vuelta.

Cuando llega el ascensor y entro, no dice nada más. Antes de que se cierren las puertas, me giro, alzo la mirada y compruebo que sus ojos color miel siguen en los míos. Veo sufrimiento en ellos, y aunque mi interior se retuerce de dolor por él, aprieto el botón y me marcho.

# 22

El domingo tengo el celular apagado para no recibir más llamadas. Megan me recibió el día anterior por la tarde con pullas y bromas tontas sobre la situación que tuvo que ver junto a Johann. Fue bochornoso escucharla, pero no estaba de humor, así que me encerré en mi habitación con las palabras de Baxter resonando en mi cabeza.

Mientras yazgo sobre la cama, sostengo el conejito de peluche que me regaló. Las rosas blancas adornan la estancia en un bonito florero que Megan consiguió y que no pude rechazar.

Es extraño en mí no haberle dicho nada a mi hermana sobre la confesión de Baxter. Me he callado tantas cosas con ella que puedo sentir cómo nuestra conexión de hermanas se va tensando cada vez más. Sé que ella me oculta cosas también, puedo notarlo. Por ejemplo, cuando recibe un mensaje de texto rápidamente alcanza su celular, sonriendo, pero lo aparta de mi vista.

Sé que es su vida, y que puede hacer lo que quiera, pero extraño los días en que nos lo contábamos todo.

Quiero abrirle mi corazón y explicarle todo lo que me ha estado pasando con Baxter, pero temo que su reacción sea muy diferente a la mía. Ella siempre ha sido la romántica, la que cree en el amor a primera vista y en las cosas que pasan en las películas o libros de romance.

Quiero creer como ella, pero tengo miedo.

Esa es mi verdad. Y sé que, si se lo cuento a Megan, ella hará todo lo posible por empujarme hacia Baxter, pero no quiero eso.

Así que me lo guardo para mí y finjo que nada está sucediendo. Le sigo la corriente cuando habla de nuestros gloriosos y bien dotados jefes. Lo están, pero no tengo ánimos para hablar de ellos. Me obligo a reírle las bromas para no levantar sospechas.

Pero no puedo fingir cuando el lunes entramos por las puertas de la editorial. Hasta ese momento no he prendido mi celular por miedo a ser bombardeada con llamadas o mensajes, así que lo he mantenido en el fondo de mi bolso y no lo he sacado para nada.

Ni siquiera cuando me siento en mi lugar de trabajo y enciendo la computadora. Dejo el celular en mi bolso y evito mirar la puerta del despacho de Baxter Cole. Está cerrada, así que me concentro en mi labor y trato de no voltear a cada rato por miedo a toparme con él.

Megan, a mi lado, está a lo suyo; nuestros amigos también están trabajando, y, porque es lunes, un día pesado, la gran mayoría tenemos tazas de café sobre la mesa.

No me doy cuenta de que hay alguien a mi lado hasta que dan un leve golpe en mi mesa.

—¡Madie! —grita Tracy. Sonrío aliviada al ver que es ella y no su hermano mayor. Está radiante. No se corta ni un pelo cuando me abraza con fuerza, como si no nos hubiéramos visto en mucho tiempo. A esta chica le gusta andar abrazando a todo el mundo. Por supuesto, a todos menos a Trevor.

El amor no correspondido es una mierda.

Mira quién fue a hablar.

—Hola, Tracy. —Le sonrío con el mismo entusiasmo, pero parece ser que no logro convencerla porque inmediatamente cambia su expresión jovial por una preocupada.

—¿Estás bien?

—Sí, claro, solo un poco cansada porque anoche me fui a dormir tarde. ¿Tú cómo estás?

—Yo estoy un poco molesta porque no fuiste el sábado al almuerzo con mi familia. —Pone los brazos en las caderas.

Arrugo el ceño.

—Disculpa, ¿qué?

—Al almuerzo —explica como si fuera obvio, pero yo no entiendo nada—. Baxter dijo que iría a tu apartamento a buscarte para traerte a la casa, pero nunca volvió. Y tampoco llamó, ni siquiera contestó mis llamadas, así que también estoy molesta con él.

¿De qué está hablando esta mujer?

—No sé de qué rayos hablas.

—Del almuerzo que mis abuelos hicieron. Johann trajo a Megan, pero ella dijo que irías a almorzar a la casa de tus padres. Baxter dijo que iría a recogerte, pero no regresó. —Me dedica una sonrisa ladeada—. A menos que ustedes hayan comido aparte.

Por la forma en que mueve las cejas supongo que aquella última oración tiene un doble sentido.

Y no se equivoca.

—Baxter vino a mi apartamento, pero no me dijo nada de eso.

Tracy sonríe como si supiera para qué exactamente fue Baxter a mi apartamento. Se aleja unos pasos guiñándome el ojo y luego se coloca detrás de Megan para hablar con ella, sin volver a dirigirme la palabra. Yo me quedo mirándola con el ceño fruncido, intentando descifrar lo que sucedió.

Minutos después, cuando Tracy se va despidiéndose de nosotras, me volteo hacia Megan.

—¿Baxter fue al almuerzo del sábado con sus abuelos? —pregunto, porque ella estuvo ahí y tuvo que verlo si es que él apareció. Mi hermana asiente, distraída con la pantalla de computadora.

—Sí, pero se fue rápido y no volvió. —Se da la vuelta para mirarme—. ¿Por qué?

—No, nada. Solo quería saber si había ido.

—Sí fue, pero luego desapareció y no lo volví a ver. No hasta que llegamos a casa y lo encontré con la polla entre tus tetas.

—¡Cállate! —exclamo tapándole la boca con ambas manos. Se ha pasado todo el fin de semana fastidiándome y diciendo cosas igual o más obscenas. Es una nueva semana, por lo que no quiero volver a oír nada de eso.

He tenido todo el domingo y parte de la noche del sábado para pensar en mí y en mis sentimientos. Le he dado mil vueltas a las palabras de Baxter; ni siquiera pude dormir bien a causa de ello. Estoy empezando a creer que algo así también me está pasando, pero lo aparto de mi mente.

Estar enamorada es un sentimiento demasiado grande, y no creo que sea eso lo que me pasa.

Desde que hoy llegué a trabajar he estado nerviosa por encontrarme a Baxter, pero he tenido suerte, porque no está por ningún lado. Johann ya está en su despacho, con la puerta semiabierta, pero la de Baxter está cerrada y es obvio que no ha venido.

Me concentro en lo mío, ignorando el lío en mi cabeza y en mi corazón. Si no puedo estar en la realidad, pues me sumerjo en la ficción, que en este caso sería el manuscrito que estoy corrigiendo.

Los minutos y horas pasan hasta que llega el momento del almuerzo. Soy consciente de que al mediodía todos se levantan de sus puestos para ir a almorzar. Siento que el ambiente se relaja más.

—¿No vienes, Mads? —pregunta Megan cerniéndose sobre mí y mirando la computadora. He logrado avanzar mucho desde que llegué, y planeo que siga así. Hacer un *break* hará que mi cabeza esté libre para pensar y no quiero hacerlo, no quiero distracciones. Necesito mantenerme ocupada para no pensar en él.

—No, tengo que terminar esto. —Señalo el documento del manuscrito—. Pero cómprame algo, por favor.

Ella asiente, se despide de mí y luego se dirige junto a nuestros amigos hacia el ascensor para subir a la cafetería.

Solo quedamos un par de personas más y yo. El despacho de Johann está cerrado porque ha sido el primero en salir, así que no me preocupo cuando me alejo de mi escritorio. Lo lógico sería escapar de aquí para no tener que ver a Baxter, pero no puedo pasarme la vida huyendo. Trabajo aquí, él es mi jefe, compartimos el mismo espacio laboral y en algún momento tendremos que cruzarnos. Prefiero que pase más pronto que tarde, incluso si no estoy lista para ello.

Pero últimamente nada sale como yo quiero.

Las puertas dobles de la oficina de la editorial se abren.

Baxter entra, caminando hacia su despacho sin dirigir la mirada a nadie, hasta que se topa conmigo. Nuestros ojos chocan.

Quiero apartar la mirada, pero, como siempre, sus ojos color miel no me lo permiten. Estoy paralizada.

Su ceño fruncido se borra, cambia su expresión a una más relajada. No sonríe, todavía, pero puedo notar que no está molesto. Eso es algo bueno. Después de lo que pasó, esperaba por lo menos una reacción fea de su parte. He mantenido mi celular apagado todo el fin de semana, así que no sabía con qué humor me lo iba a encontrar, pero mirándolo ahora me percato de que no está enfadado.

Por dentro siento cómo poco a poco empiezo a deshincharme. Estaba lista para pelearme, pero ahora veo que no será así y no sé qué hacer con toda esta tensión.

Baxter se acerca hacia donde estoy con lentitud, como si yo fuera un animal rabioso y tuviera miedo de mi reacción.

Suerte que yo estoy aliviada de que no esté molesto, así que todo irá bien mientras no hablemos de lo que sucedió el sábado. Aunque sé que está aquí para eso. Pude comportarme como una cobarde ese día, no estoy lista, pero sé que no correré ahora. Me vuelvo a poner las bragas de chica grande y lo enfrento.

Se me hace difícil no dirigir los ojos a su cuerpo, porque lleva un traje gris oscuro que le queda a la perfección.

—¿Podemos hablar? —murmura. No hay casi nadie en la oficina, pero mantenemos las distancias.

—Claro.

Me pongo de pie y dejo mi lugar para seguirlo hasta la puerta de su despacho; la abre, prende las luces y luego cierra la puerta detrás de mí.

Cuando me giro a mirarlo noto una tensión entre nosotros que antes no había. No sé si es incomodidad o no, pero me siento una completa extraña frente a él.

—No contestaste mis llamadas ni mis mensajes —dice plantándose a unos pasos de mí. Su presencia me intimida, justo ahora me siento desprotegida con él mirándome de aquella forma tan intensa con la que le gusta examinarme.

—Apagué mi celular —contesto encogiendo los hombros.

—Lo sé, te mandé varios mensajes de voz. —Hago una mueca, él suspira—. Por supuesto que no los oíste.

No sé qué responder a ello, así que digo la verdad.

—No quería hablar contigo. —Me cruzo de brazos para erguirme cuando noto que su mirada cambia a una de reproche. Me exaspero. Me siento como una niña reprendida por su padre y no es así, sino todo lo contrario—. Baxter, ¿no te dejé claro que entre nosotros no iba a haber amor? ¿Cómo pudiste caer?

Mis palabras le duelen. Entrecierra los ojos.

—¿Crees que soy de piedra? —Él también se exalta al hablar. Suerte que las paredes están insonorizadas porque, si no, nuestros gritos se oirían hasta afuera—. Cuando empezamos esto no creí que me fuera a enamorar. Pero estamos en el mundo real, no podemos controlar nuestros sentimientos, no somos robots. Pasó, me enamoré de ti. ¿Y qué? Sé que tú también lo hiciste de mí. ¿Por qué no puedes admitirlo? ¿A qué le tienes miedo, Madison?

Cuando se acerca, retrocedo, negando con la cabeza.

—No tengo miedo —replico con firmeza, pero mis palabras no lo convencen.

—No tienes miedo a enamorarte —afirma—, tienes miedo a enamorarte de la persona equivocada. Pero yo soy la correcta, Madison.

Acuna mi mejilla con una mano; cuando no hago nada para retirarla de allí coloca la otra y en unos segundos me toca. Mi interior se revoluciona con ese simple roce. Solo tiene las manos puestas en mi rostro, pero mi corazón late con demasiada fuerza, como si acabáramos de intimar.

—¿Cómo puedes estar tan seguro? —pregunto con un hilo de voz.

Su sonrisa con hoyuelos me derrite aún más.

—Soy perfecto para ti, y tú lo eres para mí. Estamos hechos el uno para el otro.

La convicción en su tono de voz me hace sonreír, divertida.

—Eso mismo me dijo mi exnovio. —Niego—. No te creo.

Intento apartar la mirada, pero él me sujeta las mejillas para hacerme entender.

—No debes de creerme a mí, debes creer en nosotros, en lo que sentimos.

—No sé lo que siento por ti —miento.

—Sí lo sabes, Madison. —Suelta mis mejillas para coger mi mano derecha y la pone sobre su pecho. Exactamente, sobre su corazón. No late deprisa, ni siquiera está tan acelerado como el mío, así que le frunzo el ceño, confundida. Él me mira—. Me haces sentir en paz. Cuando estoy contigo todos mis problemas se evaporan. Con tan solo verte puedo afirmar con total seguridad que eres una mujer increíble, y te quiero para mí. No para poseerte, sino para amarte. Quiero que estemos juntos, Madison, sin reglas de por medio, sin barreras. Simplemente disfrutando el uno del otro, quiero hacerte sentir bien. No solo quiero sexo: lo quiero todo de ti.

Me quedo callada. Mi corazón está emocionado, pero mi cerebro es mucho más sabio y no se deja impresionar.

Me mantengo quieta mientras analizo sus palabras. Cómo me encantaría decirle que sí, que quiero intentarlo. Pero algo me lo impide, me impide dar todo mi corazón, todo de mí.

—Yo… —titubeo, dejo caer mi mano. Su expresión se entristece—. Creo que este no es lugar ni momento para hablar de eso. ¿Te parece si después de trabajar vamos a tu casa?

La pregunta lo sorprende, no se esperaba eso de mí.

—Sí, me parece bien.

—Entonces nos vemos luego.

Me alejo para rodearlo y caminar hacia la puerta. Me alejo lentamente, con la espalda recta, pero cuando me dispongo a abrirla, Baxter me detiene y me da la vuelta en un giro que me deja mareada unos segundos.

Antes de que pueda reaccionar me besa. Su lengua acaricia con suavidad la mía, como si me pidiera permiso. Dejo escapar un gemido corto. El beso es lento, intenso y lleno de fogosidad. Estamos en el trabajo y acabamos de tener una charla intensa, pero ese beso sobrepasa todos los límites.

Mi cerebro empieza a fundirse. Baxter se ríe como un niño ante mi expresión, sé que debo parecer una loca con mi rostro anonadado, así que rápidamente salgo de allí y cierro la puerta a mis espaldas antes de hacer una locura como decirle lo que realmente me pasa o follármelo sobre la mesa.

Sé que han pasado solo unos minutos, pero a mí se me ha antojado una eternidad. No hay nadie y mi puesto es el único con la computadora encendida. Camino hacia él con las piernas blandas, gelatinosas, luego de la confesión de Baxter y su beso.

Me siento, miro la pantalla, pero ya no me puedo concentrar.

Miro un punto fijo, recordando cada una de sus palabras y sintiendo un nudo en el estómago.

# 23

Aquella tarde Megan y yo salimos de la oficina sin encontrarnos con los jefes, lo cual para mí es un gran alivio, aún no sé cómo actuar con Baxter luego de su confesión, por lo que prefiero ser una cobarde y esconderme.

Llegamos al apartamento en completo silencio, todo este tiempo de camino me lo he pasado mirando la ventana, sopesando mis posibilidades, recordando cada una de las palabras de Baxter y pensando en cómo lidiar con todo esto.

Mi hermana no es tonta, ella nota que me pasa algo porque, no bien llegamos a casa, saca un vino del refrigerador y unas copas. Me acomodo en el sofá sabiendo que tendré una larga conversación en donde habré de sincerarme con la única persona que puede entenderme.

—Algo te pasa, Mads.

Suelto un suspiro por enésima vez en el día.

Megan sabe que algo me pasa, por eso me entrega una copa llena de vino y yo de inmediato tomo un buen sorbo.

—Es Baxter… —Aprieto los labios. Hubiera preferido que nadie lo supiera, porque es algo de él, pero no puedo quedarme callada. Necesito otra opinión y sobre todo el reconfortamiento de mi hermana. Bajo la cabeza, avergonzada—. Él, cuando estábamos besándonos, me llamó por el nombre de otra mujer.

—¿Qué? —Megan abre la boca, anonadada.

—Eso no es todo. Esa mujer es Heidi Owens, o Heidi Cole, porque son esposos. —Al dejar caer la bomba, los ojos verdes de Megan se abren como platos, se incorpora en su asiento y la copa de vino sobre la mesita frente a nosotras. No puede creérselo.

—Mierda, Mads, es peor de lo que pensé.

—Eso no es todo —añado, harta con seguir guardándomelo para mí—. Mientras estábamos en pleno acto, dijo que está enamorado de mí.

Se lo cuento todo, y a medida que recuerdo lo que pasó, la desilusión comienza a crecer de nuevo en mi interior.

—Ay, Madie —susurra mi hermana cuando termino de relatar todo lo que llevo en mi interior—. Creí que ustedes solo se divertían juntos como lo habían pactado y… mierda, ¿estás llorando?

—No —murmuro con voz quejumbrosa.

Las lágrimas han salido de mis ojos sin mi permiso, me las limpio con furia.

—¡Carajo, estás llorando! —continúa mi hermana ojiplática—. No me lo puedo creer.

Quiero enfurecerme al oírla, pero termino riendo, y mientras lo hago más lágrimas salen de mis ojos. Me cubro la cara rápidamente, pero Megan ya me ha visto.

—No digas nada —susurro.

—Madie… —dice ella con voz vacilante—, ¿te has enamorado de Baxter?

Lo dice con impresión, como si aquello fuera imposible. Lo cierto es que para mí lo es. O lo era. Me tomó meses admitir que me había enamorado de mi exnovio, así que esto para ella es algo… anormal. Y más cuando jamás me ha visto llorar por un hombre.

—Cállate.

—¡Te enamoraste de Baxter! —insiste, emocionada—. Pero ¿cómo…? Ay, no importa cómo. Lo importante es que te has enamorado. ¡No puedo creerlo! Creí que jamás viviría para llegar a ver este momento.

Más lágrimas corren por mis mejillas, pero yo hago todo lo posible para enjugármelas antes de que mi hermana las vea.

—Ay, no, Madie —exclama con el rostro suspendido sobre mí. Me ayuda a sentarme y cuando estoy en posición recta sobre el sillón, me abrazo las piernas. Sigo con la ropa formal del trabajo, pero no me importa arrugarla.

—Sí. —Me paso las manos por el rostro. Estoy acongojada, pero no quiero hablar de eso, no quiero pensar en nada. Solo quiero mantener la mente ocupada—. Pero no quiero hablar de él ni de su esposa.

—Sabes que vendrá aquí, ¿no? Querrá hablar contigo.

Me encojo de hombros.

—Lo enfrentaré.

—¿Ya? ¿Así como así?

—Sí, tengo que dejarle las cosas bien claras.

—Ah, ¿sí? ¿Cómo cuáles? —Se cruza de brazos—. No te puedes desenamorar de un momento para otro.

—No digas esa palabra —le pido, ignorando su pregunta—. Si él viene a hablar le diré que no quiero nada con un hombre casado.

—¿Y si está a punto de divorciarse?

Volteo mi rostro para que no vea la expresión que hay dibujada en él.

—Da igual si está a punto de divorciarse o no. Me mintió, Meg, y no pienso volver con él.

Se queda callada. Entre las dos se extiende un silencio sepulcral que es interrumpido momentos después por el timbre. Mi hermana me mira alzando una ceja. Me pongo de pie lentamente, tomándome mi tiempo para acomodar mi ropa e infundirme aliento.

Necesito toda la fuerza posible para hacer frente a Baxter.

Sé que es él quien está detrás de esa puerta.

Camino decidida mientras Megan se va a su habitación para darnos privacidad.

Me pongo mi máscara de frialdad antes de abrirla.

Efectivamente, Baxter está allí, apoyado en el marco de la puerta con los brazos cruzados mientras mira al suelo. En cuanto me oye levanta la cabeza con rapidez.

Señala detrás de mí.

—¿Podemos hablar dentro?

Lo pienso mucho antes de responder:

—Claro, entra.

Cierro la puerta y vuelvo a cruzarme de brazos para sentirme protegida. Agradezco en silencio que Megan no esté. Necesito este tiempo a solas con él.

Trato de no buscar en su rostro algún vestigio de lo que pasó entre Heidi y él, pero me digo a mí misma que eso no me concierne. No debería importarme lo que haga o deje de hacer con su esposa.

—Acerca de hoy, ¿ya lo has pensado, Madison? ¿Has pensado en lo bien que estamos juntos?

Hago una mueca.

—No puedo pensar en un nosotros si aún estás casado. No es apropiado, Baxter.

—Madie, ella y yo nos separamos hace mucho, ahora solo estoy buscando la manera de divorciarme sin tener que cederle parte de mis derechos como propietario de la editorial. Solo por eso sigo legalmente casado con ella, pero en la práctica es muy diferente. Heidi y yo llevamos más de dos años separados…

—No me lo cuentes.

—Sí, lo haré —dice con determinación—. Lo haré porque necesitas saber la verdad.

—Solo quiero saber si piensas divorciarte pronto, es la única verdad que necesito ahora.

Al ver su rostro y la expresión en él me doy cuenta de que no es así.

Dios mío.

—Por supuesto que me divorciaré, pero quiero que los papeles salgan bien. Ya te he comentado que no quiero cederle ningún derecho. No se merece nada de lo que tengo.

—¿Eso significa que te vas a divorciar pronto o no?

—Madison…

—Responde la puta pregunta.

—No, aún no. —Exhala.

—Bien. —Lo miro a los ojos para que vea la verdad en ellos, porque yo siempre he sido honesta con él, y quiero que sepa que lo que diré a continuación va muy en serio—. Esto terminó. Lo nuestro jamás debió pasar. Fue un error desde el principio, y no porque seas mi jefe, ya no se trata de eso. Sino porque eres un hombre casado. Ese es un límite que no puedo pasar.

—Madison, no. —Intenta cogerme del brazo, pero lo aparto—. No quiero que seas la otra porque no hay nadie más en mi vida. Solo estás tú.

—Y tu esposa —agrego.

—Es mi esposa en la ley, no en la práctica. No la he tocado en años, te lo juro.

—Me valen muy poco tus juramentos. —Levanto el mentón—. De ahora en adelante lo nuestro será solo una relación de trabajo. No quiero que vuelvas a buscarme. Te prometo que yo no lo haré.

Ni siquiera sus ojos color miel me harán claudicar.

Él parece abatido, ofuscado y muy afectado con mis palabras.

—Sé que estás muy molesta conmigo, y con razón. Jamás quise herirte…

Frunzo el ceño.

—¿Herirme? —Sonrío—. No puedes herirme, Baxter. Lo nuestro fue solo sexo, no te confundas. Allá tú si te enamoraste, pero yo no. Ahora vete, ya no te quiero en mi vida.

Voy a la puerta y la abro. Hago una seña para que se vaya. Intento controlar mi corazón desbocado por la gran mentira que acabo de soltar. Aun así, no me dejo llevar por mis emociones.

Con pasos vacilantes lo veo caminar fuera de mi puerta. Cuando estoy por cerrar a pesar de que él sigue bajo el marco, me mira con determinación.

—Lo nuestro no tiene fecha de caducidad, Madison, lo nuestro es eterno. Volveremos a estar juntos.

Le cierro la puerta en la cara.

Por segunda vez en el día, las lágrimas vuelven a correr por mis mejillas.

# 24

No sé qué día del mes es, ni siquiera sé cómo hago para seguir trabajando en la editorial. Lo único que tengo claro es que debo evitar a Baxter a toda costa, pero me lo está poniendo muy difícil.

Tras una semana de completo silencio, llego a la editorial y me sorprendo al ver un gran ramo de rosas blancas en mi mesa. La nota que hay en ella está firmada con una simple letra: «B», pero no hay palabras ni mensaje alguno. La puerta de ambos jefes está abierta y como puedo ver a Baxter mirándome, me levanto con el ramo de rosas y lo tiro a la basura bajo las miradas consternadas de varias personas. Mi hermana parece triste con mi acción, pero no dice nada.

Al día siguiente llego a la editorial y veo una carta sobre mi mesa. ¿El remitente? Baxter. Aunque solo firma con una «B». La rompo en pedacitos sin abrirla y la dejo sobre mi mesa, para que la vea. Luego me pongo a trabajar como si nada hubiera sucedido.

El viernes Tracy ya se ha enterado de la noticia, viene a mi encuentro y me abraza fuerte, como siempre.

—Siento mucho que lo de mi hermano y tú no haya funcionado. Me apena bastante porque me caes superbién, y esa zorra de Heidi no te llega ni a los talones. Sabes que ya no están juntos, ¿no? Ella únicamente quiere quitarle parte de su herencia; si Baxter firma el divorcio, ella se quedará con una parte de esta editorial. Y ni mis hermanos ni yo lo vamos a permitir.

Intento sonreír, pero me sale una mueca.

—Tracy, con todo respeto, no quiero hablar de tu hermano. Lo nuestro terminó, y mi decisión no va a cambiar. Espero que lo entiendas.

Parece triste con mis palabras, pero por suerte no insiste.

El fin de semana Megan y yo decidimos tener un día de chicas en el spa para despejar nuestras mentes. Lo único malo es que mientras estamos allí no hago más que pensar en él. De nada sirvió que nos hiciéramos retoques en el cabello y la manicura o que nos diéramos masajes en el cuerpo, todavía me siento igual de estúpida.

Yo jamás había perdido la cabeza por un hombre, ¿por qué ahora es tan diferente? Me encantaría arrancarme el corazón para dejar de sentir todo el dolor que tengo.

Secretamente, en mi habitación aún conservo el conejo de peluche que me regaló. Dormir con él todas las noches no es sano, pero ¿a quién le importa? A mí no. Lo sigo haciendo a pesar de que quiero arrancarme del pecho a Baxter.

Las semanas pasan y yo sigo ignorándolo en el trabajo, rompiendo las cartas que deja, bloqueándolo en el móvil y rechazando sus regalos. Cuando estos empiezan a llegar a mi casa, hago lo mismo. Los guardo todos en una bolsa grande de basura, no sé si para botarlos o mantenerlos allí hasta pensar en qué hacer con ellos.

Odio que intente comprarme con regalos. Los ignoro todos y solo conservo los que me regaló por primera vez.

Baxter no llama a mi celular, no me busca. No intenta comunicarse conmigo en las dos largas semanas que pasan. Lo veo en el trabajo, intenta robarme alguna que otra mirada en nuestros encuentros en la cafetería, pero paso de largo y nunca me separo de mi hermana. Él tiene la frescura de parecer miserable con todos mis rechazos, como si yo fuera la culpable de ello.

Los días transcurren sin novedades. En el trabajo estoy bien, sigo actuando normal con mi hermana, riéndome con nuestros amigos y tratando de despejar todo tipo de negatividad que amenaza con bajarme los ánimos.

Al parecer disimulo bien, porque nadie nota que ya no me siento cómoda en la oficina.

Cuando pasa un mes completo desde que rompí con Baxter, me llega un correo del departamento de Maquetación, avisándome de que el libro que he corregido de Kayden está por lanzarse en unas semanas. Rápidamente se lo hago saber al autor, quien, emocionado, me invita a un almuerzo para charlar acerca de la publicación de su libro y para preguntarme sobre todos los detalles que quiere conocer.

Cuando entro por las puertas del restaurante, que está en la acera de enfrente del edificio Lepore Tower Center, donde se ubica la editorial, noto con alivio que Kayden ya ha llegado. Camino hacia él y me siento en el sitio opuesto de la mesa de madera.

—Hola, lamento la demora —murmuro con una sonrisa de disculpa.

—No te preocupes, Madison, yo acabo de llegar.

Me dedica una sonrisa de lado al mismo tiempo que me tiende la mano para estrechármela. Me siento un poco intimidada bajo su escrutinio, tiene los ojos más azules que he visto nunca y los clava tan intensamente en mí que me siento intimidada. Pero no me dejo amedrentar.

Agradezco cuando un camarero viene hacia nosotros y nos entrega la carta. Inmediatamente hago mi pedido decantándome por un buen plato de patatas fritas con bastante kétchup. Últimamente me he refugiado en la comida, viendo películas con mi hermana por las tardes mientras nos damos auténticos banquetes. De vez en cuando Johann nos acompaña, aunque solo consigue que me acuerde de Baxter.

Me he prometido a mí misma que cuando la etapa de superación llegue, me apuntaré a un gimnasio para quemar todas las calorías que consumo a diario. Antes quemaba calorías teniendo sexo con Baxter. Ahora ni siquiera bajo las escaleras.

Indudablemente, mi trasero ha crecido a lo grande, pero me gusta como luce así, que por ese lado está bien.

—¿Y me trajiste una copia? —pregunta Kayden apoyando la barbilla en las manos.

—¿De la novela? —Resoplo—. Para eso falta un mes. Ahora mismo estamos ultimando los detalles de la maquetación, luego pasará a imprenta. De allí se sacarán varias copias de autor para ti, así que no te preocupes, serás el primero en tener tus libros.

—Suena genial —murmura con evidente excitación y sonríe. Sus dedos golpetean la mesa.

—Sí —digo, tratando de sonar entusiasmada como él, pero no me sale.

Interiormente me estremezco al notar que estoy actuando como una imbécil. Por eso no quería enamorarme. Porque sí, maldita sea, estoy enamorada. Y me quiero arrancar del pecho ese sentimiento porque este último mes ha sido una completa mierda. No quiero sentirme así de desdichada, como si todo mi mundo se hubiera volteado y desmoronado a mis pies.

Quiero volver a ser la vieja Madison, a la que no le importaba nada. La que podía atravesar una ruptura como si nada, la que no lloraba por un hombre y ni mucho menos imaginaba su vida con ese hombre a su lado.

Ugh. Es una mierda pensar todo el día en aquella persona que te quita el aliento con una sola mirada, que con un roce suyo hace que tus piernas tiemblen y que con una caricia todo tu cuerpo se caliente.

Lo odio.

—¿Madison? —La voz de Kayden me sacude. Lo miro con atención, esperando no haber soñado mientras él me hablaba. Últimamente estoy más distraída que nunca. Me mira con genuina preocupación—. ¿Estás bien?

¿Bien? Yo diría que estoy en la mismísima mierda. Es un infierno vivir así, ¿cómo lo hace la gente? No lo sé, pero tengo que descubrirlo en los próximos días porque no quiero seguir así.

Suelto un suspiro.

En vez de responder, le devuelvo otra pregunta. La mejor forma de dirigir la conversación de mí... hacia él.

—¿Alguna vez te has enamorado?

Sonríe a medias.

—Así que de eso trata lo tuyo, ¿no? —pregunta de manera capciosa—. ¿Qué? No está mal haberse enamorado, aunque parece que para ti sí.

Me masajeo la sien. Nunca he sido buena para hablar de mis sentimientos con terceras personas. Y aquí estoy, a punto de abrirme con un hombre que no conozco y que es mi cliente.

—Me enamoré de un hombre casado —suelto, pero él no parece ni mínimamente escandalizado. Arquea sus cejas esperando a que continúe—. Yo no lo sabía, hasta hace poco. Su esposa apareció y cuando le increpé, no lo negó. Me explicó que no se divorciará de ella hasta que arreglen algunos asuntos, mientras tanto seguirá casado. Me juró que han estado separados por años, pero... no sé qué creer.

Cierro los ojos, frustrada con este dilema. Oigo a Kayden suspirar.

—Pues sí que estás jodida —dice riéndose. Abro los ojos fulminándolo—. Pero te alejaste a tiempo, ¿verdad?

—Por supuesto que sí. Ya no estamos juntos.

—¿Y tiene hijos?

—No —grazno. Aunque estoy un poco descolocada al respecto. Pero si Baxter tuviera un hijo con ella, me lo hubiera dicho. ¿O no?

—Eso es bueno, por lo menos no te metiste entre ellos. Si llevan años separados, tú no fuiste la razón de su ruptura. ¿Por qué estás tan triste? —Señala mi rostro—. Tienes una expresión miserable.

Su libertad para decir las cosas me hace suspirar.

—Lo mío con él jamás fue una relación. Era más algo de... amigos con beneficio.

Su rostro se ilumina con curiosidad.

—Con razón tienes esa cara. Te enamoraste de tu ligue. —Niega riéndose—. Esa mierda nunca sale bien.

Me señalo, como diciéndome «Mírame, soy una muestra viviente de ello».

—Lo sé.

—Pero no entiendo por qué tienes esa expresión tan triste. Es como si...

—Porque trabajo con él —murmuro con dificultad porque tengo las manos sobre el rostro, no queriendo que vea mi expresión de culpabilidad—. Es mi jefe.

—Carajo —silba tras unos segundos en completo silencio. Sí, la conmoción es fuerte para cualquiera luego de semejante confesión.

Me enredé con mi jefe una vez en el pasado, mi exnovio, ahora estoy volviendo a cometer el mismo error. Me siento una estúpida. Por suerte, Kayden me mira sin hacer aspavientos, salvo por sus ojos azules abiertos como platos.

—Solo dilo de una vez. —Pongo los ojos en blanco.

Él levanta las manos. Antes de que pueda decir algo más, el camarero se acerca con nuestra comida y yo rápidamente me meto una patata frita en la boca. Mastico nerviosa mientras veo que Kayden se echa kétchup en el plato.

—¿Qué se te pasó por la cabeza para liarte con el jefe? —pregunta sin pelos en la lengua, directo y al punto. Me restriego los ojos con una mano mientras sigo apuñalando mis papitas fritas con el tenedor.

—No lo sé, ¿vale? Simplemente pasó y ahora estoy jodida.

—Estás más que jodida —murmura él después masticar su comida—. Diría que estás en la mierda, pero no suena bien. —Quiero aventarle mi hamburguesa en la cara, pero jamás desperdiciaría tan deliciosa comida. Sigo masticando con el ceño fruncido—. Pero no tienes que preocuparte. Te enamoraste. Bien por ti. Eso sucede siempre. Ahora solo debes tratar de superarlo.

Ahogo un gemido de frustración.

—Gran consejo, genio. ¿Por qué no se me ocurrió eso antes?

Kayden me muestra una gran sonrisa socarrona, pero ni caso le hago. El resto de la comida obviamos el tema para tratar asuntos de negocios. En un mes se venderá su libro a las librerías a nivel nacional, y de manera online a nivel internacional, así que solo faltan los últimos detalles antes de la fecha del gran lanzamiento.

Cuando ambos pagamos nuestros almuerzos y la hora de volver a la oficina se aproxima, termino de hablar sobre temas relacionados con su libro para luego despedirnos.

—Fue un gusto hablar contigo, Kayden. Gracias —digo sonriéndole sinceramente. No me ha dado ningún consejo útil para seguir al pie de la letra, pero por lo menos me ha hecho olvidar el desastre que es mi mente en los últimos tiempos. A pesar de haber tocado el tema brevemente en el almuerzo, su compañía ha sido más que bienvenida.

Kayden puede parecer un coqueto y mujeriego, pero sabe animar a alguien cuando se lo propone.

—El gusto fue mío, hermosa —dice con un tono ronco de voz. Pone su mano sobre la mía, que está en la mesa, y aprieta. Entrecierro los ojos ante su cambio brusco de actitud, pero me callo al oír una voz estridente a mi lado.

—¡No sabía que estábamos en el mismo restaurante! —Me encojo en mi asiento. Retiro mi mano de la de Kayden con una mala mirada. Volteo hacia la derecha para ver a Heidi sonriéndome y a Baxter detrás de ella, con las manos metidas en los bolsillos de su pantalón de vestir. Heidi parece contenta de verme.

Joder.

—Ah, hola, Heidi —la saludo cortésmente. Kayden y ella se miran con curiosidad. Ya se conocen, así que no necesitan ninguna presentación. Me siento intimidada por ella y su acompañante. No sabía que vendría o nunca hubiera citado aquí al escritor—. Estaba aquí con Kayden para…

Me obligo a detenerme cuando me doy cuenta de que estoy dando explicaciones innecesarias. Sé que es porque Baxter está aquí y, aunque no lo quiera mirar, mi subconsciente nota que la postura relajada que ha adoptado no es tan relajada.

Que. Se. Joda.

—Hemos venido a almorzar —continúa Kayden por mí.

Asiento.

Heidi sonríe.

—Genial. Baxter y yo también hemos venido a almorzar.

Ah, por favor. Solo es ella marcando el territorio con su esposo. Que se jodan los dos.

«¿Qué mierda te importa?», me grita mi subconsciente. ¿Cómo mierda no me va a importar? Los sentimientos no se van de un día para otro.

Por fuera soy la calma personificada. Mi rostro está inexpresivo: sin sonrisa, sin mueca, sin levantamientos de cejas. Nada. Estoy orgullosa.

—Solo es un almuerzo —aclara Baxter. Levanto la cabeza para verlo, sus ojos están en los míos. Sé que está tratando de llamar mi atención y dando explicaciones de por qué está aquí con Heidi, pero no debería importarme, así que sonrío aun cuando siento como si me hubieran propinado un puñetazo en el estómago al verlos juntos. Volteo el rostro ligeramente para mirar a Kayden.

—Genial. Aquí venden unas deliciosas hamburguesas. ¿Verdad, Kayden?

Él muerde el anzuelo.

—Así es, deliciosas —musita lamiéndose el labio inferior. Aprieto los labios para no reír por su actitud—. Y el almuerzo ha sido increíble en tan buena compañía.

Heidi se recoloca su cabello rubio, que le cae por la espalda, mirándonos con sorpresa.

—Oh, ¡ha sido una cita! —No la saco de su error. Ni siquiera parpadeo—. Lo sentimos por interrumpiros. Nos vemos luego, Madison. Adiós, señor Havort.

Coge la mano de Baxter y lo arrastra tras ella por la puerta del restaurante hasta que salen.

Miro la mesa con absoluta concentración.

Pasa un momento.

—Baxter Cole es el jefe del que me hablaste —susurra Kayden con reproche.

—Así es.

Hace clic en dos segundos.

—Estás enamorada de él.

Mi estómago se hace un nudo.

—¿Es tan obvio? —Sacudo la cabeza, miro la puerta de vidrio y cuando los he perdido de vista vuelvo mi mirada a él—. Ya me tengo que ir, Kayden. Mi hora del almuerzo ha terminado.

Nos ponemos de pie y juntos caminamos hacia la salida. Una vez que estamos cruzando la calle, lo despido con una sonrisa, prometiéndole volver a verlo en un mes para el lanzamiento de su libro.

Me besa en la mejilla y se va, sonriéndome, antes de que yo entre por las puertas de vidrio hacia el vestíbulo del edificio Lepore. El ascensor está atestado a esta hora de la tarde, por lo que me hago a un lado y espero mi turno. Me llama la atención ver a una pareja cerca a la puerta, conversando en voz baja.

El cabello rubio me da una indicación de quién es.

Heidi está allí, ataviada con un vestido negro y con un vaso de *latte* en la mano derecha. Baxter está frente a ella, parecen estar discutiendo. Me impacta verlos.

Heidi tiene la mano izquierda en el pecho de Baxter, de manera íntima, como si…, como si tuviera todo el derecho a tocarlo. Lo tiene, joder, aún es su esposa. Echa la cabeza atrás y se empina para intentar besarlo, pero Baxter la empuja y se aleja.

Me sobresalto por el sonido del ascensor.

Rápidamente entro, pero no sin antes ver una mueca de irritación en el rostro de Heidi.

# 25

Un mes después tengo el libro de Kayden Havort entre las manos. Y me siento más miserable que nunca.

Mi hermana está pletórica ante la llegada de los libros recién salidos de imprenta. Miro alrededor del apartamento hasta dar con las dos cajas llenas de ejemplares que acabo de recibir gracias a Johann. Una caja será para Kayden, mientras que yo me quedaré con la otra.

Megan está feliz, saltando y chillando de felicidad mientras yo estoy sobre el sillón, reclinada contra los cojines y mirando con fascinación la hermosa portada del libro. Lo abro rápidamente y huelo el delicioso olor que desprenden las hojas.

Johann, frente a mí, me devuelve la mirada sonriendo divertido.

—Huele muy bien, ¿verdad?

Asiento.

Tengo las peores pintas de mi vida, pero aquí estoy, echada frente a mi cuñado sosteniendo el libro que demoré semanas en corregir. Por fin lo tengo entre las manos.

Durante todos estos días he tenido que ver a Johann casi a diario venir a casa para visitar a Megan. El tema de Baxter es tabú para ambos. Él no lo menciona, yo no lo menciono, y todos vivimos felices. Aunque Megan me ha contado que, según Johann, Baxter se siente miserable sin mí.

En la editorial he tenido que soportar el empeño de Heidi en reconquistarlo. No sé qué bicho le picó, pero he tenido que verla bajar las escaleras del segundo piso de la editorial, con sus impresionantes tacones, y pavonearse hacia el despacho de Baxter.

Cada. Día.

Y cada día ha salido de allí unos pocos minutos después, a lo sumo, porque en la mayoría de las ocasiones solo ha estado en el despacho segundos, con una mueca en su rostro, seguro decepcionada con su rechazo. Megan insiste en que no debo estar preocupada por Heidi, ella no es competencia para mí.

No me importa.

—Madison... —Escucho a Johann a través de mi estupor. Levanto la mirada para verlo sonriendo con timidez hacia mí—. ¿Estás segura de que no irás?

Niego.

—No —murmuro con dificultad y se me cae el termómetro de la boca. Lo pongo en su lugar de nuevo.

He estado enferma desde la semana pasada, y hoy viernes nadie me sacará de este lugar. Ni siquiera por ser el último día del mes, solo quiero meterme en la cama y no volver a salir nunca.

—Pero es la gran celebración por el lanzamiento de libro —replica Megan haciendo pucheros sobre mí. Me echo a lo largo del sillón dejando el libro sobre la mesa de centro de la sala. Meto los pies de nuevo bajo la colcha y cierro los ojos.

Johann viene y me saca el termómetro de la boca. Lo mira, frunciendo el ceño.

—No tienes fiebre alta, solo un poco de calentura. Con unas pastillas te sanarás en horas.

Muevo la cabeza de un lado a otro, pero como la siento tan pesada, gimo de frustración.

—No quiero ir —vuelvo a murmurar. Me siento una niña pequeña, pero es que me encuentro fatal.

Estos días Johann ha sido muy amable conmigo, como un hermano. Él y Megan llevan juntos varios meses, pero ahora suelen pasar más tiempo aquí que en su apartamento.

Me siento culpable porque sé que él está aquí con ella para echarme un ojo. Saben que tengo el corazón hecho trizas y quieren permanecer a mi lado. A veces creo que él también se siente culpable, pero no tiene nada que ver con que su hermano sea un mentiroso.

—Creo que debemos llevarla al hospital. —Escucho la voz de mi hermana en la lejanía.

—Pero no tiene fiebre alta —repone Johann, confundido.

—Ya, pero no es normal que no quiera ir a una fiesta.

Me quiero reír de lo que ha dicho mi hermana, pero no tengo fuerzas ni siquiera para eso.

Segundos después los oigo susurrar; estoy realmente hecha polvo y caigo dormida.

Me despierto sobresaltada al oler un aroma muy fuerte. Abro los ojos justo a tiempo para ver a Megan abrir la puerta de mi habitación. No recuerdo cómo he venido hasta aquí, así que la miro confundida. Me tapo la nariz con fuerza porque unas arcadas me sobrevienen cuando vuelvo a respirar ese aroma a rosas.

Ella sonríe al verme despierta. La miro de arriba abajo: lleva un vestido negro ajustado y unos tacones del mismo color. Sus carnosos labios están pintados de rojo y sus ojos verdes delineados con una gruesa línea negra. Está hermosa. Echo un vistazo a la ventana y noto que es de noche.

La hora de la fiesta ha llegado.

—No te quería despertar —susurra ella sonriéndome. Luego su sonrisa se esfuma cuando nota que estoy tapándome la boca y nariz—. ¿Qué te pasa?

—No soporto ese olor.

Arruga el ceño.

—¿Qué olor?

Hago una seña en el aire.

—Ese olor a rosas y cítrico.

—Es mi perfume —murmura riendo. Poco a poco bajo la mano y cuando me doy cuenta de que no voy a vomitar, suspiro.

—¿Cómo llegué aquí?

—Johann te trajo. Déjame decirte, hermana, pesas demasiado. Johann es fuerte, pero tuvo que esforzarse.

Quiero reírme, pero en estos días mi sentido del humor se ha deteriorado.

—¿Ya se van?

—Sí, iremos a casa de Johann para que se cambie y luego al local que la editorial ha alquilado para el evento. —Hace una mueca—. Deberías ir.

—Ni siquiera tengo fuerzas para pararme, Meg.

—¿Estás segura de que estarás bien sola? —pregunta—. Porque, si no, podemos llevarte al hospital.

—Quiero dormir y recuperar fuerzas. Es solo un resfriado, Meg.

Asiente, aunque no parece convencida.

—No quiero dejarte así.

La empujo hacia la puerta para que se vaya o nunca lo hará. Conozco demasiado a mi hermana y sé que haría lo que fuera por mí; incluso si eso significa faltar a la fiesta de hoy arrastrando a Johann con ella. No quiero arruinar su diversión solo porque tengo un molesto resfriado.

—Te preocupas demasiado. —Señalo mi celular sobre la mesilla de noche—. Te prometo que te llamaré si me siento mal. Ahora tengo tanto sueño que podría dormir hasta mañana. Ve, diviértete en la fiesta, yo aprovecharé para dormir porque anoche tú y Johann parecían querer romper la cama.

—Es que Johann se mueve tan bien y con tan…

—Vete antes de que te lance mi almohada.

O antes de que vomite.

Mi estómago se retuerce, pero trato de controlar la mueca en mi rostro para que no vea el pánico que siento. He estado desde la mañana con náuseas y no ha sido nada bonito tener que oler todas las cosas deliciosas que Johann compró para desayunar y almorzar.

Megan se despide de mí antes salir de la habitación. Minutos después escucho la puerta principal cerrarse. Automáticamente suelto un par de respiraciones profundas y mi estómago vuelve a dar vueltas.

Salgo de mi habitación un poco más compuesta que antes. La sala aún tiene el aroma del perfume de Megan, así que me tapo la nariz mientras voy a la cocina. He despertado con hambre a pesar del dolor de estómago y las arcadas.

Abro la nevera para sacar la comida que Johann pidió del restaurante italiano. La descongelo en el microondas y cuando ya está lista, me como un pedazo de pizza en un santiamén. El hambre se mitiga por un rato, así que me echo en el sofá de tres cuerpos de la sala para ver un poco de televisión. A esta hora de la noche nada llama mi atención.

Doy vueltas en él hasta que una punzada de dolor me atraviesa el estómago. No son arcadas, ni náuseas. Solo un leve dolor similar a calambres. Me levanto rápidamente para ir al baño.

Extrañada, me pregunto si es la regla. Calculo mentalmente los días de mi siguiente ciclo, pero siento pánico cuando mi cabeza empieza a hacer cálculos.

No, no, no.

Cuando me fijo en mis bragas caigo en la cuenta de lo que me está pasando.

Corro fuera del baño y me visto con ropa de deporte antes de ponerme una chaqueta para protegerme del frío. Dejo la comodidad del apartamento y corro afuera, a alguna farmacia cercana que esté abierta las veinticuatro horas.

Esto no puede estar pasándome.

Mierda.

Me salté dos inyecciones anticonceptivas.

Pero que tenga un poco de dolor no significa que estoy... embarazada. Solo puede ser que la pizza me haya sentado mal.

Dios, esto no me puede estar pasando.

Compro tres pruebas de embarazo, por si acaso, todas de diferente marca y corro con ellas de vuelta al apartamento.

Leo las instrucciones como una maníaca y opto por utilizar la primera. Mientras me decido a hacérmela o no, pasan varios minutos. Al carajo todo.

Orino sobre ella. La dejo sobre la pica del baño y pongo el temporizador en mi teléfono.

Me siento en el borde de la tina con los ojos cerrados.

Dios, ¿cómo pude ser tan estúpida? Olvidé por completo ir a la ginecóloga para que me pusiera la inyección anticonceptiva. Jamás me he olvidado. Nunca. Devan siempre me lo recordaba días antes y yo lo tenía apuntado en mi agenda. ¿Cómo pude estar tan concentrada en otras cosas y no en cómo me cuidaba? Sé que en el segundo mes tampoco me la puse, ni siquiera pensé en ello porque no me vino la regla.

Maldita sea.

¿Cómo mierda no pensé en mi puto ciclo menstrual?

¿De verdad he sido tan idiota todo este tiempo?

Mi corazón está latiendo tan rápido que en cualquier momento se saldrá de mi pecho.

Salto ante el sonido vigorizante de mi celular. Lo apago con dedos temblorosos y rezo una oración antes de inclinarme sobre el lavabo.

Cierro los ojos cogiendo el test. Cuando los abro, veo dos líneas.

Dos putas líneas.

Suelto inmediatamente la prueba y esta cae de vuelta al lavabo.

Mi cabeza late de solo pensarlo. Yo, embarazada. Mierda. Me echo a llorar.

Mi vida está arruinada.

Estoy embarazada de un hombre casado.

Dios mío.

Grandes lágrimas caen como torrentes por mi rostro. Los sollozos me sacuden.

Cojo otra prueba, con manos temblorosas por el llanto y sigo el mismo procedimiento. Mientras me hago la tercera aún tengo algo de fe en que el resultado cambie, pero sigo estando embarazada.

Entro en trance con esos test a mi alrededor, me apoyo en el suelo del baño y entierro la cabeza en mis rodillas apretadas juntas contra mi pecho. Y lloro con fuerza.

En ese momento mi mente pasa por todas las etapas del duelo.

Primero entro en la negación. Imposible. No puedo estar embarazada. No me importa que las pruebas digan que lo estoy. Yo no puedo estar embarazada. Me niego.

Luego entro en la etapa de ira. Soy tan estúpida… Y Baxter es un hijo de puta. ¿Por qué mierda no nos cuidamos? Él es un grandísimo imbécil por no haber sacado su pene a tiempo. Y yo soy tan idiota como para haber dejado que entrara en mí sin condón, corriéndose dentro de mí. Ah, lo odio tanto. Sé que yo tengo la culpa, pero él más.

Luego viene la etapa de negociación. ¿Y si interrumpo mi embarazo? Dios, no. No sé si podría hacerlo. Primero debo ver de cuántas semanas y ya luego pienso en mis opciones.

Minutos después entro en la etapa de depresión. Imagino todos mis sueños truncados por culpa de nuestra irresponsabilidad. Lloro tan fuerte y con tantas ganas que se oye el eco de mi llanto en el cuarto de baño, como si me estuvieran matando. Me escuecen ya los ojos, pero sigo llorando con fuerza. Tanto que siento que me duele la cabeza como si estuviera a punto de estallar en cualquier momento.

Trato de tranquilizarme, pero me es imposible. Esta etapa es la peor.

No sé cuánto tiempo pasa, pero al fin, llego a la etapa de aceptación. Estoy embarazada. Está bien. No puede ser el fin del mundo. No es el fin del mundo.

Me levanto con dificultad y veo mi rostro reflejado en el espejo. No veo ningún cambio, sigo igual. Pero dentro de mí hay un pequeño feto formándose, del tamaño de un frijol. Y de solo pensar en ello comienzo a reírme.

Debo parecer una chiflada, primero llorando tanto hasta quedarme sin lágrimas, y luego riendo como si me hubieran contado el chiste más gracioso del mundo.

Me lavo el rostro. Tengo los ojos hinchados y muy rojos. Sigo lavándome hasta que escucho el sonido del timbre del apartamento.

Miro inmediatamente las pruebas. Las tiro a la basura y salgo de allí.

No sé quién es, pero es imposible que sea mi hermana o Johann. Así que, extrañada por saber quién ha venido un viernes a estas horas de la noche, abro la puerta con el ceño fruncido.

Suelto un jadeo cuando veo a Baxter plantado fuera de mi apartamento.

Mi primera reacción es cerrar la puerta. Intento hacerlo, pero él es más rápido. Pone los pies y las manos para impedirlo y la abre del todo.

Sus ojos me suplican.

—Madie, solo quiero hablar. Por favor.

# 26

Bajo la cabeza. Si lo miro a los ojos, me derrumbaré.

—¿Qué haces aquí? No deberías haber venido.

Parece casi culpable, pero da un paso adelante y me obliga a mirarlo. Cuando lo hago, quiero apuñalarme los ojos por haberlo hecho. Solo consigo derretirme por dentro mientras intento no llorar.

Está muy muy guapo con esa ropa casual. Incluso lleva encima una chaqueta negra, como si fuera un hombre cualquiera y no el jefe con traje elegante al que estoy acostumbrada.

Mirarlo solo hace que mi nueva situación sea más dolorosa. ¿Baxter aceptaría este bebé? Lo conozco desde hace apenas unos meses, pero siento que es un completo extraño para mí.

¿Aceptará este hijo a pesar de que ya tiene esposa? Dudas y más dudas. Empiezo a sentirme demasiado cansada y débil como para seguir haciendo preguntas para las que no tengo respuesta.

—Tu hermana y Johann me dijeron que estabas enferma. Me preocupé y por eso he venido a verte.

Qué conveniente.

—¿Quién te dio permiso? —presiono. Me cruzo de brazos.

La chaqueta que utilizo es demasiado grande, casi me engulle el cuerpo, pero, aun así, me siento desnuda bajo su escrutinio. Es una suerte que sea otoño, porque puedo sentir mis pezones endurecerse. ¿Ya se manifiestan las hormonas desenfrenadas o solo es que estoy necesitada de Baxter?

Baxter se da cuenta de que apenas puedo hablar, así que entra en el apartamento y yo no hago nada cuando cierra la puerta.

—Ven, tienes que descansar. A pesar de lo bonita que estás, tienes cara de querer dormir.

No sé si es un halago o no, pero me dejo tomar de la mano cuando me la sujeta. Camino detrás de él, aunque siento que me arrastra porque mis pies apenas pueden seguirle el ritmo.

Con toda la confianza del mundo, y como si ninguna pelea hubiera sucedido entre nosotros, me levanta en volandas antes de meterse en mi habitación. Me deposita con suavidad sobre la cama y arrastra el edredón sobre mi cuerpo. Los calcetines no me abrigan lo suficiente, así que hago ademán de agarrar la manta, pero Baxter es más rápido y la toma por mí para luego cubrirme.

Me arropa como si fuera una niña pequeña hasta que se yergue, satisfecho con su trabajo. Me siento como un tamal gigante, pero nada me importa. Cierro los ojos, abandonándome al sueño, no sin antes sentir que la cama se mueve. Unos segundos después siento el calor de su cuerpo en mi espalda. Quiero gruñir y patearlo hasta que salga de mi cama, pero el sueño me vence.

☾ ☾ ☾

—Deberíamos dejarlos dormir, Meg.

Escucho un cuchicheo en medio de la neblina del sueño.

—No creo que él deba estar aquí. Mi hermana lo va a matar cuando despierten —dice una voz femenina demasiado conocida. No me levanto porque me siento un poco desorientada y tengo demasiado calor. Un calor tan sofocante que es como si tuviera fiebre.

Intento moverme, pero es en vano. Algo pesado cubre mi cintura.

—¿Por qué? Solo están durmiendo. —La voz masculina y confundida pertenece a Johann. Abro los ojos y lo único que puedo ver al final de mi cama son siluetas porque la habitación está en penumbra. Además de mi hermana y Johann, oigo voces en la lejanía, como si hubiera más personas en el apartamento.

Oigo el repicar de las copas y risas disimuladas.

—Se tiene que ir, Johann, despiértalo. —La voz de mi hermana suena autoritaria.

Con todo el esfuerzo del mundo, cojo el brazo de Baxter y lo coloco sobre su pecho, detrás de mí. Con mucho cuidado, me levanto. Pero inmediatamente me detienen.

—No te vayas —susurra la voz de Baxter.

Megan ahoga una exclamación. Johann suspira.

Alguien prende la luz de mi habitación e inmediatamente entrecierro los ojos ante el resplandor.

Baxter está a mi lado, tiene la ropa un poco arrugada y está sin zapatos. Veo que a mis pies están las sábanas, el edredón y la manta, que parece que han sido pateados a mitad del sueño.

Lo que significa que el calor que sentí no era la manta, sino el cuerpo caliente y duro de Baxter.

—¿Pueden apagar la luz? Me fastidia los ojos. —Soy la primera en hablar. Mi hermana me mira con una sonrisa de disculpa antes de apagar la luz y sumirnos de nuevo en la completa oscuridad.

—¿Ya estás mejor, Madie? —pregunta Johann con genuina preocupación.

—Sí, creo. —Trato de no hablar más porque las cosas empeorarían.

—¿Quieres salir un rato a saludar? Vinieron Tracy, Susie y Trevor a tomar algo con nosotros luego de la fiesta —propone mi hermana.

No tengo cabeza para nada, creo que ni siquiera para estar molesta con Baxter.

—No, gracias. Diles que no me encuentro nada bien.

Mi hermana hace un ruido de asentimiento y abandona la habitación seguida de Johann.

Baxter habla.

—¿Ya estás mejor? —No espera a que responda, me toca la frente con cuidado. Su piel caliente en la mía me hace estremecer.

—No tengo fiebre. Johann me tomó la temperatura antes de que se fueran.

Nos sumimos en un silencio tenso. Al final decido romperlo.

—Bueno, ahora que estoy mejor desearía estar a solas. Quiero seguir durmiendo. —Cuando lo digo, me siento una tonta por ser tan blanda. Si todo esto hubiera pasado meses atrás, ya estaría botándolo de mi habitación a patadas. No sé si es por mi embarazo o por mis sentimientos por él, pero siento que he perdido la capacidad para pelear. Adopto una mirada fría y vuelvo a intentarlo—. Quiero que te vayas, Baxter. No es tu problema que yo esté enferma, ni siquiera te llamé. Vete.

¿Demasiado rudo?

Ya ni siquiera lo sé.

Sus ojos miran al suelo. Pero me hace caso. Se levanta rápidamente y se pone los zapatos.

—Si necesitas algo estaré afuera.

Y se va.

Inmediatamente me derrumbo de nuevo sobre la cama. Entierro mi rostro en la almohada y eso solo lo empeora todo. Allí está el leve olor de la colonia de Baxter. Huele tan bien que cierro los párpados para evitar llorar.

Tal vez, que Baxter haya venido aquí luego de tantas semanas sin hablar, justo el mismo día que me entero de que estoy embarazada de él, es una señal de que debo decirle la verdad.

Mi cabeza me grita que lo haga, que es lo correcto. Así que me tomo mi tiempo antes de salir y contarle la verdad.

Repaso en mi mente mil formas para hacerlo. Empezando con que me descuidé con la inyección anticonceptiva y terminando con un plan para solucionar la situación entre ambos. Pero ninguna forma me parece la correcta. Me aterra imaginar cómo va a reaccionar.

Los escenarios que crea mi mente son miles, y todos ellos terminan mal. Me doy cuenta de que, de un modo u otro, soy pesimista. Si Baxter no me apoya, no sé qué haré. Pero es que tampoco he pensado qué haré si él lo acepta.

Tener un bebé nunca ha estado en mis planes. Siempre he pensado en mí y en un futuro lleno de éxitos, haciendo lo que más me gusta. Jamás me imaginé embarazada, ni mucho menos criando a un bebé.

No sé si podré lograrlo. Ni siquiera puedo cuidar bien de mí misma… mucho menos de alguien más.

Muchos «y si…» llenan mi mente. Todos ellos son preguntas que no puedo responder. No sé si es que me gusta torturarme, pero no me atrevo a salir de la cama. Debo ponerme las bragas de chica grande, como muchas veces he hecho en el pasado, y salir a enfrentarme con mi deber. De nada me servirá lloriquear pensando en mil escenarios si no tomo una decisión.

Con mi nueva valentía trato de esconder mi negatividad. Como puedo me levanto y trato de arreglarme el desastre de cabello frente al espejo. Cuando siento que podría hacer frente a cualquier cosa, salgo de mi escondite de la habitación y camino por el pasillo. Oigo voces, mis amigos están conversando con Johann y mi hermana. No bien entro a la sala todos vienen a saludarme. Tracy se catapulta de su lugar sobre el sofá para abrazarme efusivamente como si no me viera todos los días en la editorial. Susie es un poco menos escandalosa, lo cual agradezco.

Frunzo el ceño. Veo que Baxter no está.

Cuando por fin he tenido la valentía de hablar con él…, se va.

—¿Ya se fue Baxter? —pregunto, dejando sorprendidos a Trevor y a Susie, pero yo ignoro sus expresiones y me centro en mi hermana. Ella hace una mueca, pero es Tracy quien me responde, sonriendo por mi interés en su hermano mayor.

—No, no se ha ido. De hecho está… —Señala al pasillo, pero no termina de hablar.

Oigo una pequeña conmoción. Es el sonido de una puerta al abrirse con tanta fuerza que repiquetea contra la pared.

Mi corazón de hunde, literalmente puedo sentir cómo cae en picado. Todos volteamos en la dirección de donde viene el ruido. Baxter sale del baño, pero en vez de venir hacia la sala, camina por el pasillo hacia mi habitación.

Cierro los ojos, contando los segundos. No pasan ni dos cuando regresa. Me encojo en mi sitio al ver lo que lleva en la mano.

Mierda, mierda, mierda.

Mis putas pruebas de embarazo. ¿Cómo las ha encontrado? Las había desechado en la basura. Aunque recuerdo no haberme esmerado en esconderlas bien porque oí el timbre. Estaban visibles para cualquiera que se inclinara sobre el bote de basura, ya sea tirando restos de papel higiénico o simplemente para alcanzar la toalla de manos en la pared.

Los ojos color miel de Baxter que suelen ser cálidos cuando me miran, ahora solo son dos brasas ardiendo.

Trato de no mirar a mis amigos, que parecen conmocionados e inmersos en un silencio colectivo. Nadie habla. Ni siquiera Baxter.

Siento los ojos de todos sobre mí.

—Madie, ¿puedo hablar contigo en privado?—me pide con demasiada calma. Los demás miran con el rabillo del ojo lo que lleva en la mano; no sé si de darán cuenta de lo que es. Aprieto los puños y los vuelvo a relajar. ¿Cómo puede estar pasando esto?

Él tiene la mirada puesta en mí, esperando una respuesta.

Cierro los ojos unos segundos tratando de fundirme.

Miro a mi hermana y le hago una seña en dirección a la puerta. Ella me entiende a la perfección, porque insta a todos a moverse para salir, en completa conmoción por la escena que estamos montando, y en unos minutos Baxter y yo nos encontramos solos en medio de la sala del apartamento. Siento que mi rostro arde y no es por la fiebre.

No me atrevo a mirar a Baxter a la cara. En mi mente jamás se me había ocurrido este escenario. No me imaginé diciéndole así que estoy embarazada. No delante de mi hermana, los hermanos de él y mis amigos. No así.

—¿Esto es tuyo? —me pregunta al fin, cuando ya estamos a solas. Se me seca la garganta y lo único que puedo hacer es asentir.

Mis ojos se llenan de lágrimas, desde hace unas semanas estoy más sensible que nunca y ahora mismo estoy tan avergonzada que solo tengo ganas de llorar. Ya sé que no debí haber dejado que lo mío con Baxter sucediera sin condón. Soy una estúpida por incluso sugerírselo y luego no haber cumplido con mi parte del trato, que era el simple hecho de ponerme la inyección anticonceptiva cada mes. Esa era mi puta responsabilidad. Lo sé, no necesito que me lo diga.

Empiezo a llorar. Porque, aunque la culpa está dividida entre ambos, porque yo sola no fecundé mi propio óvulo, sé que el peso recae más en mí porque Baxter confió en mis palabras. Tal como yo confié en él.

Ambos hemos confiado en el otro y nos hemos defraudado mutuamente.

Qué ingenuos fuimos.

Unos idiotas que se dejaron llevar por la lujuria y no pensaron en las consecuencias.

Empiezo a llorar fuerte, los sollozos hacen eco por todo el apartamento. Mis hombros se sacuden con fuerza. Baxter inmediatamente avanza un paso más y me estrecha entre sus brazos. Ahogo otro sollozo en su pecho cuando me rodea con fuerza, aplacando mi dolor.

—Chist, bonita —susurra en mi oído—. No importa. Ya sucedió. Y vamos a salir adelante, tú y yo, juntos. Ya no llores más, amor.

Sus palabras son como bálsamo para mis oídos, pero, aun así, las lágrimas siguen brotando de mis ojos. Intenta calmarme, pero es imposible. Siento todo el cariño de Baxter mientras me aferro a él como puedo.

¿De verdad creí que este hombre me dejaría sola para encargarme de todo?

Pudo haberme mentido, pero sigue siendo el Baxter que conozco. El que daría todo por su familia y el que no me dejará sola. Lo sé. Lo siento en mi interior.

—¿No estás molesto? —susurro.

—Claro que no. —Toma mis mejillas entre sus manos y fija mi mirada en la suya sin soltarme, sin dejar de tocarme con suavidad—. ¿Cómo podría estarlo, Madison? Si me has dado una noticia tan hermosa.

Así como así la magia se evapora.

—¿Qué dices?

—¿Tú… no estás feliz? —pregunta.

Me abrazo a mí misma sin saber qué mierda pensar. Ahora mismo mi cerebro ha cortocircuitado. Luego de haber imaginado tantas cosas y haber llorado tanto durante la tarde, no sé si tengo la mente para más.

—No sé qué sentir —murmuro sincera. Lo miro a los ojos, para que vea que lo que siento es real—. Tengo miedo, Baxter. Ni siquiera lo planeamos. ¡Ni siquiera estamos juntos! Y no…

No puedo continuar, pero lo pienso.

Y no nos amamos.

—Pero podríamos estarlo. Tú sabes que estoy enamorado de ti desde hace tiempo. Mis sentimientos por ti no han cambiado ni un poco. Sigo enamorado de ti, aún más que hace dos meses o incluso que ayer. Solo necesitas darte cuenta de tus sentimientos por mí y podremos estar juntos.

Niego.

—No quiero que estemos juntos porque nos una un bebé. Esa no es una relación real, sino algo forzoso y nunca lo aceptaré.

—¿No escuchas lo que te digo? —Intenta tocarme, pero me alejo. Deja caer la mano en el espacio entre ambos, pero no se muestra derrotado, sino valiente. Con determinación—. Te dije que he estado enamorado de ti desde hace tiempo, y no ha cambiado, Madison. Deja de minimizar mis sentimientos por ti. Incluso si no estuvieras embarazada te habría dicho lo que realmente siento. ¿Por qué crees que vine aquí hoy? Megan me dijo que estabas enferma. Pensé lo peor imaginándote a ti aquí, sola, enferma, y lo primero que hice fue salir de esa fiesta en la que no estabas tú y vine a verte. Porque me importas mucho más de lo que crees y te lo voy a demostrar siempre. Estás por encima de todos.

Aprieto la mandíbula ante sus palabras.

Son todas las cosas que quise escuchar en estas semanas, y aun así toda mi emoción se la robó la noticia de estar embarazada, así que no consigo sentirme feliz. Ni un poco.

—¿De verdad quieres esto? —pregunto apretando mi vientre aún plano. Cierro los ojos, esperando que cuando los abra él se haya arrepentido, pero parece tan determinado que suspiro—. Tienes una editorial que manejar, eres el jefe. Yo tengo sueños, metas, cosas que quiero cumplir en un futuro. Además está el hecho de que estás casado, ¿es correcto tener un bebé ahora? No lo creo, Baxter.

Sus ojos se llenan de dolor.

—No me digas que quieres abortar.

Hace una hora mi respuesta hubiera sido «tal vez». Ahora es diferente.

—No. No quiero. —Suelto, percatándome de la realidad.

Me visualizo a mí, en un futuro, siendo madre. Cargando a un bebé en mis brazos, siendo feliz con mi hijo. Luego me imagino a mí, sola, cumpliendo mis sueños, siendo editora o dando conferencias, viajando sin nadie a mi lado.

Sé la respuesta a lo que quiero. Pero tengo demasiado miedo de decirla en voz alta y que esta nunca se cumpla.

Trago mis palabras para no verbalizarlas.

—Entonces ¿vamos a tener un bebé? —pregunta con ilusión, cerciorándose de mi respuesta.

—Sí —dejo escapar con un suspiro tembloroso.

Ahí está. Lo dije.

Su rostro expresa alivio al escucharme. Cierra los ojos un momento, y cuando los vuelve a abrir, se arrodilla sobre el suelo.

—¡Vamos a tener un bebé! —exclama con entusiasmo abrazándome de la cintura. Me sujeto a sus hombros cuando empieza a repartir besos en mi vientre, como si ya estuviera abultado. No le importa que no lo esté, está demasiado empeñado en besarme con adoración—. Voy a ser padre. ¡Vamos a ser padres, Madison!

Su entusiasmo se me pega. Me río de la emoción y el nerviosismo. A pesar de que mi embarazo no ha sido planeado, Baxter está tan feliz que no puedo evitar sonreír al verlo así. Mi corazón tamborilea en mi pecho de la excitación que estamos viviendo, un momento demasiado feliz a pesar de nunca haberlo imaginado.

Hasta que la burbuja se pincha.

No puedo olvidarme de algo muy importante que cambiará el rumbo de las cosas.

—Baxter —digo con un leve temblor en la voz por estar a punto de romper nuestra felicidad—, estás casado. ¿Crees que podrás asumir esta responsabilidad conmigo?

—De eso quería hablar cuando vine aquí —responde levantándose para tomar mi mano y llevarme al sofá. Me sienta sobre su regazo con las piernas juntas sobre los cojines. Intento levantarme, pero me toma de la cintura. Me mira, nervioso. Respira un par de veces antes de soltar la gran bomba—: Me he divorciado.

Salto inmediatamente. Baxter me sigue sosteniendo para no caer.

—¿Qué? —pregunto sin aliento.

—Luego de nuestra discusión, cuando te enteraste del asunto, decidí agilizar los papeles de mi divorcio. Me di cuenta de que sin ti soy miserable, y que solo te amo a ti, y por esa razón no podía seguir atado a una mujer de la que no estoy enamorado. Decidí divorciarme inmediatamente, no me importó los caprichos que quiso, no me importa haberle cedido una parte de la editorial. No importó nada de eso porque supe que al final, si lograba separarme de ella, podría estar realmente contigo. Es lo que quería, lo que quiero. Las semanas que estuvimos separados esperé pacientemente, dejando que te tomaras un tiempo. Pero no soporté la espera, tenía que verte y hablar contigo. Y qué bueno que lo hice, porque así me he enterado de que vamos a tener un bebé. Me pregunto si no hubiera venido, ¿me lo habrías dicho…? ¡Auch!

Lo golpeo en el pecho, pero él me sonríe, mostrando sus preciosos hoyuelos a los que extrañé tanto.

Él continúa hablando:

—Tuve que perderte para ser consciente de que todo lo que quería era a ti. No a la editorial o lo que obtuviera esa mujer al firmar el divorcio. Ahora que te tengo, quiero cuidar de ti y ser felices juntos. Así que Madie, ¿quieres estar conmigo?

No digo nada.

Sopeso sus palabras.

Cuando la espera se hace interminable y Baxter empieza a ponerse ansioso, la sonrisa desaparece de su rostro.

Salto sobre él para besarlo.

—Sí, claro que sí —susurro.

Al instante abre sus labios y me recibe. En aquel beso dejo que todo lo que sentí en aquellos dos meses separados salga de nosotros. Devora mis labios como si haber estado separados hubiera sido un castigo. Nos besamos con ferocidad. Mi corazón retumba por la emoción de saber que por fin podremos estar juntos, sin ningún tercero de por medio.

Presiono mis manos detrás de su nuca y lo jaloneo para acercarlo a mí.

—¡Mierda! —grita alguien haciéndome saltar del regazo de Baxter. Me siento sobre el sofá para ver que la puerta del apartamento está abierta de par en par y todos están entrando. Trevor es quien ha gritado y tiene los ojos muy abiertos. Susie nos mira con absoluta sorpresa. Megan y Johann nos sonríen con timidez. Tracy está pletórica.

—¡Voy a ser tía! —grita alzando los brazos.

Baxter suspira, haciéndose el molesto por la interrupción, pero feliz con las palabras de su hermana.

—Sí —afirma sin dejar de sonreír.

De inmediato mi hermana corre a abrazarme.

—Dios mío, Madie, ¿recién te enteraste? —pregunta en mi oído. Asiento—. Por eso estabas enferma todos estos días.

—¿Ha estado enferma más días? —La preocupación en el tono de Bax me resulta tierna.

—Solo un poco —digo para tranquilizarlo, aunque es la verdad. Lo único que he tenido estos días ha sido cansancio. Las náuseas han sido muy pocas, lo cual agradezco.

—Mierda, aún no puedo creerlo —murmura Trevor.

Susie, a su lado, asiente.

—Yo tampoco. Lo veo pero no lo creo.

Me hace gracia saber que lo mío con Baxter los ha desconcertado. ¿De verdad no se lo veían venir luego de todas aquellas miradas que nos lanzábamos? Me parece muy difícil de creer.

Aunque agradezco que no se hayan dado cuenta, porque significa que los demás en la editorial tampoco.

Tracy viene al sofá para abrazarme cuando mi hermana se aleja.

—No saben lo feliz que eso me hace —exclama muy cerca de mi oído—. Habrá una mini-Madie o un mini-Baxter. Aunque sinceramente prefiero una mini-Madie. Sería peligroso tener un mi-ni-Baxter, conociendo a mi hermano… ¡Auch!

Se aleja rápidamente como si Baxter la hubiera pellizcado. Le saca la lengua como una niña pequeña, a lo que él responde poniendo los ojos en blanco.

—Felicidades, chicos —dice Johann a su hermano. Se abrazan brevemente antes de que me abrace a mí.

Las felicitaciones de mis amigos llegan deprisa con abrazos fuertes y palabras de aliento en mis oídos. Están un poco recelosos de Baxter, porque es el jefe, pero aun así también lo felicitan.

—Es hora de irnos, hermanita —dice Johann mirando a Tracy—. Seguro que Madie quiere descansar. ¿Te quedarás, Baxter?

Bax me mira. Me encojo de hombros.

—¿Quieres venir a casa? —me plantea.

—Claro —respondo como si nada. Por dentro mi sangre bulle de la emoción.

Sonríe, cogiendo mi mano.

Mi hermana me mira, sé que quiere hablar conmigo a solas, pero he estado separada de Baxter por varias semanas y ahora solo quiero recuperar el tiempo perdido.

Aprieto mis piernas solo de pensarlo. No estoy cansada ni un poco.

Megan y Johann se miran. Es un hecho que ellos se quedarán aquí aprovechando que no estaré en el apartamento.

—¿Vamos a mi casa? —pregunta él a mi hermana en un murmullo bajo. Ella asiente.

Trevor alza las manos.

—Qué cliché, hermanos con hermanas. —Sonríe, divertido. Todos lo miramos—. ¿Qué, no les parece gracioso?

Tracy parece querer golpearlo por su «chiste».

—Ni siquiera te acercaré a tu casa.

—¿Por qué? —replica confundido—. Dijiste que lo harías. No importa, Susie me llevará. ¿Verdad?

Ella abre los ojos, alarmada.

—Esto… sí, claro —titubea. Luego gira la cabeza y mira un instante a mi hermana. Megan la mira a su vez antes de entrelazar su mano con Johann, quien no se pierde la interacción.

¿Qué está pasando?

—Bueno, ya nos vamos —anuncia Tracy. Alza unas llaves que creo son de su auto—. Tienes tres segundos para venir conmigo, Trev.

Ella me abraza por última vez, y a pesar de ser la hermana menor, se empina y aprieta con fuerza las mejillas de Baxter. Se va corriendo antes de que él pueda hacer algo. Trevor se va tras ella.

—Vámonos nosotros también —dice Johann. Se despide de todos, sin mirar a Susie, y sale con mi hermana del apartamento.

—Yo también debería irme. —Susie también parece estar ansiosa por marcharse. Corre a despedirse y se va tan veloz como vino.

En el apartamento solo quedamos Bax y yo.

Señalo la puerta, extrañada.

—¿No te parece rara la actitud entre Johann, Susie y Megan? —le pregunto. Está pensativo mirando el suelo—. Es decir, ellos parecían i...

—¿Te parece si mañana vamos al hospital? —me interrumpe.

—¿Por qué? ¿Para qué?

—Necesitas que te vea un doctor. —Frunce el ceño—. Tienen que hacerte chequeos, exámenes, ya sabes, lo que sea que le hagan a las embarazadas.

Sonríe entusiasmado como un niño pequeño.

Al momento me olvido de todo.

Le sonrío.

—Sí —me río—. Me tienen que hacer lo que sea que le hagan a las embarazadas.

—Ven, tenemos que elegir tu ropa para que te quedes en mi casa. —Me ayuda a ponerme de pie para ir a mi habitación. Ignoro el desorden y meto en un bolso un par de mudas de ropa y mi neceser, en el que, además de otros productos de higiene, hay maquillaje y desodorante en barra.

Todo listo para pasar mi noche con Baxter.

# 27

El apartamento de Baxter está tan en calma que me estiro sobre las sábanas. La calefacción está puesta y noto que comienzo a sudar. Las paredes de vidrio del techo al suelo están empañadas por la intensa lluvia que arrecia fuera. Encojo los pies, recubiertos por gruesos calcetines de color rosa, mientras espero. Espero. Y espero.

Minutos después escucho que alguien sube las escaleras. Veo a Baxter aparecer con dos tazas de chocolate caliente. Me tiende una, y a pesar de que no soy inválida, me ayuda a erguirme poniendo almohadas en mi espalda. Se lo agradezco. Puedo ser una persona independiente, pero los mimos del hombre que quiero siempre serán bienvenidos.

El cabello ligeramente despeinado de Bax me hace reír. No sé si se ha dado cuenta, pero ha estado así desde que salió de mi apartamento. Él está tan sonriente, tan sumido en sus pensamientos que, cuando voltea y me ve sonriendo divertida, frunce el ceño.

—¿Qué?

Aprieto las manos en torno a la taza caliente, soplando ligeramente. Su tono de voz es divertido. Lástima que con lo que diré a continuación todo su buen humor desaparecerá de un plumazo.

—Tal vez no debería sacar a colación esto, pero quiero saber qué es lo que pasará ahora que Heidi es dueña de la editorial también.

Automáticamente su sonrisa se borra.

—No debes preocuparte por eso. Cualquier cosa que ella quiera hacer, estamos mis hermanos y yo para impedirlo.

—Imagino que no estarán muy felices con tu divorcio con ella. —Tomo un sorbo de mi chocolate, pero está tan caliente que alejo la taza, haciendo una mueca de dolor.

—Claro que lo están —afirma con total seguridad. Se sienta a mi lado dejando su taza sobre la mesilla de noche y me mira. Pasa un mechón de mi cabello tras mi oreja—. Están felices porque por fin me he divorciado de ella. Y… porque serás la madre de nuestro hijo. O hija.

Está tan contento con la noticia de mi embarazo que todos mis miedos se esfuman.

—Ah, sí, por eso también —murmuro irónica, pero sonriendo.

Sus dedos empiezan a juguetear con mis calcetines, su mirada perdida en ellos.

—¿Crees que será niña o niño? —pregunta de pronto, dejándome confundida. Luego de pensarlo, contesto:

—No me importa. —Me encojo de hombros—. Con cualquiera seré feliz.

Guau.

¿El instinto maternal ya haciéndose presente?

Jamás en mi vida había pensado en un bebé, y ahora que voy a tener uno, hablo como si ya lo tuviera. Como si ya…

Baxter parece muy complacido con mi respuesta.

—A mí me gustaría que fuera una niña —murmura alcanzando mis piernas y acariciándolas. A pesar de llevar un pantalón grueso, puedo sentir sus caricias como si estuviera desnuda. Es el efecto que Baxter causa en mí. El vello se me eriza cuando las yemas de sus dedos trazan círculos en los arcos de mis pies—. Que tenga tu pequeña nariz, tus ojazos marrones y esa boquita. ¿Qué te parece? Sería una minitú y las amaría a las dos con locura. Aunque ya lo hago.

Me toco los labios. Empiezo a sentir un hormigueo en todo el cuerpo.

—Uh… mmm… —Es todo lo que puedo balbucear. Sus ojos marrones fijan los míos y sé que no tengo escapatoria.

Tampoco la quiero.

Me siento atada a Baxter de manera que puedo ver en su mirada exactamente lo que está sintiendo, que es lo mismo que yo: deseo por el otro. Olvido la conversación. Olvido lo que pasó hace minutos, horas, días. Me concentro en él, y solo en él, deleitándome cuando sus manos masajean mis pies.

Sonríe de lado, claramente encendido cuando mi cuerpo se estremece a causa de sus caricias.

—Tienes unos calcetines muy bonitos —dice como si hablara del clima. Como si yo no estuviera a punto de bullir. Me los quita rápidamente, dejándome descalza—. Pero tus pies son mucho más bonitos.

Lo miro mal.

—¿Me has traído aquí para mirar mis pies o para follarme?

Veo que rompo su compostura. Con un suave jalón me tiene atrapada entre su cuerpo y la cama, mi cabeza recostada en la almohada.

—Antes de follarte quiero oírte decirlo.

—Decir ¿qué? —susurro rozando sus labios, pero sin besarlo.

Esto se ha convertido en un juego de provocar y retroceder. Me divierte saber que yo también puedo tentarlo.

—Que me amas, que estás enamorada de mí.

Mi interior se enciende.

—Jódete —le espeto.

—Sí, eso haré justo después. Te joderé tanto, Madison, que me sentirás muy profundo dentro de ti.

Noto que mi centro se aprieta. Me invade un calor abrasador. Mis pezones se endurecen bajo su intensa mirada.

—Entonces hazlo.

—Dímelo.

Lo miro, por dentro encendida pero por fuera estoica.

—Jó-de-te —murmuro sílaba por sílaba.

Un segundo estoy debajo de su cuerpo y al siguiente, en volandas. Me aferro a su cuello. Antes de que pueda lanzar un chillido de furia, me sienta en algo duro y a la vez cálido al tacto.

Miro debajo. Estoy en el sillón tántrico.

Sonrío como una niña malcriada cuando obtiene su premio a pesar de haber sido desobediente.

—Esas no son las palabras que quería oír —dice de pie ante mí.

Abro la boca, pero antes de que pueda decir cualquier cosa, sus labios chocan con los míos y toda mi determinación se evapora. Me hago gelatina bajo sus brazos mientras me besa con tanto fervor que empiezo a enloquecer.

Entierro mi lengua en su boca y me aferro a su camiseta. Sin la chaqueta puesta puedo sentir sus músculos tensos bajo mis manos. No pierdo tiempo cuando me alejo para quitársela. Con rápidos movimientos él también me ayuda.

Me lanza una mirada de puro deseo cuando me quedo desnuda de cintura para arriba. Sonrío. Sus ojos bajan a mis pechos.

Extiende la mano, pero cuando creo que va a pellizcarme, baja la cabeza y muerde mis pezones. Grito al sentir sus dientes en mis senos sensibles. Masajea y exprime cada uno, jugando y rodeando con su lengua tibia cada centímetro de piel. Deja estelas de besos en cada centímetro que recorre.

—Te extrañé tanto, Madie… —susurra luego de lamerme. Cierro los párpados, entregándome por completo al momento, dejando que tome el mando. Lo necesito de cualquier forma. Los juegos previos ya no lo son más porque estoy tan excitada que si baja por mis piernas a mi centro, verá una gran mancha en mis bragas.

—Yo también —confieso en un susurro, apretando sus hombros para sujetarme.

Me mira cuando hablo, sus ojos color miel se suavizan.

No puedo esperar más. Me inclino a un lado para quitarme de una patada los pantalones y luego las bragas. Baxter maldice cuando me ve completamente desnuda sobre el sillón. Me abro de piernas todo lo posible mientras siento mi centro mojado y cómo mis pliegues se separan.

Su boca se abre ligeramente. Tiene una mirada de puro deseo desenfrenado. La promesa de saborearme está ahí, en sus ojos, mientras me devora con la mirada: pasa por mis senos, baja por mi vientre y termina su recorrido en mi vagina.

Hace la cosa menos indicada en este momento. Saca la lengua y se la pasa por los labios, lamiéndoselos en una señal de deseo, que me deja temblando en mi sitio sin siquiera haberme tocado un solo pelo.

—Ven aquí —murmuro.

Baxter está a un par de pasos de mí. Aún tiene puestos los pantalones. Y aunque veo una gran tienda de campaña en ellos debido a su erección, no hace nada por aliviarse. No se quita la ropa, sino que me deja expuesta mientras me contempla.

Lo que sea que esté haciendo está funcionando. No solo me siento avergonzada bajo su escrutinio, sino también temblorosa.

—Eres una diosa, Madison, tan hermosa…

Mis ojos no dejan los suyos.

—Entonces deja de hablar y ven aquí —digo con premura, casi rogando. Baxter siempre quiere alargar esto cuando yo me siento en mi mejor momento, cuando me estoy volviendo loca de deseo.

—¿Vas a decírmelo? ¿Por fin confesarás que me amas?

Trato de no poner los ojos en blanco.

Está loco si cree que se lo diré solo porque él quiere escucharlo. Yo decido cuándo y cómo decírselo. Y ahora que me lo exige, no quiero.

—No.

Mi negativa firme ni siquiera lo amedrenta. Es más, parece divertido.

Cree esto es un juego.

—Bien. —Es todo lo que dice.

Se baja el pantalón de un tirón y lo patea fuera de su cuerpo. Lo mismo hace con sus zapatos y calcetines, de forma que se queda solo con el bóxer ajustado. Se lo baja lentamente, como si estuviera en una película a cámara lenta.

Me aferro al sillón, clavando las uñas en él.

—¿Qué haces? —murmuro con voz jadeante cuando se toca el pene con una mano y empieza a bombear de arriba abajo, masturbándose.

No dice nada. Claramente no puede formular palabra alguna mientras está ahí, tocándose mientras me mira descaradamente. Cada centímetro de mi piel se siente caliente. Necesito que me acaricie.

Lo miro interrogante, preguntándome por qué me está torturando de esa manera. Pero no necesito preguntas cuando ya sé la respuesta.

Su rostro se contrae de placer mientras su brazo se mueve más rápido sobre su miembro. Está duro y de solo verlo mi boca se llena de agua. Nunca he sido fan de tener el pene de ningún hombre en la boca, pero con él es diferente.

Desde que nos conocimos lo ha sido.

Los sonidos que está haciendo no hacen más que aumentar mi calentura.

No lo soporto más.

Bajo las manos lentamente por mis pechos para darles un breve masaje mientras sigo mirando cómo se masturba. La imagen que tengo frente a mí es mil veces mejor que cualquier video porno.

El rostro perlado de sudor de Baxter, su mano moviéndose firmemente sobre su pene mientras sube y baja arrancándole sonidos de satisfacción son una imagen perfecta.

Estimulo mis senos, sonriendo al notar que Baxter me está mirando.

Sus manos se vuelven más rápidas, y a la vez, más torpes mientras las mías bajan hasta posarse en mi sexo caliente y mojado.

No necesito masajes. De inmediato cuelo un dedo adentro soltando un gritito que se pierde con el gruñido de Baxter. Nuestros ojos no se separan mientras nos damos placer.

Meto otro dedo en mi interior. El sonido de mis paredes vaginales cada vez que meto y saco mis dedos sobrepasa los de él. Un segundo después suelto otro gemido gutural. Cierro los ojos, dejando que el placer tome el control de mi cuerpo. Pero, aun así, en mi mente está la imagen de Baxter masturbándose tan cerca, con sus sonidos de complacencia, que mis movimientos se vuelven más rápidos.

Antes de que incluso pueda sentir mi orgasmo, una mano detiene mi brazo. Abro los ojos y veo el cuerpo caliente de Baxter justo donde lo quiero. Frente a mí.

Sonrío a pesar de que mi orgasmo se aleja. Saco los dedos de mi interior.

Sus ojos marrones brillan.

Toma mi mano y, sin decir absolutamente nada, se mete los dos dedos en la boca y cierra los párpados. Hace un sonido de satisfacción total cuando los chupa.

Inmediatamente todo mi interior se vuelve papilla. Podría correrme solo con esa acción suya.

Su boca caliente da un par de lengüetazos más a mis dedos antes de dejarlos escapar con un sonido suave.

—Siempre tan sabrosa… —murmura.

Incluso mi cuerpo tiene un límite.

Pongo una mano tras de su cuello y le meto la lengua en la boca. No se lo espera. Lo beso con tal ferocidad que muerdo un par de veces sus labios. Baxter reacciona a tiempo para enterrar su lengua en mi boca y comenzar una guerra de quién domina a quién.

Ambos alargamos este beso lo más que podemos. Mi pecho se pega al suyo. Rodeo sus caderas con mis piernas. Siento su glande rozar mis pliegues mojados, me inclino unos centímetros para que se entierre en mi interior.

Sonrío victoriosa cuando lo siento dentro de mí. Baxter se aleja para detenerme, pero soy más rápida y pongo mis talones en su trasero para no permitir que se aleje. Está enjaulado y no puede hacer nada para soltarse, excepto disfrutar de nuestro contacto.

Se aleja unos centímetros, los suficientes como para sacar su pene. Pero vuelve a inclinarse y rotar sus caderas, entonces vuelve a enterrarse en mí. Esta vez no se corta ni un pelo cuando me embiste hasta la empuñadura.

—Baxter —gimo su nombre.

Mis párpados revolotean. A través de ellos veo su sonrisa de satisfacción.

—¿Te gusta? —murmura entre dientes durante las embestidas que se van acrecentando.

—Sí, aaah —gimoteo sin siquiera saber qué me está preguntando.

Puedo sentir cómo su miembro entra y sale de mi interior con tanta fogosidad que nada más me importa en este momento que él dentro de mí. Follándome. Me encanta.

Luego, se detiene.

Por completo.

Abro los ojos. Quiero matarlo. Su mirada penetra en lo profundo de mi alma cuando hace la pregunta:

—¿Me amas?

—Joder. —Suspiro porque ha detenido la follada solo para hacer esa pregunta de nuevo.

—Respuesta incorrecta.

Intento empujarlo, pero ahora es él quien me tiene enjaulada entre sus brazos y el sillón tántrico.

—Solo fóllame y ya, Baxter.

Sonríe, mostrando sus hoyuelos.

—Amo que seas mandona.

Mi corazón salta ante la palabra «amo» que suelta tan fácilmente.

Trato de ignorar el pinchazo de emoción de mi pecho para mirarlo con molestia. Inclino las caderas de tal manera que las puedo rotar para que continúe con sus movimientos.

Ahora es él quien deja caer la cabeza hacia atrás y suelta un par de maldiciones. Empiezo a moverme hasta que a él no le queda otra alternativa más que enterrarse profundamente en mí y volver a salir, repitiendo la acción varias veces.

Mi rostro está perlado de sudor. Mis pantorrillas tiemblan por la postura, pero todo mi cuerpo está concentrado en el placer.

Siento que mi orgasmo se vuelve a construir. Empiezo a sacudir mi pelvis con movimientos rápidos para alcanzar el tan esperado clímax.

—Abre los ojos, Madie —me pide él con voz ronca y con dificultad debido al esfuerzo.

Le hago caso.

—Aaah —vuelvo a gemir cuando baja una de sus manos hasta llegar a mi clítoris y lo masajea con destreza. Dejo de pensar en cualquier cosa y solo me concentro en el placer.

—¿Me amas?

—Ya deberías saberlo —contesto jadeante, casi balbuceando las palabras.

Sus embestidas son cada vez más vigorosas. Echo la cabeza hacia atrás.

—Quiero oírte decírmelo. ¿Lo haces, Madison?

—Sí, sí, joder. ¡Te amo! —grito enloquecida con lo que me está haciendo. Mis palabras lo impulsan a moverse con más ímpetu, con más fuerza. Sus caderas rotan en un ángulo que me hace gritar su nombre mientras su pulgar hace maravillas en mi botón del placer. Segundos después me corro con un grito que termina en jadeos.

Los espasmos sacuden mi cuerpo.

Luego de varias embestidas más sus movimientos se tornan pesados y torpes hasta que se corre dentro de mí. Puedo sentir en mi interior un líquido caliente y espeso. No me preocupo por eso, es más, esa sensación me hace encoger los dedos de los pies por lo bien que se siente.

Abro la boca para pedirle una toalla antes de que el semen manche el sillón donde sigo débilmente sentada. Pero no logro hablar porque me besa.

Este beso es diferente a cualquier otro.

Me derrito al sentir que roza mi lengua con parsimonia. Disfruto de las lentas caricias de la que es objeto mi boca. Ese beso es el mejor que hemos compartido hasta este momento. Es el sello de una promesa.

Todo este tiempo estuve reteniéndome para no decir que también lo amo, que me enamoré de él, y todo porque el temor de enamorarme seguía ahí. Pero ya lo he admitido. Se siente tan liberador, tan correcto, que mi cuerpo entero está en paz cuando lo escucho susurrar tres palabras:

—Te amo, Madison.

# 28

A pesar de que el color blanco simboliza la paz, cuando lo veo siento todo lo contrario a ello. Los pósteres de la gestación de un embarazo y las semanas del feto hasta convertirse en un bebé muy grande no hacen más que ponerme nerviosa. ¿Mi panza estará igual de gigante a los ocho meses? ¿Y eso saldrá de mi vagina? Mi cabeza da vueltas solo de pensarlo.

En este momento mi pierna rebota nerviosamente sobre el suelo. Baxter tiene que poner una mano sobre mi rodilla para tranquilizarme. La doctora, que tiene edad suficiente para ser mi madre, está sentada detrás de la mesa de escritorio respondiendo las preguntas que Baxter le está haciendo, una tras otra, acribillándola con todas sus dudas. Ella contesta con paciencia y tranquilidad, como si lidiara todos los días con padres primerizos. Pero, por supuesto, es ginecóloga y debe de estar acostumbrada a ello.

Me hace preguntas como cuándo fue la fecha de mi última menstruación y mi última relación sexual antes de esta. No tengo el día exacto de aquellas dos preguntas, así que no estoy segura de cuándo rayos Baxter me embarazó.

Luego de aquello me quedo muda, intentando no entrar en pánico cuando pasamos a una sala y la doctora se retira para darme privacidad. Está a punto de hacerme un ultrasonido para saber la cantidad exacta de semanas de embarazo y para ver cómo le está yendo al feto. Espero que muy bien.

Me siento sobre la camilla mientras Baxter me sonríe divertido, yo estoy hiperventilando.

—¿Qué es tan gracioso? —espeto cuando me levanto la blusa y bajo la cinturilla de mi pantalón dejando mi vientre ligeramente redondeado al aire. Me echo con cuidado.

—Tu tripita apenas se nota —dice él colocando una mano bajo mi estómago.

Todas estas semanas creí que aquel abultamiento tan diminuto en mi vientre era por todo lo que comí en aquellos dos meses en los que estuve separada de Baxter. ¡Vaya tonta!

La puerta se abre a nuestras espaldas.

—¿Ya estás lista, mamita? —dice la ginecóloga entrando en la habitación y levantando sus manos recubiertas con guantes de látex.

—Sí, ya está lista —responde Baxter apartándose para dejarla pasar. Se sienta en la silla al lado de la camilla y toma mi mano.

Me crispo al ver a la doctora tomar un envase y untarlo sobre mi vientre desnudo. El líquido, que tiene la textura de un gel, está helado y me hace sobresaltar.

—Mierda —susurro.

Baxter se ríe sin dejar de apretarme la mano.

—¿Están listos? —pregunta la mujer.

—Ajá —murmuro más pendiente de la pantalla de la máquina de ultrasonido que de cualquier otra cosa.

Esta vez no me muevo cuando la doctora coloca algo parecido a una bola que empieza a rodar sobre mi vientre. El aparato podría ser un poco cálido, pero esparce el líquido helado sobre mi vientre bajo y eso me inquieta. A continuación, aprieta un par de botones en la máquina antes de que aparezca algo en blanco y negro en la pantalla.

—Ah, ahí está. —Señala ella hacia la pantalla, presionando un par de botones más—. Bueno, Madison, al parecer estás de nueve semanas. El embrión está allí, dentro del saco gestacional. ¿Lo ven?

Congela la pantalla.

Mi corazón late con fuerza. Quiero creer a la ginecóloga, ya que ella sabe de estas cosas, pero no logro diferenciar absolutamente nada de la imagen granulada que se ve en la pantalla.

Giro la cabeza para ver la expresión de Baxter. Arrugo el ceño al verlo sonreír mientras sus ojos se cristalizan.

—Es… hermoso —susurra.

—No noto nada —digo sintiéndome mal por no ver la diferencia. Todo es negro con líneas blancas y manchas extrañas.

La doctora nos sonríe.

—Aquí está su cabeza. —Señala hacia un punto donde no hay más que una mancha grande y granulada—. Estos son sus pies y este su cuerpo. Esto de aquí es el cordón umbilical.

—Guau —exclamo con voz impresionada. No puedo creer que esta mujer vea todo aquello en una imagen tan mala y, encima, pixelada. ¿Acaso estaré ciega? Sonrío con entusiasmo porque, por lo menos, Baxter sí lo ve.

Hasta parece conmovido.

—¿Quieren que les imprima una imagen?

—Sí, por favor —dice inmediatamente Baxter con voz ronca.

La doctora aprieta un par de botones más hasta que de la máquina sale un rollo de imágenes y se las pasa a él. Luego quita el aparato de mi vientre y me tiende papel absorbente para limpiarme el gel.

—El embrión está en perfectas condiciones —asegura la ginecóloga entrelazando sus manos—. En estas nueve semanas de gestación que llevas mide aproximadamente veintidós milímetros. El corazón está ya casi formado, pero aún no será posible oírlo porque no termina de formarse. Yo creo que en la próxima cita podrán oír el latido del corazón con mayor claridad.

—¿Y cuándo podremos saber el sexo del bebé? —pregunta Baxter bajando la imagen que tiene frente a su rostro hasta mirar a la doctora.

—Eso puede ser alrededor de las veinte semanas. Se podría revisar a partir de la semana dieciséis pero muchas veces no es muy claro. Pero no se preocupen, aún les falta mucho. —Sonríe.

Baxter escucha, asiente y vuelve a preguntar. Todo mientras yo me siento allí, sobre la camilla y los observo hablar.

—¿Cuándo será la próxima cita?

—El mes que viene. —Nos hace una seña para que la sigamos nuevamente hasta su consultorio. Se sienta tras el escritorio mientras Baxter y yo nos sentamos lado a lado en las sillas frente a este. Teclea algo en la computadora—. Les sugiero que vengan cada mes a partir de ahora, acabo de programarles una cita para dentro de cuatro semanas. Debo llevar un control del tamaño de tu abdomen para determinar el del embrión y controlar el latido cardiaco.

—Coge unos papeles de su escritorio y los comprueba antes de colocarlos sobre la mesa en nuestra dirección—. Esta es una lista de las cosas que debes comer para fortalecer a tu bebé. Empezando con dieta equilibrada y algunos ejercicios que puedes hacer en casa. Estos son los síntomas normales que tendrás en este primer trimestre, no debes preocuparte por nada. Pero si notas cualquier malestar, no dudes en llamarme. Aquí está mi teléfono para cualquier consulta. ¿Tienen alguna duda?

Niego fervientemente tomando la hoja que me tiende con su tarjeta.

Baxter inclina la cabeza.

—¿Las relaciones sexuales podrían afectar al bebé? —Su pregunta hecha tan a la ligera hace que mi rostro se caliente.

La doctora parpadea.

—Por supuesto que no —asevera, mirándolo a él y luego a mí—. No se preocupen. El bebé está muy bien protegido en el útero por varias capas de músculo, además está acolchonado por el líquido amniótico que lo rodea. No hay nada de que preocuparse, las relaciones sexuales están permitidas.

Baxter asiente sonriendo, satisfecho con la contestación.

Coloco una pierna encima de la otra.

—Eso sería todo, doctora —murmuro aclarándome la garganta—. Nos veremos dentro de un mes.

Me despido de ella antes de que Baxter pueda hacer otra pregunta igual de bochornosa y me pongo de pie luego de estrechar su mano. Salimos del consultorio en completo silencio. Él aún está aferrado a la imagen del ultrasonido, en donde se ven muchas manchas. Tiene la sonrisa más idiotizada del mundo. Incluso cuando nos metemos en su auto, deja las llaves puestas en el contacto pero no arranca. Se queda mirando la fotografía por varios segundos.

Mi mirada se posa en sus ojos, preguntándome si en cualquier momento se echará a llorar. Parece emocionado. Más que eso, parece conmovido.

—Vamos a tener un hijo, Madie —dice con la voz ronca.

Asiento. La ecografía en su mano lo confirma.

—Pues claro que sí.

Niega, claramente sin saber qué más decir. Cierra los ojos un momento colocando sus brazos sobre el volante. Pongo mi mano en su espalda, dándole tiempo pero reconfortándolo ante lo que sea contra lo que parece estar lidiando.

Cuando me mira, sus ojos están claramente brillosos.

—Me has dado el mejor regalo del mundo. Te amo. —Se inclina para besarme, dejando caer una mano sobre mi vientre y mi corazón corre a toda velocidad dentro de mi pecho. Cuando se separa mi respiración agitada acompasa la suya. Baja la cabeza sin dejar de acariciar mi vientre, mirándolo fijamente como si estuviera muy abultado, cuando no es así, solo muestra una apenas perceptible protuberancia. Para él, aquello es lo mejor—. A ti también te amo.

Al oírlo hago todo lo posible para que mis ojos no se empañen de lágrimas, pero es inevitable, se me escapa una.

Genial. Empieza la fiesta de las hormonas.

$$( \ ( \ ($$

—¡Es tan hermoso! —chilla Megan con la mirada puesta en la ecografía. Trevor y Susie se apilan detrás de mi hermana mientras se turnan para observar con detenimiento la imagen granulada. Parece que todo el mundo menos yo ve perfectamente al bebé. Me molesta.

—¡Sí, es una cosita tan hermosa…! —grita Susie tomando la ecografía en sus manos.

Cuando se la pasa a Trevor, él frunce el ceño.

—Pero no se puede ver una mierda.

Bueno, igual no soy la única.

—¿Cómo que no? —Megan le quita la imagen. Señala algo que parece una mancha deforme—. Esto es su cabeza, aquí están sus piececitos y estos que parecen miniculebras son sus bracitos.

—Aaah, ya lo vi —dice Trevor. Mis hombros se hunden. De nuevo soy la única que no puede diferenciar nada—. Parece un alien bebé.

—¡Cierto! —grita Susie analizando la imagen.

Antes de que alguien pueda decir algo más le arrebato la ecografía de las manos a mi hermana y la guardo en el bolso. No quiero ser una aguafiestas, pero la cafetería está comenzando a llenarse y no quiero que nadie se entere de mi embarazo por ahora.

Todo el día de ayer Baxter ha estado frustrado cuando le dije que no quiero que nadie se entere de nuestra relación todavía. El ambiente en el trabajo ya está demasiado tenso y lleno de chismes con lo de Johann y Megan como para querer añadirle más drama al asunto. Tal vez no es justo, pero quiero pasar mi embarazo en paz, por lo menos hasta que se me note.

Minutos después llega Baxter junto a Tracy, quien al verme sentada a la mesa con nuestros amigos corre a abrazarme. Grita y chilla sus felicidades. Baxter ya le ha mostrado la imagen de nuestro alien, y aunque ambos queremos que sea discreta en este tema, parece imposible porque no hace nada más que saltar de alegría, llamando la atención de todos mientras se cuelga de mi cuello.

—Basta, Trace, puedes ahorcarla y eso afectará… —susurra Baxter en el oído de su hermana—, ya sabes, puedes asfixiar al bebé.

Inmediatamente Tracy me suelta. Yo me río con lo que ha dicho, pero al ver su rostro serio sé que no ha sido una broma.

—Lo siento. —Se lamenta Tracy aferrándose a mi mano—. ¿Estás bien, puedes respirar?

—Baxter está exagerando —le aclaro antes de que se crea todo lo que dice—. Puedes abrazarme todo lo que quieras, pero trata de no hablar de… eso.

Ella me guiña un ojo sin dejar de sonreír y se sienta al lado de Baxter en el extremo opuesto de la mesa. Mis amigos aún no se acostumbran a vernos juntos, nos miran como si fuéramos un espécimen extinto. Yo hago todo lo posible por ignorar sus miradas curiosas.

—¿Y? —pregunta Tracy en un murmullo alto solo para que nosotros escuchemos mientras se inclina sobre la mesa—. ¿Ya pensaron en un nombre?

—Primero queremos saber el sexo del bebé —susurra Baxter.

—Oh, sí, seguro. Pero deben de tener algunos nombres en mente, ¿no?

Me meto una papa frita en la boca, termino de masticar y niego.

—La verdad es que aún no. Todos los nombres nos parecen malos. Queremos esperar más para decidir. —Todos mis amigos asienten, pero Baxter me mira frunciendo el ceño. Le devuelvo la expresión—. ¿Qué?

Señala mi plato.

—La doctora dijo que debes comer comida equilibrada, nada de comida frita. Y mucho menos café.

Miro mi plato de almuerzo y mi taza de café con culpabilidad.

Esto del embarazo se me va a hacer eterno si no consumo mi dosis de café diaria. Megan me retira la taza y yo hago pucheros como una niña mientras veo con horror que se lo toma ella.

—Esto es una mierda —musito empujando mi plato. Los antojos son reales, y a ellos no les importa que no deba comer algo, solo exigen.

Baxter se levanta para comprarme algo más saludable. Minutos después vuelve con un plato de lo que parece ser legumbres con arroz integral y un par de rodajas de batata. Luego me tiende un envase de yogur griego.

Miro mi nuevo almuerzo con reticencia.

—Eso está mejor —dice él sonriéndome.

Aprieto el tenedor que me ofrece y apuñalo las rodajas de batata con fuerza. Todos en la mesa me observan comer mi nuevo almuerzo mientras ellos tienen comida llena de grasa, entre hamburguesas, papas fritas y pizza, acompañando todo con gaseosas o cafés.

Los odio.

Incluso a Baxter, quien está comiendo elegantemente su hamburguesa.

Bajo su atenta mirada me meto en la boca algo de comida. Al principio se me hace desabrida, pero cuando estoy en el cuarto bocado sonrío.

No está tan mal.

Termino mi almuerzo más rápido que todos, porque soy la única que no habla, está tan delicioso que lo engullo apresuradamente.

Cuando mis amigos terminan su almuerzo y la hora finaliza, todos se retiran de la cafetería hacia sus puestos. Baxter me guiña un ojo antes de levantarse y marcharse. Yo también lo hago, pero no me dirijo a mi cubículo de la oficina, sino que voy a los baños privados que utilizan los jefes en la planta de la editorial.

Sonrío cuando veo a Baxter esperándome en el pasillo. Sin decir nada nos metemos en el baño. Me tiende mi neceser que ha traído de su apartamento, ya que ayer luego de la cita con la ginecóloga me quedé a dormir con él de nuevo. Ya son dos noches las que paso fuera de casa, pero siempre estoy calentita en la cama de Baxter.

Me apoyo en el lavamanos mientras me cepillo los dientes. Baxter imita mi acción en el de al lado. Nos sonreímos como dos tontos a través del espejo.

—¿*Tespuej vendas a mi caja*? —pregunta sin dejar de cepillarse los dientes. El cepillo dental impide que hable con claridad, pero creo que logro entender su pregunta. Y la respuesta siempre será la misma.

Asiento.

Nos terminamos de lavar y nos enjuagamos, nos secamos con el papel toalla que hay en el dispensador y ponemos todo de vuelta al neceser.

Previamente a que pueda moverme para salir, Bax coloca sus manos detrás de mi espalda y me acerca a él para besarme. Sus labios suaves y su aliento a menta hacen que besarlo sea aún más rico. Sonrío contra sus labios cuando intenta bajar las manos por mi trasero.

—No, señor, estamos en un baño dentro de la editorial. No es correcto —digo, a pesar de que mi cuerpo me pide a gritos una ronda de sexo duro y rápido contra la pared.

—Mmm, es que sabes tan delicioso que quiero probarte de nuevo —murmura contra mi cuello, repartiendo besos a lo largo de mi piel sensible.

Por muy buena que esa idea suene, hay trabajo que hacer.

Pero no me quejo cuando me levanta en volandas y me deposita sobre la encimera entre los dos lavamanos. Gracias al cielo que está seca y mis pantalones no se mojan.

Sonrío contra sus labios.

—Tendrías que quitarme los pantalones para eso.

Frunce el ceño.

—¿Quién habla de quitarse los pantalones? —Suena contrariado—. Solo quiero probar tu boca.

Mi rostro se pone colorado al haber pensado otra cosa.

—Como sea —refunfuño—. Bésame antes de que las hormonas locas tomen el control y sea yo quien te saboree, y no la boca.

Satisfecho con mi respuesta, vuelve a la carga. Arremete contra mis labios, abriendo su boca y, sin esperar nada, entierra su lengua hasta que choca con la mía. Empuño su cabello con ambas manos para sostenerlo contra mí mientras devoro sus labios con el mismo fervor que él devora los míos.

Puedo sentir mi corazón palpitar a una velocidad que no creo que sea saludable, pero no puedo sentirme más viva. Rodeo sus caderas con las piernas y de inmediato siento su dureza contra mi centro.

Suelto un jadeo que Baxter aprovecha para aumentar la velocidad de nuestras lenguas. Abre la cremallera de mi pantalón y baja el cierre.

Antes de que la escena se convierta en una para mayores de dieciocho años, la puerta se abre y yo grito cuando oigo una exclamación. Baxter se da la vuelta dejándome ver quién es.

Casi me caigo de espaldas al ver a Heidi. Nos mira con asombro, incrédula al ver la escena que tiene frente a sus narices.

Mierda.

Si antes no me odiaba, ahora lo hará, y con muchísima razón.

Estoy besando a su exmarido y, por mucho que me sienta bien con ese hecho, no me siento nada cómoda con que nos haya atrapado.

—Yo… vaya, lo siento, no sabía… —balbucea comenzando a ponerse roja. No sé si de furia o vergüenza.

—¿Qué haces aquí? —pregunta Baxter acomodándose al pantalón. Le doy un toque en el brazo por detrás. Aprieta mi rodilla, porque aún sigo de piernas abiertas sentada sobre la encimera.

—Vine aquí porque el otro baño está ocupado y…, lo siento, no sabía que este también lo estaba. —Se ríe.

Hay demasiada tensión en el ambiente.

Es obvio que la diversión de Heidi es pura farsa, noto en sus ojos lo molesta que está.

En ningún momento me mira, se ha dado cuenta de que soy yo a quien Baxter besaba pero ni siquiera se digna a echarme un vistazo. Yo, en cambio, la miro con el ceño fruncido preguntándome qué mierda hace ella aquí. Tiene un baño para ella en la segunda planta, donde está su despacho. No hay un motivo concreto para que esté aquí, a menos que haya querido ver a Baxter y esta sea su patética excusa.

—Adiós, Heidi —dice Baxter, despidiéndola.

Por suerte ella capta la indirecta-muy-directa.

—Eh… sí, lo siento de nuevo. —Me lanza una mirada condescendiente antes de salir. Aprieto los puños al saber que esta mujer está provocándome. No exactamente. Pero odio que intente acercarse a Baxter cuando él no demuestra ni el más mínimo interés.

Ni cuando estaban casados ni ahora.

—¿Debería importarme? —pregunto, señalando la puerta.

Baxter me ayuda a bajar de la encimera.

—Claro que no. Ella está mucho más allá del pasado, Madie, no tienes nada de que preocuparte. —Me besa la frente—. Tú eres mi presente y mi futuro.

# 29

No tengo ni idea de por qué de repente todos empiezan a tratarme con deferencia. Bueno, tengo una ligera idea, pero ni siquiera es justificada.

En casa, Megan me lleva todo a la cama. Si quiero comida, ella me la lleva. Si necesito algo, ella siempre está dispuesta a alcanzármelo. Baxter me trata como si fuera de cristal. En la oficina, todos tratan de mantenerme feliz, como si no existiera problema alguno. Incluso Baxter me pasa los manuscritos más fáciles de corregir. Mis amigos tienen cuidado conmigo, y utilizan pretextos para hacer las cosas por mí. «Oye, Madie, hace frío, ¿no? Te traeré un té». Claro, porque el café lo tengo prohibido. «Madie, esa silla es muy pesada, déjame moverla por ti». «Madie, te acompaño al baño». «Madie, te acompaño al estacionamiento». «¿Quieres que te compre el almuerzo? No subas a la cafetería, yo te lo traigo». Y más cosas estúpidas que no quiero volver a oír. Estoy embarazada, no inválida ni discapacitada, maldición.

Ahora mismo aprieto fuerte el vaso de agua que me tiende Baxter. Lo miro mal.

—¿Quieres parar? —pregunto mordazmente luego de tomar un sorbo—. Dije que iba a servirme yo misma.

—Pero quería traértelo yo.

—Lo sé, pero yo también puedo hacer esas cosas, ¿sabes? —Señalo abajo—. Tengo dos piernas para caminar.

—Y además son asombrosas —murmura pícaramente.

—Sí, y te golpearán si sigues con esas atenciones. No creas que no me he dado cuenta de que has sido tú quien les dijo a mis amigos que me ayuden en todo para que me sienta cómoda en la oficina. Megan me lo confesó. —Coloco el vaso de agua en la mesa de centro—. Sé que intentas que me sienta cómoda, pero necesito hacer vida normal. Quiero leer tantos manuscritos como me sea posible, sean lo difíciles que sean. La doctora no dijo nada sobre no trabajar.

Su rostro se frunce, analizando mis palabras. No parece satisfecho con ellas, pero tampoco contrariado. Considera lo que he dicho por unos segundos más y finalmente habla:

—Tienes razón. —Suspira, entrelazando nuestras manos—. Lo siento por ser tan paranoico. Tienes todo el derecho del mundo a trabajar y hacer las cosas que siempre haces. Prometo no entrometerme.

Sonrío.

—Bien. No fue tan difícil, ¿no?

Entrecierra los ojos.

—Pero nada de cargar objetos pesados.

Abro la boca.

—¿Qué clase de objetos pesados? —refunfuño—. ¡No he cargado nada!

Mi indignación le parece graciosa, porque sonríe, señalando la caja que está en la esquina de la habitación.

—Ese —enfatiza— es un objeto pesado.

—¡Es una caja!

—Pero no está vacía, está llena de libros. Y no puedes cargar peso.

Tiene razón, en aquella caja están los libros de Kayden Havort, y confieso que la he levantado un par de veces desde que llegó varios días atrás. En mi defensa, mientras la cargaba no sabía lo de mi embarazo.

—Está bien, papá —murmuro poniendo los ojos en blanco, esperando exasperarlo. Sin embargo, hace todo lo contrario, sonríe petulantemente. Cuando noto la mirada de diversión perversa en sus ojos, levanto una mano a la altura de su rostro—. Ni se te ocurra decir nada.

Sé cómo funciona su mente pervertida.

—¿Megan llegará pronto? —pregunta cuando se le pasa la diversión.

—Sí, Johann la recogió en la mañana para el desayuno, ya deben de estar por llegar.

Este sábado ha sido el más corto del mundo, a mi parecer. En la mañana Megan salió con su novio para un desayuno y almuerzo juntos. Inmediatamente después que ellos se fueron vino Baxter con bolsas de comida saludable para mí. A pesar de que ya había desayunado sola, me convenció de tomarme un yogur griego con miel. Está empezando a convertirse en uno de mis tentempiés favoritos y agradezco que se le haya ocurrido comprar muchos más para toda la semana.

Cuando se sienta a mi lado en el sofá, colocando mis pies en su regazo, hago pucheros mientras me recuesto en su hombro.

—¿De verdad te tienes que ir?

Besa mi sien con ternura.

—Te llevaría conmigo si quisieras.

Me tenso.

—No es que no quiera ir, sino que no quiero que nadie en la oficina… especule acerca de nosotros. Si ambos faltamos una semana entera a la oficina, y casualmente vamos a un viaje juntos, todos lo sabrán. —Mi reticencia a que las personas se enteren que Baxter y yo estamos juntos se debe a que deseo evitar las habladurías. No quiero que las personas piensen que me embaracé del jefe solo para amarrarlo, porque estoy segura de que es lo primero que pensarán al enterarse. No estoy para esos dramas.

Y no me importa lo que la gente piense, pero no quiero que eso afecte a mi estabilidad emocional. Apenas estoy asimilando mi embarazo como para sumarle más estrés a mi vida.

—No tiene que saberlo nadie si no quieres —murmura Bax haciéndome sonreír—. La decisión está en tus manos.

—Por ahora no —digo con un retintín. Empiezo a acariciar su mejilla rasposa—. Tal vez en unos meses, cuando mi panza esté del tamaño de una sandía y ya no pueda ocultarlo más.

—Me parece bien. —Reparte besos en la mano que tengo apoyada sobre su mejilla, haciéndome cosquillas con su incipiente barba.

Baxter me avisó de que en breve se irá de viaje, porque está pensando en abrir una nueva sede de la editorial Coleman y desea ver lugares para alquilar o comprar, para ya mismo empezar a remodelarlo todo. Tracy lo acompañará en el viaje, y aunque me gustaría ser yo quien viajara con él, es mejor que lo haga su hermana. Bastante tengo ya con el embarazo.

—¿Te irás por muchos días? —murmuro haciendo más pucheros.

—Solo será una semana.

Una puta semana y yo suspiro como si me hubiera dicho un año. ¿Dónde quedó la Madison a la que le importaban un rábano sus sentimientos y los enterraba en el fondo de su corazón? Ahora soy una sensiblera que llorará cuando él se vaya como si se fuera a la guerra, y no a una ciudad que está a dos horas de aquí.

—Te extrañaré —susurro—. Y a tus hoyuelos. Y a tu polla.

El pecho de Baxter retumba bajo mi cabeza con sus carcajadas.

—Mmm, yo también te voy a extrañar. A toda tú.

Levanto la cabeza y al notar sus ojos marrones mirarme con esa fogosidad característica suya me derrito. Me subo a su regazo, apoyándome en el respaldar del sofá, y beso sus labios.

—Hagamos que valga la pena esa semana que no estarás —susurro.

Cuando Baxter me mira así, con aquel deseo inconfundible en su mirada, me siento la mujer más sexy del mundo a pesar de llevar un pijama demasiado grande para mí. Mi cabello está recogido en un moño, y no llevo maquillaje; aun así, Baxter me mira con adoración.

—Entonces empecemos ya mismo.

Me río contra sus labios, gozando de su calidez. Nos besamos, disfrutando de la boca del otro sin ninguna intención sexual. Es algo tierno incluso, suave, lleno de ternura y promesas silenciosas. Disfruto de su sutil caricia en mi cabello, me dejo llevar por los sentimientos con todo el fervor y adoración que mi cuerpo puede reunir en aquel beso que se prolonga más conforme vamos meciéndonos hasta fundirme en sus brazos, sin distancias entre nosotros.

—Mmm, también extrañaré tu boca —murmuro alejándome con los ojos cerrados.

—Y yo, tus labios. —Antes de que pueda reaccionar vuelve a besarme, pero se toma su tiempo. Acaricia mi labio inferior con su lengua, instintivamente abro la boca dejándolo entrar.

Nunca nadie me besó como él lo está haciendo. Con pasión y delicadeza a la vez. Con amor, con reverencia y adoración, como si bebiera de mí. Me adhiero a Baxter frotando las manos en su cabello. A pesar de que siento calor y aquel beso me excita, no acelero el ritmo. Me dejo llevar por él.

En un segundo estoy sentada besándolo y al siguiente estoy siendo cargada por él. Me tomo un momento para estabilizarme y me aferro a sus hombros.

—¿Qué…? —comienzo a murmurar.

—Quiero que nos relajemos —dice entrando en el baño de mi apartamento. El que tiene una tina y un gran espacio en el que apenas cabemos los dos. Me deja sentada en la tapa cerrada del váter y él se agacha para abrir las llaves de la tina. Se demora un momento en llenarla con agua tibia. Mientras, decide quitarme la ropa.

—¡Oye! Puedo sola.

—Quiero cuidarte, Madie.

Y por la siguiente hora, Baxter me cuida muy bien.

Un par de horas después nos ponemos cómodos en el sillón de la sala. Ambos recostados en el sofá de tres cuerpos, yo con las piernas estiradas mientras que las de él están sobresaliendo sobre el reposabrazos. Hacemos cucharita mientras vemos un programa de televisión, riendo de vez en cuanto, absortos en él.

Se siente tan natural estar así que ni siquiera me sobresalto cuando se abre la puerta. Sé que es mi hermana; es la única persona además de mí con llave en el apartamento, duh, pero me sorprende verla con alguien detrás. Y no es Johann.

Baxter no se mueve, yo cojo el control remoto y bajo el volumen. Megan prende las luces de sala, lo que hace que entrecierre los ojos.

—¡Madie, Baxter! —exclama mi hermana con horror—. ¿Qué hacen aquí? Creí que estarían en el apartamento de Baxter.

Miro a Susie, quien está plantada detrás de mi hermana. Ella baja la mirada al suelo, evitando el contacto visual, y retrocede un paso, sin entrar en el departamento mientras Megan hace todo lo contrario y avanza hasta el centro de la sala.

Giro la cabeza para mirar a Baxter detrás de mí, él también tiene la misma expresión de sospecha en su rostro.

—No quisimos salir del apartamento, así que Baxter se quedó conmigo. ¿Qué pasa? —pregunto mirándolas. Claramente ambas están incómodas, lo que prende las alarmas en mi cabeza. Entrecierro los ojos—. ¿Dónde está Johann? Creí que irían a comer juntos.

Entono el nombre de Johann con una sutil precaución. No puede ser posible lo que mi mente está imaginando.

Mi hermana saca su teléfono, mira algo en la pantalla antes de brindarme su atención absoluta.

—Sí, fuimos juntos, pero en el restaurante nos encontramos con Susie y le dije para venir aquí porque Johann tenía cosas que hacer. Él nos trajo. Solo íbamos a ver una peli. —Mira detrás de mí, escapando de mi mirada. La conozco tan bien que sé cuándo está mintiendo. Me siento mal con sus palabras. ¿Está engañando a Johann con Susie? Mi mente se imagina cosas, pero no quiero afirmar nada hasta saber la verdad.

Le tengo que dar a mi hermana el beneficio de la duda.

—Creo que mejor me voy —dice Susie luego de carraspear. Nos mira con timidez—. Adiós, Madie, nos vemos en el trabajo. Hasta luego, señor Cole.

Se va antes de que mi hermana pueda decir algo. Megan cierra la puerta a sus espaldas y saca el celular para teclear algo en él. Luego lo guarda en el bolsillo de sus vaqueros y señala el pasillo.

—Estaré en mi habitación.

Y se va, tan pronto como vino.

Baxter aprieta mi mano.

—¿Qué está pasando? —pregunta, consternado. Me encojo de hombros sin saber qué decir. Estoy tan, o más, asombrada que él—. ¿Es mi imaginación o pasa algo entre Susie y tu hermana...?

Le tapo la boca.

—Sé más discreto —le susurro señalando la puerta cerrada de Megan—. No nos debe oír. Y no sé, a mí también me parece ver algo entre ellas.

Baxter se queda callado por lo que parece una eternidad.

—¿Megan es... bisexual?

—Ajá.

—¿Johann lo sabe?

—Sí.

—Vaya.

Me pongo a la defensiva con mi hermana.

—¿Hay algún problema con eso?

Baxter niega.

—Claro que no. Solo que... nunca imaginé que a Megan le gustaran dos personas a la vez; mi hermano y...

—No te preocupes, ella no quiere hacerle daño a Johann. Soy consciente de lo mucho que lo quiere. —En mi mente cruzo los dedos para que eso sea verdad. A mi hermana pueden gustarle los hombres y mujeres por igual, pero en los años que hemos crecido juntas, jamás ha herido adrede a alguien, y sé que esta vez no será la excepción.

Pero si de verdad está pasando algo entre ellas... más de un corazón terminará roto.

# *30*

Los días pasan tan rápido que el viernes decido pasar todo el día con Baxter. El sábado se irá por la mañana y hoy es nuestra última noche juntos antes de separarnos. Luego de finalizar nuestras horas de trabajo, Baxter y yo salimos de la editorial. Ando menos preocupada por todo el tema de Heidi. Al parecer él habló con ella y le dejó muy claro que no quiere nada con ella, que la relación entre ambos será solo profesional, y que si hace algo que lo incomode la botará a la calle, sin remordimientos. No le dijo que está en una relación conmigo, pero es algo que se acabará sabiendo cuando mi panza esté tan grande que no pueda ver mis propios pies.

Al llegar al apartamento de Baxter lo primero que hago es preparar la cena. Quiero hacer algo especial antes de que se vaya. Me demoro un par de horas, pero al final de la noche la mesa está lista para servir.

Aquella noche comemos en el gran comedor mientras hablamos de todo: de películas, música y cosas tan triviales que siento que llevamos juntos mucho tiempo, como si fuéramos una vieja pareja consolidada. Luego de cenar él lava los platos y los guarda mientras yo me siento en la isla de la cocina viéndolo trabajar.

Los pies empiezan a dolerme, así que me hago masajes, Baxter me carga en sus brazos y salimos de la cocina cuando todo está en limpio y en su lugar.

—Creo que llegó la hora del baño.

Me río ante sus palabras.

—Me siento como una niña cargada por su madre. —No bien digo la palabra «madre» mi cabeza se llena de imágenes de la mía. No he hablado con ella en varias semanas y, aunque no es mi culpa, siento un escozor al pensar en ella y en papá. Baxter nota mi cambio de humor. Intenta hablar, pero sonrío, borrando todo vestigio de tristeza—. ¿Te meterás conmigo?

Arquea una ceja.

—Ese es el plan.

Baxter sube las escaleras hacia su habitación y luego entra en el baño. Me sienta al lado del lavabo y luego se inclina para manejar las llaves de la tina hasta llenarla.

Una vez que está llena y tibia, me desvisto. Baxter me ayuda a quitarme los pantalones y la blusa. Cuando estoy completamente desnuda me meto en la tina e inmediatamente suelto un suspiro al sentir el agua cubrir mi cuerpo. Me relajo cerrando los ojos, siento que Baxter se mueve hasta meterse detrás de mí. La tina es tan grande que cabrían muchas personas, por lo que no tengo que encogerme para hacerlo pasar.

Me recuesto contra su pecho desnudo y vuelvo a suspirar.

Esto es vida.

Mis ojos se abren cuando Baxter baja sus manos por mi cuerpo hasta mi vientre. El bulto es tan sutil que cualquiera que me viera por primera vez no se imaginaría que estoy embarazada.

Mi corazón se acelera al sentir sus dos manos puestas sobre mi vientre, justo donde el bebé alien debe de estar. Un cosquilleo se forma desde la punta de mis pies hasta mi espalda baja.

—Creo que es momento de hablar de nombres. ¿No te parece? —susurra en mi oído antes de besar mi cuello. Esa simple acción me produce escalofríos a pesar de estar sumergida en agua tibia.

—¿Tienes alguna idea?

—He estado pensando en llamarlo como yo si fuera niño.

Me río.

—¿Y que haya dos Baxter? Imposible, apenas puedo lidiar con uno.

Suelto un chillido cuando empieza a hacerme cosquillas en el cuello con su mandíbula sin afeitar.

—Podría ser su segundo nombre, tú decidirías el primero.

Bajo la mirada hacia sus manos sobre mi panza. Me da miedo escoger un nombre. ¿Y si meto la pata y no le gusta o no le pega?

—Podrías decidir tú también.

—Claro —asiente complacido—. ¿Cómo la llamaríamos si es una niña?

Por el tono de voz que utiliza al decir «niña» sé que quiere una.

—Podría llamarse como yo —bromeo con una sonrisa divertida que él no ve.

—Podría ser —susurra—. Tendría a dos Madison que amar.

Esta vez me río.

—A veces dices unas cosas tan ingeniosas… —digo volteando ligeramente para verlo de lado. Su expresión es de diversión pero mantiene la boca en una línea firme.

—Lo decía en serio.

Me recuesto de nuevo en su pecho, pero esta vez apoyo la cabeza en su cuello.

—Hablando en serio, Bax, no me parece bien ponerle nuestros nombres. Es algo… antiguo, prefiero que tengan nombres diferentes al nuestro. —Miro el techo un instante—. Estaba pensando que si fuera niño me gustaría llamarlo Tom.

Siento su risa retumbar bajo mi cuerpo.

—¿Tom? —pregunta luego de calmar sus carcajadas—. ¿Por qué quieres llamarlo así?

Jadeo indignada.

—Porque mi actor favorito es Tom Hiddleston —exclamo, luego levanto las manos mientras enumero—: Además, actores increíbles también se llaman Tom; como Tom Hanks, Tom Holland y Tom Hardy.

—¿Insinúas que nuestro hijo podría ser actor?

—No sé, solo me gusta ese nombre.

—¿Y si fuera una niña?

Me encojo de hombros.

—Te dejo esa tarea a ti.

—Pensaré en ello —susurra—. Aunque tengo algunos nombres en mente.

—¿Cuáles?

—Zoe.

—¿Zoe?

—También pensé en Zadie, con zeta.

—¿Hay alguna razón de por qué la zeta?

—Es poco común, me gusta lo poco común.

—Mmmmmm, me parecen bien. —Cierro los ojos un instante imaginándome que nuestro bebé es una niña. Casi puedo oírme a mí misma llamando a nuestra hija por el nombre que él escogió para ella. Me encanta. Varios escenarios más llenan mi mente mientras me imagino un futuro con él y nuestra hija. Puedo sentir la leve inspiración de Baxter a mis espaldas. Su pecho sube y baja, mis párpados se sienten cada vez más pesados. Habla, pero ya no lo estoy oyendo. Siento que me mecen, pero lo ignoro, hasta que me sacan del agua tibia unos brazos fuertes y abro los ojos.

—Necesitas descansar.

Hago un puchero.

—Pero te irás temprano por la mañana… ¿Y si vemos una película? Quiero disfrutar las horas que nos quedan.

Sonríe mostrándome sus maravillosos hoyuelos.

—Necesitas descansar —repite.

Me lleva a la cama y me seca el cuerpo, mientras, yo yazgo en ella con los ojos cerrados. Siento que estira mis piernas y brazos hasta que estoy vestida con una gran camiseta suya. Me mete entre las sábanas e instantes después se acuesta conmigo.

Coloca una mano encima de mí y me besa el cuello. Yo estoy tan cansada que ni siquiera puedo abrir la boca para hablar. Lo único que escucho antes de quedarme profundamente dormida es un «te amo».

((( ((( (((

Abro los ojos abruptamente por el inmenso calor que siento. El lugar está en penumbra, lo que significa que aún es de noche. Siento algo tibio en mis muslos; antes de que pueda levantarme, un leve roce en mi sexo me hace cosquillas. Abro la boca para reírme pero en vez de soltar una risa, suelto un jadeo cuando Baxter lame entre mis piernas. Hago un esfuerzo para colocarme sobre mis codos y levanto el mentón. Lo que único que veo es su cabello castaño revuelto, tiene la cabeza entre mis piernas, justo en el punto exacto en donde empiezan a humedecerse rápidamente mis pliegues por el placer. Chupa y devora mi sexo con destreza.

—Qué… manera de… despertarme —digo entre jadeos.

Se detiene un momento para susurrarme.

—Quería tener tu sabor en mi boca antes de irme. —Y vuelve a atacar mi sexo, rodeando mi clítoris con su pulgar, masajeando, lamiendo.

La habitación se llena de mis gemidos. Intento prender la luz de la mesita de noche, pero me es imposible alcanzarla, por lo que me recuesto de vuelta en mi almohada y echo la cabeza hacia atrás hasta cerrar los ojos y seguir disfrutando de sus lamidas. Entierro las manos en las sábanas y hago puños con ellas cuando no puedo aguantar más.

Baxter coloca mis piernas sobre sus hombros, lo que aumenta el placer por el nuevo ángulo. Mis caderas rotan por sí solas, adecuándose al ritmo que él marca sobre mis pliegues mojados.

Grito cuando mete un dedo, dejando que resbale en mi interior; luego introduce otro y los saca y los mete rápidamente, haciendo que el sonido de la fricción y mis gemidos inunden la habitación.

Luego se detiene de manera abrupta.

Antes de que pueda levantar la cabeza y exigirle que continúe, veo que se levanta por encima de mí y me besa. Puedo sentir en su boca mi sabor salado, pero, aun así, disfruto del beso.

Busca a tientas mi trasero y me levanta para introducirse en mí de una sola estocada hasta la empuñadura. Se queda un breve segundo en aquella posición sin moverse, esperando a que me adecue a su tamaño, pero lo que yo necesito es que se mueva. Sacudo mis caderas, pidiéndole en silencio que se mueva.

—Baxter... —jadeo cuando no aguanto más. Él termina con mi sufrimiento cuando me levanta la pierna para rodear sus caderas y empieza a moverse. Entra hasta que siento el golpeteo de sus testículos en mi trasero, luego vuelve a salir y rápidamente entra de una sola estocada.

Mis gemidos son demasiado fuertes como para ahogar cualquier otro sonido, excepto por el golpe de nuestros cuerpos cada vez que entra y sale de mí.

La agonía de placer se acentúa cuando aumenta el ritmo de sus caderas, toma mis manos entre las suyas y las coloca sobre mi cabeza.

Yo respiro tan fuerte que apenas me salen las palabras.

—Voy a extrañar que me folles así todos los días.

Sube aún más la camiseta por mi cuerpo hasta revelar mis senos sensibles. Los acaricia con suavidad, manteniendo un ritmo entre sus embestidas y los pellizcos en mis pezones.

Su rostro se cierne sobre el mío.

—Y yo voy a extrañar follarte así cada maldito día.

Cuando baja sus labios a mis senos para chupar, la sensación es tan maravillosa que el orgasmo empieza a construirse. Baxter parece estar cerca también, porque siento que se expande en mi interior y sus embestidas empiezan a ser más duras y rápidas.

—Aaah, Madison —susurra subiendo su boca a mis labios, besándome desesperadamente.

Jadeo su nombre hasta que segundos después exploto en un orgasmo que me deja ligeramente desmayada sobre el colchón. Baxter se corre luego de varias embestidas más hasta que se hace a un lado para no aplastarme.

—Guau —musito sin aliento—. Voy a necesitar que me despiertes así todos los días cuando regreses.

Él se coloca de lado con la respiración agitada, igual que la mía, y sonríe. Los hoyuelos que se le marcan solo aumentan su sonrisa traviesa.

—Podría hacerlo si vivieras conmigo.

Luego de aquella declaración suceden tres cosas:

1) Me tenso inmediatamente.

2) Puedo sentir que entre mis piernas se escurre el líquido pegajoso de su semen.

3) Y unas terribles arcadas me invaden.

Me levanto tan rápido que siento un ligero mareo y veo algunos puntos negros, que ignoro hasta llegar al baño. Me tiro al piso y abro la tapa del váter antes de expulsar todo lo que tengo en el estómago.

Puedo oír la voz de Baxter mientras se acerca.

—Madison, no necesitas huir así como así luego de… ¡Mierda! —maldice. Se agacha a mi lado sobando mi espalda. Toma mi cabello en su puño y lo hace a un lado para que no me estorbe mientras yo continúo.

Soy un desastre. Puedo sentir que mis piernas tiemblan y el sudor frío en mi cuello baja hasta mi espalda mientras vomito, pero Baxter sigue a mi lado susurrándome cosas para tranquilizarme.

Una vez que ya no siento más náuseas jalo el excusado y cierro los ojos con cansancio al oír el agua correr. Baxter me ayuda a levantarme hasta que estoy frente al lavabo. Me cepillo los dientes y me enjuago hasta que la boca solo me sabe a menta.

Volvemos a la cama en completo silencio. Me echo de lado mientras Baxter se sienta y me mira con preocupación.

—Tal vez no deba viajar.

Niego tomándole la mano.

—Estaré bien, Bax —murmuro para tranquilizarlo—. Son los síntomas del embarazo, no tienes de qué preocuparte. Megan estará conmigo todo el tiempo en tu ausencia.

No parece aliviado.

—Estaré muy preocupado si viajo, bonita, no sé si debo dejarte justo ahora.

Siento pánico cuando veo que va en serio. No quiero retenerlo cuando sé que este viaje ha sido planeado exclusivamente para hacer crecer la editorial. Lo mío es algo pequeño en comparación con sus planes de hace tiempo.

—Son solo vómitos por el embarazo, la doctora dijo que es normal en el primer trimestre. —Sonrío intentando tranquilizarlo—. Además solo te irás una semana. Podemos aguantar.

Mira la hora en el reloj de pared de su habitación. Son más de las cuatro de la madrugada y en los próximos minutos tendrá que irse al aeropuerto a tomar su vuelo. Tracy vendrá en cualquier momento. Estaré aquí en su apartamento hasta que Megan me recoja por la mañana para ir a desayunar. Todo está planeado y Baxter necesita ceñirse al plan.

—Prefiero quedarme contigo. Lo otro puede esperar —murmura tercamente.

—No puede —digo con la misma terquedad que él—. Tienes un plan hecho, Bax, no puedes cambiarlo así como así. Si te preocupas mucho, podemos hablar todos los días o chequearme a la hora que quieras, pero tienes que ir.

No quiero que se vaya, obviamente, pero es algo que debe hacer. Una responsabilidad que ha de cumplir.

Mis síntomas de embarazo continuarán con o sin él presente.

Veo que sopesa mis palabras, cuando parece tener su decisión tomada, asiente con reticencia.

—Te llamaré todos los días —afirma con énfasis antes de inclinarse para besarme. Me río por las cosquillas cuando roza su mandíbula con barba de unos días sobre mi mentón—. Quiero saber cómo te está yendo a ti y a nuestro bebé. —Asiento totalmente de acuerdo—. Y cuando llegue, quisiera que te mudes conmigo.

—Baxter… —susurro su nombre con precaución, negando.

Creí que iríamos poco a poco sobre el embarazo y nuestra relación. Mudarse ahora mismo no es viable. No cuando el feo fantasma de mi pasado ronda mi mente. Ya he convivido con un hombre, no es nada fácil vivir con alguien más y sé que, aunque Baxter y yo estamos a otro nivel de lo que tenía con mi ex, no será la excepción a esa dificultad. Apenas he recuperado mi libertad. No sé si es correcto mudarme con él ahora mismo. Tenemos siete meses más para pensar en un futuro con nuestro bebé cuando nazca.

—No necesitas responderme ahora —comenta buscando mis ojos. Toma mi mentón entre sus dedos y sonríe—. Tampoco necesitas mudarte conmigo cuando vuelva, pero quiero que algún día vivas conmigo. Vamos a formar una familia, Madie, es tiempo de empezar a planear.

—Lo pensaré. Y cuando regreses te daré una respuesta. —Eso parece aliviarlo. Sonríe tan felizmente que pareciera que hubiera aceptado mudarme ya mismo.

Besa mis labios apoyando su frente sobre la mía al separarnos.

—Te amo. —Suspira mirándome a los ojos—. Sé que solo me iré una semana pero te voy a extrañar como un loco.

—Y yo a ti. —Sonrío, pero mi sonrisa se borra rápidamente al sentir un nudo en mi corazón al saber que en unos minutos tendrá que cambiarse porque en cualquier momento llegará Tracy. Toco su mejilla rasposa—. Te voy a extrañar mucho, pero sobre todo a tu…

—Polla, sí, ya lo dijiste. —Pone los ojos en blanco divertido.

Jadeo.

—¡Iba a decir tus hoyuelos! Pero sí, tu polla es mi cosa favorita de todo tu cuerpo. Luego tus hoyuelos. Y también esa boca que literalmente me vuelve loca y toda moj… —Me calla abruptamente con un beso.

—Sigue diciendo cosas así y perderé mi vuelo.

Con esas palabras deposita un último beso en mis labios antes de levantarse y meterse en el baño. En pocos minutos se baña y vuelve con una toalla anudada alrededor de la cintura. Mientras estoy recostada en el respaldar de la cama me lo como con la mirada; aprieto mis piernas pensando en lo que tiene debajo de la toalla.

Baxter se pasea por su habitación en busca de una muda de ropa para viajar más cómodo. No nota la mirada embelesada en mi rostro hasta que se gira sosteniendo la toalla con las manos, a punto de quitársela.

—Mierda, Madie —masculla cuando me arrastro sobre mis rodillas por la cama hasta el borde. Mi mente va a mil kilómetros por hora, al igual que mi corazón, que parece querer estallar dentro de mi pecho. Antes de que pueda extender mi mano y arrancarle la toalla del cuerpo, el timbre del apartamento resuena en toda la casa.

Caigo hacia atrás como si fuera un saco de papas. Adiós última oportunidad de saborearlo. Tendré que esperar una semana para eso.

Mierda.

¿Cuándo me volví tan deseosa de él, antes o después de embarazarme?

No puedo recordarlo.

Baxter parece tan fastidiado como yo con el sonido del timbre, pero no tiene más remedio que hacerse a un lado y vestirse rápidamente.

Quince minutos después, cuando bajamos a la sala, Tracy se cuelga a mi cuello como si se fuera a otro país por un año entero, abrazándome con fuerza. Se aferra a mi cuerpo en un abrazo de oso que cortaría la respiración a cualquiera, pero no a mí, que estoy acostumbrada a sus expresivas y fuertes muestras de cariño.

—Cuida a ese bebé —dice ella alejándose para acariciar mi pequeña panza abultada de nueve semanas—. No te preocupes por Baxter, que yo lo cuidaré. No quiere decir que deba cuidarlo de algo, pero ya sabes, estaré pendiente.

Me guiña un ojo.

—Cuídense —susurro con una sonrisa antes de un último abrazo, esta vez no intenta asfixiarme.

Soba mi panza un instante más hasta que llega el turno de Baxter.

Me empino para estar a su altura y lo abrazo con fuerza. El olor de su loción y el jabón que utilizó para bañarse impregnan mi olfato. El dolor en mi pecho crece hasta convertirse en un nudo feo y grande.

Lo extrañaré mucho.

—Cuídate, bonita, no cargues mucho peso y evita a toda costa las comidas con mucha grasa. No olvides que no debes tomar cafeína. Evita apretar el cinturón de seguridad en tu panza cuando vayas en auto y, si necesitas cualquier cosa, no dudes en llamarme. También puedes hablar con Johann, él estará pendiente de ti mientras yo no esté. No te olvides de decirme diariamente cómo te… —Lo callo poniendo una mano sobre sus labios. Cuando la quito, le sonrío con dulzura.

—Ya lo sé, Bax, cuidaré bien de mí y nuestro bebé. —Mis palabras lo hacen sonreír con amor.

Un segundo después se arrodilla frente a mí tocando mi panza con ambas manos. Me quedo quieta mientras me alza ligeramente la camiseta y me besa justo en el ombligo. Mi corazón parece detenerse.

—Mamá cuidará de ti, pequeño. Y cuando yo regrese estaremos juntos de nuevo. Intenta no poner a Madie enferma. —Vuelve a besarme allí y yo creo desfallecer.

Las lágrimas empañan mis ojos pero las enjugo rápidamente. Tracy emite sonidos tiernos con la boca —«aaah», «oooh»…— mientras sonríe abiertamente.

Cuando Baxter se levanta tiene una mirada de pura adoración en sus ojos color miel.

—Váyanse antes de que el taxista lo haga —murmuro con voz ronca por la emoción. Baxter se inclina para besarme. Cuando se separa, me empino de nuevo y llego hasta su oído—. Te amo.

La sonrisa que me dedica y el «te amo» que le sigue hinchan mi corazón.

Luego da media vuelta y se va.

# 31

Estos días he estado durmiendo a intervalos, despertándome en la madrugada y sin poder dormir después. Mis pensamientos a esa hora de la noche siempre van hacia Baxter. Este enamoramiento me ha pegado más fuerte que cualquiera que tuve en el pasado. Incluso antes de que fuéramos una pareja, lo mío con él fue muy intenso.

Mientras yazgo en mi cama bajo las manos a mi panza y sonrío. ¿Quién iba a pensar que quedaría embarazada? Mi hermana ha estado estos días detrás de mí, preguntándome cómo estoy y si necesito algo. Ella fue la primera en mostrarse escéptica con mi embarazo, pero cuando le aseguré que era algo que quería, que ya no tenía dudas, me felicitó por saber que por fin había cambiado de rumbo. Siempre le decía a Meg que no quería tener hijos con Devan mientras estuvimos juntos, no me veía como madre. Y por un tiempo a él le pareció bien, pero cuando el tiempo pasó y sus pensamientos cambiaron, las cosas se pusieron feas. Por esa y más razones nos separamos.

—Uh, me siento estúpida por hablar contigo —murmuro cerrando los ojos con vergüenza a pesar de que nadie me ve. El bebé debe de ser tan pequeño que ni orejas tiene, pero yo estoy aquí, hablándole como si estuviera en la habitación—. Tienes que saber que eres el bebé más querido, o embrión, no lo sé. Al principio no te quería, pero no eras tú, era yo. Ahora, sin embargo, te espero más que nunca. Tu papá está lejos, y lo extraño tanto que, mírame, aquí estoy hablando contigo a medianoche.

Aprieto los labios.

—Hazme un favor y deja de hacerme vomitar cada día. Será demasiado incómodo cuando vaya a la editorial. Ahora no está tu padre para cuidarme y tengo que soportar esto sola. Bueno, también está tu tía Megan, que me cuida, pero nadie lo hace como tu papi.

Suelto una risita con lo último. Llamar a Baxter «papi» me causa gracia y, al mismo tiempo, rubor.

—Dejaré de llamar a tu papi así porque me caliento y no está. Y ya ves que siempre me caliento con él alrededor, es así como te concebimos. Duh.

Me siento tan estúpida hablándole a la nada que me acomodo sobre mi costado para tratar de conciliar el sueño. Como no puedo hacerlo, extiendo la mano en busca del peluche de conejo que Baxter me regaló y me aferro a él con fuerzas.

Esa noche apenas duermo.

☾ ☾ ☾

El lunes voy a la editorial con las ojeras más grandes del mundo.

El fin de semana, a pesar de haber dormido mal, lo he pasado algo feliz porque Baxter me llama durante el día para hablar. Me cuenta que llegó sin problemas y que se reunirá con algunas empresas inmobiliarias para empezar ya mismo a visitar oficinas en busca de la ideal para la sede de la editorial Coleman en aquella ciudad.

Mientras salgo del ascensor junto a mi hermana hacia las puertas de vidrio de la editorial, siento un par de miradas curiosas que me siguen a donde voy. Me paro supererguida cuando incluso escucho un par de cuchicheos en la oficina. Mi hermana no se percata porque teclea algo en el celular mientras me sigue, pero yo soy consciente de lo que sucede a mi alrededor.

No quiero sonar paranoica, pero todos me están mirando con curiosidad.

Me siento en mi silla y me escondo tras la computadora. Hemos llegado tarde, por culpa del alien que me hizo vomitar mientras Megan preparaba el desayuno, pero no creo que nuestra tardanza sea motivo para que todos me miren con tanto interés.

Por suerte, los minutos pasan, ya estamos en nuestros respectivos puestos de trabajo y las miradas dejan de estar sobre mí para posarse en mi hermana. Johann va a saludarla, y todo el mundo se gira para ver la interacción, incluso Susie, quien se voltea en su asiento y ve cómo Johann le da un beso íntimo en la mejilla, susurrándole algo.

Bajo la cabeza y continúo leyendo el manuscrito que me han asignado.

Johann me saluda igual de efusivo y después se va hacia su despacho. Mi hermana parece pletórica.

—¿Qué? —murmuro a secas. Megan frunce el ceño ante mi evidente mal humor.

—Caray, Madie, estás más gruñona que nunca. ¿Será porque Baxter no está aquí para follarte? —canturrea.

—Tú siempre piensas en eso, ¿no?

—Pues obvio —responde—. Es lo que a una la hace feliz.

Pongo los ojos en blanco.

Si alguien creía que soy ninfómana, es porque no conocen a mi hermana.

—Ponte a trabajar y deja de pensar en la polla de Johann —susurro.

Ella se atraganta con su propia saliva, abriendo mucho los ojos con expresión inocente.

—No lo hacía —miente descaradamente.

Le saco la lengua y ella me devuelve el gesto sacándome el dedo medio. Vuelvo a girar la cabeza para concentrarme en la pantalla, pero hago una pausa.

Mierda. Las ganas de orinar. De nuevo.

Me levanto indicándole con una seña a Megan que iré al baño. Por suerte el que está en esta planta está vacío. Luego de ocuparme de mi asunto salgo del cubículo para lavarme las manos y allí me encuentro con Heidi, que acaba de entrar.

No me gusta nada que estemos las dos a solas, así que me apresuro a asearme.

Levanto el mentón y camino rígidamente hasta el lavamanos sin dejar de mirarla a través del espejo. Ella no habla, me contempla con evidente altanería. Su cabello rubio cae en cascada por su espalda, el vestido rojo que lleva es tan ceñido que abraza sus curvas a la perfección. Sus ojos marrones me observan con unas cejas perfectamente depiladas. No me saluda, ni siquiera me sonríe como solía hacerlo.

No sé las palabras exactas que Baxter le dijo a Heidi para que lo deje en paz, pero ella no parece muy feliz de verme. Y apuesto que este encuentro «casual» no tiene nada de casual. Ella tiene su propio baño en la misma planta que su despacho. No hay razón para que esté aquí, a menos que me haya buscado.

Me seco las manos en el papel toalla sin decirle nada. Si ella no va a dirigirme la palabra, yo mucho menos.

Camino hacia la puerta para irme, pero ella finalmente rompe el silencio:

—No te vayas, Madison, tenemos que hablar.

Me giro en redondo frunciendo el ceño al oír su condescendiente tono de voz.

—¿De qué?

Ella sonríe como si supiera algo que yo no y me hace una seña mientras camina por mi lado hasta abrir la puerta.

—Ven, sígueme a mi despacho.

Por mucho que quiera empujarla por las escaleras, camino detrás de ella con muchísima curiosidad, subimos hasta el segundo piso de la editorial y entramos en su amplio despacho. No creo que quiera hablar de Baxter, ¿o sí? La vez que nos pilló aún sigue fresca en mi mente e intuyo que quiere vengarse de mí por estar con su exesposo. O eso creo yo. Cierro la puerta a mis espaldas mientras ella se sienta detrás de su escritorio. Seguro se siente muy satisfecha consigo misma por tener su propio espacio, así que ignoro su sonrisa altanera.

Me cruzo de brazos esperando a que hable.

—Siéntate.

Me duelen los pies, pero me siento mucho más cómoda mirándola desde mi altura.

—No, gracias, prefiero estar de pie. ¿De qué quieres hablar conmigo?

Saca una carpeta del primer cajón de su escritorio y la coloca sobre su mesa de vidrio. Apoya las manos cruzadas sobre ella y hace una mueca con sus labios, una mueca para nada triste, todo lo contrario, hasta parece contenta.

—Lamento decirte esto, pero estás despedida. —Parpadeo, ella coge la carpeta y me la tiende—. Aquí está tu carta de despido.

La cojo de mala gana y la abro. Empiezo a leer en voz alta lo que hay en la hoja y los ojos casi se me salen de sus órbitas:

—Infracción de la política de conducta 3-4. Cometer actos que constituyan agresión sexual o exposición indecente. Política de violación de conducta 3-7. Participar en otras formas de conducta sexual inmoral u objetable.

Esas son las razones de mi despido.

Aprieto tan fuerte el papel que este parece arrugarse.

Estoy a punto de echar espuma por la boca como un perro, de la rabia que tengo.

—Lo que me faltaba —susurro. Me inclino sobre la mesa de vidrio y la miro. Parece muy feliz con todo esto—. No me jodas, Heidi. ¿Cuándo he cometido estas supuestas infracciones? ¿Acaso tienes pruebas?

—Claro que sí —afirma con suficiencia—. Sé lo que ha pasado entre Baxter y tú, Madison. Y tengo fotografías de ambos, esa es la evidencia.

Nuevamente saca de su gaveta un pequeño sobre y me lo tiende. Saco lo que hay dentro y me encuentro con varias fotografías mías y de Baxter en la fiesta de aniversario de la editorial, meses atrás. Ambos bailando en la pista de baile. La foto es algo borrosa y se nota que la tomaron de lejos, pero sí, somos nosotros.

—Solo bailábamos —replico furiosa. Es imposible que ella sepa o que tenga pruebas de lo que ocurrió en la suite del hotel—. No puedes despedirme con esas simples fotografías.

—¿De verdad? —Saca su teléfono y teclea en él. Cuando encuentra lo que buscaba me lo muestra. Es un video. Un video donde estoy sentada en el lavabo del baño mientras Baxter me besa.

—Qué hija de puta —susurro cuando me doy cuenta de que cuando nos pilló besándonos, lo grabó todo con la cámara de su celular. Siento que voy a desmayarme en cualquier momento.

Heidi ignora mi insulto. Se sienta más erguida en su asiento y guarda su celular antes de que me tiente a aventárselo en la cara.

—Ya ves —señala ella—, estás despedida por inmoralidad sexual. Lo siento mucho, Madison, pero en esta editorial no permitimos que nuestros empleados tengan una conducta…

Golpeo la mesa de vidrio haciéndola saltar.

—No me vengas con sandeces, maldita arpía, todo este tiempo tú lo estabas planeando. —Niego con la cabeza al darme cuenta de que ha sido una sanguijuela, haciéndose la buena conmigo, pero aprovechando su oportunidad para quitarme del medio. No lo permitiré. Ella tiene mucho que perder si sigue con esto—. Si tienen que despedir a alguien por inmoralidad sexual es a ti. No creas que no me he dado cuenta de cómo miras a Baxter. Ustedes dos han estado juntos y no te han despedido por ello.

Eleva ambas cejas.

—¿Y tienes pruebas de eso?

—Me importan una mierda las malditas pruebas, eres una desgraciada. —Baxter no está aquí, así que no puedo acudir a él pero sí a su hermano. La señalo—. Johann no lo permitirá.

Se encoge de hombros.

—No necesito su permiso para despedir a quien me plazca.

Aprieto las manos en puños. Esto es algo personal. Si de verdad quisiera cumplir las normas también despediría a mi hermana por estar con Johann, pero no lo hace, porque él no le importa. Lo único que quiere es deshacerse de mí para estar con Baxter.

Sí, claro. Está muy equivocada si piensa que así él se olvidará de mí y volverá con ella.

—Yo no me voy de aquí hasta hablar con Johann.

—Johann no es el único jefe.

—Ah, ¿sí? ¿Y quién más aparte de ellos son...? —Me callo abruptamente al entender sus palabras—. Tiene que tratarse de una broma.

Mi susurro no pasa desapercibido. Heidi parece tan complacida que he de refrenarme para no partirle la cara.

—Pues sí, yo también lo soy. Así que coge tus cosas y vete ya mismo.

—No eres la única dueña, Heidi, no te creas tanto.

—Oh, cariño, pero tengo más autoridad que tú. Y ahora mismo quiero que te vayas.

Mis ojos llamean de furia. Estoy a un paso de estamparle un puñetazo en la cara.

—Necesitarás la aprobación de los demás dueños para echarme, y los hermanos Cole no lo permitirán. —Me agacho a su altura, ella continúa sentada en su oficina como si le perteneciera este lugar—. ¿Y sabes qué? La que acabará en la calle serás tú, como la escoria que eres.

Me doy la vuelta para irme, pero ella aún no ha terminado.

—No te olvides dónde está tu lugar. —Señala afuera—. Apenas llevas tres meses trabajando aquí, yo llevo más de dos años en este lugar. Soy la jefa de Recursos Humanos, y tú no tienes derecho a nada.

—Eso lo veremos —amenazo.

—No olvides de desocupar tu cubículo en las próximas horas. Ya no trabajas más aquí.

—Jódete.

—Tan madura... No sé qué vio Baxter en ti. —Salgo de allí pero veo su sonrisa de satisfacción y me produce odio. Las ganas de romperle la cara no se han calmado, así que corro al baño del primer piso y echo el seguro cuando compruebo que no hay nadie.

Saco el celular de mi bolsillo y marco el teléfono de Baxter. A los pocos timbrazos responde:

—Hola, bonita, justo estaba pensando en...

—Heidi acaba de despedirme.

—¿Qué...?

—Me ha entregado mi carta de despido —sollozo, porque las hormonas revolucionadas solo hacen que mis emociones se multipliquen por cien. Y ahora mismo me siento desolada y sin saber qué hacer.

—Heidi no puede hacer eso, no tiene el poder para despedirte. No te preocupes, Madie, quédate allí. Ahora mismo llamaré a Johann para que hable con ella...

—¿Esa es Madie? —Escucho la voz de Tracy a lo lejos—. Pásamela.

—No, Trace, estoy hablando con ella.

—Yo también quiero hablar con ella, dame el celular. —Se escucha como si estuvieran empujándose mutuamente hasta que oigo la voz de Tracy en mi oído—. ¡Madie! ¿Estás bien? Escuché a mi hermano decir que llamará a Johann. ¿Qué está pasando?

Me trago las lágrimas de rabia, tomo una honda respiración para calmarme y contestar:

—Resulta que Heidi me acaba de despedir. —Tracy suelta un jadeo y a continuación la insulta con mucho fervor—. Sé que no puede hacerlo, pero insiste en que me vaya. Francamente no tengo ánimos para pelear, pero esa mujer se lo está buscando.

—No, Madie, no te preocupes por ella. Nosotros vamos a resolverlo, ella no puede hacerte esto —dice con tono tranquilizador—. Te recomiendo que por hoy vayas a casa, nena, tienes que descansar y estar allí ahora mismo te ocasionará mucho estrés. Mañana podrás volver al trabajo, no te preocupes por Heidi: mi hermano y yo lo resolveremos.

Se despide de mí y luego me pasa con Baxter.

—Menudo comienzo de semana —susurro cuando él dice mi nombre. Quiero golpear algo o, mejor dicho, a alguien llamada Heidi y romperle el rostro; no obstante, lo que ha dicho Tracy es cierto. No quiero más dramas ni estrés, solo quiero descansar. Y estando alterada, así como estoy, no podré continuar con mi trabajo.

—Volveré ahora mismo para allá.

—Baxter, no...

—Sí. Cogeré un avión ahora mismo. No puedo dejarte sola así, y necesito hablar con Heidi en persona. Ella no debió hacer eso.

—Pues ya lo hizo. Tiene fotos y un video nuestro. Es una desgraciada.

A pesar de la distancia, puedo sentir la furia de Baxter emanar en oleadas a través del teléfono.

—Me ocuparé de ella —promete.

Espero que «ocuparse de ella» signifique que la botará de la editorial y nunca volverá a verla. Aunque no pueda hacer eso.

—Bien. Yo me iré a mi casa. Y, Baxter —digo con tono más calmado—, no te preocupes por mí ahora. Sé que te encargarás de ella, pero no por eso necesitas venir aquí cuando tienes tantas cosas que hacer allá. Quédate hasta que las termines.

—Pero quiero estar contigo.

—No me digas que Heidi arruinará también tus planes de abrir una nueva sede. —Se queda callado, oigo su respiración—. No te preocupes, Bax, estaré bien. Tengo a mi hermana conmigo.

Pasan unos minutos antes de que vuelva a hablar, me quedo con el teléfono pegado al oído mientras observo mis ojos llorosos a través del espejo. Veo mi reflejo empañado por las lágrimas que aún no caen. Odio llorar, pero es todo lo que mi cuerpo quiere hacer en este preciso instante.

Aprieto los labios para mantener las lágrimas a raya.

—Está bien —murmura resignado—. Haré todo lo posible para terminar aquí antes y llegar a ti. Te amo, Madison.

Cuelgo la llamada sin despedirme de él.

Me mojo la cara y respiro hondo, hago todo lo que está a mi alcance para alejar la tristeza, lo cual es casi imposible. He pasado de la furia a la tristeza tan rápido que ni sé qué sentir.

Me armo de valor antes de salir por la puerta en busca de mis cosas. Me iré de aquí hoy, pero volveré mañana. No dejaré que Heidi se salga con la suya.

# 32

Mi hermana se muestra tan indignada con lo que le cuento sobre Heidi que amenaza con volver a la editorial solo para golpearla. Sé que tiene buenas intenciones, pero lo único que quiero ahora es descansar. Ella me lleva de vuelta al apartamento mientras despotrica contra Heidi, pero yo hago oídos sordos.

No quiero oír hablar de ella. De solo pensarla mi mente se llena de pura ira.

No bien llego a casa me echo en la cama y trato de tomar una siesta. Me he quitado el maquillaje que me he puesto para asistir hoy al trabajo, y cuando me miro en el espejo veo que tengo unas profundas ojeras.

Megan me arropa y me trae un chocolate. En cuanto lo huelo hago una mueca de asco.

—Aleja esa cosa de mí.

Me tapo la nariz y la boca. Megan me mira horrorizada.

—Pero ¡amas el chocolate!

—Ahora no lo soporto —murmuro alejando su mano de mi cara. Me toco el vientre—. Todo esto es tu culpa, pequeño alien, no puedo comer chocolate. ¿Qué me has hecho?

El rostro de Megan adopta una expresión de burla.

—¡Vaya, estás hablándole a tu bebé! —murmura con ternura y risa a la vez. Luego se calla y frunce el ceño—. Oye, no le llames «pequeño alien», que se va a ofender.

—¡No puede entenderme!

—Y aun así le hablas.

—Dicen que es bueno hablarle a tu bebé. Te escuchan.

—Pero en ese caso, sería traumático para él oír los gemidos de su mamá cuando su padre la penetra. ¿Oirá cuando follan?

Esta vez no me corto ni un pelo y golpeo a Megan con la almohada en todo el rostro.

—¡Serás puerca! ¿Puedes tener un poco más de respeto?

—¡Auch! —grita sobándose la nariz—. Eres una bruta.

—Y tú una cochina pervertida.

—Como si no lo supieras.

El sonido de mi celular nos interrumpe. Me callo abruptamente y lo cojo de mi mesilla de noche. Megan me mira con atención. Cuando veo quién llama, hago una mueca de fastidio.

—¿Qué? —pregunta con curiosidad. Se inclina sobre mí, pero yo ya le estoy mostrando la pantalla: una llamada de mamá. Mi hermana frunce el ceño—. ¿Mamá?

—No sé qué querrá ahora.

Me mira por un largo momento en el que ambas estamos en silencio, oyendo el retumbar de la vibración contra el colchón.

—¿Le dirás lo de tu embarazo? —pregunta con timidez—. Tiene que saberlo, Madie.

Suspiro.

—Lo haré. Y francamente prefiero decírselo por teléfono, no quiero tener que oír y ver sus gritos en directo. Por lo menos puedo ponerla en silencio en la llamada.

—Gran idea —susurra Megan sonriendo, pero su semblante se ha ensombrecido. Hablar de mamá siempre la entristece.

—Pero aún no.

La idea de contarle a mi madre que estoy embarazada me aterra. Sé que estará feliz de saber que senté la cabeza y todo eso, pero quiero disfrutar de este secreto y revelárselo solo a los que me ven a diario. Por eso, entre otras razones, no contesto a su llamada.

Megan me deja descansar. Doy vueltas en la cama hasta que el sueño me vence y me quedo profundamente dormida.

Cuando despierto ya ha pasado la hora del almuerzo y estoy más famélica que nunca. Megan me anima a salir de casa con ella en busca de comida. Vamos juntas al centro comercial y cuando pasamos por las tiendas de bebés no puedo evitar caminar hacia allí como si fueran un imán. Vemos ropas y conjuntos tan bonitos que decidimos comprar varios. Tengo unos cuantos en mi brazo izquierdo y aún creo que no son suficientes. Camino por los pasillos de la boutique de bebés buscando algo más que llame mi atención.

Me detengo abruptamente cuando veo varios conjuntos de ropa para bebés recién nacidos con frases muy graciosas en la parte delantera. Algunos hacen referencia a películas y otros cuantos, a libros, pero al final decido coger uno que dice «Soy la niña de papá». Megan levanta otro que dice «Hecho con amor». No puedo evitar reírme.

—Es perfecto —grita ella. Luego sus ojos ven otro conjunto y lo alza. En ese se lee «No fui planeado». Megan está divirtiéndose—. ¡Me llevo ambos!

Pero luego levanta otro que dice «Si mamá dice que no, mi tía dice que sí». A continuación, se lleva los tres conjuntos que llamaron su atención a la caja para pagarlos.

Una hora después salimos de allí con varias bolsas. Más allá nos detenemos en una tienda para mujeres embarazadas. Megan prácticamente me lleva a rastras. La dependienta me trae varios conjuntos, pero yo elijo probarme los que más me gustan, que son las blusas de maternidad con frases muy graciosas en la panza para cuando esté más avanzada.

Al final de la tarde salimos del centro comercial con muchas bolsas pero sin haber almorzado.

—Creo que nos pasamos —murmuro ya en casa, luego de dejar la bandeja vacía de comida rápida que hemos encargado sobre la mesa. Estoy tan llena que me echo a lo largo del sofá y empujo los pies sobre el reposabrazos.

—Es que mi sobrino será muy consentido —dice Megan, quien está sentada en la alfombra del suelo y con la espalda recostada en el sofá. Se da la vuelta y me pone las manos en el vientre. Hago una mueca, no me gusta que me toqueteen luego de haber comido, me siento hinchada y eso lo empeora. Aun así, dejo que Megan acaricie mi vientre—. ¿Verdad, mi amor? Ya eres un bebé muy consentido. Tus papis te aman mucho.

No puedo evitar soltar una carcajada.

—¿Desde cuándo te volviste una sensiblera?

—Yo siempre he sido una sensiblera —murmura indignada—. Si no me crees pregúntaselo a Johann. Él es quien disfruta de mis…

—Sí, sí, ya empezaste con tus cochinadas. Mejor no digas nada.

Nos miramos y soltamos una carcajada.

Ahora que ha tocado el tema de Johann y estamos en un ambiente tranquilo, decido por fin presionarla un poco.

—Meg —susurro mientras observo sus ojos verdes—. ¿Qué pasa entre Susie y tú?

Ella niega, dejando que el silencio se extienda. Juguetea con una hilacha invisible en su pantalón.

—No pasa nada.

Me siento derecha para cogerle las manos y hacer que me mire. Se le ve vulnerable y me parte el alma saber que mi hermanita está sufriendo por amor. Está ocultando sus sentimientos y no quiero que lo pase mal cuando me tiene a mí.

—Yo sé que es difícil para ti abrirte así, Meg, pero quiero que me lo cuentes todo. Somos hermanas, mejores amigas. Y siento que me estás ocultando algo. ¿No quieres contármelo?

De nuevo rehúye mi mirada.

—No hay nada que contar. Susie y yo somos amigas, hemos intentado manejar esto de manera madura porque trabajamos juntas y es muy incómodo tener que verla todos los días luego de lo que pasó entre ambas.

—¿Lo que pasó antes de que Johann y tú estén juntos?

—Sí, es decir, pasó algo entre nosotras antes de lo mío con Johann. Pero… no sé, hay muchas veces en que no puedo olvidarme de ella. Tener que verla todos los días lo hace más difícil.

Ella evita de nuevo mi mirada. Siento que me está mintiendo, y no sé si es mi intuición o paranoia, pero no quiero desconfiar de mi hermana.

—¿Has hablado con Johann de esto?

—¿Te refieres a lo que pasó entre Susie y yo? —Asiento. Ella baja la mirada—. Sí, lo sabe.

Guau. Vaya. Eso no me lo esperaba.

—¿Y no se siente incómodo? —pregunto. Yo cada vez que estaba en un mismo ambiente con Baxter y Heidi me sentía tan incómoda que no podía soportar mis celos. E imagino lo que debe de estar pasando Johann, no debe de ser nada lindo.

—Sí, pero trata de disimularlo. Sé que se pone un poco celoso.

—¿Celoso? —repito.

—Oh, sí, le conté todo lo que pasó entre ambas.

—¡Meg! —La reprendo.

—¡Él quería saber! —Se muerde el labio—. Admito que le pareció un poco excitante oírme decir todas las cosas que ella me hiz…

Le tapo la boca antes de que pueda terminar la oración.

—Ya basta.

Le quito la mano de la boca pero ella continúa:

—Aquel día no sabes lo duro que…

—¡Cállate! —La empujo sin mucha fuerza haciéndola reír a carcajadas.

—No puedo creer que seas una mojigata. —Se ríe tanto que las lágrimas empiezan a salir de sus ojos—. Apuesto a que eres una perra en la cama con Baxter y ahora te haces la modesta. Madie, tienes que disfrutar un poco de la charla sexual.

—No cuando mi hermana menor es quien me cuenta sus anécdotas. —Me estremezco de solo imaginar todas las escenas que Megan me ha contado hasta ahora. Cada vez que veo a Johann me sonrojo como una adolescente, y todo por culpa de mi hermana y su gigante bocota.

—¡Te encantan! —grita ella riéndose—. Ya quisiera yo que me contaras tus experiencias sexuales. Lo único que sé de Baxter es lo grande que tiene la polla, y solo porque la hemos comparado con la de mi Johann.

—No te diré nada de mi vida sexual explícitamente. —Palmeo mi panza—. Te lo puedes imaginar todo tú solita.

Ella hace pucheros.

—No eres divertida.

En ese preciso instante un calambre me atraviesa el vientre. Empieza a dolerme desde la espalda baja hasta la mitad de ella. Me encorvo ligeramente mientras hago una mueca.

—¿Madie? —Se levanta deprisa.

—Nada, es solo un calambre —susurro. Me pongo de pie y me mareo, pero lo ignoro—. Creo que voy a recostarme, hoy ha sido un largo día. Los pies me están matando.

Ella me ayuda a caminar hacia mi habitación como si fuera una inválida. Cuando estoy echada en la cama me abrigo con cien mantas y Megan me dice que estará pendiente de mí.

—No es nada, la doctora dijo que los dolores son normales. Además, solo duró unos segundos —le aseguro para tranquilizarla—. Creo que fue todo el estrés de la mañana y el trajín de la tarde. Verás que si descanso un poco estaré mejor.

Ella parece reacia a dejarme sola en mi habitación, pero la obligo a irse. Cuando cierra la puerta a sus espaldas cierro los ojos.

—Oye, no sé de dónde vienen esos dolores, pero no es diverti-do —murmuro tocándome el vientre—. Si extrañas a papá tendrás que esperar, no llegará hasta dentro de cuatro días.

De solo pensar que todavía falta esa cantidad de tiempo para verlo me pongo triste. Sé que son las jodidas hormonas que me ponen así y mis ojos se anegan de lágrimas, pero parpadeo para alejarlas e intento dormir.

☾ ☾ ☾

Cuando despierto lo hago sobresaltada al sentir un feo latigazo de dolor que me golpea en la espalda baja. Me levanto con cuidado, pues todo está a oscuras y no veo nada. Ni siquiera prendo la luz de la mesita de noche. Tengo demasiadas ganas de ir al baño.

Tropiezo con el borde de la cama y caigo al suelo. Estoy muy mareada. Con mucha dificultad me pongo de pie mientras el dolor en mi vientre se incrementa. Siento un calambre fuerte tras otro.

Llamo a Megan a gritos, pero todo lo que puedo percibir al otro lado de la puerta es silencio. Intento respirar profundamente antes de dar otro paso. Este dolor ya no es normal.

Asustada y con el corazón latiéndome a mil, camino a tientas en la penumbra de mi habitación hasta alcanzar el pomo de la puerta. Afuera el apartamento está también a oscuras, lo que significa que Megan está durmiendo o no está.

Con la poca fuerza que me queda entro en el baño y prendo la luz. Me asusta ver la palidez en mi rostro y mis labios agrietados, pero antes de que pueda seguir inspeccionándome me bajo las bra-gas y empiezo a temblar cuando veo que están rojas de sangre.

El dolor que siento en mi vientre bajo es tanto que me siento en la taza y no empieza a aminorar hasta que siento un líquido salir de mí. Mis ojos se llenan de lágrimas por la intensidad del dolor.

Dios, no. Algo va muy mal.

El papel higiénico se llena de sangre, demasiada como para no sentir pánico. Me pongo las bragas a toda prisa y cuando me levan-to, veo horrorizada que hay un gran coágulo de sangre en el váter. Todo está tan rojo y oscuro que mis piernas me vencen.

Me apoyo en el lavabo sin saber qué hacer. El dolor ha mengua-do, pero sigue siendo algo persistente que no me deja. En mi desesperación por hacer algo, salgo del baño tambaleándome y tratando de sostenerme de las paredes. Cuando llego a mi habitación cojo el celular y con manos temblorosas marco el número de Megan. Como no contesta decido llamar a Johann. Al tercer timbrazo contesta:

—¿Aló, Madie?

Me quedo callada, segundos después rompo a llorar.

—Johann, no sé… qué p-pasó —balbuceo. Mi llanto es tan fuerte que no sé si me entiende, pero de todas maneras intento explicarle lo sucedido, desde que me desperté con calambres hasta el momento en que vi sangre en el váter.

—Está bien, Madie, Megan y yo iremos para allá. —Se le escucha frenético, desesperado por lo que estoy—. Llamaré a una ambulancia, llegaremos más rápido que ella, no cuelgues el teléfono, quédate conmigo.

Niego.

—No sé qué ha pasado. —Lloro—. Yo estaba tan bien… y-y de la nada… Oh, Dios mío. Mi bebé…

—Está bien, Madie, está bien —murmura desesperado, yo le quiero creer, pero lo que vi en el inodoro no fue normal.

—Vengan rápido, por favor. —Es lo único que susurro con debilidad antes de que todo mi mundo se llene de puntitos negros y me desplome.

# 33

Despertar es la parte fácil.

Cuando lo hago, una luz blanquecina me golpea, por lo que vuelvo a cerrar los ojos. No hay sonidos en la habitación, estoy sola. O eso creo. El dolor tan intenso que tuve en el vientre bajo ya no está, solo siento un profundo vacío en mi interior. Sé lo que sucede, lo hago incluso cuando me fuerzo a abrir los ojos.

Parpadeo rápidamente tratando de acostumbrarme. Estoy en la cama de un hospital y Baxter, mi Baxter, está tumbado, durmiendo ovillado en el sofá de dos cuerpos al lado de la ventana. Es de día, así que intuyo que he pasado varias horas inconsciente.

Me reclino contra el respaldar de la cama. No tengo vías intravenosas ni nada que me conecte a una máquina. El colchón cruje apenas, pero es suficiente como para que Baxter se despierte. Abre los ojos y cuando me mira, se levanta con rapidez.

Me permito observarlo en detalle. Tiene el cabello totalmente desordenado, al igual que su camisa blanca. Toda su ropa está arrugada, como si hubiera dormido con ella, y sus ojos están muy cansados.

—Madie —dice mi nombre con alivio. Me alegro de verlo, pero cuando intento sonreír y extender los brazos para abrazarlo con fuerza, todo me duele.

—¿Y nuestro bebé? —susurro con voz ronca. La garganta me quema pero me esfuerzo para que las palabras salgan a través de mis labios.

Sus ojos color miel se llenan rápidamente de lágrimas.

Niega.

Me abrazo a mí misma.

No.

—Fue un aborto espontáneo —murmura también con voz ronca, sus palabras parecen salir de su boca con dolor—, la ginecóloga dijo que es muy normal en las mujeres embarazadas primerizas. Me explicó que sucede antes de las veinte semanas de gestación, dijo que no debemos preocuparnos, seguramente el embrión no se desarrolló normalmen…

—Cállate —musito para que deje de hablar.

Intento ser yo quien hable pero las palabras no me salen. En vez de ello me echo a llorar. Giro mi cuerpo y vuelvo a echarme sobre la cama mientras sostengo mi abdomen vacío.

Escucho que Baxter se mueve detrás de mí, continúa hablando pero ya no lo escucho. Cierro los ojos para bloquear la luz y todo lo que me rodea, pero Baxter se sienta en el colchón.

—Eh, no llores, estoy aquí.

¿Cómo no iba a llorar?

Dios.

Recuerdo haber salido en la mañana a comprar ropa para nuestro bebé y ahora… ahora esto. No. Me niego a aceptarlo, pero, aun así, muy en el fondo, en mis entrañas, sé que es verdad.

Feos sollozos sacuden mi cuerpo, Baxter me rodea con sus brazos pero todo lo que puedo hacer es tocar mi vientre desnudo, donde ya no está mi bebé, y llorar por su pérdida.

Lo he perdido.

Un sentimiento de culpa me asalta, luego le sigue una profunda tristeza y, a partir de ahí no dejo de llorar. Mi garganta me arde de tanto gritar y llorar, pero continúo a pesar de que siento que me estoy ahogando.

Mi corazón comienza a romperse en mil pedacitos. Quiero creer que estoy en una pesadilla, en la peor de todas, pero es tan real que me asusta.

—Amor… —Oigo a mis espaldas que Baxter intenta consolarme. Pero no hay nada ni nadie que pueda hacerlo. Me abraza desde atrás e intenta acariciarme para mitigar mi llanto, pero no puedo. No puedo dejar de llorar. Mi pecho se siente cerrado y mis pulmones, tan necesitados de oxígeno, que lloro en silencio y con la respiración entrecortada.

Me remuevo, tratando de soltarme. No quiero su consuelo, no quiero que me toque justo ahora, pero no tengo fuerzas para apartarlo.

Cuando el llanto cesa un poco sigo sin darme la vuelta, pero hablo en un susurro roto:

—Quiero estar sola. Por favor.

—Bonita…

—Vete.

No me suelta por completo, sino que busca mis manos y las aprieta.

—No me iré, Madie. Estaré aquí contigo, sosteniéndote.

Sus palabras se clavan en mi corazón. No digo nada, no le respondo. Pero le permito sostenerme mientras lloro con fuerza y me caigo a pedazos.

—Chist, te tengo.

☾ ☾ ☾

—Madie… —El susurro de una voz conocida me trae de vuelta. A pesar del llanto, a pesar de haber llorado hasta quedarme sin lágrimas, no he podido dormir ni un solo instante. La enfermera que me cuida ha entrado con un plato de comida y ha tenido que salir con él intacto porque no tengo apetito, mis ganas de comer son nulas. Baxter está tan preocupado que no se mueve de su lugar, y me mira fijamente como si fuera a desaparecer en cualquier momento. Él y sus hermanos han intentado hacerme hablar, pero no tengo palabras.

¿Qué diría? No estoy bien.

—Megan —murmuro el nombre de mi hermana con voz temblorosa mientras le hago espacio para que se recueste a mi lado. En las próximas horas la doctora me dará el alta, pero ni siquiera tengo fuerzas para vestirme y salir de aquí.

Es una pesadilla.

Todo a mi alrededor se mueve lento, como si no existiera nada para mí más que el vacío.

—Oye, Mads. —Mi hermanita tiene lágrimas no derramadas en sus ojos verdes apagados. Aparto la mirada para no verla llorar. Ellos no sienten el dolor como yo, ellos no han perdido a su bebé de su vientre. Ni siquiera puedo consolarlos porque yo no puedo consolarme a mí misma. Los dedos de Megan recorren mi mejilla hasta colocar mi cabello detrás de la oreja. Su toque me da escalofríos—. ¿Quieres que te ayude a vestirte? La ginecóloga te acaba de dar el alta.

—No.

Mi hermana hace como que no me ha oído.

—Ven conmigo, Mads, te voy a ayudar. —Sin fuerzas para seguir negándome, me pongo de pie y dejo que Megan me lleve hacia el cuarto de baño que hay frente a mi cama.

No me giro para ver si Baxter continúa allí.

Arrastro los pies hasta que Megan se detiene y se da la vuelta para ayudarme. En los siguientes veinte minutos ella me baña y me viste para salir de allí. Cuando volvemos a la habitación están allí los tres hermanos Cole. Milagrosamente, Tracy viene a mí y no habla, solo se dedica a abrazarme por un largo tiempo. Los brazos me caen muertos a los lados, así que hago un pequeño esfuerzo para abrazarla.

Nadie habla en el camino al auto.

En el estacionamiento Baxter me ayuda a subirme al asiento de copiloto mientras que los demás se van en el auto de Johann. Nos dan espacio para hablar, cosa que agradezco. Mi hermana va con ellos y se despide de mí con una pequeña sonrisa alentadora.

—¿Cómo te sientes? —pregunta Baxter luego de encender el auto y adentrarse en el tráfico de la media tarde.

Vacía. Mal.

Ni siquiera puedo poner en palabras lo que realmente siento.

—¿Cómo lo supiste? —pregunto yo ignorando lo que me ha preguntado. No es porque no quiera hacerlo, pero si llego a decirle algo, el dolor en mi pecho se extenderá y nadie podrá conseguir que pare de llorar.

—Johann me llamó enseguida —murmura alejando sus ojos de la carretera solo para echarme un breve vistazo. Lo que ve no le gusta porque coloca una mano en mi muslo y aprieta sobre mi pantalón—. Madie… yo…

—Viajaste muy rápido.

—Tenía que venir a verte. Tracy y yo salimos lo más rápido que pudimos.

Por mucho que me consuele escucharlo, sigo sin poder emitir mis verdaderas dudas.

Aprieto los labios y no volvemos a hablar hasta que estaciona en la plaza del parking de su apartamento. Me bajo sin su ayuda, preguntándome por qué me ha traído aquí, pero sé que será en vano pedirle que me lleve a mi casa cuando tenemos que hablar. O al menos intentarlo.

Subimos por el ascensor en completo silencio y cuando las puertas metálicas se abren avanzo rápidamente hasta sentarme en el sofá. Ahora que estoy aquí y noto la frialdad en su decoración agradezco que me haya traído aquí y no a mi casa, porque está llena de bolsas de la tienda a la que Megan y yo fuimos a comprar ayer y no sé si sería capaz de hacer frente a lo que perdí. A lo que perdimos.

Baxter se quita los zapatos para sentarse a mi lado. Ambos tenemos expresiones sombrías, ceños fruncidos y miradas perdidas.

—No sé si puedo…, no creo que pueda hablar de esto —susurro cuando el silencio se vuelve demasiado pesado. Baxter no soporta más la distancia y hace que me acerque. Dejo que mi mejilla repose sobre su pecho mientras oigo el retumbar de su corazón bajo mi oído.

Estar con él me produce cierta seguridad, estar en sus brazos bien podría ser suficiente para olvidarlo todo, pero si cierro los ojos solo puedo rememorar una y otra vez el instante en el que toda esa sangre salió de mí. Mi mente me juega una mala pasada porque todo se repite en bucle, recordando los buenos momentos y mezclándose con los malos.

—Chist —musita él con voz queda mientras me envuelve en un abrazo apretado. Me dejo acariciar por sus manos, no sé en qué momento las lágrimas han empezado a caer pero es algo que no puedo parar fácilmente.

Mojo su camisa, y cuando siento algo húmedo en mi cabello, sé que él también está llorando.

Nos quedamos así lo que se me antoja una eternidad. Ambos nos consolamos mutuamente en silencio y en los brazos del otro.

# 34

El dolor en mi pecho aún no se va. Baxter se queda conmigo toda la noche mientras yacemos sobre la cama cogidos de la mano. No dormimos, solo hablamos en murmullos de lo que ocurrió en el hospital, desde el momento que ingresé hasta que me dieron el alta. Me explica las cosas que me hizo la doctora para retirar todo el tejido fetal y las pastillas que debo tomar para regular mis hormonas y otras cosas más.

Soy obediente, tomo mi medicina a la hora correspondiente y luego continúo con mi rutina diaria, que es básicamente estar estirada en la cama de Baxter sin moverme; solo lo hago para ir al baño. Ni siquiera bajo a comer, todo lo hago en la cama. Luego de siete días nadie ha podido moverme de allí, ni siquiera mi hermana, quien me visita a diario para comprobar cómo estoy. Le hablo apenas, mis ánimos están por el piso. Ella lo entiende y no me presiona.

Falto toda aquella semana al trabajo.

Cuando Baxter me comenta que no me pueden despedir hasta que hable con Heidi no muevo ni un músculo. Nada puede sacarme de este momento de oscuridad.

Mis padres me llaman insistentemente por teléfono cuando notan que no les he contestado en varios días. No me preocupo por devolverles la llamada; si lo hago ellos sabrán que algo me pasa y no quiero tenerlos en la puerta de mi casa preguntando qué me sucede cuando ni yo misma puedo responder esa pregunta.

Baxter me deja por las mañanas para ir a trabajar. Como jefe debe aparecer por allí todos los días, pero no se queda mucho tiempo, regresa temprano a casa con la ilusión de que yo haya cambiado de actitud, pero no, continúo estando marchita.

Cada momento me aferro a mi vientre plano con la esperanza de que si hablo el bebé me oirá, pero luego recuerdo que no hay nada.

Mi hermana y Baxter intentan animarme. Me dicen que los abortos espontáneos son muy normales en las mujeres, ya que muchas veces el embrión no se ha formado donde debería, pero no puedo tener consuelo ni animarme con algo así.

Un martes por la mañana de mi segunda semana sin ir a la oficina Tracy viene a verme mientras Baxter está en el trabajo. Me trae un apetitoso desayuno y come conmigo en la cama. La mayor parte del tiempo se la pasa parloteando mientras empujo la comida en mi boca y miro con fijación las sábanas desordenadas.

—¿Eh? ¿Me estás oyendo, Madie? —Levanto la mirada, sus ojos marrones me observan con tristeza. Intenta sonreír pero no le sale—. ¿No vas a terminar de comer?

Miro mi plato. Todo se siente insípido y desabrido.

—No tengo hambre.

—Tienes que comer, Madison. —Aprieto los labios. Ella me toma de las manos tan firmemente que no me puedo soltar. La miro, sorprendida—. Yo sé que sufres, pero tienes que alimentarte, estás muy pálida y cada vez bajas más de peso. La ginecóloga dijo que debes comer...

La interrumpo.

—La doctora también dijo que mi bebé estaba sano —reniego de mis palabras mientras las pronuncio, sin poder evitarlo. Mi pecho se llena de un dolor insoportable pero continúo—: Ella dijo que su corazón latía y que pronto podríamos oírlo...

No puedo terminar, se me rompe la voz. Me hago un ovillo en la cama para dejar que las lágrimas salgan. No quiero que nadie me escuche ni me vea llorar como una magdalena, aunque deben de estar acostumbrados porque es todo lo que he hecho en estos días.

—Madie... —murmura mi nombre con delicadeza—. No solo tú sufres, Baxter también está sufriendo, y el doble, porque ve cómo estás cerrándote. Siente que te va a perder también a ti, que vas a dejarlo solo, pero yo creo que es algo que ya has hecho. ¿Te has puesto a pensar que él también sufre por la pérdida de su bebé? Él también estaba muy ilusionado, no tienes idea de por lo que está pasando.

Me giro hacia ella apartándome las lágrimas de un manotazo mientras la miro con horror.

—¿Que no tengo idea de lo que él está pasando? —repito señalándome, exactamente mi vientre—. ¡Él no sabe lo que yo estoy pasando! Él no sabe nada de lo sufrí cuando vi tanta sangre y el coágulo en el váter. El dolor que sentí, los calambres y luego la pérdida. ¡Él no lo sabe!

Tracy cierra los ojos un momento, imaginándose de lo que hablo o queriendo bloquear las imágenes que le aparecen. Es algo con lo que tengo que lidiar a diario, porque cada vez que cierro los ojos es lo único que puedo ver.

Cada. Vez.

Aunque me siento una mierda por haberle gritado cuando no tiene la culpa, le doy la espalda, ya no soporto estar echada en la cama. Si sigo aquí me volveré loca con todas las cosas que he estado rememorando desde que salí del hospital.

Me pongo de pie tan deprisa que la taza llena de café trastabilla sobre la mesita de noche. Tengo el cabello grasiento y el cuerpo pegajoso, así que decido que el primer paso para tratar de salir de esta miseria será un buen baño.

No hablo con Tracy cuando paso por su lado para entrar en el baño de Baxter. Antes de que pueda cerrar la puerta a mis espaldas escucho su voz:

—Aunque no lo creas, él también sufre como tú, Madison.

Cierro la puerta para dejar de oírla. No puedo imaginar que Baxter sufra tanto como yo. Claro que lo estará pasando mal, pero no tiene ni punto de comparación con lo que yo estoy llevando dentro.

Media hora después, cuando estoy limpia y con el cabello seco, salgo del baño y me llevo un enorme susto al ver a Baxter sentado en la cama en vez de a Tracy.

Camino con cautela a su alrededor mientras saco una de mis camisetas del cajón. Megan me ha traído varias mudas de ropa para pasar estos días aquí, no sé si podré soportar volver a nuestro apartamento pronto. Las imágenes del baño son muy difíciles de borrar estando aquí; si estoy allá, probablemente no salga de esto jamás.

—Saliste temprano del trabajo —murmuro mientras me quito la toalla y me pongo a toda prisa la ropa interior. Baxter levanta la mirada y me observa a través de sus pestañas oscuras. Me gustaría poder acercarme y tocarlo, poder fundirme en sus brazos de nuevo, pero necesito espacio, evitar su contacto, ese que antes me hacía delirar de felicidad.

Se acomoda sobre la cama mientras no me quita el ojo de encima. Su ceño fruncido enmarca su rostro casi demacrado; tiene ojeras y su mandíbula está más definida por haber perdido peso, aunque nadie lo notaría como yo porque lleva barba de algunos días.

Siento que su mirada repasa mi cuerpo, pero por razones completamente diferentes. Estos días he estado durmiendo con mi propia ropa, no quiero hacerlo con la suya. Por la noche cada uno duerme en una punta de la cama.

—Sí —murmura en respuesta. La tensión entre ambos ha crecido tanto que es casi imposible que nos toquemos. Yo no lo hago, él no lo hace, y cada noche sucede lo mismo. No le he tocado desde que me aferré a él y él a mí cuando nuestro mundo dejó de existir.

Ambos parecemos cáscaras de lo que éramos, y todo ese cambio ha ocurrido en solo una semana.

Normalmente Baxter regresa de la editorial a mediodía y se encierra en la habitación que utiliza como oficina en el primer piso de su apartamento, pero por razones que desconozco hoy ha venido directamente aquí.

Siento que Tracy ha hablado con él de nuestra conversación, porque, si no, ¿qué está haciendo aquí?

—¿Ha ocurrido algo? —pregunto temerosa de la respuesta, pero, aun así, continúo con mi trabajo de recoger la ropa sucia del suelo y apilarlo todo en mis brazos.

—Algo así.

Me enderezo.

—¿Qué pasó?

Sus ojos recorren el piso casi limpio escapando de mi mirada.

—Heidi es lo que pasó.

Me tenso, no quiero reaccionar, así que me meto en el baño y tiro la ropa sucia al cesto; cuando salgo adopto una mirada de indiferencia.

—¿Qué pasa con ella?

—Está tomando decisiones en la editorial que no le corresponden.

Lo miro con el ceño fruncido.

—Joder.

Pero no digo más. Baxter es quien ha firmado su divorcio con ella, y supo muy bien lo que vendría luego. No entiendo por qué está tan cabreado con su exesposa, era demasiado obvio que haría algo con la editorial cuando tuviera la oportunidad.

—Y no puedo hacer nada para botarla, es parte de la editorial.

—¿Vas a dejar que esa mujer arruine aún más tu vida?

Su cuerpo se tensa, inmediatamente apoya la cabeza contra el respaldar de la cama mientras se alborota el cabello.

—¿Qué quieres que haga? Tenía que firmar los malditos papeles para divorciarme de ella.

Me cruzo de brazos.

—Pues tal vez no debiste hacerlo —murmuro con furia al oír la frustración en su tono de voz. Hay cosas más importantes que la editorial en este momento. Por Dios, hemos perdido a nuestro bebé, y él está más preocupado por su puta editorial y en su exesposa que por nosotros. Lo señalo—. Quizá debiste seguir casado con ella, nada de esto estaría pasando ahora.

Se endereza con los ojos entrecerrados.

—¿Estás insinuando que yo tengo la culpa de esto por querer separarme de esa loca?

—¡No lo insinúo, lo afirmo! —exclamo—. Si no te hubieras separado de ella tal vez tú y yo nunca hubiéramos ido a más, y nada de esto estaría sucediendo. ¡Yo no estaría sufriendo por perder a mi bebé y tú no serías miserable a mi lado!

Me siento una perra al decir esas palabras, pero no me importa. Es la verdad, y la verdad duele.

Baxter se queda callado, sus ojos centellean mientras me mira, pero cuando no dice nada y el entendimiento se abre paso en su mente, puedo notar que está considerando seriamente mis palabras.

—Me estás culpando, ¿no? —murmura con voz ronca luego de varios segundos tensos en silencio. Asiento con lágrimas en los ojos. No es justo, no estoy siendo justa, pero nadie fue justo conmigo tampoco.

—Maldición, Madison, si pudiera borrar todo el dolor que estás sintiendo, lo haría en un santiamén. Pero yo también estoy sufriendo, no fuiste la única que perdió al bebé, yo también lo hice. —Su voz cada vez suena más ronca, y rota, pero no suelta ni una sola lágrima. No como yo, que ya estoy llorando en silencio—. Piensa lo que quieras, pero no es mi culpa. Y si tuviera la oportunidad de repetir todo lo que nos ha ocurrido solo para poder estar contigo de nuevo, lo haría una y otra vez, porque no me arrepiento de ti, de nosotros.

Me quedo callada por lo que parece una eternidad.

Cuando vuelvo a hablar, espero que me escuche alto y claro.

—Yo no pasaría todo de nuevo, no podría…, no podría volver a pasar por lo que ocurrió. Ojalá lo nuestro nunca hubiera sucedido.

Bajo las escaleras de la habitación de Baxter y me voy de allí.

((  ( (

—Ni siquiera lo pienses —grita Megan cuando levanto una mano para pedir mi tercera ronda de chupitos. Ignoro sus palabras dejando que la música las ahogue mientras levanto un dedo en dirección al barman. Él me sonríe coquetamente antes de deslizar varios vasos pequeños sobre la barra en mi dirección. Pongo un billete cuando me entrega mis bebidas y sin esperar el cambio me los bebo de un tirón.

La garganta me quema, pero se convierte en un dolor soportable hasta el punto de desaparecer luego de mi segunda ronda.

Megan, que está junto a mí, parece horrorizada. A su lado, Susie me mira con tristeza.

—¿Qué? —grito para ser oída sobre la música. Ambas se miran compartiendo una mirada que no logro descifrar—. ¿Me van a decir por qué se miran como si se comunicaran con la mirada? ¡Estoy aquí!

Megan me pega un manotazo cuando intento llamar al barman de nuevo. Susie niega con la cabeza mientras saca su celular. Ambas tienen ropa de trabajo, han venido directamente aquí cuando se enteraron de que estaba en el bar frente a la oficina queriendo olvidarme de mi vida por un segundo.

Ni siquiera he almorzado, pero ellas no tienen forma de saberlo.

—¡Basta ya! —grita Megan empujándome para alejarme de la barra. Me tambaleo un instante e inmediatamente ella y Susie me sostienen—. No puedes seguir bebiendo como si tu vida se fuera a acabar, Mads.

—Ya lo hizo —murmuro hipando mientras ambas me sacan del bar. No estoy tan borracha como para no poder caminar, pero, aun así, ambas me sostienen con fuerza, sospecho que es para que no me escape y vuelva a entrar en el bar.

Salimos al aire fresco y al tráfico de la ciudad. Todas las luces están encendidas, el sonido de la música no es tan fuerte aquí porque está amortiguada por todo el bullicio de los carros y sus cláxones.

Me apoyo en la pared del bar sin saber qué hacer a continuación. Megan y Susie están a un par de metros de mí, pero hablan tan bajo que no las oigo.

—Eh, ya dejen de cuchichear tanto —les pido con dificultad debido a que siento mi lengua pesada, como si no me quisiera funcionar, pero creo que ambas logran entenderme porque fijan sus ojos en los míos. Miro a Susie—. Sé que mi hermana te parece atractiva, pero ella tiene novio. Y es Johann. Lo siento, amiga, pero ella ya escogió. —Suelto un suspiro, sintiendo una opresión en el pecho—. Me gustaría haber sido lesbiana, así no hubiera tenido que embarazarme. Megan, cambiando de opinión, te conviene mucho Susie. No es que no quiera a Johann para ti, pero es una mierda embarazarse y luego…

No puedo terminar la frase porque me echo a llorar. Completamente en silencio los lagrimones caen por mis mejillas. Iba a decir que es una mierda ilusionarse y luego perder al bebé, pero el dolor en mi pecho me lo impide.

Megan corre a abrazarme.

—Oh, Madie —susurra en mi oído mientras me abraza con fuerza sobándome la espalda. Empiezo a sollozar y despotricar contra el mundo y todos los santos por haber hecho que perdiera a mi bebé.

—Ahí llegaron —anuncia Susie antes de que mi hermana se aparte y mire detrás de mí con una sonrisa triste.

—Johann —suspira Megan alcanzándolo.

Me aparto para limpiarme las lágrimas y alejarme de ellos, pero alguien me estrecha con fuerza. Cuando siento el aroma de Baxter no puedo evitar soltar otro sollozo más fuerte.

¿Cuándo me convertí en una llorona andante? Ni siquiera puedo pronunciar su nombre porque estoy demasiado atontada como para hacer algo que no sea llorar. Me aferro a él como si mi vida dependiera de ello mientras entierro mi rostro en su cuello y sollozo como una niña pequeña.

Antes de que sepa qué está pasando Baxter me levanta en volandas y me carga, camina unos pasos hasta depositarme dentro de su auto. Me pone el cinturón de seguridad y me tiende un pañuelo que saca de la guantera. Después sube. Mi hermana, Johann y Susie se despiden de mí a través de la ventana. El tráfico de la ciudad por la noche es aún peor, así que trato de controlar mi llanto. No quiero seguir llorando como una niña frente a él.

—¿Por qué viniste aquí? —murmura Baxter sin dejar de mirar al frente. Puedo notar que está molesto. Lo miro con tristeza, la manera en la que le hablé hoy no fue la correcta. Nada de lo que dije lo sentía de verdad, pero estoy demasiado dolida como para admitirlo en voz alta.

—Quería olvidar. —Decido ser sincera, y no porque esté borracha, sino porque quiero abrirme un poquito más a él. Ya nos hemos hecho el suficiente daño, y nada puede hacernos más que por lo que pasamos—. Quería olvidar lo que ha sucedido y lo que te dije esta mañana. Emborracharse ayuda.

Asiente.

Pero la mirada enojada en su rostro me hace sentir más mierda de lo que ya me siento.

—Lo que dije hoy…

—Aún no vamos a hablar de eso —dice con dureza apretando el volante hasta que sus nudillos se ponen pálidos—. Cuando estés sobria hablaremos de nuevo.

Está a punto de reventar en cualquier momento, así que me encojo de hombros. No quiero más peleas entre ambos.

—Vale. —Y suelto un hipo.

Baxter no se aguanta; golpea el volante soltando una maldición.

—¿De verdad crees que el alcohol te va a ayudar a superar esto? —exclama mirándome un instante—. Nada, te lo digo con franqueza, Madison, nada hará que te olvides de esto. Así que deja de buscar consuelo en otras cosas y búscame a mí. Soy el único que puede entender tu dolor porque yo también perdí a nuestro bebé. ¡¿No lo entiendes?!

Niego, pero no porque no lo entienda, sino porque él no me entiende. Hablar de esto es aún peor que no hablarlo.

—No sé si puedo hacerlo —susurro.

—¿Qué? ¿Hablar conmigo? —pregunta echándome un vistazo cuando se detiene por el semáforo en rojo.

—Sí.

—Yo también he perdido a alguien en el pasado, así que no me digas que no puedo entenderte. Porque lo hago, maldita sea.

—Perder a los padres no es lo mismo que perder a un hijo.

Me mira con tanta rabia acumulada, que me encojo en mi asiento y cierro los ojos para escapar de él y su ira.

—Por supuesto que no —conviene con voz apacible pero llena de furia—. Eso lo sé de sobra.

Antes de que pueda preguntarle por ello da un giro brusco para entrar al estacionamiento de su apartamento y yo decido no volver a abrir la boca.

Subimos a su piso en completo silencio. La furia que emana de él llega a mí en oleadas. En todo momento me toma del codo para evitar que caiga, aunque con las palabras que hemos intercambiado en el auto ha hecho que la niebla del alcohol se disipe en mi mente.

Cuando salimos del ascensor y entramos a la sala me suelta inmediatamente, camina por mi lado y, sin decirme nada, recorre el pasillo hasta su despacho y cierra la puerta con un gran golpe. Me estremezco al oír el eco que resuena en la estancia vacía.

Este lugar se ha convertido en mi refugio en estos días de hundimiento, pero, aun así, no me siento cómoda husmeando por él. Como sigo estando un poco borracha, decido aclarar mi mente preparándome un café cargado. Enciendo la cafetera y me tomo una taza caliente de café negro sin azúcar. Enseguida siento que el mareo disminuye.

Cuando los minutos pasan y Baxter no sale de su oficina, decido rebuscar en su cocina, no he almorzado y ahora es casi la hora de la cena, por lo que estoy famélica.

Caliento un sándwich de pollo y me lo como en unos cuantos bocados. Me lavo los dientes en el lavabo del primer piso y cuando salgo noto que algo de luz sale de la puerta del despacho de Baxter. Voy hacia allí con el corazón latiéndome deprisa. No hemos hablado directamente de lo que nos ha pasado, ni compartido sentimientos, y mucho menos me he disculpado por lo que le dije hoy. Todos estos días nos hemos alejado el uno del otro, es momento de dejar de hacerlo e intentar sanar. No quiero sentir este dolor toda la vida.

Pego mi oído a la puerta y frunzo el ceño al oír su voz en un tono bajo. Está hablando con alguien. Intento mover el pomo de la puerta y esta se abre.

—Deja de intentar arruinar todo lo que hemos construido y aléjate, te lo digo en serio, Heidi. He contactado con mi abogado para ver si hay algo que pueda hacer. —Se da la vuelta en su silla giratoria y me mira de pie en el umbral. Su mirada se suaviza solo un poco, pero cuando escucha algo al otro lado de la línea vuelve a fruncir el ceño—. No me jodas, Heidi. —Hace una pausa—. Pues ya no más.

Corta la llamada y tira el teléfono hacia el sillón negro con rabia. Me adentro para observar con atención lo grande y elegante que es su despacho. Es casi idéntico al que tiene en la editorial, solo que este tiene más negro que blanco en su decoración, lo que lo hace más oscuro y tenue, y le da un aspecto sensual. Algo que va con él completamente.

Me acerco a la mesa de vidrio notando que su camisa está desabotonada en los primeros botones, su cabello está completamente alborotado y si no fuera por aquella mirada de dolor en el rostro, cualquiera diría que acaba de follar.

—Vamos a hablar —declaro.

Baxter niega.

—Hablemos mañana —dice ofuscado—. Estás borracha y francamente ahora no quiero hablar.

Rodeo la mesa de vidrio y me planto a unos pasos frente a él. Me satisface ver que su mirada me recorre de arriba abajo, tal vez no llevo mis mejores ropas, pero el vestido suelto que llevo no hace nada por esconder mis piernas.

—Ya no estoy borracha, pero si no quieres hablar, no importa. —Me encojo de hombros, me inclino sobre él y lo miro sin parpadear—. Pero hay cosas más interesantes que podemos hacer.

Ha pasado más de una semana sin tocarnos, sin ningún tipo de contacto entre nosotros. Y por muy afectada que esté, en este momento lo quiero, lo necesito tanto como al oxígeno. Exagerada, pero cachonda. Así me pongo con el alcohol.

Sus manos se aferran a los reposabrazos de su asiento. Antes de que pueda cambiar de opinión me siento en su regazo, una pierna a cada lado de sus caderas, logrando que mi vestido se suba. Baxter no se lo pierde, mira mis muslos desnudos con un hambre que no había visto en estos días.

—Madison... —susurra mi nombre.

Me inclino hasta que mis pechos rozan el suyo. Acerco mi boca a su oído.

—No estoy borracha, Baxter, y creo que ambos necesitamos esto. ¿No te parece?

Doy un salto cuando, de improviso, sus manos vuelan a mi trasero. Bien. El placer ganó esta vez. Me pega contra su dureza y en un segundo ambos estamos respirando rápidamente sin siquiera habernos besado.

—Cama, ahora —exige.

—No —digo antes de que se ponga de pie conmigo encima. Bajo mis manos al cierre de su pantalón mientras lo oigo sisear—: Yo lo quiero aquí.

No hay delicadeza cuando estampa sus labios sobre los míos, tampoco la hay cuando entierro mis manos en su cabello y me aferro a él mientras dejo que devore mi boca con la misma devoción que yo siento en mi interior.

Follar no está en el menú de hoy hasta que vuelva a ver a la doctora y me chequee para que vea que todo está en orden, porque tener relaciones sexuales luego de lo que me pasó no es recomendable, así que por hoy solo bastará con llegar a la tercera base.

Ambos estamos jadeando, ambos estamos desesperados por fundirnos en los brazos del otro, ambos sabemos que esto es placer y ya. Necesitamos sacar de nuestros sistemas esta tensión que se ha formado con el paso de los días.

No hay nada romántico en esto mientras intento bajar su pantalón. Esto es para olvidarnos de todo en el cuerpo del otro. Un mutuo acuerdo de superación entre los dos.

Levanta sus caderas para que pueda quitarle el pantalón de un tirón, le dejo el bóxer puesto, pero puedo ver lo excitado que está: la punta asoma en la pretina de su ropa interior. Me relamo al ver su glande mientras tira con fuerza de mis bragas. Sus manos ansiosas me ayudan a quitármelas rápidamente. En cuanto me enderezo me desprendo del vestido y lo tiro junto a la ropa que está en el suelo.

Baxter me carga y me sienta sobre la mesa de vidrio. Hay papeles encima, por lo que mi trasero no se enfría, pero todos los documentos se arrugan. A él le importa una mierda, está demasiado ocupado en recorrer mi cuerpo con aquella mirada hambrienta que tanto extrañé.

En un santiamén y con solo una mano, me desabrocha el sostén y lo desliza por mis brazos. En cuanto tengo los pechos al aire, es el turno de Baxter de relamerse antes de atacar mis senos. La tibieza de su lengua provoca escalofríos en mi cuerpo, tira de un pezón con sus dientes y luego chupa.

Jadeo al sentir sus duras manos apretar con fuerza mis pechos, es una sensación grandiosa porque lo hace justo después de las pequeñas mordidas que me da, dejándome los pechos hipersensibles.

—Joder, Madison. Adoro tus tetas —ruge antes de pellizcarme con placer de manera ruda pero sin lastimarme. Me deshago con su toque.

Sus labios se encuentran con los míos. Hay ira en su lengua. Hay frustración en sus caricias. Hay pasión en cada movimiento de su boca contra la mía. La mezcla de sus palabras, su ira y mi tristeza, todo se combina en un sentimiento de lujuria.

Me empuja sobre la mesa hasta estar recostada. Antes de que él diga algo abro las piernas y le dejo ver la fuente de mi deseo. Su aliento choca entre mis muslos cuando baja la cabeza hasta acariciar el interior de mis muslos. Puedo sentir la tibieza de su respiración y la barba que hace cosquillas y envía un torrente de emociones por todo mi ser hasta que la totalidad de ese placer emerge en mi centro. Puedo sentir que estoy mojada, y eso él lo puede ver muy bien.

—Mojada para mí como siempre —halaga, y olisquea mis muslos. Me estremezco—. Te extrañaba.

Abro la boca, pero lo único que sale de mí es un gemido cuando baja la cabeza a mi centro. Lame y chupa a su antojo sin detenerse un segundo siguiendo un ritmo lento y delicado; me retuerzo en la mesa de vidrio al sentir que me toca el clítoris con el pulgar.

Alterna las caricias entre chupar, lamer y presionar.

En segundos me tiene gritando en la silenciosa oficina, bajo la luz tenue del ambiente.

Alzo las piernas y las coloco sobre sus hombros. El ángulo le da la posibilidad de acercarme más a él sin dejar de acariciar y volverme loca con su boca y dedos.

—Baxter… —gimo su nombre una octava de voz más aguda, sosteniéndome sobre mis codos y observándolo lamerme con la poca fuerza que me queda.

Verlo allí, agachado mientras me devora, es algo que me vuelve loca y él lo sabe.

—Pequeña sucia, te encanta que te saboree —murmura contra mis labios sensibles. Curvo mi espalda despegándome de la mesa sin poder evitar mis movimientos—. Te encanta ver cómo te como el coño, ¿no?

—Sí…, sí. —Es todo lo que puedo balbucear.

Su sonrisa socarrona se esconde al volver al ataque. No puedo evitar cerrar los ojos ante la oleada de placer. Puedo sentir que el orgasmo está a punto de golpearme. Mis piernas tiemblan, mis sentidos se agudizan y mi visión se oscurece. Mis gemidos llenan el lugar, puedo oír el chasquido de sus dedos contra mis pliegues al meter y sacar sus dedos sin dejar de lamer ni chuparme mientras estimula mi clítoris.

El torrente de sensaciones me golpea. El orgasmo me llega, así que caigo hacia atrás deshaciéndome en pequeños espasmos, pero él no deja de tocarme. En unos minutos puedo sentir que otro orgasmo me sobreviene cuando sus movimientos continúan rápidos y firmes contra mi centro.

Uno de sus dedos encuentra mi ano y empuja.

Es la primera vez que dejo que alguien me haga eso. Por un momento me tenso al sentir esa invasión por detrás, pero él continúa acariciándome y lamiéndome de tal modo que el placer gana.

—Oh, Dios —jadeo. Dos dedos en mi coño, la punta de uno en mi culo y la boca de Baxter en mi clítoris, me desmorono con un violento temblor en un segundo orgasmo que me deja totalmente agotada.

Me corro en segundos en su boca.

Maldita sea. Guau.

Mierda.

Ni siquiera tengo palabras o pensamientos coherentes. Solo guau.

# 35

Ambos estamos en el sofá de su despacho mientras dejamos que nuestros cuerpos se relajen luego de los orgasmos que ambos hemos provocado al otro. Puedo sentir la leve caricia en mi brazo que Baxter me está haciendo distraídamente con el pulgar. Estamos recostados contra el respaldar, mirando la ventana del techo al piso hacia la inmensa ciudad llena de luces y las calles abarrotadas. Me siento tan pequeña desde aquí arriba, mirando los edificios lejanos y lo diminuto que se ve todo desde esta planta.

Soy una más del montón. Todos tenemos problemas, cada uno lleva una carga en su vida y aun así todos salimos adelante día a día, viviendo nuestra vida, tratando de sobrevivir.

Así me siento yo ahora, una superviviente. Una persona normal que lidia con sus problemas a diario pero que no se deja vencer.

Sinceramente hasta hoy no creía que fuese posible salir de la depresión. Alejé a todos de mí, aun sabiendo que me apoyan y quieren lo mejor para mí, y les hice daño, aunque el mayor daño me lo hice a mí misma.

Inspiro profundamente sin despegar mi mejilla del torso desnudo de Baxter. Es un suspiro bueno, es uno que dice que estaré bien siempre y cuando le eche ganas. Siempre y cuando quiera estar bien de verdad.

—Lo siento —susurro en el tranquilo silencio.

Baxter baja la mirada para encontrarse con la mía.

—¿Por qué?

—Por todo, por perder a nuestro bebé, por…

Frunce el ceño. No quiero hablar de esto, pero debo hacerlo. Siento que ya es hora de sacar todo lo que llevo dentro.

—No lo hiciste a propósito, no es tu culpa —interrumpe antes de que pueda continuar—. La doctora dijo que no estaba bien desarrollado. Que esas cosas suelen pasar a algunas mujeres y que es algo común. No hay nada que pueda evitarlo…

—Aun así —lo interrumpo a mi vez—, te alejé cuando más nos necesitábamos. Perdón. Quería llorar y estar sola, no sé qué me pasó. Pero no podía soportar la idea de abrazar a alguien más, o de hablar, solo quería estar en silencio y pensar: ¿por qué? ¿Por qué lo perdimos?

—Es una pregunta a la que no tengo respuesta. Lo único que sé es que me duele como a ti, pero vamos a estar bien, Madie, podemos superarlo.

Me aterra ver que sus ojos se llenan de lágrimas. Mis ojos están igual de lagrimosos, pero quiero dejar de llorar. Desde que salí del hospital es lo único que he hecho, y no quiero seguir así. Si lo hago, me volveré loca. Necesito desconectar de mi dolor y continuar.

—Lo vamos a hacer —le prometo no muy segura de cómo, solo sé que así será.

A la mañana siguiente despierto enredada entre los brazos de Baxter. Dormimos juntos en la misma cama y aunque debe ir a trabajar, observo su rostro. El brazo se me ha dormido y me molesta, pero no quiero que se levante, no aún.

Le miro las pestañas oscuras y largas mientras su pecho sube y baja a causa de su suave respiración. Mis piernas están entre las suyas y sus manos me aprietan contra él. Por primera vez luego de lo ocurrido, sonrío al verlo. Baxter es guapísimo, demasiado sexy, llama la atención cuando camina por la calle, la gente se lo queda mirando, así que ahora es mi turno de disfrutar de los pequeños detalles aprovechando que está inconsciente.

Tiene una pequeña cicatriz del tamaño de un grano de arroz justo en la frente y, aunque su cabello desordenado siempre la cubre, puedo verla ahora porque lo aparto con suavidad de su frente. Su mandíbula recta y sus pómulos altos hacen que su rostro se vea casi perfecto.

Suelto una risita cuando abre la boca en su sueño profundo. Emite un pequeño ruido que se parece mucho a roncar. Sé que él no ronca, así que ese ruidito bronco me hace reír a carcajadas.

Baxter se remueve ante el sonido de mi risa, me tapo la boca pero él abre momentáneamente los ojos. Cuando me ve los entrecierra, aún sigue adormilado.

—No era un sueño, eras tú riéndote —murmura con voz muy ronca. Mi risa me delata.

—Buenos días —digo con voz cantarina.

Él cierra los ojos de nuevo, cuando los vuelve abrir lo veo sonreírme con pereza.

—¿Qué haces acechándome?

—Solo te veía dormir. —Intento alejarme de su pecho pero él hace un movimiento brusco y me tira a la cama para colocarse sobre mí. Siento sus piernas desnudas rozar las mías, el vello de su piel me hace cosquillas pero no vuelvo a reírme porque puedo sentir la dureza entre mis piernas, y eso es suficiente para que se me corte la respiración. Lo miro de arriba abajo al tiempo que veo que sus ojos también me escanean. No hay nada que tapar; llevo una de sus camisetas cortas y nada debajo—. Estás muy guapo incluso cuando duermes. Incluso cuando roncas.

—Yo no ronco.

Me sostengo de sus brazos flexionados y tensos. Está más que despierto.

—Solo un poquito. —Por la mirada que me da piensa que bromeo—. Es sexy.

—Tú lo eres más.

Me río con sus palabras.

Me mira con una gran sonrisa en el rostro.

—Extrañaba ese sonido, el de tu risa —aclara.

Siento calor en todas partes cuando pronuncia esas palabras sin dejar de mirarme a los ojos.

Subo una mano entre nosotros y acaricio su cabello.

—Lo siento por haber sido una perra ayer y por cómo me he comportado en el hospital y desde que salí de él. —Suelto un suspiro. La conversación ha dejado de ser intrascendente, se ha convertido en algo más profundo, pero él necesita escucharme. Mi voz sale temblorosa—. Te juro que nunca me vi como madre, nunca quise serlo, pero después de enterarme de que estaba embarazada, una pequeña parte de mí se alegró. Luego cuando fuimos a la doctora y ella lo confirmó no podía dejar de estar feliz por el bebé que tendríamos. Antes nunca me hubiera imaginado tener un hijo y luego era lo único en lo que podía pensar, así que cuando me quitaron la ilusión me sentí fatal. Creo que es un castigo por no haber querido ser madre…

—No fue un castigo —me interrumpe él besando mis mejillas mojadas. Parpadeo, no era consciente de que estaba llorando—.

Esas cosas suceden, Madie, a cualquiera. Pero no quiero que te vuelvas a cerrar, creí que te iba a perder también, y no soporto la idea de no estar contigo.

Intento apartar las lágrimas, pero estas siguen cayendo.

—Y yo me he sentido una mierda por haberte alejado cuando más nos necesitábamos. —Cierro los ojos unos segundos, cuando los vuelvo a abrir él sigue mirándome con el mismo amor de siempre. Nada ha cambiado entre los dos. Hemos perdido pero seguimos queriéndonos, yo aún más si es posible. Este hombre ha sido mi salvación incluso cuando no sabía que debía salvarme—. Perdóname. Tú has sido tan bueno conmigo, tan paciente…

—No hay nada que perdonarte, las cosas que dijiste, que hiciste, fueron por el dolor. Yo te entiendo más que nadie, bonita.

Mi interior se vuelve papilla. Baxter comienza a repartir besos por todo mi rostro —pómulos, ojos, nariz…—, haciéndome reír de nuevo.

Todavía tengo un dolor en el pecho que no creo que se vaya pronto, pero tengo la seguridad de que juntos saldremos de esto.

☾ ☾ ☾

—Mamá… —murmuro con voz cansina, pero ella ni me escucha, pasa de mí mientras continúa hablando.

—Estaba tan preocupada por ti. ¿Por qué no has respondido mis llamadas? —No me deja contestarle, ella sigue parloteando en mi oído. Alejo el teléfono para que no me rompa el tímpano y lo pongo en altavoz mientras cocino—. Creí que estabas enferma, o algo peor. Tu papá estaba a punto de ir a buscarte. Eres una desconsiderada. Casi me dio un infarto cuando vi tu llamada. ¿Cómo es posible que hayas estado desaparecida por semanas? ¡Semanas, Madison! Ni siquiera te has preocupado por tus padres, por nosotros, que te lo hemos dado todo…

Pongo los ojos en blanco mientras la escucho despotricar contra mí. Cuando termina es mi turno de disculparme por haberlos dejado de llamar, pero, aun así, no expongo mis razones. Cuanto menos sepan mis padres de lo que me sucedió, mejor. De momento, no quiero que se preocupen ni que armen un lío cuando se enteren que de la noche a la mañana me embaracé de mi jefe. Mamá pondría el grito en el cielo al saber que he estado viviendo en pecado. Tal vez incluso haría lo mismo que le hizo a Megan y dejaría de hablarme para siempre.

—¿Y cómo estás? —pregunta luego de aceptar rápidamente mis disculpas. Antes me ha hecho prometer que nunca desapareceré así otra vez.

—Bien. —Sonrío a medias mientras enciendo el fuego. Pongo el celular en la encimera y una olla sobre el quemador—. Tengo mucho trabajo. En la editorial me están matando.

Es una mentirijilla. En verdad no me están matando, pero he acumulado trabajo de dos semanas y tengo que ponerme al día. Que esté con Baxter, uno de los jefes, no significa que pueda librarme de la responsabilidad. Aún necesito trabajar, pero ahora más que nunca preciso de la concentración de lo que eso conlleva, distraerme de mi dolor y poner mi enfoque en otra cosa es lo que me hace falta.

El despido de Heidi no tenía fundamentos. Valentina, la abogada de la editorial, pudo solucionar la situación, de modo que estoy nuevamente de vuelta en el trabajo. Heidi no puede despedirme así como así, no es la dueña de la editorial, por lo menos no la única.

Mamá suspira al otro lado del teléfono.

—Si aún trabajaras para Devan, en Plume, eso no estaría pasando. —Vuelve a soltar un suspiro exagerado—. Extraño mucho a ese chico.

—Mamá… —digo exasperada. Estoy empezando a hartarme de que siga empujándome a él.

—Lo sé, lo sé, ya no lo voy a nombrar —se apresura a decir—. Pero, aun así, hacían una muy buena pareja. Ya iban a casarse y…

—Jamás me casaría con él, mamá.

—Pero Devan…

—No quiero volver a oír hablar de él, mamá. —Alzo la voz para que entienda que no lo digo de broma—. Te lo digo en serio. Para mí él ya no existe, es agua pasada. Deberías superarlo ya. Demonios, si hasta parece que fueras tú quien estuvo con él y no yo.

—No me hables así, Madison.

Me quedo en silencio unos segundos, cierro los ojos, sin saber si soltarlo o no, pero tal vez si no lo hago ella seguirá mencionando a mi ex.

—Estoy saliendo con alguien, mamá —anuncio.

La línea sigue estando en silencio. Me estremezco por lo que sucederá a continuación.

—¿Con quién? —pregunta de inmediato, supercuriosa.

—Es alguien del trabajo —digo escuetamente, sin querer dar más detalles. Pero mi madre es mi madre.

—¿En qué trabaja, cómo se llama? ¿Cuánto tiempo llevan saliendo?

Sonrío al pensar en Baxter. A esta hora debe de estar a punto de llegar y quiero sorprenderlo con un almuerzo casero hecho por mí. Continúo mi labor de picar las verduras para echarlas a la olla.

—Trabaja en la editorial conmigo y llevamos saliendo unos meses.

—¿En qué trabaja? —insiste. Puedo sentir la emoción en su voz.

Me demoro unos segundos en contestar.

—Es el editor jefe.

—¡Madison! —grita ella, su voz resonando en toda la cocina—. ¿Estás saliendo con el jefe?

Aprieto los labios.

—Sí.

Vuelve a soltar otro grito.

—¿Y es joven como tú, cuántos años tiene? ¡Espera! Si estás saliendo con tu jefe significa que tiene mucho dinero, ¿no?

Por tercera vez en la conversación pongo los ojos en blanco, pero por lo menos he logrado que Devan salga de su mente. Genial.

—Sí, mamá, tiene mucho dinero. Y es mayor que yo por algunos años, no muchos. —Le doy respuestas ambiguas para saciar parte de su curiosidad y que el misterio siga estando ahí.

—¿Y es guapo?

Salto en ese instante cuando el ascensor suena al abrirse. Baxter entra en la sala. Sonrío no bien lo veo soltar su maletín y desanudarse la corbata negra que lleva. Se quita a toda prisa el saco y cuando da un par de pasos ve que estoy en la cocina. Cuando me sonríe como lo está haciendo, mostrándome sus increíbles y lamibles hoyuelos, yo me hago un charco en el suelo. Lo miro de arriba abajo admirando su aspecto.

—Madie, ¿estás ahí? ¿Cómo es ese chico tuyo, es guapo?

Baxter al oírla alza las cejas.

¿Que si es guapo? No, solo es el hombre más delicioso que he conocido. Es más que guapo, es sexy, y está buenísimo. Podría mirarlo por horas y jamás me cansaría. Pero es algo que no puedo decirle a mi madre, me moriría de la vergüenza si las digo en voz alta, así que voy por lo seguro:

—Sí, mamá. —Me aclaro la garganta—. Es guapísimo.

Le guiño un ojo a Baxter. Él se adentra en la cocina, camina hacia mí de forma depredadora, como si fuera a saltar sobre mí en cualquier momento. Lo miro embelesada.

Mi madre elige ese momento para gritar. Su voz resuena en toda la cocina. Baxter frunce el ceño divertido.

—¡Eso es genial, hija! —exclama alegre—. Estoy feliz de que sigas adelante. Y espero que algún día cercano pueda conocer a ese novio tan guapo tuyo. Tal vez te pueda hacer una visita con tu padre para conocerlo. ¡O ustedes podrían venir un domingo a casa y almorzar con nosotros!

Niego, divertida.

—Tal vez, mamá, ya te avisaré. —La saco del altavoz y me pego el teléfono al oído—. Te llamo luego, tengo que seguir con el trabajo. Dale mis saludos a papá. Los quiero.

Mi madre se despide de mí efusivamente por varios segundos. Cuando por fin cuelga el teléfono, Baxter se acerca a mí por detrás.

—Conque guapísimo, ¿eh? —Me rodea el cuerpo con sus fuertes brazos—. ¿No querrás decir sexy, el hombre más guapo que has visto nunca? Todo un adonis, un dios…

Doy un respingo cuando sus manos frías se adentran en mi camiseta. Abro la boca para chillar al sentir un cosquilleo en mi estómago.

—Sí, sí, todo eso. Pero también un engreído.

Vuelvo a gritar cuando sus manos bajan bruscamente para sostener mi trasero y sentarme sobre la isla de la cocina. Me besa larga y pausadamente, tomándose su tiempo para saborearme. En un segundo rodeo su cuello, pero antes de que podamos profundizar, Baxter se aparta con el ceño fruncido.

—Huele a quemad…

—¡El aderezo! —grito saltando de la isla para acercarme a la olla. Apago rápidamente el fuego al ver que el aderezo que estaba preparando para el almuerzo está totalmente quemado.

Baxter se acerca sigilosamente rodeándome el cuerpo con sus brazos mientras posa su mentón en mi hombro. Su aliento me hace cosquillas en el cuello. La decepción por haber quemado las verduras se esfuma rápidamente cuando Bax empieza a repartir besos en mi cuello y hombro.

—Será una excusa para pedir comida —susurra.

Me estremezco al sentir sus labios.

—Quería cocinarte algo. —Hago un puchero. Baxter me da la vuelta, sonriendo.

—Aún podemos hacerlo.

Y en una hora preparamos entre ambos la comida. Baxter me ayuda a cortar de nuevo verduras mientras yo las coloco en el horno. Cuando todo está listo almorzamos en el comedor y, al finalizar, volvemos a la cocina para lavar todo lo sucio.

Se siente tan cómodo y natural estar así con él que podría acostumbrarme a esta vida para siempre.

Una hora después, Baxter se encierra en su despacho para hacer el trabajo que deja pendiente cada día para venir a casa temprano. Decido ver televisión pero cuando los minutos pasan y luego se convierten en horas, empiezo a impacientarme. Cambio de canal numerosas veces, pero cuando nada me convence y mis ojos ya están rojos por permanecer muchas horas frente a la tele, opto por hacer algo diferente.

Como ya son más de las siete de la tarde decido ponerme el pijama y voy al despacho de Baxter. Cuando abro la puerta lo veo absorto tras su ordenador, mirando la pantalla tan fijamente que no me ve cuando entro. Solo lo hace cuando cierro la puerta a mis espaldas.

Sus ojos están cansados y, aun así, me dedica una pequeña sonrisa.

—¿Me extrañabas?

—Sí —respondo con sinceridad—. Ya me cansé de ver televisión.

—Ven aquí.

Hace una seña para que me acerque, y lo hago. Cuando estoy frente a él me jala para sentarme sobre su regazo.

Acaricio su rostro pasando mis manos por su mandíbula afeitada y su cabello sedoso hasta posar mis manos en su pecho. Tiene los primeros botones de la camisa abiertos, por donde se asoma un poco de vello. Continúo con mi caricia.

—Madie —dice mi nombre con lentitud. Me da un beso en la frente—. ¿Ya quieres ir a dormir?

Niego con la cabeza.

—No sin ti.

Bax hace una mueca.

—Lo siento, bonita, ahora estoy revisando unos manuscritos y descartándolos —responde mirando la pantalla de su ordenador—. Luego tengo que revisar algunos diseños de la imprenta...

Abro los ojos con curiosidad.

—Tal vez yo pueda ayudarte —digo inclinándome hacia la pantalla. Me siento de espaldas a él para observar la pantalla del ordenador y veo que tiene varios archivos abiertos. Me remuevo en su regazo buscando la posición perfecta para inclinarme y ver de cerca lo que hay—. Así podemos terminar esto antes e irnos a dormir temprano.

—O tal vez no dormir —replica en voz baja.

Un calor intenso sube por mi cuello, pero lo ignoro para concentrarme en el trabajo.

—¿Hiciste que los demás lo revisaran o recién te han llegado? —pregunto. Como no obtengo respuesta giro la cabeza para observar a Baxter, me encuentro con la sorpresa de que su mirada se ha posado a mi trasero, justo donde se apoya contra su entrepierna. Entrecierro los ojos—. ¿Baxter?

—¿Ah? —Levanta la mirada aturdido. Arqueo una ceja—. Perdón, pero estoy demasiado concentrado en tu trasero como para responder a tu pregunta. ¿Qué dijiste?

Niego con la cabeza.

—Deberías revisar esto mañana o mandárnoslo a los correctores y así... —No termino de hablar porque de nuevo su mirada baja a mi trasero. Sé que solo llevo una camiseta y un short demasiado pequeño y holgado, pero aun vestida con ropa ancha Baxter me mira como si estuviera desnuda.

Sus ojos brillan mirando atentamente mis piernas desnudas. Intento levantarme para no provocarlo más, pero me sujeta de la cadera, inmovilizándome.

—Ah, no, muy tarde para que te vayas. —Sus manos me acarician las piernas—. Dios, eres una distracción, Madison. Una distracción muy hermosa.

Pierdo la batalla.

Suelto un suspiro cuando siento que desde atrás mete las manos por debajo de mi camiseta. Sin poner resistencia permito que me la quite, dejándome con mi sostén deportivo. Me desprendo de él rápidamente y siento mi corazón latir rápido por la anticipación. En un movimiento veloz me siento frente a él, colocando las piernas a cada lado de las suyas.

Él baja la mirada y sonríe al verme con los pechos al aire, deleitándose con mi desnudez. Al mostrarme sus hoyuelos me desinflo como un globo. No puedo negarme a nada cuando los muestra, son mi mayor debilidad junto a esa sonrisa.

—Mierda —silba mirando mi cuerpo—. Jamás podría cansarme de ti, Madie. Eres lo más cercano a la perdición, nena, y muero por perderme en ti.

Alzo una ceja, sonriendo.

—Guau, ahora resulta que eres poeta.

—Es otro de mis muchos talentos.

—¿Qué otros talentos? —Me burlo.

—Hacerte olvidar.

—¿Qué…?

No puedo terminar de formular mi pregunta porque une su boca a la mía y nos fusionamos en un beso ardiente. Lo tomo de la nuca para pegarlo más a mí. Solo ha pasado un día desde que lo saboreé y ya me muero por probarlo de nuevo. No podemos tener sexo, pero hay otras maneras de disfrutar.

Y qué maneras de disfrutar…

# 36

Jugueteo con el asa del bolso mientras subimos por el ascensor. Baxter, detrás de mí, roza mi cintura con su mano en un gesto de apoyo. Estoy volviendo a la editorial luego de dos semanas de descanso, y estoy tan alterada que no sé cómo lidiar con ello. Él ya me avisó que Heidi está allí, inmiscuyéndose en los asuntos administrativos de la editorial, no solo en los que le conciernen. Saber que su exesposa sigue formando parte del trabajo aun cuando quiso despedirme no me gusta nada, pero alejo toda la furia y me concentro en mantener un perfil bajo. Aunque no puedo lograrlo, porque a estas alturas ya todo el mundo sabe lo mío con Baxter gracias a los rumores que la propia Heidi difundió. Ya no me importan. He decidido pasar de aquellas miradas curiosas mientras Baxter me sujeta la mano y entramos juntos por las puertas de vidrio.

Todo está exactamente como lo dejé, excepto que hay muchos colegas que parecen nerviosos y otros entusiasmados. Saludamos a algunas personas a nuestro paso, pero no nos detenemos ante nadie, salvo en la puerta de su despacho. Me besa en la mejilla y con una pequeña sonrisa entra en él. Yo me dirijo a mi puesto y me dejo caer en la silla.

Lo peor ya pasó.

Minutos después llega mi hermana junto a Susie. Al verme allí abre los ojos anonadada. Ella no tenía ni idea de que yo regresaría. Corre a abrazarme fuerte a pesar de habernos visto ayer domingo por la tarde.

—¡Madie, volviste! —grita ella contenta de verme. Sin importarle nadie me abraza mientras chilla de alegría. Le dedico una pequeña sonrisa.

Pequeños pasos.

—Sí —murmuro—. He decido dejar de estar en la cueva de Baxter.

—¡Me alegra! —responde. Luego se aleja un poco para cuchichear en mi oído—. Por muy rico que deba de ser follar todo el día, de verdad necesitaba a mi hermana conmigo.

Casi me atraganto con mi propia saliva al oírla. Dios, está mujer en serio está mal de la cabeza. Ni siquiera trato de ignorarla, eso será peor y estamos en la oficina, no quiero llamar más la atención.

—Pues ahora necesito acción de trabajo.

Mueve las cejas de forma divertida.

—Claro, si ya tuviste mucha acción de lo otro.

Me alejo de mi hermana ignorando sus palabras para saludar a Susie, que me sorprende cuando avanza y me abraza con fuerza.

—¡Qué bueno que hayas vuelto! —exclama.

Una calidez se expande por mi corazón al saber que no estoy sola.

La abrazo un segundo más, disfrutando por primera vez de la emotividad de los abrazos. Aunque tengo algo pendiente con ella que necesito arreglar. Me alejo mirándola con vergüenza.

—Gracias, Susie —contesto mirando sus bonitos ojos color avellana y su cabello negro—. Y discúlpame por hablarte así la vez pasada, estaba borracha y no…

—No te preocupes. —Me aprieta la mano, sonriéndome con dulzura—. No eras tú hablando, era tu dolor. Te entiendo, Madie.

No hay rencor en sus ojos. Eso hace que le sonría, ya veo por qué mi hermana se fijó en ella. Susie es una mujer increíble. Con un último agradecimiento de mi parte ella se va a su puesto de trabajo mientras que yo me siento junto a mi hermana.

—¿Es verdad que Heidi sigue trabajando aquí? —pregunto, pero aunque ya sé la respuesta quiero saber más de eso. Y mi hermana es muy buena con el cotilleo.

Abre unos ojos como platos.

—Sí, esa perra sigue aquí. No sabes lo insoportable que es, siempre va a la cafetería regodeándose ante los demás cuando no es más que una desgraciada.

Se me cae el corazón al saber que la veré en cualquier momento. Decido cambiar de tema, no quiero hablar más de ella.

—¿Y dónde está Tracy?

Mi hermana sonríe al oír el nombre de la menor de los hermanos Cole.

—No sabes lo furiosa que está Tracy con ella. A cada menor cosa que sucede ella explota y le grita a Heidi, y esta, siendo tan perra como siempre, va y se lo cuenta a Baxter, como si a él le importara. Sabe que no tiene el respaldo de ninguno de los Cole. —Arquea las cejas sonriéndome con sorna—. Johann me contó que están preparando con la abogada unos papeles para comprar la parte de Heidi.

—¿Comprarle su parte de activos de la empresa? —pregunto con curiosidad—. Baxter no me ha dicho nada.

—Él no lo sabe, pero Johann y Tracy están viendo si pueden lograrlo pronto. No bien lo sepan se lo dirán a Baxter.

—Pero esa mujer no querrá deshacerse de su parte en la editorial.

—No creo que se niegue a una buena cantidad de dinero —asevera con un retintín alegre—. Y ellos tienen mucho. Es todo lo que quiere esa alimaña, dinero.

Me río ante ese insulto.

—Vaya —murmuro levantando la mirada. Todos en la oficina están a lo suyo, en su faena. El sonido de la impresora y del teclado hacen eco en el lugar. Sonrío de lado—. Baxter amaría volver a tener su parte.

—Lo hará, nena —asegura mi hermana apretándome la mano. Cuando vuelvo mi rostro al suyo, ya ha adoptado una expresión de preocupación. Su ligero ceño fruncido me lo indica—. ¿Y tú estás mejor? Sé que te vi ayer, pero de verdad me sorprendió verte aquí. ¿Cuándo decidiste volver a trabajar?

Me encojo de hombros.

—Lo he estado pensando desde hace unos días. No me gusta estar en casa sola, demasiados pensamientos en mi cabeza. Quiero volver de lleno al trabajo y desconectar un poco la mente con la lectura. Además, amo estar aquí.

—Esa es mi chica. —Me abraza. No la aparto cuando me besa la cabeza como si fuera una niña pequeña. Su afecto es lo que más necesito.

—¿Y dónde está Johann? —pregunto al ver que aún no ha llegado. Es algo inusual porque él siempre llega temprano.

—Como te dije, ha ido a hablar con la abogada. Él y Tracy.

—Vaya.

—Lo sé, están tratando de moverse rápido porque nadie más soporta a la zorraza ahí. —Se ríe. Yo parpadeo. Megan me mira escéptica—. ¿Entendiste? Heidi combinado con zorra es zorraza.

—No tiene nada que ver…

—Perdiste el chiste. —Pone los ojos en blanco—. Has perdido el sentido del humor.

—Claro que no. Soy muy graciosa, de hecho, soy mucho más graciosa que tú.

Megan entrecierra los ojos.

—¿Quién te ha dicho esa mentira? —Abro la boca, ella niega—. No me digas que te lo ha dicho Baxter. Eso no cuenta. Los hombres te dicen cualquier mierda cuando están enamorados, y más aún cuando están follando.

La miro asombrada.

—Lo único que no he extrañado de esta oficina son tus comentarios morbosos. —La señalo—. Ahora vuelve al trabajo antes de que digas cualquier otra babosada.

Me saca la lengua, pero me hace caso y mueve su silla para volver a su cubículo junto al mío.

Enciendo la computadora del trabajo y lo primero que hago es mirar el correo, no me sorprende ver que tengo más de cien mensajes sin abrir debido a que desconecté totalmente del trabajo desde hace un par de semanas. Lo que sí me llama la atención es que algunos de ellos son de Kayden Havort.

Antes de que pueda abrirlos, Megan, a mi lado, me codea con fuerza. Levanto la mirada para fruncirle el ceño, pero parpadeo ante la visión que tengo delante. La reconozco inmediatamente. Es Heidi bajando las escaleras del segundo piso de la editorial. Nuestros cubículos nos permiten una vista en primera fila de ella bajando las escaleras. Está enfundada en una falda lápiz de color rosa palo, pero eso no me llama la atención, sino que es tan ceñida que parece estar a punto de explotar.

—Alerta, exceso de zorra —susurra Megan.

Sus tacones altos resuenan mientras camina hacia las puertas de vidrio con su bolso en el hombro. Todo en ella se ve caro, desde su maquillaje hasta su ropa.

Me pregunto si aceptará el dinero de los Cole vendiéndoles su parte, o si se quedará para joderles la vida. Pienso que lo último es algo que escogería, pero no la conozco, aunque viendo su aspecto, parece ser que el dinero es algo que ama mucho.

—¿La viste? —pregunta Megan dándome un nuevo codazo. Yo bajo la cabeza para volver a mi pantalla haciendo un ruido de confirmación. Mi hermana maldice—: No me jodas, qué hija de puta…

Alzo la mirada solo para ver a Heidi salir del pasillo donde se encuentran los baños. Mi mirada la acecha al ver que se está acercando al despacho de Baxter, caminando con toda la elegancia del mundo. Toca la puerta y espera, todo bajo la atenta mirada del resto de los trabajadores. Algunos me miran a mí y luego a ella. Al parecer también saben que es la exesposa de su jefe. Me crispa los nervios que todos en la oficina estén al día de los asuntos amorosos de Baxter.

Lo que me faltaba.

Él abre la puerta sonriendo, pero cuando ve que es Heidi su semblante se ensombrece, frunce el ceño sin dejarla pasar. Hablan, pero sus voces se pierden entre el bullicio de la oficina. Me irrita pensar que Baxter estuvo con ella. ¿La quiso por su cuerpo o por algo más? ¿Qué le atrajo? ¿Qué mierda vio en ella? No creo que fuera su gran personalidad.

No sé de qué hablan, pero me fastidia que ella siempre vaya al despacho del que fue su esposo, como si marcara territorio o estuviera acechándolo, justo enfrente de toda la oficina. Luego me siento una mierda por ponerme celosa cuando sé que Baxter me ama. Estoy siendo irracional.

Quiero golpearme la cabeza contra la mesa. Fuerte.

—¿Vas a dejar que siga hablando con tu hombre? —dice Megan volviendo a darme un ligero codazo. La miro mal, ella me ignora—. Anda allá y aléjalo de las garras de esa…

—Meg —la interrumpo mirándola con los ojos entrecerrados—. Solo están hablando.

—¿Y? —declara sin darle importancia a eso—. No me jodas, hermana, te creí más hábil. Esa zorra se lo quiere meter por los ojos. ¿No te das cuenta de que quiere volver con él?

—Se han divorciado.

—¡A quién le importa! Por lo visto a ella no. Haberse divorciado no significa que ella no quiera estar con él. Abre los ojos, Mads, ella está intentando de todo para recuperarlo haciendo exactamente lo que quiere. —Se acerca a mí con un tono de conspiración—. Se divorció solo para obtener una parte de la empresa, ahora que la tiene está aquí para recuperar a tu hombre, que una vez fue suyo. No me jodas y anda allá.

—No me jodas tú a mí —murmuro observándolos hablar—. No están haciendo nada malo.

Me estremezco al ver que Baxter retrocede para dejarla pasar. No, no, no. Intento respirar profundo porque yo confío en él. No se atrevería a darle una segunda mirada.

—¿Te olvidaste de que hace tiempo dijo el nombre de esa zorra cuando ustedes estaban…?

—Eso ya pasó —digo con voz dura.

Megan señala donde Baxter ha dejado la puerta semiabierta con ellos dentro.

—Pues si ella decide recuperarlo, tú no debes dejarlo marchar.

—Y no lo haré —asevero.

—Pues te veo muy feliz aquí sentada.

—¿Y qué quieres que haga, que le monte una escena solo porque está hablando en su despacho con ella?

—¡Exactamente!

—Eres una tonta —digo riéndome, pero no hay diversión en mí. Tal vez Megan tiene razón y debo hacer algo.

Me pongo de pie.

Megan lo celebra.

—¡Vamos, Madie! —exclama en mi dirección—. Ve por tu hombre.

Le saco el dedo medio mientras cojo algunos papeles desordenados de mi cubículo. Me los pongo bajo el brazo y camino con decisión hacia el despacho. No quiero encontrarme con Heidi, pero es la única forma de enfrentarla: dando la cara.

Escucho sus voces apenas porque el ruido de la oficina se cuela por la puerta. Pongo una mano sobre esta y la empujo, poniendo una sonrisa educada en mi rostro.

—Baxter, quería hablar contigo… —Mi voz va decayendo. Heidi, sentada en una silla, gira su cuello y me observa de arriba abajo. Baxter me sonríe. Pongo cara de circunstancias, poniendo todo mi empeño en la actuación—. Lo siento, Bax, creí que estabas solo, tengo unas preguntas que hacerte sobre ese manuscrito que me diste.

Me abrazo a los papeles que tengo mientras me paro más recta al ver la mirada calculadora de Heidi mientras me inspecciona. No le agrado nada, y no está feliz de verme en la oficina luego que intentara despedirme. Lástima que su juego tonto no funcionó.

Valentina, nuestra abogada, es mucho más hábil que ella.

—Lo siento, pero vine antes que tú para hablar con él. Puedes esperar afuera. —Hace un gesto con la mano, sus ojos se estrechan con furia—. No te olvides de cerrar la puerta.

No me muevo ni un centímetro al oír su tono de voz demandante.

—Pasa, Madie —le contradice Baxter poniéndose de pie. Cuando lo hace no puedo evitar comérmelo con la mirada. Está tan guapo con aquel traje gris y el cabello perfectamente peinado que le sonrío. Sus ojos tampoco dejan los míos.

Heidi carraspea, claramente molesta con Baxter.

—Bax, nosotros estamos hablando, dile a ella que se vaya —le pide con autoridad. Cruza una pierna por encima de la otra y se recuesta en el respaldar de la silla.

Qué mujer tan exasperante. De verdad que no puedo imaginar qué vio Baxter en ella.

—Solo será un minuto —murmuro con voz apenada, mirándolo.

Él frunce el ceño, preocupado, pero también aliviado de no tener que hablar con su ex.

—Claro. Lo siento, Heidi, pero tengo que hablar con ella. Lo que sea que tengas que decirme, me lo puedes escribir al correo.

Aprieto los labios al oírlo para no sonreír con suficiencia.

—Baxter... —jadea ella estupefacta. Se cruza de brazos haciendo que su escote se desborde—. Pero...

—Lo siento —repite él yendo a la puerta y abriéndola del todo para que se retire. Con una mirada furiosa ella pasa delante de mí en dirección a la puerta. Le hago una seña de adiós con los dedos antes de que Baxter le cierre la puerta en la cara.

—Vaya —formulo parpadeando—. No creí que esa mujer fuera tan..., tan...

—¿Exasperante?

Parpadeo.

—Intensa.

—Sí, eso también. —Suspira. Luego viene a mí y me toma la mano—. ¿Ha pasado algo, estás bien?

Su preocupación me parece muy tierna. Me muerdo el labio al verlo genuinamente inquieto por mí.

Suelto los papeles al suelo bajo la atenta y sorprendida mirada de Baxter. Rodeo su cuello con mis brazos y le sonrío.

—Nada, solo te extraño.

Su risa es como música para mis oídos.

—¿Entraste aquí toda preocupada solo para decirme que me extrañas?

Asiento, haciendo un puchero.

—Es que te extraño mucho.

Entrecierra los ojos.

—Claro que sí —conviene con sarcasmo. Grito cuando me carga colocando sus manos en mi trasero en dirección a la mesa. Se coloca entre mis piernas sonriéndome con malicia—. Entonces muéstrame lo mucho que me extrañas.

Vuelvo a morderme el labio ante lo que está por venir.

En los siguientes minutos, le muestro a Baxter exactamente lo que quiere.

((( (((

Miro mi teléfono como una estúpida al ver el número que hay en la pantalla. Es la tercera llamada que recibo y no entiendo qué mierda está pasando. No me molesto en contestar, lo que sea que esté sucediendo no me importa.

Baxter a mi lado abre la puerta de su auto, pero yo espabilo y niego.

—No necesitas bajar, Bax, solo traeré más ropa y dejaré esto. —Levanto la pequeña mochila que tengo en el regazo y guardo mi teléfono en el bolsillo. Beso sus labios antes de bajar.

Mientras lo hago vuelvo a sentir la vibración del celular indicándome que tengo otra llamada. Lo ignoro.

—Bien, te estaré esperando. —Me dedica una sonrisa suya con hoyuelos y no puedo evitar besárselos antes de irme.

Subo por el ascensor a mi apartamento, el que comparto con mi hermana y el que he estado evitando estas dos últimas semanas. No he vuelto desde que salí del hospital. Megan me dijo que ya no están las cosas que compramos aquel día, eso me genera poco alivio y muchísimo dolor. Pero por mucho que quiera a alguien a mi lado para entrar allí, es mi casa, y no dejaré que los malos recuerdos vivan por siempre en mí.

Aunque es mucho más fácil decirlo que hacerlo.

Me estremezco cuando el ascensor se detiene en nuestra planta. Avanzo un paso, luego otro, y muchos más hasta que dejo que las puertas se cierren detrás. Camino aferrada a mi mochila mientras mis tacones resuenan en el corredor.

Mi mirada se estanca en la persona que está delante de la puerta de mi apartamento.

Abro la boca, absolutamente anonadada.

—¿Qué haces aquí, Devan? —Jadeo.

Él levanta la cabeza ante el sonido de mi voz y se acerca a mí.

Luce preocupado, y por las pintas que lleva, también desastroso. Parece que ha salido de su cama para correr directamente hacia aquí. Lleva una camisa completamente arrugada y el pantalón de vestir sin planchar. Su cabello, aunque está ordenado, se ve descuidado. Súmale a eso las ojeras y la barba incipiente, y obtienes al hombre que está parado delante de mí. Me mira como si no me hubiera visto en años y hubiera agonizado en el transcurso de ese tiempo.

Se me pone la piel de gallina.

—Madie, nena, estaba llamándote pero no me respondiste.

Mi interior se llena de pavor.

Aunque lo haya querido y me haya enamorado de este hombre, ahora puedo decir con total seguridad que ya no lo amo. Lo quise, sí, y también quise lo mejor para él. Pero ahora sé que no es el hombre de mi vida. Con él, en los seis años que estuvimos juntos, jamás vivimos lo que Baxter y yo; lo nuestro es intenso: el amor, el sexo, nuestra unión, hasta las peleas y reconciliaciones. Todo.

Viví con Devan durante años. Compartí una vida con él. Y cuando finalmente rompimos me sentí triste, pero también aliviada.

Recuerdo cuando vivíamos juntos en su apartamento y regresábamos juntos a casa luego de un largo día de trabajo, muchas veces deteníamos el ascensor porque no podíamos esperar a entrar en el apartamento para hacerlo. Recuerdo que apenas podíamos quitarnos las manos de encima. Siempre queríamos más. Éramos insaciables y apenas podíamos contenernos. Parecía que él nunca tenía suficiente de mí. Y ahora... ahora ni siquiera podemos acercarnos. Por lo menos, yo no. Esa parte de mi vida ha pasado. He cambiado. Mi vida ha cambiado.

—Te dije que no quería volver a verte —le recuerdo—. No sé qué haces acá ni por qué has venido, pero tienes que irte.

Él suspira. El cabello castaño le cae sobre la frente pero no hace nada por apartarlo. Lo que hace es acercarse un paso. Yo me mantengo firme, me cruzo de brazos. La última vez que nos vimos en casa de mis padres le dejé muy claro que no quiero tener nada que ver con él nunca más.

—Quiero hablar contigo, solo un momento. ¿Podemos pasar?

Miro la puerta detrás de él. No quiero entrar a ese departamento, pero tampoco quiero quedarme en el pasillo conversando con Devan.

Tomo mi decisión mientras abro la puerta dejándolo pasar. No la cierro, porque se irá en cualquier momento, no a mucho tardar, y porque francamente no quiero que se quede mucho tiempo. Yo ya no tengo nada que decirle.

Me cruzo de brazos delante de él. Trato de ignorar con todas mis fuerzas la sensación de dolor que cruza mi pecho cuando mi mente empieza a rememorar lo que sucedió aquí.

Bloqueo los recuerdos dolorosos y miro a Devan, a la espera de que hable.

—Tú dirás —murmuro.

—Hablé con tu mamá.

—Joder con ella —maldigo el momento en que mamá habló con él. Estoy harta de que intente manejar mi vida como si fuera la suya, inmiscuyéndose en cosas que no le competen.

—Me dijo que estás con alguien —dice dolido. Seis años juntos me han hecho reconocer los pequeños matices de su voz.

Me paro derecha.

—Sí, estoy con alguien y soy muy feliz. ¿A qué viniste, a felicitarme?

Ignora mis palabras, pasa de ellas para mirarme con dolor.

—¿Ya te olvidaste de mí, así, tan rápido?

Abro la boca, indignada con sus palabras.

—¿Te estás oyendo? —Empiezo a alzar la voz sin importarme nada—. Devan, lo nuestro terminó hace meses. ¡Meses! ¡Y por tu culpa! ¿Y ahora vienes aquí a preguntarme si te olvidé? Si mal no recuerdo fuiste tú quien terminó todo. Dijiste que me fuera de tu casa porque no quería casarme contigo. Y no fue por ti, es que simplemente el matrimonio no va conmigo. Tú lo sabías cuando nuestra relación comenzó, lo hablamos mucho y por eso decidimos convivir. No me vengas con estupideces ahora.

Sus ojos parpadean con dolor.

—Creí que…, creí que un tiempo separados iba a servirte para reflexionar sobre nosotros. Lo que tuvimos fue hermoso, Madison, seis años juntos fue mucho tiempo, ¿quieres tirar todo eso por la borda por alguien a quien solo conoces de unos pocos meses? —Hace una mueca, cuando se acerca e intenta cogerme la mano retrocedo, ofuscada—. Te sigo amando, nena, y he venido para hablar. Sí, cometí un error, pero estoy dispuesto a olvidar nuestra pelea y continuar juntos. No me digas que no me has extrañado. Porque yo sí, y mucho. Estoy dispuesto a aceptarte de nuevo en mi vida.

En este momento estoy planeando seriamente golpearme la cabeza contra la pared. Fuerte. Varias veces. Y luego golpearlo a él de la misma forma.

—Devan… —digo su nombre con lentitud, no queriendo dañar sus sentimientos—. Quiero que sepas que lo que tuvimos fue hermoso, pero ya pasó. Para mí eso quedó en el pasado. Te quiero muchísimo, eres un gran hombre y sé que encontrarás a alguien que te ame con todo su corazón y realmente quiera una vida junto a ti, pero yo no soy esa persona.

Me mira por un largo rato, absorbiendo mis palabras.

Cuando vuelve a acercarse dejo que ponga una mano en mi mejilla. Aunque su toque no me gusta, tampoco me repugna. He sido novia de este hombre por varios años, y aunque ya lo haya superado, una parte de mí siempre se preocupará por él.

—¿Eres feliz? —Su pregunta me toma por sorpresa.

Hace varias semanas hubiera dicho que sí sin dudarlo. Pero ahora que mi vida cambió y esa felicidad se evaporó justo en este mismo apartamento, no tengo una respuesta clara a la pregunta. Tal vez no sea feliz ahora mismo, pero sé que lo seré en un futuro.

Aunque, claro, no tengo por qué decirle todo eso a mi exnovio. Así que asiento.

—Lo soy.

Suspira.

—¿Y lo amas? —Sus ojos oscuros miran directamente los míos. No puedo escapar de su mirada.

—Sí —respondo sin dudarlo.

Asiente, creo que por fin entiende que lo nuestro acabó hace mucho. Incluso, creo que antes de que termináramos.

—Lo siento —murmuro al verlo tan desolado. Jamás fue mi intención hacerle daño. No quiero que piense que soy una bruja que quiere castigarlo.

Él baja la cabeza negando unos segundos. Cuando la levanta me sonríe de lado. No puedo evitar devolvérsela con mucho dolor. Me siento una mierda por haberle causado mucho sufrimiento al negarme a casarme con él, pero no podía aceptar vivir en una mentira.

—¿Lo amas lo suficiente como para casarte con él?

Vaya.

Esa es una pregunta a la que no tengo respuesta.

¿Amo a Baxter? Joder, sí. Me enamoré de ese idiota en el momento menos esperado. ¿Me casaría con él? Ahí está el problema, lo amo. Mucho. Pero el matrimonio es algo que no va conmigo. No por la persona con la que estoy, sino por mí. Y no sé si Baxter llegará a cambiar ese ideal en mí.

Bajo la mirada, sin saber cómo responder.

Si Baxter me pidiera matrimonio hoy, no lo aceptaría.

¿Eso podría cambiar en algún tiempo? Tal vez sí, tal vez no. Después de seis años con Devan no cambié de idea. ¿Quién me asegura que no será igual con Baxter?

—Lo amo, pero no, no podría casarme con él. Ni con nadie.

—¿Por qué le tienes tanta fobia al compromiso? —inquiere. Me toma de la mano, pero estoy tan conmocionada con su pregunta que no tengo palabras.

—No es..., es que no... —titubeo. No termino de hablar porque francamente no sé qué responder.

—Joder. Yo también quiero saber eso. —Pero la voz no le pertenece a Devan.

Salto un paso alejándome del toque de Devan y me giro para ver a Baxter plantado en la puerta del apartamento, cruzado de brazos y con expresión indescifrable.

Mierda.

# 37

Miro a Baxter, luego de vuelta a Devan. Esto es tan incómodo que quiero meterme bajo el sofá y no salir de allí nunca más. Es la situación más comprometedora en la que he estado. Ni siquiera se compara con el momento en el que Johann y Megan nos vieron a Baxter y a mí en una posición que nadie debería ver.

No. Esto es mucho peor.

Mi ex y mi actual novio en la misma habitación.

Es una pesadilla.

—¿Y? —Baxter parece muy interesado. Alza las cejas mirándonos de hito en hito. Escucho el resoplido de Devan a mis espaldas. Bax frunce el ceño, comenzando a resquebrajarse su interés y a exasperarse—. ¿No contestarás la pregunta, Madison?

No parece molesto, pero tampoco feliz.

No sé cuánto ha escuchado de la conversación. Pero no debe ser nada bonito haberme encontrado con mi exnovio en mi apartamento. Yo hubiera estado echando chispas de furia si la situación hubiera sido al revés. Así que decido ser sensata.

No hagas lo que no quieres que te hagan. El dicho es una mierda, pero es cierto.

Me giro hacia Devan.

—Tienes que irte.

—Es él, ¿verdad?

—Sí, yo soy el novio, Baxter Cole. —Baxter se está divirtiendo de lo lindo con su aura de poder. Alza el mentón hacia Devan metiendo las manos dentro de los bolsillos de su pantalón—. Y mi novia ha dicho que te vayas.

La forma como pronuncia eso me hace pensar que es para marcar territorio, como si fuera un perro. Me pone incómoda estar en esta situación. Baxter no le tiende la mano. Ni siquiera hace amago de sonreírle. Lo mira con el ceño fruncido, como si lo retara a decir algo más.

Devan sabiamente no le responde nada.

—Me voy. —Me mira, y aunque eso enfurece a Baxter porque lo hace acercarse a mí, Devan me sonríe con tristeza—. Ojalá no hubiera sido tan orgulloso, Madison, ojalá no te hubiera dejado ir. Te amaba, pero fui un imbécil contigo. Lo siento mucho.

No espera a que le responda, me planta un beso en la mejilla y me sonríe por última vez antes de caminar entre Baxter y yo para irse. Puedo sentir la furia que emana de Baxter, ni siquiera lo disimula cuando da un portazo detrás de Devan al salir.

Cuando se gira hacia mí se despeina el cabello y respira profundamente un par de veces.

No sé qué decir sobre lo que ha escuchado, así que abordo el tema sin hacerlo realmente.

—No sabía que estaba aquí, ya estaba fuera de mi apartamento cuando subí por el ascensor —le explico, más que todo para llenar el silencio que se ha formado. Un silencio tenso que me tiene ansiosa.

Pasados unos segundos se sienta en el sillón con un golpe seco y coloca los codos sobre las rodillas mientras mira el suelo.

—¿De verdad no te quieres casar conmigo?

Suelto una risita nerviosa. Camino hacia él y me siento en el lado opuesto del sofá. El ambiente ha caído en algo mucho más profundo.

—No sé a qué viene esto, Bax, yo…

—Solo responde la pregunta, Madison.

Vaya, nada de «bonita» o «Madie».

Si no está molesto, no sé qué otra cosa podría ser.

Decido sincerarme:

—Me separé de Devan porque no quise casarme. Y no porque fuera él, simplemente no me veo en un matrimonio. ¿De acuerdo? No me quiero casar, ni ahora ni en un futuro cercano. No sé si en algún momento cambiaré de opinión, pero por ahora no es lo mío.

Por extraño que parezca, decirle esas palabras hacen que una opresión me llegue al corazón, pero aparto el sentimiento y vuelvo a centrarme en él. Baxter no me responde, se queda en el mismo lugar mirando el suelo con una expresión tan desconsolada que parece como si alguien hubiera pateado a su cachorro.

—¿Y se puede saber por qué?

—Por qué ¿qué?

—¿Por qué huyes del matrimonio? —Alza la cabeza y clava sus ojos en los míos—. ¿Acaso tienes fobia al compromiso por algo que sucedió? ¿Es algún trauma?

Me río.

—¡Claro que no! Una mujer puede querer tener una relación con alguien sin querer casarse. Joder, ni que fuera una obligación.

—¿De verdad no te interesan la boda, los apellidos…?

—No —contesto empezando a irritarme—. Aunque no lo creas, ese no es el sueño de toda mujer. ¿Hay algún problema con eso? Y no, no tengo un puto trauma ni fobia al compromiso, simplemente es algo que no quiero. ¿Es tan difícil de entender? Las mujeres no estamos obligadas a casarnos.

—Es decir, ¿te quieres quedar sola algún día?

—No es lo que he dicho.

—Pues eso parece.

—¿Es tan difícil para un hombre entender que el matrimonio no es el sueño de toda mujer? Por lo menos el mío no.

—O sea, ¿que quieres estar en una relación tonteando por años sin comprometerte formalmente a compartir una vida junto a tu pareja? ¿Eso es lo que me estás diciendo? —Abro la boca para replicar pero él continúa—. Para que cuando pase algo, lo más mínimo, te puedas ir porque eres libre. Irte de su vida como si nada hubiera pasado. Por eso no quieres un compromiso, ¿verdad? Por eso no quisiste tener una relación formal conmigo. Para irte cuando quieras.

—Baxter, estás confundiendo las cosas. Una cosa no tiene nada que ver con la otra. Que no me quiera casar no significa que no quiera estar a tu lado. Somos novios, ¿no? En estos meses hemos pasado cosas que jamás había pasado con nadie en mi vida. Nos amamos, ¿no es eso suficiente?

Gira el rostro para dejar de mirarme.

—No, no lo es.

Aprieto los labios.

—¿De verdad? —murmuro con la voz compungida—. ¿Que nos amemos no es suficiente para ti? ¿Qué más quieres? ¿Matrimonio, boda?

Su silencio es toda la respuesta que necesito.

Me pongo de pie sin nada más que decir y voy por el pasillo hasta mi habitación. Paso de largo el baño donde mi peor pesadilla ocurrió, no queriendo que los malos recuerdos nublen de nuevo mi vida y la oscurezcan. Desearía borrar de mi memoria los últimos instantes que viví allí, pero no hay vuelta atrás.

Dejo la mochila sobre la cama ordenada y saco toda la ropa sucia, y guardo dentro de ella más ropa limpia. Lo hago mecánicamente, pero cuando la cierro mi mano se detiene sobre ella. Después de lo que le dije a Baxter, ¿querrá seguir conmigo? No lo culparía si no quisiera. Mi ex me dejó en cuanto me negué a casarme con él.

Cojo la ropa sucia y voy al cuarto de lavandería para dejarla en el cesto. Cuando vuelvo a mi habitación la puerta está abierta y dentro se encuentra Baxter, sentado en la cama con los codos sobre las rodillas.

—Maldición, soy un imbécil —dice caminando hacia mí. Cuando llega me pone las manos en la cintura y yo automáticamente me aferro a sus hombros. Sus ojos color miel me miran—. Confieso que oírte hablar con tu ex sobre mí no fue nada lindo, pero peor aún fue escuchar que no quieres casarte conmigo.

—Baxter, no es…

—Chist —susurra. Besa mis labios en un contacto suave que me hace cerrar los ojos al sentir su caricia. Me siento mil veces mejor cuando estoy en sus brazos—. Ya sé, bonita. Pero te amo. Si estamos juntos ¿por qué un maldito papel y una boda por la iglesia tendrían que sellar nuestro amor? Nosotros mismos nos bastamos.

Oírlo hablar así hace que quiera llorar. Al parecer mis hormonas aún no están controladas del todo porque la sensación que ahora mismo me embarga amenaza con hacerme sollozar.

—Te amo, Madie, y nada va a confirmar ese hecho más que yo.

—Ese beso es bálsamo para mi apretujado corazón.

Me río entre besos.

—Creí que luego de una decepción amorosa como la que tuviste te haría cambiar de opinión en cuanto al matrimonio.

—No exactamente, pero ya viste quién me ha hecho replanteármelo. —Me estremezco bajo su escrutinio, no lo dice como un reproche, pero se siente como uno. Me empino para darle otro beso.

—Estaremos bien. No necesitamos una boda ni estúpidos papeles para esto. Solo a nosotros dos amándonos mucho. ¿No te parece?

—Mmmmmm —murmura él contra mis labios, volviendo a besarme. Mi corazón ya no se siente apretujado ni como si le hubieran caído mil ladrillos encima. Me siento fresca, más liviana. Y todo por él.

—¿Estás seguro de que no te arrepentirás de esto? —vacilo—. Quiero decir, cualquier mujer se moriría por casarse en una iglesia y tú quieres…

—Lo único que quiero es a ti y ya te tengo, Madie. No necesito nada más para ser feliz.

No creo poder amar más a este hombre, pero con lo que ha dicho mi pecho se hincha de amor. Y ahí obtengo mi respuesta: sí, por supuesto que aún puedo amarlo más.

( ( (

Mientras estoy lavándome los dientes en el baño del pasillo de la editorial, en la primera planta, escucho que alguien toca la puerta con los nudillos. Megan, que está lavándose las manos, y Tracy, que está retocándose el maquillaje, me miran.

Escucho la voz de Baxter.

—Bonita, ¿estás ahí?

Sonrío.

—Sí, estoy aquí.

La puerta se abre. Baxter entra, pero se detiene a medio camino cuando ve que Tracy y Megan están conmigo.

—¿Estás lista?

Me acomodo el cabello con nerviosismo antes de asentir. Tracy nos sonríe con diversión.

—Eh, pillines, ¿adónde van?

—Tenemos cita con la ginecóloga —explico, pero no entro en detalles. Vamos a que revise que no tenga ninguna infección. Las relaciones sexuales están fuera del menú hasta ahora, pero si la doctora nos da el visto bueno hoy, no dudaré en saltar sobre Baxter no bien tenga la oportunidad. Dos semanas es demasiado tiempo para estar separada de él.

Me despido de mi hermana y Tracy, ellas me dedican sonrisas alentadoras y yo me voy con Baxter en dirección al auto.

Cuando llegamos donde la ginecóloga me somete a un chequeo exhaustivo. Me hace preguntas incómodas y dolorosas de responder, pero al fin me da el visto bueno. Me receta unas vitaminas y me aconseja que si quiero volver a embarazarme debo acudir a ella o a la doctora que estuvo atendiéndome anteriormente. Me pongo verde al oírla, pero sabiamente me quedo callada. En mis planes no está tener un hijo pronto. El dolor es reciente, la herida aún no ha sanado.

Cuando salimos de allí me extraño cuando Baxter toma la ruta para mi apartamento y no al suyo.

—¿No vamos a tu casa? —inquiero.

—Confía en mí. —Es todo lo que responde, seguido de un guiño.

Me pregunto qué podría hacer en mi casa, pero las dudas se me van cuando detiene el auto en la acera de mi apartamento. Veo con sorpresa que Megan está allí esperándonos con una mochila en mano. Hace una seña al auto pero por las ventanas tintadas no nos ve. Bajo la ventanilla al ver que ella habla pero no la escucho.

—¿Qué haces aquí, no deberías estar en la editorial? —pregunto confundida, pero ella me ignora. La he visto hace dos horas allí, me parece rarísimo ahora verla aquí afuera. Sigue con la misma ropa del trabajo, lo que significa que tal vez acaba de llegar.

—¡Aquí está todo! —exclama. Baxter le abre la puerta de atrás y ella se monta sin dudarlo. Me abraza con fuerza.

Segundos después, tras darme unos cuantos besos, se despide de Baxter con más besos y diciéndole:

—Cuida de ella, cuñado. Diviértanse. ¡Mucho!

—¿De qué hablas, Meg?

Me vuelve a besar en la mejilla con una risita de conspiración y sale del auto. Miro a Baxter confundida pero él sonríe de lado, feliz de andarse con secretitos con mi hermana.

Toma la mochila entre sus brazos y me la tiende. La cojo sin salir de mi estupor. Se ríe de mi expresión pero vuelve a dirigir la mirada al frente para encender el auto y partir de allí.

—¿Qué es esto? —pregunto estupefacta cuando veo que dentro de ella hay varias mudas de ropa, algunos vestidos, un par de biquinis y bastante ropa interior, especialmente lencería. Mi rostro se pone rojo mientras revuelvo mis cosas. Megan no se ha olvidado de nada; incluso ha guardado mi maquillaje y los productos para el cabello.

—Son tus cosas. —Bax se encoge de hombros, sin perder la sonrisa de suficiencia.

—Ya lo sé, bobo. Me refiero a por qué hemos venido a recoger mis cosas. Ya vinimos ayer, ¿lo recuerdas?

Y no solo debe recordar eso, sino también el momento en que Devan vino a verme, y luego todas las cosas que pasaron a continuación. Aunque eso no lo menciono ni por asomo.

—Sí, lo recuerdo perfectamente. Pero esta ropa la vas a necesitar para donde nos dirigimos ahora.

Miro la carretera frente a mí. Casi grito cuando Baxter acelera para meterse en la interestatal. ¿Está loco? Su apartamento se halla al otro lado de la ciudad.

—¿Adónde vamos?

—Es una sorpresa.

—No me jodas… ¿adónde vamos? —repito.

Su sonrisa no flaquea ni un segundo con mi exigencia. Es más, sonríe con mayor diversión.

—Ya lo verás.

Quiero saltar sobre él y ser yo quien maneje el auto, pero me contengo. Si Baxter está dirigiéndose a otro lugar y ha hecho que mi hermana empaque ropa para mí, no se lo voy a negar. Por mucho que me muera de la curiosidad por saber nuestro destino, es Baxter quien tiene el control. Y admito que estoy bastante emocionada.

Enciende la radio y cuando una canción de pop que acaba de salir hace unas semanas suena en los altavoces del auto, me río porque comienza a cantarla. ¡Desafina muchísimo!

Me irrito al verlo tan feliz tras lo que nos pasó. Es la primera vez luego de aquello que lo veo más feliz y relajado, completamente entregado al momento. En unos segundos le hago compañía y nuestras voces se unen para cantar la letra.

Nos reímos a carcajadas cuando terminamos. Mi corazón retumba con fuerza dentro de mi pecho. Siento felicidad y, por primera vez, ni rastro de tristeza o de culpa.

# 38

Mi pecho se retuerce cuando veo lo que se extiende frente a mí.
Tengo tantos sentimientos encontrados que mis ojos se empañan. Me bajo del auto con la mirada fija en el mar, abierto e infinito. La vista es suficiente para detener a cualquiera. Ni siquiera me fijo en si Baxter se baja del auto o no, estoy demasiado absorta en mirar la playa. La arena y el azul del océano me hacen reír con fuerza, porque la alternativa es llorar y no quiero hacerlo.

—¡Mierda! —exclamo con fuerza y me tapo la boca. Varios turistas y locales que pasean por el muelle con niños se giran a mirarme—. ¡Dios mío, esto es tan hermoso...!

No puedo creer que esté en la playa. He vivido tanto tiempo en la ciudad que no recuerdo la última vez que estuve en una playa. Mis recuerdos son de cuando era una niña, pero era tan pequeña que apenas son fogonazos sueltos.

Estar aquí, frente al mar, mirándolo de tan cerca, me dan ganas de saltar. Baxter llega por detrás y me abraza, colocando el mentón en mi hombro.

—¿Te gusta la sorpresa? —susurra en mi oído enviando escalofríos por todo mi cuerpo, a pesar del calor sofocante del verano.

—¡Me encanta! —Me giro para besarlo—. ¡Es hermoso!

—Bien. Me hace feliz verte así. —Sonríe—. Ven conmigo, tenemos que registrarnos antes de ir a la playa.

Baxter me lleva por el estacionamiento hacia un edificio en la acera con puertas de vidrio y marcos blancos. Cuando entramos en la recepción, de aspecto rústico, se oye el sonido leve de una campanilla anunciando nuestra llegada. El lugar está lleno. Baxter lleva mi mochila en la espalda y la suya, que ha sacado del maletero, en el brazo.

Nos vemos totalmente ajenos aquí; ambos con trajes de oficina mientras las demás personas pasean en shorts y camisetas cortas. Atraemos varias miradas, pero sobre todo Baxter, que está muy atractivo con ese traje a la medida y la camisa abierta en los primeros botones mostrando parte de su pecho.

Está para comérselo.

Se dirige a la chica que está tras el mostrador, saltándose la fila de personas que aguardan su turno. Toco su brazo para decirle que tenemos que ponernos detrás de ellos, pero es demasiado tarde. Baxter le dice a la chica su nombre y esta le pide el código de reservación que hizo por internet. Luego de llenar un formulario le entrega una llave, que más parece tarjeta de crédito, y salimos de allí.

—¡Eh! ¿Las habitaciones no están adentro?

—Tú sígueme, bonita.

Sonrío como una boba. Bax rodea el edificio y yo suelto un jadeo cuando veo con incredulidad que caminamos en dirección a la playa, pero no vamos directamente a ella, sino que subimos las escaleras del recinto hasta el segundo piso. Hay pocas puertas y todas ellas se ven independientes.

Nos detenemos en una, él coloca la tarjeta directamente sobre la manija donde un puntito de color rojo parpadea, un segundo después se torna verde y se escucha el sonido del seguro abriéndose.

La habitación me deja anonadada.

La vista es increíble. Tengo que parpadear varias veces para creerme que no estoy soñando. No es exactamente una habitación, sino un apartamento; todo amueblado y decorado de manera rústica, con techo de vigas de madera, que le dan al lugar un toque hogareño, de cabaña. O de casa de playa.

Me adentro más y recorro la vista por el lugar hasta que me topo con la puerta de lo que debe de ser el dormitorio.

Cuando entro, me detengo abruptamente bajo el umbral de la puerta y luego retomo mi camino ignorando la estancia amplia donde hay una cama con dosel para enfocar mi mirada en el gran balcón que da a la playa.

Suelto un grito.

Oigo la risa de Baxter en algún lugar del apartamento.

—¿Ya viste el gran balcón que tenemos? —Asiento, a pesar de que no puede verme. Unos segundos después oigo sus pisadas y reaparece detrás de mí—. ¿Te gusta?

Suelto una risa.

—¿Que si me gusta? ¡Me encanta! —Me giro y le rodeo el cuello con los brazos—. ¿Cuándo planeaste todo esto?

—Hace unos días. —Encoge un hombro restándole importancia, pero lo cierto es que es muy importante para mí. Baxter ha alquilado este lugar para nosotros dos en la playa por sabe Dios cuánto tiempo, por supuesto que es importante.

—Me encanta, gracias —susurro, acongojada—. Pero ¿la editorial? ¿El trabajo? Nos hemos tomado más tiempo del que deberíamos cuando ocurrió...

Suspira. Coloca una mano en mi mejilla y me recargo en ella mientras miro sus centelleantes ojos color miel.

—Escucha, Madie, hemos pasado por mucho este mes. No comenzamos de una buena manera, pero quiero arreglar eso, ahora que estamos juntos quiero compensar el tiempo perdido y estar junto a ti. Sin exnovios, sin amigos alrededor y sin drama —enfatiza tomando mi mano y entrelazándola con la suya—. Nos merecemos unas vacaciones, hace poco pasamos por una situación muy delicada y siento que es momento de hacer una escapada como adolescentes viviendo el momento y disfrutando de nosotros mismos. Así que, ¿qué me dices, amor?

Eso ni siquiera tiene que preguntármelo.

—Me parece perfecto —susurro. Deslizo el dedo por su mejilla rasposa y lo voy bajando poco a poco por su cuello y sus hombros—. Tú y yo solos en una habitación en medio de la playa... mmm, es perfecto.

Cuando me besa siento que mi corazón estalla de amor por él. Cada vez me sorprende más con sus actos y la forma en que me mima, como si quisiera dármelo todo. Lo que debe saber es que no necesito nada más que a él. Baxter ha sido mi motor en esos días feos en los que alejé a todo el mundo y dije cosas horribles. Siempre será él.

Poco después desempacamos nuestras mochilas y colocamos la poca ropa que traemos en el clóset de madera que hay de pared a pared en nuestra gran habitación. Decidimos disfrutar el día en la playa, por lo que nos ponemos nuestros trajes de baño.

Miro con horror que Megan me ha empacado dos biquinis que deben de ser dos tallas más pequeñas que la mía. Uno rojo y otro blanco, ambos los usaba años atrás, pero dejé de hacerlo cuando me di cuenta de que eran muy pequeños. Mentalmente la reprendo cuando me miro frente al espejo. Me he probado ambos, y ambos me quedan igual.

Me quedo con el rojo, preguntándome si seré capaz de salir a la playa así. Tengo el culo más grande, por lo que el biquini se mete entre mis nalgas, prácticamente mostrándolas al mundo. El sostén es tan pequeño que mis tetas se desbordan por los costados.

—La voy a matar.

Creo que ha hecho esto a propósito.

Salgo del baño maldiciendo a mi hermana por haberme mandado un pareo blanco. ¿Era tan difícil haber empacado uno de color, para que no se transparente sobre mi biquini? Estoy a dos segundos de reventarle el teléfono y mandarla a la grandísima mierda por hacerme esto, pero Baxter y yo hemos acordado mutuamente apagar nuestros celulares por el resto del día para disfrutar al máximo los que nos quedan. Ha rentado el lugar por los próximos seis días y el único momento que podemos coger el teléfono para ponernos al día con la civilización es en la noche, o si hay alguna emergencia y debemos prenderlo antes.

Entro en la habitación en donde Baxter me espera sobre la cama con dosel.

Sonrío al verlo tan guapo con su traje de baño que deja al descubierto su torso. Con aquellos pantalones cortos muestra toda su piel bronceada. Me lo como con la mirada mientras él yace ahí, leyendo un libro. Me muerdo el labio; los hombres que leen son sexis, pero Baxter lo es mucho más. Verlo allí, tan concentrado en la lectura mientras pasa las páginas y los músculos de su brazo se tensan (por ende, también los de sus pectorales), trae un calor a mi cuerpo que me deja inquieta.

Carraspeo para llamar su atención.

Su mirada deja el libro de inmediato y busca mis ojos, cuando se fija en lo que llevo puesto deja caer el libro sobre su regazo teatralmente.

—Mierda —tartamudea—. Carajo.

Sonrío por su reacción. Camino con paso decidido hasta llegar a los pies de la cama. Sé cómo me queda el biquini, me he visto en el espejo, pero ver su reacción hace cosas en mi interior que no puedo explicar.

Después de todo, no tendré que matar a mi hermana. Más bien darle las gracias.

—¿Y qué tal? —pregunto descaradamente dando una vuelta completa para que me vea también por detrás.

—Mierda.

—Sí, ya lo dijiste —murmuro con ironía. Pongo las manos en mi cintura, pero aquel movimiento hace que mis pechos se muevan. Baxter baja la mirada hacia ellos.

Traga saliva.

—Mierda.

Lo dejé sin palabras.

Literalmente.

—¿Nos vamos ya? —Me doy la vuelta para salir de la habitación y cojo el pareo que había dejado caer al suelo. En ese movimiento de agacharme escucho su gruñido.

Unos segundos después lo tengo a mis espaldas.

—Oh, no, no vamos a ir a ninguna parte.

Su aliento me hace cosquillas en la oreja mientras me incorporo. Puedo sentir su pecho desnudo rozar mi espalda. Mis pezones se ponen duros al sentir su piel tibia y anticipar lo que vendrá a continuación.

Dos semanas sin sexo han sido una tortura.

Los orgasmos que nos hemos dado el uno al otro ya sea con la mano o la boca han sido los preliminares. No puedo aguantar más. Lo necesito dentro de mí.

No me doy la vuelta, espero su siguiente movimiento. Quiero que sea él quien lo haga.

Siento cómo crece su erección contra mi trasero. Aprieto mis piernas, y mis labios, para no gemir. Pero si me tocara allí abajo sabrá que estoy tan lista para que me tome aquí y ahora, sobre el piso, donde mierda sea.

—Date la vuelta.

Inspiro hondo al oír la demanda en su tono de voz ronco y oscuro. Ese que promete una y mil cosas.

Lo hago con lentitud, lo único que escucho son los latidos de mi corazón retumbar con fuerza. Me olvido de todo, de la playa, del almuerzo, de nuestro primer día de vacaciones aquí en Long Beach. De todo.

Cuando estoy frente a él con la mirada alzada y nuestros pechos se tocan suelto un suspiro que cala hasta mi alma.

Antes de que pueda hacer algo sus labios chocan con los míos y yo siento una colisión en todo mi ser. Abro la boca y dejo que su lengua entre, acariciándome como si no lo hubiera hecho en años. Siento la furia y la contención de todos estos días en ese beso abrasador.

Permito que me cargue mientras me apoya en la pared más cercana. Noto el golpe, pero me da igual. El placer sobrepasa cualquier dolor. Lo quiero así, brusco y apasionado. Necesitado. Tal como lo estoy yo.

Pega su frente a la mía despegándose del beso y respirando con mucha fuerza. Sus ojos vidriosos me miran y luego mira mis pechos. Cierra los ojos como si quisiera calmarse.

—Joder, espera un momento, Madie —dice cuando intento alcanzar su erección con la mano—. Quiero tranquilizarme un rato. Espera.

No le hago caso.

Meto la mano en la cinturilla de su traje de baño y sonrío cuando lo oigo maldecir entre dientes al cogerlo con fuerza. Su pene duro está listo, y yo más.

—Por favor, Baxter —le ruego, pero ni siquiera sé qué le estoy rogando. Lo tomo con mi mano y empiezo a bombear de arriba abajo. Baxter hace una mueca, como si estuviera en agonía.

—Madie, joder. No puedo, espera… —No lo dejo terminar porque lo beso. Y con ese beso le muestro lo ansiosa que estoy. No pudo esperar más. Voy a volverme loca. Soy como gasolina a la que le han prendido fuego y no hay agua por ninguna parte.

—Por favor —vuelvo a rogar. Está a punto de ceder. Solo necesita un empujón más.

Suelto su erección y llevo mis manos a mi espalda, soltándome el nudo del biquini. Cuando el sostén cae, ya no puede más.

—Joder.

Se baja los pantalones de un tirón sin dejar de sostenerme y sonrío cuando se toma la base de la erección con una mano. Me siento anclada a la pared, con las piernas abiertas esperando por él.

Me sostiene con una mirada, mostrándome que él tampoco puede aguantar.

Su mano juega con mis pezones, los estira con fuerza y luego los masajea, jugando con ellos mientras yo echo la cabeza atrás disfrutando de sus rudas caricias.

Cuando está satisfecho de ver mis tetas rojas y los pezones erectos, palpa mi centro y sonríe con malicia cuando me siente completamente mojada.

—Esto será rápido, Madie —me advierte con tono de disculpa.

Lo insto con mis caderas a moverse. Él entiende la indirecta. Vuelve a coger la base de su miembro y juega con la punta en mis labios menores. Jadeo, muevo mis caderas para encajarlo en mi interior pero él solo se empapa de mis jugos mojando su glande entre mis labios.

—¡Bax…! —grito su nombre cuando no aguanto más, pero me callo al sentirlo adentrarse a mí de una estocada y hasta el fondo.

Gimo encantada con volver a sentirlo en mi interior después de varios días. Mi cuerpo está hipersensible con sus caricias, pero me dejo hacer cuando se retira rápidamente y vuelve a clavarse con fuerza.

—Joder… —gruñe—. Estás tan apretada…

—Bax —jadeo. Gotitas de sudor bañan mi frente. Rodeo mi cuerpo con el suyo, incluso su cuello y echo la cabeza atrás contra la pared. Una terminación nerviosa golpea mi centro al sentir cómo se clava tan profundo en mí, se retira y vuelve a entrar con fuerza.

En unos segundos el sonido de nuestros cuerpos es lo único que se oye. Nuestros jadeos lo acompañan. No sé si es la posición, los días que hemos pasado sin esto o la fuerza con la que me folla contra la pared, pero en segundos estoy temblando. Y su polla se hincha en mi interior.

—Oh, Baxter —resuello cuando siento que estoy a punto—. Por favor.

Esta vez no tengo idea de lo que pido. Solo sé que lo quiero rápido, pero mis palabras no salen. Él logra entenderme porque sus movimientos se hacen más rápidos. La fuerza con la que me clava contra la pared es suficiente para hacerme doler horrores la espalda, pero lo único en lo que estoy enfocada es en la polla de Baxter entrando y saliendo de mí con fuerza y rapidez.

Gimo como una loca al sentir que el orgasmo empieza a formarse. Él sonríe de lado con la poca fuerza que le queda y baja la cabeza a mis pezones. Cuando los muerde con fuerza y luego los lame, yo me pierdo.

El orgasmo me sacude con fuerza. Mis piernas tiemblan mientras cierro los ojos sin dejar de moverme sobre su pene. Segundos después sus embestidas se vuelven lentas hasta que se corre mientras entierra su cabeza en mi cuello y suelta un gruñido con mi nombre.

Siento mi cuerpo laxo, así que no me preocupo cuando Baxter me deja sobre la cama.

No salimos de la habitación en la siguiente hora. Cuando logramos hacerlo mi estómago ruge de hambre y estoy tan cansada que Baxter me carga en volandas todo el camino hasta el restaurante de la playa.

Después de comer un menú delicioso, nos tumbamos en las sillas y tomamos el sol. Él en ropa de baño y yo en biquini. Me siento cohibida al comienzo, pero cuando veo que varias mujeres llevan biquinis más pequeños, me tranquilizo.

Permanecemos en ese lugar lo que se me antojan horas. Casi al atardecer decidimos meternos en el mar. Jugamos y nadamos hasta que nuestra piel se arruga. Cuando regresamos al hotel nos metemos en la ducha para quitarnos los restos de arena y, por qué no, para volver a follar en la ducha.

Por la noche ambos prendemos nuestros celulares y conversamos con nuestros hermanos, luego los apagamos de nuevo y cenamos en la cama, viendo televisión.

Me siento como una vieja pareja que ha decidido tomarse unas vacaciones en la playa para ellos dos. No puedo negar que poco a poco el dolor va menguando, pero nunca desaparece, sigue ahí, perenne. No puedo olvidar lo que nos sucedió. Pero tengo conmigo a Baxter, haciéndome sonreír y dándome paz con solo estar a mi lado.

Por la noche dormimos con las puertas del balcón abiertas, sintiendo la brisa del mar y el sonido de las olas que rompen en la arena. Estar allí, en los brazos de Bax, es como estar en casa.

# 39

Al quinto día de estar en Long Beach me gustaría quedarme aquí para siempre, aunque solo podemos estar un día más. El tiempo se me ha hecho tan corto junto a Baxter que no puedo creer que llevemos aquí cinco días.

Por las mañanas hacemos lo mismo, despertamos y desayunamos en el restaurante frente al mar. Al mediodía nos metemos en el mar y pasamos gran parte de la tarde en la playa. Por la noche volvemos a nuestra habitación y tenemos todo el tiempo del mundo para disfrutar del otro. Al amanecer volvemos a hacer lo mismo, y en cinco días nuestra rutina ya está marcada.

Esta vez decidimos pasar más tiempo en la playa, porque es nuestro último día y aunque no queremos irnos de aquí el deber nos llama. No podemos seguir escapando de la realidad.

El sol se pone y el atardecer nos baña con su luz naranja. En el mar hay una franja de ese color que hace que el océano se vea rojo gracias al reflejo que da directamente sobre el agua. Me echo sobre la tumbona en la arena, al lado de Baxter, y sonrío. Su piel naturalmente bronceada ahora mismo está roja por haber pasado todos estos días bajo el sol. A pesar de haberle aplicado bloqueador solar, y él a mí, nada ha impedido que nos tostemos como dos calamares.

—Ven aquí —susurra cuando estoy por taparme. El sol está por ocultarse, es momento de irnos, como lo hemos estado haciendo desde que llegamos. Luego iremos a bañarnos y a cenar.

Me tiendo a su lado y me hace espacio en su tumbona. Como no es tan grande quedo con las piernas sobre las suyas y mi brazo aplastado contra el suyo. Mis senos también están despachurrados contra su pecho.

Sonríe. Coge un mechón suelto de mi cabello y me lo coloca tras la oreja.

—¿Estás feliz?

Su pregunta me hace sonreír.

—Claro que sí. ¿Tú lo estás? —Inclino la cabeza—. ¿Y a qué se debe esa pregunta?

Mira un momento el atardecer ante nosotros.

—Sí, lo estoy, pero estos días han sido una fantasía y quiero que siga así. No quiero volver a la realidad, pero mañana tenemos que volver.

Hago un puchero.

—Ni me lo recuerdes. —Entierro mi rostro en su cuello, y cuando hablo, mi voz sale amortiguada—. ¿Crees que podríamos vivir aquí para siempre? No es necesario volver al trabajo mañana, ¿no crees? Y como tú eres el jefe podemos estar de vacaciones para siempre. ¿Qué dices?

Se ríe.

—Me encantaría pasarme toda una vida aquí contigo, pero tenemos que regresar, no podemos desaparecer para siempre.

—Ojalá pudiéramos.

¡Zas!

Mi trasero recibe un golpe con la palma de su mano. Me alejo sorprendida.

—No te me pongas melancólica —dice con voz mandona, pero la sonrisa de lado en sus labios delata su diversión. Quiero empujarlo de la tumbona, pero lo cierto es que ese azote me calentó en vez de enfurecerme. Mi trasero arde por el golpe y mi rostro también, pero de vergüenza, por las pocas personas de la playa privada que han tenido que observar eso. Baxter no se fija en nadie, solo en mí. Soba mi trasero con mimo mientras los niveles de calor en mi piel aumentan—. Hoy es nuestra última noche y hay que disfrutarla al máximo. ¿Qué tal si cenamos en el restaurante del hotel?

Cada noche hemos cenado en nuestro pequeño apartamento. Todo para tener más intimidad. Así que su propuesta me toma por sorpresa.

—¿Quieres ir a cenar allí? —pregunto—. ¿Como una cita?

—Sí. Nunca hemos tenido una —dice divertido—. En todo este tiempo nunca te he llevado a cenar fuera, me siento un idiota.

Antes de que pueda moverme él se levanta y me lleva consigo; colgada sobre su hombro como si fuera un saco de papas. Inmediatamente la sangre se me sube a la cabeza.

—¿Estás loco? —exclamo cuando empieza a caminar, riéndose. La gente nos mira al pasar. Puedo sentir los ojos de todo el mundo en mí, especialmente en mi trasero, que además apuesto a que está rojo. Esta vez lo golpeo yo a él en el trasero, con fuerza, pero ni se inmuta. Me remuevo como un bicho—. Bájame ya, Bax, puedo caminar sola. ¡Baxter!

Ni caso, continúa su camino hasta el hotel y se desvía hacia las escaleras de nuestra habitación.

—Ya casi llegamos.

Cuando entramos en la habitación y me deja en el piso, lo miro mal.

—Serás tonto… ¡Todo el mundo ha tenido que verme el culo mientras me cargabas!

Abre mucho los ojos, como si no hubiera pensado en ello.

—Joder.

—Sí, joder. —Refunfuño mientras entro en la habitación. Me miro en el espejo dándome la vuelta para ver detrás, miro horrorizada que mi nalga derecha está marcada.

Quiero maldecirlo y soltar mil palabrotas, pero me callo. Lo cierto es que me ha gustado. Me muerdo el labio mientras me meto a bañar. Una vez que estoy limpia y con una toalla alrededor del cuerpo y otra en el cabello, Baxter está en la habitación esperando pacientemente.

Me fijo en que aún sigue en bañador. Su pierna rebota contra el suelo en una señal de impaciencia mientras mira la televisión.

—Ya puedes bañarte.

Antes de entrar en el baño me besa y con un guiño prometedor se mete a duchar. Mientras estoy en la habitación voy a hacia el clóset y saco el único vestido que Megan ha empacado. No es un vestido formal, sino todo lo contrario; es veraniego y de color blanco con flores pequeñas, tan largo que sé que tapará mis piernas. Lo que me gusta de él es que tiene un ligero escote y en el lado derecho hay una abertura en donde se verá mi pierna bronceada.

Está ligeramente arrugado, pero me sirve. Tras ponérmelo, me calzo mis sandalias blancas y sonrío frente al espejo.

Me maquillo ligeramente, sin nada de base porque me arde un poco el rostro, luego empiezo a secarme el cabello. En ese momento Baxter sale de la ducha. Me lo quedo mirando un rato, disfrutando de las vistas.

—Estás guapísima —dice.

Alzo una ceja.

—¿Solo guapísima? —Me pongo de pie y camino con decisión hasta él. La toalla que tiene puesta alrededor del cuerpo cae peligrosamente de sus caderas mostrando un poco de aquellos músculos ondulantes.

—Hermosa.

—Mmm. —Me pongo de puntillas—. ¿Qué más?

Mi cabello es un desastre porque aún no he terminado de arreglármelo, pero a él no le importa.

—Sexy. Espléndida. La mujer más hermosa que he visto. —Me rio contra sus labios por sus palabras.

—Vaya, gracias. —Lo beso pero me alejo antes de que este beso llegue a algo más y nunca salgamos de aquí—. Vamos, que me muero de hambre.

—Y yo también, pero no de comida.

Me alejo de él para que pueda dar un paso más. Estar a su alrededor es un peligro. Nos hemos bañado y no necesitamos ensuciarnos de nuevo. Por muy apetecible que suene, realmente tengo hambre. No he comido nada desde el almuerzo y ya anocheció.

Por suerte Baxter no insiste y se retira al baño con una muda de ropa, no sin antes mirarme con esos ojos color miel que me derriten. Su mirada está llena de promesas para cuando volvamos a la habitación.

En cuanto entramos en el restaurante sé que todo ha sido orquestado. Un mozo nos lleva a nuestra mesa reservada y cuando vuelve trae consigo una botella de vino. Nos sirve en las copas y luego se retira, dejándonos solos. El restaurante en la playa está lleno; hay familias, amigos y parejas. El entorno es cálido, a pesar de la brisa del mar. Todos hablan en voz moderada y la música en vivo lo hace sentir muy acogedor.

—¿Cuándo hiciste todo esto? —Señalo a nuestro alrededor, interesada en su respuesta.

—Anoche. —Sonríe—. Llamé a recepción y…

—No, no me refiero a esta cita. Me refiero el haber venido aquí, a la playa. ¿Cómo se te ocurrió todo esto y por qué mi hermana no me lo dijo? Últimamente se está haciendo muy buena en guardar secretos.

—Fue algo de último momento —carraspea. Toma otro sorbo del vino mientras esperamos nuestra cena—. Hablé con Megan un día antes para pedirle que guarde tus cosas porque había reservado unos días en la playa para estar contigo. No lo dudó. Fue un pequeño secreto para sorprenderte.

—Y lo estoy —digo rápidamente—. Lo estuve. Estar aquí estos días ha sido muy liberador. Realmente necesitábamos estos días para estar a solas.

—Me alegra haberte complacido. —Me sonríe.

Ahora es más fácil sonreírnos. Hace unas semanas no habría podido, ahora me es tan fácil hacerlo cuando estoy con él que casi me olvido de lo que nos pasó. Casi.

Como si Baxter supiera adónde se han ido mis pensamientos se estira en su asiento y me toma la mano para apretármela.

—Eh, estamos en nuestra primera cita. No podemos estar tristes.

—Es muy fácil decirlo.

Se le ve contrariado, pero cuando vuelve a hablar lo hace con una pequeña sonrisa que marca sus hoyuelos.

—Hagamos esto: durante toda la cita hablaremos como si recién estuviéramos saliendo. ¿Qué te parece? Es un nuevo comienzo, debemos empezar de cero. Hablemos de todo, pero de lo que nos pasó, no. Tenemos esta noche para olvidarlo, hagamos que valga la pena solo este instante. ¿Sí?

No puedo negarme ante aquello. Tampoco quiero. Lo que sí deseo con todo mi corazón es volver a empezar, olvidar lo malo y solo aferrarme a lo bueno. Así que su solicitud de hacer esta cita como si recién saliéramos es suficiente para sacudirme de encima los recuerdos y concentrarme en el ahora. En nosotros.

—Vale —digo asintiendo.

Nos traen nuestra comida; un delicioso bistec de carne con especias para ambos.

Durante toda la cita conversamos como si realmente nos estuviéramos conociendo por primera vez. Aprendo más de Baxter en estas tres horas que en todo el tiempo que hemos estado juntos. Su color favorito es el verde, por las hojas que brotan en verano al recibir el sol. Sus papás tenían el hábito de leerle cuando era niño, y por eso *El principito* se convirtió en su libro favorito. Hasta ahora lo es. Aprendo que ahora su género favorito es el misterio, y que secretamente ama todas las historias de Agatha Christie. Sé que tiene una habitación llena de libros en casa de sus abuelos, herencia de sus padres. También sé que decidió continuar con el legado de la editorial porque era una forma de estar más cerca de ellos, de lo que le enseñaron cuando era niño: que las historias almacenadas en los libros son tan valiosas como nuestra vida, porque a pesar de que son ficticias, uno las puede hacer realidad.

En aquellas horas sentada frente a él en un restaurante de Long Beach con la playa frente a nosotros, descubro que Baxter Cole es mucho más de lo que creía. Aprendo sus cosas favoritas, sus comidas, sus preferencias, sus sueños, sus metas, todo por lo que ha pasado y lo que quiere que pase.

Ver que tenemos cosas en común hace que la conversación siga fluyendo. Siento que, aun cuando nos conocimos en circunstancias apresuradas, nuestros corazones desde ese instante ya latían en sincronía.

Lo siguen haciendo.

Cuando salimos de allí para hacer una caminata por la arena me quito las sandalias y deslizo mis pies en la orilla del mar. Baxter a mi lado hace lo mismo y dobla la basta de su pantalón para que el agua no lo moje.

Caminamos de la mano sin dejar de hablar de cosas triviales, hasta que nos detenemos en la playa desierta y nos sentamos cada uno en una tumbona. La brisa del mar hace que mi vestido serpentee y se enrede entre mis piernas, así que las cruzo y me recuesto en el respaldar.

—¿Alguna vez creíste que te enamorarías de mí? —pregunta cortando el breve silencio que se ha formado. Lo miro de lado con curiosidad. Sus ojos color miel están fijos en el mar oscurecido, solo la luna deja una estela de luz a su paso.

—¿Sinceramente? No —respondo con franqueza. El momento de sincerarse no tiene fin. Es como si hubiéramos abierto nuestra caja de Pandora. Y me siento segura admitiendo en voz alta lo que pienso, expresar mis sentimientos en voz alta con un hombre es algo que nunca he hecho. Solo con él—. Cuando terminé con mi ex pensé en olvidarme de los hombres por un tiempo. Quería hacer algo por mi vida. Había desperdiciado seis años al lado de alguien que no me amó lo suficiente, y al que yo tampoco. Quería vivir mi vida pero no sabía cómo empezar. Megan me ayudó empujándome al mundo editorial, en el que quería estar pero nunca tuve el valor. Y tomé una buena decisión al vivir con ella. —Sonrío al recordar la noche que mi hermana me invitó a tomar unas copas con sus colegas, y los futuros míos, pero que yo me negué por haberme mudado ese mismo día a su apartamento y estar cansada. Baxter me mira un instante con picardía, recordando exactamente lo mismo que yo—. Ya ves, el día que me mudé con ella fue cuando te conocí. Y no te voy a mentir, me pareciste guapísimo, pero no pensé en enamorarme. Creo que esa palabra no la había usado desde el instituto. Y ahora, no me sale otra cuando pienso en ti. Así es el amor, ¿no? Ocurre cuando menos te lo esperas. Ya que nos estamos sincerando, quiero que sepas que lo que dije aquella noche es mentira; eso de que podría estar sin ti. No es verdad. Si tuviera la opción de volver a pasar todo lo que pasamos, lo haría una y mil veces, porque al final siempre te tendré a ti.

Me horrorizo al verlo con ojos húmedos, mirando el océano. Parece estar debatiendo algo en su interior, así que espero mientras lo veo luchar.

—Yo también —murmura con voz ronca—. A pesar de todo, a pesar de lo que perdimos, a quién perdimos, volvería a elegirte. Una y otra vez. Porque cuando te conocí y me enamoré, supe lo que es realmente el amor. —Hace una pausa en la que se toma del cabello—. Yo también perdí a un hijo. No contigo, antes, con Heidi. Cuando estábamos juntos, luego de casarnos, descubrimos que estaba embarazada. A pesar de no haber sido planeado fui el hombre más feliz del mundo. Cuando fuimos al hospital luego de varias semanas la doctora descubrió que el bebé tenía malformaciones. Me dolió muchísimo, por supuesto, pero decidí que no me importaba, que quería tenerlo y que fuera feliz con nosotros. Heidi, en cambio… Quería un bebé perfecto, sin ninguna enfermedad ni complicación. Así que un día se fue y cuando volvió me dijo que había abortado. No… me preguntó, no me dijo nada. Lo hizo a escondidas, sin importarle lo que yo pensara. Tal vez fue una buena decisión porque el bebé nacería mal y sería complicado, pero, aun así, me dolió. A ella le dio igual, fue como deshacerse de algo malo. Estuve semanas triste, llorando la pérdida de nuestro bebé mientras que ella solo se preocupaba por lo que dirían sus amigas al enterarse.

—Oh, Baxter…

Mi pecho se apretuja con cada instante que pasa. Instintivamente me muevo hacia él entrelazando nuestras manos y mostrándole todo mi apoyo por lo que le pasó. Ahora lo entiendo, más que nunca.

—Así que cuando supe que tú estabas embarazada me preocupé, pero cuando la doctora nos dio la ecografía y lo vi, fui más feliz que nunca. —Niega con la cabeza—. Perder a otro bebé me ha vuelto loco. Lo mío es como una maldición. A veces pienso que es una señal de que no estoy hecho para ser padre. —Respira agitado, como si estuviera a punto de bullir—. ¿Qué es lo que pasa conmigo? ¿Dios no quiere darme la oportunidad de ser padre? Me ha arrebatado a dos de mis hijos y no sé si podría soportar tener otro y pasar por lo mismo. No podría.

—Eh, amor —susurro para llamar su atención. Se me encoge el corazón y todo mi cuerpo tiembla cuando lo veo derramar lágrimas. Yo estoy igual que él, llorando por su pérdida y la nuestra. Pero el odio y el dolor que hay en aquellas palabras me rompe más—. No hay nada de malo contigo. Bax, mírame. No hay nada malo contigo —enfatizo—. Lo que pasó con Heidi fue algo horrible, lo sé. Y lo nuestro, pero eso no significa que sea un castigo para ti, porque, si no, también lo sería para mí; yo también lo he perdido. Pero en estos días he aprendido a tu lado que somos capaces de vencer este dolor, juntos, y hacer un futuro nuevo. Lo que pasó ya está en el pasado y de nada sirve que sigas llevando esta culpa en el corazón, solo lograrás más dolor. Deja esa carga, trata de superarlo, yo sé más que nadie que al principio será difícil, pero estaré contigo. Puedes apoyarte en mí, no dejaré que pases esto solo. Ya lo hiciste una vez, ahora me tienes a mí.

Se seca las lágrimas que salen de sus ojos color miel y caen en su camisa. Cuando me sonríe es una sonrisa triste, pero a la vez feliz. Algo inexplicable pero poderoso.

—Gracias, Madie. No sé si lo sabes, pero desde que llegaste a mi vida me has salvado.

Sonrío.

Ídem, Baxter.

Al volver caminando por la arena siento que nuestros corazones ahora están más conectados que nunca. En completo silencio volvemos a nuestra habitación, donde dormiremos por última vez antes de volver mañana a la realidad. Pero esa realidad ahora y siempre será a su lado. Y lo estoy deseando.

Cuando salgo del baño tras lavarme el rostro y los dientes, camino por la suave alfombra con los pies descalzos. Baxter entra en la habitación al mismo tiempo que yo, llevando consigo su celular. Ya es de noche, pero yo he decidido mantenerlo apagado, por lo menos hasta mañana.

Mis ojos echan chispas al verlo con el torso desnudo. Saca una camiseta de dormir de su mochila para dármela. Los pantalones que se ha puesto para nuestra cita los tiene desabrochados, casi colgando por sus caderas. Deja el celular en la cómoda de la habitación y se recuesta en la cama contra el respaldar.

Me dejo caer a su lado con el rostro sobre su pecho. Debe de ser mucho más de medianoche, pero ninguno de los dos tiene sueño. Estamos sumidos en nuestros pensamientos mientras sostenemos nuestras manos. No puedo dejar de pensar en lo que me ha contado en la playa. Mi corazón sufre con él, no puedo imaginar perder dos veces la ilusión de ser padre. No podría soportarlo. Apenas soporté esta vez, no podría enfrentar una segunda. Y aun así, Baxter está aquí, luchando por sobreponerse a esa tristeza.

La camiseta que llevo es suya pero no me queda tan grande. Puedo sentir nuestras piernas enredarse y rozarse. Disfruto de ello mientras hago pequeños círculos en su pecho desnudo. La brisa del mar entra por el balcón abierto de la habitación.

—No me quiero ir —murmuro. Su pecho sube y baja bajo mi rostro. Me apoyo sobre mi codo y lo miro—. Me he acostumbrado a esta burbuja y a vivir en la playa. ¿Crees que podríamos quedarnos aquí para siempre?

Se ríe, acomodando mechones de mi cabello tras la oreja.

—Lo haría si pudiéramos, toda la vida si fuera posible. Pero tenemos que volver.

—Extrañaré estar aquí contigo, sin nadie fastidiándonos. —Lo miro—. Amo la ciudad, pero estar aquí en la playa es liberador.

—Yo también extrañaré estar aquí contigo, especialmente extrañaré follarte contra la pared.

Suelto un grito ahogado. Baxter sonríe de lado.

Pero no me quedo atrás.

—Y yo extrañaré chuparte la polla en el balcón. —Por poco se atora su saliva. Bajo mis muslos puedo sentir que su pene empieza a despertar. Inmediatamente le lanzo una sonrisa orgullosa—. Extrañaré meter mi mano en tu pantalón y tocarte hasta que te vengas, cada mañana antes de ir a la playa.

Y como lo describo, lo hago.

Meto mi mano en su pantalón desabrochado sintiéndolo caliente y duro en mi palma. Todo lo hago para provocarlo. Escucho la fuerte inhalación de Baxter cuando empuño su erección y aprieto ligeramente.

—Mierda.

—Oh, vaya. Es tan tarde… —Suelto su erección dándome la vuelta—. Vayámonos a dormir, mañana tenemos que salir temprano para regresar.

Incluso antes de que pueda bajar la cabeza para recostarme en la almohada siento que me alza como a una muñeca de trapo hasta estar echada sobre el colchón con él encima de mí.

—Y una mierda dormir, no antes de que te folle esa boca tan traviesa que tienes.

Quiero reírme, pero de mi boca solo sale un leve quejido. Esta tensión que hemos estado manteniendo desde antes de salir a la cita solo ha crecido conforme han ido pasando las horas. Ahora está crepitando y ansiando desatarse por completo.

De pronto dejo de estar sobre el colchón y paso a estar sobre la alfombra a los pies de la cama de dosel. Baxter se sienta en el borde.

—De rodillas.

Maldita sea, si fuera otra circunstancia lo mandaría de paseo, pero ansío esto tanto como él. Aun así no se lo pongo fácil.

—Prefiero estar así.

Sus ojos centellan furia al oírme.

—Madison…

—No me gusta que me den órdenes.

—Pues te aguantas.

—Serás tonto… —digo, pero hago lo que me pide, con su ayuda. Me toma del brazo al ver que estoy por ponerme de rodillas. Siento la suavidad de la alfombra, tal vez más tarde las tenga rojas pero justo ahora eso no me importa. Mi misión está entre sus piernas, y planeo hacerlo gozar como él quiere.

Se levanta un momento y se desprende del pantalón y el bóxer, dejándome con el rostro frente a su entrepierna. Dedica unos instantes a quitarme la camiseta y acomodarme el cabello, y yo dejo que lo haga.

Se vuelve a sentar en el borde del colchón. Mis dedos cosquillean por que empiece a tocarlo ya. Contengo el aliento al contemplar toda su longitud y el firme grosor. Se me hace la boca agua. Levanto la vista y tras mis pestañas puedo ver su mirada oscura y cargada de deseo.

Se sujeta la base de la erección con una mano, mientras que sostiene mi nuca con la otra, empujándome la cabeza hasta que el glande hace contacto con mis labios. Instintivamente abro la boca y cierro los ojos, dejando que ingrese toda su longitud por mi boca. Lo rodeo, saco mi lengua y lo alcanzo.

Inspira entre dientes y murmura algo.

Sin darle tiempo a recuperarse abro la boca y me la meto hasta el fondo todo lo que me permiten nuestras manos unidas sobre la base. Quito su mano de ahí y coloco la mía, como si estuviera marcando territorio. Aprovecho para subir y bajar sobre su polla, deslizando mi boca por toda su longitud hasta el fondo de mi garganta. Él parece saber que me gusta eso, porque sujeta mi nuca cada vez que yo me retiro para entrar con fuerza.

Rozo con mis dientes hasta la punta y vuelvo a clavármela con ganas. Todo con lentitud, disfrutando de su agonía por unos momentos. Él no me fuerza a ir más rápido, pero yo se lo compenso con un movimiento rápido para luego continuar con ello. Empiezo a bombear a consciencia, con rapidez y fuerza aumento la velocidad subiendo y bajando.

Él mueve las caderas y me sujeta con fuerza la nuca, para no dejarme ir. Pero no lo haré, estoy disfrutando de esto tanto como él. Puedo oír sus gruñidos roncos que van directos a mi punto de placer entre mis piernas. Mis pezones están duros, pero ahora no es mi momento, es el suyo.

Puedo notar que se está conteniendo para no empujarme con la mano y clavármela hasta atragantarme. Tiene la mandíbula fuertemente apretada y la cabeza echada hacia atrás. Su cuello tirante, los músculos de sus brazos se contraen. Todas esas señales me indican que está por llegar al límite.

Me retiro lentamente haciendo un sonido gracioso al soltarlo, reparto besos por la punta y luego por toda su longitud.

—Quieres correrte, ¿verdad, Bax? —murmuro a centímetros de su polla, aún en mi mano. Saco la lengua y lo lamo, ganándome un siseo.

Está sudando, como si estuviera agonizando bajo mis caricias. Nunca había visto nada tan fascinante hasta él. Respira entrecortadamente mientras me mira desde su lugar. Sus ojos siguen encendidos, ardiendo de deseo.

Antes de que pueda decir algo más Baxter vuelve a levantarme del suelo. Sin decir nada me empuja sobre la cama. Gimoteo cuando sus manos se clavan en mis muslos, buscando con desesperación mis bragas. Las arranca.

—Agárrate fuerte, Madison —susurra con el rostro hundido en mi cabello. Hago lo que me pide, me agarro a sus hombros clavando las uñas en él. Su voz suena cerca de mi oído y me produce cosquillas, pero en vez de soltar una risita suelto un gemido cuando baja sus manos para palmear mi sexo—. Me excita tanto sentirte tan mojada…, y solo por chuparme la polla. Ahora te voy a follar.

Abro las piernas lo más que puedo.

El calor en la habitación es casi insoportable. Lo único que se oye son nuestras respiraciones aceleradas y las olas del mar chocar entre ellas.

Introduce su dedo en mi interior. Aprieto los labios para no gritar, pero él sacude la cabeza.

—Grita, Madison, quiero que todos te oigan.

El dedo desaparece de mi interior y, un segundo más tarde, abro mucho los ojos porque me clava la polla hasta el fondo, de una sola estocada. Estoy llena de él.

—¡Baxter! —grito su nombre. Responde a mi quejido con una estocada lenta.

—Sí, así —murmura contra mis labios al oírme gemir su nombre.

Sigue embistiéndome sin piedad, entrando y saliendo de mí con lentitud, como si quisiera torturarme. Rodeo sus caderas con las piernas para sentirlo más profundo. El cambio es notable, puedo sentirlo hasta la empuñadura.

Aprieto los párpados con fuerza.

Se siente tan carnal, pero a la vez tan intenso, que noto que es del todo diferente. También es amoroso, por la manera en que me mira a los ojos mientras se mueve en mi interior. Aleja mis manos de sus hombros y las sostiene entre las suyas, entrelazando nuestros dedos y poniendo nuestras manos encima de mi cabeza.

Mis tetas bailan al ritmo de sus embestidas feroces.

Pero esta vez es diferente.

No como la otra vez contra la pared, tampoco como esta mañana en la ducha, o el día anterior, y el otro, donde fue dura y alimentada por pura lujuria, la conexión más pasional. Esta es suave, casi dulce, y aunque una parte de mí quiere ir cada vez más rápido y duro, sé que no está bien.

Sé lo que es esto.

Es una cruda emoción, y lo siento por el modo en que me besa mientras se mueve. Por la forma en que sus dedos sujetan los míos, en que me mira, casi reverentemente. Por cómo mi corazón deja de latir cuando nuestros ojos se encuentran.

Jadeo.

—Dímelo, Madison.

Tardo unos segundos en salir de esta niebla de placer para concentrarme en sus palabras.

—¿Qué? —Es todo lo que puedo balbucear.

—Dímelo de nuevo, dime que me amas.

Sonrío tontamente. Pero borro mi sonrisa al sentirlo clavarse en mí con fuerza, embestida tras embestida aumentando el ritmo sin darme tiempo para recuperarme. Lo siento en cada parte de mi ser, lo siento en mi vientre cuando golpea mis nalgas. El golpeteo de nuestros cuerpos es lo único que escucho.

—Te amo, Baxter —suelto con locura entre gemidos entrecortados.

Veo su deseo en los ojos, lo noto en la lengua, donde aún tengo rastro de su sabor. El aire cargado de sexo y todos mis sentidos sobrecargados por la intensidad de nuestro placer.

Sus músculos se endurecen, flexiona el brazo y me suelta las manos para acariciarme los pechos.

—Y yo a ti, Madison. Te amo.

Mis piernas tiemblan, se bloquean por el clímax que se abre paso por mi cuerpo. Su polla se hincha en mi interior, mis paredes se aprietan a su alrededor. Alzo la cabeza bruscamente cuando sus dedos tiran de mis endurecidos pezones. El pináculo de placer se asoma, estoy a punto, y sé que él también.

—¡Santo cielo! —exclama Baxter, antes de correrse gruñendo mi nombre. Dobla su cuerpo sobre el mío, sus últimas estocadas son torpes y poco controladas. Me corro, viendo estrellas tras mis ojos cuando el orgasmo se apodera de mi cuerpo. Me mantengo en ese lugar sintiendo que su esencia se derrama en mi interior, llenándome al eyacular.

Baxter se desploma a mi lado, como si fuera un saco de papas tirado desde lo alto.

Apenas puedo sonreír, el orgasmo me ha dejado bloqueada. Nada sale de mi boca, me siento embobada, completamente plena y sonriendo como una idiota. Baxter me desliza un brazo por la cintura, entierra el rostro en mi cuello y me besa.

Dejo que él me abrace, porque mi mente está como hipnotizada. La follada que hemos tenido ha sido de lo más intensa y perfecta.

Estoy donde tengo que estar. Realmente estoy en casa.

# 40

Como es nuestro último día aquí en Long Beach despertamos temprano para pasar un tiempo en la playa. Me pongo el biquini pequeño que mi hermana empacó a propósito y junto a Baxter salimos del hotel para disfrutar de la mañana. Tenemos que partir luego del almuerzo, así que, ahora mismo, el tiempo es nuestro enemigo. No queremos estar atrapados en el tráfico de la interestatal que seguro habrá a la vuelta.

En el transcurso de regreso a la ciudad manejo durante una hora y media mientras él se recuesta en el asiento y se queda frito. El cansancio y todo lo que sucedió le ha pasado factura. Ni bien estaciono el auto en la plaza de aparcamiento de su edificio me sacudo con fastidio el cabello. El viaje de más de una hora me ha dejado agotada.

—¿Bax? —Presiono su hombro, luego su mejilla—. Eh, despierta, ya hemos llegado.

Se toma su tiempo en despertarse, parpadea repetidamente hasta que enfoca sus ojos en mí. Me dedica una sonrisa adormilada, ambos olemos a arena y agua salada, así que nos urge una ducha. Su cabello oscuro se le enrosca en la nuca, cuando lo acaricio noto que las hebras de su cabello están resecas por la arena y el mar. Sí, somos un desastre.

—Vamos a lavarnos y quitarnos el resto de arena.

Me coloco ambas mochilas en los hombros y subimos al ático para meternos en la ducha por separado. Mientras él se baña meto la ropa sucia en la lavadora y luego espero a que termine para meterme yo.

Media hora después salgo sintiéndome mil veces mejor que hace dos horas, con el cabello mojando mi espalda. Me coloco ropa cómoda para estar en casa y acompaño a Baxter a su despacho mientras yo pido comida.

Cuando el timbre de la recepción suena acepto el mensaje y dejo que el repartidor suba para dejar nuestra comida. Le doy su propina y, con las cajas de pizzas en las manos, cojo platos y servilletas para llevarlo todo al despacho de Baxter. Cómo no, lo encuentro sentado tras su escritorio mirando atentamente la pantalla de su ordenador.

—Basta de trabajar —anuncio mi llegada dejando las dos cajas de pizza sobre la mesa desocupada. Baxter sonríe alejando su silla del escritorio.

—Gracias al cielo, moría de hambre.

Me siento en el sillón y nos sirvo dos porciones de pizza en los platos correspondientes. Acabamos la primera caja en diez minutos, y la segunda nos la terminamos en más tiempo. Sobran dos porciones, pero ninguno de los dos puede comer más, así que congelo la pizza que queda para comerla mañana.

Me siento en su regazo cuando vuelvo, Bax no me quita la mirada de encima.

—¿Qué pasó? —Inmediatamente intuyo que algo ha pasado.

—Me ha llamado Tracy —dice rozando mis muslos, me estremezco—. Me ha confesado algo.

Parpadeo.

—Pues habla, Bax, no me dejes con el suspenso.

Se ríe, lo que significa que lo que me contará es algo bueno.

—Vale, pero prométeme que no te pondrás quisquillosa. Aún no he aceptado, pero es porque estoy esperando tu confirmación. —Muevo la mano para que suelte la sopa de una vez por todas—. Tracy ha abierto la bocota frente a nuestros abuelos y les ha confesado que me he escapado unos días de vacaciones contigo. Ellos sabían que estoy saliendo con alguien, pero no quería presionarte, así que no les dije quién eras; sin embargo, ahora Tracy se lo ha dicho y ellos quieren conocerte. Mañana domingo organizarán una parrillada en casa y quieren que vayas. ¿Qué dices?

Guau, sus abuelos quieren conocerme, oficialmente. Los conocí en aquella reunión que tuvieron en la editorial, pero ese día me presenté como una trabajadora más de la compañía. ¡Ahora quieren conocerme como su novia!

Empiezo a hiperventilar. No soy muy buena con la gente mayor, tal vez se deba a que no tengo abuelos porque murieron cuando era una niña muy pequeña, y ahora estoy a punto de estar con los suyos en menos de veinticuatro horas.

—Dios mío, Bax —susurro bajo mi aliento, llevándome una mano al pecho. Esto se siente como cuando tu novio quiere presentarte a sus padres y tú quieres caerles bien. Asiento rápidamente al verlo dejar de sonreír. Me siento una niña cuando comienzo a balbucear—. Me has tomado por sorpresa, pero sí, sí quiero conocerlos. Es decir, ya me conocen, pero, bueno, sí, estará bien que lo hagan otra vez.

Baxter nota mi nerviosismo. Pone una mano en mi mejilla.

—No te preocupes, les caerás muy bien. ¡Más que bien! —Sonríe—. Te amarán como yo, bueno, casi, porque nadie te ama como yo.

Suelto una risita, sin poder dejar del nerviosismo a un lado.

Pego un brinco en su regazo.

—¡Ay, Bax, voy a conocer a tus abuelos! —Asiente. Lo miro con horror—. Y tú me presentarás como tu novia. —Vuelve a asentir—. No recuerdo la última vez que estuve nerviosa por conocer a alguien.

—Relájate. —Acaricia mis brazos—. Yo estaré allí contigo, también estarán mis hermanos, y te aseguro que estará tu hermana, ella ya los conoce.

Eso no me calma para nada.

—Ya.

Miro el suelo pensando en qué me pondré para impresionarlos. ¿O cuál será nuestro tema de conversación? ¿Qué les diré cuando me pregunten cómo conocí a su nieto, que follamos aquella misma noche y que no volví a verlo hasta que me presenté en la editorial y resultó ser mi jefe? ¿Qué diré luego?

Antes de que pueda hacer otra cosa siento que Baxter me levanta sobre su regazo para bajar la cinturilla de mis pantalones cortos.

—Eh, ¿qué haces? —digo exaltada.

—Solo voy a relajarte —susurra—. Estás muy tensa.

Vale.

Ahora sí que tiene toda mi atención por completo, y por los siguientes minutos también mi cuerpo.

((((

Estoy tan nerviosa que podría caerme de bruces si Baxter no me sujetara de la cintura mientras caminamos hacia la enorme casa blanca. Me maravillo ante la majestuosidad del lugar; no es una mansión, pero podría serlo. El nerviosismo que me recorre el cuerpo es demasiado como para que esté tan centrada en los pasos que doy y no en la hermosa casa. Cuando llegamos al porche y subimos los escalones de madera, respiro hondo. Baxter acaricia mi espalda en un movimiento relajante.

En cuanto la puerta se abre y sale Tracy, respiro hondo.

—¡Chicos, los estábamos esperando! —grita abrazándome—. Megan y Johann ya están aquí.

Saluda a Baxter y luego nos hace una seña para entrar. En cuanto lo hago trato de cerrar la boca para no parecer tonta al ver por dentro la lujosa casa. El piso es de una madera tan brillante que parece un espejo, los techos son altos, las paredes están revestidas de madera hasta la mitad, la otra mitad hasta el techo está pintado de un color semejante al coral. Toda la estancia se ve rústica, incluyendo los sofás y sillones de la sala.

Tracy camina detrás de nosotros mientras Baxter me guía por un pasadizo ancho hasta la cocina. Sonrío al ver lo grande y lujosa que se ve con los artefactos electrodomésticos de última generación. En la inmensa cocina hay una puerta que lleva al jardín. Desde la ventana se puede ver que ya todos están allí.

Salimos mientras yo pego una sonrisa educada a mi rostro.

En medio del gran jardín verde rodeado de plantas y flores hermosas de todos los colores, hay una mesa con mantel con varias sillas ocupadas. Mi hermana está sentada al lado de Johann conversando con sus abuelos. No bien nuestra presencia es anunciada entre gritos por Tracy los cuatro dejan de conversar para mirarnos.

Me siento tensa estar bajo el escrutinio de los abuelos de Baxter, pero hago todo lo posible para no dejar de sonreír. Baxter me lleva de la mano hacia ellos.

—Abuelos, esta es Madison, mi novia. —Siento una corriente de felicidad al oír esa palabra. Así que cuando le tiendo la mano primero a su abuela, y luego a su abuelo, lo hago con una sonrisa genuina.

—Mucho gusto, señores Cole.

—El gusto es nuestro, Madison, ya te conocemos de la editorial, pero es genial saber que nuestro Baxter ha sentado la cabeza.

—La abuela de los Cole me abraza y luego palmea mis mejillas con cariño. No puedo dejar de sonreír.

—Sí, ya era hora —murmura el abuelo, haciendo reír a todos. Nos hace una seña hacia las dos sillas vacías—. Siéntate, Madison. Ahora los chicos van a preparar la parrillada. Y cuéntame, ¿cómo te va en la editorial? ¿Te gusta? Tu hermana me estaba contando su progreso.

Mientras Johann se levanta, Baxter besa mi mejilla para unirse a su hermano y caminar juntos hacia la parrilla a varios metros de nosotros. Se ponen a trabajar mientras sus abuelos, Tracy, mi hermana y yo conversamos. Luego nos ponemos de pie para ayudar a poner la mesa.

Cada uno tiene una función, incluso los abuelos colaboran en lo que pueden para que el almuerzo esté listo pronto. Una vez que todos tenemos todo tipo de carnes en nuestros platos nos sentamos a la mesa para comer y continuar nuestra charla. Johann trae vino y nos sirve copas para hacer más amena la tarde.

En los minutos que ayudaba a la abuela a poner la mesa me he relajado tanto que incluso he comenzado algunas conversaciones. Me doy cuenta rápidamente de que me han aceptado así, sin más, con solo verme. Me alegra saberlo porque he estado tan nerviosa que apenas he podido dormir. Nunca he sido buena en impresionar a las madres de mis exparejas, de ahí mi nerviosismo. Pero esta vez ha sido distinto.

Todos conversamos, reímos y contamos anécdotas. Johann sigue sirviéndonos copas de vino. Al terminar de comer seguimos con el pastel de manzana que ha hecho Tracy. No nos levantamos de la mesa casi en dos horas. Lo estamos pasando tan bien que el tiempo se pasa muy rápido.

Baxter, a mi lado, pone una mano en mi rodilla desnuda mientras habla del breve viaje que hizo hace semanas para abrir una nueva sucursal de la editorial. Todos lo escuchan atentamente, pero yo aprieto la copa mientras siento de todo cuando el pulgar de Bax sube por mi muslo mientras él continúa conversando como si nada.

Empujo su mano y me cruzo de piernas, él sonríe de lado. Cuando termina de responder las preguntas de sus abuelos deja la copa vacía de vino sobre la mesa con un fuerte sonido, llamando la atención de todos.

—Abuelo, ¿puedo enseñarle la biblioteca a Madison? —pregunta rodeando mis hombros con su brazo—. Le prometí enseñarle todos los libros que tengo ahí.

Johann ríe. Su abuelo asiente, entusiasmado.

—Claro que sí, muéstrale a la jovencita Madison la biblioteca. —Me mira—. Te aseguro que te encantará. Vayan, vayan.

Nos apremia a irnos, así que con una sonrisa de disculpas me levanto, tambaleándome un poco por las copas de vino. Baxter entrelaza nuestras manos y me lleva a la cocina. Recorremos el mismo pasadizo y luego se detiene en una puerta de madera.

Me aprieta la mano.

—Esto te encantará —susurra. Abre la puerta y suelta mi mano para que entre primero.

Cuando lo hago, me quedo paralizada bajo el marco de la puerta. Ahogo un jadeo.

Lo primero que noto es que la habitación es tan grande que tengo que dar media vuelta para que mis ojos lo abarquen todo. Lo segundo que noto es que no se ven las paredes porque están tapadas por estanterías del piso al techo con libros. Libros de todos los tamaños, colores y ediciones.

En el medio hay un par de sillones para sentarse y leer. Los esquivo mientras voy hacia el librero más cercano. Está hecho de madera y está tan lleno de libros que tengo que echar la cabeza atrás.

—Guau —susurro boquiabierta. Baxter se planta detrás de mí—. Este lugar es increíble. Más que eso, es… perfecto.

—Esa es la sección de clásicos —murmura señalando donde estoy mirando. Hay libros de muchísimos autores, ordenados alfabéticamente. Mi corazón está a punto de salirse de mi pecho.

Toco el lomo de los libros y sonrío al ver que la gran mayoría son de tapa dura y de ediciones limitadas, con letras doradas.

Maldita sea, moriría por tener un lugar así.

Recorro los libros con mis dedos, sintiendo la textura de cada uno. Aquí hay un librero exclusivo donde están todos los ejemplares publicados por la editorial Coleman. Me maravilla. Sigo avanzando hasta detenerme frente a la sección de thriller, luego continúo con la de misterio. Noto que en el librero están todos los libros de Agatha Christie, ordenados por fecha de publicación. También tiene libros sobre Sherlock Holmes y algunos de Stephen King. Sigo mi recorrido con Baxter detrás de mí, en silencio.

Cuando llego a la sección de romance sonrío al ver algunos clásicos allí.

—No te tomé por romántico —murmuro tocando los lomos de los volúmenes. Cuando me doy la vuelta para mirarlo está tan cerca de mí que compartimos el mismo aire.

—Mi mamá me hizo leer algunos, luego le tomé el gusto. Aunque prefiero los contemporáneos, en donde hay mucho sexo.

Parpadeo.

—Hasta en la literatura eres un pervertido. —Me empino para estar a su altura—. ¿Y cuál me recomiendas? Quiero leer uno.

—¿Por qué quieres leer un libro con mucho sexo cuando me tienes a mí? Tienes tu propia experiencia. Y dicen que la realidad supera la ficción.

En segundos ya me tiene a su merced.

Es un maldito que sabe qué botones tocar para encenderme.

El vestido que llevo se levanta ligeramente cuando me toma de la cintura con brusquedad.

—Me gusta cómo trabaja tu mente —susurro sonriendo.

Baja la cabeza y me besa, cortado cualquier pensamiento coherente que estaba teniendo. Me sumerjo en ese beso disfrutando de la lentitud de sus caricias mientras me aprisiona contra el librero a mis espaldas.

La puerta está semiabierta, cualquiera podría entrar, pero yo estoy en las nubes, disfrutando de nuestros labios. Nos separamos solo para respirar.

—Te deseo. —Son sus primeras palabras. Ya está respirando agitadamente, como yo.

—¿Aquí? —pregunto exaltada. Señalo la puerta—. Cualquiera podría entrar.

—Por eso seré rápido.

Gimoteo cuando alza mi vestido y me baja las bragas de un tirón dejándolas en mis rodillas. Se desliza hacia abajo con un rápido movimiento; mientras espero, abro mis piernas y siento un beso justo contra mi clítoris. Me estremezco tanto que mi espalda se arquea contra el librero generándome dolor, que ignoro por completo para concentrarme en los labios de Baxter.

—Aaah —jadeo.

Se coloca debajo de mí alzando una de mis piernas para ponerla en su hombro. Así tiene todo el acceso hacia mi vagina. Me siento expuesta, totalmente a su merced.

Me dejo hacer.

Acaricia mi clítoris, tanteando, rozándome con lentitud. Torturándome.

Lloriqueo cuando roza mi botón y luego aleja su pulgar.

—Chist, ahora tendrás que ser silenciosa. No quieres que nos pillen, ¿verdad?

Ni siquiera puedo asentir. Impulso mis caderas hacia su boca, invitándolo a tocarme.

—Baxter —me quejo cuando no hace nada, solo mira mi centro.

—Joder —murmura con voz ronca—. Luces deliciosa, muy comestible.

Pega su rostro a mis labios vaginales y primero me da un lengüetazo y luego chupa. Grito, pero al recordar que no debo hacer bulla me tapo la boca.

Es imposible no soltar algún ruido. Jadeo, gimoteo y me retuerzo mientras él rodea mi clítoris con el pulgar mientras mantiene un ritmo acelerado. Intercala su boca en mi vagina con sus dedos, pero cuando mete dos de lleno y luego lame mi clítoris, siento que me pierdo.

Mis piernas tiemblan cuando siento la oleada de placer llegar con fuerza a mi cuerpo. Lo que dijo es cierto: es rápido, pero muy intenso. Sabe dónde tocar porque conoce mi fuente de placer a la perfección.

Me corro en sus dedos cuando lo siento tocar mi punto G sin dejar de acariciar mis clítoris. Me siento en la gloria cuando el orgasmo me golpea con fuerza. Me desplomo contra el librero y me golpeo la cabeza, pero ignoro el dolor porque el deleite es tan intenso que no puedo pensar en nada más.

Baxter coge papel higiénico del bolsillo de su pantalón y me limpia, luego lo bota en la basura. Me ayuda a ponerme mis bragas de vuelta.

—Tenías razón, ha sido rápido —digo acaloradamente. Seguro que mi rostro está rojo, así que juntos vamos al baño. Él se lava las manos y yo me echo agua en la cara para refrescarme.

Acomodo mi vestido y mi cabello antes de salir agarrada de su mano.

Cuando volvemos al jardín todos siguen riendo y conversando. Nos ven llegar con una sonrisa emocionada en el rostro.

—¿Te gustó la biblioteca, Madison? —pregunta la abuela.

Mi rostro se calienta, miro a Baxter con una sonrisa.

—Sí, me encantó.

Lo cierto es que su biblioteca es increíble, pero lo que ha sucedido allí me gusta bastante más.

# *41*

Luego de un par de semanas llega el cumpleaños de Tracy, y como ella quiere celebrarlo por todo lo alto, nos arrastra a todos a un club que han abierto recientemente en el centro de la ciudad. Es casi medianoche cuando Baxter y yo vamos de camino allí, mis ojos empiezan a cerrarse mientras Bax maneja.

Cuando entramos en el local sin haber hecho fila, damos nuestros nombres a la chica que nos recibe y ella nos lleva a la segunda planta. La música alta hace que quiera taparme los oídos. Apenas puedo ver por delante de mí debido a las luces estroboscópicas que marean mi visión. Baxter camina detrás sujetando mi cintura mientras subimos las escaleras. El vestido que llevo es corto y negro, sin mangas y con un escote decente en forma de corazón. Los tacones son del mismo color pero con las suelas rojas, son *stilettos* y me encantan, son altos, pero a estas alturas ya estoy acostumbrada a usarlos.

Empujo mi cabello tras mi hombro cuando veo el box que ha reservado Tracy. La chica que nos guía se retira volviendo a su puesto mientras yo corro a abrazar a la cumpleañera.

—¡Feliz cumpleaños! —Esta vez soy yo quien grita en su oído, pero porque la música no permite que se oigan nuestras voces. Tracy, con un vestido rojo y el cabello alborotado, me devuelve el abrazo con fuerza.

—¡Gracias, Madie!

Dejo que Baxter la abrace mientras me giro para saludar a nuestros amigos, que ya han llegado. Sí, se podría decir que somos una pareja tardona.

Abrazo a mi hermana y luego a Johann, quien está sentado a su lado sosteniendo su mano. Ignoro la tensión que hay para saludar a Susie y luego a Trevor. Ambos me devuelven la sonrisa. Tracy nos presenta a otros amigos que ha invitado y nos sentamos en los dos asientos juntos disponibles.

Debido a la música alta tengo que acercarme a Susie y Trevor para hablar con ellos. Baxter aprieta mi mano mientras conversa con Johann, a su izquierda. Sé que no debería, pero miro constantemente a mi hermana y a Susie, notando de inmediato la tensión en el ambiente desde que las saludé. Megan parece feliz, tocando a Johann y riendo, pero por la cara que tiene Susie sé que lo hace para olvidarse de ella. O eso creo.

Lo difícil de ese par es que tienen los mismos amigos en común y será difícil para ambas ignorarse cuando han de verse todos los días en el trabajo.

—¿Quieren tomar algo? —pregunta Tracy viniendo hacia mí. Voltea a su hermano—. Hemos pedido champán para celebrar y también botellas de whisky, vodka y cervezas. ¿Cuál prefieren? ¿O quieren pedir algún combinado?

Le sonrío graciosamente, es su cumpleaños pero actúa como si fuera su obligación servirnos.

—Yo tomaré una cerveza —anuncio.

—Yo también —dice Baxter, pero se levanta—. Deja que yo te la traiga.

Tracy se sienta en la silla que ha desocupado Baxter y me mira; Johann, a su lado, empuja su brazo.

—¿No vamos a bailar? —pregunta.

Megan salta en su asiento.

—¡Sí, hay que bailar! —Arrastra a Tracy hasta levantarla de la silla—. Ven tú también, Mads.

Señalo a Baxter que está de vuelta con dos botellas de cerveza.

—Deja que tome mi cerveza y luego bailaré con ustedes. —Tomo un buen trago mientras veo a Tracy coger a Susie de la muñeca para levantarla. En un minutos todos se han puesto de pie para ir a la pista de baile. Solo quedamos algunos de los amigos de Tracy, Baxter y yo.

La pista de baile está en el primer piso, y como nosotros estamos en el segundo, tenemos una vista panorámica de lo que sucede abajo.

Busco con la mirada a mis amigos y, cuando los encuentro luego de un buen rato, no puedo hacer otra cosa que reír. Johann baila con Megan, mientras que Tracy, Susie y Trevor hacen un círculo para bailar entre ellos, no muy lejos de la parejita que empieza a besarse mientras se mueven.

—¿No quieres bailar? —me pregunta Baxter cuando empiezo a mover mis pies al ritmo de la canción.

—En cuanto termine la cerveza. —Sonrío al levantarla.

Pero cuando la primera se termina, me levanto del asiento para coger otra de las que Tracy ha pedido. En mi tercera botella estoy riendo junto a Baxter mientras conversamos. Pongo mi mano en su muslo sin dejar de tomar un sorbo de mi cerveza, disfrutando de lo helada que está. Yo siento calor en todo el cuerpo debido a la masa de personas que hay en el lugar. El club está tan repleto por su reciente apertura que cuando miro a la pista de baile ya he perdido de vista a mis amigos.

Baxter se levanta para traernos más cervezas y yo aprovecho para inclinarme y mirar el primer piso.

Busco entre tantas cabezas las de mis amigos, y sonrío cuando veo a Tracy y Trevor bailando. Susie no está por ningún lado. Mis ojos escanean la multitud, y cuando aterrizan en un punto no me caigo porque estoy sentada.

En la pared del fondo, muy alejados de Tracy y Trev, donde las luces giran y se puede ver con mayor claridad, veo a Megan y a Susie, bailando. Pero no de cualquier manera: ambas están bailando provocativamente una frente a la otra.

Tengo que apretar los ojos para no creer que es un sueño, porque detrás de Megan está Johann bailando. Haciendo un sándwich con mi hermana.

Mierda.

Y cuando ellas se besan, él parece acariciar a Megan.

—¿Madie? —La voz de Baxter me llega al oído. Cuando me yergo lo siento a centímetros de mi cabeza. Mierda. Baxter parece preocupada al verme—. ¿Estás bien?

—Eh, sí —Sonrío tratando de aparentar normalidad—. Creo que necesito ir al baño, he tomado mucha cerveza.

—Claro, te acompaño.

—No, iré con Megan, voy a buscarla.

Baxter asiente sin quitarme el ojo de encima mientras bajo las escaleras. Me estremezco al ver que hay tanta gente en la pista de baile que para llegar al baño tengo que abrirme paso. Empujo a las personas borrachas que se interponen en mi camino, tratando de buscar el lugar en el que vi a Megan. Desde aquí es más difícil distinguirla porque tengo la vista de frente y no panorámica como arriba, así que hago un esfuerzo por empinarme en mis tacones y buscarla.

En cuando llego al lugar donde creí verla, noto que está bailando con Johann, Susie está un poco apartada, pero no deja de mirarlos mientras se mueve.

Llego a ellos un poco agitada y con el corazón latiéndome deprisa.

Megan grita sonriendo al verme, sus mejillas están muy sonrojadas, al ver mi rostro frunce el ceño. Me acerco a su oído.

—Ven conmigo. —No dejo que me responda, cojo su mano y la arrastro detrás de mí dejando a Johann y a Susie para llevarla lejos de la multitud. Encuentro un lugar vacío a las afueras del baño, en el pasadizo poco iluminado.

—¿Qué pasa, Madie? —pregunta confundida.

—¿Que qué pasa? —Me cruzo de brazos mirando sus ojos verdes confusos—. Pues te vi, Meg, te vi besando a Susie delante de Johann. ¿Qué mierda está pasando?

Aprieta los labios al oírme. Cierra los ojos y, cuando los abre, parece resignada.

—Porque estoy con ella.

—¿Qué dices? —grito exaltada—. Pero Johann…

Levanta una mano.

—También estoy con él.

Mi mente tarda un segundo en reaccionar; mi boca, dos.

—¡¿Qué mierda?!

—Pues eso —dice ella jugando con sus manos, de repente nerviosa pero decidida a hablar—. Los tres estamos en una relación.

Cuando empiezo a reírme, no puedo parar. Tal vez sea la cerveza o el cansancio, pero me toma un buen rato parar. Megan me mira mal.

De repente me pongo seria al ver que no es una puta broma.

—Dios mío, Megan, no puedo creerlo. —Me sujeto la cabeza, sintiendo que estoy volviéndome loca.

—Pues créelo. Ha estado sucediendo desde hace meses.

Esa confesión me deja sin aliento.

—¿Te das cuenta de lo que estás haciendo?

—¿Qué? ¿Disfrutar de una relación de tres? —Sonrío irónicamente—. Oh, sí, lo sé muy bien.

—Estás loca si crees que todo esto saldrá bien.

—¿Y quién dice que no? ¿Tú? —resopla.

—¡Pues todo el mundo! ¿Acaso es normal que…?

—No me vengas con discursitos morales, hermana. Lo que yo haga o deje de hacer no debería importarle a nadie. Ni siquiera a ti.

La señalo.

—Me importa porque te involucra a ti y a dos personas más. ¿No te das cuenta de que estás jugando con ellos?

Frunce el ceño.

—Esto fue un acuerdo mutuo entre los tres. Los tres lo queríamos, los tres decidimos meternos en esto.

Levanto las manos.

—Si de verdad te importaran como dices que lo hacen, jamás te hubieras metido en esto. Porque seamos claras: has aceptado una relación con ellos porque no estabas segura de a quién elegir. Y no se trata de eso, sino de darte cuenta de a quién amas en realidad y dar un paso al costado con la otra persona. Haciendo esto a la larga vas a dañar a alguien, porque no creas que esto durará para siempre. Todos tienen un límite, y el de ellos va a llegar en algún momento. —Al ver su rostro me río—. ¿Qué? ¿De verdad creíste que esto duraría? ¡Abre los ojos, Megan! No es normal una relación de tres…

—Oh, cállate. Me importa cinco pepinos lo que es normal o no en esta sociedad de mierda. Me importa muy poco lo que piensen de mí.

—¡Ves! —La señalo—. Estás siendo egoísta, pensando solo en ti y no en ellos. ¿Crees que aceptarán este acuerdo para toda la vida? En algún momento te van a hacer elegir, y tú, Megan, tendrás que hacerlo. Y entonces, cuando elijas, alguien va a sufrir. Incluyéndote, porque tendrás que hacerle daño a alguien y eso te pesará en la conciencia. ¿Y todo por qué? ¿Por querer estar con ambos y no soltarlos?

—¡No soy egoísta! —grita exaltada. Sus ojos brillan bajo la tenue luz haciéndolos ver más verdes—. ¡Tú eres la egoísta! Por lo menos yo tomé mi decisión de estar con ellos. ¿Y tú? Dándole migajas a Baxter y luego retirando la mano. ¿Por qué juegas así con él? Baxter quiere una esposa, familia, hijos, y quiere todo eso contigo. Tú solo piensas en él como novio, no quieres casarte. Sé que lo haces porque estás esperando que suceda algo para que te vayas de su vida. ¡Como sucedió con Devan! Estás esperando que algo se arruine en tu relación para largarte de su vida y dejarlo, ¡como haces siempre! Eres una egoísta que solo piensas en ti y no en los sentimientos de Baxter.

—Yo lo amo —digo con los dientes apretados por la rabia que siento—. Lo amo y que no me quiera casar no significa lo contrario. ¿Me puedes tú responder lo mismo? ¿Amas a Johann, amas a Susie? ¡Decide de una vez a quién quieres de verdad porque te vas a quedar sin ninguno de los dos!

—Y tú, ¡cásate con Baxter antes de que se dé cuenta de que eres una perra egoísta que no lo ama lo suficiente y te deje! Porque eso va a hacer si sigues jugando a ser novios toda la vida.

Sus palabras escuecen, pero me mantengo impasible con mi rostro imperturbable.

—Piensa lo que quieras, a mí solo me importa que Baxter sepa que lo amo. —Me cruzo de brazos para no estampar la cara de mi hermana contra la pared—. No tienes que esconderte detrás de tu bisexualidad y ponerla de excusa ante Johann y Susie. Está bien, no te pido que elijas, pero sí que pienses en ellos. ¿Tú crees que lo hacen porque lo quieren? No, Megan, lo hacen por ti.

—Ellos quieren.

—Ah, ¿sí? ¿Están felices de compartirte? —pregunto acercándome para darle énfasis a mis palabras—. Sé que Johann es heterosexual y Susie no. Me importa una mierda lo que pase entre ustedes de manera sexual, pero deja de pensar en eso y míralo de forma distinta. A ambos les gustas, están locos por ti. Te quieren, y tú estás jugando y aprovechándote de eso para mantenerlos a tu lado. Puedes decir lo que quieras; quizá se divierten mucho, pero el corazón ¿qué? ¿No cuenta para nada? ¿No estás enamorada? Ellos te quieren a ti. No me digas que Johann ama a Susie o viceversa...

—Claro que no —dice como si fuera la idea más absurda.

—Entonces ¿a qué esperas para cambiar este desastre antes de que estalle en tu cara?

Ella respira hondo.

—Madison, sé lo que hago. Deja de meterte en mi vida, que está tan bien y perfecta, y fíjate en la tuya, en tu relación con Baxter, que lo mío con ellos lo manejo yo.

Ni al caso con ella.

—¡Haz lo que quieras! —suelto exasperada—. Siempre lo has hecho. Pero yo ya te lo he advertido.

Megan me frunce el ceño, pero yo me alejo oyendo el retumbar de la música en las paredes del club mientras me abro paso entre la multitud hasta llegar al box del segundo piso. Aquí está menos abarrotado, así que puedo distinguir más fácilmente a las personas. Mi corazón está latiendo con fuerza por la reciente pelea con mi hermana.

Sigo sin poder creer lo que he visto, por lo que trato de no pensar en ello. Mi mente está turbada por la cerveza y la confesión de Megan.

Veo que, en la barra, Baxter está sentado en una silla esperando a que le sirvan. A su lado está un amigo de Tracy, ambos conversando. Hay una mujer a la derecha de la barra que lo roza ligeramente con el codo desde atrás, pero él no parece darse cuenta porque está enfrascado en la conversación. Llego hasta ellos y rodeo a Baxter desde su espalda, lanzándole a la mujer una mirada orgullosa.

Me como todo eso y es mío. Así que aléjate.

La mujer alza las cejas ante mi sonrisa de suficiencia, pero sabiamente se voltea, no sin antes dedicarme una mirada apreciativa, como si dijera «¡Vaya perra suertuda!». En efecto, lo soy.

—Eh, ven aquí —susurra Bax al fijarse en mí. Me coloca entre sus piernas. Pido al barman una ronda de chupitos. Necesito borrar de mi mente los últimos cinco minutos.

Escucho un alboroto cuando Tracy se acerca desde el costado.

—¡Chupitos para celebrar! —Hace que todos nos acerquemos a la barra, incluso Megan, quien ha subido hasta aquí pero se mantiene alejada de mí y cerca de Johann. No me mira a los ojos. Cuando el barman pone varios chupitos y rodajas de limón en la barra, Tracy nos apremia a tomarlos—. ¡Uno, dos, tres, hasta el fondo!

Luego del limón y los chupitos, Tracy vuele a pedir otra ronda. Mientras esperamos, coloca una mano en mi hombro y me empuja hacia Megan. La cumpleañera ya está borracha y se tambalea en un intento de abrazo hacia ambas.

—Oigan, ustedes ya son prácticamente mis hermanas. Las quiero, chicas. —Vuelve a abrazarnos. Megan me mira pero aparta los ojos para posarlos en Tracy y le sonríe con diversión. Al parecer no está tan borracha. Nuestra casi cuñada señala a Johann y Baxter conversando en la barra—. Mis hermanos están locos por ustedes, lo saben, ¿no? Es muy gracioso, hermanos con hermanas, pero yo estoy feliz por ustedes. Acaso no tendrán un hermano escondido para mí, ¿no?

Megan se ríe.

—Tienes a Trevor loco por ti, ¿por qué no le haces caso?

Tracy hace pucheros.

—No quiero mezclar el trabajo con amor. A ustedes les salió bien, pero porque mis hermanos son los jefes. Trevor busca amor, yo solo quiero una buena noche de gozo, ustedes me entienden.

Está tan borracha que arrastra las palabras y las grita tan fuerte que se oye por encima de la música. Trevor está con Susie en el reservado lejos de nosotras, así que no me preocupo de que nos haya oído, pero me apena escuchar a Tracy. Aunque no puedo evitar compararla conmigo, con mi yo de antes, cuando solo buscaba sacar a mi ex de la cabeza con Baxter, pero resultó todo lo contrario. En la primera noche ya ni siquiera pensaba en mi ex.

—A veces encuentras el amor donde menos te lo esperas —murmuro en su oído. Tracy se ríe, balanceándose.

—¡Como tú! —grita—. ¡Hermana! ¡Ahora las tres somos hermanas!

Nos empuja para bailar al lado de la barra. Trae a Susie consigo y en unos segundos las cuatro estamos bailando. Mis ojos están puestos en Susie y Megan, ambas ignoran mi mirada y tampoco se miran entre ellas. Solo bailan al lado de Tracy, animándola con sus pasos tambaleantes de baile.

En la barra están Johann y Baxter con Trevor y los amigos de Tracy, charlando entre ellos. Pero veo que la mirada de Johann se mueve entre Susie y Megan. Ahora entiendo el extraño ambiente que había siempre entre los tres.

Es obvio que está centrado en observar a Megan, y aunque no soy muy buena leyendo a la gente, puedo percibir que la ojeada que les ha lanzado es de puro deseo. No sé qué pasa entre ellos tres, pero de solo imaginarlo se me hace un nudo en el estómago. Mi hermana puede creer que eso es normal y que va a durar toda la vida, pero no estoy tan segura si será posible. Los ojos de Susie están únicamente en Megan, siempre ha sido así.

No soy nadie para meterme en ese lío, pero no quiero que mi hermana ni ninguno de ellos sufra. Tendré que estar cerca para cuando todo esto explote, porque, por supuesto que lo hará, y cuando pase, estaré ahí para mi hermana.

Continúo bailando, cierro los ojos para olvidarme de todo. No quiero pensar más en líos amorosos de terceras personas.

Disfruto del alcohol en mi sistema y de la música que retumba en todas las paredes del club. Siento unas manos rozar mi cintura desde atrás, sonrío al sentir el aliento cálido de Baxter en mi cuello.

—Estás preciosa —susurra.

Suelto un jadeo cuando me besa debajo del oído, haciéndome cosquillas. Continúa el recorrido con la punta de su nariz hasta mi cuello, provocando que los escalofríos invadan mi cuerpo de la cabeza a los pies. Sus manos siguen un trazo desde mi cintura hasta mis caderas en una lenta caricia que siento en cada poro de mi ser.

Me estremezco y, sin abrir los ojos, me pego a él. Mi trasero choca con su entrepierna.

Continúo bailando sin perder el ritmo, pero moviéndome pausadamente, para tortura de Baxter pero deleite mío.

—Me matas.

Cuando una de sus manos baja hasta mi muslo, justo a la altura del final de mi vestido, me doy la vuelta. Baxter sonríe inocentemente mostrándome sus hoyuelos. La música está tan alta que apenas podemos hablar frente a frente, así que me recargo en sus hombros y continuamos bailando a nuestro ritmo. Me olvido de todo y dejo que nuestra burbuja nos envuelva.

Vuelvo a cerrar mis ojos para envolverme en su aroma. Recargo mi cabeza sobre su hombro moviéndonos a nuestro ritmo. La música ensordece mis oídos, pero mantiene vivo mi cuerpo, dejo que la mano de Baxter vague por mi espalda hasta situarse sobre mi culo. No me importa si alguien nos ve: estamos en nuestro mundo.

Me río muy bajito cuando su otra mano se posa en mi trasero estrechándome contra su cuerpo. El baile se torna sensual cuando los cuerpos van llenando también esta parte de la segunda planta. Me dejo hacer. Mis pezones se endurecen por la sensación de su piel tibia calentando la mía.

Abro los ojos para mirarlo; los suyos, de color miel, me miran con ansia. Estamos en un lugar público con el sonido de la música atronando el lugar, pero nosotros nos comemos con la mirada como si fuéramos los únicos en el lugar.

—Creo que es hora de irnos —murmura en mi oído, su tono de voz ronco. La promesa de lo que pasará cuando lleguemos a casa es silenciosa pero latente.

Asiento, entusiasmada. Ya hemos cumplido con Tracy, ahora es nuestro momento de partir.

Baxter entrelaza nuestros dedos y me lleva consigo, en busca de su hermana. Cuando intentamos divisarla en el lugar en el que estaba hace minutos ya no la vemos. Solo están Megan y Johann bailando. Susie, sentada en el reservado, no les quita el ojo de encima mientras toma sorbos de su cóctel.

Si Baxter nota algo extraño entre ellos tres, no lo hace notar. Se despide de Johann mientras yo me acerco a mi hermana.

—Ya nos vamos —vocifero para ser oída sobre la música. Megan aún sigue molesta conmigo, porque asiente rígidamente y se despide sin decir nada más. Me despido con torpeza de Susie y luego de Johann.

Baxter vuelve a tomar mi mano; ambos caminamos en busca de Tracy, que parece haberse escabullido porque no la vemos. Sus amigos, al parecer, ya se han retirado a la primera planta porque no los veo por aquí.

Aun así no ceso mi búsqueda de Tracy. Estoy a punto de bajar las escaleras con Baxter delante de mí, guiándome, cuando giro a la izquierda y veo a una pareja besándose en un reservado.

Si fueran cualquiera no me fijaría dos veces en ellos. Pero ese vestido rojo pertenece a Tracy. Y aquella camiseta de color negro, a Trevor.

Mis ojos se abren como platos cuando me doy cuenta de que son ellos dos, besándose. Baxter delante de mí voltea para saber qué ha captado mi atención. Cuando se fija en la pareja al principio tampoco los reconoce, pero luego su rostro adopta una mirada matadora.

—Baxter… —advierto.

—¡Esa pequeña bruja! —exclama señalando a su hermana con ojos entrecerrados. Abro la boca para defenderla, pero él se ríe, mirándome. No noto furia en su voz ni en sus ojos, lo cual me sorprende—. Ya era hora que se decidiera. ¡Joder! Johann me debe dinero.

Al principio creo no haber oído bien.

—¿Apostaste con tu hermano a que Tracy besaría a Trevor?

—No, aposté con Johann a que Trevor besaría a nuestra hermana esta noche —señala, haciendo hincapié en «esta noche». Se ríe, como si ver a su hermana menor besando a Trev fuera lo más hilarante de todo. En realidad lo es, pero, aun así, parece muy feliz. No sé si es porque ha ganado la apuesta o porque su hermana ha besado a Trevor, pero me hace gracia su reacción—. Joder, tengo que decírselo a Johann.

A estas alturas Johann debe de estar en un asuntillo con mi hermana y Susie aprovechando que ya nos hemos ido de allí, así que tomo su brazo.

—Es mejor que se lo digas mañana. Nosotros tenemos algo que hacer. —Alzo las cejas con picardía.

Parece que a Baxter se le entrecorta la respiración.

—Tienes razón. —Vuelve a unir nuestras manos—. Vámonos.

# 42

El domingo por la mañana recibo tres llamadas en mi celular, pero como estoy demasiado ocupada preparando el desayuno para Baxter y para mí, dejo que vayan al buzón de voz. En cuanto Bax sale del baño trae consigo mi celular, que he dejado en el mueble del sillón.

—Ha sonado varias veces —dice tendiéndomelo. Cuando lo tomo veo tres llamadas perdidas. Dos de mi madre, una de papá.

—Joder, son mis padres. —No he hablado con ellos en varios días, y no por falta de voluntad, pero sí de tiempo. He estado poniéndome al día con el trabajo de la editorial. Con tantos manuscritos por revisar y corregir, apenas vivo mi día a día. Solo anoche me permití disfrutar por ser el cumpleaños de Tracy, pero ahora tengo que meterme de lleno en la corrección. Baxter, al saber la situación con mi hermana y mi madre, me mira comprensivo—. Tal vez deberías llamarlos, si te han llamado varias veces es porque están preocupados por ti.

—Los llamaré luego de desayunar. —Sonrío.

Pero cuando ambos terminamos de desayunar y estamos apilando los platos sucios en el lavadero, recibo otra llamada de papá. Esta vez no puedo ignorarlo.

Contesto.

—Hola, papá. —Cierro los ojos al oír su suspiro.

—¡Por fin respondes, Madie! —exclama. Me siento culpable por alargar esto. Baxter me hace una seña y yo asiento. Me dejo caer en el sofá para ponerme cómoda, aunque con lo que me dice a continuación me levanto como si me hubieran puesto un cohete en el culo—. ¡Estamos fuera de tu apartamento! ¿Nos dejas entrar? Queremos invitarlas a desayunar, cariño.

Abro los ojos con horror.

—Eh, ah, sí —digo con nerviosismo. No sé dónde se ha metido Megan, pero ruego para que no esté en casa. No hasta que saque a mis padres de allí—. ¿Estás con mamá? ¿Te parece si vamos a comer a la cafetería que está a un par de cuadras? Los encuentro allí en veinte minutos.

—Es que estábamos esperanzados en conocer tu apartamento, Madie. Tu madre está aquí. Ambos estamos en el vestíbulo del edificio. Dinos cuál es el número, nosotros subiremos a verte.

Mierda, mierda, mierda.

¿Acaso no saben que comparto apartamento con Megan? ¿Ya se olvidaron de eso? ¿O mi madre está dispuesta hablar con ella y pedirle perdón? Dios mío, empiezo a hiperventilar.

—Eh, no estoy en casa, papá —murmuro entre dientes—. Me he quedado en la casa de mi novio. Megan debe de estar allí, ¿quieren ir a verla?

La línea se queda en silencio.

—¿Tu hermana está aquí? —pregunta con tono esperanzado. Mi hermana no ha visto a nuestro padre en meses. Sé lo mucho que lo extraña, así que se me parte el alma oírlo.

—Sí, claro. —Cruzo los dedos para que sea verdad.

Escucho que mi padre le dice algo a mamá en voz baja tapando el micrófono del teléfono.

—Te esperaremos aquí, Madie. Ven cuanto antes, queremos verte a ti y a tu hermana.

Mi corazón late rápido al oírlo.

Realmente está sucediendo.

—Claro, papá, estoy de camino.

Cuando cuelgo y le cuento las noticias a Baxter, él se ofrece a llevarme. Me visto en tiempo récord y en el camino hacia el apartamento llamo a mi hermana. Como me manda al buzón las dos veces que la llamo, le dejo un mensaje de voz. No sé si sigue molesta conmigo, pero quiero creer que no. Ya es mayorcita como para saber lo que quiere en su vida, unas simples palabras mías no deben molestarla.

Baxter me deja frente a las puertas del edificio.

—Gracias, amor —susurro contra sus labios—. Te llamo cuando termine de hablar con mis padres.

—Sí, en cuanto estés lista para regresar a casa. —Mi pecho aletea de emoción. Me besa—. Suerte, bonita.

Con una sonrisa tonta en el rostro me bajo de su auto y entro por las puertas de vidrio. Quise que Baxter me acompañara, pero él me recomendó que fuera yo sola, dice que esta es una reunión familiar y solo para los cuatro. Para conversar largo y tendido luego del embrollo de hace años entre mi hermana y mamá.

Cuando entro en el vestíbulo veo a mis padres sentados en los cómodos sofás blancos de la recepción. Me acerco rápidamente a ellos. Ambos sonríen y me abrazan con fuerza; luego me sermonean por no haberlos llamado, aunque rápidamente se alegran de nuevo por verme.

—¿Y Megan? —pregunta papá. Noto que mamá no muestra señales de molestia ni desdén, como suele tener el rostro cada vez que papá la menciona.

—Está en casa —contesto—. Aún no sabe que están aquí.

—Bueno, muéstranos el camino —dice mamá, sonriendo—. Quiero conocer su apartamento.

Siento que estoy en un mundo paralelo.

Subimos por el ascensor hasta el quinto piso. En cuanto las puertas metálicas se abren salgo de allí, sin dejar de hablar de cómo me va en el trabajo. Ver a mis padres es reconfortante, pero ahora que están a punto de entrar en el apartamento que nunca han pisado, en donde Megan seguramente está, me pongo a temblar. Es como si un tren estuviera a punto de descarrilarse y yo fuera la culpable.

Pero maldita sea Megan por no contestar el teléfono.

Saco la llave del bolso y la introduzco en la cerradura, mis padres aguardan detrás de mí.

Abro la puerta y antes de entrar, me giro hacia ellos.

—Tal vez sería mejor si esperan aquí para que yo…

—¿Madie? —La voz de Johann suena detrás de mí, dentro del apartamento. Volteo con rapidez.

—¿Quién es él? —inquiere mamá.

—Oh, es el novio de Megan —respondo—. Estos son mis padres, Johann. —Mis padres entran en el apartamento en el momento en que Johann se acerca. Gracias al cielo está vestido, tiene la ropa arrugada pero está completamente vestido, excepto por los zapatos, pero no creo que a mis padres les importe mucho. Ruego que no.

—Mucho gusto, señora y señor Hall. —Los saluda con sendos apretones de manos sin borrar esa sonrisa encantadora que posee. Ojeo por el apartamento pero todo está en su lugar. Supongo que tengo que agradecer el orden y la limpieza de mi hermana, porque de otra manera mamá ya hubiera empezado a criticarlo todo.

Mi hermana no está aquí, así que suspiro aliviada. Aún tengo tiempo de alertarla.

Me apena dejar a Johann a merced de mis padres pero es lo que toca. Voy al pasillo sin decir nada mientras los tres conversan. Milagrosamente mamá no parece molesta por haber pillado al novio de Megan aquí; al contrario, se la ve contenta. Me alegro de ver que se llevan bien inmediatamente.

La puerta de la habitación de mi hermana está abierta. Cuando me asomo la veo echada en la cama, con las sábanas tapándola entera. Su habitación está ordenada, excepto por el piso, donde se vislumbra el vestido que usó anoche y los tacones lanzados a cualquier lugar.

—Meg —murmuro corriendo a su lado—. ¡Meg, despierta!

Abre los ojos lentamente y, cuando ve que soy yo, pone los ojos en blanco.

—Si has venido a sermonearme, te puedes ir por allá…

—¡Papá y mamá están aquí! —susurro. Después voy a cerrar la puerta y vuelvo a ponerme a su lado. Ella se despereza rápidamente al levantar la cabeza y clavar sus ojos verdes en los míos.

—Mierda, ¿qué hacen aquí? ¡Joder! —Se levanta ligeramente para recostarse en el cabezal de la cama pero las sábanas caen, y a pesar de haber visto a mi hermana desnuda un par de veces sin querer, abro unos ojos como platos cuando veo chupetones en sus tetas.

—¡Meg! —Señalo sus pechos. Ella se tapa rápidamente alejando sus ojos de los míos.

—Dime qué hacen aquí, Madison —musita molesta—. ¿Acaso los has traído tú?

El dolor en su tono de voz es inconfundible, y en mis ojos también, porque esa acusación me hace sentir mal.

—¡Por supuesto que no! —Alzo las manos, indignada—. Jamás traería a nuestros padres aquí. Pero papá sabe la dirección y ha decidido hacernos una visita. Él y mamá. Nos quieren llevar a desayunar. Me han llamado hace un rato y yo vine corriendo aquí para avisarte, ya que no tienes el celular prendido. Vístete, vamos a salir a desayunar.

—No —dice automáticamente—. Puedes ir tú, pero yo no iré.

Me siento en la cama, tratando de llegar a ella pero se refugia bajo las sábanas. Mi hermana está herida y eso me duele a mí, pero necesita saber que, a pesar de todo, nuestros padres la quieren. Si no, no hubieran hecho el esfuerzo de venir aquí. Tal vez mamá por fin ha abiertos los ojos y quiere reconciliarse con ella. A pesar de los años, a pesar del dolor, está dispuesta a cambiar las cosas. Es un gran paso.

—Megan, han venido aquí por una razón. —Intento poner mi mano sobre la suya, pero se remueve, poniéndose bocabajo para no mirarme—. Yo sé que mamá te ha hecho mucho daño, y papá también al no defenderte, pero ahora están aquí. No sé para qué, no me lo ha dicho, pero si han venido hasta nuestro apartamento es por una razón. Tienes que dejar a un lado el rencor con mamá y aceptar sus disculpas si ella te las pide. Necesitas sanar esa herida que está allí desde que sucedió la pelea. —Mis ojos queman por derramar lágrimas al ver que ella no me hace caso. Parece ser que también está molesta conmigo—. Sé que esta es tu vida, Meg, te pido perdón por las cosas que dije anoche. No quiero mandar en ella, al fin y al cabo es tuya. Solo me preocupo por ti, quiero lo mejor para mi hermanita pequeña, y eso incluye una reconciliación con nuestros padres. Nada va a borrar todos estos años de dolor, pero aprenderás a soltarlo poco a poco, solo tienes que intentarlo. ¿No los extrañas, no extrañas tener una familia? Mamá se equivocó, sí, y mucho. Pero apuesto que está muy arrepentida y por eso ha venido aquí, hasta nuestro apartamento. Ahora mismo está afuera, con Johann. Ven, Megan, te sentirás mucho mejor cuando los escuches.

No dice nada.

Asiento.

Si Megan no quiere salir, no puedo obligarla.

—En un rato iremos a una cafetería. Espero que te nos unas. —Esta vez dejo caer mi mano donde la suya sujeta el borde de la sábana—. Te quiero, Meg.

Salgo de ahí recorriendo el pasillo hasta llegar nuevamente a la sala. Mis padres continúan charlando con Johann. Entro justo en el momento en que este está hablando de cómo es Megan en el trabajo.

Observo el rostro de mamá. Tal vez ahora se vea dura, con la mirada imperturbable, pero noto un tic en su ojo, como si estuviera a punto de echarse a llorar.

Johann sabe el problema que Megan ha tenido con nuestros padres, pero, aun así, conversa con ellos de una manera muy amable y hasta divertida, comentando desde cuando se conocieron él y mi hermana hasta este momento de su relación. Obviamente no menciona a Susie ni por asomo.

Mamá parece algo feliz de saber que Megan tiene novio. No sé si se debe a porque quiere hacer las paces con mi hermana o porque su novio es eso, «novio» y no «novia», pero, aun así, yo también me pongo feliz de saber que cada vez estamos más cerca de una reconciliación. Solo falta que Megan acepte su perdón, no será nada fácil, pero por algo se comienza. Poco a poco.

Escucho pasos que vienen del pasillo. Ha pasado más de diez minutos en los que el ambiente se ha ido relajando entre mis padres y yo gracias a Johann. Mi hermana está a punto de entrar en la sala y yo me encojo del miedo. Ella no ha visto a nuestra madre desde la pelea, desde aquel día en el que mamá le gritó cosas muy feas. Ahora, varios años después, están a segundos de verse.

Mi papá es el primero en levantarse cuando aparece Megan, con el cabello anudado en una coleta y con ropa casual, como si estuviera a punto de salir. Inmediatamente papá la abraza con fuerza. No se han visto en largos meses, así que el encuentro es largo. Megan parece querer llorar, pero reprime sus lágrimas y sonríe cuando papá le dice algo al oído.

Johann se levanta también. Yo permanezco sentada, porque si me levanto es probable que me caiga al piso de la emoción. La que también permanece sentada y apretando con fuerza sus manos es mamá.

En cuanto Megan se despega de papá, se queda de pie torpemente entre Johann, quien la abraza de lado, y papá, quien sonríe abiertamente.

—Megan… —exhala mamá poniéndose de pie. Oír luego de mucho tiempo el nombre de mi hermana en la boca de mi madre hace que quiera llorar, pero me aguanto.

Observo en cámara lenta cómo mamá se levanta. Megan aprieta los labios, sé leer muy bien a mi hermana, así que noto que está tensa. Sujeta la mano de Johann. Antes de que cualquiera pueda hacer otro movimiento, el timbre del apartamento suena.

Me levanto rápidamente preguntándome quién está interrumpiendo este momento. Baxter no es, porque me avisó que regresaría a su apartamento a esperar mi llamada, así que voy hacia la puerta. La abro y jadeo cuando veo a Susie frente a mí.

Ella me sonríe con timidez, sus ojos avellanas me observan con cierto temor. Me hago a un lado torpemente sin saber qué decir.

Joder, ¿qué hace ella aquí?

Mierda.

Papá, amable como siempre, mira a Susie con una sonrisa.

—¿Y tú quién eres? —pregunta, pero no le da tiempo a responder—. Debes ser amiga de mis hijas.

Se hace un corto silencio.

—En realidad es mi novia —dice Megan con audacia.

Pasan muchas cosas a la vez luego de aquella declaración.

Mamá suelta un grito. Papá frunce el ceño, confundido. Johann aprieta los labios mirando a Megan. Susie sonríe con las mejillas coloradas. Yo me dejo caer sobre el sofá.

Demonios. Mi hermana acaba de declarar la tercera guerra mundial con esas palabras.

La miro, estupefacta por que haya soltado aquello frente a mis padres.

—¡No me jodas, Megan! —exclamo. ¿Decir que tiene dos novios frente a papá y mamá? ¿Es que quiere pelea?

—¡Ese lenguaje! —gruñe papá.

Mamá comienza a llorar, parece estar a punto de desmayarse de la conmoción.

—No puedo creerlo… —susurra, pero se oye en todo el apartamento.

—No debiste soltarlo así, Meg —comenta Johann, acariciando a mi hermana, como si estuviera consolándola a pesar de su mirada de reprobación.

Susie le aprieta la mano, pero se mantiene al margen de esto.

Megan parece estar a punto de soltar más bombas, y sé que todo está dirigido a mamá.

—Tengo novia —informa a nuestra madre, quien está tan pálida que parece enferma—. Si sigues teniendo un puto problema con lo que siento, entonces vete de mi vida. De nuevo. No puedo creer que después de todos estos años sigas teniendo problemas conmigo.

Ay, madre mía.

Qué ingenua fui, pensando que la pelea por fin acabaría. Lo cierto es que no ha hecho más que empezar.

—¿Johann también es tu novio? —pregunta papá, señalándolo.

Mi hermana asiente.

—Sí.

—Es que no es normal. —Es todo lo que dice mamá con voz entrecortada. Megan parece querer abalanzarse sobre ella, pero Johann la tiene agarrada de la cintura.

—¿Qué vas a saber tú de normalidad si no amas a tu propia hija? —replica con fuerza—. Eres una amargada que se esconde detrás de supuestos principios religiosos para maltratar a alguien que tiene gustos diferentes a los tuyos. Pues vete enterando, mamá, que la única anormal aquí eres tú.

Megan ha salido con la pistola en alto para disparar a matar.

Mamá se enjuga las lágrimas y sacude la cabeza.

—Es una aberración y jamás estaré de acuerdo con eso.

Aprieto las manos en puños, pero antes de que pueda decir algo mi hermana se me adelanta.

—La única aberración es tu manera de pensar. ¿No puedes aceptar que dos personas que se amen así sean del mismo sexo? Se nota que no tienes corazón. —Niega—. Todos estos años he vivido con tristeza por pensar que eres una mujer sin corazón. Eres mi madre y aun así me odias. —Se ríe con descaro, lo que hace que se vea más siniestra—. Hace mucho tiempo dejé de escuchar tus palabras en mi cabeza y comencé a vivir mi vida como me place. Lástima que en todos estos años no hayas cambiado ni un poco.

Mamá aprieta los labios al oírla. Veo la furia en ella. Incluso papá se acerca a mamá para aplacarla, pero ella alza una mano.

—Espero que algún día llegues a cambiar. Si de verdad esperas que yo te acepte tendrás que pedir perdón por todo el sufrimiento que me has hecho pasar desde hace años y dejar esos gustos depravados. —Mira a Johann, quien la mira con furia. Luego a Susie.

Niega con la cabeza, asqueada—. Te has perdido, Megan. Lo has hecho desde hace tiempo.

Sin mirar a nadie más, se da la vuelta y se va.

—¡Tú me perdiste a mí! —grita Megan a sus espaldas.

Unos segundos después Susie alza la voz, gritando también:

—¡Vieja retrógrada!

Megan se echa a reír y Susie la acompaña.

Papá, con la mirada triste, se despide de Megan diciéndole algo al oído, a lo que mi hermana asiente, abrazándose a él con fuerza. Por lo menos él acepta a Megan por quién es, y al parecer no tiene problemas con que ella tenga dos novios. Luego se despide de mí y el apartamento queda en un silencio tenso.

—Demonios —exclama Susie por lo bajo, mirando el suelo—. No creí que eso llegara a pasar.

—Meg, ¿podemos hablar? —pregunto mirándola. Cabecea reticente, pero me hace una seña para que la siga a su habitación. Dejamos la sala con Johann y Susie conversando en voz baja y nos sentamos en su cama luego de haber cerrado la puerta. Mi hermana tiene una expresión de desaliento en su rostro, pero no parece triste, ni remotamente decepcionada. Recuerdo cuando tuvo lugar la primera pelea hace años, Megan lloró como una bebé en todo el camino al hotel en donde nos hospedamos aquella noche. Pero ahora está tan tranquila que me pone a mí más nerviosa de lo que ya estaba. Me pego más a su lado y tomo sus manos entre las mías—. ¿Estás bien?

—¿Realmente? —Sonríe ella mirándome a los ojos. Los suyos, verdes, brillan con emoción—. Estoy mejor que nunca. Hace años debí plantarme así frente a ella y no quedarme callada como una tonta. He esperado por años a decirle todo eso. Y aún tengo ganas de gritarle más cosas. Tengo un nudo en la garganta de todo el tiempo que me he guardado esto, pero siento que por ahora ha sido suficiente.

No me esperaba esa respuesta.

—¿De verdad estás bien? —Miro a sus profundos ojos, esperando leerla, pero sé que dice la verdad—. Dios mío, lo siento mucho, Meg. Debí decirle unas cuatro cosas y mandarla a paseo, pero no quise hacerlo porque estaban Johann y Susie, y no…

—Oh, Mads —murmura abrazándome. Cierro los ojos al sentirla en mis brazos. Mi hermana siempre será mi debilidad—. No te preocupes. Esta vez me tocó a mí plantarle cara. Necesitaba soltar lo que tenía en el pecho.

—¿Y no estás triste?

Nos alejamos al mismo tiempo.

—No. —Exhala, sonriendo a medias—. No estoy cien por cien feliz, pero tampoco estoy triste. Me siento aliviada. Sé que tal vez nunca llegue a aceptarme como soy, pero no dejaré que sus tontas palabras me arruinen una vez más. Quiero ser feliz a partir de ahora, y si tengo que ignorar lo que opine mamá, lo haré.

Esas palabras me hacen lagrimear.

—No sabes lo feliz que estoy de que hayas abierto los ojos y te hayas dado cuenta de que tú no tienes la culpa de nada. Mamá es la que está equivocada.

—Lo sé —susurra—. Los chicos me lo dijeron.

Arqueo las cejas.

—¿Te refieres a Johann y a Susie?

Sus mejillas se colorean.

—Sí.

—Mierda, Meg, me tienes que decir cómo funciona lo suyo porque no sé si lo entiendo.

Ella se echa a reír.

—¿De verdad quieres saberlo? —Mueve sus cejas sugestivamente—. Porque los detalles son escabrosos y muy fuertes.

—¡Joder, no me refiero al plan sexual, cochina! —grito, riéndome—. Me refiero a… ¿Sabes qué? Ya no me digas nada. Lo que pase entre ustedes no debe interesarme. Pero quiero saber: ¿te tratan bien?

Sonríe pícaramente.

—Oh, me tratan mucho más que bien.

# 43

Unas semanas después recibo la mejor noticia del mundo. Tracy golpea mi mesa del trabajo y suelta un exabrupto, haciendo que pegue un salto del susto.

—¡Tengo noticias! —grita. Se acerca hasta inclinarse y sonreír mientras habla—. El abogado con el que Johann y yo hemos estado hablando ha redactado un acuerdo en papel para presentárselo a Heidi. Se le pagará una jugosa suma de dinero para comprarle las acciones y que se vaya de una vez por todas de nuestras vidas.

—¿Y ya aceptó? —Mi aliento se atora en mi garganta de lo ansiosa que me siento.

—Aún no. —Mira el techo—. En este momento Baxter, el abogado, Johann y Heidi están en reunión.

Parpadeo.

Así que eso es lo que se traía Baxter en manos. Ni siquiera me dijo nada en todo este tiempo, lo mantuvo en secreto. Pero no puedo culparlo porque yo también he hecho lo mismo: cuando Tracy me comentó lo que Johann y ella planeaban, no le dije nada por miedo a que no se cumpliera.

Pero ahora...

Ahora está a punto de suceder.

—¿Crees que accederá? —Megan hace la pregunta que empieza a carcomerme. Nos miramos.

Tracy hace un gesto desdeñoso con la mano.

—Claro que sí. Esa mujer ama más el dinero que otra cosa. No te preocupes, Madie, ya debe de estar firmando esos condenados papeles.

No estoy tan segura. Cuando Heidi me abordó aquella vez en el baño comentó lo interesada que está en la editorial, ya que ella invirtió cierto dinero en ella, pero ¿habrá sido todo una artimaña de su parte? Porque si Tracy dice que la suma que se le entregará es bastante exorbitante es porque Heidi de alguna manera ha chantajeado a Baxter. No directamente, claro, sino mostrándole el poder que tiene en la empresa al poseer un porcentaje de las acciones y provocándolo con no abandonar su puesto laboral aun sabiendo lo mucho que le fastidia a él, y a mí.

Ahí tengo mi respuesta.

En cuanto me respondo a mi pregunta me siento una idiota. Por supuesto que todo ha sido una artimaña para sacarle más dinero a Baxter y exprimirlo. Lo peor de todo es que lo tiene agarrado del cuello y no puede hacer nada más que darle lo que quiere: dinero.

Maldita interesada.

—Bueno, bueno, mira quién viene ahí —canturrea Megan sacándome de mis cavilaciones, mirando a una persona detrás de Tracy. Me inclino en mi asiento y veo que Trevor se acerca a nosotras con una carpeta bajo el brazo derecho. En cuanto ve a Tracy, sus ojos conectan con los de ella y todo parece desaparecer a su alrededor. Sonríe. Tracy se atusa el cabello. Megan me mira y me guiña un ojo—. Ya los perdimos.

Nos reímos como niñas cuando ambos se encuentran a mitad de camino y, sin importarles nada ni nadie, se besan como dos tontos enamorados.

Megan suspira. La imito.

—Por fin —susurro.

—Sí, ya era hora. —Mi hermana es la más feliz de las dos, supongo que es porque conoce a ambos mucho antes de que yo entrara a esta editorial. Pobre de ella, lo que tendrá que haber soportado para ahora recién verlos juntos…

Entre las dos ya hemos arreglado nuestros problemas. Somos hermanas y siempre hemos estado unidas. Le pedí perdón, ella me pidió perdón. Y aunque no esté de acuerdo con su relación de tres permaneceré a su lado en todo momento.

En cuanto Tracy y Trevor se separan, se agarran de las manos. El tortolito de Trevor ni siquiera se fija en nosotras, pero Tracy se voltea y nos sonríe, con las mejillas sonrojadas y los ojos brillando, se despide para irse juntos hacia el ascensor.

—¿Te imaginas al pobre Trevor todo tierno junto a la salvaje de Tracy? —Megan niega con la cabeza, frunciendo el ceño—. En la cama ese par debe ser todo un tema. ¿Cómo foll…?

La empujo en su silla.

—¡Ni siquiera termines esa pregunta! —Me tapo los oídos. Los detalles sexuales en una relación jamás han sido de mi interés, pero sí el de mi hermana. A veces me planteo si es una *voyeur* o simplemente una pervertida que ama los detalles jugosos. Aunque no es algo que quiera saber, ya tengo suficiente con tener claro que siempre estará haciendo preguntas o comentarios sexuales que no le competen. Decido darle una cucharada de su propia medicina—. Me pregunto cómo haces tú con Johann y Susie. ¿Acaso hacen un trío en el que participan ellos, o se concentran en ti y ellos no se tocan?

Las mejillas de Megan se ponen rojas.

—Pues la verdad es que ellos ta... —Le tapo la boca antes de que termine de hablar.

—¡Lo pregunté de broma! No creí que responderías. —Niego, sacando la mano de su rostro, oyendo como se ríe mientras yo me estremezco.

Megan no tiene límites.

—Pues no debiste preguntar. Pero si algún día quieres saber todos los detalles jugosos solo tienes que preguntar. Te aseguro que son buenísimos. A veces cuando estoy sola me toco pensando en lo que hice con ellos.

No puedo evitar estampar la frente contra la madera de mi cubículo. El sonido sobresalta a las demás personas, que me observan con curiosidad y horror. Con el rabillo del ojo veo que alguien se acerca mientras mi hermana se ríe, pero estoy dispuesta a permanecer así hasta que mi mente borre los últimos dos minutos de mi memoria.

—Madie, ¿qué pasa? —Escucho preocupación en la voz de Baxter. Ya debe de haber salido de su reunión. Aun así, mi mente está demasiado perturbada como para pensar en algo más que en las grotescas imágenes que mi hermana acaba de poner en mi mente. Ninguna chica quiere saber que su hermana menor se masturba pensando en el trío que ha hecho.

—Está procesando una jugosa información —responde Megan, riéndose—. ¿Todavía no baja Johann?

—No, aún está arriba, probablemente sigue conversando con el abogado.

—Bien, entonces subiré. —Sé que lo hará porque Susie se encuentra en la segunda planta. Levanto la cabeza justo a tiempo para ver que Megan le guiña un ojo a Baxter y se aleja en dirección a las escaleras.

Baxter ya sabe lo de su hermano con Megan y Susie. No podía no compartir un secreto así de grande con él, y Johann se lo confirmó cuando le preguntamos.

Aún es algo extraño para nosotros saber algo así de nuestros hermanos menores.

—¿Pasó algo? —pregunta mirándome la frente. Cuando me la toco, me duele, deduzco que me he hecho un chichón por el golpe. Ha valido la pena porque ya no pienso en mi hermana ni en sus cochinadas.

—No. —Aparento tranquilidad, como si fuera normal escuchar a Megan hablar así. Cualquiera diría que estoy acostumbrada luego de vivir con ella tanto tiempo. Lo cierto es que mi hermana empezó a decir y pensar perversidades desde que me mudé con ella. Antes no era así. Creo que sus comentarios así empezaron al mismo tiempo que salía con Johann. O Susie. No quiero pensar que ellos la han pervertido, pero una parte de mí se lo pregunta. Demonios, no quiero saber la respuesta a eso. Sacudo la cabeza alejando los malos pensamientos. Me enfoco en Baxter—. Tracy me dijo que estabas en una reunión…

Baxter se mantiene serio mientras me extiende una mano.

—Ven conmigo.

Estoy atareada con manuscritos que corregir y editar, pero mando todo al diablo cuando tomo su mano y dejo que me lleve a los baños privados. Es un privilegio ser novia del jefe y que este te secuestre unos minutos para él. Porque, si no, ¿de qué le sirve ser jefe si no tiene toda la diversión completa?

Baxter le echa el seguro a la puerta del baño y se apoya en ella. Se cruza de brazos, sin dejar de mirarme de arriba abajo.

Estoy con ropa otoñal, un pantalón, blusa blanca y un saco encima, con botines con taco que me mantienen alta: nada del otro mundo. Pero Baxter me desnuda con la mirada.

Aprieto mis labios al sentir esa corriente magnética entre ambos. ¿Me ha traído aquí para follar o para hablar? Estoy dispuesta a ambos, y si primero es follar estaré encantada.

Cuando empieza a hablar me desinflo de mi globo al creer que me arrancaría la ropa ahí mismo. Me cruzo de brazos al sentir los pezones endurecerse por fantasías que por ahora no se cumplirán.

—Estuve en una reunión, pero no te voy a preguntar quién te dijo porque ya sé la respuesta. Trace no puede callarse nada, ¿no? —Es una pregunta retórica que se la ha hecho a él mismo, así que sonrío, sin responder—. No quise contarte nada antes por miedo a que rechazara el acuerdo.

Mi respiración se detiene al oírlo.

—¿Y?

Se toma su tiempo antes de responder.

—Lo aceptó.

Mierda.

—Mierda. —Suelto el aire que estaba conteniendo y lo miro, sonriendo sin poder esconder la felicidad que sus palabras me traen. Voy hacia él y lo abrazo, sabiendo lo duro que fue para Bax tener que cederle su parte solo para poder divorciarse. Ahora que no está atado a ella en ningún sentido, es como respirar por primera vez—. Joder, gracias al cielo, Bax. ¿Quiere decir que la editorial Coleman se ha librado de esa mujer?

Asiente, sin dejar de abrazarme. Se aferra a mí un instante más antes de alejarse, sonriendo. Me mata ver sus hoyuelos.

—Vuelvo a tener el porcentaje de mis acciones en esta editorial, y nos hemos librado de ella. Ya no meterá nunca más sus manos en Coleman.

Sonrío contagiada por su entusiasmo desbordante.

—Por fin, Bax. —Pongo una mano en su mejilla libre de vello y lo acaricio con ternura—. Felicidades.

—Soy un poco menos rico que antes, pero... —Se encoge de hombros, su ceño se frunce—. Todo sea por librarme de una vez por todas de ella.

Lo beso solo para que deje de hablar y se contagie de nuevo de la felicidad que estábamos compartiendo. Sé lo que ha sufrido Bax junto a esa mujer, así que me pongo de puntillas y lo beso, deslizando mi lengua en la suya.

Nuestros labios se tocan unos segundos antes de que ambos estemos con la respiración trabajosa. Así de rápido nos provocamos. Cuando veo sus ojos color miel encendidos sé que la pasión ha surgido ganando cualquier sentimiento que teníamos. Mi corazón late tan deprisa que seguro que él debe de oírlo.

—Quiero decirte algo.

—Dime —susurro jadeando.

—Múdate conmigo.

Suelto su cuello y me alejo un paso, sintiendo que mi garganta se aprieta al oírlo. Un nudo igual de grande se asienta en mi estómago.

Dios mío.

—¿Por qué haría eso?

¿Por qué me lo pregunta aquí? ¿Ahora?

Se aferra a mi mano.

—Es más o menos lo que haces ahora, solo que tu ropa no está en mi armario. Ni tus cosas en mi ático.

—¿Quieres que me mude? ¿Por qué?

—¿Y por qué no? Te amo, Madison, y quiero vivir contigo. Has estado en mi casa todos los días desde hace meses, desde que saliste del hospital. La única diferencia con no haberte mudado oficialmente a lo que hacemos ahora es que no has traído tus cosas, pero por lo demás vives allí.

Joder, mudarse es un paso muy grande.

Demasiado.

Es una responsabilidad mucho mayor que tener una relación.

Ya he estado en una en una ocasión. Sé lo que se vendrá.

—¿Estás seguro de que eso es lo que quieres, Bax?

—¿No lo quieres tú?

Me aferro a sus manos.

—Yo te hice la pregunta primero.

Baxter pone los ojos en blanco.

—Pues sí, claro que quiero que te mudes conmigo.

—Pero…

—Estamos destinados a estar juntos, bonita. —No puedo evitar sonreír sin poder mantener más mi rostro estoico—. ¿Esa sonrisa es un sí?

Es mi turno de poner los ojos en blanco.

—Pues sí, sí quiero mudarme contigo.

En un segundo estoy encerrada entre sus brazos y la pared, siendo cargada por debajo de mis piernas. Inmediatamente rodeo sus caderas riendo al sentirlo besar todo mi rostro.

Se detiene muy cerca de mis labios.

—Joder, espera. ¿Estabas haciéndote de rogar?

Niego al ver la mirada asesina que me lanza.

—No —digo rápidamente—. Solo quería hacerte sufrir un poco. Pero solo un poquito. —Al ver que no cambia esa mirada ceñuda, cambio de táctica—. Quería un poco de resistencia para luego pelear y tener una reconciliación, y luego tal vez follar como locos contra la pared. ¿Qué me dices? ¿No te suena atractivo?

Le sonrío, esperando a que su expresión cambie.

Cuando lo hace mis piernas tiemblan a su alrededor.

—Sí, vamos a follar como locos contra la pared. Pero nos vamos a saltar la pelea y reconciliación, porque lo importante es que has aceptado. Te mudas conmigo.

Asiento, sonriendo. No puedo ocultar mi felicidad.

—Sí.

—Ahora te voy a follar con locura contra la pared, a modo de celebración. Y también de castigo por hacerme esperar.

Mi mente explota con su declaración. Es lo que he estado esperando desde que nos encerró en este baño.

—Joder, sí.

# 44

*Algunos meses después…*

Esta vez no me equivoco cuando empujo la puerta del bar para abrirla. Mis tacones de diez centímetros me hacen más alta, por lo que, a pesar de que el lugar esté atestado de personas, sé adónde tengo que ir. Camino con decisión hasta la barra, abriéndome paso entre tanta gente. Y no puede ser para menos, es 14 de febrero y los globos rojos y rosados que hay me dificultan un poco divisar mi objetivo. Las parejas abundan aquí, hay montones.

La pista de baile está tan abarrotada que las personas bailan al lado de la barra o en cualquier lugar disponible. La barra, adonde me voy acercando mientras esquivo cuerpos, está repleta. Todas las sillas están ocupadas mayormente por parejas. Casi todos están en su burbuja, ya sea bailando o besándose.

Me acerco al barman y para llamar su atención me coloco entre dos sillas ocupadas y pongo mi bolso de mano sobre la barra. Joder. Apenas he llegado y ya estoy sudando. Puedo sentir mi piel caliente debido a la cantidad de gente que hay. No se puede respirar bien y, aun así, estoy aquí.

Los cuatro barmans detrás de la barra están tan atareados que ninguno me hace caso a pesar de haber intentado llamar su atención. Me apoyo sobre la madera soltando un suspiro de frustración. Nada está yendo bien. Para colmo, el vestido que llevo es color plateado y de un material delgado. Me llega a la mitad del muslo, pero por cualquier mínimo movimiento o roce se levanta hasta casi mostrar mis bragas.

¿Por qué le habré hecho caso a Megan? Sé que tiene buenas intenciones pero ahora estoy casi mostrando mi ropa interior. ¿Lo peor? No llevo sostén, el vestido, que realza mis curvas, tiene un escote en V profundo que muestra mis pechos. Llevo parches para cubrir mis pezones porque la tela es tan delgada que se transparentan.

El cabello lo tengo anudado en un moño, por lo que no sufro tanto calor en mi cuello.

Cuando por fin uno de los barmans se desocupa y me atiende, pido un ron con Coca-Cola. Lo pido con bastante hielo para calmar el calor que siento. Apenas llevo un rato con los tacones y ya me están matando. No hay ni un asiento libre, pero quiero empujar a la pareja de mi izquierda y robar el asiento en el que están tan cómodos besándose.

Joder con el día del amor.

Cuando el barman pone mi bebida frente a mí, me la tomo a sorbos a pesar del calor intenso que siento. Bien podría estar achicharrándome en el interior del club. Hay tanta gente aquí que mis ganas de volver a casa aumentan, pero continúo recostada en la barra.

Doy otro sorbo a mi bebida cuando la sensación de ser observada me golpea de lleno. El vello de la nuca se me eriza ante tal sensación. Me recargo en la barra, pero en cuanto la pareja de al lado va a la pista de baile me siento en la silla libre.

Mi bebida se acaba, así que pido otra.

Levanto el vaso para darle un sorbo a mi segunda bebida cuando mis ojos chocan con unos hermosos ojos. Su mirada tiene tal potencia que no podría apartar la vista ni aunque el mundo se estuviera acabando. Está en diagonal a mí, apoyado en la barra con una bebida en la mano derecha. Su cabello ligeramente desordenado hace que su actitud sea casual. Desde donde estoy, puedo sentir el volumen y la fuerza de su presencia. Se le ve tan imponente que tengo que cruzarme de piernas sobre mi asiento.

Sus ojos miran los míos hipnotizados, luego baja la mirada para recorrer mi cuerpo. Mira mi escote monumental, sonríe de lado, me contempla como si estuviera desnudándome. He visto esa mirada en muchos hombres a lo largo de mi vida, pero jamás vi a alguien hacerlo de forma tan descarada. Es como si quisiera montarme aquí mismo. En esta barra.

La sonrisa que muestra es digna de un hombre que parece querer devorarme y que va a disfrutar mucho de eso.

Es la clase de hombre que me gusta. Descarado y coqueto.

Miro en su dirección, desestimándolo con una mirada para luego volver la cabeza al frente como si nada hubiera pasado. Apuro mi segunda copa sintiendo que ahora todo mi cuerpo reacciona.

Le pido la cuenta al barman, pero antes de que pueda entregarle mi tarjeta, el hombre de antes se ha acercado y está a mi lado, tendiéndole su tarjeta al barman.

—A mi cuenta —dice con voz ronca y profunda, aquel tono va directamente a todo mi cuerpo. Con el rabillo del ojo ya lo había visto acercarse.

Alzo mi mentón.

—Gracias por pagarme las bebidas —murmuro.

—De nada —responde sin dejar su sonrisa—. ¿Vienes por aquí a menudo?

¿Acaso esa pregunta nunca pasará de moda?

—No suelo hacerlo. Solo por el día del amor.

Arquea sus cejas.

—¿Y viniste sola?

Su sonrisa se vuelve coqueta, traviesa. Quiero poner los ojos en blanco pero no lo hago.

—No. —Es todo lo que contesto. Pero el hombre espera a que siga hablando.

No lo hago.

—¿Viniste aquí con tu novio? —Recargado en la barra se lo ve alto. Muevo mis piernas cruzadas. Aquel movimiento no le pasa desapercibido, no desestima la oportunidad de ver mis piernas largas y desnudas.

—Sí.

Mis respuestas cortantes le divierten.

—¿Y dónde está? —Alza sus manos abarcando el lugar—. Porque no lo veo por aquí. Y me parece una falta de respeto haberte dejado plantada justo en el día del amor.

Le contesto con una amplia sonrisa.

—No me dejó plantada.

—Ah, ¿sí? Entonces ¿dónde está?

—¿Qué te importa?

Echa la cabeza hacia atrás, riendo.

Su risa ronca hace cosas en mí que no quiero exponer ante sus ojos. Me mantengo en mis trece, con el rostro serio.

—Tu novio debe de divertirse mucho contigo. Eres una malhablada.

Ignoro su insulto.

—Claro que se divierte conmigo —replico altanera—. Y yo también con él. Debe de estar a punto de llegar.

En mi rostro se dibuja una expresión de desafío.

—Creo que me quedaré. Me gustaría conocer a ese novio tuyo.

—Si quieres te lo describo.

—Claro, hazlo, quiero conocer a ese tipo tan afortunado.

—Pues es alguien sexy, muy muy guapo. —Me abanico con las manos al pensar en él. Lo miro, sonriendo con engreimiento—. Tiene dos hoyuelos en las mejillas que me vuelven loca. Y cada vez que sonríe me derrito. Cuando me toca siento que me muero. Además, es el hombre más cariñoso del mundo.

El hombre frente a mí alza las cejas, impresionado con mi descripción. Aunque sus mejillas se sonrojan con mis palabras.

—Vaya, tu novio es todo un tipejo, eh. ¿Alguien muy guapo, sexy y cariñoso? Increíble. Ya no hay tipos así. ¿Pero también es alguien que te ama?

Mi mirada se suaviza.

—Sí, muchísimo, y alguien a quien amo mucho también.

Asiente, sabiendo de qué hablo.

—Joder, es muy afortunado.

—Yo también lo soy.

Nos miramos. La tentación está latente en el aire. Y la inmensidad de la atracción es tan fuerte, tan sólida, que no puedo aguantar más y sonrío.

Frente a mí, él me imita.

Los hermosos hoyuelos se marcan con aquella sonrisa que me dedica.

—Ven aquí. —Ni siquiera tiene que pedírmelo dos veces. Me pongo de pie mientras me inspecciona de pies a cabeza, me come con la mirada, así que espero a que termine el análisis de mi cuerpo—. Joder, Madison, estás guapísima.

Sonrío con su gruñido.

—Tú también, Bax.

Ignoro a todo el mundo, la música, el barbullo, el bullicio… y me concentro solo en él. Entrelazo mis manos a la altura de su nuca para besarlo. No aguanto más.

Esta tortura ha sido demasiado larga como para soportarla por más tiempo.

Necesito sus besos y sus caricias. Ya.

Nos besamos allí, en aquella barra del club sellando nuestro amor como cuando nos conocimos la primera vez. Me fundo en ese beso disfrutando de sus caricias y las pulsaciones de mi corazón, que late a mil por hora solo por un roce suyo.

—Ven conmigo a casa —susurra colocando su frente sobre la mía.

A la mierda el club o la fiesta, solo quiero estar con él.

—Sí.

Nos montamos en su auto y en tiempo récord regresamos a casa.

Nuestro hogar.

En cuanto subimos por el ascensor puedo sentir el ambiente cargarse con deseo. Hemos estado jugando a un juego peligroso en el club, un juego que se parecía mucho a juegos previos. Así que estoy muy lista cuando entramos a nuestra habitación.

El sillón tántrico llama mi atención, pero Baxter tiene otros planes. Me carga colocando mis piernas alrededor de sus caderas. Suelto un pequeño grito al ser elevada de aquella manera tan brusca.

Me quedo sin aliento al oír su pregunta.

—¿Cama?

—Sillón tántrico —señalo.

Me dedica una sonrisa perversa.

—Respuesta correcta.

Me lanza sobre el sillón de cualquier manera. Mi vestido indecentemente corto se levanta hasta la cintura. Me quito las bragas en un rápido movimiento al verlo desprenderse apresuradamente de su pantalón. El bóxer que lleva parece a punto de reventar, se lo quita de una patada, al tiempo que también se saca la camiseta.

En unos minutos se desnuda ante mis ojos, mientras que yo permanezco con el vestido alzado. Mis pechos se desbordan.

Me aparto el cabello y lo veo, inclinado sobre mí. Estoy contra el respaldar, con la espalda curvada y las piernas abiertas. Su mirada me deja con la respiración entrecortada cuando se toma su tiempo para inspeccionarme. Mis piernas abiertas le ofrecen una excelente visión de mi pubis depilado y mis pliegues mojados.

Antes de que pueda hacer algo le ataco la boca salvajemente, rodeando su cuello con mis brazos para apegarlo a mí. Mis tetas rozan sus pectorales, un escalofrío intenso me recorre el cuerpo entero. Mis pezones se endurecen.

Todo lo que necesito está ante mí ahora mismo.

En un movimiento que no vi venir me arranca los parches de los pezones. Ahogo un jadeo al sentirlo, no porque duela, sino porque los chupa. Los rodea con su boca y reparte besos en mis pechos.

Siento que explotaré si no entra en mí de una vez.

—Podemos considerar lo del bar como preliminares —declaro, porque es verdad. Baxter, satisfecho con mis palabras, se coge la erección y la guía entre mis piernas. No deja de masajear mis pechos.

Se hunde en mí suavemente, soltando el aire de manera entrecortada hasta que llega al fondo.

Verlo soltar un gruñido me deja ansiando más.

Suspiro mientras se acomoda, apoyando los brazos en el respaldar, detrás de mis hombros. Me besa las mejillas y luego la boca, mordiendo suavemente mis labios.

Le rodeo las caderas con mis piernas, instándole a que se mueva.

—Voy a quedarme quieto un rato. —Lo noto hincharse dentro de mí, así que lo provoco contrayendo mis músculos internos a su alrededor—. Para —me advierte.

—No puedo evitarlo. —Muevo mis caderas—. Bax...

—Madison, me voy a correr si sigues así. Joder.

—No estoy haciendo nada.

No se traga mi sonrisa inocente.

—Sí, tu coño me está apretujando la polla.

Alzo las caderas al verlo apretar los dientes para tratar de mantener el control. Las oleadas de placer que siento son tan fuertes que recorren mi cuerpo instándome a moverme.

—No puedo contenerme contigo —susurro.

—Mierda.

En sus ojos veo que ya gané la batalla.

Sale de mí y me embiste con una rápida y furiosa estocada, clavándose profundamente en mí y empieza a bombear, olvidándose por completo de mantener el control. Pero aunque los dos estemos desesperados por desatar esta pasión que siempre nos ha desbordado, nos mantenemos comedidos, compenetrados, perdiéndonos en cada embestida. En cada empuje.

Le araño la espalda cuando el placer es casi insoportable. Mis tetas se mueven de arriba abajo cada vez que se clava en mí. Nuestros gemidos son tan guturales que se oyen en toda la habitación. Instantes después, el orgasmo se acerca implacable, al punto de ebullición. Siento que mi vientre se tensa, lo siento pesado por la presión de placer que se acerca con la promesa de desbordarme por completo. Dentro y fuera, lentamente pero con precisión, sus embestidas son así de potentes. Nuestras pieles se humedecen, mis músculos se endurecen.

—Joder, esto es perfecto —resuella él con dificultad para hablar entre dientes. Le cuesta hablar. Yo ni siquiera puedo, así que asiento con la cabeza mientras continúo con disfrutar de sus embestidas.

Es evidente que ninguno va a aguantar mucho, pero no importa, eso no me impide reclamar mi clímax. No me preocupa nada hacerlo durar más, pero quiero correrme. Y sé que él está a punto.

Salto bajo su cuerpo con cada movimiento de caderas cuando entra y sale de mí, cierro los ojos y echo la cabeza hacia atrás. La tibieza de su boca se apodera de mis pechos al inclinarse sobre mí. Me agarro a sus nalgas siguiendo el ritmo ondulante de sus caderas.

Gimo.

—¿Sí? ¿Tanto te gusta, bonita? —me pregunta, volviéndome loca con su voz ronca cargada de deseo y placer.

—Sí, sí —jadeo.

Aumenta el ritmo, mientras mordisquea mis pezones, dándoles a los dos el mismo placer. Sus ojos color miel me miran directamente. Pierdo el control de mis movimientos por su mirada intensa al chocar contra mi cuerpo en cada embate.

—¿Vas a correrte para mí?

Asiento, porque ya perdí la capacidad para hablar. Le araño la espalda. Sujeto su cabello con fuerza, porque sé que estoy a punto de salir disparada con el ímpetu y fuerza de mi orgasmo. Baxter se alza sobre mí, clava los puños en mi cabello y se hunde con fuerza.

Él se corre primero. Su pecho se hunde mientras se cala en mí con un movimiento largo y rotatorio de caderas gimiendo entrecortadamente. Su expresión de placer inmenso es lo que me hace caer. Levanto los brazos arqueando mi espalda al sentir que el orgasmo me recorre el cuerpo entero, desde los pies hasta la cabeza.

Me retuerzo bajo él, que se lleva consigo todo lo que soy. Me desplomo con fuerza bajo el sillón sin aliento.

—Mierda —jadea él.

En todo este tiempo Baxter ha visto mi expresión al correrme. Siento mi piel pegajosa, pero no me importa nada cuando me alza entre sus brazos y me carga hasta nuestra cama. Se echa a mi lado observándome recuperar mi aliento.

Minutos después me arropa con las sábanas. Su mejilla toca su almohada mientras me observa en completo silencio. Yo apenas puedo coger las sábanas que tiende sobre mí.

Guau.

Es todo lo que mi mente piensa ahora mismo.

Antes de que pueda cerrar los ojos veo que alarga el brazo y saca algo de debajo de su almohada.

Mi corazón deja de latir inmediatamente.

Me yergo al ver la caja que tiene en la mano y que ha sacado en este preciso instante. Las sábanas caen de mi cuerpo mostrando mis pechos, pero no hago nada para taparme porque estoy demasiado sorprendida al ver la cajita negra de terciopelo que tiene en las manos.

—No es lo que piensas —murmura Baxter con nerviosismo, pero cuando abre la cajita veo que dentro reposa un hermoso anillo. La banda es de color plateado, me demoro unos segundos en descubrir que es oro blanco. El diseño de la banda es entrelazado. Encima, en la parte superior, tiene un pequeño diamante que brilla debajo de la luz. Es sencillo, pero perfecto—. Es un anillo, pero no de compromiso, sino de una promesa. Este anillo es algo simbólico que quiero regalarte para que lo tengas en el dedo y recuerdes todos los días lo mucho que te amo. Y que te escogí a ti para pasar todos los días de mi vida a tu lado. Te prometo que te amaré siempre.

—Bax… —susurro con lágrimas en los ojos.

—Si en algún momento quieres casarte conmigo estaré aquí esperando a que me lo digas, a que me aceptes como tu esposo. Mientras tanto, vivamos nuestra vida juntos.

Coloca el anillo en mi dedo del medio, cumpliendo con sus palabras al decir que no es un anillo de compromiso, sino de unión. De promesa. La promesa de amarnos toda la vida.

Estoy llorando de felicidad.

—Gracias.

Baxter sonríe, regalándome la hermosa vista de sus hoyuelos.

—Feliz día del amor, bonita.

—Feliz cumpleaños, amor.

Hoy es su cumpleaños, pero es él quien me acaba de dar a mí el mejor regalo. No por el anillo, sino por él, por su promesa. Baxter es mi mejor regalo.

Es todo mío, mi gran amor, mi amigo, mi novio, y quizá, tal vez, algún día mi esposo.

¿Qué más puedo pedir? Estoy loca por este hombre. De eso no hay ninguna duda.

Y él está loco por mí.

# *Epílogo*

*Cuatro años después*

Joder con los eventos sociales. Joder con las personas que invaden tu casa. Joder con las sonrisas. Joder con los toqueteos de las personas que invaden tu casa. Joder con las sonrisas y los toqueteos de las personas que invaden tu casa.

Joder con todos los que están en mi casa en este momento.

Decido esconderme en la cocina, mirando por todos lados para escapar del lío que hay ahora mismo en el jardín trasero. Mientras camino puedo escuchar el ruido de la música y el murmullo de las personas riendo y conversando. Me escapo de ello y voy al único lugar que en los últimos meses se ha vuelto mi santuario: la cocina.

Con las pocas fuerzas que me quedan, me empino sobre los pies y estiro las manos, en un intento de alcanzar la alacena. Mi única medicina está allí, pero es imposible alcanzarla.

¿En qué momento la han puesto más arriba?

Joder con la persona que ha cambiado de lugar mi medicina: mis preciadas galletas.

—¿Necesitas ayuda con eso? —Escucho una voz ronca a mis espaldas. Me doy la vuelta rápidamente y sonrío, aparentando inocencia.

Baxter parece saber qué estoy buscando exactamente, tiene los brazos por detrás del cuerpo, mirándome divertido.

Joder con él.

—No, solo estaba ordenando —miento descaradamente. Me cruzo de brazos, pero la blusa que llevo es tan ceñida y tengo las tetas tan grandes que se me desbordan por el escote. Baxter mira atentamente la piel expuesta.

Descruzo mis brazos. Por muchas ganas que tenga de tirarme sobre él, tenemos invitados y en cualquier momento podrían invadir esta parte de la casa también.

Obviamente, Baxter no cree mi mentira.

—Vamos, gordita. Sé que hay galletas en la alacena y las estabas buscando.

Parpadeo.

Joder con Baxter por esconder mis galletas. Y joder con él por llamarme «gordita». Ya no me llama «bonita» desde que mi panza empezó a creer como una sandía a punto de explotar. Cuando llevaba a Zed en mi vientre sucedió lo mismo, pero en aquel entonces mi panza no era tan gigante como la que tengo ahora. Esta bebé ha hecho que engorde muchísimo, mucho más que mi primer embarazo.

Joder con ella también.

Estoy tan furiosa con todo el mundo que no dejo de fruncir el ceño.

—No estaba buscando las galletas, solo… ordenaba. Alguien ha cambiado el orden de la alacena, y dado que Zed no alcanza, has sido tú —lo culpo. En parte porque tengo razón, y también para cambiar de tema.

Odio que siempre esconda mis galletas.

Bueno, técnicamente son de Zed porque las compramos para él en el supermercado, pero también son mis favoritas, así que cada vez que tengo antojo —esto es, todos los días—, vengo a aquí a comer sin que nadie lo sepa. Pero en todo este tiempo Baxter lo ha sabido.

—Estás tratando de ocultar el hecho de que te atiborrabas de galletas. Todos los días. Yo las escondo porque Zed se queja de que sus galletas siempre desaparecen.

Me sonrojo con furia.

No puedo creer que Zed se queje a su padre. ¿Acaso no tengo derecho a comer las galletas que yo misma he comprado?

—No puedes juzgarme. —Golpeo el aire con el dedo—. ¡Tengo hambre! No he comido nada en las tres horas que pasé en esta maldita cocina preparando los bocaditos para hoy. Solo vine aquí a comer unas cuantas galletas porque ya estoy harta de que la gente me pinche la grasa todo el rato.

—Esa grasa es nuestra hija.

—¡Sigue siendo grasa! —Pincho mi panza para probar mi punto. Inmediatamente siento la patada más fuerte que alguna vez tuve por mis molestias—. ¡Oye! —le riño a mi estómago—. ¿Qué fue eso?

Baxter jadea.

—¿Te pateó?

—Me pateó —afirmo asombrada mirando mi panza—. Esta niña intenta escapar.

Se acerca y me apoya la mano en el estómago.

—Hazlo otra vez —susurra—. Pínchala. Suavemente.

Empujo el frente de mi estómago y ella patea. Justo ahí donde se encuentra la punta de nuestros dedos. Una sonrisa en extremo alegre se desliza por su rostro. Sus ojos brillan de emoción.

—Madie... —Tiene la voz rota, como si estuviera a punto de llorar.

—¡Mami, mami! —Escucho la voz de mi pequeño de tres años. Zed entra corriendo en la cocina—. Papá te está bus... ¡Aquí estás!

Rápidamente aparto la mirada de Baxter para posarla en mi niño. Sus mejillas regordetas y su amplia sonrisa, que resalta esos pequeños hoyuelos iguales a los de su padre, me sacan una gran sonrisa.

—Ya me encontró —digo, a sabiendas de que está aquí por eso. Nadie me puede culpar por esconderme en mi propio *baby shower* luego de haber aguantado que casi todos los invitados me tocaran la panza. Es tan molesto que realmente necesitaba un respiro.

Baxter carga a Zed besándolo en toda la cara, despeinando su cabello castaño y sedoso, del mismo color que el mío. Sus ojos color miel se cierran al sentir las cosquillas de su padre por la barba incipiente que lleva.

—¡Ahí estás! —grita Tracy correteando al interior de la cocina. Nos sonríe mientras Zed se baja para tomar la mano de Tracy; ella está tan feliz de ser tía que probablemente es la favorita de nuestro hijo. Aunque ella y Megan se pelean por esa posición, Tracy es quien le lleva ventaja porque en este momento Zed toma su mano y la jala de vuelta al jardín luego de sonreírnos infantilmente. Tracy le grita algo, los dos se ríen al salir.

Aprieto las manos detrás de la espalda. Estoy nerviosa, aunque no sé por qué.

Baxter me besa con fuerza, luego pega su frente a la mía, suspirando de felicidad.

—Gracias, amor. —No tiene que decir nada más porque sé a lo que se refiere. Me aplasto la mano en el vientre y me acaricio a mí misma. No vuelvo a sentir las pataditas, así que me inclino sobre la encimera.

Sé que Baxter ha entrado porque es momento de partir el pastel. Ya luego de los juegos y abrir el regalo ha llegado la hora de repartir el pastel a todos los invitados. Él ha comprado dos pasteles: sabiendo los antojos de dulce que tengo en este embarazo, ha previsto mis caprichos y ha comprado un pastel de chocolate para mí sola —para comerlo en el transcurso de la semana— y otro para los invitados de hoy.

Antes de que pueda cargar con el pastel para hoy, también de chocolate, lo detengo.

—Quiero decirte algo.

Me mira, ceñudo.

—¿Quieres comer tu pastel de chocolate ahora?

—¡Hola, chicos! —interrumpe alguien. Nos volteamos para ver a Kayden Havort, mi más grande amigo escritor, entrando por la puerta que da al jardín. Lleva consigo una gran caja de regalo envuelta en papel rosa; encima, hay un gran moño del mismo color—. Perdón por llegar tarde. Aquí tengo tu regalo, Madie, espero que les guste. Lo compré yo mismo.

El orgullo en su voz me hace sonreír. Baxter le tiende la mano, saludándolo, para luego tomar el regalo porque es grande y yo no podría cargarlo.

—¡Gracias! —le agradezco aun cuando no sé qué es. Tenerlo como amigo ha sido un gran paso en nuestra relación de editora-escritor. Los años que he pasado a su lado corrigiendo sus novelas han sido un gran paso en mi vida como editora. Le estaré eternamente agradecida por haberme escogido cuando decidió publicar sus siguientes novelas. En los cuatro años que llevamos trabajando juntos, aparte de convertirse en mi amigo, también se convirtió en uno de mis escritores favoritos. Lleva cuatro libros publicados hasta el momento por la editorial, y en unos meses el quinto saldrá a la venta.

—Vaya, esto pesa —gruñe Bax dejando la caja sobre la isla de la cocina. Kayden se ríe.

—Iré a saludar a los demás —dice Kayden señalando el jardín.

—Ve —murmuro—. En un rato saldremos para servir el pastel. Kayden se relame los labios graciosamente y luego se retira, dejándonos a Baxter y a mí solos.

Por fin, joder.

Baxter se gira para sacar de los cajones un cuchillo para cortar el pastel y varias cucharitas para los invitados.

Me acerco.

—¿Bax?

—¿Sí? —pregunta distraídamente, contando por la ventana cuántos invitados hay exactamente.

—La respuesta es sí.

—Sí ¿qué? —pregunta confundido—. ¿Sí quieres el pastel chocolate?

Río divertida, pero es más por los nervios que por otra cosa. Los dedos de mis pies se curvan.

—Sí quiero casarme contigo.

Baxter suelta las cucharitas con un gran estrépito sobre la isla de la cocina. Mi corazón late tan rápido que podría morir ahí mismo.

—Madie... —Sus ojos me miran con adoración.

Me toma de las manos, apretándomelas con nerviosismo. El anillo que me regaló años atrás aún destella en mi dedo.

—En todos estos años me he dado cuenta de que quiero una vida contigo, a tu lado. Ni siquiera me importa la boda, el vestido o la ceremonia. Quiero casarme contigo porque no me imagino una vida sin ti. Quiero que sepa todo el mundo que tú eres mío y que yo soy tuya. Que somos esposos en la práctica y en la ley. Quiero pronunciar mis votos ante ti y ante todo el mundo para anunciar lo mucho que te amo, y que esa promesa jamás va a romperse. Quiero unirme a ti de una forma que nunca creí posible. —Sonrío, con lágrimas en los ojos—. Así que sí, me quiero casar contigo.

—Joder, Madison... —murmura con voz ronca, con los ojos vidriosos—. ¿Esto es un sueño? He esperado muchísimo para oírte decir eso.

—Lo sé. Quiero ser tu esposa.

—Ya lo eres.

Me río.

—Quiero que sea oficial, quiero que lo sepa todo el mundo. Y también quiero tu apellido.

Se ríe, tan fuerte y con tantas ganas que echa la cabeza hacia atrás. Sus hoyuelos se marcan tanto que acaricio su rostro empinándome para mirarlo de cerca. Con esta panza es casi imposible, pero nosotros lo hacemos posible.

Nunca creí que llegaría el momento de querer casarme con alguien. Pero ahora me doy cuenta de que es por él. Porque Baxter es la persona indicada para mí. Es mío.

—Te amo —susurro rozando sus labios.

—Yo también te amo, Madison. Más de lo que nunca sabrás.

*Fin*